# Œuvres

## Anonymous

# LETTRES ET OPUSCULES

## INÉDITS

### DU COMTE

# JOSEPH DE MAISTRE.

*Tous les exemplaires non revêtus de la signature ci-dessous seront réputés contrefaits.*

PARIS. — TYPOGRAPHIE DE FIRMIN DIDOT FRÈRES, RUE JACOB, 56.

# LE COMTE J<sup>h</sup>. DE MAISTRE

FORS L'HONNEUR NUL SOUCI

Né à Chambéry le 1<sup>er</sup> Avril 1754.

Mort à Turin le 26 Février 1821.

# LETTRES ET OPUSCULES

## INÉDITS

#### DU COMTE

# JOSEPH DE MAISTRE,

##### PRÉCÉDÉS D'UNE

## NOTICE BIOGRAPHIQUE

#### PAR SON FILS

### LE COMTE RODOLPHE DE MAISTRE.

Tome Premier.

———◆———

PARIS,

**A. VATON, LIBRAIRE-ÉDITEUR,**

RUE DU BAC, N° 50.

—

**1851.**

# NOTICE BIOGRAPHIQUE

## DE

## M. LE COMTE JOSEPH DE MAISTRE.

———◆———

Le comte Joseph-Marie de Maistre naquit à Chambéry en 1754 : son père, le comte François-Xavier, était président du sénat de Savoie et conservateur des apanages des princes (1). Le comte de Maistre était l'aîné de dix enfants : cinq filles et cinq garçons, dont trois ont suivi la carrière des armes, un entra dans les ordres, tandis que celui dont nous écrivons la notice biographique suivit l'état de son père dans la magistrature ; il s'adonna à l'étude dès sa plus tendre enfance, avec un goût marqué, sous la direction des révérends pères jésuites, pour lesquels il a toujours conservé la plus reconnaissante affection et la plus haute estime.

Son père jouissait d'une réputation très-grande dans la magistrature de Savoie ; à sa mort le sénat crut devoir annoncer au roi la perte qu'il venait de faire par un message solennel, auquel Sa Majesté répondit par un billet royal de condoléance, comme dans une calamité publique. Le comte Joseph parcourut successivement les différents degrés de la magistrature : étant substitut de

_____

(1) La famille de Maistre est originaire de Languedoc, on trouve son nom répété plusieurs fois dans la liste des anciens capitouls de Toulouse ; au commencement du dix-septième siècle, elle se divisa en deux branches dont l'une vint s'établir en Piémont : c'est celle dont le comte Joseph descend ; l'autre demeura en France. Le comte Joseph de Maistre attachait beaucoup de prix à ses relations de parenté avec la branche française : il eut soin de les cultiver constamment, et aujourd'hui même les descendants actuels des deux branches sont unis par les liens d'affection autant que par leur communauté de principes et d'origine.

l'avocat général, il prononça le discours de rentrée sur le *Caractère extérieur du magistrat*, qui fut le premier jet de son talent comme écrivain et commença sa réputation. Il siégea comme sénateur sous la présidence de son père.

Le trait principal de l'enfance du comte de Maistre fut une soumission amoureuse pour ses parents. Présents ou absents, leur moindre désir était pour lui une loi imprescriptible. Lorsque l'heure de l'étude marquait la fin de la récréation, son père paraissait sur le pas de la porte du jardin sans dire un mot, et il se plaisait à voir tomber les jouets des mains de son fils, sans qu'il se permît même de lancer une dernière fois la boule ou le volant. Pendant tout le temps que le jeune Joseph passa à Turin pour suivre le cours de droit à l'Université, il ne se permit jamais la lecture d'un livre sans avoir écrit à son père ou à sa mère à Chambéry pour en obtenir l'autorisation. Sa mère, Christine de Motz, femme d'une haute distinction, avait su gagner de bonne heure le cœur et l'esprit de son fils, et exercer sur lui la sainte influence maternelle. Rien n'égalait la vénération et l'amour du comte de Maistre pour sa mère. Il avait coutume de dire : « Ma « mère était un ange à qui Dieu avait prêté un corps ; mon bon- « heur était de deviner ce qu'elle désirait de moi, et j'étais dans « ses mains autant que la plus jeune de mes sœurs. » Il avait neuf ans lorsque parut le funeste édit du parlement de Paris (1763) ; il jouait un peu bruyamment dans la chambre de sa mère, qui lui dit : « Joseph, ne soyez pas si gai, il est arrivé un « grand malheur ! » Le ton solennel dont ces paroles furent prononcées frappa le jeune enfant, qui s'en souvenait encore à la fin de sa vie.

Le comte de Maistre épousa en 1786 mademoiselle de Morand, dont il eut un fils, le comte Rodolphe, qui suivit la carrière des armes, et deux filles, Adèle, mariée à M. Terray, et Constance, qui épousa le duc de Laval-Montmorency.

Il vivait à Chambéry, paisiblement occupé de ses devoirs, dont il se délassait par l'étude, et il était déjà père de deux enfants lorsque la révolution éclata.

Les opinions du comte de Maistre étaient pour ces libertés justes et honnêtes qui empêchent les peuples d'en convoiter de coupables. Cette manière de voir, qu'il ne cachait nullement, ne lui fut pas favorable, dans un temps où les esprits échauffés et portés aux extrêmes regardaient la modération comme un crime. M. de Maistre fut soupçonné de *jacobinisme* et représenté à la cour comme un esprit enclin aux nouveautés, et dont il fallait se garder. Il était membre de la *Loge réformée* de Chambéry, simple loge blanche parfaitement insignifiante ; cependant, lorsque l'orage révolutionnaire commença à gronder en France et à remuer sourdement les pays limitrophes, les membres de la loge s'assemblèrent, et, jugeant que toutes réunions pourraient à cette époque devenir dangereuses ou inquiéter le gouvernement, ils députèrent M. de Maistre pour porter au roi la parole d'honneur de tous les membres qu'ils ne s'assembleraient plus, et la loge fut dissoute de fait.

L'invasion de la Savoie arriva : les frères de M. de Maistre rejoignirent leurs drapeaux, et lui-même partit pour la cité d'Aoste avec sa femme et ses enfants dans l'hiver de 1793. Alors parut ce qu'on appelait la *loi des Allobroges*, laquelle enjoignait à tous les *émigrés* de rentrer avant le 23 janvier, sans distinction d'âge ni de sexe, et sous la peine ordinaire de la confiscation de tous les biens. Madame de Maistre se trouvait dans le neuvième mois de sa grossesse ; connaissant la manière de penser et les sentiments de son mari, elle savait fort bien qu'il s'exposerait à tout plutôt que de l'exposer elle-même dans cette saison et dans ce pays : mais, poussée par l'espoir de sauver quelques débris de fortune en demandant ses droits, elle profita d'un voyage que le comte de Maistre fit à Turin et partit sans l'avertir. Elle traversa le grand Saint-Bernard le 5 janvier à dos de mulet, accompagnée de ses deux petits enfants, qu'on portait enveloppés dans des couvertures. Le comte de Maistre, de retour à la cité d'Aoste deux ou trois jours après, courut sans retard sur les pas de cette femme courageuse, tremblant de la trouver morte ou mourante dans quelque chétive cabane des Alpes. Elle arriva cependant à Chambéry, où le comte de Maistre la suivit de près. Il fut obligé de se présenter à la municipalité, mais il refusa toute espèce de serment, toute promesse même ; le procureur-syndic lui présenta le livre où s'inscrivaient tous les citoyens actifs, il refusa d'écrire son nom, et, lorsqu'on lui demanda la contribution volontaire qui se payait alors *pour la guerre*, il répondit franchement : « Je

« ne donne point d'argent pour faire tuer mes frères qui servent
« le roi de Sardaigne. » Bientôt on vint faire chez lui une visite
domiciliaire; quinze soldats entrèrent les armes hautes, accompagnant cette invasion de la brutale phraséologie révolutionnaire,
de coups de crosse sur les parquets et de jurons patriotiques.
Madame de Maistre accourt au bruit, elle s'effraye : sur-le-champ
les douleurs la saisissent, et le lendemain, après un travail alar-
mant, M. de Maistre vit naître son troisième enfant, qu'il ne devait connaître qu'en 1814. Il n'attendait que cet événement : il
partit l'âme pénétrée d'indignation, après avoir pourvu le mieux
qu'il put à la sûreté de sa famille. Il s'en sépara, abandonna ses
biens et sa patrie, et se retira à Lausanne. Il y fut bientôt chargé
d'une mission confidentielle auprès des autorités locales, pour
la protection des sujets du roi, et surtout d'une quantité de
jeunes gens du duché de Savoie qui allaient en Piémont s'en-
rôler dans les régiments provinciaux. Ce passage leur fut bientôt
fermé par la Suisse, mais les sentiers des Alpes étaient connus
de ces braves gens, et leurs drapeaux furent toujours bien en-
tourés. Ces corps furent ainsi maintenus au complet pendant la
guerre, par des enrôlements volontaires, malgré l'occupation du
duché par les Français, et malgré la création de la *république
des Allobroges.*

Madame de Maistre, son fils et sa fille aînée vinrent successivement rejoindre le comte à Lausanne; mais sa fille cadette, trop
enfant pour être exposée aux dangers d'une fuite clandestine,
demeura chez sa grand'mère.

Pendant son séjour à Lausanne, le comte de Maistre eut une
correspondance amicale et suivie avec un bon serviteur de son
maître qui résidait à Berne en qualité de ministre du roi, M. le
baron Vignet des Étoles. Cette correspondance n'ayant trait
qu'aux événements d'alors, à la guerre, aux difficultés de sa position, à la protection des sujets du roi, nous n'en avons extrait
que deux ou trois lettres d'un intérêt plus général, où l'on retrouve l'auteur des *Considérations.* Parmi celles que le temps a
dépourvues d'intérêt, il en est une où il apprend à son ami que
« *ses biens sont confisqués, mais qu'il n'en dormira pas moins.* »
Dans une autre, tout aussi simplement laconique, il s'exprime
ainsi : « *Tous mes biens sont vendus, je n'ai plus rien.* » Cette

légère nouvelle n'occupe qu'une ligne au milieu des affaires générales, et n'est accompagnée d'aucune réflexion.

Le même œil qui avait *considéré* la révolution française pénétra de bonne heure la politique de l'Autriche à l'égard du Piémont, et les fatales maximes qui dirigeaient à cette époque le cabinet de Vienne.

Ces maximes étaient :

1° De ne jamais prendre sur l'ennemi ce que l'Autriche ne pouvait pas garder ;

2° De ne jamais défendre pour l'ami ce qu'elle espérait reprendre sur l'ennemi.

C'est par une suite de la première de ces maximes que les Autrichiens ne voulurent jamais tirer un coup de fusil au delà des Alpes. Lorsque les troupes du roi entrèrent en Savoie dans l'été de 1793, les Autrichiens, qui avaient des troupes en Piémont, ne donnèrent pas un soldat, mais seulement le général d'Argentau, dont les instructions secrètes ne le furent pas longtemps. On trouvera dans deux lettres que nous citons le jugement de M. de Maistre sur la coalition, en général, et sur l'Autriche en particulier. (Voyez les lettres des 6 et 15 août et du 28 octobre 1794 à M. le baron de Vignet des Étoles. — Berne.)

En lisant le jugement acerbe du comte de Maistre sur la politique autrichienne, il faut se reporter aux temps de Kaunitz et de Thugut, de funeste mémoire. Aujourd'hui cette puissance, instruite à l'école du malheur, et connaissant à l'épreuve que la seule bonne politique est celle qui a pour base la morale, la religion et la bonne foi, revient par une haute sagesse aux principes religieux et chevaleresques des anciens princes de la maison de Lorraine. Ils furent protecteurs éclairés de tout ce qui est beau, juste et grand ; ils surent allier la magnificence avec une sage administration ; ils se montrèrent défenseurs zélés des droits de l'Église, et méritèrent à ce titre l'accomplissement de la promesse évangélique : *Quia super pauca fuisti fidelis, super multa te constituam.*

Avec le règne de l'empereur François-Joseph commence une nouvelle ère pour la maison d'Autriche : l'odieux despotisme de Joseph II tombe, les fers de l'Église sont brisés, les évêques reprennent le plein exercice de leur autorité, ils sont appelés aux conseils du souverain, non point comme officiers du prince, mais comme pasteurs des peuples, comme interprètes de la LOI qui seule domine et sanctionne les *lois*. Bientôt les rapports réguliers avec le pontife suprême feront circuler la vérité et la vie de la tête aux extrémités des membres, et ce grand corps mis en dissolution par le philosophisme sera régénéré par le catholicisme. L'œuvre à laquelle l'empereur d'Autriche met la main est une véritable palingénésie, l'entreprise est grande autant que glorieuse. Jusqu'ici le roi de Naples et l'empereur sont les seuls entre tous les souverains de l'Europe qui aient eu le bon sens et la force de découvrir le mal, et d'y porter le seul remède possible. Puissent-ils persévérer dans leur noble dessein, et, comme la sagesse qui les inspire, *attingere a fine usque ad finem fortiter et suaviter.* — Revenons à notre récit.

Ce fut pendant son séjour en Suisse que le comte de Maistre publia les *Considérations sur la France*, les *Lettres d'un royaliste savoisien*, l'*Adresse des émigrés à la Convention nationale*, le *Discours à la marquise de Costa et Jean-Claude Têtu.* Il travaillait aussi à deux autres ouvrages : l'un sur la *Souveraineté* et l'autre intitulé *Bienfaits de la Révolution* ou *la République peinte par elle-même*. Ces deux ouvrages n'ont pas été achevés et sont restés à l'état de fragments. Un petit opuscule inédit que nous publions aujourd'hui, *Cinq paradoxes, à madame la marquise N.*, date aussi de cette époque.

En 1797, le comte de Maistre passa à Turin avec sa famille. Le roi, réduit à ses faibles forces, après avoir soutenu pendant quatre ans l'effort de la France, succomba et fut obligé de quitter ses États de terre ferme. Les Français occupèrent Turin : M. de Maistre était émigré, il fallait fuir. Muni d'un passe-port prussien comme Neuchâtelois, le 28 décembre 1798, il s'embarqua sur un petit bateau pour descendre le Pô et rejoindre à Casal la grande barque du capitaine Gobbi, qui transportait du sel à Venise. Le patron Gobbi avait sa barque remplie d'émigrés français de haute distinction : il y avait des dames, des prêtres, des moines, des militaires, un évêque (Mgr l'évêque de Nancy); toutes ces personnes occupaient l'intérieur du navire, ayant pour leur domicile *légal* l'espace enfermé entre deux ou trois membrures du bâtiment, suivant le nombre de personnes dont se composait le ménage ; cet espace suffisait strictement pour y coucher ; la nuit, des toiles suspendues à des cordes transversales marquaient les limites des habitations. Au milieu régnait une coursive de jouissance commune avec un brasier en terre où tous les passagers venaient se chauffer et faire la cuisine ; le froid était excessif. Un peu au-dessous de Casal-Maggiore, le Pô prit pendant la nuit ; et quoiqu'il fût libre encore vers le milieu, la barque se trouva enfermée d'une ceinture de glace. Le comte Karpoff, ministre de Russie, descendait aussi le Pô dans une barque plus légère ; il accueillit à son bord le comte de Maistre, qui put ainsi continuer son voyage. Les deux rives étaient bordées de postes militaires.

Depuis la Polisela, la rive gauche du Pô était occupée par les Autrichiens, et la rive droite par les Français. A chaque instant la barque était appelée à obéissance, tantôt sur une rive, tantôt sur l'autre. Les glaçons empêchaient d'arriver, et les menaces de faire feu qui partaient des deux bords alternativement ne facilitaient pas la manœuvre. La voiture de M. de Karpoff était sur le pont, et les deux enfants de M. de Maistre s'y étaient juchés. Tout à coup un poste français appelle, et l'équipage s'efforce d'obéir, mais les courants et les glaçons retardent la manœuvre : le poste prend les armes, et, à l'ordinaire, couche en joue les matelots. Enfin on aborde avec peine. — Vos passe-ports ? — On les présente ; personne ne savait lire. Le chef de poste propose de retenir la barque et d'envoyer les passe-ports à l'officier commandant à la prochaine ville, mais le caporal s'approche du sergent et lui dit : « A quoi cela sert-il ? on dira que tu es une ..... « bête, et voilà tout. » Sur cette observation, on laissa partir la barque ; mais un des soldats apostrophant le comte de Maistre : « Citoyen, vous dites que vous êtes sujet du roi de Prusse, ce- « pendant vous m'avez un accent..... Je suis fâché de n'avoir « pas envoyé une balle dans cette voiture d'aristocrate. » — « Vous auriez fait une belle action, » lui répondit M. de Maistre, « vous auriez blessé ou tué deux jeunes enfants, et je suis sûr « que cela vous aurait causé du chagrin. » — « Vous avez bien « raison, citoyen, » répliqua le fusilier, « j'en aurais été plus fâ- « ché que la mère. »

Arrivés aux Papozze, les voyageurs se séparèrent. M. de Mais-

tre, sur un chariot de village avec sa famille, traversa l'Adi-
getto sur la glace et vint s'embarquer à Chioggia pour Venise.

Le séjour de Venise fut, sous le rapport des angoisses physiques, le temps le plus dûr de son émigration. Réduit pour tout
moyen d'existence à quelques débris d'argenterie échappés au
grand naufrage, sans relations avec sa cour, sans relations avec
ses parents, sans amis, il voyait jour par jour diminuer ses dernières ressources, et au delà plus rien. Parmi les nombreux
émigrés français qui étaient à Venise, se trouvait le cardinal
Maury. M. de Maistre a laissé par écrit quelques souvenirs de
ses conversations avec ce personnage, dont les idées et la portée
d'esprit l'avaient singulièrement étonné. (Voyez t. II, *S. E. le
cardinal Maury*; Venise, 1799.)

Avant de partir pour Venise, le comte de Maistre avait écrit à
M. le comte de Chalembert, ministre d'État, pour le prier de
faire savoir à S. M. qu'il ne la suivait pas en Sardaigne de crainte
d'être à charge dans ces tristes circonstances; mais qu'il mettait
sa personne comme toujours aux pieds du roi, prêt, au premier
appel, à se rendre partout où il pourrait lui consacrer sa vie et
ses services.

Après la brillante campagne de Souvaroff, le roi de Sardaigne,
rappelé dans ses États par la Russie et l'Angleterre, s'embarqua
à Cagliari sur la foi de ces deux puissances, et revint sur le continent. Le comte de Maistre quitta alors Venise; mais, en arrivant
à Turin, il n'y trouva pas le roi. Le grand maréchal, par ses ma-
nifestes multipliés, rétablissait solennellement l'autorité du roi,
énonçant même les ordres précis de l'empereur son maître sur
ce point; mais l'Autriche s'y opposa avec tant d'ardeur et d'obstination, qu'elle fit plier ses deux grands alliés et qu'elle arrêta
le roi à Florence. C'est de là que le comte de Maistre reçut sa
nomination au poste de régent de la chancellerie royale en Sardaigne (première place de la magistrature dans l'île). Cette nomination, en faisant cesser ses tortures physiques, lui préparait
des peines d'un autre genre. Pendant les malheureuses années
de la guerre, l'administration de la justice s'était affaiblie dans
l'île de Sardaigne; les vengeances s'étaient multipliées, les impôts rentraient difficilement, et il régnait dans la haute classe
une répugnance extrême à payer ses dettes. Le comte de Maistre

eut à lutter contre de grandes difficultés, qu'il ne fut pas toujours à même de vaincre ; malgré cela, son départ fut accompagné des regrets publics d'un pays où sa mémoire fut encore longtemps en vénération.

Étant en Sardaigne, le comte de Maistre eut connaissance par les journaux du décret de 1802 sur les émigrés, qui enjoignait à tous les individus natifs des pays réunis à la France de rentrer dans un délai déterminé, et, en attendant, de se présenter au résident français le plus rapproché de leur domicile, pour y faire la déclaration prescrite et prêter serment de fidélité à la république. M. de Maistre adressa alors à M. Alquier, ambassadeur de la République française à Naples, un mémoire dans lequel il exposait « qu'il n'était pas né Français, qu'il ne voulait pas l'être, « et que n'ayant jamais mis le pied dans les pays conquis par la « France, il n'avait pu le devenir ; que puisque, aux termes du « décret du 6 floréal, c'était dans ses mains qu'il devait prêter « le serment requis, c'était aussi à lui qu'il croyait devoir déclarer qu'il ne voulait pas le prêter ; qu'ayant suivi constamment « le roi son maître dans tous ses malheurs, son intention était de « mourir à son service ; que si par suite de cette déclaration il « pouvait être rayé de la liste des émigrés comme étranger, et « obtenir éventuellement la liberté de revoir ses amis, ses parents « et le lieu de sa naissance, cette faveur, ou plutôt cet acte de « justice lui serait précieux. »

Dans cette même année 1802, il reçut du roi l'ordre de se rendre à Pétersbourg, en qualité d'envoyé extraordinaire et ministre plénipotentiaire. Ce fut une nouvelle douleur, un nouveau sacrifice, le plus pénible sans doute que son dévouement à son maître pût lui imposer. Il fallait se séparer de sa femme et de ses enfants sans prévoir un terme à ce cruel veuvage, entreprendre une nouvelle carrière et des fonctions que le malheur des temps rendait difficiles et dépouillées de tout éclat consolateur. Il partit pour Pétersbourg ; c'était au commencement du règne d'Alexandre, jeune prince plein de douceur, de sentiments généreux et d'amour du bien. Il conservait au fond du cœur des principes sincèrement religieux, que son précepteur La Harpe n'avait pu étouffer. M. de Maistre parut dans la société avec l'humble fierté d'un haut caractère ; son amabilité enjouée, son esprit naturel, ses connaissances profondes et variées, l'intérêt qui s'attache toujours à un dévouement sans bornes, lui attirèrent cette considération personnelle, apanage du vrai mérite. Il eut, dans les hautes classes de la société, de nombreux et de véritables amis. Connu bientôt et distingué par l'auguste souverain auprès duquel il était accrédité, l'empereur lui-même daigna lui donner de nombreuses preuves de son estime. Les officiers piémontais qui se rendirent en Russie pour continuer à servir la cause de leur maître sous les drapeaux de son auguste allié, ressentirent les effets de la faveur personnelle dont le comte de Maistre jouissait: ils furent reçus avec leurs grades et leur ancienneté, et placés honorablement. L'un d'eux, le chevalier Vayra, étant malheureusement mort en route, et par conséquent avant d'être entré au service de Russie, sa veuve reçut cependant une pension qu'elle conserva toute sa vie. Parmi ces officiers, il en était un qui, après avoir servi en Italie comme officier d'état-major dans l'armée de Souwaroff, avait accompagné le maréchal dans sa malheureuse retraite: c'était le frère du comte de Maistre; il avait quitté le service et s'était retiré à Moscou, charmant son exil par la société d'excellents amis, par la société tout aussi fidèle des sciences et des beaux-arts. Par une faveur souveraine, souverainement délicate, Alexandre réunit les deux frères en nommant le comte Xavier lieutenant colonel directeur du musée de la marine. Nous avons sous les yeux la lettre de remercîment du frère aîné et la réponse autographe de Sa Majesté l'empereur. (Avril 1805, voir t. Ier la lettre d'Alexandre et la réponse du comte Joseph de Maistre.)

M. de Maistre avait oublié tout à fait la déclaration envoyée à M. Alquier avant son départ de Sardaigne, lorsqu'il reçut une dépêche ministérielle avec un décret dont M. Cacault, consul de France à Naples, venait de donner communication officielle au premier secrétaire d'État de Sa Majesté. Ce décret portait, sans aucun considérant, que *M. de Maistre était rayé de la liste des émigrés, et autorisé à rentrer en France, sans obligation de prêter serment, avec liberté entière de rester au service du roi de Sardaigne, et de garder les emplois et décorations qu'il tenait de Sa Majesté en conservant tous ses droits de citoyen français.* Ce décret, transmis avec la solennité d'une note ministérielle, émut le ministère du roi, qui cherchait à se rendre compte des motifs qui pouvaient avoir amené une telle faveur d'exception. Le comte de Maistre fut formellement invité à donner des explications. — Il envoya copie du mémoire que nous avons cité plus haut.

En 1806, le comte de Maistre reçut une nouvelle preuve de la faveur impériale, bien plus précieuse encore que les précédentes. Il avait appelé auprès de lui son fils âgé de seize ans, et qu'il ne pouvait plus laisser à Turin, exposé par la conscription à servir contre son roi, sa patrie et ses parents. Au mois de décembre 1806, Sa Majesté Impériale recevait le comte Rodolphe à son service, comme officier dans le régiment des chevaliers-gardes. Quelques jours après il partait avec son corps pour la campagne de 1807, suivie de celle de 1808 en Finlande, et plus tard de celles de 1812, 13 et 14. On lira dans le premier volume quelques-unes des lettres que le comte de Maistre écrivait à son fils, dans ces absences aussi cruelles pour un père que pour une mère, — *Bellaque matribus detestata.* Mais le comte de Maistre se soutenait en pensant que son fils faisait son devoir, et qu'il était à la place où l'appelaient l'honneur et la conscience.

Il paraît que, pendant son séjour en Russie, M. de Maistre avait conservé des relations amicales avec un fidèle serviteur de Louis XVIII, *courtisan de l'exil* : c'est au moins ce qu'indiquerait une lettre autographe de ce prince, ainsi que la réponse du comte de Maistre. Le duc de Blacas, représentant confidentiel du roi à Saint-Pétersbourg, était aussi très-lié avec M. de Maistre. Une similitude de position, d'infortune et de dévouement avait cimenté ces liens. (Voyez t. Ier, la lettre de Louis XVIII et la réponse de M. de Maistre, 25 juin et 10 juillet 1804, et la lettre de M. le comte d'Avaray, 24 juillet 1807.)

Le comte de Maistre, inflexible sur les principes, était, dans les relations sociales, bienveillant, facile et d'une grande tolérance : il écoutait avec calme les opinions les plus opposées aux siennes, et les combattait avec sang-froid, courtoisie, et sans la moindre aigreur. Partout où il demeura quelque temps, il laissa des amis : à Lausanne, à Pétersbourg, aussi bien qu'à Rome et à Florence. Il se plaisait à considérer les hommes par leur côté louable.

On voit dans ses lettres de quel œil le sujet, le ministre du roi de Sardaigne considérait les succès de Bonaparte, qu'il appelle quelquefois *Dæmonium meridianum ;* mais le génie et le capitaine furent toujours appréciés par lui à leur haute valeur. Il *s'étonnait* que l'on pût *s'étonner* de l'attachement du soldat français pour celui qui le menait à la victoire.

En passant à Naples en 1802, il s'entretint un jour longuement avec M. Alquier, ambassadeur de la République française : « Après avoir entendu très-attentivement ce que je lui dis sur les « affaires en général et sur le roi de Sardaigne en particulier, « M. Alquier me dit avec beaucoup de vivacité : — *M. le comte,* « *qu'allez-vous faire à Pétersbourg ? Allez à Paris dire ces rai-* « *sons au premier consul, qui ne les a jamais entendues. »* (Extrait d'une lettre confidentielle.)

Cette idée avait fait impression sur le comte de Maistre ; car, après la bataille de Friedland et la paix qui la suivit, il demanda une audience à Bonaparte comme simple particulier. Le mémoire qu'il écrivit à cette occasion exprimait en substance le désir de communiquer à l'empereur des Français quelques idées relatives aux intérêts de son souverain (*voyez* la lettre au chevalier de ...., 28 décembre 1807, et l'autre au même, mai 1808), et que, s'il voulait l'entendre personnellement sans l'entremise d'aucun ministre, il irait à Paris sans titre, et par conséquent sans défense, se remettant absolument entre ses mains pour faire de lui tout ce qui lui plairait. Le comte de Maistre donnait de plus sa parole d'honneur que le roi son maître n'avait pas la moindre idée de sa détermination, et qu'il n'avait pour faire ce voyage aucune autorisation. Ce mémoire fut transmis et appuyé par le général Savary, dont la franchise et la fougue militaire étaient cependant très-accessibles au raisonnement calme et très-susceptibles de sentir et d'apprécier l'honneur et le dévouement. Laissons parler le comte de Maistre : « Le général Savary « envoie mon mémoire à Paris, et l'appuie de toutes ses forces. « Vous me demanderez comment un homme tel que je vous l'ai « dépeint est capable d'un procédé de telle nature? cela arrive, « comme dit Cicéron, *propter multiplicem hominis voluntatem.* « L'homme est un amas de contradictions et de volontés discor- « dantes. Tout l'art est de savoir et de vouloir saisir celles qui

« peuvent vous être utiles. — Qu'arrivera-t-il ? Je n'en sais rien !
« Si Bonaparte dit que non, tout est dit. S'il m'appelle, je ne
« sais en vérité, vu le caractère de l'homme, et ce que je veux
« lui dire (ce que personne ne saura jamais), je ne sais, dis-je,
« s'il y a plus d'espérance que de crainte..... Mais deux raisons
« me décident à prendre ce parti : 1° la certitude où je crois
« être que S. M. n'a pas seulement été nommée à Tilsitt. Le
« traité présenté par la victoire a été signé par l'effroi : voilà
« tout; 2° la certitude encore plus évidente où je suis que je
« puis être utile à S. M., et que je ne puis lui nuire, puisque j'ai
« donné ma parole d'honneur écrite qu'elle n'avait pas seule-
« ment le plus léger soupçon de ma détermination. S'il m'arri-
« vait malheur, veuillez prier S. M. de faire arriver ici ma femme
« et mes deux filles ; elles vivront bien ou mal avec mon fils et
« mon frère. *Jacta est alea*; rien ne peut être utile au roi qu'une
« sage témérité, jamais on n'a joué plus sagement une plus ter-
« rible carte. »

Bonaparte ne fit aucune réponse ; mais les égards singuliers
dont le comte de Maistre fut l'objet à Pétersbourg, de la part de
l'ambassade française, firent voir que sa démarche n'avait pas
déplu.

En suivant pas à pas le comte de Maistre, on remarque deux
traits caractéristiques qui ont dirigé toute sa carrière politique :
un dévouement à toute épreuve à son souverain, et une espérance, ou plutôt une foi constante dans une restauration inévitable dont il faisait profession de n'*ignorer que la date*. Ni l'exil
loin de sa patrie, ni une longue et douloureuse séparation d'a-
vec sa femme et ses enfants, ni la perte de sa fortune ne lui
semblèrent des obstacles ; l'assurance d'une position brillante
qui lui fut plusieurs fois offerte ne lui parut pas digne d'attention. La reconnaissance ne put l'attirer, ni l'ingratitude le repousser. La presque certitude d'un avenir amer pour lui et pour
sa famille entière était sans doute un long et continuel tourment
pour son cœur, mais rien ne put le détacher du service de son
roi ni amortir un instant son zèle. Après les conférences de
Tilsitt et d'Erfurt, un ministre de l'empereur Alexandre lui demanda : « A présent qu'allez-vous faire ? » — « Tant qu'il y aura
« une maison de Savoie et qu'elle voudra agréer mes servi-

I.                                                                b

« ces, je resterai tel que vous me voyez. » Ce fut sa réponse.

Le comte de Maistre ne réservait pas ces maximes de fidélité pour son usage personnel. Voici en quels termes il expliquait à ses compatriotes la doctrine du dévouement au roi dans une des lettres qu'il leur adressait, en 1793, de son exil de Lausanne (1) :

« Sujets fidèles de toutes les classes et de toutes les provinces,
« sachez être royalistes. Autrefois c'était un instinct, aujourd'hui
« c'est une science ; serrez-vous autour du trône et ne pensez
« qu'à le soutenir : si vous n'aimez le roi qu'à titre de bienfai-
« teur, et si vous n'avez d'autres vertus que celles qu'on veut
« bien vous payer, vous êtes les derniers des hommes. Elevez-
« vous à des idées plus sublimes, et faites tout pour l'ordre gé-
« néral. La majesté des souverains se compose des respects de
« chaque sujet. Des crimes et des imprudences prolongées ayant
« porté un coup à ce caractère auguste, c'est à nous à rétablir
« l'opinion, en nous rapprochant de cette loyauté exaltée de nos
« ancêtres : la philosophie a tout glacé, tout rétréci ; elle a di-
« minué les dimensions morales de l'homme, et si nos pères re-
« naissaient parmi nous, ces géants auraient peine à nous croire
« de la même nature. Ranimez dans vos cœurs l'enthousiasme de
« la fidélité antique et cette flamme divine qui faisait les grands
« hommes. Aujourd'hui on dirait que nous craignons d'aimer, et
« que l'affection solennelle pour le souverain a quelque chose de
« romanesque qui n'est plus de saison : si l'homme distingué par
« ces sentiments vient à souffrir quelque injustice de ce souverain
« qu'il défend, vous verrez l'homme au cœur desséché jeter le
« ridicule sur le sujet loyal, et quelquefois même celui-ci aura
« la faiblesse de rougir : voilà comment la fidélité n'est plus
« qu'une affaire de calcul. Croyez-vous que, du temps de nos
« pères, les gouvernements ne commissent point de fautes ? Vous
« ne devez point aimer votre souverain parce qu'il est infaillible,
« car il ne l'est pas ; ni parce qu'il aura pu répandre sur vous des

(1) Peut-être les publierons-nous un jour, et elles ne manqueraient certainement pas de ce que le néologisme moderne appelle *actualité*. Souvent, à de longs
intervalles de temps, les mêmes erreurs se dressent revêtues de nouveaux so-
phismes, *eadem mutata resurgo*, et l'invariable vérité apparaît aussitôt pour les
combattre dans son antique et austère beauté.

« bienfaits, car s'il vous avait oubliés, vos devoirs seraient les
« mêmes. Il est heureux, sans doute, de pouvoir joindre la re-
« connaissance individuelle à des sentiments plus élevés et plus
« désintéressés ; mais quand vous n'auriez pas cet avantage,
« n'allez pas vous laisser corrompre par un vil dépit qu'on ap-
« pelle NOBLE ORGUEIL. Aimez le souverain comme vous devez
« aimer l'*ordre*, avec toutes les forces de votre intelligence ; s'il
« vient à se tromper à votre égard, vengez-vous par de nouveaux
« services : est-ce que vous avez besoin de lui pour être honnête?
« ou ne l'êtes-vous que pour lui plaire?

. . . . . . . . . . . . . . . . . . . .

. . . . . . . . . . . . . . . . . . . .

« Le roi n'est pas seulement le souverain, il est l'ami de la
« Savoie ; servons-le donc comme ses pères furent servis par les
« nôtres. Vous surtout, membres du premier ordre de l'État,
« souvenez-vous de vos hautes destinées.

« Que vous dirai-je? Si l'on vous avait demandé votre vie,
« vous l'auriez offerte sans balancer, eh bien, la patrie demande
« quelquefois des sacrifices d'un autre genre et non moins hé-
« roïques, peut-être précisément parce qu'ils n'ont rien de so-
« lennel et qu'ils ne sont pas rendus faciles par les jouissances
« de l'orgueil. Aimer et servir, voilà votre rôle. Souvenez-vous-en
« et oubliez tout le reste. Comment pourriez-vous balancer, vos
« ancêtres ont promis pour vous (1). »

Quant à la chute de Bonaparte et à la restauration des maisons souveraines de France et de Savoie, il y a peu de ses lettres
particulières ou officielles où il ne les annonce avec assurance ;
seulement, il n'espérait pas en être témoin. Nombre des compatriotes du comte de Maistre, sans faire des conjectures aussi
raisonnées, partageaient cet espoir d'une manière instinctive.
On leur donnait en Piémont le sobriquet de *coui d' la semaña
ch' ven* (messieurs de la semaine prochaine). Enfin la semaine
arriva. Aussi la chute de Bonaparte ne surprit qu'à demi M. de
Maistre. Cet événement rétablissait le souverain auquel il avait
consacré tous les instants de sa vie, il ramenait dans ses bras
sa famille, après une absence de douze ans, et lui permettait de

(1) Lettres d'un royaliste savoisien à ses compatriotes; Lauzanne, 1793-94.

*b.*

voir et d'embrasser pour la première fois une fille de vingt ans,
qu'il ne connaissait pas encore. Cet événement, dis-je, dans le
premier moment dut le remplir de joie et combler ses longues
espérances ; mais la publication du traité de Paris vint détruire
en grande partie son bonheur. Nous croyons qu'on lira avec
plaisir un discours que le comte de Maistre composa dans ce
premier moment d'exaltation, mais qui ne fut pas prononcé,
comme il nous l'apprend lui-même, dans la notice dont il a fait
précéder le manuscrit de ce discours. (Voyez t. II.)

Comme tout homme éminent, M. de Maistre ne pouvait manquer d'avoir à la cour d'officieux amis occupés à le desservir
auprès du roi et à saisir les moindres bagatelles pour en faire
des défauts ou des torts. Les occupations, les préoccupations,
les chagrins l'avaient rendu sujet, pendant les dernières années
de son séjour en Russie, à de cruelles insomnies, et à la suite
de ces nuits fatigantes il lui arrivait fréquemment de s'endormir
en société. C'était un sommeil subit et de quelques instants.
Cette légère indisposition fut représentée à la cour comme un
affaiblissement des facultés intellectuelles. Voici comment le
comte de Maistre s'expliquait à ce sujet avec le ministère
du roi :

« On m'a mandé plus d'une fois qu'à Turin et même à Paris
« il a été dit qu'à la suite d'une grande maladie que j'avais faite
« l'esprit m'avait totalement baissé. Voici la base de cette nar-
« ration. Depuis une demi-douzaine d'années, plus ou moins,
« j'ai été sujet à des accidents de sommeil entièrement inexpli-
« cables, qui me surprenaient souvent dans le monde et dont je
« riais le premier : ce n'était qu'un éclair, et, ce qu'il y a d'é-
« trange, c'est que ce sommeil n'avait rien de commun avec
« celui de la nuit. Par nature, je dors très-peu, trois heures sur
« les vingt-quatre, et même moins, me suffisent, et la moindre
« inquiétude m'en prive. Dans l'état douloureux où m'ont jeté
« les déterminations prises à mon égard, il m'est arrivé de pas-
« ser deux et même trois nuits sans dormir. D'où venait donc
« ce sommeil subit et passager d'une minute ou deux ? c'est ce
« que je n'ai jamais compris. Depuis plusieurs mois, ces *coups*
« *de sommeil* (car je ne sais pas dire autrement) ont fort dimi-
« nué, et j'ai tout lieu d'espérer que bientôt j'en serai entièrement

« délivré. Souvent je disais en riant : *Bientôt on écrira au roi*
« *que je suis apoplectique*. Mais je vois que mes protecteurs ont
« mieux aimé dire *radoteur*. Si jamais je le suis, V. E., qui lit
« mes lettres, en sera avertie la première, et S. M. en attendant
« me rendra le sommeil, si elle le juge convenable. » Le comte
de Maistre écrivait alors les *Soirées*.

Pendant son long séjour à Pétersbourg, dans les intervalles
que la politique lui laissait, M. de Maistre se livra de nouveau
aux études philosophiques et religieuses, pour lesquelles il avait
toujours eu du penchant. Il est probable que les conversations
sur les articles controversés, qui sont fort communes dans tous
les pays acatholiques, eurent une influence directe sur les travaux du comte de Maistre, qui se trouva ainsi porté à réunir et
coordonner dans un but déterminé le fruit de ses longues études
et le résultat de ses entretiens journaliers. Ce fut à Pétersbourg
qu'il composa : *Des délais de la justice divine ; — Essai sur le
principe générateur des institutions humaines ; — Du pape ; —
De l'Église gallicane ; — Les Soirées de Saint-Pétersbourg ; —
Examen de la philosophie de Bacon* (posthume). Cependant ces
quatre derniers ouvrages ne reçurent les derniers coups de lime
qu'après le retour de l'auteur à Turin. Plusieurs autres opuscules sortirent aussi de sa plume dans le même espace de temps :
*Les deux lettres à une dame protestante et à une dame russe ;
— Les lettres sur l'éducation publique en Russie ; — Lettres sur
l'Inquisition espagnole ; — l'Examen d'une édition des lettres
de madame de Sévigné*. Ces ouvrages ont été en partie provo-
qués par des personnes de la société qui s'adressaient au comte
de Maistre pour éclaircir une question, pour avoir son avis, pour
résumer des conversations intéressantes et fixer l'enchaînement
des idées. Il lisait beaucoup, et il lisait systématiquement, la
plume à la main, écrivant, dans un volume relié posé à côté de
lui, les passages qui lui paraissaient remarquables et les courtes
réflexions que ces passages faisaient naître ; lorsque le volume
était à sa fin, il le terminait par une table des matières par ordre
alphabétique, et il en commençait un autre. Le premier de ces
recueils est de 1774, le dernier de 1818. C'était un arsenal où il
puisait les souvenirs les plus variés, les citations les plus heureuses, et qui lui fournissait un moyen prompt de retrouver

l'auteur, le chapitre et la page, sans perdre de temps en recherches inutiles.

. Depuis que les guerres, les voyages, les négociations, avaient
mis les Russes plus en contact avec les autres peuples européens,
le goût des études sérieuses et de la haute littérature s'infiltrait
peu à peu dans les classes élevées. Dès que la science paraît
dans un pays non catholique, tout de suite la société se divise,
la masse roule au déisme, tandis qu'une certaine tribu s'approche de nous. Il ne pouvait en arriver autrement en Russie ;
la science, injectée dans le grand corps de l'Église nationale, en
avait commencé la désorganisation, et tandis que les systèmes
philosophiques de la nébuleuse Allemagne dissolvaient sans
bruit les dogmes dans les cloîtres et les universités, la logique
limpide et serrée de l'Église catholique entraînait quelques cœurs
droits, fatigués de chercher inutilement cette vie spirituelle dont
leur âme sentait le besoin. Toutes les Églises séparées ayant pour
dogme commun la haine de Rome, ce retour de quelques personnes à la vérité excita une fermentation dont on pouvait déjà
prévoir les suites funestes à l'époque du célèbre traité de la
Sainte Alliance ; et cet acte dont la tendance mystique, d'après
l'esprit qui le dicta, devait être favorable à la liberté de conscience, fut immédiatement suivi *dans l'empire du rédacteur* de
mesures violentes d'intolérance et de spoliation. Le comte de
Maistre, reçu partout avec plaisir, parce qu'il ne choquait personne et louait avec franchise tout ce qui était bon, avait pourtant contracté des liaisons plus amicales avec les personnes qui
partageaient plus ou moins ses doctrines. Sa supériorité d'ailleurs dans toutes les branches de la philosophie rationnelle et
dans l'art de la parole n'était pas contestable, et de plus on lui
accordait assez généralement des connaissances particulières
dans le genre qui faisait peur à cette époque. Il n'est donc point
surprenant que le comte de Maistre se soit trouvé alors en butte
à quelques soupçons, et que les ennemis du catholicisme, et
surtout le prince Gallitzin, ministre des cultes, se soient imaginé qu'il exerçait une sorte de prosélytisme, attribuant à lui, autant qu'aux jésuites, les nombreuses conversions qui s'opéraient
chaque jour. Ils s'arrêtaient à une cause locale et imaginaire
pour expliquer un mouvement européen auquel la Russie par-

ticipait à son insu. Le fait est que le comte de Maistre, comme il eut l'honneur de l'assurer de vive voix à l'empereur lui-même, « ne se permit jamais d'attaquer la foi d'aucun de ses sujets; « mais que, si par hasard quelqu'un d'eux lui avait fait certaines « confidences, la probité et la conscience lui auraient défendu « de dire qu'il avait tort. » L'empereur parut convaincu, mais la situation du comte de Maistre était changée : « le simple soupçon « produit une inquiétude, un malaise qui gâte la vie. Dans tous « les pays du monde, mais surtout en Russie, il ne faut pas qu'il « y ait le moindre nuage entre le maître et un ministre étranger. « Les catholiques, du moins ceux de cette époque, étaient deve- « nus aux yeux de l'empereur une espèce de caste suspecte. Toutes « les choses de ce monde ont leurs inconvénients; la souveraineté, « qui est la plus précieuse de toutes, doit subir les siens. La « lutte des conversations est au-dessous d'elle : d'un côté, sa « grandeur défend à son égard non-seulement la dispute, mais « la discussion même; de l'autre, elle ne peut, elle ne doit pas « même lire, puisque tout son temps appartient aux peuples. « Qui donc la détromperait sur des matières que les passions et « l'erreur ont embrouillées à l'envi. » Le comte de Maistre, attaché personnellement à l'empereur par les liens d'une sincère reconnaissance, tout à fait habitué à ce pays où le retenaient des liens multipliés, et où il avait souvent formé le vœu de finir ses jours..., demanda son rappel. Le roi daigna le lui accorder avec le titre et le grade de premier président dans ses cours su- prêmes. Au mois de mai 1817, Sa Majesté Impériale envoyait dans la Manche une escadre de bâtiments de guerre pour ramener les soldats dont elle déchargeait la France. Ces vaisseaux par- taient dans la plus belle saison pour la navigation. Sa Majesté Impériale permit au comte de Maistre de s'embarquer sur cette escadre avec toute sa famille. Ce fut le 27 mai qu'il monta à bord du vaisseau de 74 *le Hambourg*, pour revenir dans sa patrie, après vingt-cinq ans d'absence, en passant par Paris. Il arriva à Calais le 20 juin, et le 24 à Paris.

Le comte de Maistre se trouvait alors le chef d'une famille, l'une des plus nombreuses de l'ancien duché de Savoie, qui était demeurée tout entière au service du roi pendant tout le cours de la révolution, qui avait suivi sa cause, et toujours, et sans

intérêt, et contre ses intérêts, sans qu'un seul de ses membres
fût entré au service du vainqueur. A l'époque du traité de 1814,
le chevalier Nicolas, son frère (1), qui, après avoir fait brillam-
ment la guerre, était rentré en Savoie lorsque ses services ne
pouvaient plus être utiles à son maître, se dévoua de nouveau
et partit pour Paris avec MM. d'Oncieux et le comte Costa,
comme députés de la Savoie pour demander aux souverains
alliés la restitution de leur patrie à ses anciens maîtres. Heureusement la demande fut accueillie, sans quoi il aurait dû, avec
ses deux compagnons, émigrer de nouveau et s'exiler volontairement.

Arrivé à Turin, M. de Maistre s'occupa à donner la dernière main aux ouvrages qu'il avait apportés en portefeuille
de Pétersbourg. Il fit paraître successivement *le Pape*, *l'Église
gallicane*, et *les Soirées de Saint-Pétersbourg*, ouvrages qui
ont produit une véritable explosion dans le monde littéraire.
Malgré les nombreuses éditions, ces livres sont toujours recherchés, et l'auditoire de M. de Maistre grandit encore de jour en
jour : c'est un fait remarquable qu'à la tribune, comme dans la
chaire ou dans les livres, dès qu'on aborde les matières théolo-
giques ou philosophiques traitées par le comte de Maistre, on
est forcé de le citer, ou pour le combattre, ou pour s'appuyer
de son autorité. Parmi les nombreuses lettres d'admiration et
d'approbation sur le livre du *Pape*, nous en avons trouvé une
d'un style badin, écrite par un saint prélat bien connu en France
par ses talents autant que par ses travaux apostoliques, Mgr Rey,
évêque d'Annecy, qui honorait la famille de Maistre d'une amitié particulière. Nous croyons qu'elle intéressera par son esprit
et par son originalité. (Voyez aux Annexes, t. Ier, la lettre du
5 février 1820 de M. le vicaire général Rey.)

Le comte de Maistre, nommé chef de la grande chancellerie
du royaume avec le titre de ministre d'État, fut arrêté dans sa
carrière littéraire par les affaires publiques, dont il s'occupait
avec ardeur. Il avait esquissé l'épilogue des *Soirées de Saint-*

----

(1) Nous donnons, aux Annexes du t. 1er, une lettre de cet officier écrite après
l'affaire de Gravellona où les insurgés, commandés par les émissaires français,
avaient été complétement défaits. Elle nous a paru remarquable par son style
animé et franchement militaire.

*Pétersbourg* dans les derniers jours de sa vie. On trouve encore, dans cette première ébauche, la verve de son style. Nous croyons faire plaisir à nos lecteurs en publiant ce fragment. (Voyez t. II.)

Le comte de Maistre était d'un abord facile, d'une conversation enjouée, constant dans sa conduite comme dans ses principes, étranger à toute espèce de finesse, ferme dans l'expression de ses opinions, du reste méfiant de lui-même, docile à la critique, sans autre ambition que celle d'un accomplissement irréprochable de tous ses devoirs. Il refusa longtemps de se charger de la mission de Pétersbourg, et voilà comment il racontait à un de ses amis sa promotion inattendue :

« Élevé dans le fond d'une petite province, livré de bonne « heure à des études graves et épineuses, vivant au milieu de « ma famille, de mes livres et de mes amis, peut-être n'étais-je « bon que pour la vie patriarcale, où j'ai trouvé autant de bonheur « qu'un homme en peut goûter sur la terre : la Révolution en a « ordonné autrement ! Après quelques expériences malheureuses, « je m'étais arrangé pour terminer paisiblement ma carrière en « Sardaigne ; me tenant pour mort, ce pays me plaisait assez « comme tombeau. Point du tout, il a fallu venir représenter « sur ce grand théâtre. »

Cependant les fatigues de l'âme, les travaux de l'esprit, les peines de cœur avaient usé peu à peu une constitution des plus robustes. Le comte de Maistre perdit, dans l'année 1818, son frère André (nommé évêque d'Aoste), ecclésiastique d'une haute distinction par ses talents et son caractère ; ce fut une immense douleur. Depuis lors sa santé, qui avait résisté au climat de Pétersbourg comme à celui de Sardaigne, devint chancelante, sa démarche incertaine : sa tête conservait seule toute sa force et sa fraîcheur, et il continuait l'expédition des affaires avec la même assiduité. Au commencement de 1821, lorsque de sourdes rumeurs annonçaient déjà l'ignoble échauffourée révolutionnaire du Piémont, le comte de Maistre assistait au conseil des ministres, où l'on agitait d'importants changements dans la législation. Son avis était que la chose était bonne, peut-être même nécessaire, mais que le moment n'était pas opportun. Il s'échauffa peu à peu et improvisa un véritable discours. Ses derniers mots furent : « Messieurs, la terre tremble, et vous voulez bâtir. »

Le 26 février, le comte de Maistre s'endormit dans le Seigneur, et le 9 mars la révolution éclatait. Le comte de Maistre succomba à une paralysie lente, après une vie de soixante-sept ans de travaux, de souffrance et de dévouement ; il pouvait dire avec confiance : *Bonum certamen certavi, fidem servavi.* Son corps repose dans l'église des jésuites, à Turin. Sa femme et son petit-fils ont déjà été le rejoindre dans le froid caveau, ou plutôt dans le séjour bienheureux.

Le comte de Maistre, en entrant au service à l'âge de dix-huit ans, avait une fortune suffisante pour jouir d'une honnête aisance dans sa ville natale. Après avoir servi son roi pendant cinquante ans, il rentra en Piémont dans une honorable et complète pauvreté. Tous ses biens ayant été vendus, il eut part à l'indemnité des émigrés ; mais une bonne partie des terres qu'il avait possédées étant situées en France, ne fut point portée en compte. Avec la modeste compensation qui lui fut allouée et *un millier de louis que lui prêta le comte de Blacas*, il acheta une terre de cent mille francs environ, seul héritage matériel qu'il légua à ses enfants.

Deux motifs puissants m'ont engagé à la publication des opuscules et principalement des lettres du comte de Maistre : d'abord l'utilité dont elles peuvent être par les vérités qu'elles défendent, par les saines doctrines qu'elles contiennent ; ensuite le désir de tracer du comte de Maistre un portrait vivant et animé qui le fasse aimer de ceux qui ne l'ont qu'admiré. Rien, sans doute, ne fait mieux connaître un homme que de se trouver ainsi introduit dans son intimité, de l'observer librement et sans témoins, d'entendre le père parler de ses enfants, l'époux de la douce compagne de sa vie, d'écouter l'homme d'État, le sujet fidèle s'adressant à son roi, l'ami s'entretenant avec ses amis ; il m'a paru que c'était élever un simple et noble monument à la mémoire d'un père vénéré, que c'était mettre en lumière l'élévation de son génie, l'étendue de ses connaissances, l'ingénuité de ses vertus.

Le comte Rodolphe DE MAISTRE.

# LETTRES ET OPUSCULES

## INÉDITS

### DE

### M. LE COMTE JOSEPH DE MAISTRE.

—

## LETTRES.

# LETTRES INÉDITES

## M. LE COMTE JOSEPH DE MAISTRE.

***

**1. — A M. LE BARON DE V....**

Lausanne, 6 août 1794.

Je vois par votre dernière lettre, cher ami, que vous donnez un peu, sans vous en apercevoir, dans le préjugé contre les émigrés. Vous croyez qu'ils ont montré de la joie sur les affaires de Genève : détrompez-vous. Je n'ai pas vu un Français qui n'ait parlé sur ces horreurs avec le ton que nous y aurions mis vous ou moi. Voici tout le mystère : les émigrés ennuient, parce qu'on est faible, et parce qu'on n'a pas la force de dire rondement, ce qui serait cependant fort naturel : « On nous menace, nous n'avons pas la force de vous protéger : allez-vous-en. » On se plaît à leur créer des fautes pour se mettre bien avec soi-même; et cependant, il y aurait infiniment plus de noblesse à parler franchement. Il faut avouer qu'on agit bien mal avec les émigrés. La bonté de la cause qu'ils défendent devrait jeter un voile sur leurs défauts; et, au contraire, on se sert de leurs défauts pour jeter de la défaveur sur leur cause. Je vous

<mark>I.</mark> 1

ai ouï dire souvent qu'il y a un esprit révolutionnaire
dans toutes les têtes ; que chacun veut faire une révolution à sa mode, etc. : vous devez donc approuver ceux
qui prêchent pour l'immobilité des maximes. Revenant
à leur conduite, je suis forcé d'avouer que, depuis que
je suis ici, j'ai vu moins de sottises de leur façon qu'on
n'en aurait vu dans tout autre rassemblement d'une nation quelconque. Les Anglais en ont fait d'énormes
dont on n'a pas parlé. Si un Français malheureux, irrité, dégoûté de la vie, poussé à bout par les contradictions, se permet un mot un peu léger, les démocrates
crient *haro !* et le gouvernement, qui incline à croire par
la raison que je vous ai dite, accueille des dénonciations
qui n'ont pas le sens commun. En un mot, mon cher
ami, presque tous les gouvernements d'Europe exécu-
tent sur les royalistes les décrets de la *Convention ;* ce
qui a fait un mal infini à l'opinion dans tous les pays.
Je vous assure que, si j'étais membre de cet honorable
corps, j'en rirais bien. Voilà tous nos prêtres de Nyon
renvoyés. On a bâti à Genève des pamphlets qui les ac-
cusaient d'avoir voulu créer *une Vendée dans le Jura.*
La chose a fait grande sensation. Vous entendez bien
qu'il n'y a pas le mot de vrai, mais la vérité ne fait
rien. Je crains fort que l'orage ne s'étende jusqu'à Lausanne : on est cependant fort sage, je vous l'assure ;
l'histoire des deux prêtres de Nyon était fort légère ;
car dès que l'une des parties était catholique, ils pouvaient croire que c'était à eux à marier. — Je n'ai point
vu le discours du ministre d'Angleterre dont vous me
parlez. Est-ce Pitt ? Mais de Londres même on écrit qu'il
ne parle que de guerre. Je n'ai pas compris ce que vous
me dites sur deux espèces de paix. Si on en fait une

quelconque, nous sommes perdus. J'espère que les
puissances alliées méditent quelque chose : s'il n'y a aucune entreprise militaire sur le tapis, il faut avouer que
les vingt-cinq mille hommes abandonnés dans les quatre villes conquises sont le comble de l'inhumanité et
de l'imprévoyance ; mais je sens qu'il faut attendre pour
bien juger, quoique Landrecies fasse déjà un préjugé
fâcheux. — Comment trouvez-vous la jolie aventure du
9 thermidor ? Pour moi, j'aurais mieux aimé voir tomber la C. N. ; mais l'événement, tel qu'il est, me semble
très-heureux. Il suspend nécessairement plus ou moins
l'action du gouvernement révolutionnaire, et il le fait
descendre dans l'opinion. Il prouve que ce gouvernement ne peut avoir de stabilité. Il nous défait d'une
foule de scélérats, et c'est un gain clair et net pour
l'univers. C'est la Providence qui avait jeté dans la municipalité le citoyen Simon, cordonnier, infâme et insolent geôlier des enfants de France ; c'est ainsi qu'il s'est
trouvé invité, sans s'en douter, à la fête du 10 sur la
place de la Révolution. Je vous l'indique, de peur que
vous n'ayez pas aperçu cette tête coupée parmi les qua-
tre-vingt-quatorze autres.

2. — A M. LE BARON DE V....

Lausanne, 15 août 1794.

Les Français, mon cher ami, ont sans doute des côtés
qui ne sont pas aimables ; mais souvent aussi nous les
blâmons parce que nous ne sommes pas faits comme

eux. Nous les trouvons légers, ils nous trouvent pesants : qui est-ce qui a raison ? Quant à leur orgueil, songez qu'il est impossible d'être membre d'une grande nation sans le sentir. Les Anglais et les Autrichiens n'ont-ils point d'orgueil ? Lorsqu'un ci-devant seigneur français se voit apostrophé par tel magistrat de Lausanne ou de Nyon qui n'aurait pas osé, il y a cinq ans, aspirer à l'honneur de dîner avec lui ; quand je vois M. le bailli traiter, je ne dis pas lestement, mais cruellement des militaires français, en montrant sur sa poitrine, sur ses portraits, et à la tête de toutes ses ordonnances, l'ordre du Mérite qu'il tient de la France, je ne puis me défendre de leur permettre un peu d'impatience. « On n'en veut nulle part, » dites-vous ; il faut donc les faire conduire sur la frontière de France, comme M. de Buven en a menacé, il y a deux jours, le jeune de Savon, qui travaille ici pour nourrir sa mère ; et alors le premier bourreau de la frontière fera son acquit, par lequel il confessera avoir reçu de la Suisse, du Piémont, de l'Espagne et autres nations chrétiennes, tant de têtes d'émigrés pour la guillotine. Le reproche que vous faisiez l'autre jour aux Français *de se réjouir des succès de leurs bourreaux* vient encore de la prévention, si vous y regardez de près ; car ce sentiment est très-raisonnable, et même héroïque. Les soldats français ne sont point les bourreaux des émigrés, mais les sujets de ces bourreaux : ils se battent pour une mauvaise cause, mais leurs succès ne sont pas moins admirables. M. Mallet du Pan a très-justement insisté sur ce point dans son ouvrage. Je ne vois pas comment un Français pourrait ne pas sentir un certain mouvement de complaisance en voyant sa nation seule avec une foule de mécontents dans l'intérieur, non-seulement résister à l'Europe, mais encore l'humilier et lui donner beaucoup de soucis. Certainement c'est de la force bien mal employée ; mais cependant c'est de la force. D'ailleurs, un Français peut penser comme je pense, que la division de la France serait un grand mal. La foule des étourdis voudrait voir l'empereur à Paris pour rentrer vite dans leurs terres ; mais il ne faut pas blâmer celui qui dirait : « J'aime mieux souffrir pendant quelque temps de plus, et que ma patrie ne soit plus morcelée. » La société des nations, comme celle des individus, est composée de grands et de petits, et cette inégalité est nécessaire. Vouloir démembrer la France parce qu'elle est trop puissante, est précisément le système de l'égalité en grand. C'est l'affreux système de la convenance, avec lequel on nous ramène à la jurisprudence des Huns ou des Hérules. Et voyez, je vous prie, comme l'absurdité et l'*impudeur* (pour me servir d'un terme à la mode) se joignent ici à l'injustice. On veut démembrer la France ; mais, s'il vous plaît, est-ce pour enrichir quelque puissance du second ordre ? Nenni :

Dantur opes nullis nunc, nisi divitibus.

C'est à la *pauvre* maison d'Autriche qu'on veut donner l'Alsace, la Lorraine, la Flandre. Quel équilibre, bon Dieu ! J'aurais mille et mille choses à vous dire sur ce point, pour vous démontrer que notre intérêt à tous est que l'empereur ne puisse jamais entrer en France comme conquérant pour son propre compte. Toujours il y aura des puissances prépondérantes, et la France vaut mieux que l'Autriche. Nous n'avons nul besoin d'un Charles V. Si je n'ai point de fiel contre la France, n'en soyez pas

surpris : je le garde tout pour l'Autriche. C'est par elle
que nous sommes humiliés, perdus, écrasés. C'est par
elle que nous sortirons d'ici, non-seulement sans argent,
mais sans considération, j'ai presque dit sans honneur.
Vous parlez d'orgueil, de prétentions ; trouvez-moi une
suprématie, une domination plus insultante que celle
que l'Autriche exerce à notre égard. J'aimerais mille
fois mieux 30,000 émigrés qui se battraient pour nous
que 30,000 Allemands qui sont venus pour nous voir
assommer sur les montagnes avec des lunettes d'approche. M. d'Autichamp, M. de Narbonne, me plairaient
tout autant, je vous l'avoue, que M. de Vins avec sa fis-
tule qui s'ouvre à point nommé toutes les fois qu'on le
contrarie. On reproche aux Français de vouloir commander partout où ils sont. Et les Autrichiens ne com-
mandent-ils pas ? Partout les grands commandent aux
petits. Encore un coup, je connais les défauts français et
j'en suis choqué autant qu'un autre; mais je sais aussi
ce qu'on peut dire en leur faveur. Au reste, cher ami,
la politique est comme toutes les autres sciences : *Mun-
dum tradidit disputationi eorum*. Mais je vous dis
qu'on se trompe sur la France; qu'il ne faut point se
décider par les idées du moment, encore moins par des
considérations de pure inclination; qu'en persécutant
partout le bon parti, on gâte l'esprit des peuples, et
qu'on donne une force incalculable à la république,
parce qu'on grossit son parti de tous ceux (et le nombre
en est prodigieux) qui voudraient bien un autre ordre
de choses, mais qui voient qu'il n'y a pas moyen de
faire un noyau hors de la France, et qui finissent par
servir, de dépit et de désespoir, un parti qu'ils n'aiment
point.

Je suis tout surpris qu'après une permission de demeurer jusqu'au 1er janvier, on nous remette nouvellement sur le tapis pour partir. Mais savez-vous une belle chose ? c'est que le Piémont ne nous voit plus arriver qu'avec une extrême répugnance , surtout les prêtres. L'abbé Saint-Marcel l'a écrit ici en confidence à quelqu'un, et je m'en doutais depuis longtemps, sur quelques notices qui m'étaient parvenues. Je veux vous faire part d'un sentiment que j'ai dans le cœur, sans trop savoir où je l'ai pris. Je me sens entraîné à croire que le Piémont sera révolutionné, et que nous nous régénérerons ensemble , ou que la Savoie ne retournera plus à son ancienne domination. Cette idée ne tient à aucun calcul politique, et cependant je ne puis m'en défaire. Il me semble que la Savoie révolutionnée unie au Piémont non révolutionné formerait une dissonance. Je vous dis ceci le 15 août 1794 ; souvenez-vous-en. Je suis tout à vous, mon très-cher.

*P. S.* M. Merci d'Argentau a demandé mille hommes aux Autrichiens, avec promesse de chasser les Français d'Ormex : ils ont refusé. Les bras en tombent à M. Trevor. Cette maison d'Autriche est une grande ennemie du genre humain , et surtout de ses alliés. Je vous avoue que je la déteste cordialement. J'ai la ferme espérance, au reste, que l'empereur, pour n'avoir pas voulu être le *coq* de la coalition, en sera le *coq d'Inde*. Amen.

———

### 3. — A M. LE BARON DE V....

Lausanne, 28 octobre 1794.

Rien ne marche au hasard, mon cher ami ; tout a sa règle et tout est déterminé par une puissance qui nous dit rarement son secret. Le monde politique est aussi réglé que le monde physique ; mais comme la liberté de l'homme y joue un certain rôle, nous finissons par croire qu'elle y fait tout. L'idée de détruire ou de morceler un grand empire est souvent aussi absurde que celle d'ôter une planète du système planétaire, quoique nous ne sachions pas pourquoi. Je vous l'ai déjà dit : dans la société des nations comme dans celle des individus, il doit y avoir des grands et des petits. La France a toujours tenu et tiendra longtemps, suivant les apparences, un des premiers rangs dans la société des nations. D'autres nations, ou pour mieux dire, leurs chefs, ont voulu profiter, contre toutes les règles de la morale, d'une fièvre chaude qui était venue assaillir les Français, pour se jeter sur leur pays et le partager entre eux. La Providence a dit que non ; toujours elle fait bien, mais jamais plus visiblement à mon avis : notre inclination pour ou contre les Français ne doit point être écoutée. La politique n'écoute que la raison. Votre mémoire n'ébranle nullement mon opinion, qui se réduit uniquement à ceci : « Que l'empire de la coalition sur la France et « la division de ce royaume seraient un des plus grands « maux qui pussent arriver à l'humanité. » Je me suis formé une démonstration si parfaite de cette proposition, que je ne désespérerais pas de vous convertir vous-même, mais non par écrit, car ce serait un traité dans les formes.

Je vous remercie cependant très-fort de ce mémoire, qui est une très-bonne pièce historique : faites attention, au reste, que vous prenez presque tous vos exemples dans un seul règne, ce qui n'est pas juste : d'ailleurs, quelle nation n'a pas abusé de son pouvoir quand elle l'a pu? Si vous écoutiez des natifs Mexicains ou Péruviens, ils vous prouveraient que les plus exécrables des hommes sont les Espagnols. Qu'est-ce que l'Europe n'eut pas à souffrir de Charles V, qui l'aurait toute conquise sans les Français? Tout ce que vous reprochez à Louis XIV ne peut entrer en comparaison avec trois cents vaisseaux pris par les Anglais en 1756 sans déclaration de guerre, encore moins avec l'exécrable partage de la Pologne. Enfin, mon cher ami, je vous répète que nous sommes d'accord sans le savoir. Il est naturel que vous désiriez les succès de la coalition contre la France, parce que vous y voyez le bien général. Il est naturel que je ne désire ces succès que contre le jacobinisme, parce que je vois dans la destruction de la France le germe de deux siècles de massacres, la sanction des maximes du plus odieux machiavélisme, l'abrutissement irrévocable de l'espèce humaine, et, même ce qui vous étonnerait beaucoup, une plaie mortelle à la religion : mais tout cela exigerait un livre.

Quant à l'autre point sur lequel, à mon véritable regret, il me semble que nous ne sommes pas parfaitement d'accord, c'est la révolution (quelconque) qui me paraît infaillible dans tous les gouvernements. Vous me dites à ce sujet que les peuples auront besoin de gouvernements *forts*, sur quoi je vous demande ce que vous entendez par là? Si la monarchie vous paraît *forte* à mesure qu'elle est plus *absolue*, dans ce cas, Naples, Madrid, Lisbonne, etc., doivent vous paraître des gouvernements vigoureux. Vous savez cependant, et tout le monde sait, que ces monstres de faiblesse n'existent plus que par leur aplomb. Soyez persuadé que, pour *fortifier* la monarchie, il faut l'asseoir sur les lois, éviter l'arbitraire, les commissions fréquentes, les mutations continuelles d'emplois et les tripots ministériels. Voyez, je vous prie, ce que nous étions devenus, et comme on avait repoussé vos idées même de bon ordre, quoique très-modérées et ne touchant nullement à la prérogative de la couronne.

Tout à vous, mon cher ami.

---

#### 4. — A MADEMOISELLE CONSTANCE DE MAISTRE.

Cagliari, 13 janvier 1802.

Mon très-cher enfant, il faut absolument que j'aie le plaisir de t'écrire, puisque Dieu ne veut pas encore me donner celui de te voir. Peut-être tu ne sauras pas me lire couramment, mais tu ne manqueras pas de gens qui t'aideront à déchiffrer l'écriture de ton vieux papa. Ma chère petite Constance, comment donc est-il possible que je ne te connaisse point encore, que tes jolis petits bras ne se soient point jetés autour de mon cou, que les miens ne t'aient point mise sur mes genoux pour t'embrasser à mon aise? Je ne puis me consoler d'être si loin de toi; mais prends bien garde, mon cher enfant,

d'aimer ton papa comme s'il était à côté de toi : quand
même tu ne me connais pas, je ne suis pas moins dans
ce monde, et je ne t'aime pas moins que si tu ne m'a-
vais jamais quitté. Tu dois me traiter. de même, ma
chère petite, afin que tu sois tout accoutumée à m'aimer quand je te verrai, et que ce soit tout comme si
nous ne nous étions jamais perdus de vue : pour moi,
je pense continuellement à toi, et pour y penser avec
plus de plaisir, j'ai fabriqué dans ma tête une petite figure espiègle, qui me semble être ma Constance. Elle
a bien quelquefois certaines petites fantaisies ; mais tout
cela n'est rien, je sais bien qu'elles ne durent pas. Ma
chère petite amie, je te recommande de tout mon cœur
d'être bien sage, bien douce, bien obéissante avec tout
le monde, mais surtout avec ta bonne maman et ta tante,
qui ont tant de bontés pour toi : toutes les fois qu'elles
te font une caresse, il faut que tu leur en rendes deux,
une pour toi et une pour ton papa. J'ai bien ouï dire par le
monde qu'une certaine demoiselle te gâtait un peu, mais
ce sont des discours de mauvaises langues que le bon
Dieu ne bénira jamais. Si tu en entends parler, tu n'as
qu'à dire que les enfants gâtés réussissent toujours. Je
ne veux point que tu te mettes en train pour répondre
à cette lettre ; je sais que la bonne maman veut ménager
ta petite taille, et elle a raison. Tu m'écriras quand tu
seras plus forte ; en attendant, je suis bien aise de savoir que tu aimes beaucoup la lecture, et que tu sais
ton *Télémaque* sur le bout du doigt. Je voudrais bien
parler avec toi de la grotte de Calypso et de la nymphe
Eucharis que j'aime bien, mais cependant pas autant
que toi. Je voudrais bien aussi te demander si tu n'as
point eu peur quand tu as vu Mentor jeter ce pauvre

Télémaque dans l'eau tête première, pour l'empêcher de perdre son temps. Ah! jamais ta tante Nancy n'aurait fait un coup de cette sorte. Un bon oncle que tu ne connais pas encore, te portera bientôt de ma part un livre qui t'amusera beaucoup : il est tout plein de belles images, et, dès qu'on t'aura expliqué comment il faut se servir du livre, tu pourras t'amuser toute seule. Adèle et Rodolphe s'en sont bien divertis ; à présent c'est ton tour : je te le donne, et quand tu le feuilleteras, tu ne manqueras jamais de penser à ton papa.

Ta maman, ton frère, ta sœur, t'embrassent de tout leur cœur ; et moi, ma chère enfant, juge si je t'embrasse, si je te serre sur mon cœur, si je pense à toi continuellement. Adieu mon cœur, adieu ma Constance. Mon Dieu, quand pourrai-je donc te voir ?

---

### 5. — A MADAME LA BARONNE DE P....

Saint-Pétersbourg,     juillet 1802.

Avec tout le respect que je vous dois, Madame, je ne puis être de votre avis sur le grand événement qui fixe les yeux de l'Europe, et qui me paraît unique dans l'histoire. Vous y voyez l'établissement définitif, la consolidation du mal ; moi je persiste à le regarder comme un événement heureux dans toutes les suppositions possibles. Un examen approfondi n'a fait que me confirmer dans ce sentiment, et voici mes raisons.

Tout le monde sait qu'il y a des révolutions heureuses et des usurpations très-criminelles dans leur principe, auxquelles cependant il plaît à la Providence d'apposer le sceau de la légitimité par une longue possession. Qui peut douter que Guillaume d'Orange ne fût un très-coupable usurpateur? Et qui peut douter encore que George III ne soit un très-légitime souverain ?

Si la maison de Bourbon est décidément proscrite (*quod abominor*), il est bon que le gouvernement se consolide en France. J'aime bien mieux Bonaparte roi que simple conquérant. Cette farce impériale n'ajoute rien du tout à sa puissance, et tue sans retour ce qu'on appelle proprement la *révolution française*, c'est-à-dire l'*esprit révolutionnaire*, puisque le plus puissant souverain de l'Europe aura autant d'intérêt à étouffer cet esprit qu'il en avait à le soutenir et à l'exalter lorsqu'il en avait besoin pour parvenir à son but. Nous n'avons plus à craindre que des révolutions *tamerla-niques*, c'est-à-dire des conquêtes. Mais à cet égard le titre n'y fait rien, le danger était le même, et plus grand encore ; car le titre légitime (même en apparence) en impose jusqu'à un certain point à celui qui le porte. N'avez-vous pas observé, Madame, que dans la noblesse, qui n'est, par parenthèse, qu'un *prolongement de la souveraineté*, il y a des familles usées au pied de la lettre ? La même chose peut arriver dans une famille royale : il y a même une raison physique de cette déca-dence, raison sur laquelle on s'obstine à fermer les yeux, et qu'il serait cependant très-bon de connaître puisqu'on peut la prévenir ; mais ce sujet me mènerait trop loin. La maison de Bourbon est-elle arrivée au point de répéter la chute inévitable des Carlovingiens ? Les partisans du *nouvel homme* le disent en France ; mais j'ai de très-bonnes raisons de croire le contraire, et je

me complais à le penser; car c'est la maison à laquelle je
suis le plus attaché après celle à laquelle je dois tout. Il
y a cependant quelque chose à prendre dans toutes ces
déclamations de Paris. Les Bourbons français ne sont
certainement inférieurs à aucune race régnante; ils ont
beaucoup d'esprit et de bonté. Ils ont de plus cette espèce de *considération* qui naît de la grandeur antique,
et, enfin, l'utile instruction que donne nécessairement le
malheur; mais, quoique je les croie très-capables de
*jouir* de la royauté, je ne les crois nullement capables
de la *rétablir*. Il n'y a certainement qu'un usurpateur
de génie qui ait la main assez ferme et même assez dure
pour exécuter cet ouvrage. Ses crimes même y servent
infiniment : il y a deux choses qu'une puissance légitime ne peut exécuter.  Qu'aurait fait le roi au milieu
de tous ces décombres? Soit qu'il eût voulu transiger
avec les préjugés ou les fouler aux pieds, ces préjugés
l'auraient de nouveau et irrévocablement détrôné. Laissez faire Napoléon. Laissez-le frapper les Français avec
sa verge de fer; laissez-le emprisonner, fusiller, dé-
porter tout ce qui lui fait ombrage; laissez-le faire une
Majesté et des Altesses impériales, des maréchaux, des
sénateurs héréditaires, et bientôt, n'en doutez pas, des
chevaliers de l'ordre; laissez-le graver des fleurs de lis
sur son écusson vide, etc., etc. Alors, Madame, comment voulez-vous que le peuple, tout sot qu'il est, n'ait
pas l'esprit de se dire : « Il est donc vrai qu'une grande
« nation ne peut être gouvernée en république ! Il est donc
« vrai qu'il faut nécessairement tomber sous un sceptre
« quelconque et obéir à celui-ci ou à celui-là ! Il est donc
« vrai que l'égalité est une chimère ! » Des idées aussi
simples se présenteront à tous les esprits; mais je vous

le répète, jamais le roi n'aurait pu le faire entrer dans les têtes; il n'y aurait eu qu'un cri : *Le voilà qui revient avec ses ducs, ses cordons, etc. Quelle nécessité de rétablir des distinctions odieuses?* etc. Aujourd'hui les Français voient ce qu'il en est, et il ne faut pas autant d'esprit qu'ils en ont pour être parfaitement convertis. L'esprit de l'armée surtout ne peut être mis en question que par des hommes qui n'ont nulle connaissance. — Je reprends donc mon terrible dilemne : — Ou la maison de Bourbon est *usée* et condamnée par un de ces jugements de la Providence dont il est impossible de rendre raison, et, dans ce cas, il est bon qu'une nouvelle race commence une succession légitime, celle-ci ou celle-là, n'importe à l'univers; — ou cette famille auguste doit reprendre sa place, et rien ne peut lui être plus utile que l'accession passagère de Bonaparte, qui hâtera sa propre chute et rétablira toutes les bases de la monarchie sans qu'il en coûte la moindre défaveur au prince légitime. Je ne sais pas ce qui arrivera, mais je sais bien que ceux qui disent, *C'est fini!* n'y entendent rien. Au contraire, le couronnement de Bonaparte augmente la chance en faveur du roi. Ce prince a malheureusement de très-grands préjugés contre lui. Il y a longtemps que je les ai combattus, suivant mes forces, d'une manière qui m'a valu de sa part une très-honorable approbation que je n'attendais nullement; mais passons. Je dis que *chaque mouvement de haine envers l'usurpateur se tourne en amour pour le prétendant*. C'est ainsi, je l'espère, que se formera l'opinion dont le roi légitime a besoin.

Quant au rétablissement de la maison de Savoie, je persiste toujours à le croire impossible tant que le *Dæmonium meridianum* tiendra le sceptre; il faut qu'il soit renversé, ou par la maison de France (*quod felix faustumque sit*), ou par un autre pouvoir quelconque, avant que je puisse songer à revoir Turin.

Au reste, Madame, je sens à merveille que je puis être trompé par mon inclination bien naturelle pour la maison de France, dont la restauration serait la cause immédiate de celle de Savoie. Cependant, en me dépouillant autant qu'il est possible à l'homme de toute espèce d'illusion, de devoir et d'inclination, je crois qu'il est impossible que Bonaparte établisse une nouvelle dynastie.

Si cette lettre était un livre, et si je pouvais m'enfoncer dans une certaine métaphysique que je me suis faite, peut-être que je vous ferais partager les mêmes opinions; mais prenons la voie la plus courte de l'expérience. La politique est comme la physique. Il n'y en a qu'une de bonne : c'est l'expérimentale. Je dis donc : Ouvrez l'histoire, et montrez-moi un simple particulier qui soit monté subitement au rang suprême, et qui ait commencé une dynastie royale : cela ne s'est jamais vu; donc je suis fondé à croire que la chose est impossible : autrement, comment serait-il possible que, parmi les chances infinies des événements politiques, celle-là ne se fût jamais présentée? Charlemagne était Pepin, c'est-à-dire ce qu'il y avait de plus grand dans l'Europe. Il touchait au trône, et la force seule des choses l'y avait pour ainsi dire placé. Hugues Capet, qui remplaça à son tour les Carlovingiens, était duc de Paris, premier pair de France, fils de Hugues le Grand, et son origine se perdait dans les siècles. Les Stuarts furent renversés par un autre prince, et leur sang même ne quitta pas le trône, puisque la reine Anne était Stuart; enfin, ces fa-

milles étaient, pour ainsi dire, *mûres pour la royauté.*
Mais voyez Cromwell, qui était dans le cas de Bonaparte, sa race n'a pas tenu : « C'est parce que son fils
ne voulut pas régner, » disent les bonnes gens. — *O
bella !* — Est-ce qu'il n'y a pas une cause à tout? Mais
je dis que ces familles ne tiennent pas, et c'est tout ce
que je puis dire; je me crois donc bien fondé à croire
que la commission de Bonaparte est de rétablir la monarchie, et d'ouvrir tous les yeux en irritant également
les royalistes et les jacobins, après quoi il disparaîtra,
lui ou sa race; quant à l'époque, il serait téméraire de
conjecturer; tout homme sage doit dire : « *Nescio diem
neque horam.* » Mais à voir la manière dont les choses
vont, il est bien permis de faire des suppositions favorables.

Vous voyez, Madame, que si je me trompe, c'est au
moins sur de bonnes raisons, et après avoir examiné la
chose bien attentivement; d'autant plus que, comme
vous le sentez assez, je ne fais que raser le sujet.

Malgré la solidité de votre esprit et vos inclinations
sérieuses, je m'aperçois cependant que je me suis en-
foncé, plus qu'il ne convient avec une dame, dans les
hautes régions de la philosophie de l'histoire; parlons
d'autre chose, par exemple, de la pluie et du beau
temps, du chaud et du froid : c'est un sujet, comme
vous savez, inépuisable.

La belle saison s'étant déclarée à l'ordinaire, vers le
commencement de mai, et tout le monde étant à la
campagne, il s'est élevé un froid dont on m'assure qu'il
n'y a pas d'exemple. Hier, j'ai passé la journée chez
l'ambassadeur d'Angleterre, qui est à la campagne sur
la route de Cronstadt. Nous ne quittâmes le feu qu'un

instant, pour regarder quelques vaisseaux dans le golfe avec sa lunette. Aujourd'hui, j'ai allumé le feu par besoin; je ne sais combien durera cette bizarrerie. Ici, on couvre la campagne d'or pour vaincre la nature de toutes les manières; car il faut vaincre le climat et la qualité du terrain. Je viens de voir dépenser 10,000 roubles pour creuser un fossé autour d'une possession dont le sol n'a coûté que 25 roubles. Tout cela, pour trois mois dans de très-belles années, et pour six semaines au plus dans les mauvaises. Rien ne coûte pourvu qu'on jouisse. En voyant ces magnificences, je vais pensant à tout ce que la bonne nature fesait pour nous *de sa pleine puissance*. Et la vue des serres me rejette dans les mélancoliques idées de la politique. Je vous en fais grâce, Madame, sachant bien que dans ce genre vous n'avez pas besoin d'*excitateur*. J'aime bien mieux vous renvoyer au début de ma lettre, et enfoncer avec vous le regard dans les consolantes perspectives de l'espérance.

---

#### 6. — A M. LE COMTE D'AVARAY, A RIGA.

Saint-Pétersbourg, 8 (20) novembre 1805.

Monsieur le comte, la phrase que vous avez insérée pour moi dans votre dernière lettre à M. le comte de Blacas, me prouverait seule ce que vous êtes, quand je n'en aurais pas d'ailleurs tant de preuves; cependant, à la manière dont vous me répondez, je serais bien tenté de croire que je ne me suis pas fait comprendre.

Il ne s'agit pas de savoir si vous aimez les regards du monde, et si vous désirez les réunir sur vous : je vous crois à mille lieues de ces faiblesses. Il s'agit d'un *fait*; et non d'un *désir*. Tous ces regards que vous avez fort raison de mépriser, sont néanmoins exclusivement réunis sur vous; et dans l'opinion générale comme dans les cabinets, tout ce qui se fait est mis sur votre compte. L'ennemi dit : *C'est lui*, et l'ami (quels amis !) dit encore : *C'est lui*. C'est la haine qui parle, c'est l'envie, c'est la poltronnerie ; mais, mon Dieu! on n'entend qu'elles. — Monsieur le comte, le cœur humain est un cloaque; descendons-y cependant quelquefois en nous bouchant le nez, pour y recevoir quelques leçons utiles. Le mot que j'ai pris la liberté de vous adresser est bien important. Croyez-vous que je ne vous connaisse pas? Croyez-vous que j'ignore vos sentiments pour le roi? Oui, vous êtes son ami, son véritable ami. *En est-il jusqu'à trois que l'on pourrait nommer?* Je n'en sais rien. Quoi qu'il en soit, telle est l'étrange situation des choses, que la prééminence qui vous est strictement due dans ce genre est cependant un très-grand danger, je ne dis pas pour vous (qu'importe à un homme comme vous), mais pour votre maître. Je vous répète donc avec une nouvelle impertinence : Ne laissez pas concentrer tous les regards sur vous; ne faites pas bouder l'orgueil d'autrui, quand même il aurait un peu tort; car l'orgueil qui boude est trop près d'apostasier. Évitez les brouilleries, les séparations, les plaintes ; laissez-vous même, de temps en temps, éclipser à dessein, et brillez doucement derrière ces *corps opaques* qu'on ne voit pas, précisément parce qu'ils vous cachent. — Mais en vérité, ceci n'est plus de l'impertinence, c'est

2.

tout à fait de l'impudence. Pardonnez-moi, Monsieur le comte, je suis comme le bonhomme Job, *plenus sermonibus*. Je ne puis retenir ce que je crois utile à une cause que j'aime par-dessus tout, et je suis devenu bien plus audacieux depuis que j'ai eu le bonheur de faire votre connaissance. N'allez pas me dire : « Ah! si vous saviez!... » Je sais, je sais, Monsieur le comte, je connais l'homme et les hommes, je vous rends justice; jusqu'à présent je n'ai cru qu'en vous. Et cependant, je vous crie de toutes mes forces : « *Prenez garde à vous.* » — Tout ceci, comme vous l'imaginez bien, ne s'adresse qu'à vous exclusivement : je n'en ai point fait lecture ici.

Par un mot que m'a dit M. le comte de Blacas (et pour moi seul), j'ai cru m'apercevoir que si ce cabinet *reçoit* ou *lit* la déclaration, l'intention de S. M. ne serait pas de lui accorder les changements qu'il pourrait suggérer. Je connais les droits et la dignité de S. M.; mais sa situation et la saine politique me paraissent exiger impérieusement plus de condescendance. Ce que c'est que la tête humaine! et comme on voit différemment! Moi, je ne demanderais pas mieux qu'un *suggerimento* de ce genre : ce serait à mon avis le meilleur moyen d'engager ce cabinet, pour ainsi dire à son insu, et de le rendre en quelque manière l'auteur de la pièce. Et que savez-vous, Monsieur le comte, quels pourraient être les résultats d'une telle condescendance? L'orgueil, qui est le même toujours et partout, se laisse apprivoiser par la docilité : il s'aime lui-même, en croyant aimer celui qui le flatte, et cette illusion le mène loin. Je supplie S. M., au nom de l'inexprimable intérêt que m'inspire sa cause, de sacrifier beaucoup à l'opinion de cette cour. Elle nous fera sans doute aussi, à M. de Blacas et à moi, l'honneur de nous croire capables de refaire à nous deux une phrase sans nuire à ses intérêts. Le temps presse. Je sens que l'absence du roi arrêtait tout, puisqu'à lui seul appartenait la décision; mais je ne doute pas qu'il ne se soit occupé de cette affaire dès qu'il aura pu respirer après de si longues et si grandes fatigues. Je vous ai manifesté mon désir (et certes ce n'est pas une phrase) qu'il ne reste rien de ce que j'ai écrit. Je crains de n'avoir pas bien fait, je suis tourmenté de scrupules. M. le comte de Blacas vous aura dit que ce mot d'*abus* m'est revenu en tête pour me tourmenter. Maintenant, je n'en veux plus. Si le dernier polisson de France venait à écrire : « Vous voyez! il dit *abus, parce qu'il veut conserver la chose,* » j'en serais malade. Dans ce genre, on ne peut conseiller sans trembler!

Dieu veuille éclairer et bénir le roi, tous ceux qui se mêlent de ses affaires, et vous surtout, Monsieur le comte.

---

## 7. — AU MÊME.

Saint-Pétersbourg.

Oui, sans doute, Monsieur le comte, Salomon a raison, *les blessures faites par un ami valent mieux que les caresses d'un flatteur.* Cependant, il vaudrait mieux que l'ami ne blessât pas. J'espère que je ne vous ai pas blessé. Comment pourrais-je vous avoir déplu en ser-

vant, ou même en tâchant de servir votre maître? Maintenant, tout est dit. *Jacta est alea.* Nous verrons l'effet.
Je crois, comme j'ai l'honneur de le dire à S. M. dans
la lettre ci-jointe, que, dans l'état actuel, la pièce est
absolument irréprochable sur le fond des choses. Il n'y
a que l'article des biens nationaux qui me fait trembler
plus peut-être que si vous n'en aviez pas parlé du tout.
Sur ce point, il n'y a qu'un cri : de manière qu'il faut
que vous ayez raison contre tout le monde, ce qui est
un peu fort. Cependant, je vous avoue qu'il s'élève dans
mon cœur certains mouvements qui me font balancer,
malgré la détermination absolue de la raison. Je me dis
comme Montaigne : Que sais-je? Il arrive des événements si extraordinaires! On comptera si peu les voix,
si jamais le roi est rétabli; et dans ce cas, ce serait
pour lui un si grand bonheur de n'avoir rien promis, etc., etc. Bientôt je me reproche de prendre des
désirs pour des raisons : puis j'en reviens à l'instinct
royal, comme je vous disais l'autre jour. Je m'examine
moi-même : je me juge, je me réfute, je me défends.
Je ne sais si je suis superstitieux ou raisonnable, politique ou romancier. *Que sais-je?* Encore une fois, *jacta
est alea.*

La manière dont vous répondez à mon billet particulier, augmenterait l'estime que j'ai pour vous si elle
pouvait augmenter. Certainement, Monsieur le comte,
il y a bien peu d'hommes qui vous rendent justice autant que moi. Le mot de *fidélité* est bientôt prononcé;
mais une fidélité telle que la vôtre, un dévouement aussi
parfait, aussi désintéressé, aussi énergique, ne sont pas
des choses communes. Il est fort aisé, comme vous savez, de vous entendre blâmer. Mille fois j'ai rompu des

lances pour vous; mais comme la calomnie a souvent un noyau qui demande attention, *le zèle de votre maison qui me dévore* m'avait pour ainsi dire *extorqué* ces lignes. Si jamais j'ai le très-grand plaisir de vous revoir, je veux suivre ce texte, car il est important, et jamais on n'écrit tout.

Conservez-moi votre amitié, Monsieur le comte, et soyez bien persuadé que je mets la vôtre au rang de ce que je possède de plus précieux. Je vous souhaite force et santé autant qu'il vous en faut pour répondre à votre infatigable activité, et je souhaite que ce zèle unique reçoive enfin la couronne du succès. Je sais qu'il accepterait celle du martyre, s'il le fallait. Au fond, votre situation est bien un martyre : la persécution vous lime au lieu de vous assommer; c'est toute la différence, et je ne sais en vérité si elle est en faveur des limés ou des assommés.

Agréez, Monsieur le comte, etc.

---

## 8. — A M. LE CHEVALIER DE MAISTRE.

Saint-Pétersbourg, 14 février 1805.

Frère Nicolas ! Je commençais à croire que tu me méprisais, et je tenais déjà la plume pour t'en demander raison, lorsque voilà la gente épître à l'ami Xavier qui nous est arrivée il y a un mois, et qui nous a fait un plaisir infini en nous prouvant que tu ne nous avais point retiré tes bontés. Sur tous ces *nous*, tu vas dire : « Est-ce que vous êtes ensemble, messieurs mes frères ? »

Nous l'étions, mon cher ami, lorsque ta lettre est arrivée. Un beau matin que je songeais creux dans mon lit, j'entends ouvrir ma porte avant que la sonnette eût donné le signal. Surpris de cette violation de l'étiquette, je crie : *Qu'est-ce que c'est donc que cela ?* C'est ton frère, me répond Xavier, en ouvrant mes rideaux. Comme l'heure des apparitions était passée depuis longtemps, je n'eus pas le moindre doute sur la réalité de l'aventure. Je te laisse à penser si nous nous sommes gaudis ensemble. Cette réunion, au reste, n'a pas été de longue durée. Il était venu avec un jeune chambellan qui a ses affaires à Pétersbourg et une jolie femme à Moscou. Ses projets n'ayant pu s'exécuter ici, le contre-poids de Moscou l'a entraîné au bout de seize jours bien comptés, et mon frère, qui lui avait promis de ne pas l'abandonner a dû repartir aussi. — Il a donc fait quatre cents lieues pour passer seize jours avec moi. Cela s'appelle en Russie *une course*. Je commence à m'y habituer, moi, qui mettais jadis des bottes pour aller à Sonaz ; et si je trouvais du temps, de l'argent et des compagnons, je me sens tout prêt à faire *une course* à Tobolsk, voire au Kamtchatka. Peu à peu je me suis mis à mépriser la terre, elle n'a que neuf mille lieues de tour. — Fi donc ! C'est une orange. Quelquefois, dans mes moments de solitude, que je multiplie autant qu'il est possible, je jette ma tête sur le dossier de mon fauteuil ; et là, seul au milieu de mes quatre murs, loin de tout ce qui m'est cher, en face d'un avenir sombre et impénétrable, je me rappelle ces temps où, dans une petite ville de ta connaissance, la tête appuyée sur un autre dossier, et ne voyant autour de notre cercle étroit (quelle impertinence ! Juste ciel !) que de petits hommes

et de petites choses, je me disais : « Suis-je donc condamné à vivre et mourir ici comme une huitre attachée
à son rocher ? » Alors je souffrais beaucoup : j'avais la
tête chargée, fatiguée, *aplatie* par l'énorme poids du
*rien* ; mais aussi quelle compensation ! Je n'avais qu'à
sortir de ma chambre pour vous trouver, mes bons
amis. Ici tout est grand ; mais je suis seul ; et à mesure
que mes enfants se forment, je sens plus vivement la
peine d'en être séparé. Au reste, je ne sais pas trop
pourquoi ma plume, presque à mon insu, s'amuse à te
griffonner ces lignes mélancoliques, car il y a bien quelque chose de mieux à t'apprendre. Xavier rentre au
service de la manière la plus agréable pour lui et pour
nous ; cette dissonance qui nous choquait l'oreille
n'existe plus, et nous voilà à l'unisson. On vient d'or-
ganiser ici le département de l'amirauté. Il y a une
partie militaire et une partie scientifique. De celle-ci dépendent une bibliothèque, un musée, un cabinet de
physique, etc., et notre frère a été fait directeur de cet
établissement, avec deux mille roubles de traitement ;
c'est ici la paye d'un général-major. Il était libre de
passer dans l'ordre civil avec le rang de lieutenant-colonel ; mais il est soldat, il veut toujours l'être ; je crois
qu'il a raison, d'autant plus qu'il conserve son ancienneté comme s'il ne s'était jamais retiré du service. Te
parler de ma reconnaissance envers S. M. I. serait, je
crois, quelque chose de fort inutile. Il y a longtemps
que je n'ai pas eu un aussi grand plaisir. Au reste, les
traits d'auguste délicatesse et de générosité chevaleres-
que sont fréquents à cette cour, je veux t'en citer un
exemple :

Il y a ici un Français dont le caractère et les aventures méritent de fixer l'attention : c'est M. de Moutiers, l'un des respectables gardes du corps qui accompagnèrent Louis XVI dans sa malheureuse fuite de Varennes ; il était masqué en laquais, et s'appelait *Melchior*. Un soir que l'auguste caravane se reposait dans je ne sais quelle petite auberge, le roi lui dit : « Mon cher de Moutiers, comment pourrai-je récompenser le service que vous me rendez? » — « Sire (répondit le brave homme « avec une espèce d'enthousiasme), je veux que vous « donniez à ma famille le nom que je porte aujourd'hui « pour vous sauver : je veux qu'elle s'appelle Melchior. » — « Fort bien, mon ami, reprit le roi ; mais je vous fais comte. Vous êtes le comte Melchior de Moutiers. » — Les malheurs qui suivirent ne sont que trop connus ; il serait inutile d'en parler. Le comte de Moutiers, ruiné et fugitif comme tant d'autres, échut à Berne, où une demoiselle riche et noble l'aima, le lui dit, l'épousa, et se fit catholique, véritablement pour le récompenser. Bientôt l'abjuration et l'émigration ruinèrent la femme comme le mari. Ils vivaient l'un et l'autre très-étroitement à Munich avec trois enfants, lorsqu'il reçut l'ordre d'en partir à l'époque trop mémorable du mois d'avril dernier. La femme était malade ; on n'y eut aucun égard. Enfin, après de longs pourparlers, on consentit à laisser tranquille la femme malade (ce que c'est que l'humanité!), à condition que le mari partirait. Celui-ci demande un passe-port à l'ambassadeur d'Autriche pour venir en Russie ; il est refusé. — Mais, par charité, laissez-moi passer au moins par transit, comme une marchandise prohibée. — Point de raison. — Il s'adresse à la

Prusse. — Permis de passer, à la charge de ne pas séjourner. Enfin, il est ici, sans feu ni lieu, et ne sachant
de quel bois faire flèche. Peu à peu, on le connaît, on
prend intérêt à lui, on l'invite, et il a l'honneur de dîner
chez M. de Narichkin avec Mgr le grand-duc, qui lui fait
conter son histoire. Le prince apprend qu'un autre
Français émigré, nommé M. de Bonsaison, qui est employé dans la maison des cadets, était venu chercher
M. de Moutiers, et lui avait dit : « Monsieur, je n'ai
« qu'un petit logement et de faibles moyens; mais je ne
« puis supporter l'idée d'un homme comme vous à l'au-
« berge; venez chez moi. » Le surlendemain, le grand-
duc s'est rendu à l'école des cadets, où il a dit publiquement à M. de Bonsaison : « Monsieur, je suis venu exprès pour vous remercier de votre conduite à l'égard de
M. le comte de Moutiers, et je veux avoir le plaisir de
vous embrasser; » ce qu'il a fait. Ensuite, il a donné à
M. de Moutiers un logement dans le palais de marbre,
qui appartient aujourd'hui à S. A. I., et neuf cents roubles de pension sur sa cassette. Le Français était au
comble de ses vœux, d'autant plus que, dans ce pays,
le logement emporte toujours la lumière et le bois. Bientôt après, il reçoit, sans en avoir eu le plus léger *avant-
goût*, une lettre de M. de Moravieff, ministre du cabinet, par laquelle ce dernier lui transmet l'expédition
authentique de S. M. I., qui assigne à M. le comte de
Moutiers une pension viagère de quatorze cents roubles,
dont la moitié sera reversible à sa femme, comme un
témoignage de l'estime de S. M. pour le noble dévouement de M. de Moutiers à la personne de son maître. —
Il faut entendre ce père et ce mari qui n'a plus de souci,
et qui va jouir de sa famille.

Lorsqu'on a conté de pareils traits, il faut se taire, car il n'y a pas moyen de les louer assez.

Il y a un siècle plus ou moins que je t'ai envoyé une procuration bien inutile, peut-être; cependant il est bon que tu l'aies; mande-moi si tu l'as reçue. Je ne compte plus du tout sur ce drôle de S. L'honnête homme qui va à la messe est plus honnête homme que l'honnête homme qui n'y va pas; mais le fripon qui y va est aussi plus fripon que le fripon qui n'y va pas. Ainsi n'en parlons plus : jamais il ne me donnera un centime.

J'ai été ravi de la belle poésie que vous avez envoyée à Moscou il y a quelques mois. Les strophes sont charmantes, et le révérend *André* Malherbe n'est pas moins parfait dans son genre. Mon frère Xavier dit une fort plaisante chose à ce sujet. Il prétend que vous êtes nécessairement possédés du diable, vu qu'à notre âge les Muses ne s'en mêlent plus. *Sed de his satis*.

Je ne puis écrire autant que je le voudrais, mais jamais je ne vous perds de vue. Vous êtes tous dans mon cœur; vous ne pouvez en sortir que lorsqu'il cessera de battre. A six cents lieues de distance les idées de famille, les souvenirs de l'enfance me ravissent de tristesse. Je vois ma mère qui se promène dans ma chambre avec sa figure sainte, et en t'écrivant ceci je pleure comme un enfant. Il y a bien d'autres personnes que je me rappelle quoiqu'elles soient infiniment moins intéressantes pour moi; mais ces personnes m'attristent d'une autre manière, je veux dire en m'oubliant. J'en veux surtout à ce glaçon de la *grande place*. Peut-on avoir joué, pensé, vécu, raisonné et travaillé ensemble pendant je ne sais combien d'années, et s'oublier ensuite ! S'il y a eu jadis quelque froideur entre nous, je pourrais bien rappeler

à ce propos une saillie sublime de mon père. — Ah!
l'animal, il croit que je m'en souviens. — Mais tout
dépend du caractère. Mon acier a frappé ce caillou dans
tous les sens : jamais je n'ai pu en tirer une étincelle.
Il n'en est pas ainsi entre nous ; rien n'a changé, rien
ne peut changer. N'ai-je pas bien dit ?

---

### 9. — A MADAME LA MARQUISE DE ....

Saint-Pétersbourg, 9 (21) mars 1805.

Non certainement, madame la marquise, vous n'êtes
point *jaune* : j'ai le souvenir le plus clair du contraire.
Quant à la peste, il peut se faire que vous ayez fait dire,
à moi ou à d'autres, la peste! avec un très-joli point
d'admiration. Mais je ne vois là ni crainte, ni barrière,
ni cordon, ni fumigation; en un mot, rien de tout l'at-
tirail de la peste. C'est cependant un fait, madame, que
le courrier qui vous portait ma lettre du 7 décembre
vous a traitée comme une franche pestiférée, car il a
passé sans s'arrêter, et s'en est allé bravement porter
lettre et paquet à Naples, d'où le tout est revenu à Rome,
et Dieu aidant, entre vos mains, madame la marquise.
Or, ce paquet contenait mon portrait; vivant, parlant
(mais non pas voyant), mon Dieu! Je serais inconsolable s'il avait péri sur la fumée comme un prisonnier de
guerre iroquois. Mais j'espère que le retard lui aura été
favorable, et que le fatal cordon avait disparu lorsqu'il
a fait son entrée dans votre capitale. Quand on ne l'aurait percé de part en part que de sept à huit trous comme

votre lettre du 5 janvier, ce serait beaucoup trop en vérité. Enfin, madame, j'attends mon sort, et si j'ai péri, je serai inconsolable de l'*inconsolabilité* de mes gens de Turin, car pour moi, je ne m'en embarrasse nullement.

Vous m'avez fait tout le plaisir imaginable en me disant que vous avez été extrêmement contente de la lettre de ma chère Adèle. C'est l'enfant de mon cœur. Mais prenez garde, Madame la marquise; si vous me flattez, c'est un guet-apens formel. — Ce n'est pas ainsi qu'on traite les honnêtes gens, entendez-vous bien. Je compte sur votre probité, et je vais me réjouir tout bonnement de l'approbation que vous donnez à ma fille. Ah! si quelque homme romanesque voulait se contenter du bonheur! Mais, dites-moi donc, Madame la marquise, vous qui lisez tant de livres (pour moi, je ne lis plus), n'auriez-vous pas rencontré une recette pour donner une dot à une demoiselle dont le père est ruiné? Cela devrait se trouver dans la clavicule de Salomon, dans les secrets d'Albert le Grand, ou tout au moins dans le *Moyen de parvenir;* autrement, l'auteur est un sot. Si vous découvrez quelque chose, je me recommande à vous.

Madame la marquise, vous le croirez si vous voulez, mais le fait est qu'on ne peut vous être plus parfaitement dévoué que

Votre très-h.

———

10. — A MONSEIGNEUR L'ÉVÊQUE DE N..., A VIENNE.

Saint-Pétersbourg, 9 (21) mars 1805.

Monseigneur,

Vos lettres, qui sont toujours les bien arrivées, le sont surtout lorsque vous les confiez à des personnages intéressants *qui ont bien mérité de la vraie patrie.* Celle dont vous avez chargé M. l'abbé Milliot a demeuré un siècle en route; mais la seconde a fait son chemin sans retard. Je n'ai pas besoin de vous dire, Monseigneur, si je me suis plu à faire jaser ces messieurs... J'ignorais que M. le chevalier de Vernègues eût frisé la mort de si près. M. l'abbé Milliot m'a appris sur celle de l'infortuné duc d'Enghien des particularités qui ne m'étaient pas moins inconnues. L'état des esprits en France est le sujet favori de toutes mes méditations, et par conséquent de toutes mes conversations. Mais je ne sais comment je me défie absolument de tout le monde, sans nulle distinc-tion. Je voudrais voir : mais que verrais-je? Est-ce que ceux dont je me défie n'ont pas vu aussi? Et qui me dit que je saurais voir mieux qu'ils n'ont vu ! Voilà ce que je me dis à moi-même; et lorsque je me suis fait cette petite mercuriale, une voix intérieure dont je ne suis pas le maître recommence à me dire : « *Il faudrait voir.* » Je suis entièrement dérouté; mais rien ne m'a fait une im-pression aussi profonde et aussi douloureuse que la dé-marche du pape... Plus j'examine ce qui se passe, plus je me persuade que nous assistons à une des gran-

des époques du genre humain. Ce que nous avons vu,
et qui nous paraît si grand, n'est cependant qu'un préparatif nécessaire. Ne faut-il pas fondre le métal avant
de jeter la statue? Ces grandes opérations sont d'une
longueur énorme. On peut voir soixante générations de
roses; quel homme peut assister au développement total
d'un chêne? L'arbre se prépare lentement.

**Crescit occulto velut arbor ævo.**

Peut-être serait-il possible de présager quelque chose;
mais ce serait le sujet d'une conversation, même d'une
conversation d'hiver, pour n'avoir pas envie d'aller se
promener. On trouve ici très-peu l'occasion de faire de
ces conversations que j'appelle *substantielles*, après lesquelles je me retire joyeux *uti conviva satur*. La mode,
l'historiette, l'actrice, l'ariette, mais par-dessus tout (si
l'on peut citer Voltaire à un évêque), *ô roi David !* Voilà
tout, Monseigneur; on ne sort pas de là. Cependant le
cabinet parle bien d'autre chose et voit de loin. Tran-
quillisez-vous, Monseigneur, sur sa *longanimité*, et
croyez bien qu'on ne le prend pas pour dupe. Certainement l'usurpateur s'est bien trompé sur l'excellent
Alexandre I$^{er}$, et vous pourriez même voir à Paris quelques preuves qu'il commence à s'apercevoir de cette
erreur. Cependant je me tiens prêt à tout, et ne me crois
sûr de rien. On m'enseigne si bien le doute depuis quinze
ans, que je ne m'avise pas trop de donner tête baissée
dans les espérances même en apparence les mieux fondées : jusqu'à présent la *bête a prévalu. Toute la terre
la suit et l'adore. Elle a bien une dizaine de têtes, et autant de diadèmes, en tout comptant.* Je ne sais quand

elle sera jetée dans l'abîme. Pour moi, Monseigneur, je ne puis renoncer à l'espérance de lui voir faire le saut, et je me réjouis, en calculant mon âge, de pouvoir, selon les apparences, mourir avant que cette opinion soit devenue complétement ridicule.

Je ne connaissais pas les vers que vous me citez, Monseigneur; ils s'appliquent parfaitement à votre malheureux maître. Je lui souhaite tout le repos, et ensuite toute l'activité qu'il peut désirer. Je souhaite qu'il devienne l'objet principal de toutes les spéculations politiques, et le grand pivot de toutes les opérations. Mais que nous sommes encore loin de voir cette manière de penser adoptée dans les cabinets! Heureusement les affaires du roi se feront toutes seules, et il remontera sur son trône au lieu d'y être porté par des entrepreneurs qui voudraient se faire payer. — J'avais promis de ne plus faire de prophétie; en voilà cependant une qui figurerait fort bien dans un chapitre d'Isaïe. — Eh bien, je ne dirai plus rien, et je vous connais assez clément pour me pardonner ce qui est écrit.

Lorsque vous m'assurez de votre amitié, Monseigneur, d'une manière si flatteuse pour moi, je ne vous dirai pas comme la petite Bretonne de madame de Sévigné : « *Je ne puis pas vous réciproquer.* » Je trouve, au contraire, un sensible plaisir à vous *réciproquer*, et ce plaisir durera autant que celui qui l'éprouve.

————

## 11. — A MADAME LA BARONNE DE ...., A VIENNE.

Saint-Pétersbourg, 18 (30) mars 1805.

Oui, Madame, j'ai reçu votre lettre du mois de juillet, et si je n'ai pas répliqué, c'est que l'exactitude dans le commerce épistolaire est devenue pour moi une chose impossible. C'est une chanson que je répète à tous mes amis. En vérité, je suis condamné à l'impolitesse comme on l'est dans la bonne compagnie au fouet ou aux galères. La malédiction originelle touchant le travail est descendue aplomb du papa Adam jusqu'à moi : d'honneur, c'est une primogéniture formelle. J'ai beaucoup d'affaires et point de soutiens : la délicatesse m'empêche d'en demander. Le grand monde me fait perdre beaucoup de temps. D'ailleurs, Madame la baronne, vous sentez bien qu'il n'y a pas moyen de fermer tout à fait les livres. Je me sens même brûlé plus que jamais par la fièvre de savoir. C'est un redoublement que je ne puis vous décrire. Les livres les plus curieux me poursuivent et viennent d'eux-mêmes se placer sous ma main. Dès que l'ineffable diplomatie me laisse respirer un moment, je me précipite malgré tous les avertissements de la politesse sur cette pâture chérie, sur cette espèce d'ambroisie dont l'esprit n'est jamais rassasié ;

Et voilà ce qui fait que votre ami est muet.

Ce qui soit dit cependant sans m'égaler tout à fait à Sganarelle; car je prétends que mes raisons valent mieux que les siennes. Quant à vous, Madame... j'allais vous dire, *Vous n'avez pas les mêmes raisons pour ne pas*

*écrire*; puis tout à coup j'ai retenu ma plume en songeant que vous aviez pour n'écrire à personne la meilleure de toutes les raisons possibles, celle de vous trouver dans l'enthousiasme de la composition. Dans tous les
genres l'homme se plaît à créer, rien ne l'occupe, rien
ne l'absorbe plus justement. Ainsi, Madame, jusqu'à ce
que le nouveau roman soit fait et parfait, je vous remer-
cierai de vos lettres, mais je n'oserai point en demander.

J'ai beaucoup ri, dans le temps, de votre équivoque
sur la *scène de l'oratoire*, dont je vous avais parlé dans
ma dernière lettre au sujet de la duchesse de la Vallière.
J'entendais parler de la scène dans l'oratoire de la duchesse, une des plus belles choses que je connaisse dans
ce genre, et non de l'autre aventure dans l'oratoire
de la reine. A ne considérer que le mérite littéraire
du livre, je trouve que l'ouvrage serait irréprochable, si l'on en retranchait quelques longueurs extrêmement fatigantes et, avant tout, l'épître dédicatoire
*à mon ami Pierre Lombard*, qui est véritablement un
solécisme de convenance. Mais savez-vous bien, Madame la baronne, que les Anglais me semblent avoir
attaqué ce livre avec beaucoup d'avantage du côté de la
morale? J'ai lu dans leurs journaux qu'à tout prendre,
*la duchesse de la Vallière* est un livre dangereux;
qu'il embellit le vice, qu'il encourage les penchants dé-
sordonnés d'une jeune personne en lui montrant de loin
le repentir et la pénitence, espèce de port à la vérité
très-sûr et très-respectable, mais où tous les *naufragés*
n'arrivent pas à beaucoup près; que la maîtresse d'un
roi marié est une coquine comme celle d'un laquais, etc., etc. En vérité, ce n'est pas tant mal dit. Je
ne sais que vous dire, au reste, de l'inconcevable auteur

3

du livre. Comment peut-on toujours bien dire et toujours mal faire? Je la méprise plus que si elle affichait la
perversité. On m'a assuré ici très-distinctement qu'elle
s'était parfaitement convertie. Ainsi soit-il; mais j'en
doute extrêmement.

Vous m'avez rendu justice, Madame, et vous m'avez
traité comme un père, en me parlant de l'esprit et des
talents de votre aimable fils. Certainement, il n'y a rien
de mieux que ces réponses que vous m'avez fait connaître, et toute mère doit vous envier la douceur de les
entendre. J'y ai pris, je vous l'assure, un singulier
plaisir. Je ne suis pas moins enchanté que vous ayez
fait le pas décisif pour l'établissement de M. votre fils :
quelquefois je songe que vous avez fait tout aussi bien
pour ce monde que pour l'autre en retournant au giron
de notre sainte mère. Si vous aviez continué à dire
votre *Credo* en français, votre charmant jeune homme
aurait bien pu se voir un jour conseiller à Lausanne ou
à Moudon, ce qui est certainement un fort bel état; mais
cependant il vaut bien tout autant être chambellan de
Sa Majesté impériale, royale, apostolique. A propos de
*Credo*, si j'avais encore le plaisir de vous voir, je serais
en état de vous présenter mille réflexions nouvelles qui,
j'ose m'en flatter, vous feraient trouver encore meilleur
le parti que vous avez pris. J'ai d'assez beaux recueils;
mais le temps d'en tirer parti n'est pas arrivé. Votre
amie, ou notre amie, madame de P***, vous a-t-elle imi-
tée? —Pourquoi pas, s'il vous plaît? Avez-vous maintenant quelque correspondance avec elle? Pouvez-vous lui
faire passer mes compliments? Quand une fois on s'est
connu, entre hommes et femmes, de deux manières, je
veux dire, en très-bien ou en très-mal, je trouve qu'il

n'y a rien de si brutal que'de s'oublier. Ce n'est pas qu'il n'y ait beaucoup à chicaner sur le comment et le pourquoi. Mais je dirai toujours comme Dacier : « *Ma remarque subsiste.* »

Il n'y a pas moyen, Madame, de rien ajouter à ce que vous dites sur *vos amis*. Ils seront tout ce qu'on voudra, mais ils ne sont pas aimables. — *Sacrifiez aux Grâces*, disait un ancien; c'est ce qu'on devrait leur dire sans cesse. Pour moi, je les considère infiniment, mais je ne sais qu'en faire, malgré ma bonne volonté. Je voudrais bien être le seul de cet avis, et je voudrais encore plus que ce caractère n'influât que sur les petites relations sociales. Le *jeune homme* est, en effet, ici depuis longtemps : je le vois quelquefois; mais nous sommes jusqu'à présent comme ces métaux hétérogènes qui fondent dans le fourneau, l'un à côté de l'autre, sans pouvoir se mêler. J'espère qu'à la fin l'amalgame se fera; et même je serais déjà content si, sur votre parole, je n'avais pas attendu plus que de la politesse. L'*aigle* dont vous me parlez pourrait bien, selon que les choses tourneront, être mis au rang des oiseaux de basse-cour. Il faut attendre. En attendant, je vous avoue que j'ai de violents préjugés contre ceux qui ne sont pas *de notre bord*. Il n'y a qu'un bon parti; il n'y a qu'un bon système; mais c'est ce qu'il n'est pas possible de faire comprendre dans ce fameux pays où l'on comprend tant de choses. Mais qui est-ce qui comprend dans ce moment? qui est-ce qui a compris? et qui est-ce qui comprendra? Vous dites fort bien, Madame; *eh! quel temps fut jamais plus fertile en miracles?* — Il en est un surtout que je ne cesse d'admirer depuis douze ans. *Tout marche de soi-même* (je m'entends néanmoins), *et jamais les mains étrangères ne peuvent influer sur des plans arrêtés.* Ce miracle, loin de me décourager, me remplit d'espérance. Je me dis que tout ce qui doit tomber tombera, comme tout ce qui devait tomber est tombé, au milieu de tous les appuis imaginables.

Depuis que je n'ai eu l'honneur de vous écrire, j'ai acquis un beau collier vert : j'ai été fait chevalier grand-croix de Saint-Maurice. Puissé-je avoir beaucoup de cadets !

Adieu, Madame la baronne. Voilà beaucoup de ba-vardage, en vérité. Souvenez-vous toujours un peu de moi, je vous en prie, et croyez-moi pour toujours votre dévoué serviteur et ami.

---

**12. — A MADAME LA COMTESSE TRISSINO, NÉE GHILLINO.**

Saint-Pétersbourg, 26 mars 1805.

C'est par ma faute, Madame la comtesse, c'est par ma faute, et c'est par ma très-grande faute. Chaque jour je me disais : Chien de paresseux ! sais-tu ce qui arri-vera? Un beau jour tu verras arriver une lettre de cette aimable comtesse qui te préviendra, et tu mourras de honte. J'ai parfaitement deviné. La lettre est arrivée, et me voilà tout honteux. Maintenant que je vous ai fait ma confession, écoutez mes excuses, Madame. Il y a dans mon pays un proverbe plein de sens qui dit : *J'ai tant d'affaires, que je vais me coucher.* C'est précisé-ment ce qui m'arrive. J'ai tant d'affaires, que je vais me coucher, ou si vous voulez la vérité comme en confession, j'ai tant d'affaires, que je n'en fais qu'une. *Il n'est pas bon à l'homme d'être seul*, dit la Bible; je m'en aperçois trop. Je suis seul, et la plus juste délicatesse m'empêche de demander des aides. Je plie sous le faix, d'autant plus que c'est ici un devoir de conscience de perdre la moitié de la journée, et qu'on passe une grande partie de la vie en carrosse. Ne pouvant plus écrire à tout le monde, je me suis mis à n'écrire à personne, excepté à ma femme et à mes enfants. En m'excusant ainsi, Madame la comtesse, je ne continue pas moins à me frapper la poitrine; car j'ai eu grand tort de ne pas faire une distinction en faveur d'une personne que je distingue autant. Je ne puis vous décrire le plaisir avec lequel j'ai vu arriver votre lettre, quoiqu'elle dût m'apporter quelques remords. Comment donc! elle se souvient toujours de moi, de moi qui le mérite si peu! Croyez, Madame la comtesse, qu'on ne peut être plus sensible que je le suis à vos aimables gronderies; je veux cependant ne plus les mériter.

Vous me demandez, Madame, ce que je dis de tout ce qui se passe! N'avez-vous jamais lu dans une fameuse comédie française : « *Pour moi, je ne sais qu'en dire; voilà ma manière de penser.* » Et moi, Madame, je pense précisément comme le divin Bridoison; c'est l'avis le plus sûr; en s'y tenant *mordicus*, on se moque de la critique. Je voudrais bien rire avec le docteur de ses aimables compatriotes. Il faut avouer qu'en comparant ce qu'ils ont promis au monde avec ce qu'ils ont obtenu, on les trouve de fort jolis personnages! Vivent la liberté et l'égalité! mais, surtout, vivent les droits de l'homme, qui sont bien, je vous l'assure, la plus belle chose du monde après les droits de la femme, que je vénère infiniment, et que j'ai tirés au clair depuis longtemps. Attaquez-moi seulement sur ce chapitre, vous verrez si je suis profond.

Mille et mille grâces, Madame la comtesse, des nouvelles que vous m'avez données. Toutes les fois qu'il se passera près de vous quelque chose d'un peu éclatant, vous m'obligerez toujours beaucoup de m'en faire part; mais si vous laissez passer un courrier, les gazettes vous préviendront toujours. Il y a de l'artifice dans cette observation, que voulez-vous? L'égoïsme et l'intérêt se fourrent partout.

Si j'en juge d'après votre bonté, qui m'est si connue, Madame la comtesse, vous me reprocheriez formellement de terminer une lettre sans vous parler de moi. Je commence par me débarrasser de ce qu'il y a de désagréable dans mon histoire. Il m'est arrivé un grand malheur, Madame. Vous rappelleriez-vous, par hasard, de m'avoir vu une opale de Vicence montée en bague, qui contenait une goutte d'eau? Cette goutte d'eau a beaucoup fait parler ici, on me disait : *Cela n'est pas naturel.* Oui, non. » Enfin, on n'en finissait pas. On voulait même m'engager à dessertir la bague pour faire l'essai; moi, je n'avais jamais voulu m'y prêter, et j'avais toujours beaucoup d'amour pour ma bague. Un beau jour il me prend la fantaisie de la regarder à la lumière. Adieu, goutte! — Elle a disparu. — Comment? par où? Ma foi, je n'en sais rien; le fait est qu'elle a disparu. J'ai versé des torrents de larmes; et quoique ma bague ait perdu toutes ses grâces par cette foudroyante évaporation, je n'ai pas eu la force de m'en séparer. Je la porte toujours très-honorablement.

Voilà, Madame la comtesse, ce qui m'est arrivé de plus remarquable dans le genre triste. Le chapitre du bonheur n'est malheureusement pas saillant, néanmoins il est passable. On continue à me montrer ici beaucoup de bonté. Le climat (chose étrange!) me convient extrêmement. Je suis certainement le seul être humain vivant en Russie qui ait passé deux hivers sans bottes et sans chapeau. Je vis dans une parfaite liberté; le souverain est adorable, non point en style d'épître dédicatoire, mais en style de lettre confidentielle. Enfin, Madame, je n'aurais nullement à me plaindre de mon sort s'il ne me manquait pas deux petits articles : ma famille et quarante mille roubles de rente.

Je voudrais bien répondre aux questions que votre amitié m'adresse sur mes espérances, mais je vois qu'il ne me reste plus assez de papier. Qu'il vous suffise de savoir, Madame, que l'espérance est, ainsi que nous l'enseigne le catéchisme, une vertu indispensable pour le salut, tout comme la foi et la charité. — Ai-je tout dit? Non. Il faut que je vous gronde sur l'épithète d'*insipide* que vous osez donner à vos lettres. C'est une horreur. Je vous ai recommandé la langue italienne, précisément dans l'espérance d'y gagner quelques lignes, même quelques syllabes. Voyez, Madame, comme vos lettres sont insipides pour moi! — Mais vous savez bien ce qu'il en est, dans votre conscience. Adieu, Madame la comtesse. Ne m'effacez jamais de la liste de vos amis, malgré le temps et l'absence, et croyez que je mériterai constamment ce titre, lors même qu'il m'arrivera d'être paresseux. Adieu. Comment pourrai-je jamais reconnaître les politesses dont vous m'avez comblé! Ma mémoire me reporte sans cesse vers cette

époque malheureusement trop courte, et ma reconnaissance est aussi fraîche que le jour où je quittai Rome.

## 18. — A MADAME LA COMTESSE DE....

Saint-Pétersbourg, 2 (14) mai 1805.

Il me semble, Madame la comtesse, que vous êtes
maintenant bien assise, bien reposée, bien tranquille ;
que vous n'avez plus mal au doigt, et que vous pouvez
sans peine décacheter les lettres de vos amis; ce qui
m'inquiète encore infiniment, c'est de savoir si vous
pouvez les lire, car vos yeux sont toujours devant mes
yeux : je vais songeant combien ils vous ont fait souffrir et combien ils pouvaient vous tourmenter encore.
Aveugle moi-même, je dois avoir plus qu'un autre compassion des aveugles : cependant il faut convenir que
mon *aveuglement* est bien plus doux que celui qui vous
affligeait lorsque nous vous avons perdue ; à la vérité je
ne vois pas bien distinctement si ce qui est là au bout de
ma table est un livre, par exemple, ou une boîte, mais
je vois très-distinctement et sans peine cette feuille de
papier et ces lettres que je trace avec tant de plaisir
pour me rappeler à votre aimable souvenance. Comment
vous trouvez-vous, Madame, dans cette petite ville de
Memel? Quel Berlin, bon Dieu! Il me semble qu'il a dû
vous chiffonner étrangement l'imagination. Hélas! il y a
bien peu de choses dans l'univers qui soient encore à
leur place ; mais sur l'article des déplacements c'est vous,
Madame la comtesse, qui avez heureusement l'avantage

sur moi, et c'est à vous de me consoler ! vous avez beau
jeu, je vous l'assure, si vous l'entreprenez, vu que je
n'ai jamais jugé à propos de m'échauffer le sang pour
les coups fourrés de cette vieille guenon nommée *Fortune*, et que j'ai toujours souffert assez patiemment que
la pluie me mouille. Mandez-moi, je vous en prie, si
votre philosophie, peut-être moins robuste, a tenu devant le spectacle de tant de débris. Je vous plains de tout
mon cœur, je vous assure, et je désire de meilleurs
temps pour vous. — Au reste, Madame la comtesse,
quand je dis, *Mandez-moi*, cela me plaît à dire. Il est
entendu seulement que cet aimable comte, mon rival,
si bien traité (ah ! je n'en puis guère douter), aura pour
agréable de prendre la plume et de m'écrire : « La dame
qui est là à côté de moi me charge de vous dire telle et
telle chose sur elle et sur ses yeux ; et de plus, monsieur
l'Allobroge, elle vous fait ses compliments. » Il ne faut
pas être trop exigeant avec les dames. Heureux qui en
tire pied ou aile, autant qu'il m'en souvient : jugez,
Madame, si je voudrais fatiguer un instant vos pauvres yeux.

Si par hasard, Madame la comtesse, il vous prend
fantaisie de savoir ce que je fais et comment je vis,
j'aurai bientôt répondu : c'est ce que vous connaissez,
c'est le mouvement d'une pendule, *tic, tac*. Hier, aujourd'hui, demain et toujours. Il me semble cependant
que je suis devenu un peu plus maussade depuis que je
suis veuf ; je sens ma vie diminuée. J'ai beaucoup de
peine à me traîner hors de chez moi : souvent même je
me refuse aux dîners *roulants* de Pétersbourg, pour me
donner le plaisir de ne point sortir de tout le jour ; je lis,
j'écris, *je fais mes études* ; car enfin, il faut bien savoir

quelque chose. Après neuf heures, j'ordonne qu'on me traîne chez quelque dame, car je donne toujours la préférence aux femmes ; je sais bien, Madame, que vous n'êtes pas de cet avis, mais peu m'importe, chacun a son goût. Ici donc, ou là, je tâche, avant de terminer ma journée, de retrouver un peu de cette gaieté *native* qui m'a conservé jusqu'à présent : je souffle sur ce feu comme une vieille femme souffle pour rallumer sa lampe sur le tison de la veille. Je tâche de faire trêve aux rêves de bras coupés et de têtes cassées qui me troublent sans relâche ; puis je soupe comme un jeune homme, puis je dors comme un enfant, et puis je m'éveille comme un homme, je veux dire de grand matin ; et je recommence, tournant toujours dans ce cercle, et mettant constamment le pied à la même place, comme un âne qui tourne la meule d'un battoir. Je m'arrête à cette comparaison sublime, en ajoutant seulement qu'il n'y a rien de plus invariable dans mon *invariabilité* que les sentiments éternels d'attachement et de respect que je vous ai voués pour la vie. J'embrasse de tout mon cœur ce cher comte, qui lit ceci probablement ; car le moyen d'imaginer qu'il vous laisse lire quatre mortelles pages dont je vous demande humblement pardon.

Je suis, etc.

14. — AU TRÈS-HONORABLE SIR JOHN BORLARE WAREN,
VICE-AMIRAL D'ANGLETERRE, ETC., ETC.

Saint-Pétersbourg, 13 (25) mai 1805.

Monsieur le chevalier,

Il me serait impossible de vous exprimer tout le plaisir avec lequel j'ai reçu votre lettre du 15 mars dernier, où j'ai trouvé des preuves si sensibles de votre souvenir et de la bonne amitié dont vous voulez bien m'honorer. Soyez bien persuadé, M. le chevalier, que vous êtes payé du plus sincère retour, et que votre mémoire est toujours en vénération auprès de moi. Vous me faites une question à la fin de cette lettre à laquelle il ne m'est guère possible de répondre ici, car je ne suis pas du tout sûr que vous décachetiez le premier. Tout ce que je puis vous dire, c'est que je suis têtu dans mes affections, et que je n'en change pas aisément; M. le comte de Front vous dira probablement le reste. Je suis grandement aise que vous ayez contenté à Londres M. de Novosiltzoff; maintenant il ne s'agit plus que de contenter le monde. Vous avez de terribles affaires sur les bras, et je vois dans votre ministère une extrême envie de traiter. La sortie et la réunion des flottes françaises et espagnoles m'a bien prouvé la vérité des réflexions que je vous ai entendu faire si souvent sur la guerre de blocus, qui est à la mer précisément ce qu'est la guerre de cordon sur terre. Je crois bien qu'à ne consulter que l'histoire et les règles ordinaires de la probabilité, les Français, après avoir obtenu peut-être quelques succès partiels, finiront par une bataille de la Dominique; mais vous savez trop qu'à cette malheureuse époque les règles ordinaires nous ont constamment trompés : ces diables d'hommes pourraient fort bien, en attendant une catastrophe future, faire dans ce moment quelques coups de main très-nuisibles à notre cause. Conclusion, M. le chevalier : si nous traitons, j'ai peur que nous ne traitions mal; car, tandis que l'ennemi mettra dans l'un des bassins de la balance l'Italie et une partie de l'Allemagne, que mettrons-nous de l'autre? Il serait donc à désirer qu'on pût se battre, et même à outrance, pour faire reculer l'usurpateur. Vous sentez-vous des forces pour longtemps? C'est sur quoi je serais charmé d'être tranquillisé par vous. Ah! quelle chienne d'époque !

Je me suis parfaitement rappelé ce que nous avions dit une fois au coin du feu, et qui me paraissait alors une hypothèse de conversation : mais en me disant que *le moment est arrivé*, vous m'indiquez que le projet est devenu sérieux. Je le trouve, je vous assure, éminemment raisonnable et politique; mais, hélas! je n'ai pu en raisonner avec notre bon ami Gruber, qui n'existait plus au moment où vous me chargiez de lui faire vos compliments : il était mort dans la nuit du 25 au 26 mars (6-7 avril), presque subitement, étouffé par cet asthme que vous connaissiez. Il fut extrêmement effrayé par un incendie qui eut lieu dans une chambre à côté de la sienne, vers les onze heures. A minuit, il sortit pour appeler le suisse, descendit et remonta l'escalier avec beaucoup plus de célérité que ne le permettait son état; rentré dans sa chambre, l'asthme le saisit fortement. *Cet accès est le dernier*, dit-il au père secrétaire qui était à côté de lui ; *ne m'abandonnez pas, car je touche à mon dernier moment.* Pendant que son collègue lui donnait l'absolution, il mourut. Ce digne homme a été extrêmement et universellement regretté. Un grand nombre de personnes se sont procuré son effigie originairement prise sur le cadavre. — Mais pour en revenir à la politique, je n'ai pas voulu négliger de faire une ouverture au R. P. vicaire général, qui paraît le successeur désigné. Elle a produit la lettre ci-jointe au R. P. Strickland, que j'ai l'honneur de vous adresser avec une traduction française pour plus de commodité, car l'original est en latin. Le tout est abandonné à votre prudence, Monsieur le chevalier. Faites-en, ou n'en faites pas usage, comme vous le jugerez à propos. En vous laissant le maître de tout, personne n'est compromis. Vous observerez la juste délicatesse de ces Messieurs, qui ne peuvent en aucune manière se mêler de l'objet politique. Lorsque le sort des armes aura donné un nouveau maître à tel ou tel pays, leur devoir le plus sacré sera de faire servir les missions à l'organisation politique de ce pays : jusque-là ils ne peuvent rien. Après s'être laissé embarquer comme des moutons, il leur siérait mal d'avoir l'air de provoquer des changements. Au surplus, Monsieur le chevalier, il me semble que nous sommes malheureusement fort éloignés des conquêtes ; il s'agit de conserver au lieu d'acquérir. Ces négociations m'effrayent ; elles feront au moins gagner une année à Napoléon, et le temps est tout pour lui. Je suis fâché que ces négociations soient si nécessaires ; enfin, je suis fort en peine.

Ici, il est fort question d'un voyage de l'empereur qui pourrait être fort significatif ; mais je serai obligé de fermer cette lettre avant d'en être sûr. D'autres, peut-être, vous diront ce qu'il en est. Madame de Novosiltzoff attend ses passe-ports pour aller où vous savez. J'imagine que, de votre côté, vous enverrez aussi votre orateur. Quel ton prendront-ils l'un et l'autre, et qu'en résultera-t-il ? Je n'en sais rien. Les beaux plumets se promènent toujours ici, et dansent toujours, ou jouent lorsque l'exercice leur en laisse le temps. Ils n'ont plus celui de dormir, et plusieurs tombent dans la phthisie. Je me flatte que la guerre leur sera moins mortelle. J'attends avec empressement, Monsieur le chevalier, de savoir quelle sera votre destination. Avec la permission de milady, on ne saurait souhaiter *la moins périlleuse* à un homme tel que vous ; il faut donc vous souhaiter *la plus honorable*. Dès que je vous saurai en mer, je vous suivrai de l'œil sur la carte, en faisant des vœux pour vous. Je m'applaudirai toute ma vie d'avoir acquis l'estime et l'amitié d'un homme de votre sorte. Je mérite un peu ces sentiments par le cas extrême que je fais de votre personne et par l'attachement que je vous ai voué pour la vie. Lorsque vous me ferez l'honneur de m'écrire, ne prenez pas la peine de le faire en français, mes yeux savent parfaitement l'anglais, quoique mes oreilles ne s'en doutent guère. Je me recommande très-humblement au souvenir de milady, dont je serai constamment l'un des plus dévoués serviteurs.

Saint-Pétersbourg, 17 (29) mai 1805.

Oui sans doute, Madame la baronne, je suis bête; pas
assez cependant pour n'avoir pas compris depuis longtemps ce que c'est que *le frère et la sœur ;* vous avez dû
le voir par ma lettre du 18 (30) mars, que vous avez certainement reçue depuis longtemps. Ce qui m'avait tenu
dans le doute assez longuement, c'est que n'étant informé
de rien, et ne m'informant de rien, j'avais pris tout uni-
ment Monsieur et Madame pour deux époux, de manière
que *votre frère et votre sœur* étaient pour moi une énigme
parfaite. En vous voyant revenir souvent sur ce sujet, je
n'ai pu m'empêcher de soupçonner qu'il avait été question de moi dans ces hautes régions. Dans ce cas, ils ont
bien de la bonté ou bien de la malice, s'ils ont daigné
songer à moi qui ne songeai jamais à eux. J'ai passé
comme une hirondelle sans me percher un instant. Je
n'ai rien dit à personne; j'ai mangé ma soupe au coin
de la table comme un échappé de l'Académie. Que me
veut-on, bon Dieu? comment y aurait-il de la place
pour moi dans ces têtes *remplies de si grandes choses ?*
J'ai bien reconnu l'inquiétude de l'amitié dans les avis
que vous m'adressez en si bon style; mais croyez-moi,
Madame la baronne, il n'est plus temps; à mon âge on
ne change pas de caractère, ou, pour mieux dire, on
n'en change jamais. J'ai, sur l'article de la prudence,
des idées particulières (bonnes ou mauvaises) qui m'ont
toujours dirigé. J'ai vu dans ma vie plus d'affaires perdues par la finesse que par l'imprudence. Je contemple

I.                                                    4

sur le grand théâtre du monde, ou sur le théâtre de société, ces grands héros de la dissimulation : en vérité,
je ne voudrais pas de leur succès, pas plus que de leur
moralité. Je fais consister *la* prudence ou *ma* prudence
bien moins dans l'art de cacher ses pensées que dans
celui de nettoyer son cœur, de manière à n'y laisser
aucun sentiment qui puisse perdre à se montrer. Si
vous veniez à toucher ma poche par hasard, je n'en
serais nullement inquiet, car vous ne sentiriez que mon
mouchoir, ma lorgnette et mon portefeuille : si je por-
tais un poignard ou un pistolet de poche, il en serait
autrement. — Je tiens donc mes poches nettes, mais je
les tourne volontiers. *Ne croyez*, me dites-vous, *à aucun cœur environnant.* Dieu m'en garde, Madame la
baronne, je n'ai pas besoin d'être averti sur ce point.
Mais vous allez en conclure qu'il faut donc me taire
scrupuleusement devant ces *cœurs environnants.* Ah!
pas du tout ; je continuerai toujours à dire ce qui me
paraît bon et juste sans me gêner le moins du monde.
*C'est par là que je vaux, si je vaux quelque chose.* Un
des membres les plus distingués de notre diplomatie
disait un jour : *Le comte de Maistre est bien heureux ;
il dit ce qu'il veut et ne dit pas d'imprudence.* Vous
ne sauriez croire combien j'ai été sensible à cet éloge.
Vous me dites encore : « *Sachez vous ennuyer ; n'apprenez à lire* à personne, etc. Hélas! Madame la baronne, c'est ce qu'on me dit depuis mon enfance, et
toujours j'ai fait mon chemin à travers les orages, étonnant beaucoup les spectateurs qui me voyaient dormir
tranquille. J'ai dit, j'ai fait des choses dans ma vie capables de perdre cinq ou six hommes publics. On s'est
fâché ; on a dit tout ce que vous avez pu entendre —

et je suis toujours debout, n'ayant, de plus, cessé de
monter au milieu des obstacles qui me froissaient. Tout
caractère a ses inconvénients. Croyez-vous que je ne sache
pas que je bâille quand on m'ennuie; qu'un certain sourire mécanique dit quelquefois : *Vous dites une bêtise;*
qu'il y a dans ma manière de parler quelque chose d'o-
riginal, de *vibrante*, comme disent les Italiens, et de
tranchant, qui, dans les moments surtout de chaleur ou
d'inadvertance, a l'air d'annoncer un certain despotisme
d'opinion auquel je n'ai pas plus de droit que tout autre homme, etc.? Je sais tout cela, Madame : chassez le
naturel, il revient au galop. Tirons donc part du nôtre,
mais ne cherchons pas à le changer. Ce qui soit dit cependant avec la réserve nécessaire; car il est toujours
bon de se surveiller, et quand on n'éviterait qu'une
faute en dix ans, ce serait quelque chose. Si je vous faisais connaître, Madame, mon inconcevable étoile, si je
vous faisais sentir la main *cachée* qui me conduit *visiblement*, sans que je m'en mêle, vous approuveriez l'espèce de fatalisme raisonnable que j'ai adopté. Je serais
bien fou de m'occuper de mes affaires, puisqu'on les fait
sans moi bien mieux que moi. Je voudrais savoir au
reste, Madame la baronne, si l'on vous a dit le pour et
le contre comme doivent faire tous bons *mémoires.*
Puisqu'on a la bonté, à mon grand étonnement, de parler de moi si loin, on pourrait donc vous avoir récité
quelques succès assez flatteurs. Je joins ici un petit billet doux dont je vous prie expressément de ne pas
donner copie, et je termine par là, mourant déjà de
honte d'avoir fait une grande mortelle lettre toute sur
moi.

Je voulais encore vous parler de romans, de littéra-

4.

ture, de mes espérances, des vôtres, de ceci, de cela, et d'autres choses encore; mais il n'y a plus moyen aujourd'hui. Adieu, mille fois, Madame la baronne; mille tendres remercîments pour l'obligeante sollicitude que vous me témoignez. Ma reconnaissance sur ce point est sans bornes. Souvenez-vous cependant que les avis trop généraux sont à peu près inutiles. Si vous aviez la bonté de me dire : *Dans tel endroit où vous devez passer à telle heure, il y a un serpent*, vous pourriez m'être très-utile; mais si vous me dites en général : *N'oubliez pas qu'il y a des serpents dans le monde*, vous me ferez à peine regarder devant moi. Adieu encore. Je vous répète du fond du cœur mes félicitations au sujet de votre aimable fils. Tout à vous, Madame.

---

### 16. — A MADAME LA MARQUISE DE ...

Saint-Pétersbourg, 29 mai (10 juin) 1805.

Jugez, Madame, si je suis bien aise d'être grondé sur le doute que je vous ai montré à propos de ce que vous me fîtes l'honneur de me dire sur ma fille. Dès que vous avez mis la main sur votre belle conscience, et que vous m'avez dit : *C'est tout de bon*, je me dépêche de croire. Adèle m'écrivait l'autre jour : « Vous ai-je dit que j'ai reçu de madame *** une lettre pleine d'esprit et d'amabilité. J'ai été étonnée de voir qu'elle savait si bien le français, l'écrivant avec autant de facilité et de *naturalezza* que si c'était sa propre langue. » Elle est fort *invaghita* de vous, Madame la marquise;

et comme c'est un mal de famille, mon frère dit qu'il est trop flatté de votre souvenir pour se contenter d'un remercîment *oblique*. Il dit qu'un beau matin qu'il s'é-veillera en verve, il vous priera d'agréer un remercî-ment direct aussi bien *dessiné* que possible. Je trouve qu'il fera bien, et je souhaite que vous soyez du même avis.

N'avez-vous jamais ouï parler d'un édit du temps jadis qui débutait ainsi : *Essendosi vieppiù accresciuto il numero dei pazzarelli in questi felicissimi stati*, votre expression me l'a rappelé. Mais vous dites seulement *felici regioni*, vous n'aimez pas les superlatifs, sans doute de peur de vous compromettre.

Toutes les gazettes vous apprendront que M. de No-vobiltzoff, chambellan de S. M. l'empereur de toutes les Russies, chevalier de plusieurs ordres, ministre adjoint de la justice, est parti hier de ces *heureuses contrées*, pour s'en aller dire à Bonaparte que... —C'est ici où Jeannot dirait : — *Comment donc, Monsieur? il va lui dire que... Mais savez-vous bien que cela est très-sé-rieux*. Bref, Madame la marquise, il me paraît impos-sible qu'une telle démarche ne produise pas quelque chose... ou rien.

Si vous saviez, Madame, dans quel état m'est arrivée votre lettre! Ce n'est plus qu'une découpure faite sans pitié par ces marauds du cordon, une lettre mise en pièces,

Et que méconnaîtrait l'œil même de sa mère.

Vous avez grandement raison de vous fâcher contre ce cordon, devenu inutile de toutes les manières. Patience, cependant, et résignation parfaite; car tout cordon vient de Dieu. Que vous dirai-je d'un certain mariage ? Sur mon honneur, j'aimerais mieux celui de ma fille. En tout cas, vous êtes plus à portée que moi de faire l'épithalame. Chantez donc, Madame la marquise, *io hymen !* Pour moi, je suis affligé d'une éteinte de voix qui me laissera tout au plus la force de vous dire : *Qu'est-ce que vous me chantez là?*

Agréez, Madame, etc.

------

### 17: — A MADAME LA MARQUISE DE ...:

1805.

J'ai reçu avec un extrême plaisir, Madame la marquise, votre lettre du 28 mai. J'y réplique un peu tard, comme vous voyez; mais que voulez-vous? j'écris quand je puis. D'ailleurs, j'attends les occasions, au moins jusqu'à Vienne, autant qu'il m'est possible. Je ne saurais trop vous remercier, Madame, de toutes les précautions que vous avez bien voulu prendre pour faire arriver ces deux portraits jusqu'à moi. Je me résigne à les recevoir tard, pourvu qu'ils arrivent enfin. Quant au mien, il est probablement ce qu'on appelle flambé. Il est parti d'ici le 4 (16) décembre 1804 par un courrier de cabinet napolitain, qui avait pour instruction, dans le cas où il ne pourrait entrer à Florence, de le remettre à Rome au chargé d'affaires de S. M. sicilienne. Le courrier, en effet, ne put passer à Florence à cause de la maudite fièvre jaune ; mais au lieu de remettre le paquet à Rome, il s'en alla droit à Naples, d'où le *plico* fut renvoyé à Rome. Dès lors, le duc de Serra-Capriola en a demandé compte officiellement, d'autant plus que le portrait était joint à beaucoup de lettres. Il n'a point encore de réponse, mais il a répliqué ses sommations, et il prétend que le paquet ne peut être perdu. Nous verrons.

Dimanche 13 (25), il m'est arrivé un petit secrétaire, précisément d'aussi bonne famille que moi, et que je n'avais pas vu depuis trois ans. Sa sœur s'appelle Adèle : vous le connaissez donc ? Vous voyez, d'où vous êtes, Madame la marquise, les transports de joie qui ont dû accompagner cette entrevue. La joie cependant est bien loin d'être pure (eh mon Dieu ! y en a-t-il de telle ?); la séparation a fait tant de mal dans l'endroit où elle a eu lieu, que je n'ai pu sentir toute la douceur de la réunion qui s'est faite ici. Enfin, prenons ce qui nous vient. A cette belle époque il ne faut pas être si difficile.

Mille grâces, Madame la marquise, pour tous les soins que vous avez bien voulu vous donner *autour* de cette lettre essentielle. J'ai déjà la certitude qu'elle est parvenue. Je vous vois d'ici rire, ma lettre à la main, de cette chose qui devait nécessairement produire *quelque chose* ou *rien*. Avouez qu'il fallait beaucoup de pénétration pour deviner aussi juste !

C'est donc vous, Madame la marquise, qui avez promené la science en jupon (1) ! Je vous en félicite, et je suis charmé que vous ayez pu, comme moi, examiner

---

(1) Madame de Staël.

de près cette femme célèbre ou fameuse qui aurait pu être adorable, et qui a voulu n'être qu'extraordinaire. Il ne faut pas disputer des goûts; mais suivant le mien, elle s'est bien trompée. Je trouve que vous la jugez parfaitement bien, excepté dans l'endroit où vous dites que *souvent elle dit des choses qu'elle ne pense pas.* Oh! pardonnez-moi, Madame la marquise. Elle dit fort bien ce qu'elle pense et ce qu'elle veut dire. Je ne connais pas de tête aussi complétement pervertie; c'est l'opération infaillible de la philosophie moderne sur toute femme quelconque, mais le cœur n'est pas mauvais du tout. A cet égard, on lui a fait tort. Quant à l'esprit, elle en a prodigieusement, surtout, comme vous le dites fort bien, lorsqu'elle ne cherche pas à en avoir. N'ayant étudié ensemble ni en théologie ni en politique, nous avons donné en Suisse des scènes à mourir de rire, cependant, sans nous brouiller jamais. Son père, qui vivait alors, était parent et ami de gens que j'aime de tout mon cœur, et que, pour tout au monde, je n'aurais pas voulu chagriner. Je laissai donc crier les émigrés qui nous entouraient, sans vouloir jamais tirer l'épée. On me sut gré de cette modération, de manière qu'il y a toujours eu entre cette famille et moi *paix et amitié*, malgré la différence des bannières. Si vous entretenez quelque correspondance avec la *belle* dame, je vous prie de la remercier de son souvenir et de l'assurer du mien (ah! pour cela je ne mens pas); ajoutez, si vous voulez, Madame la marquise, que dans l'exil de Sardaigne, je me souvins, il y a trois ou quatre ans, de nos soirées helvétiques, et que je chargeai ma vieille amie, madame Hubert, de lui envoyer des assurances formelles. Malheureusement cette lettre se perdit, mais madame Hubert m'écrivit que *c'était égal, parce que ma passion était connue.*

Vous verrez, Madame la marquise, par le timbre de cette lettre, que j'ai voulu parer aux petits inconvénients qui s'opposent quelquefois à la marche des lettres. En vérité, on devrait bien avoir une considération particulière pour les gens de bien, tels que nous, qui s'écrivent comme les anciens Romains : *Si vous vous portez bien, c'est fort bien ; pour moi, je me porte bien.* Si par hasard vous trouvez *une incluse* sous cette enveloppe, je vous prie de lui donner cours.

Agréez, Madame la marquise, les nouvelles assurances des sentiments pleins de regret et de dévouement, avec lesquels je suis, pour la vie,

Votre très-humble et très-obéissant serviteur.

---

### 18. — A MADAME LA BARONNE DE P....

Saint-Pétersbourg, 30 août (10 septembre) 1805.

Mille et mille grâces, Madame la baronne, de l'extrême bonté avec laquelle vous avez reçu, hébergé, choyé mon pauvre petit Rodolphe ; en vérité, c'est beaucoup trop ; je crains que ce grand conseiller d'ambassade ne vous ait gênée. Enfin, Madame, vous l'avez voulu. Quand pourrai-je payer cette lettre de change à votre cher Alphonse ? Mon fils est arrivé tout enchanté de vos politesses. Il me charge de vous renouveler ses plus vifs remercîments. Vous avez été pour lui, Madame, une nouvelle connaissance. Il vous avait beaucoup vue à Lausanne; mais il y a dix ans, et il n'en avait que six. Comme ils arrivent! comme ils nous poussent! ou plutôt comme nous passons tous!

Sans doute, Madame la baronne, il faut nous écrire de temps en temps. Quand on professe les mêmes dogmes, il est doux de répéter ensemble le symbole commun. Votre tirade sur la Suisse est très-bonne, je vous assure; je l'ai fait lire en très-bon lieu, et quoique vous ne parussiez pas instruite, en l'écrivant, de certaines *transactions* qui s'opposaient tout à fait à la réunion, votre lettre n'est pas moins pleine de réflexions sages et surtout pratiques. Il n'y a, dans cette partie du globe qui vous intéresse par-dessus tout, que les Suisses et les Piémontais capables d'un grand coup de collier : reste à savoir si l'on saura se servir d'eux. C'est votre doute, et c'est le mien. Rien n'égale, je vous l'assure, l'intérêt que je prends à vos bons Helvétiens, qui, cependant, avaient été trouvés beaucoup au-dessous d'eux-mêmes par les deux gangrènes modernes, l'esprit philosophique et l'esprit de commerce. Ce reproche, au reste, ne tombe nullement sur les montagnards, qui étaient demeurés purs, et qui l'ont bien fait voir. Mais je ne puis vous cacher, Madame, une opinion fort enracinée dans mon esprit : c'est que jamais une république détruite ne peut se relever. Je n'ai pas le temps d'entrer dans les détails; mais réfléchissez-y bien, et vous sentirez que les éléments d'une constitution républicaine (de la vôtre surtout), s'ils étaient une fois dissipés, ne pourraient plus être rassemblés. Je suis bien trompé si vous n'en trouvez pas la preuve dans votre propre cœur, si vous y regardez attentivement. Vous me dites : « Que deviendrons-nous donc? » Ma foi, Madame, je n'en sais rien.

En général, cependant, vous obéirez à *un* ou à *plusieurs ;* si c'est un malheur, j'en suis fâché. Souvenez-vous, Madame la baronne, de ma prophétie chérie. Cette immense et terrible révolution fut commencée avec une fureur qui n'a pas d'exemple, *contre le catholicisme et pour la démocratie. Le résultat sera pour le catholicisme et contre la démocratie.* Si vos petits cantons peuvent faire une exception quant à la république, j'y consens de tout mon cœur. La résistance qu'ils firent en 1798 serait bien digne de ce prix ; mais, à vous dire la vérité, j'y crois peu : vous m'en direz votre avis, et ensuite nous verrons ce qui arrivera.

J'en étais ici de cette lettre lorsque j'en ai reçu une de Sa Majesté, mon bon maître, qui accorde au grave Rodolphe quatre cents sequins de pension et la croix de Saint-Maurice, avec dispense d'âge et autres, jusqu'à des temps plus heureux. Cette grâce, dans ce moment, m'a pénétré de joie et de reconnaissance ; je m'empresse de vous en faire part, Madame, eu égard à notre *parenté.*

Adieu, Madame la baronne ; ne m'oubliez jamais, je vous en prie, sous aucun prétexte, et croyez à mon éternel et respectueux attachement.

———

### 19. — A MADAME LA COMTESSE TRISSINO DE SALVI, A VICENCE.

Saint-Pétersbourg, 8 (20) novembre 1805.

Où êtes-vous, Madame la comtesse, et que faites-vous à cette bruyante époque? Je crains que le bruit du

canon ne vous ait chassée de vos pénates; je crains que
vous n'ayez perdu le repos; enfin, je crains tout, et je
viens vous prier de me tranquilliser ou de m'effrayer
davantage, car je veux partager tous vos sentiments.
Depuis longtemps on voyait arriver cette nouvelle tempête, et je ne doute pas que vous n'y fussiez préparée;
votre ville est placée de manière à me donner des craintes particulières. J'espère que vous aurez la charité de
m'apprendre exactement quelle est votre situation. Pour
moi, Madame la comtesse, je suis toujours le même,
et toujours à la même place. J'ai à peu près perdu l'espoir de revoir *il bel paese ch' Appenin parte, e 'l mar
circonda e l' Alpi.* Du moins, si je les revois, je ne serai
plus de ce monde. Un beau matin, vous verrez un pauvre vieillard à votre porte, dans une attitude suppliante;
vous direz : *Qu'est-ce donc que ce bonhomme ?* Et lui
vous répondra : «*Une tasse de café, Madame la comtesse, et même une omelette, pour l'amour de Dieu.*»
Je suis bien sûr que vous vous laisserez toucher, mais
vous ne le reconnaîtrez plus. Ah ! que Pétersbourg est
loin de Vicence, Madame la comtesse. Je sens fort bien
que j'ai moins de raisons que mille autres de me plaindre de ma situation. Secoué à l'excès par l'infernale révolution, j'ai trouvé ici la tranquillité la plus honorable
et les bontés les plus flatteuses. Cependant, Madame, il
y a deux choses dont le souvenir s'efface difficilement,
ou ne s'efface point du tout : le soleil et les amis. Voyez
encore ma résignation ! Je sacrifierais sans beaucoup de
peine le soleil, si mon cœur était tranquille sur l'autre
point. A propos de cœur, vous saurez, Madame la comtesse, que, depuis deux mois environ, ma rigoureuse
solitude a cessé. Mon fils est venu me joindre. On l'a

attaché à moi d'une manière flatteuse, et il commence
à s'exercer sous les ordres du père en attendant qu'il
puisse voler de ses propres ailes. Ma femme et mes
deux filles sont demeurées au milieu de la fumée ; jugez
si j'ai souffert ! Mais il n'y avait point de remède. *Du
destin qui fait tout tel est l'arrêt cruel !* Pendant quelque temps j'ai cru qu'elles se rapprocheraient de Venise,
et dans cette idée je leur avais donné votre adresse,
Madame la comtesse, pour leur procurer le plaisir de
faire connaissance avec vous en passant : mais la dame
a prétendu qu'il valait mieux se tenir tranquille, et elle
a donné de fort bonnes raisons. Enfin, Madame, que
voulez-vous ? c'est un grand bonheur, à cette époque, de
n'être que médiocrement malheureux. Au reste, quelques soucis que me cause ma famille, elle ne peut me
distraire de mes amis, parmi lesquels vous tenez une
place si distinguée. Je hais l'oubli, Madame la comtesse,
au delà de toute expression. C'est une honte pour l'espèce humaine que l'attachement et la reconnaissance se
mesurent par la distance ; et comment pourrais-je être
moins votre ami à Saint-Pétersbourg que je ne le serais
à Vérone ou à Brescia ? Je ne trouve pas dans ma mémoire de souvenir plus agréable que celui des politesses
dont vous m'avez comblé à Rome. C'est par vous, Madame, que je ne m'y suis point trouvé étranger. Votre
idée se mêle bien justement à celle des chefs-d'œuvre
que nous avons visités ensemble, et lorsque je pense à
la villa Borghèse, je vois toujours à côté de chaque
statue la figure de mon aimable introductrice. Voulez-
vous bien, Madame la comtesse, me permettre de faire
ici mes compliments à Monsieur le comte et au docteur
Thouvenel, qui, je l'imagine, est toujours votre insépa-

rable. Je me recommande à vos bonnes grâces, Madame,
en vous priant d'agréer l'assurance de mon éternel et respectueux attachement.

Si les mouvements militaires amenaient près de vous
le régiment des cuirassiers de l'Empereur, je vous pré-
viens que le colonel, M. le comte du Noyer, chambellan
de S. M. S., est mon oncle. Vous pouvez lui faire mes
compliments, et vous adresser à lui si l'occasion se
présente.

---

### 20. — A M LE COMTE DE ....

Saint-Pétersbourg, 17 (29) mars 1806.

Monsieur le comte, j'ai pu quelquefois, comme j'ai
eu l'honneur de vous le dire, m'abstenir de vous écrire
ou par dégoût, ou par crainte de vous affliger par mes
noirs pressentiments ; mais dans des circonstances aussi
importantes, j'aurais cru manquer à mes devoirs en
négligeant de vous faire passer tout ce qui pouvait être
parvenu à ma connaissance sur les incroyables événements qui nous ont amenés au comble du malheur. La
Russie marche plus que jamais de concert avec l'Angleterre, et l'Autriche même a les meilleures intentions
possibles ; mais cette dernière puissance est pour longtemps dans l'absolue impossibilité d'agir, à moins que
de nouvelles avanies ne la poussent au désespoir, ce qui
pourrait fort bien arriver ; restent donc la Russie et
l'Angleterre. Dans les temps ordinaires, ce mot de *restent* aurait très-justement fait rire ; aujourd'hui, nous

n'avons pas ce droit. Il est malheureusement plus que douteux que ces deux puissances formidables aient la force d'amener Bonaparte à des conditions raisonnables. Vous venez de voir, Monsieur le comte, le triste sort du roi de Naples. Vous n'aurez pas manqué de vous écrier : « Mais pourquoi ce débarquement, dès qu'on « savait les nouvelles d'Allemagne, et surtout pour- « quoi ce débarquement à Naples, quand il était si aisé « de débarquer ailleurs avec plus d'avantage et sans « compromettre ce malheureux prince ? » Il n'y a pas moyen de répondre, Monsieur le comte, ou bien il en faut revenir à cette force inexplicable qui nous pousse invariablement, depuis quinze ans, à faire tout ce qu'il y a de plus mal imaginé. On avait, pour ce malheu- reux débarquement, des plans qui ne souffraient pas de réplique'; on n'en a pas moins fait tout le contraire. *Quod scripsi, scripsi.* Mon courage tient difficilement contre cet anathème inconcevable. Ne vient-on pas de voir encore les vaisseaux qui emportaient en Sicile toute la fortune de la maison royale renvoyés par les vents entre les mains des Français? Cette nouvelle passe pour vraie et ressemble à tout le reste. Enfin, Monsieur le comte, les bras me tombent. Je suis bien loin cependant de prêcher le désespoir; mais nous tou- chons à une grande époque du monde, et il y a bien peu de têtes capables de se tirer de telles circonstances : un Richelieu ou un Ximénès succomberaient peut-être. L'homme d'État que l'Angleterre vient de perdre possé- dait sans contredit des qualités éminentes : il ne s'est pas moins trompé, comme tous les autres, sur la révo- lution française; il n'y a vu d'abord qu'un moyen d'é- craser la France. Passe pour cette première erreur, qu'on

lui a reprochée beaucoup trop aigrement, puisqu'il était
naturel de voir et d'agir ainsi dans les commencements ;
mais ensuite, il s'est obstiné à faire une guerre anglaise
au lieu d'une guerre européenne, et jamais il n'a voulu
agir ni *par* ni *pour* le roi de France. Ces erreurs nous
ont mis où nous sommes ; je sais tout ce qu'on peut répliquer en accusant surtout le parti du roi, généralement
très-immoral et très-peu digne de confiance. J'aurais, de
mon côté, beaucoup de choses à répondre ; mais je me
reprocherais, comme infiniment ridicule, une dissertation aussi inutile. Le fait est que M. Pitt *n'a rien inventé
d'extraordinaire dans une circonstance extraordinaire.*
Il a dit aux Anglais : «Battons-nous tant que nous pour-
« rons. » Il a dit aux autres peuples : « Combien voulez-
« vous pour vous battre avec nous ? » En tout cela, Monsieur le comte, je ne vois rien d'original , rien que tout
autre homme de sens, obstiné dans ses projets, n'ait pu
dire comme lui. Le grand problème dans cette affaire
était d'imaginer quelque moyen d'empêcher que la haine
des deux nations ne nuisît aux plans les plus sages. Daignez me dire, Monsieur le comte, ce que M. Pitt a inventé
pour cela ; je n'en suis pas moins admirateur sincère
de ses grandes qualités, et s'il n'a pu s'opposer efficace-
ment à la révolution française , on peut dire avec justice que cet événement étant unique dans l'histoire, et
le torrent plus fort que tout ce qu'il y a de plus fort,
on ne saurait blâmer M. Pitt de n'avoir pas fait ce que
d'autres n'auraient pas mieux fait que lui. Il est cependant vrai, et V. E. en conviendra sans doute, que sa
réputation d'homme d'État ne peut être irrévocablement
fixée que par ses successeurs. S'ils parviennent à porter
quelque coup sensible à la France , ce coup ne le sera

pas moins pour la mémoire de M. Pitt. S'ils font, au contraire, son oraison funèbre par de grandes fautes ou de grands malheurs, la postérité le laissera à la place que ses amis lui décernent aujourd'hui.

Je suis, comme vous, très-étranger aux dogmes de Berlin ; ainsi il est fort inutile de jaser sur une religion dont on ne veut point. Vous voyez, Monsieur le comte, à quoi aboutit la politique sublime de ce cabinet. Le voilà enfin sous les pieds de Bonaparte, qui le traite comme vous le savez aussi bien que moi, mais pas plus mal qu'il ne le mérite. C'est une gentille chose que ce traité du 13 octobre ! Et que dites-vous de la lettre du roi de Prusse à son ministre à Londres, le baron de Jacobi, dans laquelle le roi lui dit qu'il s'est vu obligé, lui Frédéric-Guillaume, de prendre un parti décisif le 13, à cause d'un événement arrivé le 28 ! Voilà qui est beau, et surtout nouveau. Malheureusement, Monsieur le comte, on ne peut rire de ces énormités qui achèvent de nous perdre. — Mon Dieu ! mon Dieu ! je pense à la maison de Bourbon, à celle de Savoie, lorsque je suis tenté de m'affliger sur moi. Je suis ici dans une situation fort critique, sachant très-peu ce que je suis aujourd'hui, et point du tout ce que je serai demain ; mais, au lieu qu'autrefois les moralistes disaient continuellement : *Regardez au-dessous de vous,* ils doivent dire maintenant : *Regardez au-dessus.*

Agréez, Monsieur le comte, etc., etc.

### 21. — A M. LE CHEVALIER DE ....

Saint-Pétersbourg, 14 (26) avril 1806.

Monsieur le chevalier,

. . . . . . . . . . . . . . . . . . . . . . . .
. . . . . . . . . . . . . . Je viens de congédier mon
valet de chambre pour me donner un domestique plus
simple et moins coûteux. Je verrai s'il y a moyen de
faire d'autres économies, et tout mon désir est que Sa
Majesté soit bien persuadée d'une vérité qui pourrait
fort bien n'être pas entrée pleinement dans son esprit,
quoique je l'aie beaucoup répétée : c'est que, dans tout
ce que j'ai dit sur ma situation, jamais je n'ai laissé tomber de ma plume la plus légère exagération. J'ai souffert comme je l'ai dit et autant que je l'ai dit, et
maintenant encore comme je le dis, je n'ai rien, ce qui
s'appelle rien ; pas de quoi me faire enterrer si je venais
à mourir : j'excepte la somme qui vient de m'être livrée
et qui n'est point à moi, puisqu'elle n'est que la représentation de la subsistance, et qu'à la fin de l'année
j'aurai précisément ce que j'avais avant de la recevoir,
c'est-à-dire rien. J'ai témoigné, depuis nos derniers malheurs, une grande envie de posséder ma famille. Je n'ai
certainement nulle raison de cacher le sentiment qui
m'anime, puisqu'il est parfaitement d'accord avec tous
les principes. Je ne cacherai pas davantage le tourment
que me fait éprouver cette séparation ; il est tel que je
ne puis vous l'exprimer. Mais je suis déterminé encore
par une autre considération que vous pouvez fort bien

faire connaître à Sa Majesté. Tout homme qui ne met pas sa mort au rang des événements possibles à chaque instant, n'a pas fait de grands progrès dans la philosophie. Grâce à Dieu, je n'en suis pas là. Or, si je venais à mourir, Monsieur le chevalier, pendant que ma famille est éloignée de moi, elle tomberait dans la plus affreuse indigence. Au contraire, si elle se trouvait ici, bien ou mal, d'une manière ou d'une autre, avec plus ou moins d'agrément ou de désagrément, elle se tirerait d'affaire; voilà mon dernier secret : vous voyez, Monsieur, qu'il n'est pas bien machiavélique. Pour éviter l'indiscrétion, tenez, du reste, pour répété, tout ce que j'ai dit.

Je ne pourrais vous apprendre, sur les affaires publiques, que ce que Sa Majesté aura sans doute la bonté de vous faire connaître. Cette époque ne ressemble à rien, et l'histoire ne présente aucune donnée, aucune analogie pour aider le jugement. S'il était permis de concevoir des espérances, on les fonderait uniquement sur cette étonnante rapidité des succès qui semblent n'avoir rien de commun avec sa durée. Mais quand je songe que la postérité dira peut-être : *Cet ouragan ne dura que trente ans*, je ne puis m'empêcher de frémir. Quoique la nature m'ait pourvu d'une assez grande égalité d'humeur, cependant je sens que je commence à plier sous le faix. Je deviens triste et solitaire : je *ne vais* plus dans le monde, je m'y *traîne*, et le plus souvent pour mon fils. Je lis, j'écris, je tâche de m'étourdir, de me fatiguer s'il était possible. En terminant mes journées monotones, je me jette sur un lit, où le sommeil, que j'invoque, n'est pas toujours complaisant. Je me tourne, je m'agite, et disant comme Ézéchias : *De mane usque ad vesperam finies me*. Alors, des idées poignantes de

5.

famille me transpercent. Je crois entendre pleurer à
Turin ; je fais mille efforts pour me représenter la figure
de cette enfant de douze ans que je ne connais pas. Je
vois cette fille orpheline d'un père vivant. Je me demande
si je dois un jour la connaître. Mille noirs fantômes s'agitent dans mes rideaux d'indienne. Enfin , vous êtes père,
Monsieur le chevalier, vous connaissez ces rêves cruels
d'un homme éveillé. Si vous n'étiez pas du métier, je
ne permettrais pas à ma plume d'écrire ces jérémiades.
Je fais, au reste, les plus grands efforts pour résister au
malheur et ne pas perdre absolument ce qu'on appelle l'*a-
plomb*. Je pense que vous n'avez pas moins besoin que
moi de cette philosophie qui dépend malheureusement
bien plus du tempérament que de la raison. J'attends de
vos nouvelles avec un extrême empressement. Je ne
sais où vous êtes , ni si vous êtes avec le roi. Enfin , je
ne sais rien. Si vous êtes allé en Sardaigne , comment
vous serez-vous établi dans ce beau pays ? et que sera-t-il
résulté de cet établissement ? Que vous êtes à plaindre !
que nous sommes à plaindre ! Jamais l'univers n'a vu
rien d'égal ! et que devons-nous voir encore ? Ah ! que
nous sommes loin du dernier acte ou de la dernière scène
de cette effroyable tragédie!

Adieu , mille fois , Monsieur le chevalier; je n'ai pas
le courage de prendre une autre feuille!

22. — A MADAME HUBER-ALLÉON, A GENÈVE.

Saint-Pétersbourg, 14 mai 1806.

Reconnaîtrez-vous cette écriture, Madame? En tout
cas, croyez sur ma parole que c'est celle de l'un de vos
plus anciens amis, qui ne vous a plus parlé depuis longtemps, parce qu'il n'a parlé à personne, mais dont les
affections sont invariables au milieu de toutes les vicissitudes humaines. J'ai reçu deux ou trois fois de vos
nouvelles par Turin, avec un extrême plaisir. J'ai su que
l'enfant de mon cœur vous avait écrit. *C'est toujours moi*,
comme dit Pygmalion. Quant au *moi* qui est ici, sa position est telle que vous pouvez l'imaginer. Vous aurez
appris sans doute que mon fils était venu embellir ma
solitude; mais vous me comprendrez parfaitement, Madame, *vous qui êtes du métier*, lorsque je vous dirai
que le premier effet de cette douce société est de me
faire sentir plus vivement la privation de ce qui me manque. Nous ne cessons d'en parler ensemble, et c'est un
renouvellement continuel de souvenirs amers et de projets fatigants. Notre vie est d'ailleurs extrêmement douce;
vous savez que j'aime le travail : je me livre à ce goût
plus que jamais. Il y a des dissipations inévitables qui
tiennent à l'état : il en est d'autres qui tiennent à la
qualité de père; car c'est un de mes premiers dogmes,
qu'il faut amuser les jeunes gens, afin qu'ils ne s'amusent pas; cependant, comme mon disciple n'est pas du
tout exigeant, et que d'ailleurs je veux aussi, et pour
cause, l'accoutumer à une vie occupée, il me reste assez de temps libre pour me livrer à mon goût domi-

nant. Pendant plusieurs mois, j'ai fait une autre économie de temps tout à fait hideuse : j'ai interrompu toutes
mes correspondances sans aucune exception que celle
de ma femme. C'est abominable ; mais si vous ne m'a-
vez pas excusé, ce sera bien pire... Mille fois je me suis
dit : *Sûrement elle me gronde, il faudra donc lui écrire.*
Point du tout, je n'écris à personne ; il en arrivera tout
ce qui plaira à Dieu : mon innocence me suffit. Tout
annonce, Madame, que je ne quitterai plus ce pays. Je
le trouvais délicieux lorsque je n'y étais qu'un oiseau
de passage : depuis qu'il ne m'est plus permis de regarder ailleurs, il n'a plus pour moi les mêmes agréments.
Le *jamais* ne plaît *jamais* à l'homme ; mais qu'il est terrible lorsqu'il tombe sur la patrie, les amis et le prin-
temps ! Les souvenirs dans certaines positions sont épouvantables ; je ne vois au delà que les remords. Si par
hasard, Madame, vous avez envie de me gronder sur
mon silence, perdez ce projet, je vous en prie ; ou du
moins soyez extrêmement brève, si vous ne voulez pas
me courroucer prodigieusement. — Voilà un de vos
compatriotes qui s'en va droit à Genève ; je profite de
cette occasion pour sortir de mon tombeau et me rappeler à votre souvenir. Je lui donne cette lettre ouverte,
dont il fera ce qu'il jugera convenable. Je veux m'arracher un instant de ma léthargie pour donner signe de vie
à mes amis de Genève, et je commence par vous comme
bien juste. Au commencement de la quatrième page, je
ne vous ai pas dit un mot de ce que je voulais vous dire ;
mais c'est égal, on ne lit rien plus couramment que ce
qui n'est pas écrit. Mon frère adresse à votre excellent
fils une longue épître scientifique ; je ne lui envoie pour
mon compte que des tendresses ; donnez-moi de ses

nouvelles et de celles de madame votre belle-fille, à qui
je présente mes hommages. Que fait monsieur votre fils
l'Italien? Assurez-le, je vous prie, de mon constant
souvenir; je ne parle presque plus, mais je n'ai pas encore perdu la connaissance; je sens et je pense encore,
je connais tout le monde; de près, je serre la main, et
de loin je dis : Tout à vous, pour toujours !

---

23. — A M. LE MARQUIS DE LA PIERRE, A LONDRES.

Saint-Pétersbourg, 23 juillet (3 août) 1806.

Je ne sais, Monsieur le marquis, comment je suis
destiné au malheur d'être toujours, auprès de vous, ou
un triste prophète, ou un triste historien. Vous rappelez-
vous combien je vous scandalisai en Suisse, il y a dix
ans, lorsque je vous dis que je serais comblé de joie si
l'on me promettait le rétablissement des choses dans cinq
ans? Voilà le terme doublé, et les affaires n'ont cessé
d'aller de mal en pis; de manière que nous sommes enfin couchés au fond de l'abîme, n'ayant pas même l'espérance pour nous. Je vous assure que j'aurais écrit à
vous et à d'autres amis, si le chagrin qui m'obsède ne
m'arrachait la plume. Toujours cette lugubre politique
se présente à l'esprit, se mêle à toutes les idées et les
change en poison. Ce n'est pas la peine, en vérité, d'é-
crire à ses amis pour leur envoyer un supplément aux
lamentations de Jérémie. Cependant, mon cher marquis,
il faut faire un effort sur soi-même, et se tenir debout,
s'il est possible, au milieu de la tempête qui nous bat.

» Quelle vie , grand Dieu ! et que nous sommes nés mal à propos-! Je vous envie (quoique ce soit un péché capital) le bonheur de vivre au milieu de votre femme et de vos enfants. Je ne sais ni si, ni où , ni quand je pourrai jouir de la même consolation ; ma fille cadette, que je ne connais pas, a douze ans : ne trouvez-vous pas qu'il serait temps de se voir ? Il me paraît cependant probable que cette année doit m'apporter un sort. définitif ; mais peut-être aussi la chose n'arrivera pas, précisément parce qu'elle est probable. — Et vous , Monsieur le marquis, comment vivez-vous dans votre grande île ? Mademoiselle Clémentine , qui aimait tant les tambours , n'est-elle point colonel de quelque corps de volontaires. J'imagine que vous êtes tous parfaitement Anglais. Êtes-vous tout à fait maîtres de la langue ? Pour moi , quoiqu'elle me soit familière comme la mienne , ou peu s'en faut , lorsque je tiens un livre, je ne parviens point à entendre le discours , quoique j'aie ici de nombreuses occasions d'entendre parler. L'oreille est durcie. Il y a trop longtemps que je me présentai sottement à l'église de Saint-Léger, sur cette magnifique place que vous connaissez, pour me promener ensuite très - inutilement dans le monde. J'ai ramé toute ma vie : maintenant les bras me tombent, et je me trouve au beau milieu de la mer Pacifique, ne voyant que le ciel et l'eau, et n'ayant du pain que pour deux jours : l'image n'est pas gaie, mais elle est juste.

Le roi et la reine sont en Sardaigne , comme vous savez. Ma dernière lettre de Cagliari, écrite par Sa Majesté la reine , est du 24 avril , et je n'ai point encore eu de réponse à celles que j'ai écrites au commencement de février. Les circonstances nous condamnent encore à

cette cruelle lenteur des communications. C'est, au pied
de la lettre, le dernier supplice. Le roi a parcouru l'île,
et s'occupe beaucoup à mettre l'ordre de tout côté.

Je prie Madame la marquise de la Pierre d'agréer mes
hommages respectueux et ceux de mon fils ; je fais mille
vœux pour votre famille. Je ne sais si ce petit peuple doit
un jour se revoir. Élevons-le tout entier dans les bons principes ; c'est notre affaire : le reste, c'est celle de Sa Majesté la Providence. Je vous embrasse de tout mon cœur,
mon cher marquis, et vous prie de compter sur mon
éternel et respectueux attachement.

———

24. — A M. LE BARON DE PAULIANI, A NICE.

Saint-Pétersbourg, 28 juillet (9 août) 1806.

Je ne sais , mon cher cousin , si vous reconnaissez
cette écriture. Vous la reconnaîtrez sûrement si elle n'a
pas plus·changé que le cœur de celui qui la trace : toujours vous m'avez été présent ; mais au milieu des catas-
trophes du monde et de celles de ma famille en particulier, vous sentez les raisons qui m'ont fait supprimer
plusieurs correspondances. Je mène , depuis quinze ou
seize ans, une vie extrêmement agitée. De votre obser-
vatoire vous avez vu *mes phases*. De mon côté, j'ai su
combien vous avez été agité sans changer de place : il
faut baisser la tête. *Così, si vuole, la dove si può quel
che si vuole.* Je ne me rappelle pas le vers ; mais là
prose est bien raisonnable. Vous m'avez dit souvent,
mon cher parent, que lorsque vous me vîtes pour la

première fois, peu de temps après mon arrivée dans le
monde, je ne savais dire que *Ba !* aujourd'hui, je dis
*Ha !* Voilà tout le changement qui s'est opéré en un demi-
siècle : avouez que j'ai fait de grands progrès ! Et vous,
mon cousin, que faites-vous, et comment vous portez-
vous ? Donnez-moi aussi des nouvelles de Madame votre
sœur et de son mari. Êtes-vous toujours demeuré seul
chez vous comme un anachorète depuis la mort du digne
abbé ? Lorsque je pense à vous, ce qui m'arrive souvent, il me semble que je vous vois faire toujours la
même chose : je vous vois partir après dîner de la région
de Sainte-Réparata et vous acheminer du côté de la place
Saint-Dominique (qui peut-être a changé de nom). Écri-
vez-moi si je me trompe, afin que mon imagination
sache toujours où vous prendre. Heureux l'homme qui
peut vieillir à côté des mêmes amis ! C'est le bonheur qui
m'a été refusé ; si vous l'avez, rien ne vous manque.

Le 3 décembre 1778, sur les huit heures du soir, je
pris congé tristement de deux personnes de votre connaissance ; vous étiez avec moi, si vous vous en rappelez, et vous m'accompagnâtes chez vous. Le 22 décembre 1797, je les revis à Turin ; mais l'aimable Appolonie
était sur le point de changer de nom, et je m'aperçus
que dans son cœur, trop occupé, il n'y avait plus de place
pour l'amitié. S'appelle-t-elle aujourd'hui d'Ernest ? Est-
elle heureuse ? Est-elle toujours auprès de madame sa
mère ? Dans ce cas, supposé que vous me répondiez
comme je l'espère, priez-la d'écrire de sa main *Poulon*
dans votre lettre. Si cependant c'est une indiscrétion, je
retire ma demande. Ce qui sûrement n'en est pas une, c'est
de vous prier d'être auprès de la mère et de la fille l'interprète de mon tendre respect et de mon inaltérable

attachement. Je ne vous dis rien de ma famille; vous savez où elle est ; vous savez que je n'ai que mon fils auprès de moi , et que je ne connais pas la cadette de mes
filles. Cette séparation , dont je ne vois pas le terme, est
une plaie douloureuse. Je souffre pour moi, et je souffre
pour la pauvre mère qui m'a donné souvent de vos nouvelles, et qui m'a fait connaître vos intentions délicates
à mon égard. Rien, dans ce genre, ne peut me surprendre de votre part. O fontaine du Temple! ô grotte
de Magnan, que vous êtes loin, et dans le temps et dans
l'espace!

L'homme n'a que des rêves ; il n'est lui-même qu'un
rêve. Exceptons cependant, pour nous consoler, l'amitié, la reconnaissance, tous les bons sentiments, tous
ceux surtout qui sont faits pour unir les hommes esti-
mables. Madame la comtesse vous a sans doute appris
tout ce que je pourrais vous apprendre moi-même sur
moi-même. Tombé comme tant d'autres, je suis plus
heureux que d'autres. Je jouis de la plus noble et de la
plus généreuse protection, de la liberté la plus parfaite,
de mes livres et de mon fils. *Le reste est un vain songe.*
Vous savez ce qui me manque ; à cet égard, je n'ai pas
d'espérances fixes, je n'ai peut-être pas même celles qui
me seraient dues; mais je brise sur ce triste sujet. Adieu,
mille fois, mon très-cher et digne parent. Adieu. J'aurais bien voulu vous voir encore sur cette abominable
terre. — Elle l'est moins à côté des hommes qui vous
ressemblent; mais il y a entre nous un invincible *veto*.
Mon cœur, toujours le même pour vous, ne cessera de
vous chérir.

### 25. — A MADAME DE SAINT-RÉAL.

Saint-Pétersbourg, 23 (10 août) 1806.

Je profite avec empressement, ma chère amie, de l'occasion de M. le chevalier Manfredi, qui part sur l'escadre russe et qui touchera en Sardaigne, pour te griffonner quelques lignes. Tu le verras, tu lui parleras, il m'a vu, il m'a parlé : c'est une éponge que tu exprimeras à ton aise.

La défiance générale que j'ai pour tout ce qui se pense et se fait en Sardaigne, me fait encore défier (ou me défier) extrêmement de tes chères mines (1), et rien ne me fait faire plus mauvaise mine, car je voudrais bien te voir une fois jeter l'ancre, ma bonne amie ; mais hélas ! qui peut jeter l'ancre ? J'avance moi-même comme un colin-maillard, les bras tendus en avant de peur de me cogner la tête, et toutefois sans répondre de rien. Certains côtés de ma position sont favorables ; d'autres ne le sont pas. Que ne donnerais-je pas pour te voir une demi-heure ; je te dévoilerais de beaux mystères. Te rappelles-tu par hasard la servante d'un certain curé de notre connaissance, qui disait sur le tombeau de son cher maître, trépassé depuis un mois ou deux : *Monsieur le curé, dites-moi un mot seulement, un seul mot ; je vous dirai comment les choses vont.* Moi je dis à peu près de même : *Ma chère Nane, dis-moi seulement un mot, un seul mot ; dis-moi que tu m'entends,* et je te dirai comment les choses vont. Ah ! comme elles iraient pour ton

(1) M. de Saint-Réal avait été nommé inspecteur général des mines.

frère si, — si elles allaient mieux. Voilà qui est bien clair, et tu ne peux pas te plaindre que je t'épargne les détails. Tant il y a que de ce côté, je ne puis être mieux traité que je ne le suis; mais il faut se mettre à ma place : outre que je ne suis pas chimiste, et que je n'ai même ni goût ni talent pour cette science, il me serait absolument impossible de faire donner des leçons de ce genre à mon petit Rodolphe. Ce pays est un autre monde, sur lequel on ne peut raisonner quand on ne le connaît pas à fond. Ton neveu apprend le russe pour tâcher de *se combiner* avec la fortune, ce que nul être de sa famille n'a su faire jusqu'à cette heure présente. Quant à l'*oxygène*, je suis son très-humble serviteur; mais j'espère qu'il continuera à se combiner dans la combustion sans que je m'en mêle, et sans qu'on sache ce que c'est que le feu mieux qu'on ne le savait il y a mille ans. Ah! madame la Chimie! alliez-vous de grâce à madame votre sœur la Minéralogie, pour donner une bonne maison à mon cher Alexis, et je vous célébrerai de tout mon cœur, et toute ma vie, et en fort bons termes. Mais si vous me ratez cette affaire, je vous traiterai de *souffleuse*.

Je suis fort content de ton ami Rodolphe; et, ce qui vaut beaucoup mieux, on en est fort content ici. Il est d'une sagesse extraordinaire, et va son train sans que je m'en mêle. Il me suit partout; et comme il est admis à l'*Ermitage*, son rang est fixé. Quoiqu'il ait crû d'un pouce et demi depuis son arrivée, il n'a pas l'air d'avoir plus de quinze ans; et quand on lui en donnerait dix-sept, ses manières ne seraient pas moins surprenantes, car elles en ont trente. Comme il n'a jamais vécu avec des enfants, on dirait qu'il ne l'a jamais été. Il est ex-

trêmement prudent, et il opine surtout, lorsque l'occasion s'en présente, d'une manière adulte qui t'amuserait.
Tu penses bien que je n'aide pas mal à le faire valoir.
Rien de nouveau sur ma famille; parle-moi toujours,
toi, du pays que tu habites et des espérances qu'il peut
te donner.

Ton neveu, qui est là appuyé sur cette même table où
j'écris, te présente ses tendres respects. Il déchiffre l'auguste langue illyrienne, et déjà il est en état d'être mon
drogman pour les petites affaires courantes. Il fait volontiers toutes sortes d'affaires *aujourd'hui*, excepté
cependant l'écriture : il n'écrit guère que *demain*. Je
viens de lui lire cette phrase dont il n'est pas content :
il n'a pas voulu me répondre.

Bonjour, mon cœur; bonjour à toi et à ton digne
Alexis, qui, de sa vie, n'a fait une meilleure *combi-
naison* que celle qu'il a opérée avec toi. Je le remercie à
tout instant du bonheur qu'il te donne, et je ne doute
pas que tu ne le payes comptant. Je ne sais pas finir
avec toi. Adieu donc, mon cher enfant; je finis décidément.

----

### 26. — A MADAME HUBER-ALLÉON, A GENÈVE.

Saint-Pétersbourg, 26 septembre 1806.

Mille et mille grâces, Monsieur le comte; vous ne
pouviez me faire un plus grand plaisir que celui de m'apporter une lettre de madame Huber. Il est dur vraiment
de ne recevoir que le 25 septembre une lettre du 10

juin; mais enfin ce n'est pas votre faute, et c'est bien ici
le cas du proverbe : *Mieux vaut tard que jamais*. Encore une fois, soyez le bienvenu : c'est un véritable présent que vous me faites.

A présent, Madame, que j'ai satisfait aux devoirs de
la politesse, je me tourne du côté de l'amitié, à qui j'ai
un peu plus de choses à dire. Je commence d'abord par
vous remercier de votre exclamation si tendrement et si
honorablement injuste : *Ah! mon cher ami, c'est trop*.
Oui, sans doute, ce serait trop, et beaucoup trop, si j'a-
vais passé deux ans sans vous écrire; mais je n'ai point
commis ce crime, j'ai seulement suspendu toutes mes
correspondances pendant quelques mois, et sans doute
il ne faut pas toute votre justice pour m'excuser; ensuite
je me suis réveillé, et j'ai commencé par vous, Madame.
Ma dernière lettre est du 13 (25) mai dernier, adressée
tout simplement à madame H. A., à Genève. Faites
quelques recherches, peut-être vous la trouverez. Jamais
je ne vous ai perdu de vue un seul instant. Vous qui
*écoutez* toujours mes pensées, comment pourriez-vous
ne pas les *entendre*? Une fois vous m'avez rendu pleinement justice contre toutes les apparences. On eut beau
vous montrer le livre, vous eûtes la constance de dire :
*Non, ce n'est pas vrai*. En disant cela, vous me rendiez
justice, et je vous en ai su un gré infini : vous avez été
juste à mon égard, et moi, Madame, je serai aussi juste
que je dois l'être envers votre justice.

Je ne suis pas étonné que vous n'ayez pu tirer ni pied
ni aile de madame Prudence ( combien j'ai ri de ce mot)
à Turin, même à côté d'elle; il n'y a pas moyen, je ne
dis pas de la faire parler sur moi, mais pas seulement de
la faire convenir qu'elle a reçu une lettre de moi. Le

contraste entre nous deux est ce qu'on peut imaginer de plus original. Moi je suis, comme vous avez pu vous en apercevoir aisément, le *sénateur pococurante*, et surtout je me gêne fort peu pour dire ma pensée. *Elle*, au contraire, n'affirmera jamais avant midi que le soleil est levé, de peur de se compromettre. Elle sait ce qu'il faut faire ou ne pas faire le 10 octobre 1808, à dix heures du matin, pour éviter un inconvénient qui arriverait autrement dans la nuit du 15 au 16 mars 1810. « *Mais, mon cher* « *ami, tu ne fais attention à rien, tu crois que personne* « *ne pense à mal. Moi, je sais, on m'a dit, j'ai deviné,* « *je prévois, je t'avertis, etc.* » — « *Mais, ma chère en-* « *fant, laisse-moi donc tranquille. Tu perds ta peine,* « *je prévois que je ne prévoirai jamais, c'est ton af-* « *faire.* » Elle est mon supplément, et il arrive de là que lorsque je suis garçon comme à présent, je souffre ridiculement de me voir obligé à penser à mes affaires, j'aimerais mieux couper du bois. Au surplus, Madame, j'entends avec un extrême plaisir les louanges qu'on lui donne, et qui me sont revenues de plusieurs côtés sur la manière dont elle s'acquitte des devoirs de la maternité. Mes enfants doivent baiser ses pas ; car, pour moi, je n'ai point de talent pour l'éducation. Elle en a un que je regarde comme le huitième don du Saint-Esprit : c'est celui d'une certaine persécution amoureuse au moyen de laquelle *il lui est donné* de tourmenter ses enfants du matin au soir pour *faire, s'abstenir* et *apprendre*, sans cesser d'en être tendrement aimée. Comment fait-elle ? Je l'ai toujours vu sans le comprendre ; pour moi, je n'y entends rien. Je suis charmé que vous ayez été si contente de la lettre de mon Adèle. C'est une enfant que j'aime par delà toute expression ; elle a commencé de la manière la plus extraordinaire. Longtemps elle n'a rien annoncé du tout; elle dormait au pied de la lettre comme un ver à soie, elle commença à filer en Sardaigne et devint papillon à Turin. Je sais bien que, dans une maison où l'*entomologie* est si fort cultivée, on me querellera sur cette comparaison, à cause de l'état de chrysalide qui se trouve là mal à propos. Vous avez raison, Messieurs, mais la plume a la bride sur le cou, comme disait madame de Sévigné, et vous êtes trop honnête pour exiger qu'on efface ou qu'on corrige. Pour en revenir donc à mon papillon, j'en suis fou. Elle aime passionnément les belles choses dans tous les genres : elle récite également bien Racine et le Tasse. Elle dessine, elle touche du piano, elle chante fort joliment : et comme elle a dans la voix des cordes basses qui sortent du diapason féminin, elle a de même dans le caractère certaines qualités *graves* et *fondamentales* qui appartiennent à notre sexe quand il s'en mêle, et qui régentent fort bien tout le reste.

Un des plus grands chagrins de ma position, qui en suppose bien quelques autres, c'est d'être privé de cette enfant. Une seule chose me console : c'est qu'ici toute la bonne volonté et tout le talent de sa mère en fait d'éducation auraient été inutiles par le défaut de maîtres, car un étranger qui a trois enfants ici n'en peut élever aucun (j'entends relativement aux arts agréables), à moins qu'il ne soit ambassadeur d'Angleterre ou quelque chose de semblable. L'éducation d'une jeune demoiselle coûte dix mille francs; c'est une chose dont vous n'avez pas d'idée. On manque ainsi de maîtres, parce qu'on ne peut en jouir. Je me suis donc passé de mes enfants pour leur propre avantage : cependant il faut bien que tout

ceci finisse ; cette séparation devient tout à fait contre
nature. — Ah! mon Dieu, que j'aurais besoin d'une de
ces soirées que vous avez la bonté de regretter pour
vous mettre au fait de tout, ensuite vous entendriez le
moindre geste; mais il n'y a pas moyen! Allons donc,
prenons patience. En général, on vous a dit vrai: je suis
bien, ou, si vous voulez, point du tout mal. Je me rappelle qu'en quittant mon île *benedetta*, je vous écrivis
en tremblant de tous mes membres :

> *Vo solcando un mar crudele*
> *Senza vele e senza sarte.*

Depuis, j'aurais pu ajouter (mais je n'y ai pas pensé) :

> *Freme l'onda, il ciel s'imbruna,*
> *Cresce il vento, e manca l' arte.*

Et maintenant, Madame, il ne tiendrait qu'à moi de
chanter avec la plus grande justesse, quand même j'aurais la voix fausse :

> *Meco solo e l' innocenza*
> *Che mi porta a naufragar.*

J'éprouve beaucoup de bontés dans le monde et à la
cour, mais je me tiens chez moi autant que me le permettent ma position et la nécessité de promener raisonnablement mon jeune compagnon. J'ai force bons livres
et j'étudie de toutes mes forces, car enfin il faut bien apprendre quelque chose. Quant aux plaisirs suprêmes de
l'amitié et de la confiance, néant. On vous a parlé souvent de l'hospitalité de ce pays, et rien n'est plus vrai,
dans un sens : partout l'on dîne et l'on soupe, mais l'é-

tranger n'arrive jamais jusqu'au cœur. Jamais je ne me vois en grande parure au milieu de toute la pompe asiatique, sans songer à mes bas gris de Lausanne et à cette lanterne avec laquelle j'allais vous voir à *Cour*. Délicieux salon de *Cour!* C'est cela qui me manque ici! Après que j'ai bien fatigué mes chevaux le long de ces belles rues, si je pouvais trouver l'amitié en pantoufle et raisonner pantoufle avec elle, il ne manquerait rien. Quand vous avez la bonté de dire avec le digne ami : Quels souvenirs! quels regrets! prêtez l'oreille, vous entendrez l'écho de la Newa qui répète : Quels souvenirs! quels regrets! Je ne sais si vous avez entendu parler d'un fameux écho, qui ne peut être que dans le département du Mont-Blanc; lorsqu'on lui demande : *Comment te portes-tu?* il répond : *Très-bien!* Le mien n'est pas si habile, il ne change rien à ce que vous dites, surtout à l'accent.

Vous m'avez enchanté, Madame, par tous les détails que vous me donnez sur votre excellente famille. Croissez et multipliez. Je leur donne de tout mon cœur ma bénédiction de loin ; très-probablement je ne connaîtrai jamais toutes vos acquisitions. Tout peut changer sans doute à cette mobile époque; mais, suivant toute apparence, ce pays est devenu le mien. Soumettons-nous à n'être plus maîtres que de notre cœur; conservons chèrement des affections si précieuses!

Vous aurez appris sans doute que *Madame Prudence* avait fait un voyage qui l'a beaucoup rapprochée de vous. Elle m'écrit de Chambéry, où elle a dû passer quelques temps avec ses deux filles. Adèle est pénétrée des sublimes choses qu'elle a vues : j'espère qu'elle m'en fera une bonne narration.

6.

Mon frère jouit, en effet, d'une existence assez heureuse ; il est directeur du Musée, cabinet de physique, de machines et de cartes, et de la bibliothèque, attaché à l'amirauté ; tout cela réuni sous le nom de Musée, avec deux mille roubles d'appointements, un logement, son grade militaire et son ancienneté telle qu'il l'avait à notre service. Il n'y avait nulle raison d'espérer tout cela. Que ne dois-je pas à la bonté du maître ? Quant à mon petit secrétaire, le roi lui a donné la croix de Saint-Maurice avec dispense d'âge. Ici, il a été admis à l'*Ermitage*, qui est ce qu'on pourrait appeler le *sanctuaire de la cour;* de manière que nous ne nous quittons point. Cette faveur est pour moi d'une importance majeure; mais il serait trop long de vous détailler tout cela par le menu. Je vous dis un peu de tout, et quand vous aurez tout lu, vous ne saurez à peu près rien de ce que j'avais à vous dire. Sur mon honneur, ce n'est pas faute de confiance.

Je ne saurais vous exprimer combien j'ai été touché de l'attention de mon excellent ami le comte Deod..., qui est venu tout exprès avec sa moitié d'Aix à Chambéry pour voir *dame Françoise* et ses deux poulettes. Ce que vous me dites du dérangement de sa santé m'a fait une peine infinie. J'ai chargé ma femme de lui demander une adresse pour écrire de ce côté, demandez-la-lui aussi, je vous en prie. Je voudrais savoir aussi celle de Madame Rillet-Huber, à qui vous m'obligeriez infiniment de vouloir bien faire passer mes tendres compliments.

Quant à votre cher François, que pourrais-je lui dire qui ne soit infiniment au-dessous de ce que je voudrais lui dire ? Mon frère s'unit à moi pour lui adres-

ser mille tendresses. Vous me disiez un jour qu'il avait
quitté les sciences pour les dames, chose que j'avais
infiniment approuvée dans une lettre que vous n'avez
pas reçue; aujourd'hui, le voilà de nouveau aux genoux des sciences. C'est un libertinage effréné. . . .
. . . . . . . . . . . . . . . . . . . . . . . . .
. . . . . . . . . . . . . . . . . . . . . . . . .
Au reste, Madame, je ne puis jaser ni de ceci ni de
cela. Il est minuit; il y a quatre heures que j'écris : c'est
une soirée que j'ai passée délicieusement avec vous ;
mais il n'y a si bonne compagnie qui ne se quitte. Adieu,
mille fois, chère et respectable amie. Souvenez-vous
toujours que ni le temps, ni l'espace, ni autre chose au
monde ne peut éteindre ni affaiblir les sentiments que
vous m'avez inspirés pour la vie.

---

### 27. — A MADAME LA COMTESSE DE LA CHAVANNE.

Saint-Pétersbourg, 10 novembre 1806.

Ma très-chère tante, toutes les lettres de ma femme,
pendant qu'elle était à Chambéry, ne m'ont parlé que
des amitiés dont vous l'avez comblée et des douceurs
infinies dont elle a joui chez vous. Ma chère petite Adèle,
de son côté, fait chorus et me conte dans ses lettres,
toutes pleines de tendresse et de reconnaissance, comme
quoi elle n'était *chez elle* que *chez vous*. Je sais que
vous lui avez accordé une hospitalité entière, c'est-à-
dire à elle et à ses portefeuilles, et qu'elle a trouvé dans
votre maison une maman, des sœurs et des frères. Tout

a changé pour moi , ma chère tante, excepté cette famille que rien ne peut changer. Souvent je pense que, si une bouffée de ce vent qui m'a tant promené s'avisait de me porter où vous êtes , je vous demanderais un petit coin chez vous , et que je ne voudrais plus en sortir : c'est là où toute ma patrie serait concentrée pour moi; les autres cœurs me sont étrangers; mais qu'importe, dès que je ne serai jamais étranger au vôtre et à ceux qui vous environnent! Vous n'avez sûrement pas oublié qu'à l'âge de quatre ou cinq ans je vous épousai formellement, que je vous appelais fort bien *ma femme* envers et contre tous, et que je voulais tuer les téméraires qui auraient osé concevoir des projets sérieux sur votre personne. Si depuis je vous cédai de bonne grâce à ce digne comte de la Chavanne de vénérable mémoire, pour sauver la chèvre et le chou, je ne tardai pas à vous déclarer ma mère; ainsi, vous voyez, ma chère tante, que mon cœur a constamment voulu ajouter au titre que la nature m'avait donné auprès de vous, quoique la bonne dame m'eût placé assez près. Chaque jour, je vous l'assure, mon imagination me transporte auprès de vous. C'est une de mes plus douces jouissances de me rappeler les scènes enfantines de mes premières années, où vous étiez toujours mêlée pour quelque chose. L'âge de la raison amena d'autres plaisirs; mais je ne me souviens pas d'en avoir goûté de réels hors de cette société que je n'ai jamais remplacée. Tout ce que je vois, ma chère tante, n'est que du bruit. A mon âge on ne change pas de goût; je ne m'amuse réellement qu'avec mon petit compagnon : il s'occupe fortement de la langue du pays ; il lit, il écrit, il *jacasse*. Nous ne nous quittons jamais : autant qu'un aussi proche parent en peut juger, il me semble qu'il a bien réussi; mais je ne sais comment ce que je possède ne sert qu'à me faire rêver davantage à ce qui me manque. Je n'ai pour tout bien que les portraits de *ces trois créatures*, et c'est viande creuse. Savez-vous, ma chère tante, que ces aimables images ont demeuré dix-huit mois en route, et que je les croyais perdues sans ressource : mais, enfin, les voilà ! Je connais donc ma chère petite Constance et son chat : elle n'est pas aussi bien que sa sœur, mais il faut aussi dire qu'elle a été assez mal *tirée* (voyez, ma tante, si je me rappelle les bons termes); je lui trouve l'air spirituel, mais c'est peut-être une *paternalité*.

Voilà ce mauvais sujet de Xavier qui veut que je lui rende la plume. — Mais, Monsieur, attendez donc, j'ai encore une infinité de choses à dire : il faut que j'embrasse de tout mon cœur cette excellente Thérèse, qui est tout amour comme sa patronne, et qu'on ne saurait aimer assez. Je veux aussi faire ma révérence à l'aimable Rosette, et la prier de mettre mon petit cousin sur ses genoux, afin que je puisse le caresser à mon aise ; je la félicite de l'esprit et de l'amabilité de cet enfant dont on m'écrit des merveilles. Mais combien je suis fâché des longues souffrances de ce pauvre Joseph ! Je l'embrasse tendrement ainsi que son frère : il y a toujours quelque chose qui va mal dans ce monde. Envoyez mes caresses, à travers les Alpes, à la grave Marianne; je baise vos deux mains, ma chère tante, ma bonne maman ; je me recommande tendrement à votre souvenir, le mien vous poursuit, vous environne, vous assiége. Pour peu qu'il y ait de sorcellerie dans le monde, vous devez me voir quelquefois. Il y a des moments où il me semble que je réussis tout à fait, et que j'entre chez vous. Ah ! ma chère Thé-

rèse, avance-moi donc un fauteuil ; je viens de loin, je
suis bien las ; fais-moi donc du vin brûlé, j'ai bien froid.
Mais quelle extravagance! Cet homme est-il fou? — Ma
chère tante, si vous saviez pourquoi je ris, vous ne me
blâmeriez pas. — C'est pour ne pas pleurer.

---

### 28. — A M. LE COMTE DIODATI, A GENÈVE.

Saint-Pétersbourg, 11 février 1807.

Mon très-cher comte, je vous répète ici, en toutes
lettres, ce que je vous ai dit, à mots couverts, dans une
autre lettre de la même date. Il a fallu me décider à
donner un état à mon fils. Le temps s'écoule; rien ne se
décide. Nul homme dans l'univers ne peut se passer
d'état et de souverain. Il a fallu prendre mon parti. Je
ne sais quel mouvement intérieur, que je n'avais point
prévu, a déterminé le jeune homme pour l'état militaire.
Une bonté bien flatteuse, et à laquelle je n'avais nul
droit, m'a aplani les routes. Le maître a bien voulu le
considérer comme un de ses propres chambellans, et le
recevoir en conséquence, en qualité d'officier, dans le
premier corps de la garde à cheval, appelé des *chevaliers-gardes,* le dispensant ainsi de l'insupportable préliminaire de bas-officier. Il n'y a que trois grades dans
ce corps : cornette, lieutenant et capitaine. Le capitaine
est lieutenant-colonel dans l'armée, et ne sort que pour
avoir un régiment, ce qui peut fort bien arriver à vingt-
cinq ou vingt-six ans, s'il n'aime mieux attendre dans
son corps le commandement d'un escadron. Il ne monte

la garde que dans le palais; il est invité aux fêtes de
l'intérieur, et il a les entrées. C'est un état, dans toute la
force du terme. J'ai eu le plaisir d'entendre ces mots :
« Ne soyez pas en peine d'un jeune homme qui a pour
« protecteur Alexandre I<sup>er</sup>. » Mais que tout cela coûte
cher, mon digne ami! Un second trait de bonté l'avait
fait placer dans la réserve. Son âge, d'ailleurs (dix-sept
ans), justifiait le repos, au moins pour quelque temps;
mais le jeune soldat m'a échappé et a fait, à mon insu,
les démarches les plus vigoureuses pour être employé.
On n'a rien voulu décider sans avoir mon avis. J'ai répondu : Décidez la chose comme il vous plaira, sans
supposer seulement que je suis au monde. En effet, il
m'a paru clair que je n'avais le droit de dire ni *oui* ni
*non*. Le *conscrit volontaire* l'a emporté. Il est parti; il
s'en va, faisant sept à huit lieues par jour, rencontrer.....
Ah! mon cher comte, je n'ai point d'expression pour
dire cela. La pauvre mère ne sait pas le mot de tout ce
qui se passe; et moi, je suis ici sans femme, sans enfants,
sans amis même, du moins de ceux avec qui l'on pourrait pleurer si l'on en avait fantaisie. Il a fallu avaler ce
breuvage amer, et tenir le calice d'une main ferme.
Enfin, mon cher comte, j'éprouve un triste plaisir à
verser dans votre cœur mes épouvantables soucis. Si
quelque chose les adoucit, c'est la résolution calme et
inébranlable du jeune homme. Dites, dites-moi, je vous
en prie, si vous pouvez vous représenter ce Rodolphe
de Lausanne criant, l'épée à la main, Mort et carnage,
dans une mêlée! Il a le diable au corps, et c'est un de
ces diables froids, les plus diables de tous. Il parle français, latin, italien, allemand; et déjà, le croiriez-vous?
cette difficile langue du pays assez couramment. Si Dieu

me le conserve, il est bien acheminé. Mais je ne vis pas!
Nul ne sait ce que c'est que la guerre, s'il n'y a son fils!
Adieu, tout à vous.

---

### 29. — A M. LE COMTE THÉODORE GOLOWKIN, A MOSCOU.

Saint-Pétersbourg, 30 (18) juin 1807.

Quelle mauvaise nouvelle vous m'avez fait donner,
Monsieur le comte! Voilà donc ma pauvre amie, madame Huber, partie pour l'autre monde. On peut dire
qu'à son âge elle avait fini son bail avec la nature; mais
les amis sont comme les parents : le jour de leur mort,
on ne les trouve jamais vieux. Depuis longtemps je ne
lui écrivais jamais sans me dire tristement : *Recevra-
t-elle cette lettre?* Elle, de son côté, ne m'écrivait jamais
sans me dire impitoyablement : *Mon cher ami, c'est
probablement la dernière.* J'avais fini par lui dire que,
si elle me répétait encore cette cruelle phrase, je ne lui
écrirais plus. Qui sait si elle a reçu la lettre où je disais
cela? C'est celle que vous eûtes la bonté d'acheminer
vous-même, Monsieur le comte; mandez-moi, je vous
prie, si cette lettre est arrivée avant sa mort : je veux
tout savoir. Est-ce le fils génevois ou le fils romain qui
vous a fait part de ce funeste événement? Vous ne sauriez croire à quel point cette pauvre femme m'est présente; je la vois sans cesse avec sa grande figure droite,
son léger apprêt génevois, sa raison calme, sa finesse
naturelle et son badinage grave. Elle était ardente amie,
quoique froide sur tout le reste. Je ne passerai pas de

meilleures soirées que celles que j'ai passées chez elle, les pieds sur les chenets, le coude sur la table, pensant tout haut, excitant sa pensée et rasant mille sujets à tire-d'aile, au milieu d'une famille bien digne d'elle. Elle est partie, et jamais je ne la remplacerai. Quand on a passé le milieu de la vie, ces pertes sont irréparables (et je l'ai passé depuis longtemps, très-probablement). Séparé sans retour de tout ce qui m'est cher, j'apprends la mort de mes vieux amis; un jour les jeunes apprendront la mienne. Dans le vrai, je suis mort en 1798; les funérailles seules sont retardées. Ces idées lugubres ne contrastent pas du tout avec les événements publics, qui ne sont pas, comme vous voyez, couleur de rose. Quelques étrangers ingrats sont peut-être *tristement Russes;* moi, je suis russement triste!

Bonjour, Monsieur le comte, je ne sais plus tenir la plume; permettez-moi de finir sans compliment, en me recommandant à votre *bonne souvenance.*

*P. S.* Je me flatte que vous avez reçu la lettre où je vous remerciais des nouvelles que vous m'aviez données de cette pauvre veuve, dont le mari n'est pas mort.

---

30. — A M. LE CHEVALIER GANIÈRES, CHARGÉ D'AFFAIRES DE S. M., A VIENNE.

Saint-Pétersbourg, 30 (18) juin 1807.

Bien longtemps avant l'arrivée de cette lettre, Monsieur le chevalier, vous aurez reçu la nouvelle de la bataille du 14 juin. Il y aura sur cet événement beaucoup d'exagérations françaises, auxquelles vous ne devez pas croire. Les Russes se sont maintenus, dans cette occasion, au rang des soldats les plus intrépides, et très-certainement Bonaparte n'en a jamais combattu de supérieurs; mais il est habile, il est accoutumé à vaincre, il est redouté, il ne se gêne pour rien; il *prend* ce que les autres *achètent; il arrache* ce que les autres *sollicitent :* malgré ces avantages et beaucoup d'autres, je tiens pour sûr qu'il n'aurait pas avancé sans celui du nombre, dont il n'a jamais été possible de le priver. On ne contestera jamais aux Russes l'honneur de s'être noblement et bravement battus pour tout le monde : malheureusement tout le monde n'a pu se réunir pour combattre l'ennemi de tout le monde, qui recrutait dans tout le monde. — Tant pis pour tout le monde. Si ceci est un jeu de mots, j'en serai bien fâché, car il n'y a rien que je déteste comme les jeux de mots. Les Russes, au reste, se sont retirés en fort bon ordre, sans perdre, ainsi qu'on l'assure constamment, ni canons ni drapeaux. Tout est donc à sa place; mon cœur n'en est pas moins percé et trans-percé de douleur de ce que les choses n'ont pas tourné comme nous devions l'espérer; revenons donc à l'Horace de notre jeunesse, *Levius fit patientia*, etc. Mon fils se portait bien le 15.

J'ai l'honneur d'être.

### 31. — A MADAME DE SAINT-RÉAL.

Saint-Pétersbourg, 10 juillet 1807.

Ta lettre du 29 octobre 1806, ma très-chère petite
sœur, m'est arrivée sans délai le 5 juillet 1807. Après
cela, j'espère que tu ne te fâcheras pas contre les courriers qui font leur devoir à merveille, comme tu vois.
Vargas est devenu de l'histoire ancienne. J'ai dû répondre depuis longtemps à cette lettre qu'il annonce dans la
sienne de Livourne. Précédemment, je t'en avais envoyé
une autre d'un style un peu différent, et que tu as remise, si tel a été ton bon plaisir. N'en parlons plus, il y
a bien d'autres choses à dire.

La bataille de Friedland n'a pas été aussi meurtrière
qu'on l'avait dit d'abord. Dix mille hommes environ ont
péri de notre côté. Les Français, suivant les apparences,
ont perdu beaucoup plus ; mais la perte des hommes
n'est rien... *vaincre, c'est avancer.* Les Français ont
avancé, ils ont vaincu, c'est-à-dire, ils ont passé,
rien de plus ; mais Bonaparte, qui sait très-bien ce qu'il
en coûte pour vaincre les Russes, s'est hâté de proposer
un armistice, qui a été refusé par le général russe et accordé par l'empereur. De ce moment, Bonaparte s'est
jeté dans les bras d'Alexandre ; il l'a comblé de marques
de déférence : il dit qu'il ne peut rien lui refuser, etc.
Je ne me fie pas trop, comme tu sens, à cette belle tendresse. En attendant que nous en sachions davantage,
on ne voit pas encore que rien soit signé. Qui sait comment l'on finira, et même si l'on finira? Il faut toujours
se trouver prêt à tout. Quels jours j'ai passés, ma pauvre

amie ! Quelle nuit que celle du 21 au 22, que je passai
tout entière avec la *certitude* que mon cher Rodolphe
avait été tué à Friedland ; seul, du moins sans autre
compagnie qu'un fidèle valet de chambre qui pleurait
devant moi, me jetant comme un fou tantôt d'un sopha
sur mon lit, et tantôt de mon lit sur un sopha, pensant
à la mère, à toi, à tous, à je ne sais qui enfin ! A neuf
heures du matin, mon frère vint m'apprendre que les
chevaliers-gardes n'avaient pas donné. Tu me diras : Et
où avais-tu donc pris cette *certitude ?* Je l'avais prise,
ma chère, sur le visage de vingt personnes qui m'avaient
fui évidemment le jour où la nouvelle arriva : c'était
pour ne pas parler de la bataille ; je crus toute autre
chose, et je lus sur leurs fronts la mort de Rodolphe
comme tu lis ces lignes. Voilà ce que c'est que la puissante imagination paternelle. Enfin, mon cœur, je me
rappellerai de cette nuit. A la bataille de Heilsberg, les
chevaliers-gardes ont trotté quelque temps sous les bou-
lets français, mais sans savoir pourquoi, et nul officier
n'a été tué. *Ma* trêve est signée ; me voilà tranquille
pour quelque temps. Je me trouve bienheureux quand
je songe à une dame de ma connaissance ( la comtesse
Ogeroffsky), qui a perdu deux fils dans cette infernale
bataille. L'un a disparu sans qu'il ait été possible ni aux
Russes ni aux Français d'en trouver la moindre trace.
L'autre devait suivre ailleurs le grand-duc en qualité
d'aide de camp, il voulut se battre. L'aîné de ses frères,
qui est colonel (ils étaient trois), lui représenta qu'il devait suivre sa destination, et que c'était désobéir que de
se battre. Le jeune homme ne voulut rien entendre, et
prit place. A quelques pas de là il fut blessé et tomba de
cheval. Des soldats l'emportaient hors de la mêlée, lors-

qu'un boulet de canon le partagea par le milieu et tua un des soldats. Cette pauvre mère fait compassion. Les premiers noms de la Russie ont combattu là à pied en qualité de bas-officiers. Sous ce point de vue, je suis encore fort heureux, ma chère amie; j'ai fait ce qu'un bon père devait faire; je pourrai m'en *affliger* sans doute, mais jamais m'en repentir. Un jour peut-être tu en sauras davantage.

---

### 32. — A M. LE COMTE D'AVARAY.

Saint-Pétersbourg, 24 (12) juillet 1807.

Le roi, Monsieur le comte, attache trop de prix aux réflexions qui me furent dictées il y a quelque temps par l'intérêt sans bornes que je ne cesserai de prendre à sa personne et à sa cause. Si la valeur d'une telle approbation était susceptible de plus et de moins, elle tirerait un nouveau prix du fidèle organe qui me l'a transmise.

Non, sans doute, Monsieur le comte, je ne m'attendais pas *précisément* à ce qui est arrivé, je n'aurais pu dire : « *On donnera là une bataille, et il arrivera cela.* » Mais croyez que mes espérances étaient bien timides. Il y a quinze ans que j'étudie la révolution française. Je me trompe peu sur les grands résultats, et jamais je n'ai trompé mon maître. Constamment je lui ai dit : « *Tant que les Français supporteront Bonaparte, l'Europe sera forcée de le supporter.* » Il n'est arrivé en dernier lieu que ce qui devait arriver. Supposons, si l'on veut, les

forces égales (ce que je suis fort éloigné de croire), il ne
s'ensuit pas que les chances fussent égales. Tout souverain légitime peut, sans désavantage, combattre son
égal en champ clos; mais s'il est question d'un usurpateur, la chose change de face. Le roi militaire, en vertu
même de son excellence et de sa supériorité intrinsèque,
a tout à craindre d'un militaire roi (1); car l'or est aisément coupé par le fer. Celui qui se permet tout est terrible! On a beau dire qu'il y a des moyens aisés d'éga-
liser la partie : d'abord, j'en doute; ensuite, le monde
est plein de choses aisées qui sont cependant impossi-
bles. Enfin, c'est un cas particulier, une loi spéciale de
la nature qui ne prouve rien, en général, ni contre le
souverain ni contre son peuple. S'il existait un breuvage de consolation à la Chine, je me soumettrais volontiers à l'aller chercher à pied pour le présenter à
l'empereur; mais la consolation n'est pas si loin, elle
est chez lui. La Russie est à sa place, et son nom est
aussi intact que ses frontières. La nation n'a aucune
raison de perdre courage ou de s'estimer moins. Elle peut
tirer même de grandes instructions de ce qui s'est passé.
Elle peut, en réfléchissant sur ce qui lui a manqué dans
cette occasion, se mettre aisément au niveau des événements futurs, qui seront grands et mémorables à
jamais.

Maintenant, nous allons voir un autre ordre de choses :
une *nouvelle guerre*, ou si vous voulez une *guerre nouvelle*,
sera déclarée à l'ordinaire par le traité de paix. La Bible
dit fort bien : «*Ils diront : La paix! la paix! et il n'y
aura point de paix.* » Toutes les parties du globe seront

_____

(1) Ne prenez ce mot de *roi* que pour ce qu'il vaut à cette place.

pressées. Quelle époque, Monsieur le comte! quel champ pour l'homme d'État! Bonaparte fait écrire dans ses papiers qu'il est l'*Envoyé de Dieu.* Rien n'est plus vrai, Monsieur le comte. Bonaparte vient directement du ciel... comme la foudre. — Mais, à propos de ce mot, il me vient en tête de vous faire observer que la foudre qui brise les murailles s'arrête devant un rideau de taffetas : belle image de la révolution! Contre elle, la véritable résistance était l'antipathie; mais de tous côtés elle a trouvé des *conducteurs.*

Allons notre train, Monsieur le comte! L'Europe est à Bonaparte, mais notre cœur est à nous. L'ordre des choses qui s'avance exige une prudence particulière. Heureusement, on peut être ferme sans être choquant ni embarrassant. L'inclination se gênant peu, elle fournira à l'empereur de nouvelles occasions de connaître les véritables Russes et de cribler son grain. Pour moi, je ne m'étonne de rien, et je ne vis plus que dans l'avenir.

Avant de connaître la bataille du 14 juin, j'avais écrit sans balancer à notre ami commun : *Rien ne peut* rétablir la puissance de la Prusse. Vous voyez, Monsieur le comte, que je ne m'étais pas trompé. Les plus grands observateurs l'avaient prédit. Instruit par eux, il y a longtemps que j'ai prévu et annoncé cette catastrophe. J'ai eu, depuis que je raisonne, une aversion particulière pour Frédéric II, qu'un siècle frénétique s'est hâté de proclamer *grand homme,* mais qui n'était au fond qu'un *grand Prussien.* L'histoire notera ce prince comme l'un des plus grands ennemis du genre humain qui ait jamais existé. Sa monarchie, héritière imperturbable de

son esprit, était devenue un argument contre la Providence (pour les sots, bien entendu ; mais il y en a beaucoup). Aujourd'hui, cet argument s'est tourné en preuve
palpable de la justice éternelle. Cet édifice fameux, construit avec du sang, de la boue, de la fausse monnaie et
des feuilles de brochures, a croulé en un clin d'œil, et
c'en est fait pour toujours. Il a duré moins que l'habit
de l'architecte ; car le dernier habit de Frédéric II est à
Paris en fort bon état, et il survivra longtemps à la monarchie prussienne. Lorsqu'on a porté au sénat l'épée du
*grand homme*, le président Fontanes a prononcé un fort
beau discours dont on m'a cité cette phrase :

*Grand exemple pour tous les souverains qui seraient
tentés de fonder leurs empires sur des bases aussi
fausses !*

Entendez-vous, Monsieur le comte ? Tout ce qui se
dit là n'est pas faux. La France et la Prusse, telles que
nous les avons connues, sont les plus grands sujets qui
jamais aient été présentés à la méditation des hommes
d'État et des philosophes. Si j'avais l'honneur de prési-
der à l'éducation d'un prince, je croirais avoir bien employé *toute ma vie* en les lui expliquant *toute ma vie*.

On voit d'un côté comment des hommes que nous appelons *barbares* ont créé dans la nuit du moyen âge des
institutions qui ont duré quatorze siècles, et n'ont cédé
à la fin qu'aux efforts répétés d'une foule innombrable
d'enragés ayant tous les vices de l'univers et l'enfer pour
alliés.

Et comment, de l'autre côté, toute la science, tous les
moyens du siècle de la philosophie mis à la disposition
de la souveraineté éclairée et absolue, ont produit un

édifice qui a duré quatorze minutes, pour s'affaisser igno-
blement au milieu de la quinzième, comme une citrouille
qu'on écrase.

Chaque nation, en se comparant à ces deux modèles,
peut se juger aussi certainement qu'un chimiste juge le
métal dans la coupelle.

Dans un ouvrage anonyme que vous avez eu la bonté
de citer quelquefois, il est dit que *chaque nation, comme
chaque individu, est chargée d'une mission* : celle de vos
Français, qui a toujours été la même, est bien extraordinaire dans ce moment. Je les vois qui s'avancent
vers une gloire immortelle,

*Quanta nec est, nec erit, nec visa prioribus annis.*

Mais la France ne sait pas ce qu'elle fait ; et c'est précisément parce qu'elle ne sait pas ce qu'elle fait, et parce
qu'elle n'est pas digne de le savoir, et parce que ce
qu'elle fait n'a point d'analogie avec ce qu'elle est, que
je me crois bien fondé à croire que les hommes qui agissent dans ce moment du côté de la France ne sont que
des météores passagers.

Je ne puis m'empêcher de croire que j'ai deviné ce
qui se fait aujourd'hui dans le monde, et le but vers lequel nous marchons ; je tire même de cette persuasion
un argument des plus forts contre la probabilité d'une
durée qui doit être pour le roi l'idée la plus triste et la
plus choquante. Je dis : Ce qui s'opère dans ce moment
ne peut être exécuté que par une puissance illégitime
et par les hommes dignes d'elle. Mais le grand œuvre
achevé, les instruments deviendraient nuisibles et seraient d'ailleurs, par leur seule existence, une anomalie,
un scandale du monde moral. Donc, etc., etc.

C'est ce que j'avais en vue, Monsieur le comte, lorsque je disais, dans une dernière lettre au comte de Blacas, que, si j'avais eu l'honneur d'être connu du roi autrement que par ses bontés, j'aurais *peut-être* le *courage* de lui montrer la scène telle que je la vois.

C'est tout ce que je voulais vous dire; en vérité, en traçant ces lignes, je n'avais point l'idée funeste que vous avez cru apercevoir.

Cependant, Monsieur le comte, comme le roi est trop grand pour être flatté, non-seulement je suis persuadé qu'on ne doit point lui cacher les présages sinistres qui menacent son auguste famille, mais je crois utile de les présenter tels qu'ils sont.

Reculez de trois ans dans le passé. Écoutez le Corse, qui se dit à lui-même, après avoir jeté ses regards terribles sur toute l'Europe :

Les branches étrangères ne sont rien pour moi; les Français n'en voudront point, il y a telle et telle raison contre elles; d'ailleurs elles sont sous ma main. Parmi ceux à qui les Français pourraient songer, les uns ne promettent plus rien à la perpétuité de la famille, d'autres portent un nom *funeste;* d'autres enfin, debout au bord du fleuve, y vieilliront comme le voyageur de la fable, attendant que toute l'eau soit passée. Mais je vois là, sur les bords du Rhin, un soldat résolu plus près du but, parce qu'il en est plus loin, et qui pourrait bien me faire des Bourbons avec une demoiselle; il faut le tuer. — Et il le fit. — Dans vingt brochures j'ai lu : C'est un crime inutile ! — Badauds !

Vous me direz, Monsieur le comte : *Mais comment accordez-vous donc vos espérances avec cette sombre perspective?*

Quelqu'un disait jadis à Copernic : « Si le monde était arrangé comme vous le dites, Vénus aurait des phases comme la lune : elle n'en a pas cependant : qu'avez-vous à dire? »

Copernic répondit : « Je n'ai rien à répliquer ; *mais Dieu fera la grâce* qu'on trouvera une réponse à cette difficulté. »

En effet, *Dieu fit la grâce* que Galilée inventa les lunettes avec lesquelles on vit les phases ; — mais Copernic était mort.

Je réponds comme lui, Monsieur le comte : *Dieu fera la grâce* que nous sortirons de ce défilé. *Omnis masculus adaperiens vulvam sanctus Domino vocabitur.* Il arrivera cela, ou bien autre chose ; mais enfin il arrivera quelque chose. En pensant au roi, votre maître, je dis du fond du cœur, avec un sentiment mêlé de courage et d'espérance : *Serus in cœlum redeat!* Si cependant il est écrit qu'il doit retourner chez lui avant que les affaires de sa famille soient terminées, il pourra dire en partant : *Spem bonam certamque domum reporto.* Je n'en sais pas davantage, je n'affirme ni n'exclus rien.

Ce qui se passe, Monsieur le comte, me paraît jeter un grand jour sur des questions importantes, notamment sur celle du serment, l'une des plus ardues de la morale. J'ai toujours pensé, je vous l'avoue franchement, que le serment au souverain de fait est indispensable quant à la masse, et n'a rien de criminel. Quelques individus peuvent blesser, en le prêtant, l'honneur et la délicatesse, sans blesser la *morale* proprement dite. Ce peut être une *bassesse* sans être un péché.

Il est bien essentiel qu'on croie en France que telle est l'opinion du roi ; qu'il ne blâme rien de ce que la nécessité exige, et que si les circonstances changeaient, il compterait toujours sur les Français, surtout sur les deux premiers ordres. Je ne sais ce qu'il en est ; mais n'importe, il faut qu'on le croie.

Propager les idées utiles est tout ce que peuvent faire les amis du roi, dans un moment de repos parfait et in-dispensable.

Voici au reste, sur le chapitre de l'espérance, un pas-sage de Bossuet que je veux avoir le plaisir de vous ci-ter. Cet homme est mon grand oracle. Je plie volontiers sous cette trinité de talents qui fait entendre à la fois dans chaque phrase un logicien, un orateur et un pro-phète. Voici donc ce qu'il dit dans un fragment de ser-mon :

*Quand Dieu veut faire voir qu'un ouvrage est tout de sa main, il réduit tout à l'impuissance et au déses-poir : puis il agit.*

Mille fois cette pensée m'est venue en tête en son-geant à vos affaires, qui sont celles du monde, sans pou-voir m'empêcher d'ajouter chaque fois, comme le fait immédiatement Bossuet : *Sperabamus.*

Le plus ardent ami de vos maîtres et le plus grand ennemi de ses ennemis ne pourrait cependant se dis-penser d'applaudir à la paix. L'empereur, en la signant, n'a fait qu'obéir à la prudence, à la nécessité, à son amour pour ses peuples. Ceux qui pourraient le blâmer ne savent ce qu'ils disent : même on ne voit pas à l'œil nu une époque future où il puisse être utile de la rom-pre. Il semble donc que tout est dit. Pas du tout, Monsieur le comte ; jamais je n'en conviendrai, et c'est le raisonnement le plus calme qui me conduit dans les vas-tes plaines de l'espérance.

Il n'y a plus de poésie dans le monde, Monsieur le comte; et comment y en aurait-il, disait si bien Marmontel, il n'y a plus de religion ni d'amour; mais si jamais elle venait, la révolution française formera le plus noble sujet d'un poëme épique. Les longues *erreurs* de votre maître formeront un riche épisode de ce poëme. C'est bien lui qui aura vu *les villes et les mœurs de plusieurs peuples*. Il aura vu tomber deux empires le lendemain du jour où il en fut repoussé, et je ne crois pas que le poëte sorte des bornes légitimes d'un élan poétique, en ajoutant tout de suite : *Tant il était dangereux de l'affliger !* Parvenu au séjour de Mittau, j'imagine que ce poëte, pour animer un peu une scène monotone de sa nature, mettra en action quelque personnage vénérable, l'abbé Edgeworth, par exemple; il en fera un prophète, et l'enverra révéler au roi cet avenir que nous attendons. L'inspiré dira à votre maître, en lui touchant les yeux :

*Adspice ; namque omnem quæ nunc obducta tuenti*
*Mortales hebetat visus tibi, et humida circum*
*Caligat nubem, eripiam.*
Én., c. ii, 604.

A peine le roi aura-t-il recouvré la vue, que l'homme de Dieu continuera :

*Nunc age Borboniam prolem quæ deinde sequatur*
*Gloria, qui maneant illa de gente nepotes !*
*Illustres animas clarumque in nomen ituras*
*Expediam dictis, et te tua fata docebo.*
Én., c. vi, 756.

Voilà bien du latin, Monsieur le comte; en vérité, je crains que cela ne soit par trop pédant. Souffrez donc que, sans autre cérémonie, je vous serre dans mes bras en Français.

*P. S.* Vous avez appris, Monsieur le comte, de quelle manière l'administration des vivres s'est conduite pendant cette campagne. On peut en parler sans mystère, puisque le souverain lui-même en a fait le sujet d'un ukase. Songez, je vous prie, à ces braves Russes qui se battent pour vous, pour moi, pour tous les honnêtes gens du monde, et qu'on affame pour gagner de l'argent. En vérité, je doute que le parricide soit au-dessus d'un tel forfait. Mais vous voyez que tout était contre nous : l'avantage naturel d'un usurpateur, le défaut de subsistance et le nombre. Ne faisons le procès à personne : supposons que d'autres ont eu de fort bonnes raisons pour se tenir tranquilles. La Russie, de son côté, en a eu de fort bonnes pour sortir de l'arène. C'était fort beau à elle de se battre *pour le monde;* mais *contre le monde*, personne ne peut l'exiger.

Plions donc la tête, Monsieur le comte, mais sans laisser éteindre jamais l'espérance. La révolution française, *qui va son train*, ressemble à la lance d'Achille, qui avait la vertu de guérir les plaies qu'elle avait faites. — Amen.

### 33. — A M. LE COMTE DIODATI, A GENÈVE.

Saint-Pétersbourg, 28 (16) juillet 1807.

J'ai lu avec une extrême reconnaissance, Monsieur le comte, votre longue et *confortable* lettre du 4 (16) de ce mois. Je vous remercie de tout ce qu'elle contient d'obligeant et de consolant; mais, pour commencer par ma situation personnelle, tout me dit qu'elle est sans remède. Lorsque les Français entrèrent en Savoie, en 1792, et que je passai les Alpes pour suivre la fortune du roi, je dis à la compagne fidèle de toutes mes vicissitudes, bonnes ou mauvaises, à côté d'un rocher que je vois encore d'ici : *Ma chère amie, le pas que nous faisons aujourd'hui est irrévocable, il décide de notre sort pour la vie.* Obligé depuis, par une aventure romanesque, de rentrer en Savoie, je vis la révolution française de plus près et je l'abhorrai davantage; je sortis de nouveau, et ce fut pour toujours. De l'autre côté de la frontière, à Lausanne, sur le lac de Genève, je vis confisquer mes biens sans être tenté de rentrer : dès lors l'espérance m'a souri quelquefois, mais ce n'était qu'un éclair dans la nuit; ma situation n'a fait qu'empirer. Je me suis vu successivement frapper en Savoie, en Suisse, en Piémont, à Venise et enfin en Russie. La journée de Friedland ne m'a plus rien laissé. Patrie, biens, famille, souverain même, suivant les présages, tout est perdu. Maintenant, Monsieur le comte, que voulez-vous que je devienne? La fortune est femme, elle n'aime que les jeunes gens. Elle sait que j'ai cinquante-trois ans. Quelle apparence qu'elle veuille m'épouser ? Elle n'est pas si bête. Au reste, ne croyez pas que je sois couché à terre; je puis vous dire à peu près comme notre vieux Malherbe :

> Déjà plus d'une fois de cette même foudre
> Je me suis vu perclus,
> Et toujours la raison m'a si bien fait résoudre,
> Qu'il ne m'en souvient plus.

*Il ne m'en souvient plus* est trop dire sans doute; mais il ne m'en souvient pas assez pour perdre courage. Il n'y a que deux maux bien réels dans le monde : le remords et la maladie; le reste est idéal. Je me porte bien, je ne me repens de rien, je puis donc me tenir debout; s'il fallait recommencer, je ne changerais pas de conduite. Ce qu'il y a de plus amer pour moi, c'est de me voir séparé d'une famille chérie, sans aucun moyen imaginable de l'approcher de moi ou d'aller à elle. Dans cette situation cruelle, l'étude est pour moi ce que l'opium est pour les Orientaux : elle m'étourdit avec autant d'effet et moins de danger. Je serais plus courageux encore si j'avais pu recevoir des lettres de consolation de notre amie commune, mais elle s'en est allée. Tout me ramène à ce mélancolique sujet. Par ce que vous me dites du *Genévois* et du *Romain*, je soupçonne que vous n'êtes pas au fait des aventures de ce dernier. Étant, il y a bien des années, à Rome, il se prit d'inclination pour une belle personne de ce pays, et pour l'épouser il se fit catholique. Imaginez l'effet de cette démarche à Genève. Au reste, les idées de Genève ne font rien à la chose. Si M.... agit alors par conviction, je l'approuve et le respecte; s'il se laissa séduire par l'amour, sans nier le tort, je le pardonne; s'il agit avec légèreté et par indifférence, je le méprise profondément.

Quoi qu'il en soit, Monsieur le comte, après bien des années il a fallu enfin amener la Romaine et avec elle un petit Romain qui promettait, à ce que m'a dit souvent la grand'maman, tout ce qu'on peut promettre. Elle s'est coiffée de l'enfant, comme vous l'imaginez bien, et s'en est emparée d'une manière exclusive : cela seul suffisait pour choquer la mère. Mais il y avait bien une autre source de *dissapori* ; Madame... était protestante, et d'ailleurs elle avait appartenu à l'ancienne école de Voltaire, dont son mari, de charmante mémoire, était l'ami intime. D'un autre côté, elle avait des amis catholiques qui lui donnaient souvent beaucoup à penser. Il était résulté du tout, à ce qu'il me semble, une assez grande différence sur la plus grande de toutes les questions, ou, pour mieux dire, *la seule ;* car toute question qui finit à la mort de l'homme vaut *à peine la peine* d'être examinée. Jugez comment un tel précepteur plaisait à la mère romaine ! Il doit y avoir eu des scènes terribles. Et rien, à mon avis, ne ressemble à feu M. Damiens au milieu des chevaux tirant en sens contraire, comme un pauvre homme placé entre sa mère et sa femme, qui le tirent chacune de leur côté. Le pauvre Jeannot, ainsi partagé en deux, s'est trouvé tout entier par la mort de sa mère. Et peut-être qu'il a trop fait sentir le plaisir et le prix de l'émancipation. Je vous dis tout ceci à sa décharge, sans prétendre l'excuser tout à fait, car je le crois véritablement un peu faible sur la morale.

Je reçois avec un extrême plaisir, Monsieur le comte, l'aimable *substitution* que vous me proposez. Prenons date, je vous en prie, et que la chose soit invariable. Il me serait fort agréable de jaser avec vous sur toutes ces choses *qui sont arrivées depuis vingt-cinq ans.* Mais ce serait, à ce qu'il me semble, une affaire de pure conversation où l'encre n'entre pour rien. Je ne sais malheureusement quand il nous arrivera de nous revoir, car nous paraissons fort immobiles chacun à notre place. En attendant, Monsieur le comte, j'accepte avec la plus grande reconnaissance l'offre que vous me faites de faire parvenir une lettre à ma femme. J'ai éprouvé que vos correspondances sont très-bonnes; ainsi je vous prie de vouloir bien acheminer la lettre ci-jointe à madame Valin : c'est le nom de ma femme, et moi je m'appelle madame de Villeneuve. Tous les décacheteurs d'ici jusqu'à Turin ont eu tout le temps possible, depuis six ans, d'apprendre ces deux noms par cœur.

Je reçois avec une égale reconnaissance, et sans aucune restriction, le compliment que vous me faites sur la nomination de mon fils. Permis aux dames lacédémoniennes de regarder d'un œil sec le corps de leurs fils qu'on rapportait sur leurs boucliers. Pour moi, je ne suis pas si sublime. Plutôt la mort sans doute, et mille fois la mort, je ne dis pas que la plus petite lâcheté, mais que la plus petite grimace antimilitaire; mais aussi, plutôt la vie que la mort même la plus honorable. Ce n'est pas l'avis de mon fils, et c'est dans l'ordre; mais c'est le mien, et c'est aussi dans l'ordre. Il a voulu faire cette campagne sans y être obligé; pouvant m'y opposer, je ne l'ai pas fait. Mon héroïsme ne va pas plus loin. Je suis content de mon fils et de moi. Au reste, il n'est pas encore de retour. Lorsqu'il avançait vers les canons français, je le voyais aller comme une flèche. Aujourd'hui qu'il revient à moi, c'est une tortue.

Je vous remercie de nouveau, M. le comte, des *pacta conventa* que vous me proposez. Je les signe de *tout* mon cœur. Et comme tout *contrat social* acquiert la sainteté par l'ancienneté, j'aime à croire qu'il aura le temps de gagner avant ma mort cette mousse vénérable qui a tant de prix.

Tout à vous, Monsieur le comte.

---

## 34. — A M. LE COMTE D'AVARAY, A MITTAU.

Saint-Pétersbourg, 24 juillet 1807.

Je ne saurais trop vous remercier, Monsieur le comte, de votre aimable et éloquente lettre du 29 janvier dernier. Le roi me fait trop d'honneur, en daignant attacher quelque importance aux réflexions que j'avais adressées au comte de Blacas : je vous prie en grâce, Monsieur le comte, de vouloir bien mettre à ses pieds mes très-humbles remerclments. Je vois, au reste, que, dans un endroit de cette lettre, je m'étais mal exprimé; mais je ne m'étends pas sur ce point. Votre lettre ayant excité mes idées sur divers chapitres, je me suis mis à écrire il y a deux ou trois jours; voyant ensuite que les pages se multipliaient, je me suis réservé de vous envoyer le reste à mon aise. Si vous y trouvez quelques lignes dignes de votre maître, vous aurez la bonté de lui en faire hommage.

Voilà, sans doute, un grand changement de choses; mais il fallait s'y attendre. Je n'ai cessé d'avertir mon maître de se tenir prêt pour cette finale. La paix était nécessaire; l'empereur la devait à la prudence, à la né-cessité, à son amour pour son peuple. Il n'a point

manqué à l'Europe; c'est l'Europe qui lui a manqué :
depuis seize ans elle nourrit de sa propre main le monstre qui la dévore aujourd'hui. Il y a dans cet aveuglement quelque chose de divin, qui ne peut échapper à
aucun œil de bon sens. Nous assistons à une des grandes époques du genre humain. *Une certaine accumula-
tion de vices rend une certaine révolution nécessaire.*
Voilà ce que toute l'histoire nous prêche; nous avons
maintenant ce que nous avons bien mérité. L'Europe
paye d'anciennes dettes, et nous marchons si clairement vers un certain but, qu'en vérité exposer la chose,
c'est la démontrer.

Depuis le premier moment de la première coalition,
on est toujours parti de ce principe également faux et
fatal : *Il faut vaincre avant de reconnattre le roi.* Le
véritable principe était : *Pour vaincre, il faut reconnattre le roi;* et comme une erreur n'est jamais isolée,
on a constamment étayé la première par une seconde,
en disant qu'*il ne faut jamais se compromettre,* tandis
qu'il faut, au contraire, faire ce qui est bon, juste
et noble, sans s'embarrasser de l'avenir; car jamais la
paix, quand elle est devenue nécessaire, n'est empêchée
par ce qui s'est fait ou dit auparavant : je m'en rapporte au bon sens et à la mémoire de tout le monde.

Si tous les yeux se sont fermés à des vérités si
simples, c'est que la chose était nécessaire : une grande
révolution était décrétée; il faut qu'elle s'accomplisse.
Lorsqu'une postérité, qui n'est pas fort éloignée, verra
ce qui a résulté de la conjuration de tous les vices,
elle se prosternera pleine d'admiration et de reconnaissance.

Je ne suis cependant pas fataliste, Dieu m'en préserve. *L'homme doit agir comme s'il pouvait tout, et se résigner comme s'il ne pouvait rien.* Voilà, je crois, le fatalisme de la sagesse. Si un homme tombe au milieu d'un fleuve, *certainement* il doit nager, car s'il ne nage pas, il sera *certainement* noyé; mais il ne s'ensuit pas qu'il aborde où il veut, car le courant conserve toujours ses droits. Nous sommes tous plongés dans le courant, et dans les révolutions il est plus rapide. Nageons donc, Monsieur le comte; et si les forces ne nous manquent pas (ce qui n'est pas clair à beaucoup près), nous irons nous sécher je ne sais où.

Maintenant il faut, comme disent les ascétiques, *posséder nos âmes.* Les circonstances exigent un changement de ton dans la musique. Toutes ces variations me contentent peu : prêt à tout depuis longtemps, je ne m'étonne plus de rien. Comme j'ai eu l'honneur de vous le dire dans une autre lettre, *l'Europe est à Bonaparte, mais nos cœurs sont à nous.* C'est là où résident nos principes; le reste est une force humaine semblable à mille autres. Je ne vous dis rien de mes angoisses ministérielles; vous les sentez assez. Je ne sais qu'une chose que je savais le lendemain de mon arrivée, il y a six ans, que *le roi aura tout ce qui sera au pouvoir de son grand ami.* Qui jamais a pu demander ou espérer davantage? Je dors sur ce coussin, mais je rêve beaucoup.

Mille et mille grâces, Monsieur le comte, de l'intérêt que vous voulez bien prendre à mon fils. Le voilà qui revient sain et sauf, malheureusement à pas de tortue; et, jusqu'à nouvel ordre, nous n'avons plus qu'à jouir tranquillement des bontés de l'empereur. J'aurais voulu pousser l'éducation un peu plus loin; mais l'exercice

est venu la couper ; il fera, au reste, comme tous les
militaires qui ont reçu de bons principes : après avoir
bien battu les buissons, ils se *donnent* ou se *redonnent*
à eux-mêmes une certaine éducation, qui en fait, je
crois, ce qu'il y a de meilleur dans la société. Quelquefois je me rappelle, au sujet de mon fils, ce mot plaisant d'une dame de Paris, en parlant d'un magistrat :
*C'est le premier violon du parlement;* je puis louer
tout aussi bien mon fils en disant : *C'est le premier la-
tiniste de la garde impériale.*

Agréez, Monsieur le comte, l'assurance de mon
éternel et invariable attachement.

----

### 34. — A M. LE CHEVALIER DE ....

Saint-Pétersbourg, 13 (28) décembre 1807.

J'ai eu l'honneur de vous faire part de mes craintes
au sujet de la position que j'allais avoir dans ce pays.
Ces craintes étaient suffisamment justifiées par l'affectation de Buonaparte à rayer le nom de S. M. de tous les
almanachs qui lui obéissent, et à chasser les agents du
roi de toutes les villes dont il s'est emparé. Les discours
diaboliques du général Savary, dont je vous ai fait connaître une très-légère partie, venaient encore fortifier ces
cruelles présomptions; cependant elles ne se sont pas
vérifiées. Caulincourt, arrivé ici le 18, nous a donné le
20 ses billets de notification, et le mien porte sur l'a-
dresse :... Envoyé extraordinaire, ministre plénipotentiaire de S. M. Sarde. Il a évité également *roi de Sar-*

*daigne* et *roi de l'île de Sardaigne*. Comme on disait anciennement *S. M. Sarde*, il n'y a pas de mal. Ensuite de la notification, j'ai fait ma visite comme les autres ministres, et dans les vingt-quatre heures elle m'a été rendue; ainsi me voilà d'abord tranquille sur ce point. Le duc de Serra-Capriola n'a pas reçu la notification; vous voyez la différence très-prononcée : paix d'un côté, et guerre de l'autre. Savary me dit dans cette fameuse conversation, en me parlant de la Sicile : *Nous l'aurons ou par paix ou par guerre.*

La première visite se faisant par billet, la première fois que j'ai rencontré l'ambassadeur français dans une maison tierce, je ne lui avais point encore parlé. Une personne de sa connaissance me présenta à lui. Il me fit beaucoup de politesses. Il n'a point les formes soldatesques de Savary; mais de savoir s'il a autant de talent et de franchise, c'est une question à laquelle je ne puis répondre encore. Je suis charmé qu'il ne m'ait pas déclaré la guerre; car, en vérité, je n'aurais su comment me tenir ici. Quand je pense à tout ce que j'ai dit, fait et écrit depuis seize ans, je trouve les Français fort honnêtes à mon égard. Je vous ai raconté les mesures *profondes* de l'ambassadeur d'Autriche au sujet du pas. Celui de France a pris tranquillement la première place partout. Hier, il y eut bal et souper chez l'impératrice mère à l'occasion de la naissance de l'empereur. Caulincourt dansa le premier avec les deux impératrices. Si quelque nation peut prétendre à l'alternative, ce serait l'Angleterre, puisqu'elle seule n'a pas passé sous le joug. Quant aux puissances continentales, je n'imagine pas seulement une objection sérieuse contre la suprématie de la France. Les hommes sont extrêmement con-

duits par les mots. Celui d'*empereur des Romains*, qui
n'était réellement qu'un son, en imposait néanmoins par
une certaine succession imaginaire ; et Louis XIV, dans
tout son éclat, ne pensa pas à disputer la première place
à l'empereur de son temps, qui lui était cependant extrêmement inférieur en puissance et en noblesse souveraine (s'il est permis de s'exprimer ainsi) ; on ne sait
combien aurait pu durer ce rêve ; mais à présent qu'il
s'est dissipé, et que l'empereur des Romains est détruit
même grammaticalement, sur quoi reposeraient les prétentions à la première place, et même à l'alternative ?
Et comme j'ai eu l'honneur de vous le dire, quand un
Bourbon remonterait aujourd'hui sur le trône, demain
il prétendrait à la première place, et s'y tiendrait ; car
la grandeur appartient aux nations, et jamais elles ne
reculent. Cette grandeur, qui résulte de quatre éléments,
*nombre*, *richesse*, *génie* et *courage*, est concentrée
dans la personne du souverain qui l'*administre* en quelque façon et la fait valoir. Mais il n'importe nullement
que le souverain s'appelle Charles ou Philippe, qu'il soit
légitime ou illégitime, etc., et la nation va toujours son
train, et jamais on ne la fera reculer, à moins qu'on
ne l'affaiblisse dans ses éléments.

Je sais tout ce qu'on peut dire contre Bonaparte : il
est *usurpateur*, il est *meurtrier* ; mais, faites-y bien attention, il est *usurpateur* moins que Guillaume d'O-
range, *meurtrier* moins qu'Élizabeth d'Angleterre. Il
faut savoir ce que décidera le temps que j'appelle le premier ministre de la Divinité au département des souverainetés ; mais en attendant, Monsieur le chevalier,
nous ne sommes pas plus forts que Dieu. Il faut traiter
avec celui à qui il lui a plu de donner la puissance. Rien

ne prouve que Bonaparte établisse une dynastie; plusieurs raisons même prouvent le contraire. Mais tout annonce que son règne sera long, et que ses actes tiendront, du moins en grande partie. Il y a dix ans, je crois, que j'eus l'honneur de vous écrire : *S. M. Sicilienne croit que l'Angleterre et la Russie la rétabliront; pas plus que moi, Monsieur le chevalier.* Il n'y a de salut que par la France sous une forme ou sous l'autre. Essayons donc; voilà ce qui m'a déterminé. Le secret a été rigoureusement gardé par le petit nombre de personnes qui le connaissent. J'observe que l'ambassadeur de France n'ayant mis, à ce qu'il m'a dit lui-même, que dix-huit jours de Paris ici, a pu *avoir* connaissance de cette affaire avant de partir. Cependant il en a parlé ici comme l'ayant apprise du général Savary, et il en a parlé très-favorablement. L'entremetteur que je vous ai nommé, le seul homme existant à Pétersbourg qui ait pu s'en mêler, persiste à croire que je partirai. Le ministère, comme je me rappelle vous l'avoir dit, pense le contraire, et croit la chose sans remède. Nous verrons. Pour moi, je n'oserais rien affirmer ; si cependant il fallait absolument gager, je pencherais pour l'affirmative, à cause d'un certain vent favorable qui a soufflé dans cette occasion, et qui n'a point de nom. Je compte aussi beaucoup sur un certain instinct qui pousse l'homme quelquefois, et qui en sait plus que la raison, quoique la raison joue bien aussi son rôle dans ce moment.

---

36. — A M. LE COMTE DE VARGAS, A CAGLIARI.

Saint-Pétersbourg, 20 octobre (1er novembre) 1807.

Monsieur le comte,

Au moment où je reçus votre lettre du 14 juin, j'avais précisément chez moi le docte comte Jean Potocki, qui m'honore de son amitié et qui a mille bontés pour moi, entre autres celle de me fournir tous les livres qui me passent dans la tête. Il s'empara d'abord de votre lettre pour la montrer aux savants que vous y nommez, et former ensuite la correspondance que vous désirez; mais ces savants sont, comme le climat, extrêmement froids. D'ailleurs, ils ne connaissent pas cette académie italique, et je suis dans la même ignorance, à vous parler franchement, de manière qu'il me paraîtrait à propos, Monsieur le comte, de la légitimer en envoyant les statuts, le tableau des académiciens, et surtout le diplôme d'institution. Je crois que cela se pratique ainsi, et que vous ne trouverez aucune pointillerie déplacée dans la réserve de ces messieurs.

Vous auriez bien plus de raison, Monsieur le comte, de me quereller moi-même sur mon retard à vous répondre; mais le comte Potocki, ayant changé d'appartement, a commencé par égarer ma lettre dans le fond d'un portefeuille, dont elle n'est sortie que longtemps après. Ensuite, de grands malheurs et de grandes occupations ont occupé ma tête, au point que j'ai suspendu toutes mes correspondances. J'espère donc, Monsieur le comte, que vous me pardonnerez, d'autant que je ne suis pas plus

coupable envers vous qu'envers mille autres. L'excuse
n'est pas trop bonne peut-être, mais je vous dis la vérité.

Pour en venir enfin au sujet principal de votre lettre,
j'ai bien peur, Monsieur le comte, que nous ne soyons pas
trop d'accord sur certains principes fondamentaux de
l'histoire de l'homme et de son habitation. Moïse a tout
dit, Monsieur le comte : avec lui on sait tout ce qu'on doit
savoir sur ces grands objets, et sans lui on ne sait rien.
L'histoire, la tradition, les fables même, et la nature
entière, lui rendent témoignage. Le déluge surtout est
prouvé de toutes les manières dont ce grand fait peut
être prouvé. Lisez le livre du docteur Lardner (*Indian
testimonies*), lisez celui du fameux Addison et celui du
père de Colonia sur ce même sujet des *témoignages rendus à la révélation par l'antiquité profane*. Lisez les
notes de Grotius et le premier livre de son bel ouvrage,
*De veritate Rel. christ., etc....* vous serez surpris et
totalement entraîné par l'universalité de cette croyance.
On l'a trouvée jusque parmi les sauvages de l'Amérique;
on l'a trouvée en Chine, on l'a trouvée surtout dans les
Indes, où la compagnie savante de Calcutta fouille depuis
quelques années avec une constance infatigable la mine
la plus riche et la plus nouvelle. Dans les livres sacrés
des Indiens, écrits dans une langue morte depuis plus
de deux mille ans et livrés enfin à la curiosité européenne par les travaux de cette savante compagnie, on
trouve avec étonnement Noé, le déluge universel, l'arche,
la montagne, la colombe, etc.... comme on les trouve
dans Lucien (*de Dea Syria*), qui jamais n'avait ouï parler de la langue sanscrite.

Je vous prie, Monsieur le comte, Ovide avait-il lu dans
la Bible, *Omnia pontus erant, deerant quoque littora*

*ponto?* Il exprimait l'ancienne et universelle tradition du *genre humain renouvelé par une famille seule, sauvée miraculeusement d'un naufrage général.*

Mettez d'un côté un livre unique sous tous les rapports, portant tous les caractères de l'inspiration, et de l'autre tout le genre humain de tous les siècles, qui lui rend témoignage par des traditions plus ou moins défigurées, et vous verrez que, sans aller plus loin, jamais fait n'a été plus rigoureusement démontré que celui du déluge.

*Quod semper, quod ubique, quod ab omnibus.* Ce passage si connu, employé par un pieux auteur en faveur des dogmes catholiques, n'est pas moins décisif en faveur de ces *dogmes catholiques* dans un autre sens, c'est-à-dire qui ont appartenu *partout* et *dans tous les temps à l'universalité* de la famille humaine.

Que sera-ce encore, Monsieur le comte, si, à toutes ces preuves historiques et générales déjà si décisives par elles-mêmes, nous ajoutons les preuves physiques qui sont éblouissantes? Au moment où je vous parle, les hommes qui savent admirer peuvent admirer à l'aise le *mammouth* trouvé l'année dernière à l'embouchure de la Lena, par le soixante-quatorzième degré de latitude. Cet animal était incrusté (notez bien) dans une masse de glace, et *élevé de plusieurs toises au-dessus du sol.* Cette glace s'étant mise à diminuer par je ne sais quelle cause physique, on a commencé à voir l'animal depuis cinq ans. — Hélas! dans un pays plus fertile en connaisseurs actifs, nous posséderions une merveille qu'on serait venu voir de toutes les parties du monde, comme les Musulmans allaient à la Mecque, — un animal antédiluvien entier jusque dans ses moin-

dres parties et susceptible d'embaumement; on aurait
pu tenir dans ses mains un œil qui voyait, un cœur qui
battait il y a quatre mille ans! *Quis talia fando tempe-
ret a lacrymis?* Mais lorsqu'il s'est trouvé entièrement
dégagé, l'animal a glissé au bord de la mer, et là il est
devenu la pâture des ours blancs, et les sauvages ont
scié les défenses qu'il n'a plus été possible de trouver.
Tel qu'il est cependant, c'est encore un trésor qui ne
peut être déprécié que par l'idée de ce qu'on aurait pu
avoir. J'ai soulevé la tête pour ma part. C'était un poids
pour deux maîtres et deux laquais. J'ai touché et re-
touché l'oreille *encore tapissée de poil.* J'ai tenu sur une
table et examiné tout à mon aise le pied et une petite
portion de la jambe. La sole, en partie rongée, avait plus
d'un pied de diamètre. La peau est parfaitement conser-
vée; les chairs racornies ont abandonné la peau et se sont
durcies autour de l'os; cependant l'odeur est encore
très-forte et très-désagréable. Cinq ou six fois de suite,
j'ai porté le nez sur cette chair. Jamais l'homme le plus
voluptueux n'a humé le plus délicieux parfum de l'O-
rient avec la suavité du plaisir que m'a causé l'odeur
fétide d'une chair antédiluvienne putréfiée. — Maintenant, Monsieur le comte, que monsieur de Buffon vienne
nous faire les contes de fées sur le refroidissement du
globe! Si l'on cueillait la pêche et l'ananas sur les bords
délicieux du Waigatz; si les animaux du tropique vivaient dans ces belles contrées, quelle magie a conservé
les parties tendres de leurs cadavres, je ne dis pas dans
les premières couches de terre meuble, mais au-dessus
même de la surface de la terre comme vous venez de
le voir. La montagne de glace qui entourait le mammouth s'est-elle formée pendant qu'il faisait chaud?

ou bien le cadavre s'est-il conservé en attendant qu'il fît froid, etc.?

Je ne puis sortir du déluge avant de vous avoir fait remarquer l'ineffable ridicule de la philosophie moderne, qui s'est d'abord époumonnée à nous démontrer l'impossibilité du déluge par le défaut d'eau nécessaire pour la submersion du globe; mais du moment où elle a eu besoin d'eau pour je ne sais quelle chimère de cristallisation universelle ou pour d'autres idées tout aussi creuses, sur-le-champ elle nous a accordé une *petite calotte* de trois ou quatre lieues d'épaisseur tout autour du globe. En vérité, c'est bien honnête! Voyez Buffon, voyez la Mettrie, voyez de Luc et tant d'autres.

Le déluge étant prouvé à l'évidence, sa nouveauté ne l'est pas moins. Je vous invite à lire les lettres géologiques de M. de Luc au professeur Blumenbach; ce livre, infiniment répréhensible à certains égards, n'ajoute pas moins le poids d'une foule de preuves physiques à celui des preuves morales qui établissent que tout est nouveau sur la terre, et qu'en particulier, la catastrophe qui détruisit jadis l'habitation de l'homme n'est pas plus ancienne que la date assignée par Moïse.

Cela posé, Monsieur le comte, que deviennent les antiquités égyptiennes, indiennes et chinoises. Buffon et Bailly avaient sans doute tout le talent nécessaire pour être de vrais philosophes; cédant à l'influence d'un siècle extravagant, ils ont mieux aimé n'être que des poëtes et des romanciers. Il ne faut pas disputer des goûts, mais j'avoue que, romans pour romans, j'aime mieux *Don Quichotte* que les *Époques de la nature*.

Vous avez sans doute entendu tout le bruit qu'a fait Dupuis avec son calendrier égyptien de douze mille ans,

Les Français ayant rapporté de leur expédition d'Égypte un calendrier sculpté sur les murs du temple de Tentyra, on n'a pas manqué d'emboucher la trompette pour annoncer la preuve sans réplique, *la démonstration de la démonstration;* mais pendant qu'on criait victoire à Paris, les astronomes de Rome et de Londres prouvaient que le monument était nouveau, et postérieur même, peut-être, à la réforme julienne; et ils ont dit de si bonnes raisons aux Parisiens engoués, que ces messieurs ont pris le parti de ne point répondre.

Me voilà donc très-tranquille, Monsieur le comte, sur toutes ces antiquités. Si les patriarches ont connu la période de six cents ans avant le déluge, j'en suis bien aise, et je n'y vois nul inconvénient. Ces périodes, pour le dire en passant, ne sont pas une grande merveille. Quand une fois on sait l'astronomie jusqu'à un certain point, il ne faut, pour trouver ces cycles, que de la patience et du tâtonnement. *Ces connaissances,* me dites-vous, *supposent au moins deux à trois mille ans d'études, etc.* — Non, en vérité, Monsieur le comte, puisque les nations qui les possédaient étaient si nouvelles. Je ne veux point m'enfoncer dans la question de l'origine des sciences : c'est un sujet trop vaste pour une lettre, et j'aime mieux le passer sous silence que de ne lui consacrer que quelques lignes. D'ailleurs, les faits étant certains, nous pouvons bien ajourner la métaphysique, qui est cependant mon fort.

Le pays sur lequel vous avez fait de si belles spéculations est, je puis vous l'assurer, Monsieur le comte, le moins propre à vous satisfaire sur les grands objets dont vous me parlez. Ces cités, ces temples, ces monuments, ne sont rien. C'est ce qu'on voit à présent, et rien de plus. L'Asie est ravagée depuis qu'elle est connue. Les villes détruites dont vous parlez sont modernes (du moins par rapport à cette haute antiquité que vous imaginez). Elles sont nommées dans les annales de la Chine, et l'on sait le moment de leur destruction. Les joujoux qui ont occupé Buffon sont encore les mêmes d'aujourd'hui ; il peut se faire qu'on ait trouvé çà et là quelques bribes du grand pillage de Gengis-Kan : voilà tout.

Quant aux manuscrits, il est vrai qu'il y en a ici, mais pas, que je sache, en langue inconnue. J'en ai vu de chinois, de japonais, de tartares, de thibétains ; jamais on ne m'a dit : *En voilà un dont on ignore la langue.* M. Schubert, très-habile astronome, de l'Académie des sciences et bibliothécaire en chef, me disait un jour, bien sagement, en me les montrant : « *Que nous sommes fous d'aller chercher ces guenilles ! Nos moindres livres européens valent mieux.* » Il avait grandement raison. Au moment où je vous écris, un Indou musulman a traduit en arabe, sous la direction d'un mathématicien anglais, le livre des *Principes de Newton*. Si jamais les Indous comprennent bien ce livre, ils pâmeront de rire, en voyant les Européens venir leur demander des instructions.

Par quelques passages de votre lettre, je vois que vous regardez comme réel ce fameux peuple inventé par Bailly. Je vous prie, Monsieur le comte, de revenir sur cette question : jamais ce peuple n'a existé. Tout part de la Chaldée, et c'est de là que le feu sacré s'est répandu dans tout l'univers. C'est de quoi je m'assure que vous ne douterez pas, si vous prenez seulement la peine de lire les mémoires de l'Académie de Calcutta et l'histoire de l'Indostan de Maurice. Il ne s'agit pas

moins que de dix ou douze mortels volumes in-4°. Je les
ai lus patiemment, la plume à la main, sans pouvoir
dire : *Deus nobis hæc otia fecit.* — Au contraire, c'est
le diable. On a commencé à traduire le premier volume
en français; mais le traducteur me paraît découragé :
ces livres graves, solides, fondamentaux, ne se lisent
pas en France. — Maurice n'est pas traduit. Si vous entendez l'anglais, Monsieur le comte, et que vous ajou-
tiez à ces lettres celles de *Bryant's Mithology explained*,
vous verrez d'abord de quelle école je suis.

———

**37. — A M. DE LAUNAY, ANCIEN CONSEILLER AU PARLEMENT.**

Saint-Pétersbourg, 1807.

N'ayant point Eusèbe sous la main, je ne puis véri-
fier le texte cité par M. de Launay; mais la chose est
parfaitement égale. Il faudrait n'avoir aucune connaissance de l'antiquité pour ignorer son génie allégorique.
Pourquoi donc donner une existence réelle à des personnages imaginaires qu'elle a créés pour voiler à sa
manière des vérités morales religieuses et astronomiques? N'ayant pas le temps de donner une forme régu-
lière à ce mémoire sur les deux inscriptions qui m'ont
été transmises par monsieur de Launay, il voudra bien
permettre que je le cite lui-même en ajoutant mes réflexions.

*Mon père est Chronos, le plus jeune des dieux.*
Chronos (Χρόνος) est le Temps ou Saturne, le plus vieux
tout à la fois et le plus *jeune* des dieux : le plus vieux,

par rapport à tout ce que nous voyons; et le *plus jeune*, par rapport à un ordre supérieur. En passant sur plusieurs idées intermédiaires, je rappellerai seulement les traditions indiennes de la plus haute antiquité, suivant lesquelles l'époque où nous vivons s'appelle *cali-yug*, c'est-à-dire, l'*époque du temps*; car il est bien remarquable que le mot de *cali* en langue sanscrite est synonyme de *chronos*; et voilà comment Saturne est le *plus jeune des dieux* : rien n'empêche qu'on ne soit très-vieux, et cependant le cadet de la famille.

*Je suis le roi Osiris.* C'est-à-dire, le *Soleil*, comme Bacchus et Hercule : il n'y a plus de doute sur ce point. *J'ai porté mes armes par toute la terre.* Sans doute , tout comme *Apollon*, après le déluge, perça *de ses traits le serpent Python*, né de la fange de la grande inondation. Rien de si clair pour ceux qui ont vu une risière du Piémont après l'inondation et la récolte.

*Je suis le fils aîné de Chronos.* — Et le père de l'immense famille des almanachs.

*Je suis le rejeton d'une belle et noble race.* Passons sur cette généalogie qui nous mènerait trop loin : en fait de noblesse, il faut être réservé pour ne choquer personne.

*Je suis le parent du jour.* Oh ! pour cela il n'y a pas la moindre difficulté. — *Il n'y a point de lieu ou je n'aie été.* — D'accord, surtout entre les tropiques.

### *Seconde inscription.*

*Je suis Isis.* — Qui ne connaît Isis aux nombreuses mamelles ? — C'est la nature qui est tout et qui nourrit tout ; c'est elle dont la fameuse inscription égyptienne disait, autant qu'il m'en souvient : « *Je suis tout ce qui est, tout ce qui a été, et tout ce qui sera; nul mortel ne peut soulever le voile qui me couvre, etc.* » C'est l'Isan ou l'Isis des Indiens. — J'ai été instruite par Toüe (Thot ou Thaut); c'est le Buddha du Bengale, le Foë des Chinois, l'Hermès des Grecs, le Mercure des Latins; c'est le fils de Maja ( même aux Indes) le génie de la planète de ce nom et du 4e jour de la semaine de Bénarès à Athènes; c'est le postillon de Jupiter et le bedeau des enfers; c'est l'inventeur de l'écriture; c'est *lui qui joua un jour aux échecs avec la Lune, et qui lui gagna la* 72e *partie de chaque jour* (Plut., *De Iside et Osir.*). En un mot, il n'y a pas de *factotum* de cette force, et je ne doute pas qu'il n'ait appris bien des choses à la reine Isis.

*Je suis la fille aînée de Chronos.* Je n'ai rien à dire contre cette filiation; et M. de Saint-Martin, si on voulait l'entendre, en dirait de belles sur cet article.

*Je suis la femme du roi Osiris.* — Ce mariage est connu de toute antiquité, et il a cela de particulier que la femme n'est jamais infidèle et qu'elle conçoit tous les ans.

> *Vere tument terræ, et genitalia semina poscunt.*
> *Tum Pater omnipotens fæcundis imbribus Aether,*
> *Conjugis in gremium lætæ descendit, etc.*
>
> VIRG.

*Fidèle amante du Soleil,*
De fleurs, de perles couronnée,
*La Nature* sort du sommeil,
Comme une épouse fortunée
Dont l'amour hâte le réveil.
Vers l'astre bienfaisant du monde
Elle étend ses bras amoureux :

Il brille, et l'éclat de ses feux
La rend plus belle et plus féconde.
        BERNIS.

On ne saurait mieux dire en latin et en français; et voilà le tempérament amoureux de la reine Isis bien mis à découvert.

*Ces deux inscriptions n'étaient sûrement pas en langue hiéroglyphique.* Si Eusèbe ne le dit pas, qu'en savons-nous? Il est très-probable, au reste, que si elles ont réellement existé, elles étaient en caractères hiéroglyphiques, puisque les Égyptiens ne nous en ont pas laissé d'autres sur leurs monuments.—Ni en *cuffite.* — Je ne connais point de langue cuffite, mais seulement un *caractère cuffique* pour la langue arabe. Ce caractère tire sans doute son nom de la ville de Cuffa, et c'est comme qui dirait l'*estrangelo* pour le syriaque. — *Osiris et Isis y parlent ( en personne ).* —Précisément comme les héros de l'antiquité parlent *en personne* sur nos théâtres. — *Ces deux personnages* (Isis et Osiris) *sont fort antérieurs à Moïse.* — Antérieurs même à Adam, qui ne fut créé que le sixième jour, lorsque Isis et Osiris étaient déjà en train pour le recevoir.

Je crois, au reste, très-peu à toutes ces colonnes et à toutes ces inscriptions, du moins à leur antiquité. On a paru, dans ce siècle, accorder quelque foi à ces monuments pour contredire Moïse. Si un apologiste de la religion citait, en faveur des traditions hébraïques, des colonnes de brique antédiluvienne, portant des inscriptions hiéroglyphiques, traduites, on ne sait quand, par un Grec nommé *Aghathodémon* ( bon génie ), ensevelies pendant des siècles dans le fond d'un temple égyptien, et traduites enfin, dans le troisième

siècle de notre ère, par un prêtre égyptien et courtisan, dont l'ouvrage encore ne nous est connu que par
un diacre du huitième, on pâmerait de rire. Mais contre Moïse on écoute ces sornettes. Chaque siècle a ses
ridicules qu'il faut laisser passer. Les chicaneurs tombent l'un après l'autre, comme les feuilles d'automne, —
et Moïse reste.

---

### 88. — A M. LE CHEVALIER DE MAISTRE.

Saint-Pétersbourg, 7 (19) janvier 1808.

Je ne sais, mon cher Nicolas, si tu as jamais lu ou
entendu une description de la cérémonie de la bénédiction des eaux : dans le doute, je t'en envoie une petite
narration. Ce ne peut être que du papier perdu, le plus
léger des inconvénients.

On bâtit sur la Néva une espèce de pavillon, ou, si tu
veux, un temple en rotonde antique, formé par un
circuit de colonnes et ouvert de toutes parts. Dans
cette enceinte on fait un trou à la glace, qui met à découvert les eaux de la Néva, et l'on remplit un baquet
qu'on bénit, et dont l'eau sert ensuite à baptiser les
enfants nouveau-nés qu'on y présente, et à bénir les drapeaux de tous les corps de troupes qui sont à Pétersbourg. La cérémonie faite, on verse l'eau du baquet
dans le puits ; et voilà comment toute la Néva se trouve
bénite par communication. Jadis on apportait une grande
importance à faire baptiser les enfants avec cette eau :
on les plongeait immédiatement, suivant le rit grec,

dans l'eau de la Néva ; et quelques voyageurs ont raconté sérieusement que, lorsque l'archevêque laissait
échapper de ses mains, pétrifiées par le froid, quelqu'un de ces enfants, il disait froidement : *Davai drougoi*
(donnez-m'en un autre). C'est un conte fondé, comme
il arrive toujours, sur quelques cas particuliers, géné-
ralisés par la malice. Au surplus, le Gange voit souvent
des choses tout aussi extravagantes.

Le matin de l'Épiphanie, le clergé, avec ses plus
beaux habits de cérémonie, part du palais d'hiver en
procession pour se rendre sur la Néva, et toute la cour
suit à pied. Maintenant les princesses seules et les petits
princes se trouvent à cette procession, l'empereur et le
grand-duc Constantin son frère étant à cheval à la tête
des troupes. La cérémonie dure plus d'une heure,
et je n'ai pas encore vu, depuis six ans, que les princesses s'en soient dispensées. A leur retour, elles viennent se placer sur un grand balcon ou, pour mieux
dire, sur une petite terrasse attenante à l'une des grandes salles du palais. C'est là où nous leur faisons notre
cour, pendant que les troupes défilent devant elles.
Cette seconde procession n'a pas duré hier moins de
deux heures mortelles, et je ne doute pas, en considérant ce temps, l'immense espace que les troupes occupaient, et ayant pris d'ailleurs l'avis des hommes les
plus instruits, que nous n'ayons vu défiler trente mille
hommes. Toutes ces troupes (d'une beauté incomparable) ont fait, pendant la procession, trois salves divisées par corps, et ont tiré d'une manière détestable.
Nos milices auraient été punies pour une pareille lour-
dise. Ici il ne m'a guère paru qu'on y ait fait la moindre
attention. J'ai déjà observé ce phénomène d'autres fois.

Un tiers des fusils peut-être a gardé le silence. Les yeux français et autrichiens ont bien aperçu cette circonstance, qui a été attribuée au défaut des armes ; mais j'en doute beaucoup. Outre l'envie de garder la poudre, il y a une autre cause qui te paraîtra bien étrange, mais dont je ne suis pas moins parfaitement assuré : c'est la peur des recrues qui craignent de tirer !

Pendant cette marche de deux heures, les impératrices et l'auguste famille n'ont jamais remué. Tu entends bien qu'elles sont enveloppées de la tête aux pieds de tout ce qu'il y a de plus chaud et de plus magnifique en fait de pelisses ; cependant c'est une corvée, à cause du visage surtout.

Quant à ceux qui font leur cour, ils ne sont point gênés : ils rentrent dans la salle, se chauffent, boivent du vin, des liqueurs, et mangent toutes les fois qu'ils en ont fantaisie.

Un spectacle précieux était celui de l'ambassadeur de France, pénétré et transi de froid, rouge comme une crête de coq, et tremblant comme un roseau. Il nous a beaucoup divertis ; mais, en récompense, il a été comblé d'honneurs. Le matin, S. M. I. a envoyé chez lui le grand maréchal de la cour (note bien, je te prie) pour l'inviter à suivre l'empereur à la parade. En même temps il lui était recommandé de ne point s'inquiéter, et de demeurer tranquille chez lui jusqu'à dix heures. — A dix heures donc, S. M. I. lui a envoyé un cheval pour lui et trois autres pour les trois aides de camp qu'il voudrait choisir. L'un des élus lui. a dit : *Mon général, j'aimerais mieux une bataille que la journée d'aujourd'hui !* — Comment donc ? — *Mais oui, on se tire des coups de fusil, mais au moins cela sert à*

I. 9

*quelque chose*. De son côté, Monseigneur le grand-duc envoya un message fort poli à Monsieur l'ambassadeur, lui faisant dire qu'*il ne lui envoyait point de chevaux, parce qu'il savait que son frère lui en envoyait, mais qu'il serait enchanté de pouvoir lui être utile à quelque chose*. M. de Caulincourt a donc eu le très-grand, mais très-froid honneur d'accompagner S. M. I. à la parade, et ce fut de là qu'il nous rapporta ces belles couleurs et ce grelottement qui amusa beaucoup le balcon.

Il n'y avait hier que six degrés de froid; mais il y avait malheureusement du vent, ce qui double l'effet du froid. Les troupes demeurèrent huit heures de suite sous les armes. Parmi cette foule de soldats, aucun peut-être n'avait mangé, et très-peu avaient dormi, à cause de la toilette militaire. Ils ont dû beaucoup souffrir; quelques-uns s'évanouirent et tombèrent. Qui sait ce qui se rend aujourd'hui dans les hôpitaux? C'est de quoi on s'embarrasse fort peu; ce qu'on ne voit pas ne fait nul effet. Ce qu'on vit malheureusement très-distinctement, ce fut le malheur arrivé à un jeune chevalier-garde, M. Walouieff. Il montait un jeune cheval qui n'avait pas encore vu ou assez vu le feu. Aux premières décharges, l'animal se cabra et s'emporta d'une manière terrible. Le jeune homme était gelé, privé de mouvement et de tact; ne pouvant tenir la bride, il fut renversé comme une bûche. Le pied resta pris dans l'étrier, et le cheval se mit à traîner ce malheureux officier sur la grande place d'armes : ce fut un spectacle épouvantable. On arrêta à la fin le cheval, mais le cavalier était bien maltraité. D'abord on le dit mort, comme il arrive toujours; mais aujourd'hui j'entends dire qu'il est mieux. Au reste, on dit qu'il avait mérité son malheur en buvant beaucoup de liqueurs pour s'échauffer, chose qu'il ne faut jamais faire lorsqu'on est dans le cas de s'exposer au froid; nous avions souvent l'occasion de faire cette expérience dans les Alpes. Adieu, cher ami; je joins cette feuille à ma lettre de ce jour pour l'amusement de toi et des nôtres.

----

**39. — A M. LE GÉNÉRAL PARDO, MINISTRE D'ESPAGNE.**

Saint-Pétersbourg, 20 mars (1ᵉʳ avril) 1808.

Monsieur le général,

Je viens de lire avec un plaisir infini votre *Examen analytique du tableau de la Transfiguration*, qui est dans le vrai un traité complet sur la peinture antique et moderne. Cet ouvrage réunit tous les genres de mérite : logique saine, observations fines, analyses déliées, érudition choisie, toujours prise aux sources mêmes, et jamais dans les dictionnaires ou dans les tables de matières. Bon ton d'ailleurs, style de bonne compagnie, et grâce castigliane revenue de Paris. Rien n'y manque à mon avis, et le titre même a un grand mérite, en ce qu'il ne promet qu'une très-légère partie de ce que vous donnez.

Tout de suite j'ai fait passer cet excellent livre à mon digne ami M. le comte de Blacas, qui ne s'amusera peut-être pas autant que moi avec les passages de Platon et d'Aristote, mais qui est bien plus digne, en revanche, de rendre à l'auteur toute la justice qui lui est due en qualité de connaisseur.

S'il vous était jamais possible, Monsieur le général, lorsque le livre sera retourné dans vos mains, de vous en

9.

séparer de nouveau pour quelques jours en ma faveur, je trouverais peut-être le courage de vous présenter quelques doutes qui flottent depuis longtemps dans ma tête, sur le beau en général, et sur d'autres objets moins abstraits. En attendant, Monsieur le général, me permettrez-vous d'arrêter votre attention sur un passage de Quintilien extrêmement précieux, mais que vous ne paraissez pas avoir traduit avec le même bonheur qui vous l'a fait trouver, — page 127 : *Nec pictura in qua nihil circumlitum est eminet : ideoque artifices, etiam quum plura in eadem tabula opera contulerunt spatiis distinguunt, ne umbræ in corpora cadant.* Vous traduisez : *Ni tampoco sobresale una pittura quando esta circumdada de obscuridad*, etc. Si je ne me trompe infiniment, Monsieur le général, c'est tout le contraire. Quintilien veut dire qu'*une figure n'a point de saillie lorsqu'elle n'est pas* ENCADRÉE *dans l'ombre. Et voilà pourquoi*, ajoute-t-il, *les anciens artistes, lors même que leurs tableaux contiennent plusieurs figures, ne les groupent jamais; ils les isolent constamment, de peur que l'une ne tombe dans l'ombre de l'autre et n'en soit éclipsée.* Voilà, Monsieur le général (avec un peu de paraphrase), le véritable sens du passage. Vous me demanderez peut-être pourquoi je m'avise de traduire *anciens artistes ?* A cause de *contulerunt*, qui me paraît se rapporter assez clairement au temps passé. On n'avait pas droit, ce me semble, de traduire *introduycen*, il fallait dire *introduycieren* (je barbarise peut-être, mais vous m'entendez.) Quand l'expression *contulerunt* ne ferait naître qu'un doute, je vous tiens pour obligé *en conscience* de le laisser subsister.

Pour ce qui est des conséquences qu'on a droit de tirer de ce passage sur la manière des anciens peintres, nous en parlerons, j'espère, une autre fois. Mais, quoi qu'il en soit, je crois comme vous, et peut-être plus que vous (car je ne suis point obligé d'être modeste pour vous) que vous avez indiqué un passage décisif.

Afin de payer faiblement, mais au moins en monnaie qui ait cours chez vous, le plaisir que vous m'avez procuré, j'ai l'honneur de vous adresser le premier volume de la philosophie de Stay. Je ne connais pas de plus grand effort de latinité moderne. Voyez, je vous prie, sans aller plus loin ( Préf., p. xviij), comme il a exprimé les deux règles que *la vitesse est comme les temps divisés par l'espace ; et que les solides semblables sont comme les cubes de leurs côtés homologues.*

Agréez, je vous prie, l'assurance de la haute considération.

---

### 40. — A M. LE CHEVALIER DE ....

Saint-Pétersbourg, mai 1808.

Monsieur le chevalier,

J'ai promis, dans un de mes précédents numéros, de vous donner *pleine satisfaction* sur une tentative qui vous a paru si étrange. Je m'acquitte aujourd'hui de ma parole, en vous priant néanmoins, avant tout, de ne donner à tout ce que vous allez lire que le nom d'*éclaircissement;* car, pour les *apologies,* je les abandonne volontiers à ceux qui en ont besoin.

Les États du roi sont conquis et possédés par un homme rare, extraordinaire, etc. (je lui donnerai volontiers toutes les épithètes qu'on voudra, excepté celle de *grand*, laquelle suppose une moralité qui lui manque). Cet homme est surtout remarquable, ainsi que tous ses collègues qui figurent dans l'histoire, par une volonté invincible. Avant d'agir, il réfléchit; mais dès qu'il a pris son-parti, jamais on ne l'a vu reculer. C'est un instrument visiblement choisi par la Providence pour opérer l'une des plus grandes révolutions qu'on ait vues sur la terre.

Dans les vastes projets qui remplissent cette tête, l'Italie occupe l'un des premiers rangs. Il y tient d'une manière inflexible; et le Piémont, qui est la clef de ce beau pays, est aussi la province qu'il a serrée le plus fortement dans ses bras de fer. Il s'en est occupé sans relâche; il y a tout détruit et tout changé. Il l'a pour ainsi dire *pétri* pour l'amalgamer avec la France, et il se plaît à dire qu'*il faudrait trois siècles pour rétablir ce qui existait.*

On peut dire que, depuis la bataille de Marengo, la restitution du Piémont a cessé d'être possible. Cependant, on pouvait encore se flatter; mais depuis celle d'Austerlitz, aucun homme usant de sa raison n'a pu conserver d'espérance. Tout se réduit donc *dans ce moment*, pour S. M., à une indemnité plus ou moins disproportionnée. Pour l'obtenir, nous comptions sur deux amis puissants. L'un a disparu comme un brouillard (du moins pour quelque temps) : que fera l'autre? Je n'en sais rien. Un prophète qui était roi a dit : *Ne vous fiez pas aux rois (Nolite confidere in principibus).* Certainement, Monsieur le chevalier, ce grand et saint personnage n'a pas voulu déprimer un ordre auguste dont il était membre lui-même. Il a voulu seulement exprimer une vérité toute simple : c'est que tous les ac-

tes des souverains étant nécessairement soumis à la raison d'État, laquelle obéit à son tour aux agitations
éventuelles du monde politique et moral, faire dépendre
sa sûreté et son salut des dispositions constantes d'une
cour quelconque, c'est, au pied de la lettre, se coucher, pour dormir à l'aise, sur l'aile d'un moulin à vent.

Outre ces observations générales, j'en ai de particulières à l'Angleterre. Les gouvernements mixtes forment
toujours des alliés équivoques. Je n'entends point manquer de respect à ce gouvernement, je le vénère, au
contraire, et l'admire infiniment ( à sa place néanmoins
et non ailleurs ); mais il est cependant vrai que ces sortes de gouvernements rendent les alliances bien pré-
caires. Il faut accorder une foule de volontés. L'opinion
tient le sceptre. La guerre et la paix sont déclarées
souvent à la Bourse avant de l'être à Saint-James, et
nul ministre ne peut résister à la volonté de la nation
bien exprimée; le roi, d'ailleurs, touche à la fin de sa
noble carrière. A sa place, nous voyons arriver un élève
de Fox sur lequel je compte fort peu. Même dans toute
la vigueur du règne actuel et du ministère passé, je vois
Pitt, accusé de nous avoir abandonnés, dire en plein
parlement : « *Nous aurions rendu un fort mauvais service au roi de Sardaigne en le plaçant en contact avec
ces républiques incendiaires d'Italie.* Je vois S. M. mise
dans la balance, au traité d'Amiens, avec l'île de Cey-
lan, et complétement sacrifiée sans balancer. Je lis enfin
les lettres anciennes du digne comte de Front, où il ne
cesse de me répéter que, *si les deux puissances n'agissent pas de concert, il a bien peu d'espérance.* Aujourd'hui que, non-seulement elles n'agissent pas de
concert, mais en sens contraire, que pourra et que

voudra l'Angleterre? C'est ce que j'ignore. Ajoutons que la haine mortelle que Napoléon a vouée à cette puissance retombe sur nous et que, du moment où il nous a vus sous sa tutelle seule, il était de toute évidence qu'il allait tomber sur nous, quand ce ne serait que pour étouffer sur-le-champ la petite faveur qu'allait prendre notre pavillon, et prévenir l'utilité dont il pourrait être aux Anglais pour leurs spéculations dans la Méditerranée. En attendant, sa haine épouvantable se déploie de toutes les manières contre S. M. Il refuse de la reconnaître pour souverain ; il fait disparaître son nom de tous les calendriers qui lui obéissent, etc.

Et lorsqu'avec cet homme qui tient l'Europe dans sa main, on en viendra enfin à une paix finale ( supposé cependant qu'elle soit possible ), s'il vient à s'obstiner irrémissiblement, et à faire des offres acceptables à l'Angleterre sans vouloir entendre parler de nous, fera-t-elle la guerre pour le roi ?

Au moment où je m'occupais le plus fortement de ces tristes idées, il arrive ici un favori de Napoléon. Cet homme se prend de quelque intérêt pour moi, sans savoir pourquoi, car je ne lui avais pas même fait une visite. De plus, il est présenté dans une maison avec laquelle je suis fort lié; et le chef de cette maison, qui est un Français naturalisé dans ce pays, et chambellan de S. M. I., est un homme délié, qui est fait exprès pour conduire une affaire, et qui me veut d'ailleurs beaucoup de bien. Je réfléchis sur tout cela, et je me demande s'il n'y aurait pas moyen de tirer parti des circonstances en faveur de S. M. Les hommes extraordinaires ont tous des moments extraordinaires. Il ne s'agit que de savoir les saisir. Les raisons les plus fortes m'engagent à croire que, si je pouvais aborder Napoléon, j'aurais des moyens d'adoucir le lion et de le rendre plus traitable à l'égard de la maison de Savoie. Je laisse mûrir cette idée, et plus je l'examine, plus elle me paraît plausible. Je commence par les moyens de l'exécuter, et, à cet égard, il n'y a n doute ni difficulté. Le chambellan, M. de Laval, dont il est inutile que je vous parle plus longuement, était, comme je vous le disais tout à l'heure, *fait exprès*. Il s'agissait donc uniquement d'écarter de cette entreprise tous les inconvénients possibles, et de prendre garde avant tout de ne pas choquer Napoléon. Pour cela, je commence par dresser un mémoire écrit avec cette espèce de coquetterie qui est nécessaire toutes les fois qu'on aborde l'autorité, surtout l'autorité nouvelle et ombrageuse, sans bassesse cependant, et même, si je ne me trompe, avec quelque dignité. Vous en jugerez vous-même, puisque je vous ai envoyé la pièce. Au surplus, Monsieur le chevalier, j'avais peu de craintes sur Bonaparte. La première qualité de l'homme né pour mener et asservir les hommes, c'est de connaître les hommes. Sans cette qualité, il ne serait pas ce qu'il est. Je serais bien heureux, si S. M. me déchiffrait comme lui. Il a vu, dans la tentative que j'ai faite, un élan de zèle; et comme la fidélité lui plaît depuis qu'il règne, en refusant de m'écouter il ne m'a cependant fait aucun mal. Le souverain légitime, intéressé dans l'affaire, peut se tromper sur ce point; mais l'usurpateur est infaillible.

Tout paraissant sûr de ce côté, et m'étant assuré d'ailleurs de l'approbation de cette cour, et même de la protection que les circonstances permettaient, il fallait penser à l'Angleterre, et prévenir tout mécontentement de sa part, et prendre garde surtout de lui fournir un moyen d'échapper à ses engagements en nous disant : *Puisque vous agissez sans moi, vous n'avez pas besoin de moi.* Je me rends donc chez l'ambassadeur d'Angleterre, qui était sur le point de partir, et je lui fais part de mon projet, en lui expliquant que l'idée appartenait uniquement à moi, et le priant d'en parler dans ce sens en Angleterre, si je venais à partir, ce qui était douteux. Il ne me fit qu'une seule objection. *Ne vaudrait-il point mieux peut-être attendre ce qu'on pourra faire pour le roi à la paix générale?* Je lui répondis : *Mylord, V. E. pourrait-elle m'assurer que l'Angleterre, dans un traité de paix, insistera sur l'indemnisation du roi?* — Il se tut. Je continuai sans insister. — *Je voudrais tâcher, mylord, d'adoucir cet homme, et de lui faire adopter des idées plus modérées, afin qu'il soit plus traitable lorsque la générosité de S. M. B., de qui nous attendons tout, lui proposera des indemnisations pour nous.* Il me remercia de ma confiance, et n'insista plus de son côté sur l'objection. Je lui remis une lettre pour M. le comte de Front, dans laquelle j'instruisais ce dernier de tout ce qui s'était passé, l'autorisant à déclarer, dans le cas où je partirais, que S. M. ignorait cette démarche faite absolument à mes périls et risques.

Et la même déclaration était insérée dans le mémoire sur mon expresse parole d'honneur, et certainement on y croira. Ainsi, Monsieur le chevalier, nul inconvénient possible pour S. M. Tout est prévu. Cependant, pour abonder, je déclare par écrit dans ma lettre d'accompagnement au général Savary que, si mes qualités ne sont pas exprimées dans mon passe-port, je ne partirai point.

En effet, il ne me convenait nullement de montrer un
écrit qui aurait supposé que S. M. n'est pas ce qu'elle est.
Enfin, comme une certaine supposition absolument
hors de la sphère des probabilités n'était cependant pas
tout à fait hors de celles des possibles, je priai S. M. de
vouloir bien se rappeler une lettre que j'avais eu l'honneur de lui écrire une fois; et, de mon côté, j'avais pris
mes mesures pour n'être embarrassé dans aucune supposition.

Tout étant donc scrupuleusement prévu et la consul-
tation préliminaire étant impossible, je me déterminai.
Maintenant, Monsieur le chevalier, raisonnons. Que pou-
vait-il arriver? Ou Napoléon me recevait, ou non; dans
le dernier cas, il n'y a ni bien ni mal de fait : ce n'est
rien, et tout reste à sa place. Dans le second, je vous
avoue que j'avais de grandes espérances. Pour ôter les
épines du passage, j'avais exclu le mot de *restitution;*
quelle puissance de l'Europe oserait le prononcer? Mais
je savais quelles cordes je devais toucher, et il ne s'agissait pour moi que d'arriver. Quand je n'aurais fait qu'a-
mortir la haine et l'infatigable persécution qui nous font
tant de mal, j'aurais beaucoup fait. Le nom de S. M. rétabli dans toutes les listes royales, ses ministres admis
à Paris et reconnus partout, son pavillon respecté, le commerce de ses sujets libre, etc., c'était beaucoup; mais vous
entendez assez que, si j'avais trouvé les chemins ouverts,
j'aurais entrepris d'autres choses. Je comptais commencer la conversation à peu près de cette manière : *Ce que
j'ai à vous demander avant tout, c'est que vous ne
cherchiez point à m'effrayer, car vous pourriez me
faire perdre le fil de mes idées, et fort inutilement,
puisque je suis entre vos mains. Vous m'avez appelé,*

*je suis venu; j'ai votre parole : faites-moi fusiller de-
main, si vous voulez, mais écoutez-moi aujourd'hui.*

Quant à l'épilogue que j'avais également projeté, je
puis aussi vous le faire connaître. Je comptais dire à peu
près : *Il me reste, Sire, une chose à vous déclarer:
c'est que jamais homme vivant ne saura un mot de ce
que j'ai eu l'honneur de vous dire, pas même le roi
mon maître; et je ne dis point ceci pour vous, car que
vous importe? Vous avez un bon moyen de me faire
taire, puisque vous me tenez. Je le dis à cause de moi,
afin que vous ne me croyez pas capable de publier cette
conversation. Pas du tout, Sire! regardez tout ce que j'ai
eu l'honneur de vous dire comme des pensées qui se
sont élevées d'elles-mêmes dans votre cœur. Maintenant
je suis en règle: si vous ne voulez pas me croire, vous
êtes bien le maître de faire tout ce qui vous plaira de
ma personne, elle est ici.* — En effet, si Napoléon m'a-
vait cru assez fou pour me vanter de ce que j'avais dit
dans cette occasion, il ne devait plus me laisser voir le
jour; et il n'y avait nulle raison de m'exposer à ce danger sans utilité pour S. M.

Voilà, Monsieur le chevalier, ce que j'avais à vous dire
sur ce point. Il en résulte, avec l'évidence la plus complète : 1° que la tentative que j'ai faite a été calculée
avec toute la prudence imaginable ; 2° qu'elle pouvait
être d'une utilité immense à S. M.; 3° qu'elle ne pouvait
lui faire aucun mal ; 4° que toutes les chances favorables
étaient pour elle, 5° et tous les dangers pour moi.

Que Bonaparte et sa race doivent tomber, c'est ce qui
me paraît infaillible; mais quelle sera l'époque de cette
chute? c'est ce que personne ne sait. Or, comme cette
suspension peut détruire la maison de Savoie de deux

manières et sans retour, pour écarter ce danger autant que la chose est possible, que fallait-il faire? Ce que j'ai fait : il n'y a pas deux réponses.

Comment donc cette idée a-t-elle été si mal accueillie à Cagliari? Je crois que vous m'en dites la raison sans le savoir, dans la première ligne chiffrée de votre lettre du 15 février, où vous me dites que la mienne *est un monument de la plus grande surprise.* Voilà le mot, Monsieur le chevalier, le cabinet est surpris. Tout est perdu. En vain le monde croule, Dieu nous garde d'une idée imprévue; et c'est ce qui me persuade encore davantage que je ne suis pas votre homme; car je puis bien vous promettre de faire les affaires de S. M. aussi bien qu'un autre; mais je ne puis vous promettre de ne jamais vous surprendre. C'est un inconvénient de caractère auquel je ne vois pas trop de remède. Depuis six mortelles années, mon infatigable plume n'a cessé d'écrire chaque semaine que, *S. M. comptant absolument sur la puissance ainsi que sur la loyauté de son grand ami, et ne voulant pas faire un pas sans son approbation,* etc., c'est cela qui ne surprend pas! Dieu veuille bénir les armes de M. de Front plus que les miennes. Quand j'ai vu qu'elles se brisaient dans mes mains, j'ai fait un effort pour voir si je pourrais *rompre la carte;* l'ennemi n'a pas voulu m'entendre : si vous y songez bien, vous verrez que c'est une preuve certaine que j'avais bien pensé. Il a jugé à propos, au reste, de garder un silence absolu sur cette démarche, car je n'ai nulle preuve qu'il en ait écrit à son ambassadeur ici, et je suis sûr qu'il n'en a pas parlé au comte Tolstoï à Paris.

Au surplus, Monsieur le chevalier, sans me permettre des communications imprudentes, je ne m'en suis pas

cependant tout à fait flé à moi-même. J'ai discuté la
chose, par exemple, avec l'ami qui était confident nécessaire et dont j'estime la dextérité, avec le ministre
des affaires étrangères, avec le ministre adjoint, l'un
des hommes les plus sages de ce pays, avec le prince
Czartorisky, qui est d'un autre parti. Pas un ne m'a fait la
moindre objection contre le projet, et presque tous l'ont
jugé très-utile, si je pouvais l'exécuter. Or, permettez-
moi de vous le dire, Monsieur le chevalier, lorsqu'une
idée née dans une tête saine qui surmonte un cœur droit
a de plus été examinée attentivement et approuvée par
quatre ou cinq hommes de poids, elle ne saurait plus être
absurde ni condamnable; elle peut être simplement désap-
prouvée, mais c'est bien différent. Tout ministre qui agit
de son chef, dans ces occasions rares où il ne lui est pas
possible de consulter, sait bien que son maître peut dire
oui ou non; mais lorsque vous me dites que *S. M.*, *sans
donner de sinistres interprétations à mes démarches*, etc., c'est précisément comme si vous aviez écrit
au maréchal Souwaroff: *Le roi, Monsieur le maréchal,
sans croire que vous êtes un poltron, pense néanmoins*, etc. Je n'en dis pas davantage sur ce point, vu
qu'il est aisé de s'échauffer en écrivant comme en parlant.

C'est un principe incontestable en diplomatie, et sans
lequel même il n'y a point de diplomatie, qu'un ministre
peut signer *sub spe rati* tout ce qui lui paraît utile à son
maître, et qui ne peut souffrir délai. Si nous avions été
admis, le duc et moi, à Tilsitt, n'aurait-il pas fallu signer? et si, dans ce moment même, Napoléon exigeait
sur la frontière une négociation soudaine sur les intérêts
du roi, menaçant de ne plus écouter au delà du court
délai qu'il fixerait, faudrait-il répondre, votre lettre à

la main, que je ne puis entamer aucune négociation à moins que mon gouvernement ne m'en ait prescrit d'avance tous les détails? Impossible, Monsieur le chevalier. Tant que je serai ministre, je ferai le ministre. Si les propositions me paraissaient blesser les intérêts de Sa Majesté, je refuserais de signer; mais si je les trouvais bonnes ou tolérables, je signerais *sub spe rati*, et Sa Majesté ferait ensuite ce qui lui paraîtrait convenable.— Mais il y a plus, dans ce cas. Permettez-moi de vous demander dans quel endroit de mes dépêches vous avez trouvé le mot ou l'idée de *négociation?* Il n'y a pas d'idée que j'aie exclue plus exactement. Tout se réduit à la demande d'une simple conversation *comme simple particulier*. Jamais je n'ai dit un mot de plus. Si j'avais pu arriver, je serais allé, sans avoir écrit un mot, dire à Sa Majesté : *Voilà, Sire, ce qui m'a été dit; Votre Majesté en fera l'usage qu'elle jugera à propos.*

Si cela s'appelle une *négociation*, j'entends bien mal le sens des mots. J'en reviens donc toujours à la *surprise*. Il n'y a que cela.

Une circonstance bien remarquable, c'est que, pendant que mon mémoire marchait à sa destination, vous approuviez mot à mot ma conduite dans votre numéro 29 du 19 novembre, de manière que ce fut, suivant mon usage, avec une parfaite bonne foi, que, dans ma réponse à cette lettre (médiate ou immédiate, il ne m'en souvient plus), je me félicitai d'avoir rencontré précisément votre idée. En effet, vous me dites dans cette lettre : *Nous tâcherons, avec l'adresse convenable, d'amener le rapprochement que vous conseillez* (ne vous fâchez pas, je vous prie, si je vous dis en passant que dans ce genre toute adresse est maladresse). Vous continuez : *Mais Sa Majesté pense que vous pourriez y contribuer vous-même, au moins indirectement* (c'est ce que j'ai tâché de faire) *par l'entremise du ministère de Russie lui-même* (c'est ce que j'ai fait) *ou par quelque personne en liaison avec le négociateur* (c'est encore ce que j'ai fait); il est vrai que vous ajoutez, *sans vous compromettre.* Mais vous savez de reste que ces formules de bureau n'ont absolument point de sens, et signifient au fond : *Dites et ne dites pas; faites et ne faites pas.* D'ailleurs, Sa Majesté n'était nullement compromise dans aucune supposition possible, et moi-même je ne l'étais point comme ministre. A la rigueur, je pouvais l'être personnellement; car on était maître sans doute de m'emprisonner ou même de m'étrangler à Paris; mais tout cela, sauf l'intérêt de bonté, ne fait rien du tout à Sa Majesté.

---

### 41. — A MADEMOISELLE CONSTANCE DE MAISTRE.

Saint-Pétersbourg, 1808.

Tu me demandes donc, ma chère enfant, après avoir lu mon sermon sur la science des femmes, *d'où vient qu'elles sont condamnées à la médiocrité ?* Tu me demandes en cela la raison d'une chose qui n'existe pas et que je n'ai jamais dite. Les femmes ne sont nullement condamnées à la médiocrité; elles peuvent même prétendre au sublime, mais au sublime *féminin.* Chaque être doit se tenir à sa place et ne pas affecter d'autres perfections que celles qui lui appartiennent. Je possède ici un chien nommé *Biribi,* qui fait notre joie; si la fantaisie lui prenait de se faire seller et brider pour me porter à la campagne, je serais aussi peu content de lui que je le serais du cheval anglais de ton frère, s'il imaginait de sauter sur mes genoux ou de prendre le café avec moi. L'erreur de certaines femmes est d'imaginer que, pour être distinguées, elles doivent l'être à la manière des hommes. Il n'y a rien de plus faux. C'est le chien et le cheval. Permis aux poëtes de dire :

> *Le donne son venute in eccellenza*
> *Di ciascun arte ove hanno posto cura.*

Je t'ai fait voir ce que cela vaut. Si une belle dame m'avait demandé, il y a vingt ans : « Ne croyez-vous pas, Monsieur, qu'une dame pourrait être un grand général comme un homme ? » Je n'aurais pas manqué de lui répondre : « Sans doute, Madame. Si vous commandiez une armée, l'ennemi se jetterait à vos genoux, comme j'y suis moi-même; personne n'oserait tirer, et vous entreriez dans la capitale ennemie au son des violons et des tambourins. » Si elle m'avait dit : « Qui m'empêche d'en savoir en astronomie autant que Newton ? » Je lui aurais répondu tout aussi sincèrement : « Rien du tout, ma divine beauté. Prenez le télescope, les astres tiendront à grand honneur d'être lorgnés par vos beaux yeux, et ils s'empresseront de vous dire tous leurs secrets. » Voilà comment on parle aux femmes en vers et même en prose. Mais celle qui prend cela pour argent comptant est bien sotte. Comme tu te trompes, mon cher enfant, en me parlant du *mérite un peu vulgaire de faire des enfants!* Faire des enfants, ce n'est que de la peine; mais le grand honneur est de faire des hommes, et c'est ce que les femmes font mieux que

nous. Crois-tu que j'aurais beaucoup d'obligations à ta
mère, si elle avait composé un roman au lieu de faire
ton frère? Mais *faire ton frère*, ce n'est pas le mettre
au monde et le poser dans son berceau; c'est en faire
un brave jeune homme, qui croit en Dieu et n'a pas
peur du canon. Le mérite de la femme est de régler sa
maison, de rendre son mari heureux, de le consoler, de
l'encourager et d'élever ses enfants, c'est-à-dire, *de
faire des hommes* : voilà le grand accouchement qui n'a
pas été maudit comme l'autre. Au reste, ma chère enfant, il ne faut rien exagérer : je crois que les femmes,
en général, ne doivent point se livrer à des connaissances qui contrarient leurs devoirs; mais je suis fort
éloigné de croire qu'elles doivent être parfaitement
ignorantes. Je ne veux pas qu'elles croient que Pékin
est en France, ni qu'Alexandre le Grand demanda en
mariage une fille de Louis XIV. La belle littérature, les
moralistes, les grands orateurs, etc., suffisent pour donner aux femmes toute la culture dont elles ont besoin.

Quand tu parles de l'éducation des femmes qui éteint
le génie, tu ne fais pas attention que ce n'est pas l'éducation qui produit la faiblesse, mais que c'est la faiblesse
qui souffre cette éducation. S'il y avait un pays d'amazones qui se procurassent une colonie de petits garçons
pour les élever comme on élève les femmes, bientôt
les hommes prendraient la première place, et donne-
raient le fouet aux amazones. En un mot, la femme ne
peut être supérieure que comme femme; mais dès
qu'elle veut *émuler* l'homme, ce n'est qu'un singe.

Adieu, petit *singe*. Je t'aime presque autant que
*Biribi*, qui a cependant une réputation immense à Saint-
Pétersbourg.

Voilà **M.** *la Tulipe* qui rentre et qui vous dit mille tendresses.

———

### 42. — A LA MÊME.

Saint-Pétersbourg, 24 octobre (5) novembre 1808.

J'ai reçu avec un extrême plaisir, ma chère enfant, ta dernière lettre non datée. Je l'ai trouvée pleine de bons sentiments et de bonnes résolutions. Je suis entièrement de ton avis : celui qui *veut* une chose en vient à bout ; mais la chose la plus difficile dans le monde, c'est de *vouloir*. Personne ne peut savoir quelle est la force de la volonté, *même dans les arts*. Je veux te conter l'histoire du célèbre Harrisson, de Londres. Il était, au commencement du dernier siècle, jeune garçon charpentier au fond d'une province, lorsque le parlement proposa le prix de 10,000 livres sterling (10,000 louis) pour celui qui inventerait une montre à équation pour le problème des longitudes (si jamais j'ai l'honneur de te voir, je t'expliquerai cela). Harrisson se dit à lui-même : « *Je veux gagner ce prix ;* » il jeta la scie et le rabot, vint à Londres, se fit garçon horloger, TRAVAILLA QUARANTE ANS, et gagna le prix. Qu'en dis-tu, ma chère Constance ? cela s'appelle-t-il *vouloir ?*

J'aime le latin, pour le moins autant que l'allemand ; mais je persiste à croire que c'est un peu tard. A ton âge, je savais Virgile et compagnie par cœur, et il y avait alors environ cinq ans que je m'en mêlais. On a voulu inventer des *méthodes faciles*, mais ce sont de pures illusions. Il n'y a point de méthodes faciles pour

10.

apprendre les choses difficiles. L'unique méthode est de fermer sa porte, de faire dire qu'on n'y est pas, et de travailler. Depuis qu'on s'est mis à nous apprendre, en France, comment il fallait apprendre les langues mortes, personne ne les sait, et il est assez plaisant que ceux qui ne les savent pas veuillent absolument prouver le vice des méthodes employées par nous qui les savons. Voltaire a dit, à ce que tu me dis (car, pour moi, je n'en sais rien : jamais je ne l'ai tout lu, et il y a trente ans que je n'en ai pas lu une ligne), que *les femmes sont capables de faire tout ce que font les hommes, etc.;* c'est un compliment fait à quelque jolie femme, ou bien c'est une des cent mille et mille sottises qu'il a dites dans sa vie. La vérité est précisément le contraire. *Les femmes n'ont fait aucun chef-d'œuvre dans aucun genre.* Elles n'ont fait ni l'Iliade, ni l'Énéide, ni la Jérusalem délivrée; ni Phèdre, ni Athalie, ni Rodogune, ni le Misanthrope, ni Tartufe, ni le Joueur; ni le Panthéon, ni l'église de Saint-Pierre, ni la Vénus de Médicis, ni l'Apollon du Belvédère, ni le Persée; ni le livre des Principes, ni le Discours sur l'histoire universelle, ni Télémaque. Elles n'ont inventé ni l'algèbre, ni les télescopes, ni les lunettes achromatiques, ni la pompe à feu, ni le métier à bas, etc.; mais elles font quelque chose de plus grand que tout cela : c'est sur leurs genoux que se forme ce qu'il y a de plus excellent dans le monde : *un honnête homme et une honnête femme.* Si une demoiselle s'est laissé bien élever, si elle est docile, modeste et pieuse, elle élève des enfants qui lui ressemblent, et c'est le plus grand chef-d'œuvre du monde. Si elle ne se marie pas, son mérite intrinsèque, qui est toujours le même, ne laisse pas aussi que d'être

utile autour d'elle d'une manière ou d'une autre. Quant
à la science, c'est une chose très-dangereuse pour les
femmes. On ne connaît presque pas de femmes savantes
qui n'aient été ou malheureuses ou ridicules par la
science. Elle les expose habituellement au *petit* danger
de déplaire aux hommes et aux femmes (pas davantage) :
aux hommes, qui ne veulent pas être égalés par les
femmes ; et aux femmes, qui ne veulent pas être
surpassées. La science, de sa nature, aime à paraître ;
car nous sommes tous orgueilleux. Or, voilà le danger ;
car la femme ne peut être savante impunément qu'à la
charge de cacher ce qu'elle sait avec plus d'attention
que l'autre sexe n'en met à le montrer. Sur ce point,
mon cher enfant, je ne te crois pas forte ; ta tête est vive,
ton caractère décidé : je ne te crois pas capable de te
mordre les lèvres lorsque tu es tentée de faire une petite parade littéraire. Tu ne saurais croire combien je me
suis fait d'ennemis jadis pour avoir voulu en savoir plus
que mes bons Allobroges. J'étais cependant bien réellement homme, puisque depuis j'ai épousé ta mère. Juge
ce qu'il en est d'une petite demoiselle qui s'avise de
monter sur le trépied pour rendre des oracles ! Une coquette est plus aisée à marier qu'une savante ; car, pour
épouser une savante, il faut être sans orgueil, ce qui est
très-rare ; au lieu que pour épouser la coquette, il ne
faut qu'être fou, ce qui est très-commun. Le meilleur
remède contre les inconvénients de la science chez les
femmes, c'est précisément le *taconage* (1) dont tu ris.
Il faut même y mettre de l'affectation avec toutes les
commères possibles. Le fameux Haller était un jour, à

(1) Mot piémontais qui signifie *ravaudage*.

Lausanne, assis à côté d'une respectable dame de Berne, très-bien apparentée, au demeurant *cocasse* du premier ordre. La conversation tomba sur les gâteaux, article principal de la constitution de ce pays. La dame lui dit qu'elle savait faire quatorze espèces de gâteaux. Haller en demanda le détail et l'explication. Il écouta patiemment jusqu'au bout, sans la moindre distraction et sans le moindre air de berner la Bernoise. La *sénatrice* fut si enchantée de la *science* et de la courtoisie de Haller, qu'à la première élection elle mit en train tous ses cousins, toute sa clique, toute son influence, et lui fit avoir un emploi que jamais il n'aurait eu sans le beurre et les œufs, et le sucre et la pâte d'amande, etc... Or donc, ma très-chère enfant, si Haller parlait de gâteaux, pourquoi ne parlerais-tu pas de bas et de chaussons? Pourquoi même n'en ferais-tu pas, pour avoir part à quelque *élection?* car les *taconeuses* influent beaucoup sur les élections. Je connais ici une dame qui dépense cinquante mille francs par an pour sa toilette, quoiqu'elle soit grand'mère, comme je pourrais être aussi grand-père, si quelqu'un avait voulu m'aider. Elle est fort aimable et m'aime beaucoup, n'en déplaise à ta mère, de manière qu'il ne m'arrive jamais de passer six mois sans la voir. Tout bien considéré, elle s'est mise à tricoter. Il est vrai que, dès qu'elle a fait un bas, elle le jette par la fenêtre et s'amuse à le voir ramasser. Je lui dis un jour que je serais bien flatté si elle avait la bonté de me faire des bas; sur quoi elle me demanda combien j'en voulais. Je lui répliquai que je ne voulais point être indiscret, et que je me contenterais d'*un*. Grands éclats de rire, et j'ai sa parole d'honneur qu'elle me fera *un* bas. Veux-tu que je te l'envoie, ma chère Constance? il t'inspirera peut-être l'envie de tricoter, en attendant que ta mère te passe cinquante mille francs pour ta toilette.

Au reste, j'avoue que, si vous êtes destinées l'une et l'autre à ne pas vous marier, comme il paraît que la Providence l'a décidé, l'*instruction* (je ne dis pas la *science*) peut vous être plus utile qu'à d'autres; mais il faut prendre toutes les précautions possibles pour qu'elle ne vous nuise pas. Il faut surtout vous taire, et ne jamais citer jusqu'à ce que vous soyez *duègnes*.

Voilà, mon très-cher enfant, une lettre toute de morale. J'espère que mon petit sermon pourtant ne t'aura pas fait bâiller. Au premier jour, j'écrirai à ta mère. Embrasse ma chère Adèle, et ne doute jamais du très-profond respect avec lequel je suis, pour la vie, ton bon papa.

Quand tu m'écris en allemand, tu fais fort bien de m'écrire en lettres latines. Ces caractères tudesques n'ont pu encore entrer dans mes yeux, ni, par malheur, la prononciation dans mes oreilles.

---

### 43. — A M. LE COMTE DE .....

Saint-Pétersbourg, 19 janvier 1809.

Ma situation, dans ce pays, mon cher comte, est devenue une espèce de spectacle. S. M. étant en guerre avec la France, comment puis-je me soutenir ici? La chose est si peu probable, que certaines personnes croient que j'ai cessé mes fonctions, et j'ai reçu une lettre de Vienne dont l'adresse portait bonnement, *ci-devant ministre de S. M. S.* Mon attachement au duc de Serra-Capriola est connu, je le vois tous les jours : c'est une intimité de sept ans. Je suis fort lié avec les plus grands ennemis du parti français : je vois beaucoup le comte Stroganoff et sa belle-fille, la princesse Galitzin-Woldemar, mère de cette dernière, le comte Grégoire Orloff, etc., etc. Ces maisons ont levé le masque au point qu'elles ne reçoivent pas l'ambassadeur de France. Je ne cache d'ailleurs nullement ma manière de penser (je ne m'abstiens que de l'insulte, qui est toujours une sottise); cependant, cela ne me nuit aucunement auprès de la légation française. Tous me font des politesses, quoique sans aucune avance de ma part, pas même celle d'un billet de visite. L'ambassadeur, naturellement, ne peut pas me parler; cependant, il est arrivé l'autre jour une chose marquante : j'avais manqué deux fois de suite à l'assemblée ordinaire du mercredi chez le ministre de la marine. Caulincourt lui dit : *Je ne vois point le comte de Maistre, est-il malade?* Et il s'exprima en termes très-honorables. Ce discours a paru extraordinaire, d'autant plus que jamais je ne lui adresse la parole.

Le jour de l'an, à la cour, M. Lesseps, l'un des principaux membres de la légation, s'approcha de moi, et me dit : « *Monsieur le comte, je vous souhaite de tout mon cœur une heureuse année.* » Je lui répondis avec un sourire triste : « *Monsieur, je n'accepte point le compliment; il y a longtemps que je me suis arrangé pour ne plus voir d'années heureuses.* »

Au reste, ni les Français ni leurs alliés (ou esclaves, comme il vous plaira) ne cherchent à me faire de la peine à la cour. Au contraire, ils me laissent prendre l'alternative, et semblent quelquefois me l'offrir; j'en use librement, mais sans affectation.

Croyez-vous, mon cher comte, que tous ces Messieurs se conduisissent ainsi à mon égard, s'ils n'avaient point d'instructions? Pour moi, j'en doute. Le général Pardo a fait un pas plus hardi que tous les autres : il me vint voir il y a peu de temps : je lui restituai la visite; j'arrivai par hasard au moment où il venait d'apprendre la prise de Madrid. *Eh bien ! lui dis-je, Monsieur le général, point de nouvelles ? Hélas !* me répondit-il, *il n'y en a que trop : Madrid est pris,* et il me montra le *Moniteur;* il m'ajouta : *Il n'y a plus de moyen de vivre en Europe, je m'en vais en Amérique.* Comment trouvez-vous ce discours de la part de l'envoyé de Joseph? Je lui répondis : « *Vous avez bien raison, Monsieur le général; que voulez-vous faire ici ? Quelques personnes qui vous connaissent auront pitié de vous, mais tout le reste vous blâmera et se moquera de vous; tirez-vous de là, et allez-vous-en en Amérique.* »

Avouez que cela paraît fabuleux. Quel dommage que cet homme se soit laissé entraîner à présenter les lettres de créance de Joseph ! On disait précédemment dans l'armée d'Espagne : « *Quand Pardo a parlé, il n'y a plus besoin de conseil de guerre.* » Il appartient à une famille qui a la grandesse : il avait épousé la fille du dernier vice-roi du Mexique, et le voilà qui donne à Joseph un bras, *quo graves Galli melius perirent.* Qu'est-ce que l'homme? qu'est-ce que l'homme? qu'est-ce que l'homme?

Le duc de Mondragone, autre phénomène du même

genre (grand d'Espagne, ambassadeur de Murat), n'a pas d'abord fait plus d'attention à moi que je n'en faisais à lui. Il ne m'a pas envoyé son billet : en un mot, il me traitait absolument sur le pied de guerre, et quant à moi, je ne le regardais pas seulement dans le monde; mais après quelque temps, il s'est mis à m'adresser la parole, et le jour de l'an, il m'a envoyé son billet, que je lui ai restitué.

Quand je songe que Napoléon a tenu entre ses mains, et que la plupart de ses généraux ont acheté à Milan la cinquième édition des *Considérations de la France*, que je n'avouais pas à la vérité, mais que tout le monde m'attribuait; qu'il a saisi une lettre de S. M. le roi de France, qui me remerciait de ce livre et me priait de le faire circuler en France par tous les moyens possibles, croyant aussi que j'en étais l'auteur!

Quand je pense qu'à l'occasion de la fameuse loi de 1802 sur les émigrés, et sur ma demande claire et précise d'être rayé de la liste comme étranger : *n'ayant jamais été Français, ne l'étant pas, ne voulant jamais l'être, et ne pouvant rentrer en France, j'ai été rayé de la liste des émigrés et autorisé à rentrer en France, sans obligation de prêter serment, et sans obligation de quitter le service du roi!*

Quand j'ajoute à cela tout ce qui se passe à présent, je tombe dans un étonnement qui tient de la stupeur. Je vous expose les faits sans y rien comprendre. Je ne doute pas, au reste, que la tentative que j'ai faite l'année dernière pour lui parler en faveur de S. M. ne lui ait été agréable. S'il en avait été autrement, il me l'aurait assez fait sentir ici où il est maître.

Il y a, au reste, à l'égard de ce fameux personnage,

deux erreurs dont il faut se garder également. L'une
est de croire sa puissance légitime et sa dynastie établie,
ce qui n'est propre qu'à décourager tout le monde, surtout les princes, et à établir dans le monde des principes faux et dangereux. L'autre est de le regarder
comme un aventurier coupable, auquel il n'est pas permis de parler. Ces deux opinions sont également fausses, et la dernière l'est peut-être plus que l'autre. Celui qui a dit que *la première qualité d'un politique était
de savoir changer d'avis*, a dit une grande vérité. Le
temps est un grand élément dans la politique. Un usurpateur qu'on arrête aujourd'hui pour le pendre demain
ne peut être comparé à un homme extraordinaire qui
possède les trois quarts de l'Europe, qui s'est fait reconnaître par tous les souverains, qui a mêlé son sang
à celui de trois ou quatre maisons souveraines, et qui
a pris plus de capitales en quinze ans, que les plus
grands capitaines n'ont pris de villes dans leur vie. Un
tel homme sort des rangs. C'est un grand et terrible instrument entre les mains de la Providence, qui s'en sert
pour renverser ceci ou cela. Tout ce qu'elle a déplacé
n'est pas proscrit. J'avais l'honneur d'écrire l'année dernière à l'auguste beau-frère de S. M. : « *Bonaparte vient
de s'intituler* Envoyé de Dieu... *Jamais on n'a rien dit
de plus vrai ; il est parti du ciel comme la foudre.* »
En effet, la foudre en vient tout comme la rosée. Si
donc on trouvait quelque moyen d'adoucir cet homme,
ou d'en tirer quelque parti, on ferait très-mal d'en laisser échapper l'occasion.

### 44. — A MADEMOISELLE CONSTANCE DE MAISTRE.

Saint-Pétersbourg, 11 août 1809.

A toi, petite amie, il y a mille ans que je te dois une réponse, et je ne sais comment il ne m'a jamais été possible de payer ma dette. La première chose que je dois te dire, c'est que j'ai été extrêmement content d'apprendre combien tu avais été toi-même contente de ma petite pacotille et de ce qu'elle contenait de particulier pour toi. Il faudrait, pour mon bonheur, qu'il me fût possible de faire partir souvent de ces boîtes ; mais que je suis loin d'en avoir *les moyens !* Un de ces moyens vient encore d'être entravé, car l'on ne reçoit plus ici à la poste les lettres pour l'Italie : il faut que je fasse passer ce numéro et le précédent par la France : nouvel embarras et nouveau guignon. Les vôtres m'arrivent toujours avec une exactitude et une prestesse admirables.

J'ai vu par ta dernière lettre, ma chère enfant, que tu es toujours un peu en colère contre mon impertinente diatribe sur les femmes savantes ; il faudra cependant bien que nous fassions la paix au moins avant Pâques, et la chose me paraît d'autant plus aisée, qu'il me paraît certain que tu ne m'as pas bien compris. Je n'ai jamais dit que les femmes soient des singes : je te jure, sur ce qu'il y a de plus sacré, que je les ai toujours trouvées incomparablement plus belles, plus aimables et plus utiles que les singes. J'ai dit seulement, et je ne m'en dédis pas, que les femmes qui veulent faire les

hommes ne sont que des singes : or, c'est vouloir faire
l'homme que de vouloir être savante. Je trouve que l'Esprit saint a montré beaucoup d'esprit dans ce portrait,
qui te semble, comme le mien, un peu triste. J'honore
beaucoup cette demoiselle dont tu me parles, qui a entrepris un poëme épique; mais Dieu me préserve d'être
son mari! j'aurais trop peur de la voir accoucher chez
moi de quelque tragédie, ou même de quelque farce;
car une fois que le talent est en train, il ne s'arrête pas
aisément. Dès que ce poëme épique sera achevé, ne
manque pas de m'avertir; je le ferai relier avec la
*Colombiade* de madame du Bocage. J'ai beaucoup goûté
l'injure que tu adressais à M. Buzzolini — *donna bar-
buta.* C'est précisément celle que j'adresserais à toutes
ces *entrepreneuses* de grandes choses : il me semble
toujours qu'elles ont de la barbe. N'as-tu jamais entendu réciter l'épitaphe de la fameuse marquise du
Châtelet par Voltaire ? En tout cas, la voici :

> L'univers a perdu la sublime Émilie;
> Elle aima les plaisirs, les arts, la vérité.
> Les dieux, en lui donnant leur âme et leur génie,
> Ne s'étaient réservé que l'immortalité.

Or, cette femme incomparable, à qui *les dieux*
(puisque les dieux il y a) avaient *tout* donné, excepté
l'immortalité, avait traduit Newton : c'est-à-dire que
le chef d'œuvre des femmes, dans les sciences, est de
comprendre ce que font les hommes. Si j'étais femme, je
me dépiterais de cet éloge. Au reste, ma chère Constance, l'Italie pourrait fort bien ne pas se contenter de
cet éloge et dire à la France : *Bon pour vous;* car
mademoiselle Agnesi s'est élevée fort au-dessus de

madame du Châtelet, et je crois même de tout ce que
nous connaissons de femmes savantes. Elle a eu, il y
a un an ou deux, l'honneur d'être traduite et imprimée
magnifiquement à Londres, avec des éloges qui auraient contenté *qual si sia ente barbuto*. Tu vois que
je suis de bonne foi, puisque je te fournis le plus bel
argument pour ta thèse. Mais sais-tu ce que fit cette
mademoiselle Agnesi de docte mémoire, à la fleur de son
âge, avec de la beauté et une réputation immense ? Elle
jeta un beau matin plume et papier; elle renonça à
l'algèbre et *à ses pompes*, et elle se précipita dans un
couvent, où elle n'a plus dit que l'office jusqu'à sa mort.
Si jamais tu es comme elle professeur public de mathématiques sublimes dans quelque université d'Italie, je
te prie en grâce, ma chère Constance, de ne pas me faire
cette équipée avant que je t'aie bien vue et embrassée.

Ce qu'il y a de mieux dans ta lettre et de plus *décisif*,
c'est ton observation sur les matériaux de la création
humaine. A le bien prendre, il n'y a que l'homme qui soit
vraiment *cendre et poussière*. Si on voulait même lui
dire ses vérités en face, il serait *boue*, au lieu que la
femme fut faite d'un limon déjà préparé et élevé à la
dignité de *côte.—Corpo di Bacco! questo vuol dir molto !*
Au reste, mon cher enfant, tu n'en diras jamais assez
à mon gré sur la noblesse des femmes (même bour-
geoises); il ne doit y avoir pour un homme rien de
plus excellent qu'une femme; tout comme pour une
femme, etc... Mais c'est précisément en vertu de cette
haute idée que j'ai de ces *côtes sublimes* que je me
fâche sérieusement lorsque j'en vois qui veulent devenir *limon primitif*. —Il me semble que la question
est tout à fait éclaircie.

Ton petit frère se porte à merveille, mais il n'est pas avec moi dans ce moment; *il est au vert*. Son régiment campe dans un petit village à quatre ou cinq werstes d'ici (une fois pour toutes, tu sauras qu'il y a cinq werstes à la lieue de France). Nous nous voyons souvent ici ou dans les maisons de campagne, où nous nous donnons rendez-vous pour dîner, lorsqu'il ne monte pas la garde. La vie dans cette saison est extrêmement agitée; on ne fait, au pied de la lettre, que courir d'une campagne à l'autre.

Le 3 de ce mois, nous avons eu la fête ordinaire de Peterhoff (palais de l'empereur, à trente werstes de la ville) : dîner, promenade au travers des jardins dans les voitures de la cour, illumination magnifique, souper, feu d'artifice, enfin tout. Mais pour manger, ma chère enfant, il faut avoir appétit : dès que j'entends un violon, je suis pris d'un serrement de cœur qui me pousse dans ma voiture, et il faut que je m'en aille; c'est ce que je fis d'abord après dîner. Cependant comme je m'étais arrêté dans le voisinage, nous nous rapprochâmes le soir avec quelques dames pour voir le *bouquet*. C'est un faisceau de trente mille fusées partant sans interruption, éclatant toutes à la même hauteur, avec des feux de différentes couleurs et un *crescendo* tout à fait merveilleux. Malheureusement j'avais beau regarder de tout côté, je ne vous voyais pas là, c'est le poison de tous les plaisirs !

Voilà, ma chère Constance, la petite *cicalata* que je te devais depuis longtemps. Embrasse ma bonne Adèle pour mon compte, et fais mes compliments à ceux qui ont la gigantesque bonté de se rappeler de moi. Adieu, petite enfant. Dans un an, plus ou moins, si nous sommes encore séparés, je veux que tu m'envoies un second portrait de toi, et tu écriras derrière :

> *Ich bin ein Savoyisch Mädchen !*
> *Mein Aug' ist blau und sanft mein Blick,*
> *Ich' habe ein Herz*
> *Das edle ist und Stolz und gut.*

Mais il faut que la mère signe. Je suis persuadé qu'elle lit Klopstock tout le jour, ainsi ces vers lui sont connus. Il ne manquera que son approbation qui ne manquera pas. Adieu.

---

### 45. — A MONSIEUR LE COMTE DE ....

*Saint-Pétersbourg, 2 octobre 1809.*

Mon cher comte, tous les yeux sont ouverts sur l'Espagne. Il y a bien longtemps qu'un plus grand spectacle n'a pas été donné aux hommes ; quel sera le dénoûment ? C'est ce que tout ce qui possède un cœur attend avec une anxiété qui ne peut s'exprimer. J'ai toujours dit que, si l'on pouvait attendre une résistance efficace, elle partirait de la nation qui n'a pas lu nos brochures ; mais sans jeter nos regards dans l'avenir, voyons dans ce moment que les nations les plus puissantes n'ont pu jusqu'à présent porter à Bonaparte un coup aussi sensible que celui qu'il reçoit de la sainte insurrection d'Espagne (pour ce coup, on peut l'appeler *le plus saint des devoirs*). Je me plais à contempler ce qu'il a perdu d'un seul coup : cinquante vaisseaux de guerre qui étaient à ses ordres se sont tournés contre lui, la différence est de

cent; cinq des siens ont été pris à Cadix, la différence
est de dix. Vingt-quatre vaisseaux anglais, employés à
bloquer les ports espagnols, deviennent libres et ne
perdront pas leur temps. Les ports espagnols ne seront
plus ouverts qu'à ses ennemis. Il perd une mine inépuisable de conscrits qu'il aurait jetés sur l'Autriche. Il
perd l'or de l'Amérique, qui n'était plus que pour lui;
mais la perte qui passe toutes les autres, la perte réellement incalculable, c'est celle de l'opinion. Des généraux battus, des armées prisonnières, des *fourches cau-
dines*, voilà, voilà la plaie sensible. Nous sommes ici à
vingt degrés de ces événements; d'ailleurs les nouvelles
sont arrêtées par tous les moyens possibles, de manière
qu'elles nous arrivent très-tard. Au moment où j'écris
ces lignes, nous en sommes à la nouvelle des deux batailles de Zambueica et Vimiera en Portugal, et le sort
même de Junot ne nous est pas connu. Ces deux affaires
sont belles et sont les seules avec celle d'Aboukir où
les Anglais aient complétement réussi sur terre, parce
qu'ils ont agi *par eux et pour eux*. Le Portugal est
une province anglaise; ils l'ont bien défendu, parce qu'ils
ont agi à leur manière, sans autre conseil que leur génie et leur courage. Quant à l'Espagne, je persisterai
toujours à désirer que les deux nations ne se mêlent
pas. Elles ne sont point homogènes. En faisant les retran-
chements que le bon sens exige sur les rapports officiels au sujet des morts et de celui des combattants, ces
deux batailles ne sont pas moins de la plus haute im-
portance : ce n'est pas le nombre d'hommes qui décide
de l'effet des batailles, ce sont les circonstances; souvent cent mille hommes se sont choqués sans aucun
effet. A Culloden, douze mille hommes détrônèrent une

famille et en couronnèrent une autre. J'espère beaucoup des deux combats du 17 et du 22 août, si, comme je le souhaite, ils ont été suivis de la prise de Junot, etc.; mais je ne suis pas sans alarme sur ce point, à cause de cette suspension que je vois dans les papiers anglais.

Je ne veux point contester les talents de Bonaparte, ils ne sont que trop incontestables. Cependant, il faut convenir qu'il a fait, cette année, trois choses dignes d'un enfant enragé : je veux parler de sa conduite à l'égard de la Toscane, du Pape et de l'Espagne. Il était maître absolu dans ce pays. Il y régnait par la famille régnante ; il enlève cette famille auguste, et, par ce beau coup, il met la nation dans l'état de nature au pied de la lettre, c'est-à-dire dans la seule position qui puisse résister à un usurpateur de génie menant une révolution à sa suite : on n'a jamais fait une plus grande faute.

Maintenant, Monsieur le comte, nous allons voir (*si l'Espagne se soutient*) un des plus grands et des plus singuliers spectacles qu'on ait jamais vus : une grande et auguste nation accoutumée à la monarchie, constituée par la force invincible des circonstances en république, et agissant toujours au nom d'un roi nominal, sans qu'il soit possible de prévoir la fin d'un tel état. Au moment où j'écris, il y a une véritable convention nationale en Espagne. Qu'arrivera-t-il de ce singulier état de choses ? Dieu le sait. Ce qu'on peut très-légitimement penser, c'est que le peuple proprement dit, étant moins corrompu, moins sophistiqué qu'il ne l'était dans nos pays, sera plus aisément retenu, qu'il pliera sous l'autorité du clergé, surtout de l'épiscopat espagnol, qui est au rang de tout ce qu'il y a de plus respectable dans l'univers, et qu'il ne troublera point la besogne des grandes perruques. Cependant, comme toutes les classes en général, et les plus hautes surtout, sont irritées à l'excès du plat et insolent despotisme du prince de la Paix, et que, parmi ces dernières, les idées philosophiques n'ont pas laissé que de faire de grands progrès, il y a tout à parier qu'on voudra profiter de l'occasion pour remédier à beaucoup de choses. S'ils ne veulent que *rajeunir* l'Espagne, *peut-être* auront-ils quelques succès; mais s'ils veulent la *refaire*, gare! On peut attendre de la sagesse de ce peuple (le plus législateur qui ait existé dans les temps modernes) que, s'il s'avance trop, il ressemblera au moins à un fleuve qui déborde sans abandonner la direction de son lit et de son courant naturel, au lieu que les Français furent du premier moment un peuple extravasé.

Mais tout cela, Monsieur le comte, est dans la supposition où l'Espagne pourra résister; le pourra-t-elle? c'est la grande question. Plusieurs experts, plusieurs militaires sont pour la négative, d'autant plus qu'ils croient les forteresses des Pyrénées entre les mains des Français. Il est vrai qu'en comptant les hommes, et comparant sur la carte les moyens respectifs, on est tenté de perdre courage. Mais dès qu'il s'agit d'enthousiasme, il ne s'agit plus d'arithmétique. L'opinion peut être comparée à la vapeur. Pour la former il faut du feu; mais quand une fois elle est formée, elle soulèverait les Pyrénées. Alors les hommes ne se comptent plus à la manière ordinaire; ils ne s'ajoutent plus, ils se multiplient les uns par les autres : trois et trois font neuf, cela s'est toujours vu. Quel rapport existe-t-il entre un Espagnol exalté, combattant pour sa foi, pour son existence politique, pour l'honneur national et personnel, pour sa femme et ses enfants, et l'*automate bleu*, comme disait Voltaire, qui tire devant lui pour dix sous sans savoir pourquoi on se bat? D'ailleurs, Bonaparte va voir un nouveau jeu, c'est-à-dire *une guerre à ses dépens*. Il est aisé de prononcer 200 mille hommes, mais ils coûtent 200 millions par an, et il faut leur fournir 200 mille livres de pain par jour au delà des Pyrénées. Enfin, il y a une considération qui les passe toutes : c'est que l'insurrection espagnole suspend sur la tête de Bonaparte l'épée de Damoclès, et qu'il n'y a pas un moment où le crin ne puisse être coupé. Des événements aussi mortifiants et aussi peu attendus l'ont rendu furieux comme un sanglier acculé. Il insulte, il dégrade ses généraux; ce que nous devons souhaiter le plus, c'est qu'il en fasse fusiller quelqu'un. Ceux qui disent : *La nation française est abattue et incapable d'un effort*, sont bien peu réfléchis. Il ne s'agit plus de révolutions nationales, elles ne peuvent avoir lieu que chez les nations, et non chez les troupeaux, tels que sont devenus les Français. Pour se défaire de Caligula ou de Domitien, fallait-il des armées? Un prétorien de mauvaise humeur suffisait. C'est ce qui arrivera, suivant les apparences. Ainsi, mon cher comte, je me crois fondé à regarder le succès des Espagnols non-seulement comme possible, mais comme probable. Si, par malheur, il en était autrement, il arriverait une autre révolution. Tout ce qui a un nom en Espagne, tout ce qui s'est mêlé de cette grande entreprise fuirait en Amérique sur *tous* les vaisseaux espagnols, et sur les vaisseaux auxiliaires, et la grande séparation serait faite pour toujours. Il y aura donc, d'une manière ou d'une autre, un grand changement dans le système politique.

Les opinions humaines étant sans contredit l'objet le plus digne des réflexions de l'homme d'État, je crois

devoir appeler votre attention, mon cher comte, sur l'é-
trange manière dont l'insurrection espagnole a été envi-
sagée en Angleterre par une grande partie de la nation.
Les wighs, les puritains, les partisans de la réforme
parlementaire, les philosophes à la mode, toute la gent
écrivante, etc., ont vu, dans cette insurrection, non l'effort d'une nation qui défend son indépendance contre un
usurpateur étranger, mais celui d'une nation qui re-
vendique sa liberté contre le despotisme de son propre
souverain ; et c'est sous ce point de vue que ce grand
mouvement leur paraît juste et admirable. *Que demandent les Espagnols ?* ont-ils dit, *leur liberté, leurs droits,
une représentation nationale,* etc.; leur ancien gouvernement, il faut l'avouer, n'était qu'un despotisme parfait ; ils ne demandent que ce que nous demandons. Ils
sont donc nos frères, etc.

Vous voyez la théorie invariable des Anglais, que
partout où il n'y a pas une Chambre des pairs et des
communes (c'est-à-dire, dans tout le monde, l'Angleterre
exceptée), il ne peut y avoir que tyrans et esclaves.
Blackstone, leur grand jurisconsulte, a mis formellement sur la même ligne l'*ancien gouvernement de France
et celui de Turquie.* Les mots que j'ai soulignés plus
haut se lisent dans une foule de papiers publics : ils ont
été répétés dans toutes ces assemblées délibérantes
(meetings) qui précèdent les adresses dans ce pays.
Lorsque j'ai commencé à m'occuper de cette affaire,
je ne concevais pas pourquoi les catholiques étaient
suspectés à ce sujet, ni comment on pouvait les soupçonner de ne pas approuver ce qui se passe en Espagne ;
mais ensuite j'ai compris : c'est que la révolte, suivant le
dogme catholique, n'étant jamais permise, quel que soit

l'abus d'autorité de la part du gouvernement, et l'insurrection espagnole étant faite pour la liberté et la réparation des abus, les catholiques devenaient suspects, de
manière que dans quelques endroits ils ont été obligés
de faire des déclarations; j'ai sous les yeux, entre autres, celles du *Queen's county*. En Irlande, les catholiques *Free holders* y déclarent qu'*ils adhèrent de cœur et
d'âme à tout ce qui se fait en Espagne, etc.*; mais rien
n'égale ce qui s'est passé à Londres. Vous avez sûrement admiré l'adresse, véritablement admirable, de la
cité de Londres à S. M. Britannique au sujet des affaires
d'Espagne; mais croyez-vous que toute cette chaleur soit
zèle ou affection? Point du tout, Monsieur le comte; le
grand motif d'approbation était le droit à l'insurrection attribué au peuple, et sanctionné tacitement par
le roi au moyen de l'assistance qu'il donne à l'Espagne.
Dans la délibération qui précède l'adresse, un des *al-
dermen* dit en propres termes : « *Le jour où nous nous
« assemblons, le 14 juillet, est un jour solennel, puis-
« qu'il est l'anniversaire de la prise de la Bastille* (belle
« époque, comme vous voyez!); *pour moi, je ne mets
« aucune différence entre le peuple français, revendi-
« quant ses droits sacrés, et le peuple espagnol combat-
« tant aujourd'hui pour sa liberté et son indépendance.* »
Ainsi, Monsieur le comte, une révolte insensée et
sacrilége, commise contre tout ce qu'il y a de plus saint
dans l'univers, couronnée par un énorme parricide, et
qui a couvert l'Europe de larmes et de sang, est mise
à Londres en 1808, dans le conseil général de la Cité,
et sous le règne de Georges III, en parallèle parfait avec
le noble mouvement d'une illustre nation, pleine de
religion, de loyauté et de courage, qui se dévoue pour

son roi et n'agit qu'en son nom. J'ai lu quelques pages dans ma vie, mais je ne me rappelle pas d'avoir vu une telle prostitution de la raison humaine. Les nations sont, comme les individus, un assemblage de contradictions. Londres est le séjour des connaissances les plus profondes et des plus incroyables préjugés; comme Paris est la patrie de l'esprit proprement dit et des plus grands badauds de l'univers. Je suis porté à croire qu'on n'a fait nulle attention à Londres aux choses que je vous fais remarquer, par la raison que je me rappelle vous avoir dite un jour, que *l'œil ne voit point ce qui le touche*. Mais tout se trouvera une fois. Si ces idées se propagent en Espagne, ce sera un grand malheur; mais j'espère, par les raisons que j'ai eu l'honneur de vous dire, que les esprits demeureront plus calmes qu'on n'aurait droit de l'attendre en tout autre pays. Cependant, il y a lieu de croire que les Espagnols, trop impatientés par le dernier état de choses, présenteront une charte à signer. — Mais à qui? Un prince qui est descendu volontairement du trône n'y remonte guère; quelque chose ou quelqu'un s'y oppose toujours; d'ailleurs, Bonaparte ne lâchera point sa proie; et qu'arrivera-t-il, bon Dieu, pendant cette suspension si extraordinaire? On ne peut compter dans les règles de la probabilité sur la restauration, ni même sur la conservation des augustes exilés. A qui appartiendra ce sceptre? L'offrira-t-on conditionnellement à quelqu'un? Relégué sous le pôle, privé de nouvelles, et ne raisonnant que sur des hypothèses, je verse ces idées sur le papier pour me désennuyer moi-même, et au risque de vous ennuyer. Au moment où vous les recevrez, le temps aura peut-être décidé si elles sont justes ou non, du moins en partie.

En attendant, je m'applaudis d'avoir toujours de nouvelles raisons de vous assurer que la révolution dure
toujours, qu'il n'y a point d'exclusion, point d'établissement fixe, et que personne n'a le droit de dire : *C'est
fini*. On l'a dit après la bataille de Marengo, on l'a dit
après la bataille d'Austerlitz, on l'a dit après celle de
Friedland ; mais, malgré toutes les apparences possibles,
toujours on s'est trompé. Qui aurait pu prévoir les événements d'Espagne ? Toujours il sortira quelque chose
de dessous terre qui prolongera les convulsions, et
l'on ne cessera de se massacrer jusqu'à ce que la maison de Bourbon soit à sa place. Lorsqu'on arrache une
maison royale de la sienne, le vide qu'elle laisse se
remplit tout de suite de sang humain ; mais le vide
laissé par la maison de France est un gouffre, et quel
sang n'y a pas coulé depuis Calcutta jusqu'à Tornéo !
Cependant, l'opinion n'est point pour elle. Il n'est pas
rare d'entendre dire aux Français : *On supporte surtout
Bonaparte, parce qu'on ne sait que mettre à sa place* ;
d'autres disent que *Henri IV se serait bien conduit différemment à la place de Louis XVI* ; comme s'il y avait
une manufacture où l'on fît des Henri IV pour l'instant
du besoin ? Toutes les apparences sont contre cette
grande maison : de tous les princes qui la composent,
les uns n'ont point d'enfants, et les autres n'en peuvent avoir. D'autres sont prisonniers, deux sont morts
dans une année. Celui qui avait deviné que, pour une
fois, et sans conséquence pour d'autres temps, un prince
de cette maison pouvait bien demander des Bourbons
à quelque noble et grande demoiselle, a été pris et tué
( précisément par cette raison, suivant les apparences ) ;
d'autres attendent des princesses imaginaires qui n'ar-

riveront jamais. Tout semble donc annoncer la fin de cette grande maison : n'importe, je persiste à croire qu'elle reviendra sur l'eau. Sans doute elle devait quelque chose à l'inévitable justice, mais je crois qu'elle a payé. S'il en est autrement, la meilleure vue ne peut apercevoir dans l'avenir les traités qui mettront fin aux malheurs que nous voyons. Les pères des plénipotentiaires qui doivent signer ces traités ne sont pas nés.

La cause du genre humain se décide aujourd'hui en Espagne, et tous les yeux doivent se tourner vers cette nation. *Elle n'a pas voulu souffrir un illustre usurpateur au moment où elle souffrait tout de ses maîtres.* Voilà le mot que l'histoire écrira en lettres d'or, et qui met ce peuple au-dessus de tous les autres, quel que soit l'événement final qui dépend de la Providence, et qu'elle rendra peut-être conforme à nos vœux, malgré toutes les probabilités contraires. Il paraît que l'Angleterre n'épargne aucun effort pour la soutenir; rien n'est plus sage, et rien n'est plus glorieux. L'état où je vis ici, en attendant les nouvelles, pourrait s'appeler *travail* comme les douleurs d'une femme. Que verrons-nous paraître?

---

### 46. — AU ROI.

Saint-Pétersbourg, décembre 1809.

Sire,

L'empereur a été reçu à Moscou avec des transports de joie véritablement attendrissants. Parti d'ici le 10 (vieux style) après midi, il était arrivé le lendemain à Twer à dix heures du soir. La distance est de 460 verstes ; voilà ce qu'on peut faire dans un traîneau découvert qui ne portait que lui et son grand maréchal. Le lundi 16, il est arrivé à Moscou, où il est entré à cheval absolument seul, n'ayant pas même un domestique à sa suite. Il a marché depuis la porte de la ville jusqu'au palais et à l'église du Kremlin (ancienne résidence des czars), au milieu de deux cent mille hommes qui serraient son cheval. A peine l'empereur pouvait avancer. On se jetait sur lui, au pied de la lettre. On baisait sa botte, les harnais, la tête de son cheval. On lui prodiguait une foule d'expressions tendres reçues dans la langue russe : *papa*, *bel empereur*, *ange*, etc. C'est au milieu de ce cortége et de ces acclamations qu'il est arrivé en pleurant de joie. Son séjour n'a plus été qu'une succession de réjouissances. La noblesse et les marchands lui ont donné des bals. Il en a donné un à son tour, et il a bien voulu, en dérogeant à son premier projet, passer à Moscou le jour de sa naissance, de sorte que c'est l'impératrice qui a fait les honneurs et qui a donné aux trois premières classes de l'empire le bal et le souper d'usage ce jour-là. L'empereur s'étant rendu au théâtre, on y joua une pièce russe qui avait beaucoup de rapport à la circonstance. Mais comme S. M. n'aime point qu'on la loue en face, on avait cru devoir supprimer un couplet qui se rapportait trop directement à elle ; mais l'assemblée a demandé le couplet à grands cris et a forcé l'artiste de le chanter. Enfin, rien n'a manqué au triomphe paternel de S. M. I. Les fêtes ont fini par un grand bal masqué donné par l'empereur, à la suite duquel il a dû partir, dans la nuit du 25 au 26 (nouveau style). On lui a donné un spectacle d'un genre singulier et qui n'appartient qu'à ce pays. L'immense ville de Moscou renferme des étangs qui peuvent s'appeler lacs. On a choisi l'un des plus grands, dont on a ôté la moitié de la glace qu'on a emportée sur des chariots. Sur cette moitié dégagée on a établi une infinité de chaloupes illuminées, et sur l'autre partie une foule d'enfants du peuple couverts de lumières patinaient en tous sens. On dit que cette double illumination mobile formait un coup d'œil admirable. L'empereur a dit qu'il se repentait de n'avoir pas vu assez son bon peuple de Moscou, mais qu'à l'avenir ses visites seraient plus fréquentes. C'est ce que nous verrons.

Ce voyage, Sire, a l'air d'un impromptu ou d'un à-propos; mais pour moi, je le crois médité d'avance et fait dans des vues profondes. Si je ne me trompe beaucoup, l'empereur a voulu parler à de certaines personnes qu'il ne voulait pas faire venir ici. Il a eu une longue conférence avec le comte Rostopchin, fort connu de V. M.; si ce personnage rentre dans les affaires, ce qui me paraît probable, il en amènera sûrement d'autres à sa suite.

L'ambassadeur de France a vu ce voyage de Moscou avec beaucoup de déplaisir. J'ai eu l'honneur de faire connaître à V. M. la déclaration expresse par lui faite à l'empereur, « qu'il avait ordre de son maître de ne jamais s'éloigner pendant vingt-quatre heures de S. M. I. » Cependant l'empereur lui a échappé, en ne parlant d'abord que de la visite à sa sœur, et sans doute encore par d'autres mesures que j'ignore. J'ai lieu de croire qu'il y a eu quelques notes d'échangées avant son départ; mais enfin il est parti seul. Qui sait si Caulincourt échappera à une tempête de Paris, pour n'avoir pas su accompagner l'empereur à Moscou ? Ce qu'on pourrait dire ici c'est que le P. Kourakin n'est pas de toutes les courses qui se font en France ou hors de France : mais on peut douter que ce raisonnement fût trouvé bon.

Me trouvant le 24 au bal donné par S. M. l'impératrice, je causais avant le souper, à côté d'une table de jeu, avec deux personnages graves de l'antique roche de Russie, très-instruits et très-attachés à leur pays ; je leur parlai de la douce et brillante réception faite à S. M. I. par les habitants de Moscou. A mon grand étonnement, je ne les trouvai point aussi chauds que je l'aurais imaginé sur une scène qui me paraissait si attendrissante. Eux, au contraire, auraient voulu qu'elle n'eût pas eu lieu. Ils prétendaient que ces voyages font toujours plus de mal que de bien, parce qu'ils arrêtent le mouvement des affaires, et qu'ils les accumulent d'une manière qui embarrasse ensuite excessivement le souverain. Ils me dirent d'autres raisons qui ne me persuadèrent guère ; mais les opinions des hommes sont étranges et dans leur espèce et dans leur variété.

Le change se soutient au point que j'ai eu l'honneur de faire connaître à Votre Majesté. Elle se trompera très-peu en prenant, tous frais faits, les roubles de Russie pour des livres de Piémont. Je voudrais être sûr que le mal n'empirera pas. Le besoin d'argent est extrême; cependant le luxe va son train sans s'inquiéter de rien, quoique ses extravagances et son incurie suprême mènent ce pays à une révolution inévitable. La noblesse jette l'argent, mais cet argent tombe dans la main des gens d'affaires, qui n'ont plus qu'à couper leur barbe et à se procurer des grades pour être maîtres de la Russie. La ville de Pétersbourg appartiendra bientôt tout entière au commerce. En général, l'appauvrissement et l'affaiblissement moral de la noblesse sont les véritables causes de la révolution que nous voyons. Cette révolution se répétera ici, mais avec des circonstances particulières; je puis avoir l'honneur d'assurer Votre Majesté que la Russie présente à l'œil de l'observateur le sujet d'une foule de réflexions intéressantes, car elle ramène le moyen âge sous nos yeux, et nous fait voir en réalité ce que nous n'avions vu que dans l'histoire. Mais cette révolution, qui peut s'appeler naturelle, se combinant avec celle de notre siècle, qui est abominable, les choses se sont compliquées d'une manière qui exige une extrême attention.

Le sort de S. M. le roi de Suède déposé est enfin décidé. Il part avec toute sa famille sur une belle frégate, l'*Eurydice,* qui le porte à Stralsund. Son départ a été décidé au moment même où l'on a appris de Paris que le roi ne serait point inquiété en Suisse, où il veut se rendre. Le traitement que lui font les états est de soixante mille rixdallers par an; mais il a cinq millions de notre monnaie à lui, et sa mère lui en laissera dix, de manière qu'il sera un très-grand seigneur. Je ne sais même si cette fortune ne sera pas trop grande en Suisse. J'aurai au surplus l'honneur d'avouer à Votre Majesté que cette détermination d'aller se mettre sous la main de Napoléon après tout ce qui s'est passé, me paraît confirmer notablement le système de ceux qui ont prétendu qu'il y avait dans cette tête, d'ailleurs si respectable, quelque fibre un peu hors de place. Je ne puis concevoir une telle confiance. Je suis porté à croire que ce prince est attiré en Suisse par des illuminés qu'il espère y trouver. Toujours, et surtout dans ces derniers temps, il s'est fort occupé des idées de ces sortes d'hommes. Au châ-

teau de G... il ne lisait que la Bible et un commentaire
allemand sur l'Apocalypse intitulé : *Die Siegsgeschichte
der Christlichen Religion in einer Gemeinnützigen erklä-
rung der offenbarung Johannis,* in-8°, Nuremberg, 1799,
( date que Votre Majesté est priée de retenir). Ce livre,
composé par un certain Young qui ne s'est pas nommé,
n'est que l'explication d'un autre composé en 1745 par
le docteur Bengel, et il a pour but de prouver que tout
ce que nous voyons aujourd'hui est prédit mot pour mot
dans l'Apocalypse , mais que surtout la destruction de
l'Église romaine était l'une des prédictions principales
contenues dans ce livre. Votre Majesté sera peut-être
curieuse de connaître le passage de ce livre où l'auteur
prédit la destruction de la papauté pour l'année cou-
rante 1809, d'après ses calculs apocalyptiques. Le voici
mot à mot :

     « *Im jahr* 1143 *wurde Pabst Celestin der zweite ganz*
« *allein und ohne wiederspruch von den Cardinalen*
« *gewahlt, die stadt Rom war nun auch unterjocht*: 666
« (nombre de la Bête, Ap. XIV, 18) *zu* 1143 *macht* 1809.
« *Was dann geschieht das wird die zeite lehren,*
« p. 406. »

     Mes calculs sont un peu différents, mais je me contente
de narrer les faits à Votre Majesté. Non-seulement le
roi de Suède s'est pénétré de ce livre; mais il y a vu, à
ce qu'on m'assure, qu'il devait jouer un rôle dans la
grande révolution qui se prépare. Qui sait s'il ne se
rend pas en Suisse pour être plus près du théâtre où
il doit monter ?

     Quelques personnes de ma connaissance sont fort
ébranlées par ces livres allemands, d'autant plus que
les auteurs s'appuient sur des calculs astronomiques

extrêmement curieux. Ces personnes m'ont prié de leur
donner mon avis à cet égard ; mais je ne sais si mes devoirs de plus d'un genre m'en laisseront le temps. Je
suis parvenu seul, dans ma solitude de Savoie, à lire
cinq langues en courant ; mais pour deux autres, le
grec et l'allemand, je m'y suis pris trop tard, de manière que je n'ai pu acquérir la même aisance. Il faut
réfléchir et lire lentement, ce qui fait que je n'entreprends pas la lecture d'un gros livre allemand sans une
certaine répugnance ; pour répondre, il en faudrait lire
plusieurs. J'essayerai cependant. J'ai pensé que ces
détails pourraient peut-être intéresser Votre Majesté ; si
je me trompe, je la prie de m'excuser.

S. M. I. ayant bien voulu donner encore à son fidèle
peuple de Moscou le jour de sa naissance (12/24), son
séjour a fini par un bal masqué qu'elle a donné à toute la
ville ce jour-là. A deux heures du matin du 13, elle est
montée dans son traîneau, et le 15, à dix heures du
soir, elle était dans son palais de Saint-Pétersbourg, après
s'être détournée pour aller voir sa maman à Gatschina,
visite qui lui a pris environ deux heures. L'empereur a donc pu dire ici : *J'étais hier à Moscou*, et il a
parcouru sept cent quatre-vingts werstes ( plus de cent
cinquante lieues de vingt-cinq au degré ) en quarante-
deux heures. Je crois qu'il n'y a pas d'exemples d'une
pareille célérité. On parlait du voyage de l'impératrice
Élizabeth et de celui d'un prince Dolgorouky en cin-
quante-deux heures. Tout cela disparaît. Un nombre infini de chevaux étaient prêts sur toutes les stations. Plus
de vingt traîneaux ont accompagné l'empereur jusqu'ici.
En plusieurs endroits, les conducteurs n'ont pas voulu
dételer, et ont doublé les stations malgré les instances

de l'empereur. A Moscou, il ne lui a pas été possible
de rien dépenser. La noblesse et le commerce ont fourni
à tout avec une profusion et une magnificence sans égales. Enfin, Sire, jamais on n'a vu de réception plus fi-
liale et plus attendrissante. L'empereur en a été extrêmement touché. Il a dit qu'il se repentait d'avoir si peu
vu sa ville de Moscou, et il a pris l'engagement de la
voir tous les ans : on m'assure même qu'il a promis d'y
passer chaque année ce même jour solennel de sa naissance. Il a ordonné qu'il y aurait toujours un appartement arrangé au Kremlin et une grande livrée prête,
comme si S. M. était présente : si j'avais eu l'honneur de
conseiller S. M. I., j'aurais pris la liberté d'élever quelques doutes sur la convenance de l'engagement perpé-
tuel. Il arrive des choses si extraordinaires dans le
monde, et la girouette populaire est si mobile, qu'il
vaut mieux, je crois, n'être jamais gêné. Du reste, il me
semble que cette visite est bien touchante, et qu'elle
montre bien à ce grand souverain le parti qu'il peut
tirer de son peuple.

V. M. apprendra, sans doute avec étonnement, que je
n'ai pu lire que le 26 de ce mois (N. S.) la bulle du
pape du 10 juin, qui excommunie Napoléon ; et même
je ne l'ai lue qu'en français, dans un papier public imprimé à Londres, tant on fait ici bonne garde. Voici
une des grandes époques du monde. Il ne paraît pas que
ce clergé, qui montait si courageusement sur l'échafaud il
n'y a que deux jours, ait fait seulement mine de résister dans ce moment : je ne sais comment il a conçu cette
affaire. Peut-être qu'il s'est appuyé d'une maxime gallicane, que *nulle bulle n'a de force, si elle n'a obtenu
le* pareatis *dans l'État.* Je ne sais si V. M. a fait at-

tention à une chose bien remarquable : la résurrection de la franc-maçonnerie dans toute la France, et l'ouverture d'une loge à Rome au moment même où l'on s'emparait de la personne du Pape (circonstance rappelée dans la bulle). V. M. pense bien que le plus soupçonneux et le plus jaloux des hommes ne permettrait pas, dans ses États, la réunion de trois ou quatre personnes, s'il ne savait ce qui s'y passe et s'il ne l'approuvait pas. Ainsi, toutes ces loges ne peuvent être que des instruments approuvés. Il est chef d'une grande société *qui le mène*, mais il faut aussi que V. M. remarque une chose non moins importante : c'est qu'il ne cherche point à détruire officiellement (s'il m'est permis d'employer cette expression) la religion catholique. Au contraire, sa prétention est de la maintenir dans tout son extérieur, et de se dire lui-même catholique, de manière qu'il n'admet légalement aucune autre religion ; or, cette prétention, qui semble une pure comédie (et qui l'est en effet par rapport à lui), jointe à l'abaissement du Pape, à la réunion de la Hollande, qui ne saurait tarder, et à d'autres changements qui ont et auront lieu en Allemagne, produira un résultat entièrement différent de celui qu'on pourrait imaginer. Je ne nie pas cependant qu'il ne faille s'attendre à de grandes secousses ; et en réfléchissant, par exemple, à ce que j'ai entendu dire à Venise au cardinal Maury, qui joue maintenant un rôle dans cette nouvelle église, je suis porté à croire qu'il sera question du mariage des prêtres. Personne ne peut prévoir jusqu'où s'étendra l'ébranlement ; mais quoique le bon sens n'aperçoive aucun remède hors de la France, il y en a cependant dans la France et dans la nature des choses.

Cette époque ne ressemble à aucune, et personne ne doit se laisser éblouir.

Je ne sais si V. M. connaît la vie de Souwaroff, écrite en France par un M. Lavergue, officier de cavalerie. C'est un livre composé sur d'excellents mémoires, et tout le monde lui rend justice ici. Il a été sévèrement défendu à Paris, j'ignore pour quelles raisons. V. M. y lira l'anecdote suivante, qu'on a commentée ici devant moi en fort bonne compagnie. Après la malheureuse affaire de Zurich, dont les causes ont tant fait parler, mylord Minto partit de Vienne, et vint à Augsbourg, où se trouvait alors le maréchal, pour le prier de s'arrêter. Souwaroff lui répondit qu'il ne le pouvait sans ordre de son maître, et il dépêcha un courrier. Paul Ier lui manda « qu'il eût à demander officielle-« ment à l'Autriche, si elle voulait rétablir le roi de « Sardaigne et la république de Venise ; et qu'à ce prix, « non-seulement lui, Souwaroff, resterait, mais qu'une « nouvelle armée serait envoyée sans délai. » L'Autriche refusa, et Souwaroff partit. On rend justice ici à la vérité de ce fait. Les temps ont bien changé, mais le mal est fait. Depuis que les temps, et surtout les conversations de M. le comte de Saint-Julien nous ont parfaitement mis au fait des derniers malheurs, on juge mieux de l'inévitable arrêt qui écrase l'Europe dans ce moment. Quand on songe à cette invasion de l'Italie, faite contre toutes les règles du sens commun ; quand on voit surtout que les Autrichiens, rendus à Ratisbonne, ne savaient pas où était Bonaparte, qui les touchait de la main, et qu'une armée inactive de quarante mille hommes, placée sur la gauche du Danube, entendait le bruit du canon sans pouvoir remuer et sans savoir de quoi il s'agissait, on est tenté d'abord de se livrer à la colère et au sarcasme; mais il me semble que tout bon esprit doit bientôt se calmer, et reconnaître que tous ces événements sortent du cercle ordinaire des choses. Wagram est la répétition de Marengo. C'est le vainqueur qui rend les armes.

J'ai achevé paisiblement ma tournée avec M. le comte de Saint-Julien, sans qu'il me soit venu aucun signe de désapprobation, même de la part de l'hôtel de France. Je n'aurais demandé ni même désiré cela; mais puisque la chose s'est présentée d'elle-même, je m'y suis prêté tout simplement. On appelle ici des *organes* les personnages diplomatiques qui ne déploient pas de caractère. Ce badinage est fondé sur une expression employée dans les lettres de créance du baron de Stedding. M. de Saint-Julien étant aussi un *organe*, il y avait concurrence à l'Ermitage pour le pas; mais quoique le Suédois soit supérieur à l'autre à plusieurs égards, cependant on lui a fait entendre poliment qu'il fallait céder. On ne lui a pas expliqué bien clairement la raison, mais c'est à cause du titre impérial qui appartient au souverain de M. de Saint-Julien. L'empereur de Russie entre dans le système de Paris, qui voudrait repousser les rois à la seconde place et en faire exactement d'anciens électeurs, à présent que les empereurs se touchent immédiatement depuis le Japon jusqu'en France : on nous assure dans ce moment qu'*il* se fait prêter serment de fidélité par tous les rois qu'il a réunis à Paris. Il n'y a aucun projet imaginable au-dessus de son ambition. J'ai su, par l'Angleterre, qu'un ministre, je ne sais lequel, lui ayant représenté que le roi Charles III manquait de tout dans sa

retraite, il avait répondu brusquement : « *Eh bien! qu'il*
« *entende deux messes au lieu d'une.* » Les papiers anglais ont parlé ouvertement d'un certain accident d'épi-
lepsie souffert à Vienne, de deux cautères faits par Cor-
visart et fermés à Paris contre les instances de ce mé-
decin et d'un autre, et d'un projet de régence éventuelle
dont on avait parlé à Paris. Tout n'est pas faux dans ces
rapports; mais ce que je puis avoir l'honneur d'assurer
à V. M., c'est que, lorsque Napoléon partit pour l'Espagne malgré le sentiment contraire de tout ce qui l'envi-
ronnait, les véritables faiseurs, Talleyrand, Fouché, etc.,
établirent formellement, non pas une régence, mais une
succession éventuelle sur la tête de Joseph, se proposant,
*en cas de malheur*, de faire le lendemain la paix avec
l'Espagne ; et Napoléon en ayant eu vent à son retour,
ils le lui avouèrent franchement et finirent par lui faire
agréer leur politique. On voit, au travers de cette puissance formidable, les éléments d'un changement inévitable. Ce qui trompe, c'est qu'on les cherche hors de la
France, tandis qu'il ne faut les chercher que dans son
sein. La prépondérance de la France est inévitable, mais
elle peut être changée et modifiée; et très-certainement,
Sire, cette prépondérance est appelée un jour à faire beaucoup plus de bien qu'elle n'a fait de mal. Puisse cet heureux changement ne pas se faire attendre!

J'ignore, Sire, si l'influence de Paris a déterminé
l'empereur, déjà porté naturellement aux idées de réforme; ce qu'il y a de sûr, c'est qu'une nouvelle loi,
qu'on pourrait appeler constitutionnelle, vient de boule-
verser entièrement ce pays, et d'en faire un empire entièrement nouveau. Cette loi, qui est une brochure, sera
bientôt imprimée en allemand et en français, et par la

première occasion j'aurai l'honneur de la faire parvenir à V. M. Je puis, en attendant, essayer de lui en donner une idée générale.

La Russie est gouvernée, sous la suprématie de l'empereur, par un conseil d'État composé de quarante membres (plus ou moins, car le nombre précis ne m'est pas encore connu) divisé en quatre sections : 1° lois; 2° guerre; 3° affaires civiles et ecclésiastiques; 4° économie de l'empire. Chaque section est régie par un président qui ne peut être ministre. Chaque section a son secrétaire, qui a le titre de *secrétaire d'État*, et tous les quatre sont les aides, ou, pour s'exprimer plus exactement, les substituts d'un haut secrétaire qui est *secrétaire d'Empire* (c'est le *Maret* de Russie) : cette place devient la plus importante de l'État. Les ministres correspondent avec les sections, pour tous les ordres et établissements nouveaux, et avec l'empereur pour la partie exécutive seulement; de manière que tous les ukases qui seront des *motu proprio*, ou qui statueront sur des objets nouveaux, ne seront plus contre-signés par les ministres, mais par le secrétaire général (*et plus bas, Maret, duc de Bassano*).

Le secrétaire d'empire est un M. Speransky. C'est une de ces fortunes qu'on ne voit que dans ce pays-ci. Il est *popwitch* (fils de prêtre), c'est-à-dire, tout ce qu'il y a de plus bas. Il a de l'esprit, de la tête, des connaissances, et surtout une grande connaissance de sa langue, ce qui n'est pas extrêmement commun en Russie. Dans une seule conversation que j'ai eue avec lui, j'ai vu qu'il était sectateur de Kant. Chez le grand maréchal, et surtout devant la femme de ce personnage, il vante les jésuites et leur éducation; mais dans le cabinet de l'empereur, je suis porté à croire, avec des gens bien instruits, qu'il exécute les ordres de la grande secte qui achève d'expédier les souverainetés.

Lorsque, dans une affaire importante, il y aura division entre une section et le ministre qui en dépend, l'affaire sera portée au *plenum*, qui sera présidé par l'empereur, et en son absence par le chancelier de l'empire.

Le premier département du sénat, qui était administratif, se trouve supprimé par le nouvel arrangement, et c'est une révolution formelle : malgré le discrédit et l'affaiblissement de ce corps, enfant malheureux de Pierre Ier qu'on appelle *grand*, il n'était pas néanmoins totalement inutile, et dernièrement encore il a sauvé, par sa constante opposition, le gouverneur de Saratoff, injustement accusé. Le sénat, composé de vieillards qui avaient fini leur carrière et qui n'attendaient rien de la cour, avait ainsi une sorte d'indépendance modérée qui lui permettait d'arrêter quelquefois, et jusqu'à un certain point, le mouvement d'ouragan naturel à cette sorte de gouvernement. Aujourd'hui l'opposition, étant transportée dans le conseil d'État, disparaît entièrement, de manière qu'il n'y aura plus de contre-poids, je dis de simple avertissement et retardement, tel qu'il peut exister dans une monarchie qui ne doit point admettre de *veto*.

L'antipathie que Votre Majesté observera dans toutes les monarchies entre la cour et la magistrature est bonne et utile, comme tout ce qui existe généralement. Partout Votre Majesté entendra la magistrature accuser la cour de corruption et de despotisme aveugle; et partout elle entendra la cour accuser la magistrature de pédantisme et de démocratie. Ces reproches, Sire, feraient rire Dieu, si Dieu riait. Lorsqu'il créa ces deux éléments, *il vit qu'ils étaient bons*, comme le feu et l'eau, l'un et l'autre parfaits en eux-mêmes, et cependant d'une nature si opposée, que s'ils viennent à se mêler, il faut nécessairement que l'un détruise l'autre et demeure seul. Heureusement Dieu est au-dessus du feu et de l'eau comme le souverain est au-dessus de ses deux principaux agents, *les armes et les lois*, dont il ne peut détruire l'un sans être lui-même détruit par l'autre. Il me semble donc que S. M. I. tente une expérience fort dangereuse; mais ce que nous appelons la *nature* a souvent des moyens cachés de corriger les fautes des hommes. Je ne crois pas plus à cette nouvelle constitution qu'à toutes les autres, qui me paraissent depuis longtemps de purs enfantillages. Je me suis amusé à écrire cette année une dissertation pour établir que les hommes ne peuvent créer ce qu'ils appellent des lois constitutionnelles ou fondamentales, et que par cela même qu'elles sont écrites, elles sont nulles. J'ai rassemblé une foule de raisons philosophiques, religieuses et expérimentales ou historiques. Le tout a singulièrement frappé un très-petit nombre de bons esprits que j'en ai rendus juges. Si j'avais eu des copistes, j'aurais eu l'honneur d'en faire hommage à Votre Majesté.

On annonce, au sénat ainsi mutilé, une nouvelle organisation et de grands priviléges. Je ne manquerai pas d'informer de tout Votre Majesté.

Je viens encore, Sire, d'obtenir dernièrement un succès assez marqué. Il existe à Genève, ville où l'on a beaucoup de bonté pour moi, une dame C..., Russe d'origine et fille d'un ancien ami de Pierre I$^{er}$, et en cette qualité, elle jouissait d'une pension de cent ducats que le feu comte de Woronsoff avait demandée pour elle, lorsque ses voyages l'avaient conduit, il y a longtemps, à Genève. Cette pauvre dame, devenue octogénaire et portant un des meilleurs noms de Genève, a été complétement ruinée par la subversion de la France, de manière que sa pension était devenue pour elle un objet essentiel. Malheureusement une mesure générale d'économie l'avait fait supprimer avec mille autres, il y a trois ans, sans que les efforts de madame C... et de ses amis aient jamais pu lui obtenir seulement une réponse. Dernièrement, il passa dans la tête d'un excellent ami que j'ai dans ce pays, de demander à madame C... une nouvelle lettre pour S. M. I. qu'il m'a envoyée, avec prière de lui donner cours et de l'appuyer. J'ai senti au premier coup d'œil le singulier solécisme d'une demande partant, à cette époque, de l'une des principales villes de France, et présentée par le ministre de Votre Majesté. J'ai beaucoup délibéré, mais des raisons très-pressantes m'ont enfin déterminé à donner cours à la lettre de madame de C..., accompagnée d'une autre de moi qui est, je crois, la chose que j'ai le plus travaillée dans ma vie. Cette lettre fut reçue de la manière la plus aimable ; mais ensuite je n'entendis parler de rien pendant plus d'un mois, de sorte que j'écrivis à Genève qu'il me restait peu d'espérance, et que je n'osais pas insister. J'ai eu le plaisir de me tromper : la pension a été rétablie, et le chancelier de l'empire m'en a fait part lui-même à la cour.

Puisque je me trouve ici, Sire, il est naturel que je sois flatté de ces petits succès ; mais je supplie toujours Votre Majesté de vouloir se rappeler que tous les succès possibles en Russie ne me rendront jamais moins son sujet. Malgré les espérances légitimes que j'aurais dans ce pays, malgré les plaintes bien ou mal fondées qui sont parvenues souvent et trop souvent à Votre Majesté ; malgré l'amertume de ma situation sous le rapport de mes affections les plus chères, jamais je ne préférerai rien au service de Votre Majesté ; car je ne lui ai pas prêté serment à condition qu'elle serait heureuse et que je serais content. Le serment n'a point de condition et n'en aura jamais. Mon grand désir serait qu'elle pût voir cette légation de près : elle verrait dans l'intérieur des choses dures, et qui ne m'ont réellement affecté que dans les commencements, où elles avaient plus d'une suite grave ; mais dans le monde et à la cour, elle serait assez contente. Trois choses ont manqué à cette légation. En premier lieu, cette espèce de courage qui naît du sentiment de la faveur et de la confiance. J'ai soupiré plus d'une fois, Sire, en lisant, dans les premiers temps de mon séjour ici, ces longues instructions où je voyais percer clairement la crainte que je ne me permisse ici des démarches hasardées. C'est certainement le contraire que Votre Majesté aurait pu craindre légitimement. Aussi, l'homme qui a dans ce pays le plus de génie et d'expérience disait en parlant de moi : « Il a une trop grande idée de sa faiblesse. » En second lieu, il me manque une maison et une existence indépendante. Sous ce double rapport, j'ai dû lutter contre des désavantages immenses. Enfin, Sire, il m'a manqué un secrétaire, et même deux. Je suis bien au-dessous de ma besogne dans le monde et dans le cabinet ; ma correspondance, en particulier, souffre notablement de ce défaut de secrétaire. Mon défaut est une surabondance d'idées, dont je ne suis pas maître pendant que le torrent coule, mais que je réprime aisément lorsque je puis revenir sur mon ouvrage ; ce qui ne m'est pas permis.

Votre Majesté voit que ces inconvénients dépendent uniquement du malheur des circonstances et de l'espèce d'économie qu'elle a cru devoir mettre dans sa sagesse à la confiance dont elle m'honorait.

Votre Majesté aura vu avec indignation, dans les papiers publics, les insultes atroces que *cet homme* s'est permises contre les princes autrichiens. La Russie sera peut-être incessamment traitée de même. Déjà nous avons lu dans la *Gazette de Hambourg* une relation exagérée de l'affaire de Silistria, dont j'ai eu l'honneur de rendre compte à Votre Majesté, et qui se réduit à une simple *repoussade*, s'il est permis d'employer cette expression. Le comte Cassini, que Votre Majesté a vu à Rome, a été arrêté à Florence, je ne sais sous quel prétexte. On s'est fâché ici; mais B. a répondu qu'il prendrait toujours ses sujets partout où il les trouverait, et qu'il ne reconnaîtrait jamais aucun agent étranger né dans les départements réunis. Je ne sais comment j'ai pu échapper jusqu'à présent à quelque persécution.

D'autres articles, datés de Varsovie, annoncent ouvertement la résurrection de la Pologne, après les protestations que j'ai eu l'honneur de faire lire à Votre Majesté. Ainsi, l'idée même du repos ne saurait entrer dans une tête raisonnable tant que Napoléon existera. Le voilà qui vient encore de donner un nouveau spectacle à l'Europe avec son divorce, après avoir fait écrire dans ses lois (Votre Majesté voudra bien l'observer) que le divorce ne pourrait jamais être proposé dans la famille impériale sous aucun prétexte quelconque. Les rédacteurs de cette étrange procédure en ont fait tout ce qu'il était possible. On ne peut s'empêcher d'admirer l'art infini avec lequel ils ont su donner à ce brigandage le ton de la né-

cessité et de la dignité. A cette exclamation du grand
homme : « *Dieu sait ce qu'il en a coûté à mon cœur!* »
je ne puis exprimer ce que le mien a ressenti. Je n'ai
jamais rien lu d'égal. La précaution de faire parler son
beau-fils dans le sens du divorce, et de lui faire prêter
le même jour le serment de sénateur, est encore une
recherche bien digne de ce terrible génie. Votre Majesté
aura pu remarquer deux choses dans ce long procès-
verbal. La première, c'est que le prince archichancelier
(Cambacérès) est chargé, dans l'audience du cabinet, de
poursuivre l'exécution de cette affaire *par-devant qui
de droit*. Cette expression, qui appartient à l'ancienne
magistrature, désigne l'Église ou la puissance ecclésiastique, suivant cet ancien système très-faux et très-sot
d'envisager les deux puissances *comme deux ennemies
qui ne devaient pas même se connaître*, au lieu de les
aboucher paisiblement ensemble et de les coordonner
pour le bien général, ce qui aurait pu se faire en quinze
jours de conférences pacifiques entre des gens sensés.

Cette expression prouve donc que Bonaparte ne veut
point s'en tenir aux décrets du sénat, et qu'il veut une
dissolution ecclésiastique. Or, comme c'est un homme
qui pense à tout, il est assez probable qu'il s'est assuré
de quelques misérables dans l'ordre ecclésiastique, ce
qui produirait de nouvelles tempêtes. La seconde chose
à observer, c'est qu'il est dit, dans le procès-verbal, que
*le résultat du scrutin a donné pour le divorce le nombre
de voix prescrit par la loi constitutionnelle.* Ce qui
prouve, au moins, qu'il n'y a pas eu d'unanimité. Le
nombre des opposants demeure un mystère.

D'abord, après le divorce, on a nommé de tous côtés
toutes les princesses nubiles de l'Europe. On a beau-

coup parlé d'une princesse d'Autriche et de la princesse saxonne, fille du duc Maximilien, et même de la grande-duchesse Anne, qui entre dans sa seizième année. Mais je ne sais comment toutes les voix se réunissaient sur la princesse de Saxe, lorsque l'ambassadeur de France a démenti ce bruit, ajoutant que le choix n'était pas fait, et qu'on ne savait pas même s'il tomberait sur une princesse. J'ai peine à croire cependant que les premières vues ne soient pas tombées sur une princesse, et le roi de Saxe étant parti de Paris d'assez mauvaise humeur et le premier de tous, il est assez probable que sa nièce avait été nommée. Il était doux pour le nouveau souverain d'appartenir tout à coup à toute la maison de Bourbon, et d'être le neveu à la mode de Bretagne du duc d'Angoulême.

Un tel fléau sera certainement *passager* : malheureusement ce mot n'a point de sens précis, et le sens est beaucoup pour ceux qui souffrent. C'est cependant une grande consolation de savoir certainement, comme je crois le savoir, que cet homme, ou sa race, ne pourront durer. Il est vrai que je pense assez tristement sur la durée de ce que nous voyons ; mais je puis bien me tromper sur ce point, et je le désire de tout mon cœur.

Le malheureux roi de Suède a été fort bien reçu à Stralsund par le peuple, mais fort mal par le commandant français, qui n'a pas voulu le laisser avancer avant d'avoir reçu des ordres de Paris. On vient de m'apprendre que les états n'avaient pas voulu absolument lui permettre de se rendre en Amérique. Si le roi n'a pas eu le choix, la détermination pour la Suisse n'aurait rien de condamnable ; mais les états le sont beaucoup, s'ils ont ainsi exposé le prince qu'ils ont détrôné.

Ne trouvant plus rien sous ma plume qui mérite d'être présenté à Votre Majesté, d'autant plus que tout aura vieilli lorsque ces feuilles parviendront entre ses mains, je finis en mettant à ses pieds le très-profond respect avec lequel je suis, Sire,

De Votre Majesté, etc., etc.

47. — AU ROI.

Saint-Pétersbourg, 25 mai (6 juin) 1810.

Sire,

Nous recevons dans ce moment la nouvelle de la convocation du concile de Paris, avec la lettre menaçante de Napoléon, qui a cassé la glace et menace ouvertement de déposer le Pape. Voilà un autre ordre de choses, et qui sait ce que nous verrons? Il me paraît impossible que, d'un côté ou d'un autre, il ne s'élève pas quelque opposition, quelque protestation sublime. Quoi qu'il en soit, Votre Majesté assiste avec nous à l'une des plus grandes expériences qui puissent avoir lieu sur ce sujet. Jamais aucun souverain n'a mis la main sur un Pape quelconque (avec ou sans raison, c'est ce que je n'examine point), et n'a pu se vanter ensuite d'un règne long et heureux. Henri V a souffert tout ce que peut souffrir un homme et un prince. Son fils dénaturé mourut de la peste à quarante-quatre ans, après un règne fort agité. Frédéric Ier mourut à trente-huit ans, dans le Cydnus. Frédéric II fut empoisonné par son fils, après

s'être vu déposé. Philippe le Bel mourut d'une chute
de cheval, à quarante-sept ans. Ma plume se refuse aux
exemples moins anciens. Cela ne prouve rien, dira-t-on.
A la bonne heure. Tout ce que je demande, c'est qu'il
en arrive autant à un autre, *quand même cela ne prouverait rien*, et c'est ce que nous verrons.

En attendant, Votre Majesté voit combien nous
sommes malades. Tous les principes sont attaqués à la
fois; et qu'Elle daigne m'en croire, les bons sont bons,
mais personne n'est converti.

—————

### 48. — A M. LE COMTE DE. . . .

Saint-Pétersbourg, 20 août (2 septembre) 1810.

Il y a longtemps que je n'ai causé avec vous, mon
cher comte ; je veux vous raconter aujourd'hui une
tentation à laquelle j'ai résisté, comme saint Antoine.

Les francs-maçons continuent ici *a furia*, comme tout
ce qu'on fait dans ce pays. J'ai été invité à me rendre
dans l'une de ces nouvelles loges ; mais, malgré l'extrême envie que j'ai de savoir ce qui se fait là, je m'y
suis refusé, toutes réflexions faites, par plusieurs raisons dont je me contente de vous rapporter les deux
principales. En premier lieu, j'ai su que l'empereur ne
s'est prêté qu'à regret à permettre ces assemblées ; mais
il a cédé à l'invincible répugnance qu'il ressent de gêner
à liberté individuelle de ses sujets, et de les empêcher
de s'arranger comme ils l'entendent. C'est un des traits

les plus marquants de son caractère, et si l'empereur a
eu quelque répugnance sur ce point, et s'il a envoyé des
hommes de confiance pour servir d'inspecteurs, il m'a
paru que je serais déplacé là, à moins que je ne fusse
moi-même un inspecteur, ce qui ne peut être, vu ma
qualité. En second lieu, j'ai eu l'occasion de me convaincre que plusieurs et plusieurs personnes de mérite
pensaient mal de cette association, et la regardaient
comme une machine révolutionnaire ; or, il m'a paru
encore évident qu'on ne doit pas faire une chose non
nécessaire, lorsqu'elle alarme les honnêtes gens. Il m'en
coûte beaucoup, je vous l'avoue, de ne pouvoir examiner de près ce qui se passe là. Il y a ici un Français,
nommé Mussard, qui a donné dans la révolution de son
pays et qui est fort connu par un poëme très-énergique
intitulé la *Libertéide*. Cet homme est orateur de la loge
où l'on a reçu M. Balaschoff, gouverneur militaire de
Saint-Pétersbourg, et tout nouvellement ministre de la
police générale. Le frère Mussard lui a dit, entre autres
choses : *Frère Balaschoff, vous êtes aujourd'hui revêtu
d'un grand pouvoir, la faveur vous environne ; mais
qui sait si, bientôt disgracié et retiré dans le fond d'une
terre éloignée, vous ne bénirez pas l'instant où vous
fûtes reçu maçon ?* Je ne sais ce qu'a répondu le frère
ministre. Mais tout cela, du moins dans ce moment, est
bien petit en comparaison de la scène que viennent de
nous donner les frères suédois. Ce fut le 15 (27) de ce
mois que M. de Stedding reçut, par un courrier expédié
de Stockholm, l'étonnante nouvelle de l'élection de Bernadotte au trône de Suède, faite par la nation assemblée
*plenis votis*. Les prétendants, comme vous savez,
étaient : le roi de Danemark, le prince d'Augusten-

bourg, son beau-frère et frère du prince héréditaire dernier mort, et le prince de Ponte-Corvo (Bernadotte). Je crois, à vous dire la vérité, que, du moment où le dernier s'est mis sur les rangs, il était sûr d'être nommé, et j'ignore encore la raison qui l'a fait préférer. Tout se conduit avec une dextérité merveilleuse. Le roi de Danemark a joué un rôle bien misérable dans ce triste drame. Le cabinet français l'a mis en avant avec une apparence de bonne foi parfaite, parce qu'il savait bien que le roi serait rejeté; et, en effet, il l'a été d'une commune voix, et toutes se sont arrêtées sur le prince d'Augustenbourg, qu'on a pressé de se décider. Mais c'est ici que la politique française était aux aguets. Le prince a répondu qu'étant sujet et beau-frère, il ne pouvait accepter sans être émancipé par S. M. Danoise. Mais le roi, dûment influencé, s'est obstiné, et pendant ce temps on a fait le coup à Stockholm. C'est l'armée qui affranchit Gustave de la constitution, en 1772; c'est l'armée qui détrôna son fils, l'année dernière; c'est encore l'armée qui vient de lui donner ce successeur : cent cinquante jeunes gens ont fait l'affaire dans la diète; le reste s'était retiré. Le cheval me semble l'emblème frappant de l'armée : il obéit volontiers à l'écuyer habile qui l'a dompté; il méprise, au contraire, et jette à terre celui qui veut le monter sans s'y connaître. Ce fut le malheur du dernier roi de Suède. Il voulut *monter le cheval*; il fallait le laisser dans l'écurie, ou le confier à un habile écuyer. Il humilia, il tourmenta l'armée; il employa avec une égale inhabileté la bride et l'éperon. Il finit par la punir des fautes qu'il lui avait fait commettre. Ce funeste ridicule a rendu inutiles pour lui de grandes qualités et de véritables vertus. L'armée a juré haine éternelle à lui et à sa race. Ce qui l'a déterminée dans ce cas, c'est encore une suite du même sentiment : c'est pour se laver de son malheur et pour reprendre son rang, et peut-être plus que tout pour se venger de la Russie. Le peuple n'a pas été moins chaud pour cette élection ; mais devinez ce qui l'enflamme le plus : c'est que le fils de Bernadotte, né il y a douze ans, s'appelle Oscar. Or, Oscar est fils d'Ossian, fils de Fingal ; c'est un des héros de la mythologie, c'est un heureux augure. Cette circonstance bizarre a fait un effet étonnant. La diète a exigé qu'avant de mettre le pied en Suède, il abjurât le catholicisme et embrassât le luthéranisme. L'ambassadeur de France a dit même qu'*il ne croyait pas que la chose souffrît de difficultés* ; je suis porté à croire le contraire, non qu'il s'agisse ici de conscience, comme vous sentez bien, mais il s'agit d'orgueil. Nous verrons ce qu'ordonnera le grand moteur de Paris ; je croirai à ce changement quand il sera effectué.

La monarchie européenne m'a toujours paru, en fait de gouvernement, le plus haut point de perfection que notre pauvre nature puisse atteindre ; elle est morte et me paraît encore plus belle, mon cher comte, comme le corps humain est bien plus admirable étendu et dépecé sur la table anatomique que dans les plus belles attitudes de la vie. Voilà un soldat élu de sang-froid par les représentants d'une nation ; c'est un événement plus triste peut-être que le meurtre du roi de France. Nous marchons droit au *droit romain* sous les empereurs. Je tue, tu tues, il tue, nous tuons, vous tuez... Je serai tué, tu seras tué, etc..., en un mot, tout le verbe. La guerre est déclarée distinctement à toutes les races royales, et Napoléon a dit un grand mot lorsqu'il a dit qu'*il vou-*

*lait que sa dynastie fût la plus ancienne de l'Europe.*
Vous en verrez bientôt une autre attaquée, et les généraux
d'Alexandre rois avant sa mort. Les anciens baignèrent
dans le sang l'Europe et l'Asie; que feront les modernes? Je ne puis me détacher de mon idée fixe et
consolante, que tout ce que nous voyons n'est qu'un
avant-propos terrible, et que nous verrons un jour des
événements aussi extraordinaires dans le bien que ceux
que nous voyons aujourd'hui dans le mal. Mais, en attendant, la génération sera sacrifiée.

J'ai le cœur aussi serré, Monsieur le comte, que si je ne
m'étais attendu à rien. Il nous manquait un *sergent-roi* élu
dans les règles, une guerre d'existence déclarée aux anciennes races royales, et le pouvoir militaire débarrassé
de tout contre-poids moral, déchaîné dans le monde politique. Nous verrons tout cela. Je me flatte encore que
cet état étranger à l'Europe depuis si longtemps ne pourra
s'y enraciner de nouveau. Il y a une manière également
solide et consolante d'envisager tout ce qui se passe,
mais qui est plutôt l'objet d'un livre que d'une lettre;
une idée appelle l'autre; il faut tout dire ou rien. Vive
le roi Oscar! il a son rôle à jouer comme les autres.

---

### 49. — A MADEMOISELLE CONSTANCE DE MAISTRE.

Saint-Pétersbourg, 18 décembre 1810.

J'ai reçu avec un extrême plaisir, ma chère enfant,
ta lettre du 4 novembre dernier jointe à celle de ta mère.
Je ne sais cependant si je m'exprime bien exactement,

car au lieu d'extrême plaisir, je devrais dire *douloureux plaisir* : j'ai été attendri jusqu'aux larmes par la fin de ta lettre, qui a touché la fibre la plus sensible de mon cœur. Je crois en effet qu'il ne me serait pas impossible de te faire venir ici toute seule, malgré les embarras de l'accompagnement indispensable ; mais, enfin, supposons que je parvienne à surmonter cette difficulté, tu serais ici pour toujours ; car tu comprends bien que ces deux ans dont tu parles sont un rêve ; et comment ferais-tu goûter cette préférence à tes deux compagnes, et même au public ? La raison que tu dis serait excellente si nous étions à soixante lieues l'un de l'autre ; à huit cents lieues elle ne vaut plus rien, et j'en sèche. Parmi toutes les idées qui me déchirent, celle de ne pas te connaître, celle de ne te connaître peut-être jamais, est la plus cruelle. Je t'ai grondée quelquefois, mais tu n'es pas moins l'objet continuel de mes pensées. Mille fois j'ai parlé à ta mère du plaisir que j'aurais de former ton esprit, de t'occuper pour ton profit et pour le mien ; car tu pourrais m'être fort utile *col senno e colla mano*. Je n'ai pas de rêve plus charmant, et quoique je ne sépare point ta sœur de toi dans les châteaux en Espagne que je bâtis sans cesse, cependant il y a toujours quelque chose de particulier pour toi, par la raison que tu dis : parce que je ne te connais pas. Tu crois peut-être, chère enfant, que je prends mon parti sur cette abominable séparation ! Jamais, jamais, et jamais. Chaque jour, en rentrant chez moi, je trouve ma maison aussi désolée que si vous m'aviez quitté hier ; dans le monde, la même idée me suit et ne m'abandonne presque pas. Je ne puis surtout entendre un clavecin sans me sentir attristé : je le dis lorsqu'il y a là

13.

quelqu'un pour m'entendre, ce qui n'arrive pas souvent, surtout dans les compagnies nombreuses. Je traite
rarement ce triste sujet avec vous; mais ne t'y trompe
pas, ma chère Constance, non plus que tes compagnes,
c'est la suite d'un système que je me suis fait sur ce
sujet : à quoi bon vous attrister sans raison et sans profit? Mais je n'ai cessé de parler ailleurs, plus peut-être
qu'il n'aurait fallu. La plus grande faute que puisse faire
un homme, c'est de broncher à la fin de sa carrière, ou
même de revenir sur ses pas. Je te le répète, mon cher
enfant, quoique je ne parle pas toujours de cette
triste séparation, j'y pense toujours. Tu peux bien te
fier sur ma tendresse, et je puis aussi t'assurer que l'i-
dée de partir de ce monde, sans te connaître, est une des
plus épouvantables qui puisse se présenter à mon imagination. Je ne te connais pas, mais je t'aime comme
si je te connaissais. Il y a même, je t'assure, je ne sais
quel charme secret qui naît de cette dure destinée qui
m'a toujours séparé de toi. C'est la tendresse multipliée
par la compassion. Tout en te querellant, j'ai cependant
toujours tenu ton parti, et toujours bien pensé de toi. Je
ne te gronde point dans cette lettre sur ta *gloriomanie* :
c'est une maladie comme la fièvre jaune ou la pleuré-
sie; il faut attendre ce que pourront la nature et les remèdes. D'ailleurs, je ne veux point te faire de chagrin
en répondant à une lettre qui m'a fait tant de plaisir.
Quoiqu'il y ait un peu, et même plus qu'un peu de ta
folie ordinaire, il y a cependant un amendement considérable. Elle est d'ailleurs beaucoup mieux écrite dans
les deux sens du mot. Je suis bien aise que tu deviennes
grammairienne. N'oublie pas les étymologies, et souviens-toi surtout que Babylone vient de *babil*. Je suis

bien aise que tu aies découvert une des plus grandes peines du mariage, celle de dire aux enfants : *Taisez-vous.* Mais si toutes les demoiselles s'étaient arrêtées devant ces difficultés, combien de demoiselles ne parleraient pas ! Au reste, mon enfant, comme il y a peu de choses qui écartent les hommes autant que la science, tu prends le bon chemin pour n'être jamais obligée d'imposer silence à personne. Le latin n'est pas des choses qui me choqueraient le plus, mais c'est une longue entreprise.

Hier, on a célébré chez la comtesse ... la fête de sainte Barbe, fort à la mode ici, et qui est la patronne de la dame. Il y a eu bal, souper et spectacle. Ton frère, seul acteur de son sexe, a eu tous les honneurs, car il était, comme Molière, auteur et acteur. C'était une nouvelle édition de sa *Cléopâtre.* Il s'est tué en chantant un vaudeville ; puis, au grand contentement de tout le monde, il s'est relevé pour chanter à la comtesse les couplets ci-joints qui ont été applaudis à tout rompre. Je n'ai pas répondu à la moitié de ta lettre, mais *plus de quatre pages je ne puis écrire ce soir.* Je t'embrasse tendrement, ma très-chère Constance, je te serre sur mon cœur où tu occupes une des premières places. Le reste à l'ordinaire prochain.

## 50. — A M. LE CHEVALIER DE MAISTRE.

Saint-Pétersbourg, 7 (19) décembre 1810.

. . . . . . . . . . . . . . . . . . . . . . . . . .
. . . . . . . . . . . . . . . . . . . . . . . . .
. . . . . . Je viens, mon cher ami, de voir mon fils
passer alternativement de deux nuits l'une au quartier
pendant vingt jours. Son exactitude obstinée et d'autres
raisons encore tirées de la sagacité du jeune homme ont
touché le cœur du grand-duc, qui l'a remarqué. L'autre
jour, à l'exercice, il le montra aux généraux qui l'en-
vironnaient en leur disant : *Que dites-vous de notre petit
Italien ?* Puis il lui dit à lui-même : *Comment avez-vous
si bien appris le russe ? — Monseigneur, il n'y a rien
d'étonnant, puisque je sers la Russie depuis quatre ans.*
Le grand-duc continua à le montrer à ses officiers.
Peu de jours après, il en parla à table sur un tel ton, que
le prince Serge Dolgorouky, qui dînait là, lui dit : *Monseigneur, voulez-vous permettre que je répète au père du
jeune homme, qui est de mes amis, ce que V. A. I.
vient de dire ? — Volontiers,* dit le grand-duc. — Le prince
Dolgorouky m'a donc rendu ce discours. Je pourrais tirer
grand parti de cette belle inclination, mais il faut aller
doucement ; je me rappelle un vers fameux sur le
théâtre français : *Honorez-moi, Monsieur, de votre indifférence.* J'ai dit au prince que je le priais de témoigner
à S. A. I. ma profonde reconnaissance, et de l'assurer
que dans d'autres circonstances je lui aurais demandé la
permission d'aller le remercier moi-même. — *Basta cosi.*
— Au milieu des privations les plus fatigantes, je trouve

une grande consolation dans le chemin que tient Rodolphe ; des dames tout à fait collets montés l'admettent même dans la société de leurs filles : il vient de faire grande figure dans une fête de famille chez la comtesse... qui s'appelle Barbe (nom fort à la mode ici). Comme il fallait un spectacle sans amour, Rodolphe a traduit en vers français et totalement purifié une inconcevable farce du théâtre allemand de Kotzebue, intitulée *Antoine et Cléopâtre*. A la fin, il a chanté à la comtesse des couplets assez bien tournés, qui étaient uniquement des jeux de mots sur ce mot de *Barbe*. Lorsqu'il a dit en finissant : *Sans approfondir*, — *chacun doit choisir*, — *une Barbe sans barbe*, — le salon a retenti d'applaudissements. Si j'étais plus près de toi et de meilleure humeur, je te conterais d'autres succès de société; mais le moyen de remplir ainsi des pages dans les circonstances actuelles ? Ce que je puis te dire en général (car ce n'est point à moi qu'il appartient de tout dire), c'est qu'il n'y a peut-être rien de plus extraordinaire que ma situation, et ma situation; la figure que je fais, et la figure que je fais. Voici le second hiver que je passe sans pelisse; c'est précisément comme de n'avoir point de chemise à Cagliari : au sortir de la cour ou de chez le chancelier de l'empire, au milieu de toute la pompe asiatique, un fort vilain laquais me jette sur les épaules un manteau de boutique. Le service d'un seul laquais étant réputé impossible ici à raison du climat et de la fatigue, pour en avoir un second, j'ai pris un voleur qui allait tomber dans les mains de la justice : je lui ai proposé de devenir honnête homme à l'ombre de mon privilége de ministre. Depuis quelques mois cela va; le traiteur qui me nourrissait ou qui m'empoisonnait ayant changé d'habitation, je ne puis l'atteindre ; j'ai pris le parti de partager la soupe de mon valet de chambre. Le défaut de domestiques dans ce pays et dans ma position est un des plus singuliers supplices qu'il soit possible d'imaginer, et dont tu ne peux te former l'idée à la place où tu es. Cependant, mon cher ami, je ne vois point que je sois méprisé, au contraire ; mais ce qui m'amuse excessivement, c'est quand on vient se recommander à moi, ce qui arrive assez souvent.

Une dame excessivement marquante dans ce pays est la comtesse Potocka, qui a quatre-vingt mille paysans et deux cent mille sequins de revenus : elle avoue trente-neuf ans comme un assassin convient d'une rixe ; cependant elle est encore très-séduisante ; la tête du comte de Saint-Julien, ministre d'Autriche, n'a pas tenu contre cette sirène : elle part (j'entends la tête), quoiqu'elle ne soit guère plus jeune que la mienne. Je suis fort bien dans cette cour, et j'y parle assez haut. La comtesse veut faire bâtir une ville en Crimée sur un terrain charmant qui lui appartient. Le duc de Richelieu est grand promoteur de cette entreprise. Le programme est imprimé, et la mode est de s'inscrire pour bâtir à *Sophiopolis* ( la comtesse s'appelle Sophie ). L'autre jour, elle me demanda à table, devant beaucoup de monde, si je ne voulais pas aussi une maison à *Sophiopolis ?* Je lui répondis : Oui, Madame ; mais je veux qu'elle soit sur quatre roues comme celles de certaines nations nomades. — Et pourquoi donc ? — Comment, pourquoi ? la chose saute aux yeux : si je vais à Sophiopolis c'est pour vos beaux yeux, c'est parce que vous êtes charmante ; mais vous n'aurez pas demeuré là huit jours, que vous en partirez pour aller vous faire adorer

ailleurs ; et ceux qui auront bâti à chaux et à sable seront
dupes ; au lieu que moi , je vous suivrai sur mes quatre
roues. — Elle riait à gorge déployée. Ensuite on demanda si les habitants s'appelleraient *Sophiens*, ou *So-
phéens ;* moi, je dis *Sophistes*.—Nouveaux éclats de rire.
— Le comte de Saint-Julien et le prince Gagarin ont
imaginé un anneau que tout associé devra porter en
signe d'association : la bague doit porter extérieurement
une devise grecque, parce que la ville est grecque et la
dame grecque ( elle est née à Constantinople), et une
devise française dans l'intérieur. Le comte de Saint-
Julien est venu chez moi pour ces deux devises; je lui
ai donné pour la première Σεσοφισμένον κοινόν ( Sesophis-
ménon koinon ), mot à mot, *association des Sophistisés;*
mais comme *Sophie*, en grec, signifie *sagesse*, *Sesophismé-
nos*, au passif, signifie également, *pénétré par la sagesse*,
*instruit par la sagesse*, ou, *possédé par Sophie* comme qui
dirait, *Ensophié*, dans le sens d'ensorcelé. Ce double
sens m'a paru piquant. Quant à la devise intérieure, qui doit
*toucher la chair*, j'ai donné : *Dans sa cité tout cœur
noble est esclave*. Le comte de Saint-Julien a été fort
content, et pendant que je t'écris, des artistes anglais
gravent ces anneaux. Pendant que la terre tremble sous
nos pieds et que la foudre gronde sur la tête, voilà ce
que l'on fait ici.

Le comte de Saint-Julien avait d'abord assez mal
réussi ici : on trouvait qu'il parlait trop; mais en y regardant de près, on a trouvé que c'était de la franchise
militaire; en effet, il paraît être un loyal personnage,
d'ailleurs l'empereur, qui a besoin de l'Autriche ou qui
la craint, ayant caressé son ministre, il est devenu sur-
le-champ à la mode d'en faire autant : il est fort bien vu.

L'empereur lui a laissé le droit d'aller à l'Ermitage, ce qui a fort choqué les autres ministres, qui en vont faire des relations très-sérieuses à leurs cours ; il a même été question de remontrances formelles. Saint-Julien a un aide de camp, jeune Flamand, nommé le baron de Maréchal, qui est aussi admis à l'Ermitage. L'autre jour, le comte me dit : *Je vais prendre Maréchal pour le mener à l'Ermitage. — Y va-t-il ?* lui dis-je, comme si je n'en savais rien. — *Oui, il y va comme...* et il balança un moment pour trouver le mot. Pendant qu'il délibérait, je lui répondis vite : *Oui, comme un bouton de votre habit.* Nous sommes toujours fort bons amis, je le mène partout ; souvent il vient le soir me chercher pour aller avec moi dans le monde. Ses brillants laquais montent mon escalier en tâtonnant, et nous descendons précédés d'un paysan qui porte *luminare minus ut præesset nocti.* Je suis persuadé qu'ils font sur moi des chansons en patois autrichien. Pauvres gens ! je suis bien aise qu'ils s'amusent.

M. de Saint-Julien, qui a sa dose de l'humilité nationale, est assez vivement fâché de n'être pas ambassadeur : il a pour se consoler vingt mille sequins d'appointements, mais jamais l'Autriche ne peut avoir d'ambassadeur où la France en a un. Au reste, c'est l'Autriche qui dit jamais, ce n'est pas moi. Il y a près de trois cents ans que l'un des fondateurs de la langue dont je me sers ici se moquait des politiques rêveurs,

> De qui le cerveau s'alambique
> A chercher l'an climatérique
> De l'éternelle fleur de lis.

A ce mot d'*éternelle* je réponds de tout mon cœur

*amen*, suivant la coutume de mon église ; mais quoi qu'il en soit de la *fleur de lis* , la suprématie de la France est éternelle autant que les choses humaines peuvent l'être. Toute idée d'égalité est un rêve, du moins pour des siècles, et toute idée de supériorité me paraît plus qu'un rêve. Nous sommes fondés à croire que cette inévitable suprématie produira une fois plus de bien qu'elle n'a causé de mal , et c'est beaucoup dire.

---

51. — AU CHEVALIER. . . .

Saint-Pétersbourg, 1811.

Monsieur le chevalier,

J'apprends que la nouvelle organisation du sénat est sûre, et que bientôt elle sera déclarée : j'en ai beaucoup parlé avec un grand personnage qui m'accorde plus d'intimité qu'un étranger, et surtout un ministre étranger, n'aurait droit d'en attendre. Il ne voit dans tout cela qu'une nouvelle manœuvre du secrétaire de l'empire Speransky. Suivant la nouvelle organisation, toutes les affaires se traiteront dans cette *chambre haute*, qui sera le comité des ministres ; de manière que le rapport appartiendra au secrétaire général, et que chaque ministre approchera rarement l'empereur. Qu'est-ce que ce Speransky ? C'est une grande question. Il est homme d'esprit, grand travailleur, écrivain élégant : sur tous ces points, il n'y a pas de doute ; mais il est fils de prêtre, ce qui constitue ici la dernière classe des hommes librès, et c'est dans cette classe que les novateurs se trouvent le plus naturellement. Il a accompagné l'empereur à Erfurt; là, il s'est abouché avec Talleyrand, et quelques personnes croient qu'il est demeuré en correspondance avec lui. On voit percer les idées modernes, et surtout le goût des lois constitutionnelles, dans tous les actes de son administration : il a été le protecteur ardent de ce Fessler dont je vous ai déjà entretenu. J'avoue que je me défie infiniment du secrétaire général. Ce même personnage dont je parlais tout à l'heure, me disait que depuis deux ans il ne reconnaît plus l'empereur, *tant il est devenu philosophe.* Ce mot m'a frappé. On ne peut douter de l'existence d'une grande et formidable secte qui a juré depuis longtemps le renversement de tous les trônes; et c'est des princes mêmes dont elle se sert avec une habilité infernale pour les renverser. Voici la marche qui a toujours été invariable et très-efficace. Le christianisme ayant *épousé* la souveraineté en Europe, point de succès si l'on n'amène pas un *divorce* entre ces deux puissances. Nous ne pouvons pas attaquer directement la souveraineté, qui nous ferait pendre, commençons donc par la religion et faisons la mépriser; mais la chose n'étant pas possible tant qu'elle est défendue par un sacerdoce riche et influent, il faut avant tout l'avilir et l'appauvrir. Ce sacerdoce prêchant sans relâche l'origine divine de la souveraineté, l'obéissance passive, l'inviolabilité des souverains, etc..., *il est le complice naturel du despotisme.* Comment faire pour le rendre suspect? Il faut le présenter comme un ennemi, et pour cela citer sans cesse de vieux combats entre les papes et les rois. Il n'aurait pas été difficile de s'apercevoir que le sacerdoce a bien attaqué quelquefois les souverains, mais jamais la souveraineté. Boniface VIII aurait excommunié les Français s'ils avaient voulu se révolter contre leur roi ; il ne prétendait agir qu'en vertu d'un droit divin, de manière que l'erreur même soutenait la vérité, en avouant à la face des peuples que nulle puissance humaine n'avait ce droit ; mais Voltaire, qui usait sa plume à proclamer *les droits sacrés des rois et les attentats des papes*, écrivait avec la même plume :

> O sagesse du ciel, je te crois très-profonde ;
> Mais à quels plats tyrans as-tu livré le monde !

Et dans une prose non moins édifiante : *Les fidèles sujets qui combattent pour ces messieurs-là sont de terribles imbéciles. Gardez-moi ce secret avec les rois et avec les prêtres.*

Le roi très-chrétien a laissé prêcher ces doctrines dans ses propres États pendant un siècle ; il s'en est bien trouvé, et il l'a voulu. La première monarchie du monde mise en l'air est tombée par son propre poids, comme je tomberais si le fauteuil qui me soutient venait à s'anéantir sous moi. Au moins si elle avait pu tomber seule ! Mais c'est aujourd'hui qu'on sait ce que c'est que la France : on ne le savait guère lorsqu'elle était possédée par des souverains légitimes, et que les défauts mêmes de ses maîtres tournaient au profit du monde.

Je ne sais, Monsieur le chevalier, si ce point de philosophie et d'histoire a quelque intérêt pour vous, ce qui m'empêche d'entrer dans de plus grands détails : il me suffit de vous assurer que je vois ici tout ce que nous avons vu ailleurs, c'est-à-dire, *une force cachée qui trompe la souveraineté, et la contraint de s'égorger de ses propres mains.* De savoir ensuite si cette secte est réellement organisée, si elle forme une société proprement dite qui a ses lois et ses supérieurs ; ou si elle résulte seulement de l'accord naturel d'une foule d'hommes qui veulent tous la même chose, c'est sur quoi je n'ai pu me procurer une certitude ; mais l'action est incontestable, quoique l'agent ne soit pas entièrement connu : le talent de cette secte pour enchanter les gouvernements est un des plus terribles et des plus extraordinaires phénomènes qu'on ait vus dans le monde.

A la prière d'un ami commun, j'ai complétement analysé et déchiffré un mémoire diabolique écrit en latin avec un art infini, et que les Russes n'entendaient guère. C'était un plan d'étude excessivement insidieux : j'ai été extrêmement remercié ; mais le même ministre qui m'avait fait demander cet ouvrage, m'a déjà avoué plus d'une fois qu'il est entraîné comme les autres ; que tout marche à un bouleversement général, et que celui qui doit y perdre le plus est précisément celui qui le hâte.

Il paraît que la secte a été fort mécontente de Napoléon lorsqu'il s'est fait empereur ; mais elle lui pardonne tout parce qu'elle en a besoin pour son grand œuvre, qui est dans ce moment l'anéantissement du pape. Cela fait, on pourra bien briser l'instrument.

Un grand spectacle de cette époque est le concile de Paris, qui ne montre, jusqu'à présent, ni l'intrépidité qu'on avait droit d'attendre de lui, ni la lâcheté que se promettait le maître. La base du nouvel édifice que veut élever Napoléon dans ce moment, est la célèbre Déclaration du clergé de France en 1682, que les conjurés ont présentée dans toutes les cours catholiques comme le palladium de l'autorité royale, et qui est au fond tout ce qu'on peut imaginer de plus méprisable et de plus dangereux.

Il y a dans ce moment des négociations très-actives entre la Russie et l'Autriche. Malgré ses nouveaux liens, j'espère que cette dernière y voit clair ; mais je compte peu sur cette politique, qui me paraît n'en savoir pas plus que par le passé. Les circonstances où nous sommes ne ressemblent à rien de ce qu'on a vu jusqu'ici ; nous ne saurions nous en tirer par les voies ordinaires. Si jamais il paraît un homme qui soit le véritable antagoniste du mal, en un clin d'œil tous les yeux se tourneront sur lui. En attendant, le mariage fait par l'ennemi de l'ordre semble lui donner beaucoup de consistance. Voilà encore sa compagne enceinte : elle est heureuse et amoureuse. De tous les spectacles qui nous déchirent depuis vingt ans, c'est le plus triste, à mon avis. Cependant je ne croirai jamais à cette nouvelle souveraineté, et si elle doit durer encore pendant certain nombre de moments que les hommes appellent *années*, ce qui est très-possible, je léguerai à mes enfants l'espérance de la voir tomber.

----

### 52. — AU ROI.

Saint-Pétersbourg, 22 mai (5 juin) 1811.

Sire,

J'ai eu souvent l'honneur d'observer à Votre Majesté qu'il n'y avait malheureusement plus de force extérieure capable de faire la loi à Napoléon ; mais je n'ai pas

moins constamment ajouté que l'intérieur même de la
France ne nous laisserait jamais sans espérance. Je
trouve que, dans ce moment, le contre-coup de la
guerre d'Espagne l'expose prodigieusement. Il s'est
brouillé avec tous ses généraux : veut-il faire commander ses armées par ses conseillers d'État ? Je songe souvent à combien peu de chose tient cette puissance
formidable qui fait trembler l'Europe ! L'autre jour,
dans un très-petit comité, un ministre, étranger, sujet
de Napoléon, nous dit, en propres termes : « *Il n'y a
plus d'autre remède que de le faire enfermer comme
fou.* » Il n'y a rien là d'impossible, Sire ; mais ce mot
d'*enfermer* est une pure illusion : on ne met la main
sur un tel personnage que pour le tuer, tout au plus
tard le lendemain. Enfin, Sire, quoique ses prodigieux
succès fassent nécessairement entrer des doutes dans
tous les esprits, il faut s'en tenir aux principes, qui
défendent de regarder cet homme comme un souverain, chef d'une race. Cependant, combien de souverains légitimes et puissants auront peut-être envié
sa puissance dans leurs cœurs! C'est comme s'ils avaient
envié la force physique des portefaix. Celle de Napoléon
n'est point du tout royale. Elle est révolutionnaire, et
voilà pourquoi, Sire, les princes qui, par état et par
nature, sont étrangers à cette force, ne doivent pas se
compromettre personnellement avec elle; mais c'est
une gloire pour eux, au lieu d'une humiliation, et les
plus ignorants des hommes sont ceux qui prennent pour
un mal l'inconvénient du bien.

Au reste, Sire, si les princes qui ont les forces nécessaires en main ne veulent pas se laisser instruire sur
la manière de les employer dans ce cas extraordinaire,

la Providence se passera d'eux, parce que toute force désordonnée se mine d'elle-même; et déjà il me semble qu'on peut apercevoir quelques symptômes de la prostration de forces qui suit la fièvre.

Les Espagnols se couvrent de gloire; mais il me semble qu'en décrétant la constitution de l'Angleterre, ils n'ont pas fait preuve d'une grande sagesse. Cette constitution ne peut être transplantée. Il faut sans doute l'admirer, mais la laisser où elle est. Les peuples du continent de l'Europe n'ont pas d'autre intérêt que celui du maintien de la monarchie européenne ou chrétienne (c'est la même chose), telle qu'elle existait depuis longtemps. A travers toutes les folies des hommes dans l'ordre politique, Votre Majesté verra toujours surnager un principe divin. A force de dire aux rois chrétiens : *Nolite judicare*, ils se sont départis, avec bonté et sans violence, de cet épouvantable droit. Aucun prince chrétien ne dit : *Prenez ce champ, pendez cet homme*. A force de dire aux peuples : *Per me reges regnant*, ce même principe nous avait persuadé que l'autorité royale ne vient point des hommes; que Dieu en est l'auteur; que le souverain est inviolable; que personne ne peut le juger pour aucune raison, et que tout homme qui y touche est infâme, lui et toute sa race. Tout prince, ou son sujet chrétien, qui veut davantage se trompe beaucoup. Jamais cette monarchie n'a existé, jamais elle n'existera hors du christianisme. C'est une merveille que nos extravagants ont presque fait disparaître. On a tué la religion politique avec l'autre. Je prie Votre Majesté de vouloir bien examiner les pays où les souverains se sont réservé le droit de punir immédiatement; Votre Majesté verra toujours, à côté de ce droit, celui d'assassiner le souverain ; et ce qu'il y a d'extraordinaire, c'est que la Providence ne laisse point naître dans ces contrées le préjugé sacré qui flétrit parmi nous les régicides et leurs familles. Ici, par exemple, le principe chrétien n'a pu pénétrer la pâte asiatique, parce qu'il y est faible et défiguré. Aussi nous voyons les acteurs du 11 mars 1802 en possession de tous leurs droits civils.

Je suis charmé, Sire, que cette profession de foi politique se trouve sous ma plume. Quand je serais maître de constituer moi-même les États, je ne dirais pas à une nation assemblée un mot de plus que je ne dis ici à Votre Majesté, et je crains fort que les Espagnols ne donnent dans quelques exagérations. Il y a deux partis bien visibles dans ce pays; et si jamais ils sont débarrassés de la crainte extérieure, j'ai bien peur qu'ils ne se choquent. Je leur souhaite de tout mon cœur sagesse et bonheur, ce qui est au fond la même chose.

Je supplie Votre Majesté d'agréer, avec sa bonté ordinaire, l'hommage du très-profond respect et du dévouement sans bornes avec lequel je suis, Sire, etc.

---

## 53. — A M. LE CHEVALIER DE ....

Saint-Pétersbourg, 15 (27) août 1811.

Monsieur le chevalier, j'ai eu l'honneur de vous annoncer dans ma dernière lettre les nouvelles lois constitutionnelles de la Russie. Quoique ces lois ne soient point encore publiées aujourd'hui, je sais cependant qu'elles ont passé au conseil, et l'on peut s'en faire une idée assez juste.

Il est impossible de se tromper aujourd'hui sur les intentions de Sa Majesté Impériale. Elle est lasse de sa puissance telle qu'elle l'a reçue de ses prédécesseurs ; et sa jeunesse lui permettant de grandes entreprises, elle veut réellement constituer son peuple et l'élever au niveau européen. Par la loi organisatrice du conseil d'État, que j'ai envoyée dans le temps, les attributions du sénat étaient demeurées indécises ; aujourd'hui le sort du sénat est fixé, et la nouvelle loi complète l'organisation générale de l'empire.

Il y aura deux nouveaux sénats : l'un à Kieff et l'autre à Cazan. Ces quatre corps seront purement *corps judiciaires* et se nommeront ainsi : la moitié des sénateurs seront nommés par les provinces (ceci est remarquable). Chaque sénat aura un président dont la place sera très-importante. Tout ceci se rapporte assez à nos usages. Il n'y avait d'abord qu'un parlement en France : il fallut les multiplier à mesure que les affaires se multiplièrent ; la même chose, proportion gardée, est arrivée parmi nous ; et suivant les apparences, nos souverains, sans les malheurs de cette époque, auraient été conduits à l'établissement d'un quatrième sénat : ce point ne présente donc au premier coup d'œil rien de répréhensible. — Mais voici l'article délicat.

Au sénat judiciaire de Saint-Pétersbourg est joint une première chambre (ou premier département), composée de tous les ministres et de certains personnages du con-

14.

seil et du sénat, qui retiendra le titre et aura véritablement les droits de *sénat dirigeant*. Là, se traiteront
toutes les affaires ministérielles, de manière que cette
section du sénat sera véritablement le ministre de l'empereur, et que les ministres ne seront, dans le fond, que
les satellites du sénat.

Au moyen de ce nouvel établissement, le conseil d'État
exerce le pouvoir exécutif, et le sénat proprement dit
exerce son pouvoir judiciaire.

Voilà donc les *trois pouvoirs*, si fameux de nos jours,
soigneusement établis, distingués et circonscrits, du
moins sur le papier; mais je ne vois pas que la France
et l'Europe aient jusqu'à présent de grandes obligations
à Montesquieu pour avoir le premier tracé avec tant de
prétention cette *carte géographique des pouvoirs*.

Lorsque Pierre le Grand établit le sénat, il n'admit
point l'appel au souverain, mais seulement la *plainte*
(ce qui vient à peu près à la *supplication italienne*), et il
prononça la peine de mort contre celui qui, ayant porté
sa plainte au souverain, serait jugé l'avoir fait sans raison.
Cette loi exagérée, et par conséquent nulle, n'a jamais
fait mourir personne. Elle n'a produit qu'un véritable
appel et une source interminable de chicanes, car il
avait enfin passé en maxime qu'une affaire contentieuse
n'était réellement et irrévocablement décidée que par un
ukase.

S'il y a une idée folle dans le monde, c'est celle de
vouloir changer le souverain en juge; car s'il juge, il
n'a plus le temps de gouverner; et s'il gouverne, il n'a
plus le temps de juger, encore moins d'apprendre tout
ce qu'il faudra savoir pour juger. L'appel au souverain

entraîne d'ailleurs de grands inconvénients dont le moindre peut-être est de faire juger le grand nombre par le petit.

L'empereur, frappé sans doute de ces inconvénients, a voulu se dépouiller légalement de ce droit, qui passait pour un apanage de l'*autocratie*, et il sera décidé par la nouvelle loi que les jugements du sénat, rendus en troisième ressort, ne seront plus sujets à l'appel. Même, je sais que la loi soumise aux discussions du conseil portant que ces jugements seront censés rendus à l'avenir *avec l'autorité du gouvernement* (c'était la force de l'expression russe), un membre a trouvé l'expression inexacte, et a proposé (ce qui a été adopté) d'y substituer celle d'*autorité autocrate*. Mais je suis fort curieux de savoir si les traductions françaises porteront *autorité autocrate* ou *autorité impériale* ; car ce mot d'*autocrate* est encore un de ces termes magiques qui ont beaucoup d'effet. En lui-même, il signifie : *Celui qui commande et n'est jamais commandé, celui dont la volonté fait plus que toutes les autres.* Mais ce privilége appartient à la souveraineté en général. Cependant, l'usage et l'opinion universelles ont attaché à ce mot d'*autocratie* je ne sais quelle idée vague d'arbitraire et d'indépendance qui ne se trouve pas ailleurs.

De quelque façon qu'on se soit exprimé, je crains qu'il n'y ait ici une petite ignorance ou une singulière confession ; car, si le sénat ne jugeait pas précédemment au nom et en vertu de l'autorité souveraine, quel était le pouvoir qu'il exerçait? Et si, dans l'*autorité autocrate*, il y a quelque chose de plus que dans l'*autorité souveraine*, quel est donc ce nouveau pouvoir attribué au sénat? Ce n'est rien, ou c'est le droit de juger arbitrairement; ce qui ne laisserait pas d'être assez joli.

Tous les pouvoirs résident dans le souverain, et ne peuvent partir que de lui : même il les exercerait tous, si les limites de la force humaine le permettaient. Mais puisqu'elles s'y opposent, il est entendu au moins que tout se fait au nom du souverain, et que tous ses officiers civils et militaires n'existent, ne parlent et n'agissent que par lui et pour lui. Telle est la véritable idée de la monarchie.

On pourrait donc croire, au premier coup d'œil, que Sa Majesté Impériale ne fait en tout cela que se rapprocher des idées généralement reçues en Europe, et que les applaudissements qu'on lui doit pour ses nobles intentions ne doivent être mêlées d'aucune crainte. Je vous avoue cependant, Monsieur le chevalier, que j'en ai beaucoup, et je les motive par les réflexions suivantes :

1º Il n'y a rien de si vrai que cette maxime de la jurisprudence romaine : *Expressa nocent, non expressa non nocent.* Il y a une grande quantité de choses vraies et justes, et qui cependant ne doivent point être dites, et encore moins écrites. Voulez-vous un exemple dans les petites choses? Si l'on me demandait : *Un père de famille a-t-il le droit de décacheter les lettres de son fils?* je répondrais : *Sans doute;* et je croirais blesser l'autorité paternelle si je répondais autrement. Mais si vous veniez à me demander *in concreto,* comme on dit dans l'école : *Me conseillez-vous d'ouvrir cette lettre de mon fils qui m'est suspecte?* je vous répondrais : *Papa, gardez-vous-en bien, car vous y auriez immensément à perdre et très-peu, ou rien, à gagner.* Voulez-vous maintenant un exemple dans les choses les plus graves ?

Je le trouve précisément dans ce droit de juger, surtout au criminel : nos rois ne jugent pas. Fort bien. J'emploierai volontiers l'expression de Pascal : Les rois ayant bien voulu *se départir*, etc. , il n'y a pas de mal du tout que les peuples tiennent ce privilége à titre de bienfait, et qu'ils le payent par celui de l'inviolabilité absolue, le plus grand que des hommes puissent accorder à un homme. Mais, dira-t-on, puisque cet état de choses est si bon, assurez-le-vous donc par une loi. Oh ! c'est une autre affaire ; je n'en suis plus, je me retire. L'inviolabilité n'est-elle pas bonne et sacrée ? Et cependant, quel peuple ou quel homme a jamais imaginé de faire une loi qui permette expressément au prince de faire impunément tout ce qu'il voudra ? Le souverain même repousserait cette loi dont il se tiendrait justement offensé. J'en reviens donc à mon adage, *Expressa nocent, non expressa non nocent.* Que l'empereur de Russie craigne le funeste droit de troubler les propriétés , et de mêler son nom à des bévues et même à des crimes; qu'il prenne des mesures avec lui-même : en cela, je ne trouve que des sujets d'admiration; mais qu'il fasse une loi pour arriver à ce but, c'est une autre question, et je me borne à souhaiter qu'il réussisse.

2° *Toute nation a le gouvernement qu'elle mérite.* De longues réflexions, et une longue expérience payée bien cher, m'ont convaincu de cette vérité comme d'une proposition de mathématiques. Toute loi est donc inutile, et même funeste (quelque excellente qu'elle puisse être en elle-même), si la nation n'est pas digne de la loi et faite pour la loi.

Jadis le czar de Géorgie sortait tous les matins *à cheval* pour rendre la justice : il parcourait lentement les rues de Tiflis. Les plaideurs arrivaient et disaient leurs raisons. Le czar donnait et faisait donner des coups de bâton à celui qui avait tort ou trop tort. Un Géorgien disait dernièrement, le plus sérieusement du monde, à mon frère, qui me l'a écrit : *Eh bien, Monsieur, on a remarqué que ces princes se trompaient très-rarement*. Ils regrettent donc très-sincèrement cette vieille justice de rue; et quant à la nouvelle que les Russes leur ont portée, qui procède par forme, par délais, par écriture, ils ne peuvent pas la tolérer, ils en sont malades; et qui leur rapporterait la *bâtonomie* leur ferait un plaisir infini. Il y a chez nos vieilles nations d'Europe mille finesses que je crois très-fort au-dessus des Russes, du moins tels que je les connais dans ce moment. Le recours direct au souverain (ou la plainte) est une idée enracinée dans le plus profond de leurs cœurs; et même, pour l'honneur de la souveraineté, elle est plus ou moins naturelle à tous les hommes. Je ne crois pas que l'opinion publique puisse être violée sur ce point. Il n'était pas malaisé, ce semble, de trouver le moyen qui aurait tout sauvé, en donnant seulement à la *plainte*, lorsqu'elle aurait été admise, la force de renvoyer la cause au *plenum* (ou chambre assemblée, suivant notre style).

3° Mais en passant sur toutes ces difficultés, il en reste une qui est la plus grande de toutes, et qui rentre un peu dans la précédente. Supposons ces lois aussi excellentes qu'on le voudra, où est la sanction? Et qui empêchera un autre prince, ou le même, d'établir tout le contraire. Paul I^er n'avait-il pas établi la loi salique de la manière du monde la plus solennelle? Le lendemain, son fils l'a révoquée. J'ai été conduit, par mes réflexions sur ce sujet intéressant, à la découverte que je crois incontestable, qu'aucune loi véritablement fondamentale et constitutionnelle ne peut être écrite, et que si elle est écrite elle est nulle. Vous prendriez peut-être ceci pour un paradoxe, Monsieur le chevalier; c'est cependant une vérité, et je l'ai appuyée, dans un écrit *ad hoc*, de tant de preuves logiques et historiques, que j'ai entièrement convaincu de fort bons esprits; mais tout cela est dans mon portefeuille.

Prenez la loi constitutionnelle la plus simple; par exemple, celle de la succession à la couronne; je vous le demande : Qui l'avait établie en France et parmi nous? Ce n'est pas le peuple : il n'y en a pas la moindre trace; ce n'est pas non plus le roi : il n'a cessé de la reconnaître et de lui rendre hommage, mais ce n'est pas lui qui l'a fondée; car s'il en était l'auteur, il aurait par là même le droit de l'abroger. Mais si elle n'a été établie ni par le souverain ni par le peuple, par qui l'a-t-elle été? etc., etc.

Je me défie donc de toute loi constitutionnelle *écrite*.

.Voici un autre danger. Lorsque le pouvoir politique ou représentant était disséminé dans les sénats, ce pouvoir (très-faible ou très-modéré) avait le double avantage d'être moins visible, moins marquant, et par conséquent moins exposé à déplaire au souverain, et de présenter d'un côté infiniment moins de prise à l'autorité égarée qui aurait voulu le détruire.

Mais à présent que tout ce pouvoir sera concentré dans une seule chambre, qui nous promet qu'un prince, tel qu'il y en a quelques-uns dans l'histoire de Russie, ne dira pas un jour : *Je suis bien aise que l'un de mes prédécesseurs ait renfermé tout le venin de la vipère dans la tête; apportez-moi un couteau!* Alors voilà des gens bien constitués !

Je me tranquillise beaucoup par ma maxime : *Toute nation a le gouvernement qu'elle mérite*. Tout me porte à croire que le Russe n'est pas susceptible d'un gouvernement organisé comme les nôtres, et que les essais philosophiques de Sa Majesté Impériale n'aboutiront qu'à replacer son peuple où il l'a trouvé, ce qui ne sera pas au fond un fort grand mal ; mais si la nation, venant à comprendre nos perfides nouveautés et à y prendre goût, concevait l'idée de résister à toute révocation ou altération de ce qu'elle appellerait *ses priviléges constitutionnels* ; si quelque Pugatscheff d'université venait à se mettre à la tête d'un parti ; si une fois le peuple était ébranlé et commençait, au lieu des expéditions asiatiques, une révolution à l'européenne, je n'ai point d'expression pour vous dire ce qu'on pourrait craindre.

>............... *Bella, horrida bella !*
> *Et multo Nevam spumantem sanguine cerno.*

Les personnes les plus au fait des choses pensent que la guerre doit éclater de nouveau avant la fin de l'année.—Pas si tôt, à ce qu'il me semble ; mais, plus tôt ou plus tard, la guerre me paraît inévitable. Est-ce bien, est-ce mal ? Je n'en sais rien, mais j'ai assez parlé là-dessus. *Salutem ex inimicis nostris*, ou bien il n'y en a point. Pendant les conférences célèbres de l'île des Faisans, les plénipotentiaires espagnols écrivaient à Madrid qu'ils étaient fort pressés par ceux de la France, et le ministre espagnol répondait : *Ennuyez-les*. C'était bien dit ! L'idée de faire plier la France par une attaque décidée est une extravagance, mais on peut fort bien l'*ennuyer* et l'amener à faire justice elle-même. La guerre est déclarée directement à toute la souveraineté d'Europe, qui est toute déplacée et abaissée dans ce moment. Si la chose est sans remède, c'est une petite aventure de cinq ou six siècles, autant qu'il en a fallu pour l'établissement des monarchies actuelles à la place de l'empire romain dûment pulvérisé et *balayé*, — autant qu'il en a fallu pour chasser totalement les Maures de l'Espagne. Si nos anciennes et augustes races se relèvent, et surtout si les Bourbons, qui sont la clef de la voûte européenne reprennent leur place, *bene erit :* pour faire bien, il n'y a donc qu'à faire le contraire de ce qu'on a fait. Il y a d'ailleurs dans la révolution actuelle quelque chose de particulier et de radical hors de toutes les règles générales, et qui ordonne au véritable observateur de s'attendre à des choses qu'on ne devrait point prévoir dans d'autres circonstances. Non-seulement la souveraineté européenne est attaquée moralement par une puissance terrible qui ne dort jamais, mais elle s'est blessée elle-même matériellement. Un évêque l'a dit une fois au roi de France ; mais les pompes arrivent trop souvent après l'incendie.

Si les hommes comprenaient la révolution *aujourd'hui*, elle finirait *demain*.

54. — A M. LE VICOMTE DE BONALD, A PARIS.

Saint-Pétersbourg, 20 avril (2 mai) 1812.

Monsieur,

Quand on écrit comme vous, il faut s'attendre à
quelques lettres indiscrètes. Je ne sais si celle-ci vous
paraîtra telle; mais j'aime mieux courir le hasard de
vous en écrire une de ce genre, que de me refuser le
plaisir de vous remercier de la mention honorable que
vous avez bien voulu faire de moi dans votre excellent
livre de la *Législation primitive* ( t. I, Disc. prélim.,
p. 123 ). C'est un peu tard, sans doute, mais c'est aussitôt que je l'ai pu ; car votre livre ne m'était point parvenu, et du reste, je me doutais peu que celui que
vous avez la bonté d'appeler *célèbre* fût seulement connu
à Paris. Je l'avais parfaitement oublié; mais vous me
l'avez rappelé, et sur votre parole je suis capable de le
relire. J'ai fait connaissance avec vous, Monsieur, dans
les journaux; rien n'empêche même que je ne vous cite
la phrase qui commença *ad invaghirmi* de votre personne
et de votre manière. C'est un charmant coup de sangle
donné en passant à Montesquieu ( *comme l'a dit plai-
samment dans l'Esprit des lois l'auteur des Lettres per-
sanes* ). Je n'ai rien lu de plus exquis; et certainement,
cette phrase ne peut être oubliée que par un sot. J'ai lu
depuis votre *Divorce* et votre *Législation*, qui m'ont
donné la plus haute idée de vos talents et de votre caractère; je m'arrête, Monsieur, ne voulant point vous
enfumer d'un encens inconnu, ni me permettre de jaser

dans une première lettre. Que ne puis-je, Monsieur, vous consulter sur une entreprise considérable dont quelques parcelles seulement, arrachées de la masse par les circonstances, vous sont parvenues sous le titre de *Considérations sur la France!* Que j'aimerais vous entendre sur de singuliers chapitres! — Malheureusement, je ne dois, suivant les apparences, jamais vous connaître. Agréez au moins que je ne vous laisse point ignorer l'impression que vos écrits ont faite sur moi. Si vous avez la bonté de trouver le plus léger plaisir à écrire mon nom dans vos tablettes, parmi ceux des personnes qui vous honorent le plus, je serai, de mon côté, extrêmement flatté, si vous me donnez un jour la permission de croire que j'ai pu vous intéresser.

Je suis, avec la plus haute considération, Monsieur,
Votre très-humble et très-obéissant serviteur,
Le comte DE MAISTRE.

Envoyé extraordinaire, ministre plénipotentiaire de S. M. le roi de Sardaigne, près S. M. l'empereur de toutes les Russies.

## 55. — A M. LE COMTE RODOLPHE.

Saint-Pétersbourg, 5 (17) juillet 1812.

Le 26 juin, mon cher enfant, en partant de Polock, je vous écrivis une courte et triste épître qui aurait dû être marquée n° 9; mais je n'avais guère la tête aux numéros. J'ai fait un très-heureux voyage, sans me coucher, et vivant je ne sais de quoi; en arrivant ici, j'ai trouvé une solitude affreuse dans une grande maison, et jamais je n'ai mieux senti le *Væ soli*. Le jour même de mon départ de Polock, V... s'est fait congédier sur-le-champ et sans retour. Ce valet de chambre, du moins dans ce moment, m'a causé des embarras inouïs; mais je les ai surmontés. Il me parla devant deux étrangers d'un ton qui n'était pas tolérable; j'étais de mauvaise humeur : je le chassai sur-le-champ, après l'avoir libéralement récompensé. Voilà qui est fini. Je voudrais bien me passer d'un domestique de ce genre; mais il n'y a pas, je crois, moyen : mon ménage est établi. Venez donc quand vous voudrez, et sans invitation. Sûrement mon départ subit vous aura étonné, et sans doute fâché. A présent, vous pouvez *diviser la motion*, et n'être qu'étonné.

Je suis parti avec l'assurance que les dames ne viendront pas. Qui sait cependant encore ce qui arrivera? Le diable, qui se mêle sans relâche des affaires des honnêtes gens, pourrait bien faire une des siennes, et me les envoyer à Vienne après le départ de la légation russe. *Quod Deus avertat!* Depuis le 17 mai, je n'ai rien reçu d'elles; mais toutes mes lettres sont à Polock.

J'imagine que vous n'avez pas envie que je vous parle de la guerre. Je crois que le grand diable a manqué complétement son premier coup, et qu'il dispose aujourd'hui toutes ses pièces pour en frapper un second à sa manière. *En ce temps-là, malheur aux pères!* Cependant, mon cher ami, *ou avec cela* ou *sur cela!* Dieu me préserve de vous donner des conseils lâches. Je n'ai pas sur le cœur le poids que j'y sentais lorsque vous tiriez sur les Suédois : aujourd'hui, vous faites une guerre juste et presque sainte. Vous combattez pour tout ce qu'il y a de plus sacré parmi les hommes, on peut dire même pour la société civile. Allez donc, mon cher ami, et revenez ou emmenez-moi avec vous.

Hier, j'allai à Camini-Ostroff, chez la grande maréchale. On apporta un paquet à la princesse Lubomirska, et elle y trouva quoi? *la ci-jointe*, que je vous avais envoyée, il y a un siècle, de Polock, sous l'adresse de votre général, et qui revient ici je ne sais comment. Je vous l'envoie uniquement pour mon honneur et pour vous prouver que j'ai toujours fait *mon devoir* envers vous. Faites le vôtre aussi, quand vous pourrez, laconiquement, comme la dame de Sparte.

Dans ce moment (sept heures du soir), je pars pour G....., où je n'ai point encore été. Envoyez-moi toujours toutes les lettres que vous voudrez; je me ferai un véritable plaisir de vous être utile.

Je suis mal dans cette grande maison, faute de gens pour l'habiter; au pied de la lettre, il n'y a pas sûreté. Je m'échauffe la tête pour un homme de confiance, et je ne sais pas trop si je réussirai. On vous dit mille choses tendres de chez le duc. Cette lettre dont vous me parlâtes une fois à Polock y arriva longtemps après votre départ, sous mon couvert; je l'expédiai moi-même avec une lettre d'accompagnement, et lorsque le duc N... prenait la plume pour vous écrire, j'entrai. Bonjour, mon très-cher enfant, je vous serre sur mon cœur. Si je vous voyais, je vous dirais peut-être quelques mots de plus. *Macte animo.* — Et quel temps fut jamais plus fertile en miracles? — Adieu, adieu.

## 56. — À M. LE COMTE RODOLPHE.

Saint-Pétersbourg, 3 (15) septembre 1812.

Ah! que je suis aise d'avoir été trompé! Cher et très-cher enfant, tout le monde me disait et j'avais même la certitude que votre corps n'avait pas donné, et que votre général était malade. Cependant, je ne pouvais être tranquille; vous appellerez cela comme vous voudrez. Quoique votre billet du 27 ne me soit arrivé que dans ce moment, la date vous met cependant bien en règle, et je vous remercie de n'avoir pas perdu un moment pour m'instruire. Je n'ai pas besoin de vous dire combien nous avons été affectés, troublés, déchirés par cette terrible scène de Borodino. Au moins nous sauvera-t-elle? C'est le grand secret de la Providence. Deux choses sont sûres : que, seule, elle ne décide rien, mais qu'elle aura singulièrement favorisé le succès d'une seconde, qui est indispensable, et qui peut-être a eu lieu dans ce moment. Si celle-ci était malheureuse?... Mais je ne veux pas penser à cela, étant aujourd'hui tout entier à la joie que me donne votre *salvation*. Je n'essaye pas seulement de vous exprimer ce que j'ai senti dans cette occasion; je souhaite que vous le sentiez un jour, et que vous vous rappeliez alors cette lettre. Je prends bien part au sort cruel, quoique très-honorable, de votre amie *Blondine*. A cet égard, je vous répète ce que vous devriez ne jamais oublier. Je n'ai plus d'argent à moi; il est à votre mère et à vos sœurs, et ensuite à vous, ou, pour mieux dire, il est à vous pour elles. Ainsi, faites comme s'il était dans votre tiroir; tirez sur moi pour la somme dont vous avez besoin, s'il faut tout de suite remplacer ce cheval. Je ne sais comment vous avez pu vous accrocher au prince Dimitri : quand vous serez mieux, vous me le direz ; et vous me direz aussi ce que vous avez fait pendant cette infernale bataille. Se peut-il que vous soyez demeuré là, sans remuer, pendant douze heures ? Voilà un homme dont je voudrais vous voir aide de camp. Quant à l'autre, je vous ai déjà répondu : j'ai fait la démarche, vous voyant mécontent et ne sachant comment vous tirer de là ; mais je ne remue plus. Je vois que T. a beaucoup d'ennemis, et il les mérite bien un peu. J'ai peur d'être allé trop vite. Enfin, je vous ai dit que j'étais un irrésolu de la première classe ; prenez-moi donc pour ce que je suis, et ne vous fâchez pas trop contre moi. Ayez bien soin de vous et de moi ; soignez-vous, et ne vous donnez d'autre fatigue que celle de m'écrire : sur ce point, j'ai le cœur dur. Vous êtes cependant un aimable garçon, et je ne suis pas étonné que la princesse de T..... vous aime tant : elle a pleuré, en écoutant votre aventure. Adieu, mon très-cher enfant ; j'écris ceci sans délai chez l'aimable dame, de peur de manquer l'occasion. Adieu, adieu.

---

### 57. — A M. LE COMTE RODOLPHE.

Saint-Pétersbourg, 23 juillet (4 août) 1813.

Hier, mon cher Rodolphe, est arrivé votre n° 5 du 1er juillet avec les portraits. Le travail du vôtre est ad-

I. 15

mirable et la ressemblance assez frappante; je ne sais
cependant si mon frère s'est parfaitement tiré de votre
auguste nez; dans la silhouette au crayon noir, la ressemblance me paraît encore plus frappante; mais sur ce
point il y a beaucoup d'arbitraire. En général, c'est un
ouvrage superbe, que j'ai tout de suite encadré et placé
au-dessus de mon portrait, dessiné par Vogel, que vous
voyez à côté de la fenêtre. Là, vous aurez soin de moi.
Votre nouveau portrait n'est accompagné que d'une
simple date, mais le premier porte un vers d'Homère :

Καὶ ποτέ τις εἴπησι· Πατρός γ' ὅδε πολλὸν ἀμείνων.
(Il. VI, 479.)

N'est-ce pas qu'il est bien trouvé? J'espère que personne
n'aura jamais rien à dire.

Votre oncle vous dira la jolie vie que j'ai menée cette
semaine avec sa femme. Ce qui m'a fait véritablement
plaisir, c'est qu'il m'a paru que cette attention de ma
part lui était agréable : je m'attache tous les jours à cette
femme qui est pleine de raison et de bons sentiments.
Elle m'a lu votre conversation avec le Pannonien, qui
m'a extrêmement amusé. Il ne peut, au reste, être
plus honnête homme que ceux qui l'envoient. Du moment où j'ai vu cette puissance en jeu, j'ai dit et
écrit ce que vous me dites : *qu'elle profiterait de l'occasion pour reprendre la prépondérance, et que c'était
là tout ce qu'elle voulait.* Cependant, *on* paraît content
d'elle, et je ne sais pas trop comprendre comment on
pourra éviter une nouvelle guerre, malgré la prolongation
de l'armistice. J'ai vu votre ancien chef, qui est toujours
le même : il voit tout en noir, comme vous savez ; quand

j'ai parlé quelque temps avec lui , je sens que mon imagination se noircit. J'espère cependant qu'il s'exagère
certaines choses à lui-même ; mais ce qui m'effraye particulièrement, c'est qu'il a toujours deviné! Mandez-
moi (et n'oubliez pas ceci) combien de temps doit durer
encore votre position équivoque, et si le défaut de titre
décidé ne vous nuira point. Comment faut-il vous écrire ?
on ne peut dire *aide de camp*, et encore moins, ce me
semble, *attaché*.

Je vous sais bon gré, mon très-cher enfant, de ne pas
savoir vous amuser pleinement sans moi, et de me le dire
en latin de Cicéron qu'il ne faut point oublier. Je compte
que votre séjour en Allemagne vous rendra fort sur
les *déclinaisons*, voire même sur les conjugaisons, au
point de pouvoir vous entretenir couramment avec
tous les maîtres de poste de Germanie. Soyez fort exact
et fort attentif auprès de madame de W., et ne négligez
rien aussi pour contenter le général d'Auvrai. J'ai
trouvé extrêmement plaisant qu'après avoir desservi
l'oncle il emploie le neveu. Au reste, mon frère venant
d'être fait général, il me semble que tout est dit.

Nous avons, en effet, perdu notre procès de quatre voix
en Angleterre ; mais quand je dis *perdu*, ce mot doit être
expliqué. Le bill n'a point été *négativé*, seulement la
question est renvoyée. Mais les catholiques ne lâcheront
point prise. Je voudrais que vous pussiez suivre les
papiers. Vous y verriez leurs espérances et le nom de
leurs persécuteurs. Plus tôt ou plus tard, nous verrons le
bill tant désiré, et ce sera *une Ère*.

Les nouvelles d'Espagne sont extravagantes. Avant-
hier, à Zarskoe-Celo, il passait pour certain que les
Français avaient été obligés de brûler leurs propres

15.

magasins à Bayonne. On ne parle pas moins dans ce moment que d'une promenade à Bordeaux.

Je suis bien aise que mon frère ait jugé comme moi madame de Sévigné. Nous ne parlons pas du talent, qui est *invariable*, mais du caractère. Si j'avais à choisir entre la mère et la fille, j'épouserais la fille, et puis je partirais pour recevoir. les lettres de l'autre. Je sais bien que c'est une mode de condamner madame de Grignan; mais par le recueil seulement des lettres de la mère, lues comme on doit lire, la supériorité de la fille sur la mère (dans tout ce qu'il y a de plus essentiel) me paraît prouvée à l'évidence.

Je ne vois pas de difficulté que vous lisiez *Émile* si vous en avez la fantaisie. C'est un ouvrage de collége qui a beaucoup plus de volume que de masse et qui ne renferme presque rien de véritablement utile. Vous verrez de quels ouvrages on s'infatuait dans le siècle extravagant qui vient de finir (à ce qu'on dit du moins, car, pour moi, je n'en crois rien). Le morceau le plus remarquable de cet ouvrage, qui a fait tant de bruit, est la *Profession de foi du vicaire savoyard;* ce qu'elle renferme de bon et de mauvais se trouve partout, mais non pas en si beau style. Après cette lecture, il serait bon de lire les lettres sur le déisme (*le Déisme réfuté par lui-même*). C'est par ce livre que l'excellent abbé Bergier commença sa noble carrière, et j'ai ouï dire que Rousseau lui-même fut frappé de la force des raisonnements autant que du ton constant de modération qui règne dans cet ouvrage. En effet, il n'y a jamais répondu, et même, que je sache, n'a jamais nommé Bergier.

Il y a une phrase sur moi, dans je ne sais plus quelle de vos lettres, qui m'a fait trembler. C'est celle où vous

dites *absence et présence*. Cette idée s'est déjà présentée à moi comme une très-fâcheuse possibilité! Qu'on
me laisse tranquille, je ne veux plus que végéter.

Je ferai votre commission à mademoiselle Valouieff,
qui est à Zarskoe-Celo. Si vous sentez dans votre plume
quelque jolie phrase pour madame S..., laissez-la tomber. Bonjour, cher enfant. Portez-vous bien, et allez votre train sur cette planète.

Je vous envoie l'estampille de vos livres pour savoir
si vous en êtes content, et une lettre pour votre chef que
je dois remercier, etc.

Adieu donc, l'enfant!

---

## 58. — A MADEMOISELLE CONSTANCE DE MAISTRE.

Saint-Pétersbourg, 20 avril 1814.

Je ne sais, ma chère Constance, par quelle voie ta
lettre m'est venue : partie le 13 février, elle est arrivée le
5 avril, c'est beaucoup par le temps qui court. Mais quelle
bizarrerie; dans les circonstances! Au moment où je lisais
vos transports de joie sur l'heureuse santé de Rodolphe,
moi j'étais sur les charbons ardents, croyant par certains
signes mal interprétés que je l'avais perdu et qu'on me
le cachait encore. J'étais enfermé chez moi, sans vouloir
recevoir personne ni aller dans le monde. Enfin, on me
déclare qu'il a été légèrement blessé; mais bientôt après,
je reçois de lui une lettre de quatre pages, postérieure

à la date de cette affaire, et dans laquelle il n'est pas question de blessure. Jusqu'à présent tout va à merveille ; mais le plus battu de tous dans cette guerre, c'est moi, ma chère amie ; je suis abîmé, écrasé, abêti par cette affreuse solitude à laquelle je suis condamné. Pendant les jours où j'ai pu craindre, représente-toi ma situation, n'ayant pour témoins de mes angoisses que des valets qui peut-être supputaient ce qu'ils gagneraient à ma mort. Toujours vous m'êtes nécessaires, toujours je pense à vous ; mais dans ces moments, et surtout lorsque je me couchais, lorsqu'on éteignait les bougies et que je me disais : En voilà jusqu'au jour avec la pensée de mon pauvre Rodolphe, avec la certitude de ne pouvoir fermer l'œil, et sans avoir un être à qui parler ; alors je vous désirais avec une telle force, qu'il me semblait quelquefois que vous alliez m'apparaître. Heureusement ces terribles heures n'ont pas duré ; mais je n'ose pas me croire aussi près que tu l'imagines de cette bienheureuse réunion vers laquelle mes regards sont fixés depuis si longtemps. . . . . . . . . . . . . . . . . . . . .
. . . . . . . . . . . . . . . . . . . . . . . . . . . .

Au reste, mon cher cœur, quand même tout ira comme nous le désirons, il y aura encore bien des épines à arracher ; mais il me semble, pourvu que vous soyez avec moi, que nous saurons nous en tirer *adhuc modicum* ( n'est-ce pas que tu sais le latin ?), *adhuc modicum*, et nous y verrons à peu près clair. J'aime à penser que cette lettre sera surannée lorsqu'elle t'arrivera ; tu diras : Fi ! Qu'est-ce que ce vieux radoteur nous dit là ! c'est la guerre de Troie, ou peu s'en faut.

Si par hasard tu rencontres dans le monde madame

le Nôtre (1), tu lui diras de ma part que je la trouve une petite folle parfaite, dans ce qu'elle me dit au sujet d'une certaine somme qu'elle prétend être à moi, car c'est, au contraire, tout ce qui est ici qui est à elle. Je lui ai dit pourquoi ces fonds seraient mieux ici. Du reste, je suis totalement *exproprié*. J'attends Rodolphe pour lui céder le grand maniement des affaires, moyennant une pension alimentaire et un vêtement honnête, ce qui me paraît juste. Venez, venez, tous vos emplois sont fixés : Françoise est ministre de l'intérieur et trésorier général; Rodolphe, ministre au département des affaires étrangères et payeur en chef; Adèle, secrétaire en chef pour la politique, et toi pour la philosophie et la littérature, avec des appointements égaux et communauté de fonctions pour le besoin. Moi, je serai le souverain, avec l'obligation de ne rien faire et la permission de radoter. Si ces conditions sont de votre goût, écrivez : *Accordé*; dans le cas contraire, allez vous promener.

Ce que tu me dis des mariages m'a fort amusé. Pour ce qui te concerne en particulier, ma chère enfant, les figuiers sont faits pour porter des figues; cependant, j'accepte avec beaucoup de plaisir toutes les choses aimables que tu me dis sur notre *inséparabilité!* Je suis transporté de l'idée de te voir, de te connaître, et de jouir de tes soins tant que je me promènerai sur cette petite *boule*. Cependant, je ne suis point égoïste, et si quelque honnête homme tourné comme je l'imagine vient te demander à moi en parlant bien poliment, je suis prêt à te céder, à condition que tu viendras de temps en temps cultiver ta nouvelle connaissance, ce qui, je pense, ne souffrira pas de difficulté.

(1) Madame de Maistre.

Adieu, ma très-chère Constance; je te serre sur mon
vieux cœur autant que je le puis sans t'étouffer. Rien n'é-
gale la joyeuse tendresse avec laquelle j'ai l'honneur
d'être,

Mademoiselle,

Votre très-humble et très-obéissant serviteur.

---

**59. — A M. SONTAG, SURINTENDANT DE L'ÉGLISE DE LIVONIE,
A RIGA.**

Saint-Pétersbourg, 13 (25) octobre 1814.

Monsieur, je ne fus pas médiocrement amusé, il y a
quelques jours, lorsque je lus dans une de vos feuilles que
l'auteur de l'*Essai sur les Institutions humaines*, qui est
de ma connaissance particulière, *n'avait ni esprit, ni
caractère*. Tout de suite j'écrivis à M. le marquis Paulucci, pour avoir la feuille précédente à laquelle se
rapportait celle que je venais de lire. Il me l'a envoyée,
en effet; mais je crois voir dans sa lettre d'accompagnement qu'il vous a un peu grondé sur la manière dont
vous avez jugé à propos de parler d'un homme qui ne
vous était pas connu. Dans ce cas, Monsieur, il appartient *à mon esprit et à mon caractère*, tels qu'ils sont,
de vous faire savoir que je n'entre pour rien dans ce
petit désagrément, si c'en est un. En écrivant au marquis, je ne lui demandai point le nom du journaliste,
non par délibération, encore moins par dédain; mais
réellement parce que je n'y pensai pas. Je priai, de
plus, très-expressément votre digne gouverneur de ne
pas dire, sur ce point, un seul mot qui ressemblât seu-

lement à la désapprobation. S'il a cru devoir se conduire autrement, il a eu ses raisons, sans doute; mais je ne les pressentais nullement. Non-seulement, Monsieur, vous ne m'avez pas fâché, mais vous m'avez fait beaucoup de plaisir; et vous m'en auriez fait bien davantage si vous aviez pris un ton encore plus différent du mien. J'ai d'excellentes raisons pour sentir ainsi.

Je saisis cette occasion, Monsieur, pour vous offrir mes services auprès de M. le gouverneur, si par hasard ils pouvaient vous être utiles, et pour vous assurer, en même temps, de la considération distinguée avec laquelle j'ai l'honneur d'être, etc.

———

**60. — A S. E. M. LE COMTE JEAN POTOCKY, A CHMIELNICK, GOUVERNEMENT DE PODOLIE.**

Saint-Pétersbourg, 16 (28) octobre 1814.

Je commence, mon très-cher et excellent ami, à vous remercier de votre nouvel ouvrage, ou, pour mieux dire, de la continuation de votre ouvrage sur la chronologie. Rien de plus sage, en vérité, de mieux raisonné et de mieux ordonné. Je suis persuadé que je goûterais davantage encore votre méthode, si je connaissais mieux les autres chronographes; mais, comme je vous l'ai dit souvent, je ne suis pas fort sur leur *science, du moins sur les difficultés;* car, de savoir, par exemple, que le siége de Troie et celui de Saragosse ne forment pas un synchronisme parfait, c'est, je crois, ce qui ne fait pas un grand honneur à un lettré.

Au surplus, mon cher comte, la science est un grand
pique-nique où chacun fournit son plat. Que tout plat
soit bon, c'est un devoir *pro viribus ;* mais que tout
plat puisse être fourni par tout convive, pas du tout :
celui qui a des œufs fait une omelette. Je me suis plus
d'une fois amusé à penser que la nature nous avait placés, vous et moi, à cette grande table, assez loin l'un
de l'autre, mais que cependant nous ne nous entendons
pas mal. Je prends un très-grand plaisir à vos succès
dans la science des temps ; et je vois que, de votre côté,
vous vous accoutumez à ma métaphysique. Votre approbation m'a fait un plaisir proportionné au cas que je fais
de vous. Cependant, mon cher comte, je vous renvoie
à ce que j'ai dit de l'amitié dans la préface de l'opuscule.
En lui attribuant toute la probité imaginable, toujours
elle est suspecte ; et plus elle est vieille, plus elle ra-
dote, ce qui est dans l'ordre. Après cela, vous pensez
bien que la vôtre n'est pas, à beaucoup près, au-dessus
du soupçon ; ainsi *il touche à moi*, comme on dit en
Italie, de faire toutes les défalcations nécessaires. Fiez-
vous-en à la vanité humaine, pour que le résidu demeure
un peu plus qu'imperceptible.

Entendons-nous, Monsieur le comte, sur le mot de
*Théosophie.* Si, par ce mot, vous entendez purement
et simplement *religion* ou *christianisme*, nous sommes
d'accord ; et, si je n'ai le malheur de me tromper beaucoup, c'est dans ce sens que vous le prenez. En partant
de cette supposition, je ne saurais trop vous féliciter,
cher ami, du mouvement que vous faites vers moi, et
si je puis y contribuer un peu, *sublimi feriam sidera
vertice.* On se plaît à jeter le doute sur ce grand sujet,
parce que les passions y trouvent leur compte ; mais

croyez-moi, mon cher ami, entre Dieu et l'homme, il n'y a que l'orgueil. Abaissez courageusement cette cataracte maudite, et la lumière entrant tout à coup, suivant sa nature, dira : *C'était votre faute.*

Quand à la *Théosophie* prise dans le sens moderne et vulgaire, c'est encore une production bâtarde de l'orgueil, un révolté du second ordre, qui voudrait transiger avec la conscience, et croire, non pas à l'autorité, mais à lui-même : en cela, il est plus coupable que s'il n'y voyait goutte. Malebranche a dit : « *Toute société divine suppose nécessairement l'infaillibilité,* et c'est un des grands mots qui aient été dits dans le monde : *intelligenti pauca.*

A l'égard de la *mythologie,* entendons-nous encore. Sans doute, toute religion *pousse,* comme je l'ai dit, une mythologie ; mais n'oubliez pas, très-cher comte, ce que j'ajoute immédiatement, que *celle de la religion chrétienne est toujours chaste, toujours utile et souvent sublime,* sans que, par un privilége particulier, il soit jamais possible de la confondre avec la religion même (page 49). Le manuscrit de mon opuscule contenait deux exemples de cette mythologie, que j'ai supprimés par un sage conseil du goût, de peur que la note perdît sa proportion avec l'ouvrage. Écoutez, que je vous cite un de ces exemples ; il est tiré de je ne sais quel livre ascétique dont le nom m'a échappé :

« Un saint, dont le nom m'échappe de même, eut « une vision pendant laquelle il vit Satan debout devant « le trône de Dieu, et ayant prêté l'oreille, il entendit « l'esprit malin qui disait : « *Pourquoi m'as-tu damné,* « *moi qui ne t'ai offensé qu'une fois ; tandis que tu* « *sauves des milliers d'hommes qui t'ont offensé tant*

« *de fois?* » Dieu lui répondit : « M'as-tu demandé par-
« don UNE FOIS? »

Voilà la mythologie chrétienne! C'est la vérité dramatique, qui a sa valeur et son effet indépendamment
de la vérité littérale, et qui n'y gagnerait même rien.
Que le saint *ait* ou *n'ait pas* entendu le mot sublime que
je viens de vous citer, qu'importe? Le grand point est
de savoir que *le pardon n'est refusé qu'à celui qui ne
l'a pas demandé.* Saint Augustin a dit, d'une manière
non moins sublime : *Dieu te fait-il peur? Cache-toi
dans ses bras.* (Vis fugere a Deo? Fuge ad Deum.) Pour
vous, mon cher comte, c'est peut-être aussi bien ; mais
pour la foule il s'en faut de beaucoup. Je dis *peut-être*,
car, soit dit entre nous, tout le monde est peuple sur
ce point, et je ne connais personne que l'instruction
dramatique ne frappe plus que les plus belles maximes
de morale et de métaphysique.

Voilà, cher ami, ma pensée sur la mythologie, et
Dieu me préserve de croire ou de dire qu'il puisse y
avoir entre nous des *conciliations*, si par malheur vous
entendiez ce mot dans un autre sens. Dans le christianisme, toute l'histoire est dogmatique, et tout dogme
est historique. Il n'y a rien de vague : tout est fixe,
arrêté, circonscrit, invariable, mis en rapport évident
avec la nature humaine et l'histoire de l'univers.

Que, *si vous ne pensez pas de tout point comme moi*
sur tous les autres points, c'est un avertissement pour
moi de me tenir en garde contre mes opinions, puisqu'il en est qui sont désapprouvées par un homme de
votre mérite. Sur un point seul, c'est tant pis pour vous;
car il ne s'agit plus de moi, mais de la vérité même qui
m'est arrivée par le seul canal possible et imaginable,

celui de l'autorité, nul homme n'ayant droit de commander à la croyance d'un autre ; et toute croyance commune étant absurde, contradictoire et métaphysiquement impossible, si elle ne repose sur une autorité visible et infaillible.

Feu mon ami Platon dit que *le beau est ce qui plaît au patricien honnête homme* ; c'est un mot superbe et qui suppose les plus profondes réflexions. Cherchez ailleurs une meilleure définition du beau, vous ne la trouverez pas. Suivant cette définition, un bon livre est celui qui intéresse la bonne compagnie. En vous prenant, mon cher comte, pour son représentant, si vous êtes content, je le suis ; sans examiner si, sur tel ou tel point de détail, nous ne sommes pas bien parfaitement d'accord, ce qui ne signifie rien.

Je voudrais bien que vous relussiez dans ce moment mes *Considérations sur la France*, où, par un insigne bonheur, tout s'est trouvé prophétique, jusqu'au nom des deux villes qui ont les premières reconnu le roi, Lyon et Bordeaux ; malheureusement je ne puis plus offrir ce livre : pendant qu'on le réimprime en France et qu'on le lit de tout côté, moi-même je ne l'ai plus. Cet ouvrage, au reste, et celui que vous venez de lire, ne sont que des pièces détachées d'un autre ouvrage très-considérable, qui s'agrandit tous les jours, sans que malheureusement je puisse voir ou entrevoir la possibilité de le publier. *Videant posteri.* Vous ririez, 'mon cher comte, si vous pouviez voir les fluctuations de mon esprit sur ce sujet. Tantôt il me semble que l'ouvrage serait infiniment utile à *cette classe d'esprits* dont vous me parlez à la fin de votre lettre ; tantôt je dis *Domine, non sum dignus*, et toute confiance m'abandonne. Le

bras déjà levé sur des idoles vénérées, je m'arrête tout
à coup pour discuter avec moi sur les illusions de l'orgueil, et sur la ligne qui sépare le courage de la témérité; en sorte qu'au bout d'un assez long temps je me
trouve plus fatigué que Moïse, sans avoir frappé Ama-
lec. Voilà, cher ami, une peinture *synoptique* de mon
âme, si mieux vous n'aimez *miniature*, qui est plus com-
mode. Adieu mille fois. *Je vous ordonne* à la romaine
*de vous bien porter*, et de jamais m'oublier, même pour
cause de *chronologie* (prenez bien garde à ceci); ensuite,
*quand tout sera fini, venez nous voir.*

*Vale, meque admodum diligentem vicissim diligas.*

---

### 61. — A M. LE MARQUIS DE ..., A VIENNE.

Saint-Pétersbourg, 16 (28) octobre 1814.

Monsieur le marquis, mille grâces de votre lettre du
11 et de la pièce intéressante qu'elle accompagnait! A
l'instance faite par la France et l'Espagne, il faut répondre comme à la messe : *Dignum et justum est.* Vous
avez ôté un poids de dessus mon cœur, en me laissant
apercevoir seulement la possibilité que justice soit rendue à S. M. le roi de Saxe. Un roi détrôné par une
délibération, par un jugement formel de ses collègues!
C'est une idée mille fois plus terrible que tout ce qu'on
a jamais débité à la tribune des jacobins; car les jacobins faisaient leur métier; mais lorsque les principes
les plus sacrés sont attaqués par leurs défenseurs natu-

rels, il faut prendre le deuil... Quel crime est donc reproché au roi de Saxe ? — *D'avoir tenu à Buonaparte ou d'être revenu à lui ?* En vérité, Monsieur le marquis, on perd la parole lorsqu'on entend de pareilles choses. C'est bien ici qu'il faudra s'écrier : *Qui donc osera jeter la première pierre ?* Je n'examine point si le roi de Saxe raisonna bien ou mal après les batailles de Lutzen et de Bautzen ; je mets tout au pire, et suppose qu'il eut tort. Personne n'a droit de lui demander compte de sa conduite. Si la souveraineté est *amenable* devant quelque tribunal, elle n'existe plus. Si les rois ont le droit de juger les rois, à plus forte raison ce droit appartient aux peuples. Pourquoi pas ? D'ailleurs, la chose revient au même ; car, puisque *tout* juge légitime peut *toujours* être invoqué par *toute* partie lésée, si les rois sont juges légitimes d'un autre roi, *tout* peuple a droit d'invoquer *tout* souverain contre celui dont ce peuple aura à se plaindre. Alors nous verrons de belles choses !

Ce fut un grand et magnifique spectacle, un spectacle sublime, admirable à l'excès et pas assez admiré peut-être, que celui qui nous fut présenté en 1782, lorsque la France, la Savoie et la Suisse vinrent mettre à la raison une petite république en convulsion, calmèrent ses impertinentes tempêtes, puis se retirèrent sans toucher à son territoire ni à son indépendance, sans égratigner ses fortifications et sans lui donner d'autre ordre que d'être heureuse. Si l'on considère la supériorité des trois puissances réunies sur celle de Genève, et même celle de la France sur les deux autres alliés, on trouvera difficilement dans l'histoire un plus magnifique hommage rendu aux principes. Aujourd'hui, nous pourrions voir un souverain vénérable par l'âge et par la conduite, cé-

lèbre par ses vertus domestiques et religieuses, chéri
et regretté de son peuple; nous pourrions le voir, dis-
je, après un règne paternel de plus d'un demi-siècle,
jugé et déposé par ses frères et contre le vœu exprès de
ses sujets, pour s'être trompé sur une question de morale et de politique la plus délicate et la plus importante ! Ce serait, il faut l'avouer, un spectacle un peu
différent.

J'ai supposé le souverain coupable; maintenant je
fais un pas de plus, et je suppose le tribunal compétent.
Voilà donc un roi coupable d'un crime horrible, *celui
de n'avoir pas pensé comme les autres.* Qu'en ferons-
nous? Nous donnerons ses États à une autre famille :
céci est nouveau. Parce qu'un père de famille se conduit
mal et parce que le sénat l'interdit, il faut transporter
ses biens à des étrangers, au préjudice de ses héritiers
naturels. C'est une superbe jurisprudence ! Je serais désolé, Monsieur le marquis, si l'assemblée la plus auguste, qu'on pourrait appeler un *sénat de rois,* venait à
juger comme une loge de francs-maçons suédois. C'est
dans ce moment plus que jamais que l'esprit des peuples,
totalement corrompu par vingt-cinq ans de brigandage,
a besoin d'être rassaini par la noble et sainte politique
des souverains : qu'on ne nous parle plus de rois dé-
trônés, de partages, de convenance, et pas même de
*grands* et de *petits* souverains. La souveraineté n'est
ni *grande* ni *petite* : elle est ce qu'elle est. On nous
parlera sans doute de· nécessité politique, d'engagements irrévocables, etc. Je n'entre point dans tous ces
détails. Personne ne respecte plus que moi les juges futurs du roi de Saxe, et le plus influent surtout. Pour
vous qui connaissez mes sentiments, comme sujet, comme

ministre du roi de Sardaigne et comme particulier. Je me borne à désirer de toutes les forces de mon cœur que la Providence, qui a couronné l'empereur de Russie de tant de gloires, lui accorde encore celle de pouvoir écarter le plus grand des scandales politiques.

Il est inutile de vous dire combien je souffre dans l'attente de ce qui sera décidé pour les intérêts de mon maître. La réception obligeante, dont vous avez la bonté de me faire part, m'a causé un extrême plaisir. La courtoisie souveraine a cependant ses lois, que tout le monde est tenu de connaître. J'attends les moyens ou l'occasion de jaser un peu plus longuement avec vous sur de si chers intérêts. Si le congrès ne s'attache pas fortement aux grands principes, il ne fera que *semer les dents du dragon*, et ce sera à recommencer, à la vérité, sur un ton moins atroce.

J'ai l'honneur d'être, Monsieur le marquis, avec les sentiments d'une haute considération, etc.

---

### 62. — A M. LE VICOMTE DE BONALD, A PARIS.

Saint-Pétersbourg, 1 (13) décembre 1814.

Monsieur,

J'ai reçu votre lettre n° 1 avec une extrême satisfaction ; je suis fâché seulement que le plaisir qu'elle m'a procuré se trouve si fort gâté par le tableau plus que triste que vous m'y faites de l'état des choses en France. J'ai beaucoup médité sur ce tableau, qui ébranle fort l'espérance, mais sans pouvoir l'éteindre. J'ai sur

ce point des idées toutes semblables aux vôtres. Je vois
le mal comme vous le voyez ; mon œil plonge avec terreur dans ce profond cloaque. Cependant un instinct
invincible me dit que nous verrons sortir de là quelque chose de merveilleux, comme un superbe œillet
s'élance du fumier qui couvrait son germe. Ce qui fait
qu'on se trompe souvent sur les changements qu'on
désire sans les croire possibles, c'est qu'on ignore la
théorie des forces morales. Le monde physique n'est
qu'une image, ou, si vous voulez, une répétition du
monde spirituel, et l'on peut étudier l'un dans l'autre
alternativement. De l'eau autant qu'il en pourrait entrer dans le dé d'une petite fille, si elle est réduite
en vapeur, fait crever une bombe. Le même phénomène arrive dans l'ordre spirituel ; une pensée, une opinion, un assentiment simple de l'esprit, ne sont que ce
qu'ils sont ; mais si un degré de chaleur suffisant les
fait passer à l'état de vapeur, alors ces principes tranquilles deviennent enthousiasme, fanatisme, passion en
un mot (bonne ou mauvaise), et sous cette nouvelle
forme, ils peuvent soulever les montagnes. Ne vous laissez pas décourager par la froideur que vous voyez autour de vous ; il n'y a rien de si tranquille qu'un magasin à poudre une demi-seconde avant qu'il saute. Il ne
faut que du feu : *Ferte citi flammas* ; et c'est nous qui
l'avons. Sur ce point, comme sur tant d'autres, Monsieur, je suis complétement de votre avis : *Hors de l'É-
glise, point de salut.* Cet axiome, transporté dans la politique, est d'une haute vérité. La France était la France,
*parce que les évêques l'avaient faite*, comme l'a dit
le *christianissime* Gibbon. La postérité mettra dans la
balance le dixième et le dix-huitième siècle, et je crois

que le premier l'emportera pour le bon sens, pour le caractère, et même, dans un certain sens, par la science; car c'est une déplorable erreur de croire que les sciences naturelles sont tout. Que m'importe qu'on sache l'algèbre et la chimie : si l'on ignore tout en morale, en politique, en religion, toujours je pourrai dire *Imminutæ sunt veritates a filiis hominum*. Pour juger un siècle, il ne suffit pas de connaître ce qu'il sait, il faut encore tenir compte de ce qu'il ignore. Le nôtre, dès qu'il sort d'$a + b$, ne sait plus ce qu'il dit. La puissance de la France paraît cependant dans ce qu'elle a fait de mal, autant que dans ce qu'elle avait fait de bien ; mais toute l'histoire atteste que les nations meurent comme les individus. Les Grecs et les Romains n'existent pas plus que Socrate et Scipion. Jusqu'à présent les nations ont été *tuées* par la conquête, c'est-à-dire par voie de *pénétration*; mais il se présente ici une grande question :— *Une nation peut-elle mourir sur son propre sol sans transplantation, ni pénétration, uniquement par voie de putréfaction, en laissant parvenir la corruption jusqu'au point central et jusqu'aux principes originaux et constitutifs qui la font ce qu'elle est?* C'est un grand et redoutable problème. Si vous en êtes là, il n'y a plus de Français, même en France; *Rome n'est plus dans Rome*, et tout est perdu. Mais je ne puis me résoudre à faire cette supposition. Je vois parfaitement ce qui vous choque et vous afflige; mais j'appelle à mon secours une de mes maximes favorites, qui est d'un grand usage dans la pratique : *L'œil ne voit pas ce qui le touche*. Qui sait si vous n'êtes pas dans ce cas, et si l'état déplorable qui vous arrache des larmes est cependant autre chose que l'inévitable nuance qui doit séparer l'état actuel de celui que nous attendons ? Nous

16.

verrons, ou bien nous ne verrons pas, car j'ai soixante ans ainsi que vous ; et si le remède est *chronique* comme la maladie, nous pourrions bien ne pas voir l'effet. En tout cas, nous dirons en mourant : *Spem bonam certamque domum reporto.* Je n'y renoncerai jamais.

Je ne vous dis rien de la politique ; elle ressemble à tout le reste : les noms seuls ont changé, les principes sont les mêmes. Il faut prier, écrire, et prendre patience. Je suis enchanté que mon dernier opuscule ne vous ait pas déplu, et vous avez encore ajouté à ma satisfaction, en m'apprenant que j'avais obtenu de plus l'approbation de monseigneur l'évêque d'Orléans et de M. de Fontanes. Je vous prie expressément, Monsieur, de vouloir bien me présenter à eux dans les formes. Ah! que je voudrais leur parler *en main propre*, comme dit Jeannot! Mais je vois qu'il faut renoncer à ce plaisir comme à tant d'autres. J'ai vu un instant la possibilité de voir Paris; maintenant, il n'en est plus question. — *A visiter Paris je ne dois plus prétendre.* Cependant, il y aurait de bonnes choses à faire dans cette capitale. Criez de toutes vos forces : *Ubi sapiens! ubi scriba? ubi conquisitor hujus sæculi?* — Vingt hommes suffiraient s'ils étaient bien d'accord; mais parmi ce qu'il y a de meilleur chez vous, et même parmi le *sel de la terre*, il y a bien des erreurs. L'Église gallicane, si respectable d'ailleurs, en était venue néanmoins insensiblement, par des causes qui datent de loin, et qui vaudraient bien la peine d'être analysées, à se croire, non pas *catholique*, mais l'*Église catholique*. Il était devenu bien difficile de faire entrer dans la meilleure tête française, même mitrée, que l'Église gallicane n'était qu'une province de la monarchie catholique, et qu'une assemblée provinciale du Dauphiné ou du Languedoc, statuant sur la prérogative du roi de France, ne représenterait que faiblement l'absurdité d'un synode italien ou français statuant sur celle du pape. Gibbon a dit quelque part : *L'Église gallicane, placée à une égale distance des protestants et des catholiques, reçoit les coups des deux partis.* Vous me faites bien l'honneur sans doute de croire que je sais faire justice de l'exagération qui se trouve dans ce passage; il ne contient pas moins une grande leçon pour des gens qui allaient beaucoup trop loin parmi vous. Le tort que vos écrivains (j'entends même les bons) ont fait à l'esprit d'unité est incalculable. Voyez Fleury, le plus dangereux des hommes qui ont tenu la plume dans les matières ecclésiastiques; car il n'y a rien de si dangereux que les bons mauvais livres, c'est-à-dire, les mauvais livres faits par d'excellents hommes aveuglés. Avec son historiette ecclésiastique, faite comme on fait les châssis en collant des feuilles de papier bout à bout, il s'est emparé de toutes les têtes, et tout bachelier sevré d'avant-hier, qui a glissé sur cette entreprise, croit en savoir autant que le cardinal Orsi.

Je relis maintenant à mes enfants l'excellente *Histoire de Fénelon*, composée par votre illustre ami; c'est un ouvrage dicté par le talent le plus pur, par la plus sévère impartialité, par la plus haute sagesse (1). Fleury,

---

(1) Il n'avait pas encore lu l'*Histoire de Bossuet*, qui parut plus tard et qu'il attendait avec impatience, comme il le témoigne en plusieurs endroits de ses lettres, mais qui a dû tromper son attente.

Un pieux et savant Sulpicien, M. Gosselin, vient de donner une édition de l'*Histoire de Fénelon* avec des remarques et des additions qui en font un ouvrage tout neuf, et que M. de Maistre eût loué avec plus de plaisir encore et plus d'estime.

cependant, est loué dans le premier volume *effusis lau-dibus*, sans la moindre restriction, tant le préjugé national est terrible! D'Alembert disait toujours le *sage Fleury;* Voltaire disait : *Il est presque philosophe ;* il a obtenu le triste honneur d'être traduit, approuvé et commenté par les protestants, qui ont dit *ore rotundo : Il est des nôtres.* Par quelle magie arrive-t-il qu'un écrivain ecclésiastique soit approuvé par les athées, par les protestants et par les évêques de France : il faut qu'il soit bien *parfait.*

Le concordat est venu encore ajouter un nouveau mal à l'ancien : c'était encore une jolie idée que celle de vouloir enfermer l'Église catholique et la France dans un salon, et dans un pays encore où les appartements sont notoirement étroits! — C'est de ce côté que je crains infiniment, je vous l'avoue. Il est aisé de disserter sur l'obéissance, mais la pratiquer ne l'est pas autant. Il est aisé de s'écrier : *Puisse ma langue s'attacher à mon palais, si jamais je t'oublie, ô sainte Église romaine !* Mais si l'on veut ensuite forcer la main du pape pour écraser un rival, si le souverain pontife refuse d'aller aussi vite que la passion, on lui écrira fort bien : Sa Majesté saura ce qu'elle aura à faire. — Charmant post-scriptum au sermon sur l'unité !

Quand les choses sont établies, elles vont bien ou mal ; mais lorsqu'il s'agit de rétablir, tout est glacé, et l'on ne fera rien, si l'on refuse d'employer toute la vigueur du principe constituant ; car tout principe constituant est créateur, et notre principe à nous, c'est l'unité. Qu'aucune Église particulière ne s'avise donc de dire : *Nous tenons que,* etc., etc. ; car toute la grande famille lui répondra : *Qu'est-ce donc que vous dites ?*

*Nous* est un solécisme ; dites, si vous voulez : *Je, je, je, je,* etc., etc. Mais *nous vous avertissons* que cette quantité, élevée à telle puissance que vous voudrez, n'égalera jamais *Nous*.

Tout ceci, Monsieur, est dit sans préjudice des hautes prérogatives de l'Église gallicane, que personne ne connaît et ne révère plus que moi : reste à savoir si elle est morte, et dans ce cas (sur lequel je ne décide rien) si elle peut renaître ? — Il y a encore une terrible question préliminaire, celle dont je vous parlais tout à l'heure. — *La France est-elle morte ?* — Dans quel gouffre nous sommes tombés ! et quelle force nous en retirera ?

> *Qui dabit partes scelus expiandi*
> *Jehovah ? Tandem venias, precamur*
> *Nube candentes humeros amictus,*
>      Christe Redemptor !

Sans vanité, Monsieur, ces vers sont aussi bons que ceux d'Horace. Je m'en tiens, au reste, à cette prière jaculatoire, ne voyant comme vous nulle espérance hors du point central. Vous êtes effrayé avec raison des efforts que le mauvais principe fait de son côté contre le bon ; mais celui-ci se défend d'une manière tout à fait consolante, et je serais tenté de croire que vous ne connaissez pas ses conquêtes. Le protestantisme en masse est évidemment ébranlé ; il cesse d'être *enragé*, et par conséquent d'*être ;* car le protestantisme n'est qu'une rage de l'orgueil qui *proteste* par nature.

D'un autre côté, les grandes prophéties s'accomplissent. *Japhet prend évidemment possession des tentes de Sem.* Nous verrons, nous verrons. — Mais pour que la France joue dans les mémorables révolutions qui se préparent le rôle qui lui appartient, il faut qu'elle s'examine et qu'elle s'épure ; autrement *elle ne sera pas du congrès*. Laissez-moi vous dire une bêtise qui n'est pas tout à fait bête : je crains les scélérats en France moins que les honnêtes gens. — Il faut que ceux-ci permettent aux chimistes étrangers d'analyser sous leurs yeux la terre gallicane, d'y montrer un élément protestant ( aussi petit qu'on voudra, mais il y est); car le monstre est né chez vous, et toute grande révolution laisse quelque chose après elle, — un élément janséniste mêlé avec l'autre par voie d'affinité ; — un élément parlementaire rendu très-mauvais par la sublimation ; — enfin un élément philosophique, qui n'a pas besoin, je crois, d'être décrit. — Voyez par quel *départ* préliminaire vous pouvez obtenir la *terre vierge*. — Au reste, Monsieur, je ne demande rien de surhumain, et je sais bien que l'or à 23 karats plus 31/32 s'appelle partout *or pur*; mais je vous répète que tandis qu'un homme tel que vous, par exemple, regardera la déclaration de 1682, je ne dis pas comme une loi fondamentale, mais seulement comme une chose médiocrement mauvaise, il n'y a plus d'espérance de salut, car nous ne pouvons nous sauver que par l'exemple et l'unité dans l'université. — Mais en voilà assez et même trop sur ce sujet; toutes ces pensées étaient dans le tuyau de ma plume ; elles sont tombées en vertu de la seule loi de gravité.

Je suis ravi que mon opuscule ne vous ait pas déplu. C'était, à mon avis, une bien bonne idée que celle de l'imprimer à la suite des *Considérations*, supposé qu'on leur fasse l'honneur de les réimprimer. Je vous répète, avec la plus grande sincérité, que j'avais à peu près perdu ce livre de vue, et que votre première lettre seule m'apprit qu'on avait bien voulu y faire attention en France.

J'ai sauté de joie en lisant ce que vous me dites sur l'opuscule de Leibnitz. Il y a plus de vingt ans qu'une dame suisse de mes amies, qui vient de mourir catholique à Vienne, me dit en propres termes : « *Si les gardes de la* « *bibliothèque publique de Hanovre sont d'honnêtes* « *gens, ils peuvent montrer la preuve que Leibnitz croyait* « *à la présence réelle.* » Cette phrase n'était jamais sortie de ma tête. Je tâchai, il y a trois ou quatre ans, de profiter du despotisme français, pour tirer le manuscrit précieux de l'ombre, mais je ne pus réussir. Aujourd'hui vous m'apprenez que vous en êtes le maître, — qu'on le traduit, — qu'on l'imprime ; — vous me faites tout le plaisir possible. Quels superbes arguments pour nous, Monsieur, que Grotius et Leibnitz mourant catholiques, et Haller désespéré ! — Je brûle d'envie d'avoir cet ouvrage (1). Je voudrais aussi avoir la *Vie de Bossuet*, dès qu'elle fera son entrée dans le monde ; je voudrais cet autre ouvrage sur l'Angleterre dont vous me faites un si grand éloge ; je voudrais même avoir quelques exemplaires de mon *Essai* et de mes *Considérations*, si on les réimprime. Permettez, Monsieur, que je joigne ici une lettre de créance de quelques louis pour me faire cette pacotille. Usez-en tout ou en partie, suivant les circonstances ; entre nous autres gens *battus de l'oiseau*, point de compliments. J'ai soixante ans, et je suis ruiné, voilà deux conformités importantes avec vous. — Grâces à Dieu, il en est d'autres encore. Je ne saurais vous dire tout le plaisir que j'éprouvais en vous lisant, de me trouver d'accord

---

(1) Le manuscrit de Leibnitz a été publié et traduit par M. Albert de Broglie.

avec vous sur tant de points. Il en est, comme celui de l'Angleterre, par exemple, sur lesquels nous serions bientôt d'accord. Je serai enchanté de voir le grand ouvrage philosophique que vous m'annoncez (1). Sûrement il sera digne de son auteur : le mien touche à sa fin ; mais je ne vois pas jour à la publication. Ici d'abord, impossible ; mon rang me défend la souscription, et la fortune l'impression à mes frais. Un ouvrage sérieux ne peut compter ici, n'eût-il que cent pages, que sur cent cinquante acheteurs, y compris dix lecteurs et deux *intellecteurs* ; partant point d'impression aux frais des libraires. D'ailleurs, mon ouvrage, qui est tout dirigé à l'honneur de la France, ne peut se faire jour, s'il n'est soutenu par la France ; et dans ce moment, elle a bien d'autres choses à faire. L'influence des nations sur la fortune des livres serait le sujet d'un bel ouvrage. Je crois avoir eu l'honneur de vous le dire, je voudrais rendre à notre langue le sceptre de la philosophie rationnelle ; mais le *commencement de la sagesse* en philosophie, c'est le mépris des idoles anglaises ; et comment renverser des faux dieux défendus par sept cents vaisseaux, si l'on n'est pas soutenu par l'*impegno* et le prosélytisme français ? — Je suspens donc mon attaque ; mais je me tiens prêt. Je verrai ce que j'aurai à faire, quand je verrai ce que vous ferez.

Présentez, je vous prie, mes hommages à MM. de Beausset et de Fontanes ; je suis tout à fait glorieux de ne leur être ni tout à fait inconnu, ni tout à fait indifférent. Dites au premier, je vous prie encore, que si j'allais à Paris, un de mes premiers soins serait d'aller lui demander sa bénédiction, dût-il me gronder un peu sur le Fleury.

(1) Les *Recherches philosophiques.*

Quand donc nous donnera-t-il enfin son Bossuet? Je
pâmai de rire un jour, seul dans mon cabinet, en lisant
je ne sais quel article, dans je ne sais quel journal, où
l'on démontrait à monseigneur l'ancien évêque d'Alais
qu'il ne pouvait composer cette vie de Bossuet. Cela ressemble un peu à la *réponse au silence de M. de la Motte*.

Je voudrais encore, Monsieur, vous demander deux
choses, malgré la honte que j'ai de commencer la neuvième page. Quel mauvais génie supprima dans le temps
une préface de votre main qui devait précéder la Vie
de Jésus-Christ par le P. de Ligny, et qui était annoncée
dans les journaux? Fut-elle peut-être trouvée indécente
par le gouvernement corse (1).

J'ai lu dernièrement, dans le *Journal des Débats*
(4 octobre), un morceau intitulé: *Ce que nous étions au
mois de mars, et ce que nous sommes au mois d'octobre*,
où j'ai cru vous reconnaître à l'endroit où l'homme d'Elbe
est peint *emportant sa vie et ses millions*; à l'endroit encore où il est question de ces hommes *qui ont tout sauvé
fors l'honneur* (2). Il m'a semblé que ces phrases s'appelaient *Bonald*: votre dernière lettre m'en a fait douter;
qu'en est-il? Je souhaite m'être trompé, car il y a hon-

---

(1) Ce n'est point par le gouvernement corse que cette préface fut trouvée *indécente*, mais par l'auteur de la Vie de Fénelon et de celle de Bossuet, qui blâma un chapitre dans lequel M. de Bonald établissait la nécessité du médiateur. La doctrine de M. de Bonald était inattaquable:
elle n'était autre que la doctrine de saint Thomas; mais la prévention
gallicane embarrassait l'esprit de M. de Beausset. Cette critique, sans faire
changer d'opinion M. de Bonald, l'empêcha cependant de donner la préface qui devait être à la tête de la belle édition de la *Vie de Jésus-Christ*,
donnée par l'abbé de Sambucy. Ce discours a été publié, après la mort de
M. de Bonald, chez Leclère. Malheureusement on l'a corrigé d'après les
observations de M. de Beausset.

(2) Cet article n'était point de M. de Bonald.

neur et bonheur pour votre patrie à posséder plus d'un homme dont le style puisse être pris pour le vôtre?

Ne cessez jamais de croire à la profonde estime et au respectueux attachement avec lequel je suis pour la vie,

Monsieur le vicomte, etc.

---

### 63. — A MADAME LA PRINCESSE DE ....

Saint-Pétersbourg, 24 décembre 1814.

J'aimerais autant, Madame la princesse, tirer une hirondelle au vol (même sans lunettes), que vous suivre dans tous les tours et détours de votre infatigable esprit, tant vous êtes habile à choquer, à caresser, à gâter, à corriger, à projeter, à oublier, à plaire, à impatienter, etc., etc.... Enfin, Madame la princesse, c'est à faire tourner la tête. Faites-moi savoir officiellement, je vous en prie, si c'est votre bon plaisir qu'on vous aime purement et simplement, ou si vous préférez qu'on tourne autour de vous en vous examinant comme une rareté. Il est très-vrai, Madame, que votre valet de chambre est venu chez moi comme chez d'autres qui vous célèbrent déjà dignement; mais qu'il soit venu de son chef, c'est ce que je ne croirai pas trop, à moins d'un ordre bien précis de votre part, car de ma vie je n'ai rien su refuser à une dame, même l'impossible. Il faut que vous sachiez, Madame la princesse, que jeudi dernier, lorsque je vous demandai, en vous quittant, si vous seriez chez vous le dimanche suivant, je m'aperçus très-bien que vous étiez déjà parfaitement résolue à ne pas me recevoir ; car vous délibérâtes formellement avec vous-même plus d'une mortelle seconde, sans exagération, avant de me répondre : *Sans doute.* Ainsi, Madame la princesse, votre domestique n'a rien à se reprocher, et n'a fait avec votre permission qu'exécuter samedi l'ordre donné dans votre conseil deux jours auparavant. Je vous dis tout ceci uniquement pour n'avoir pas l'air d'un nigaud, et sans me fâcher *comme plusieurs autres* qui sont bien les maîtres de se fâcher que vous ne soyez triste que pour eux. Pour moi, Madame la princesse, j'ai pris l'inébranlable résolution de ne me fâcher avec vous pour rien au monde, dussiez-vous m'inviter pour une soirée solennelle à Kieff, et vous trouver à point nommé le même jour à Rome.

Résolu de plus, Madame la princesse, à vous aimer, même malgré vous, je serai cependant enchanté de savoir (toujours officiellement) si vous y consentez ; car ce sera un grand plaisir de plus.

Vous voyez, Madame la princesse, que si demain je n'ai pas l'honneur de vous faire ma cour, ce ne sera par aucune raison profonde, mais uniquement parce que ma famille me retiendra, ou par quelque autre motif de ce genre.

Daignez, Madame la princesse, agréer l'assurance la plus sincère de mon très-respectueux attachement.

### 64. — A M. L'AMIRAL TCHITCHAGOFF, A LONDRES.

Saint-Pétersbourg, 14 (26) décembre 1814.

Qu'est-ce donc que vous faites, mon très-cher amiral?
qu'est-ce que vous devenez? et que projetez-vous?
Tout ce qui vous aime ici, ou tout ce qui vous connaît
(j'emploie volontiers les synonymes), attendait de vous
quelque signe de vie; mais ceci passe mesure. Je romps
le silence, et je suis convenu avec Madame de S..., la
meilleure des amies, que je vous gronderai pour elle et
pour moi. Ce qu'il y a de bien singulier, c'est que
votre excellent frère, soit ignorance réelle ou discrétion,
prétend n'en savoir pas plus que nous sur votre compte,
et ne peut rien nous apprendre sur tout ce qui nous intéresserait à votre sujet. Êtes-vous Anglais. Je n'en crois
rien, malgré l'attrait de la famille. Je conçois bien
qu'elle vous retient, et je conçois encore que ce lien se
fortifie chaque jour, à mesure que vos aimables filles
acquièrent des idées et des grâces nouvelles : cependant
j'ai peine à croire que nous vous ayons perdu pour toujours. Il n'y a rien que je conçoive mieux que le *charme
du désespoir.* C'est lui qui vous retient en Angleterre ;
mille souvenirs tendres et déchirants vous attachent à
cette terre, où votre bonheur naquit pour durer si peu.

Moi qui ne suis qu'un ami, je suis cependant visité
souvent par l'ombre de votre chère Élisabeth. Elle
m'apparaît toujours entre vous et moi; je crois la voir,
l'entendre, et lui tenir quelques-uns de ces discours
dont elle avait la bonté d'écrire de temps en temps quel-

ques mots dans ce journal que vous feuilletez le jour et
qui vous garde la nuit. Combien ce même souvenir doit
être horriblement doux pour l'époux qui l'a perdue, qui
se promène sur cette même terre où son cœur rencontra
le sien, où il entendit, pour la première fois, ce *oui*
sérieux, dont le suivant n'est qu'une répétition légalisée,
et que l'homme le plus heureux n'entend qu'une fois
dans sa vie! Je voudrais que les objets qui vous environnent, et qui ne vous parlent que de votre perte, vous
apprissent à pleurer: vous auriez fait un grand pas vers
la consolation, je veux dire vers la douleur sage. Dieu
vous a frappé, mon cher ami, très-justément comme
juge, et très-amoureusement comme père; il vous a
dit: *C'est moi!* Répondez-lui : *Je vous connais*, et venez
pleurer avec nous, quand vous aurez assez pleuré
ailleurs. Depuis le 11 (23) octobre, je suis réuni à ma
femme et à mes enfants, et je loge dans la dernière
maison que vous avez habitée. Je passe une partie de
ma vie dans ce même cabinet où nous avons si souvent
parlé raison. Le bureau de ma femme occupe la place
de votre chaise longue. J'ai beaucoup embelli cet appartement, mais je n'ai pu trouver encore un moyen de
l'agrandir, et cette malheureuse impuissance m'oblige
de le quitter. Venez, Monsieur l'amiral, venez nous
voir : je n'aurai point honte d'être heureux devant vous,
bien persuadé que vous n'aurez pas vous-même besoin
de me pardonner. Au reste, si vous veniez contempler
mon ménage, il serait bientôt pour vous une nouvelle
preuve que *la fortune vend ce qu'on croit qu'elle donne.*
Tant de bonheur ne pouvait m'être donné *gratis*. Cette
résurrection générale, qui a relevé tant de monde, m'en-

fonce plus profondément dans l'abîme. Ma malheureuse
patrie est dépecée et perdue (1). Je demeure au milieu
du monde sans biens, et même, dans un certain sens,
sans souverain. Étranger à la France, étranger à la
Savoie, étranger au Piémont, j'ignore mon sort futur.
Je n'ai demandé qu'à ne pas changer de place, malgré les épines déchirantes sur lesquelles on m'a couché;
j'ignore ce qui arrivera, mais celui qui a fait mes affaires
jusqu'à présent voudra bien, j'espère, s'en charger encore jusqu'à la fin. Malgré mon envie de ne pas quitter
ce pays, je ne sais quel instinct terrible me menace
dans le fond de mon être de changer encore de place.
Je dis *terrible*, car je me défie de moi à l'excès, et je ne
puis souffrir l'idée d'entreprendre quelque chose de
nouveau et de changer de théâtre. J'aime la Russie,
*parce qu'il n'y a point d'abus*, comme nous en sommes
convenus souvent; de plus, parce que j'y ai d'excellents
amis, et qu'enfin l'habitude a rivé tous les clous qui
m'y attachent. J'espère que vous m'approuverez; dans
le cas contraire, venez-moi dire que j'ai tort. En attendant, donnez-moi de vos nouvelles et de celles de votre
aimable famille. Votre charmante fille cadette parle-
t-elle anglais aujourd'hui avec cette même élégance qui
m'enchantait dans son français enfantin? Enfin parlez-
moi beaucoup de vous et de tout ce qui vous intéresse;
mais ne m'envoyez point de vinaigre, je veux une
lettre toute à l'huile d'olive.

Adieu mille fois, bon et malheureux ami. Votre petit

---

(1) Ceci se rapporte au traité de 1814, par lequel la Savoie avait été cé-
dée à la France.

ami Rodolphe vous salue tendrement, et moi je vous serre dans mes bras, Monsieur l'amiral, en vous assurant très-inutilement, à ce que j'espère, de mon tendre et éternel attachement.

---

### 65. — A M. LE COMTE DE BLACAS.

Saint-Pétersbourg, 27 décembre 1814 (8 janvier 1815).

J'ai reçu, Monsieur le comte, votre lettre du 10 novembre dernier, où vous me faites une querelle bien aimable sur le manque de foi; j'avoue que j'étais, non pas inquiété, mais passablement attristé par votre silence, qui remontait à une époque très-antérieure à l'hégire du Corse; je vous assure, cependant, que s'il y avait des machines acoustiques capables de perfectionner l'ouïe autant que nos instruments optiques ont perfectionné la vue, vous auriez été assez souvent bien content de votre ami. Bon Dieu! quelle tempête! On commence cependant à me féliciter sur mon *inébranlabilité*, mais je ne veux point peser sur tout ce qu'il y a de personnel dans cette affaire. Vous ne pouvez douter, et c'est assez pour moi, des sentiments de profonde estime et de véritable attachement dont j'ai constamment fait profession pour vous, et du prix que j'attachais au retour que vous m'accordez. L'une et l'autre fortune sont de purs accidents tout à fait étrangers à ces sentiments: toujours, mon cher comte, vous avez été en butte à une très-grande opposition; mais toujours j'ai rendu, malgré les sots, et toujours je rendrai, malgré les méchants, justice complète à votre caractère.

J'ai appris de vous, avec le plaisir le plus sensible, que vous alliez être père; mais bientôt les papiers publics m'ont appris le malheur essuyé par madame la comtesse de Blacas. Quel horrible accident! Je ne saurais vous exprimer à quel point j'en ai été effrayé. On ajoute, à la vérité, qu'elle s'est tirée de là avec un bonheur inouï; cependant, je ne serai parfaitement tranquille que lorsque vous m'aurez parfaitement tranquillisé. Je me recommande à vous ensuite pour être instruit *sonica* de l'heureuse arrivée du poupon.

Vous n'avez donc point oublié le nom de mon fils! Je n'épluche point les énigmes de l'amitié; le mot, quel qu'il soit, ne peut être désagréable. . . . . . . .
. . . . . . . . . . . . . . . . . . . . . . . . . . . .
. . . . . . . . . . . . . . . . . . . . . . . . . . . .
Sans doute, c'est un grand malheur que je ne me sois pas trouvé sur votre route; jamais je ne m'en consolerai, je ne suis pas même consolé que mon fils n'ait pu vous féliciter en personne sur la *résurrection des morts.* — Puisse-t-elle être jointe, comme dans le Symbole, avec la *communion des saints!* Mais jusqu'à présent, j'en vois une d'une tout autre espèce. — Le jeune homme aurait bien pu demeurer à Paris pour vous attendre. — Je me trompe; sans lui et sans son voyage, je n'aurais peut-être jamais vu ma femme et mes deux filles, qu'il m'a ramenées. A présent, nous avons le bonheur d'être malheureux ensemble. C'est déjà beaucoup, sans doute, mais j'aurais pu me flatter de quelque chose de plus. Ce voyage et mon établissement m'ont jeté absolument à terre; des événements entièrement miracu-

jeux m'ont rendu tout à fait étranger à la France, à la Savoie et au Piémont. Ma patrie appartient à votre maître. Ma personne et ma foi sont au roi, tant qu'il daignera s'en servir. Mais vous savez, Monsieur le comte, ce qu'est, dans une capitale déjà peu fraternelle, l'homme appartenant à une province séparée. Je vous dirais ce que mon œil aperçoit de plus dans l'avenir, si je voulais commencer le chapitre de la politique, mais Dieu m'en préserve!. . . . . . . . . . . . . . . . .

. . . . . . . . . . . . . . . . . . . . . . . . . .

. . . . . . . . . . . . . . . . . . . . . . . . . .

— Pour moi, je me traîne comme je puis vers le terme, appliquant sur mes blessures tout le baume dont je puis disposer.—Voici les ingrédients : bienveillance publique, amitié, étude, bonheur domestique. Songez, je vous en prie, que vous êtes pour beaucoup dans le second article, et que si vous veniez à diminuer la dose, vous m'entendriez crier sur-le-champ.

M. le comte de B. a dû vous porter une lettre de moi. Je ne vous parlerai plus autrement, mon bien cher comte; je suis comme Lusignan, — *à visiter Paris je ne dois plus prétendre. Le vent souffle où il veut*, à ce que dit l'Évangile ; il lui a plu de souffler ainsi.

Adieu, mille fois, mon très-cher comte; je souhaite au Français, au père et au ministre que renferme votre gilet, toutes les espèces de bonheur que peuvent désirer ces trois messieurs.

Quand je dis que je ne tiens plus à aucun pays, cela s'entend *dans le moment présent*, car l'état actuel de ma petite patrie n'est pas durable. Ou elle appartiendra toute à votre maître par quelque moyen possible, c'est-à-dire juste, ou elle reviendra toute à son maître an-

17.

tique. Il serait bien ridicule à moi de vous expliquer ce qui me paraît plus probable. — Un papier public me dit dans ce moment qu'il s'agit pour vous d'une nouvelle élévation. Ainsi soit-il. Tenez-vous bien.

### RÉFLEXIONS SUR LE MOMENT.

### 66. — A M. LE CHEVALIER... ˙

Saint-Pétersbourg, 29 mars (11 avril) 1815.

J'avais fermé et envoyé mon paquet d'aujourd'hui, lorsque la confirmation des fatales nouvelles de France nous est arrivée. Le retour de Bonaparte est tout aussi miraculeux que sa chute : les suites seront épouvantables, mais il faut bien se garder de désespérer. La guerre va recommencer avec une nouvelle fureur. Il faut que les alliés se hâtent d'entrer, et ne laissent pas à l'usurpateur le temps de respirer. Il faut, malheureusement aussi, que la guerre se fasse avec plus de dureté que la précédente. Rien ne réussira si l'empereur de Russie n'est pas généralissime, et si on ne lui défère pas une dictature fondée sur la persuasion et la conviction universelles. Point de succès sans unité, et point d'unité sans ce prince ; cependant, quand même on le revêtirait de toute la confiance nécessaire, il y aurait toujours de grands dangers.

1° L'union des alliés sera constamment menacée. Ils auront contre eux leurs intérêts, leurs passions réciproques, et les artifices de Bonaparte, qui aura plus d'un moyen de les tenter en détail.

2° L'archiduchesse Marie-Louise et son fils seront très-embarrassants dans cette occasion. Il faudrait que l'empereur d'Allemagne eût le courage de s'en priver, et de les mettre (surtout le jeune enfant) hors de sa puissance.

3° Le mécontentement des peuples, qui est porté au comble, est le dernier et le plus grand des dangers. C'est une *anse* terrible que la main de Bonaparte cherchera de saisir par tous les moyens possibles.

La grande prétention de notre siècle est de se croire fort supérieur à tous les autres; et le fait est cependant qu'il est fort au-dessous : il est toujours en contradiction avec le bon sens ancien. Ce bon sens avait persuadé à tous les hommes que les princes ne doivent traiter que par des intermédiaires; et en effet, l'on peut prouver que les princes, même excellents, réussiront moins bien par eux-mêmes que par l'organe de ministres, même médiocres; mais sans se jeter dans les raisonnements, on peut s'en tenir aux faits.

Jamais, peut-être, il n'exista de meilleurs princes, plus humains, plus accessibles, plus raisonnables que les princes rassemblés au congrès. Cependant, quel est le résultat? Le mécontentement universel. Ce qu'il y a d'étrange, c'est que les plus grands de ces princes se sont laissé visiblement pénétrer par les idées philosophiques et politiques du siècle; et cependant, jamais les nations n'ont été plus méprisées, foulées aux pieds d'une manière plus irritante pour elles.

Voici les trois maximes qui ont présidé aux destinées de l'Europe. 1° La souveraineté doit être estimée, non par son caractère essentiel, mais par sa puissance physique, contre la maxime antique, universelle, invariable, qui demandait toujours à chaque prince, *Qui êtes-vous?* et non, *Que pouvez-vous?* En conséquence, les puissances qui se sont déclarées, ou même faites tout à

coup *grandes*, ont pris la plume, et décidé du sort des
autres, rendues simples spectatrices : il devait en résulter nécessairement quelques inconvénients moraux trop
longs à détailler, et de plus, de la part de tous ceux qui
n'y ont pas gagné, un mécontentement qui sera toujours tout prêt à se montrer.

2° Les souverains légitimes ont sanctionné publiquement la maxime des divisions, morcellements et adju-
dications de souverainetés pour de simples raisons de
convenance. C'est précisément la maxime de Bonaparte,
et c'est une semence éternelle de guerre et de haines,
tant qu'il y aura une conscience parmi les hommes.

3° Il y a de même passé en maxime, que *l'on peut
priver une nation malgré elle de son légitime souverain.*
— Voici la première conséquence directe et inévitable.
*Donc, on le peut à plus forte raison, si la nation le
demande.* — Mais si elle peut *faire juger* son souverain,
pourquoi ne pourrait-elle pas *le juger?* Tout cela est bien
mauvais et bien dangereux; on sait d'ailleurs que le
plus grand supplice pour une nation, c'est d'être com-
mandée par une autre. Quelquefois, les circonstances
imposent ce malheur, mais c'est toujours un état infiniment dangereux, et que la saine politique et la justice même doivent éviter autant qu'il est possible.]

Il y a donc beaucoup d'éléments incendiaires en Europe, et notre grand ennemi en profitera sûrement, s'il
n'est pas écrasé subitement, et il ne le sera pas si l'empereur de Russie n'est pas déclaré *dictateur européen.*

Outre les dangers généraux, il y en a de particuliers
à chaque nation. Pour ne parler que de celle que je vois,
et qui est incontestablement la première sous le rapport
militaire, que n'a-t-elle pas souffert depuis trois ou

quatre ans ! Quelles dépenses n'a-t-elle pas faites en
hommes et en argent ! Toutes les nations ont besoin de
leur souverain, mais la nation russe plus que toutes les
autres ; cependant elle est veuve depuis plus de deux
ans ; jamais cela ne s'est vu. Si elle marche droit, c'est
parce qu'elle n'est ni sanguinaire ni turbulente. Malheur à nous, si elle était saisie d'un de ces transports au
cerveau qui ont attaqué des nations non pas plus raisonnables, mais plus raisonneuses. Qui sait ce qu'elle
peut supporter encore en hommes et en argent ! Dieu le
sait sûrement, et l'empereur peut-être.

Il y a une chose que Dieu sait tout seul : c'est la force
physique et morale de l'armée française et l'effort dont
elle est capable.

L'homme par lui-même n'est rien : c'est un ballon
qui n'est par lui-même qu'un vaste chiffon dont la
grandeur, la beauté et la puissance dépendent uniquement du *gaz* qui le remplit; ce gaz se nomme *religion*,
*liberté*, *orgueil*, *colère*, etc.; en un mot, tout dépend
du sentiment moral qui enflamme l'homme et qui augmente ses forces sans mesure.

Ce sentiment redoutable existe dans l'armée française,
et il a été créé par le traité de Paris; une province en
Flandre l'aurait peut-être prévenu. On dira sans doute
qu'il n'y avait pas moyen de faire autrement, et que tous
les jours la politique est obligée de faire moins mal au
lieu de bien. —Rien n'est plus vrai : aussi l'on se garde
bien de critiquer, on dit seulement ce qui est sans aller
au delà.

On sait que jamais une armée ne se détache du souverain qui l'a fait vaincre : ici; il y a un grand sentiment
et un grand mouvement de plus : l'armée française a réuni

dans sa pensée l'idée de son avilissement à celle des Bourbons, et celle de sa gloire à l'idée de Bonaparte. Ce sentiment dans les têtes françaises, peut soulever des montagnes. Le caractère du chef doit donner encore beaucoup de crainte : on parle beaucoup de son talent militaire et pas assez de sa puissance sur les esprits, qui est le premier élément militaire, s'il n'est pas tout; on en a vu des preuves qui commandent l'étonnement et l'effroi. Quel souverain légitime en Europe se flatterait de conserver l'attachement et même l'admiration et l'enthousiasme de son armée, après la retraite de Moscou ? Comment, parmi tous ces hommes mourant dans les tourments du froid, de la nudité et de la faim, ne s'en est-il pas trouvé un qui ait dit un mot contre sa légitimité? Un officier français nommé *Rapatel*, attaché au général Moreau, et depuis à la personne de S. A. I., parlait un jour à un groupe de prisonniers et tâchait de leur faire comprendre l'extravagance de leur chef; le plus *téméraire* de tous répondit : « Il est vrai qu'il est un peu *ambitionnaire*. » C'est le plus grand blasphème dont ait connaissance celui qui écrit ceci.

Le caractère de Bonaparte et la puissance qui en résulte deviendront mille fois plus terribles, s'il a le cruel esprit de jouer l'*auguste*, comme on peut le soupçonner très-légitimement. *Déjà il a dit qu'il avait fait des fautes et qu'il les réparerait.* S'il s'avisait de rappeler les émigrés rentrés avec le roi, de leur donner des pensions; de vanter la fidélité partout où elle se trouvera; de faire réparation au pape, et de le soutenir dans ses fonctions, et dans ses États, etc., le danger serait porté au comble.

Les huit cent mille soldats alliés dont on nous parle

sont très-respectables sans doute; mais c'est une armée *mosaïque*. C'est le *dragon à plusieurs têtes*, et notre ennemi est le *dragon à plusieurs queues*. Qui sait si les alliés auront la sagesse de créer la tête unique? D'ailleurs, la première de ces puissances est bien éloignée *e già molto spossata :* lorsqu'on songe au chemin que doit faire un soldat de Tobolsk pour aller se battre en France, on ne peut se défendre d'un peu d'inquiétude.

Les désavantages de Bonaparte sont le défaut évident de cavalerie et d'artillerie; d'ailleurs, s'il n'emploie pas ses anciens maréchaux, il manquera de généraux; et s'il les emploie, comment pourra-t-il s'y fier? Comment le plus soupçonneux des hommes ne les humiliera-t-il pas par quelques regards de travers, et comment ne pourra-t-on pas en profiter? J'ai peine à croire qu'il ne s'élève pas quelque caractère militaire en faveur de la maison royale.

Plusieurs diront, *Qu'importent les Bourbons ?* Laissons faire les Français; ne nous mêlons pas de la question. Cette idée est anglaise surtout. Cependant elle ne paraît pas juste; il faut au contraire tenir cette famille toujours en vue, aussi près de la France qu'il sera possible, et lui montrer toujours la même considération.

Une idée qui se présente encore assez naturellement, c'est celle de détruire la France; mais plusieurs raisons font douter que la chose soit possible. D'ailleurs, une extrême rigueur empêche la guerre civile et nécessite une réunion terrible. La maison qui renferme des laboureurs ou des artisans vomit des soldats si on la brûle. Il faut donc que la rigueur soit assez forte pour effrayer et pour fatiguer, mais pas assez pour désespérer. Nous verrons encore de grands malheurs. La France

sera baignée dans le sang, et le mérite bien. L'armée
qui a replacé Bonaparte sera détruite. Il peut se faire
qu'il fasse quelque conquête, qu'on sera même obligé
de ratifier; mais à la fin il tombera, et la famille royale
reprendra sa place. Ces propositions sont à la vérité tout
à fait paradoxales : le temps dira si elles sont folles ou
prophétiques.

Au milieu de ces nouvelles convulsions, notre situation
particulière est bien cruelle. Comment la puissance ne
serait-elle pas déplacée, ébranlée ou dominée? Il est
bien à désirer que la première tête ne soit point obligée
de quitter le continent. Du reste, il faut s'attacher à un
grand système, et le suivre d'une manière passive; c'est
tout ce qu'une sage réserve permet d'énoncer.

On a tâché, dans les pages précédentes, de tenir la
balance juste entre la crainte et l'espérance; mais qui
peut prévoir les événements qui, d'un moment à l'autre, peuvent changer subitement la face des affaires?

Deux choses paraissent particulièrement remarquables
à cette époque : 1° la conservation de Bonaparte et même
les égards pour sa personne, malgré tous les conseils
de la sagesse et de la politique; 2° la conservation du roi
et de sa famille, malgré tous les conseils de la scélératesse. Au milieu de la défection générale, comment n'a-
t-il pas été touché? — Tout va sans l'homme et malgré
l'homme. —Bonaparte est venu accomplir son rôle, et
le roi, on peut n'en pas douter, reviendra accomplir le
sien. On le dit, à la vérité, frappé d'un accident d'apoplexie; mais *le roi ne meurt pas.*

Pendant que ceci s'écrivait, la nouvelle est arrivée
que S. M. I. s'était déclarée *roi de Pologne*, et S. M. I.
R. A., *roi d'Italie*, et S. M. prussienne, *roi de Saxe*. Les

grandes résolutions sont commandées par les grands dangers; s'il en résulte par la suite des conséquences malheureuses, elles doivent être mises à la charge de ceux qui ont rendu ces révolutions nécessaires (ceci n'est qu'un bruit : 14 avril).

Tous les officiers qui sont ici ont reçu l'ordre de partir dans trois jours; les officiers, même des milices volontaires, sont compris dans cet ordre. La garde sera embarquée; je ne sais où elle doit prendre terre, peut-être à Dantzig; on dit qu'elle demeurera en réserve. La guerre se fera avec une rapidité et une vigueur inconcevables.

La faveur qui semble environner Bonaparte ne doit point étonner; nous jugeons, sans nous en apercevoir, les Français d'après nous-mêmes; il n'y a pas d'idée plus fausse. Depuis vingt-cinq ans le Français est privé de ses maîtres légitimes; il faut ajouter au moins dix ou douze ans, car, avant cet âge, l'homme ne se connaît pas. Tout ce qui a moins de quarante ans en France (c'est-à-dire toute l'armée et la moitié de la nation) ne connaissent les Bourbons que comme les Héraclides ou les Ptolémées. Depuis 1789, nulle instruction morale et religieuse, nulle noblesse, nul sacerdoce, nulle grandeur morale d'aucune espèce. La guerre, et rien que la guerre. Depuis quinze ans les Français sont élevés dans la *crainte* et l'*amour* de Bonaparte; il n'y a pas un soldat français qui ne puisse dire :

> Je ne connais que lui, sa gloire, sa puissance.
> Vivre sous ce grand homme est ma seule espérance
> Le reste est un vain songe.

Dans les colléges, dans les académies, au théâtre, à l'é-

glise comme au corps de garde, il n'a entendu parler
que de Bonaparte. Chez lui, il a vu les ambassadeurs
étrangers et tous les signes de la fraternité souveraine;
hors de chez lui, il a vu les ministres de son maître reconnus, caressés, fêtés, et presque adorés; il a vu en
même temps le nom de roi de France soigneusement
étouffé, et les moindres hommages rendus à sa légitimité,
comme les moindres doutes manifestés sur celle de Bonaparte, mis au nombre des crimes dignes de la défaveur solennelle du souverain. Ajoutons la grande considération attestée par toute l'histoire et par la nature
de l'homme, que *jamais une armée* ne se détache du
capitaine qui l'a fait vaincre; et l'on verra que l'attachement de l'armée française n'a rien que de naturel et
d'excusable. C'est la fidélité proprement dite; l'objet est
faux, mais le sentiment est bon. Ce sentiment se serait
rectifié par le temps; mais puisque Bonaparte a reparu,
il faut que l'armée disparaisse, il faut dissoudre cette
*fidélité infidèle*. Les vertus et la sagesse du roi ne seront
pas inutiles; elles agiront sourdement, mais continuellement sur tous les esprits; il faut seulement bien se
garder d'éclipser le roi. Cette faute n'a que trop duré.

Ce sera un beau spectacle que Wellington aux prises
avec Bonaparte; dans l'Inde, où il a commencé sa belle
carrière, il désirait déjà cette bonne fortune, et il en a
parlé comme de l'objet de sa plus ardente ambition. —
Les voilà en présence.

Quoi qu'il arrive, et quelques succès (possibles) que
puisse avoir Bonaparte, personne ne doit douter du rétablissement de la maison de France, — et tout ce que
nous voyons n'est qu'une opération de chirurgie nécessaire à la France.

2 avril (14).

J'envoie ces réflexions pour remplir un devoir attaché à ma place, mais sans oublier que les événements
rendent souvent inutiles ou fausses ces sortes de spéculations, en moins de temps que la poste n'en met à les
transporter. Par le peu de nouvelles qui sont parvenues
ici depuis le 29 mars, je ne vois pas qu'il y ait aucune
raison de changer d'avis : le roi ne sera pas même *rétabli*, puisqu'il n'est pas sorti de France ; il est sorti de
Paris, il y rentrera. Les alliés semblent d'accord. Bonaparte, je l'espère et le crois même, ne sera rentré que
pour périr. Il ne semble pas même (sauf de nouveaux
miracles) qu'on doive redouter ces succès du moment
qui s'étaient d'abord présentés à moi comme possibles.

Bonaparte chasse les émigrés et plaisante le roi sur
ses vingt ans de règne : tant mieux, il n'est pas souverain.

Il est vrai que, dans une foule de lettres, on se moque de tous les coins de l'Europe sur le beau résultat de
tant de travaux politiques ; mais, enfin, tout ce qu'on
y a mis d'humain n'empêchera pas le grand résultat,
et la souveraineté demeurera plus forte qu'auparavant.

Monsieur le comte est prié de transmettre ces réflexions, qui serviront seulement à prouver ce qu'on pensait ici le 14 avril.

Quand je dis *on*, je me garde fort des généralités ; car
les salons ont prononcé la destruction des Bourbons *in
secula seculorum*.

67. — A M. LE COMTE DE...

Saint-Pétersbourg, 31 août (12 septembre) 1815.

Monsieur le comte,

Vous en savez probablement plus que moi, sur le retour de S. M. I. Le public, en général, est invariable dans
la croyance qu'elle ira en Italie, tandis que des personnes
faites pour être très-instruites assurent que ce bruit n'a
pas le moindre fondement. On s'impatiente fort de l'absence du souverain; mais je serais curieux de savoir
comment ces mêmes hommes, si grands admirateurs de
Pierre I$^{er}$ dans les chantiers de Saardam, refuseraient
les mêmes sentiments à l'empereur Alexandre I$^{er}$, occupé à des choses beaucoup plus essentielles que celle
de couper des planches et de planter des clous. Je ne sais
si je me trompe, mais il semble que l'empereur a dû
nécessairement rencontrer sur sa route une foule d'idées
européennes qui ne seraient pas venues le chercher chez
lui; et il *importe* qu'elles appartiennent à un souverain
aussi *important*.

Vous observerez, Monsieur le comte, que dans tout
autre pays, ce que nous voyons aujourd'hui en Russie
ne serait pas possible. On dit que la tranquillité parfaite
du peuple, dans cette circonstance, fait beaucoup d'honneur à son caractère: personne assurément n'a moins
d'envie que moi de disputer sur les bonnes qualités du
peuple russe, qui est naturellement bon, obéissant, hos-
pitalier, nullement sanguinaire, etc., etc.; cependant,
je crois absolument impossible qu'une société quelconque de quarante millions d'hommes *libres* puisse se

passer de son souverain pendant plus de deux ans. Il
y aurait trop de volontés en mouvement. C'est la dé-
pendance du plus grand nombre qui rend le phénomène
possible. Il y a plus : je crois que le souverain lui-même
ne pourrait pas tenir dans sa main, quelque forte, quelque habile qu'elle fût, un tel faisceau d'hommes libres. J'ai
écrit sur ce point, pour mon instruction propre, jusqu'à
présent; et j'ai été conduit à croire que celui qui demande l'affranchissement des serfs en Russie demande
la division de l'empire.

La servitude d'ailleurs n'est pas ici ce qu'on croit ailleurs; elle a des inconvénients comme toutes les choses
humaines, mais il y a aussi de grands avantages et de
grandes compensations qui doivent être mises dans la
balance.

Je ne puis vous exprimer l'intérêt avec lequel je contemple la Russie dans ce moment. On se trompe dans ce
pays, lorsqu'on écrit 1815; il faudrait écrire 1515; car
nous sommes dans le seizième siècle. La science arrive et
s'apprête à faire son premier exploit, celui de prendre la
religion au collet. Les conquêtes de l'esprit protestant
sur tous les membres du clergé qui savent le français ou
le latin sont incroyables; et ce qu'il y a de singulier,
c'est que les Russes s'en aperçoivent bien moins que les
étrangers. Le mouvement religieux qui agite l'Europe
dans ce moment arrive aussi jusqu'ici, et fait peur à
beaucoup de gens. On parle beaucoup de l'*Église grecque;* il n'y en a plus, Monsieur le comte, hors de la
Grèce. L'Église russe n'est pas plus grecque que syriaque
ou arménienne : c'est une Église isolée sous une suprématie civile, précisément comme celle d'Angleterre. Si le
patriarche de C. P. s'avisait de donner un ordre ici, il

passerait pour un fou et le serait en effet. Dans cet état
de choses, la *Société biblique* est venue jeter ses filets
en Russie : vous me feriez grand plaisir de m'apprendre
si elle est connue en Piémont ou dans le voisinage. Née
à Londres, elle a pour but de *traduire les saintes Écritures dans toutes les langues de l'univers*, et d'en propager la lecture dans toutes les boutiques sans aucune
explication, système diamétralement opposé au nôtre.
Cette société a dépensé l'année dernière 42,000 livres
sterling. Une colonie s'étant présentée ici, tout de suite
elle a été acceptée, car le Russe est avide de nouveautés
plus que le Français, avec lequel il a plusieurs rapports
de caractère. Au nombre des membres très-respectables
de cette société se trouvent les deux archevêques russe
et catholique : ils sont là comme deux courtisans, parce
qu'ils ont imaginé qu'elle était agréée par le maître; mais
dans le vrai, ils y font une assez mauvaise figure. Le ministre des cultes avait proposé au général des Jésuites
d'être de cette société, mais il s'y est respectueusement
refusé. Il paraît évident que la *Société biblique* n'est
qu'une machine socinienne établie pour renverser toute
autorité ecclésiastique. L'Église anglicane s'est alarmée,
et des évêques mêmes ont cru devoir attaquer la société par des mandements solennels. J'ai lu des livres
anglais fort intéressants sur ce sujet. Ici on ne se doute pas
du danger. Le catholicisme joue aussi un rôle dans ce
mouvement général. On lui reproche son prosélytisme
naturel, sans trop raisonner sur l'essence et les conséquences de ce caractère. Les Jésuites sont examinés avec
une sévérité dont vous n'avez pas d'idée. Le prince Alexandre Gallitzin, dont j'ai déjà eu l'honneur de vous parler,
est fort alarmé : ce ministre est un très-bon sujet de

l'empereur, d'un caractère très-estimable, et nullement méchant ; mais il est bien loin d'avoir les connaissances nécessaires à sa place, et il ne peut se douter de ce qui se prépare en Europe. L'empereur de Russie, d'ailleurs, va se trouver à la tête de dix millions de catholiques : c'est la puissance de trois ou quatre têtes couronnées d'Europe. Comment un ministre de la communion russe pourra-t-il être intermédiaire entre une telle masse de catholiques et le souverain ? Un organe de la même croyance est absolument indispensable ; autrement tout ira mal, et déjà nous en avons la preuve : non que le ministre ne soit un très-honnête homme, mais parce que de certaines idées, que nous ne l'empêchons point de trouver très-justes par rapport à lui, sont cependant très-fausses et très-dangereuses par rapport à nous.

Je suis curieux de savoir comment la sagesse de l'empereur, éclairée par tout ce qu'il a vu, démêlera ces différents intérêts ; mais je vous répète que jamais pays n'a prêté plus que la Russie, dans ce moment, aux spéculations d'un observateur initié dans certaines questions de droit et de fait.

Après un si long séjour dans ce pays, les bontés que j'y ai éprouvées m'ont, en quelque sorte, naturalisé, de manière que je prends un extrême intérêt à tout ce qui concerne la Russie. Les étrangers lui ont fait bien du mal, lui ont vendu des poisons, l'ont calomniée, séduite ou insultée. Je voudrais bien faire tout le contraire selon mon pouvoir, et je suis persuadé qu'on pourrait lui dire de fort bonnes choses par écrit avec respect et amour.

68. — A S. E. M. LE MARQUIS DE SAINT-MARSAN, MINISTRE DE LA GUERRE.

Saint-Pétersbourg, septembre 1815.

Monsieur le marquis,

Quoique vous ayez quitté la route où je suis engagé, je ne voudrais pas cependant vous devenir totalement étranger. Ainsi, je vous prie de ne pas trouver mauvais que de temps à autre je me rappelle à votre souvenir.

Ce qui s'est passé depuis la dernière lettre que j'ai eu l'honneur d'écrire à Votre Excellence, justifie bien la colère qui me transportait à cette époque contre cet enragé de Napoléon. Quand je vois ce qu'il pouvait faire de la France, et ce qu'il en a fait... Mais je ne veux pas recommencer à le maudire; qu'il vogue à son aise vers Sainte-Hélène. Malheureusement, Monsieur le marquis, sa personne seule est partie, et ses maximes nous restent. Son génie pouvait au moins commander aux démons qu'il avait produits, et les obliger à ne faire que le mal dont il avait besoin : maintenant, les démons restent, et personne n'a la force de les enrégimenter. Dieu sait ce qu'ils feront encore! Il n'y a plus de repos en Europe, Monsieur, du moins pour nous; c'est l'affaire de nos enfants. Au milieu de la fermentation générale, je désirerais bien vivement que mes compatriotes, plus proprement dits, recueillissent le fruit de vos sages négociations, et qu'ils pussent être tous séparés de la France; il vaut un peu mieux être au bord du volcan que d'être dedans; mais qui sait encore ce qu'il en sera? Si mes vœux se trouvaient remplis, la Savoie

ne saurait trop estimer ce qu'elle devrait à Votre Excellence. . . . . . . . . . . . . . . . . . . . . . .

. . . . . . . . . . . . . . . . . . . . . . . . . . .

---

### 69. — A M. LE COMTE DE ....

Saint-Pétersbourg, octobre 1815.

Monsieur le comte,

On parle beaucoup ici de la convention religieuse, signée à Paris, le 14/26 du mois dernier, entre LL.
MM. les empereurs de Russie et d'Autriche, et S. M. le
roi de Prusse. Par cette convention à jamais célèbre, les
trois souverains se reconnaissent comme frères et
comme chefs de trois grandes familles chrétiennes qui
n'en font qu'une. Vous apprendrez avec le plus grand
étonnement qu'on y lit en toutes lettres : *Jésus-Christ,
notre Seigneur et notre Sauveur, Verbe éternel, splen-
deur du Père, trésor d'amour.* La pièce n'est pas encore
imprimée, mais elle a été lue à Gastchina devant toute
la société de Sa Majesté l'impératrice mère, qui l'a reçue
de son auguste fils. J'ai demandé à l'un des auditeurs
si la convention contient quelque chose de dispositif :
par exemple, si les souverains se promettent de donner
main-forte à la religion, etc. Point du tout, la pièce est
purement ce que nous appelons dans les tribunaux dé-
claratoire. C'est une espèce de profession de foi, qui n'est
contre-signée d'ailleurs ( ce qui est remarquable ) par
aucun ministre. Le rédacteur, comme je m'en crois sûr,

18.

n'est pas moins que l'empereur de Russie, qui écrit, comme vous savez, avec autant de facilité que d'élégance. Du moins, il a signé le dernier, ce qui paraît prouver que c'est lui qui a tenu la plume, quand il n'y aurait pas une preuve encore plus décisive.

Des expressions empruntées des symboles, de la liturgie, des mystiques même, et transportées *toutes chaudes* dans la diplomatie, ne manqueront pas de faire éclater de rire toute la *religieuse* Europe; mais, pendant que certaines personnes rient, d'autres peuvent penser et écrire.

Une grande révolution religieuse est inévitable en Europe, et déjà même elle est fort avancée : c'est ce que n'ignore aucun des hommes qui s'occupent de certaines recherches. La déclaration dont j'ai l'honneur de vous parler est une phase de cette révolution. Bientôt, sans doute, elle deviendra inutile; mais dans ce moment, elle ne l'est pas : elle est, au contraire, très-significative, et produira un grand effet. Il faut observer que l'esprit qui l'a dictée n'est ni catholique, ni grec, ni protestant; c'est un esprit particulier que j'étudie depuis trente ans, mais dont le portrait tiendrait trop de place : il me suffira de dire qu'il est aussi bon, dans les communions séparées, que mauvais chez nous. C'est lui qui doit fondre les métaux; ensuite, on jettera la statue. Je n'ai rien à dire sur l'à-propos des expressions à leur place et dans ce moment.

Ce fut l'intérêt de la souveraineté mal entendu qui fit la révolution du seizième siècle. On nia les dogmes de l'Église pour lui voler ses biens. Aujourd'hui, ce même intérêt, bien entendu, produira une révolution contraire. Il faudrait que les souverains protestants eus-

sent perdu le sens, pour ne pas apercevoir l'insigne folie qu'ils font de soutenir une religion qui pose en maxime
le jugement particulier et la souveraineté du peuple,
contre une autre religion qui soutient (indépendamment
des preuves dont elle est environnée) que, *contre notre
légitime souverain, fût-il même un Néron, nous n'a-
vons d'autre droit que celui de nous laisser couper la
tête en disant respectueusement la vérité.*

Les princes changèrent donc de religion dans le seizième siècle pour avoir de l'argent, et ils en changeront
dans le dix-neuvième pour conserver leurs trônes (s'ils
sont à temps). Il n'y a rien de si aisé que de trouver vrais
des dogmes qui s'accordent avec nos intérêts les plus
chers.

S. M. le roi de Prusse s'est aperçu enfin de la dissolution morale de son pays. Il n'y a plus de peuple chez
lui, il n'y a qu'une armée et qu'une démocratie militaire. Il s'est donc jeté avec plaisir dans cette fraternité
religieuse ; car il sent son besoin principal, et dans ces
sortes de cas l'esprit royal précède toujours celui du
peuple.

Je ne connais point assez l'auguste souverain de
l'Autriche pour savoir quelle espèce de part il a prise
dans l'association chrétienne ; mais la partie principale
est sans contredit S. M. l'empereur de Russie. Ce prince,
depuis quelques années, s'est beaucoup occupé de religion, et la modération et la rectitude de ses idées sur
ce point sont à mes yeux au rang des prodiges, parce
qu'elles lui appartiennent exclusivement, et que l'éducation qu'il a reçue poussait son esprit de tout autre
côté. Si je ne me trompe, il ne faudra pas moins que
toute son habileté pour exercer chez lui la suprématie

religieuse, qui lui appartient, avec la dextérité qu'exigent les circonstances.

En fait de religion, le Russe ne sait rien. L'ignorance absolue de la langue latine le rend étranger à toutes les sources de la controverse. Il a beaucoup d'esprit ; mais le plus grand esprit ne sait que ce qu'il a appris, et le Russe n'a point encore regardé de ce côté (je parle des laïques) ; maintenant que l'aurore de la science commence à poindre, elle produit son effet ordinaire, celui d'ébranler la religion du pays ; car nulle secte ne peut tenir devant la science. Le clergé vulgaire et non instruit n'est rien, et ne peut rien : ceux qui ont de l'esprit, et qui savent le latin et le français, sont tous plus ou moins protestants. On le nie dans le monde, ou parce qu'on l'ignore, ou parce qu'ou ne s'en soucie pas, ou parce qu'on aime mieux le nier que d'y mettre ordre ; mais rien n'est plus incontestable. Cependant, l'immense mouvement rétrograde qui a lieu en Angleterre et en Allemagne envoie ici quelques ondulations. De grandes conversions ont frappé les yeux. Enfin, un grand nombre de personnes dans la haute classe ont passé à la religion catholique, du moins on le croit, et c'est assez pour exciter de l'autre côté un violent dépit. *Le ministre des cultes,* prince Alexandre Gallitzin, surveille les jésuites avec une sévérité colérique qui peut amuser les spectateurs, et l'on espère obtenir de Sa Majesté Impériale, à son arrivée, quelques mesures de rigueur. — Mais comment, et contre qui ? Frappera-t-on sur des catholiques *présumés* et du premier ordre, tandis qu'on n'ose pas toucher du bout du doigt des polissons de Rascolniks visibles comme le soleil.

C'est dans cet état des esprits que S. M. I. arrive

avec sa convention chrétienne, dont l'application montrera l'esprit. Ne l'ayant pas lue, je ne serais pas en état de donner un avis sur ce point. Je la crois favorable, en général, à la tolérance, même à ce qu'on appelle *tolérance théologique;* mais de savoir quelle extension S. M. I. entend donner à ce mot, dans sa sagesse, c'est ce qu'il me serait impossible de vous dire.

Un phénomène très-remarquable, c'est que les personnes qui redoutent et qui haïssent le plus le catholicisme dans ce pays, n'ont cependant ni crainte ni aversion pour le protestantisme; preuve évidente que, dans toute cette affaire, la raison et la religion ne sont pour rien; car pour peu que ces deux dames fussent consultées, on ne préférerait pas le système qui renverse presque tous les dogmes nationaux, à celui qui les maintient tous, en proposant seulement d'y en ajouter un.

En attendant d'autres événements, on peut tenir pour certain que l'épouvantable révolution dont nous venons d'être les témoins n'est que la préface d'une autre. Il faut être en garde contre les nouveautés en rétablissant surtout l'éducation religieuse, et la rendant pleinement au sacerdoce. Tous les peuples de l'univers ont confié les jeunes gens aux prêtres. Comment le bon sens éternel du genre humain aurait-il pu se tromper? Le rétablissement des jésuites est donc de la plus haute importance. Si l'on veut et si l'on peut établir une autre société plus utile pour le but proposé, je n'empêche. Jamais je n'ai disputé sur les mots, ni sur les habits; mais je dis que nous avons besoin d'une *société amie* contre les *sociétés ennemies.* Les princes qui ne voudront pas croire cette vérité, ni se rappeler (ce qui est passablement clair) que les hommes ne se font qu'avec des enfants, s'en repentiront un jour cruellement, mais trop tard.

*P. S.* Un autre auditeur m'assure que, dans la convention, les augustes alliés s'engagent de plus à maintenir les droits légitimes *des peuples et des rois.* Je lui ai demandé si les peuples sont nommés ainsi les premiers? Après y avoir pensé, il m'a répondu en riant ou souriant : *Je ne saurais vous le dire.*

---

### 70. — À M. LE COMTE DE NOAILLES.

Saint-Pétersbourg, 6 novembre (N. S.) 1815.

Je n'ai cessé, Monsieur le comte, depuis le 9 août dernier, d'avoir très-mauvaise idée de vous. J'avais même quelque envie de vous déclarer suspect, et tout ce qui s'est passé depuis votre départ n'affaiblissait pas cette mauvaise opinion; cependant vous me paraissez, dans votre aimable lettre du 18 octobre, très-sérieusement décidé à ne pas nous trahir. Tout de suite j'en ai fait le rapport *à l'aimable, à la spirituelle, à l'excellente voisine,* et nous n'avons pas balancé un moment à vous effacer du rôle des suspects; mais c'est à condition que vous tiendrez incessamment votre parole, et que vous ne laisserez aux chevaux de l'empereur qu'un délai honnête pour reprendre des forces à chaque station, avant de les atteler à votre voiture. Après nous avoir accoutumé à vous, il y a de la malice; — j'écris mal, il faut dire *il y aurait* de la malice, et beaucoup de malice, à nous planter là.

Votre lettre est courte, Monsieur l'ambassadeur; la

mienne le sera aussi. Quand je vous aurai dit, sans pouvoir l'exprimer à mon gré, combien j'ai été sensible à votre souvenir, j'aurai tout dit. Le moyen de commencer aucun chapitre intéressant ! Que dire quand tout est dit ? Venez donc, Monsieur le comte, venez, et nous reprendrons au coin du feu nos conversations philosophiques. Soit que vous gémissiez ou que vous espériez, toujours je vous comprendrai. J'ai beaucoup pensé, et beaucoup griffonné depuis votre départ, mais toujours incognito, *fors* pour *la voisine* qui me récompense amplement des efforts que j'ai faits pour rendre les hauts lieux de la philosophie accessibles même à des pieds habillés de soie. Vous ne sauriez croire, Monsieur le comte, combien je prends de plaisir à contempler la rectitude et la pénétration de cet esprit femme. S'il y en avait seulement deux ou trois cents comme elle (je dis bien peu) à Saint-Pétersbourg, toutes les autres capitales devraient lui céder. Je ne sais comment je me suis trouvé conduit à lutter mortellement avec le feu chancelier Bacon. Nous avons *boxé* comme deux *forts* de Fleet street, et s'il m'a arraché quelques cheveux, je pense bien aussi que sa perruque n'est plus à sa place. Absolument madame de S... a voulu assister au combat et juger les coups; je ne puis me lasser d'admirer sa patience et sa pénétration. — Au reste, Monsieur l'ambassadeur, je n'écris plus que pour le portefeuille, et je ne pense plus que pour quelques amis. — La tribune où je pouvais prendre la parole est fermée ou renversée. — St !

Madame de S... est extrêmement sensible à votre souvenir, souvent elle me parle de vous avec le plus grand intérêt. C'est parler devant un écho animé. Quoique nous disions précisément les mêmes choses, vous distinguerez cependant les voix, si vous prêtez l'oreille, les timbres étant différents.

Madame de Maistre est bien sensible aussi à votre souvenir, Monsieur l'ambassadeur, et me charge de mille compliments pour vous. Je n'ai point encore le droit de me présenter à madame la comtesse de Noailles, mais j'espère qu'un jour qui n'est pas loin j'aurai le bonheur de lui être présenté par vous-même; et comme il est très-possible qu'elle ait quelque partialité pour vous, j'en profiterai, comme tout ambitieux, pour lui devenir *acceptable*.

Quoi qu'il arrive de nous, Monsieur le comte, je vous prie de m'écrire et de me tenir toujours écrit dans votre *album* au nombre des hommes qui prennent le plus d'intérêt à vous et qui désirent le plus de n'en être pas oubliés. Agréez, je vous en prie, l'assurance la plus sincère de l'affectueux dévouement et de la très-haute considération, etc., etc.

---

### 71. — A M. LE COMTE DE ....

Saint-Pétersbourg, 30 novembre (12 décembre) 1815.

Monsieur le comte,

Aujourd'hui, 12 décembre, la grande âme est enfin rentrée dans son grand corps. L'empereur est arrivé vers les onze heures du soir. Après une station à l'église de Casan, il s'est rendu chez l'impératrice, son auguste épouse; tous les deux sont allés ensemble chez S. M.

l'impératrice mère, et sont revenus encore ensemble.
L'empereur, qui ne s'était couché qu'à deux heures,
était avant huit dans son traîneau; il a vu la maison
d'exercice (1), la parade, etc., etc. Il est allé voir chez
lui le maréchal Soltykoff, chef du conseil d'État, qui se
trouvait un peu malade; il a reçu le métropolite à dix
heures, et enfin, Monsieur le comte, tout a repris son
cours avec une précision parfaite. Sa Majesté Impériale
a repris les rênes, déjà un peu flottantes, avec beaucoup
de grâce et de vigueur; je ne doute pas qu'elle ne soit
arrivée avec la tête pleine d'idées et d'expérience, et que
la Russie ne doive beaucoup gagner à la brillante absence de son maître. Il faut être, à mon avis, bien
aveuglé par le préjugé et l'esprit de parti pour admirer
Pierre I<sup>er</sup> ajustant des planches en Hollande, et refuser
en même temps son admiration aux campagnes d'A-
lexandre I<sup>er</sup>, faites pour l'intérêt de l'Europe, et si glo-
rieuses pour le nom russe. Il ne faut pas croire cependant qu'il n'y ait qu'une voix sur tout cela; ici, comme
ailleurs, il y a un esprit détracteur qui refuse d'admirer,
et qui blâme même ce que les autres admirent. Cet
esprit est partout; mais ici l'opposition a un caractère
et des causes particulières qui méritent d'être dévelop-
pés.

C'est une chose bien extraordinaire qu'en Europe, si
l'on excepte le roi de France, aucun souverain n'est de
sa nation. Il y a même une nation fameuse chez laquelle
chaque race étrangère disparaît dès qu'elle s'est accli-
matée : c'est l'Angleterre. On l'a vue successivement
gouvernée par des Allemands, par des Danois, par des

_____

(1) Vaste hangar couvert pour exercer les troupes en hiver.

Normands, par des Écossais, encore par des Allemands ; et vous voyez que cette dernière ligne fait ouvertement mine de disparaître.

En Russie comme ailleurs, la maison régnante est étrangère. Lorsque Philippe V monta sur le trône d'Espagne, on le trouvait *Français*, et je ne doute pas que, dans le quinzième siècle, les Piémontais d'alors ne trouvassent le duc Louis un peu étranger ; mais personne aujourd'hui ne s'aviserait de dire que Ferdinand VII n'est pas Espagnol, ou que Sa Majesté n'est pas Piémontaise, parce que l'amalgame est complet. Il n'en est pas de même en Russie : l'opération n'est pas achevée. Les bons Russes même ignorent une circonstance particulière : c'est que ce n'est point ici à la maison régnante de se fondre dans la nation, mais que celle-ci, au contraire, doit se laisser attirer par la maison impériale.

Voilà comment il est possible qu'un excellent souverain russe soit, quelque temps encore, moins apprécié par ses propres sujets que par les étrangers, parce qu'il n'est pas encore assez *imbibé* (s'il est permis de s'exprimer ainsi) des idées particulières, des créances, des opinions, des manières et des préjugés du pays.

Dans ce moment, c'est un spectacle assez curieux de lire, sur le front de tous les grands personnages de l'État, l'agitation de la crainte et celle de l'espérance. *Nul ne sait s'il est digne d'amour ou de haine.* On nomme celui à qui l'empereur a parlé le premier ; on sait qu'il a parlé à un autre à huit heures trois minutes ; on sait le nombre juste des syllabes qu'il lui a adressées, et quelle mine il avait en les laissant tomber.

Ce qu'on voit toujours et partout ne fait pas une grande impression ; mais les moments tels que celui que la Russie voit dans ce moment sont très-rares, et il vaut la peine de tout observer. J'ai pensé que des réflexions sur l'état actuel de l'empire peuvent vous intéresser.

L'empereur s'est arrêté quelques jours à Varsovie; il serait inutile de dire qu'on s'est épuisé à son égard en démonstrations de respect, de joie et d'attachement. Les Polonais avaient érigé un arc de triomphe d'excellent goût. Sur une face, on lisait ce vers d'Horace :

*Hic ames dici pater atque princeps.*

Sur l'autre, on lisait l'hémistiche et le vers suivant de Virgile :

*Expectate, veni,*
*Sacra suosque tibi commendat Troja Penates !*

Il serait difficile d'imaginer rien de plus heureux et de plus *signifiant* que ces deux inscriptions, la seconde surtout. Plaise à Dieu que le grand empereur prenne le Polonais au mot sur la première parole du vers; qu'il rétablisse, qu'il ressuscite (car il ne s'agit plus de conserver) la religion des Polonais; qu'un heureux génie lui découvre les moyens d'y parvenir, et les noms véritables des obstacles qui s'y opposent. Déjà le génie contraire a soufflé du côté de la Pologne, et son haleine s'est fait sentir au point de ternir le corps épiscopal.

Quoi qu'on en dise, personne ne connaît exactement l'existence politique de la Pologne. Sur le point intéressant de la constitution de cet État, je crois avoir fait connaître assez clairement l'état précis de la question et les préjugés russes et polonais; l'empereur les connaît parfaitement. Les préjugés ressemblent à des tumeurs enflammées; il faut les toucher doucement, pour éviter les meurtrissures; c'est ce que fait l'empereur; et c'est à cette précaution, si je ne me trompe infiniment, qu'on doit l'état équivoque qui se laisse apercevoir encore.

Le temps nous apprendra quels emplois le Russe pourra obtenir en Pologne, et réciproquement ce qu'il en sera des emplois de cour; s'il y aura *appel* des tribunaux polonais aux tribunaux russes, ou simplement *supplication*, et s'il y aura une chancellerie, ou un tribunal suprême polonais, séant auprès du souverain, etc...

Au surplus, la séparation peut être plus ou moins tranchante, et l'amalgame nuancé de différentes manières; ainsi il faut attendre.

Pendant son séjour à Varsovie, Sa Majesté a rétabli et donné l'ordre polonais de l'Aigle blanc.

Le préjugé russe contre la Pologne et contre son existence politique séparée est porté jusqu'à l'excès : l'imagination ne peut aller trop loin sur ce sujet; les bonnes têtes même disent ici : *Tout doit tendre à confondre les deux nations ;* mais il ne faudrait pas voir dans ces termes une formule d'égalité. Cette expression signifie, non que la Russie doit être *en partie polonaise*, mais que la Pologne doit être *entièrement russifiée.* Laissons faire à leurs majestés le temps et l'empereur.

Maintenant, les plus grands objets vont occuper l'attention de Sa Majesté Impériale. L'armée, le papier-monnaie, l'état civil, le tarif, les lois, la religion, fixent tous les yeux observateurs. Hier, l'empereur se coucha à trois heures du matin, se leva à six, et alla visiter tous les hôpitaux militaires. Un esprit aussi actif serait fort inutile s'il ne commandait pas à un corps de fer pour exécuter ses commissions.

72. — A M. LE COMTE DE . . . .

Saint-Pétersbourg, 28 (16) décembre 1815·

Monsieur le comte,

J'arrache un instant au tumulte de la journée, pour vous faire part d'un événement qui retentira dans toute l'Europe. Ce matin, M. le général de Wiasmitinoff, gouverneur de la ville et de la province de Saint-Pétersbourg, est venu, en vertu d'un ukase impérial, arrêter tous les jésuites. Des gardes sont placés dans leur cour, dans le corridor de leur maison, et jusqu'à la porte de chaque religieux. Ce soir ils doivent être enlevés (du moins tout l'annonce); on assure que la proscription s'étend à l'ordre entier, même en Pologne. On accuse ceux de la capitale d'avoir fait des conversions, et d'avoir dit en chaire qu'*il ne peut y avoir qu'une religion vraie et sûre pour le salut*. Il paraît incontestable que plusieurs personnes du premier rang avaient passé à l'Église catholique; mais les jésuites avaient opéré ces conversions comme ils ont fait lever le soleil ce matin. Il y a quarante ans qu'ils sont ici; par quelle merveille n'auraient-ils pas converti un seul Russe jusqu'en l'année 1815? Ces conversions ne sont qu'une loi du monde qui s'exécute d'elle-même, et qui est placée bien plus haut que l'homme. Dès que la science paraît dans un pays non catholique, tout de suite la société se divise : la masse roule au déisme, tandis qu'une certaine tribu s'approche de nous. Dans tous les pays protestants, il ne reste plus un seul protestant éclairé; tous sont sociniens, excepté cette foule plus ou moins nombreuse d'hommes qui donnent dans ce moment un si grand spectacle au monde.

Je ne crois donc point que les jésuites soient les auteurs du changement qui s'est fait ici dans certains esprits; ils peuvent s'en être réjouis et l'avoir approuvé, mais pas davantage. Le premier mouvement part de bien plus loin; mais toutes ces considérations sont vaines, l'arrêt sera exécuté sur-le-champ. Suivant l'usage, ces pères ne pourront présenter aucune défense en leur faveur : aucun de leurs amis n'a pu les voir, ni leur apporter aucun secours. Au mois de janvier ils partiront, à ce qu'on m'assure encore, sur des traîneaux de poste découverts : auront-ils des pelisses? auront-ils le temps de faire aucun préparatif. Dieu sait si tout ce qui est vieux ou délicat ne mourra pas en chemin! mais j'attends beaucoup de l'humanité de l'empereur, de sorte qu'avant demain je ne me tiens sûr de rien.

Je regarde le culte catholique comme suspendu et même comme supprimé. On ne manquera pas de dire que nous aurons d'autres ministres; mais je vois déjà ce qui arrivera.

Les suites de cet événement sont immenses, et bien autres qu'on ne le croit. Il y a longtemps que le philosophisme n'aura pas remporté une si grande victoire sur la religion. Je regrette beaucoup ces messieurs qui ont élevé ma jeunesse, à qui je dois de n'avoir point été un orateur de l'Assemblée constituante, qui étaient ici des gens très-exemplaires, d'excellents sujets de l'empereur, et même, dans un sens, de puissants gardiens de l'Église grecque; paradoxe apparent, qui ne sera cependant qu'une vérité ordinaire dès que le temps m'aura permis de l'expliquer. Les jésuites iront ailleurs prier pour l'empereur; nous devons souhaiter ardemment qu'ils soient exaucés.

Ce mémorable événement renforce les raisons qui m'excluent de ce pays, où j'avais formé tant de liens. Avec une famille surtout, on ne peut se passer d'une liberté absolue de culte, et le nôtre est supprimé de fait. L'échauffement des esprits et l'extravagance des soupçons étaient tels, au sujet de ces conversions, que j'ai été soupçonné moi-même d'en avoir opéré dans la plus haute société. Cette belle imagination m'aide à juger les accusations portées contre les jésuites. L'idée même d'attaquer la croyance d'un Russe ne peut se présenter à mon esprit, et mon caractère de ministre me semble s'opposer à de pareilles entreprises; mais il est vrai que j'ai pu m'apercevoir ici, comme jadis je l'avais aperçu en pays protestant, qu'il s'est fait de grands changements dans les esprits.

---

### 73. — A Ś. E. MONSEIGNEUR L'ARCHEVÊQUE DE ...

1er (13) décembre 1815.

Monseigneur,

J'ai reçu, le 7 de ce mois, la lettre que Votre Excellence m'a fait l'honneur de m'adresser le 20 septembre dernier, ainsi que les paquets qu'elle y avait joints, et j'ai été ravi d'apprendre par cette lettre le succès flatteur de la communication que j'eus l'honneur de lui faire l'année dernière. Depuis que je médite sur la religion, j'ai toujours eu en vue ce passage de Bellarmin, non

L.                                                      19

moins avoué par la raison que par la religion : *Savez-vous de quoi il s'agit, lorsqu'on dispute sur le saint-siége? Il s'agit du christianisme.* Rien n'est plus vrai; et je crois qu'en ce moment les hommes sensés de tous les pays (et les protestants même) doivent diriger leurs efforts, chacun dans leur sphère particulière, vers le rétablissement du saint-siége dans tous ses droits légitimes. Je me croirais même en état de faire comprendre à une société d'athées qu'ils ont, sur ce point, le même intérêt que nous; car puisqu'il est assez bien prouvé par l'histoire qu'il faut une religion aux peuples, et que le sermon sur la montagne sera toujours regardé comme un code de morale passable, il importe de maintenir la religion qui a publié ce code. Si ses dogmes sont des fables, il faut au moins qu'il y ait *unité de fables,* ce qui n'aura jamais lieu sans l'*unité de doctrine* et d'autorité, laquelle à son tour devient impossible sans la suprématie du souverain pontife.

Si j'étais athée et souverain, Monseigneur, je déclarerais le pape infaillible, par édit public, pour l'établissement et la sûreté de la paix dans mes États. En effet, il peut y avoir quelques raisons de se battre, de s'égorger même pour des vérités; mais pour des fables, il n'y aurait pas de plus grande duperie.

Je suis donc enchanté que Votre Excellence n'ait pas trouvé tout à fait inutile la vive remontrance que j'avais adressée sur ce point important à un puissant ami qui a disparu depuis, mais, soyez-en bien sûr, Monseigneur, pour reparaître incessamment. L'approbation de Votre Excellence me fait regretter vivement la perte des premières lettres, dont je n'ai pu retenir copie. La dernière n'était qu'une espèce d'épilogue de toute la correspon-

dance. J'ai fait de fortes et inutiles instances pour la ra-
voir, sur ma parole d'honneur de la restituer *en original*;
elle était tombée dans un portefeuille auguste d'où il n'y
avait pas moyen de la tirer.

Je ne pus cependant croire mes efforts absolument inutiles de ce côté, lorsque je vis, dans la description de la
pompe funèbre de Louis XVI, l'ancien évêque de Nancy
désigné simplement par le titre d'*abbé de la Fare*. Je
ne pouvais cependant douter que cet évêque, excellent
homme d'ailleurs et que je connais particulièrement,
ne fût un des *remontrants* les plus décidés.

Dans toute ma correspondance, je n'ai jamais perdu
de vue le double but de renverser de fond en comble la
déclaration de 1682, et de prouver que les évêques français *remontrants* se trompaient tout à fait sur le concordat, surtout en regardant comme *simple* une question
*double*.

Car il ne s'agissait pas de savoir simplement si le saint-
père n'avait fait précisément que ce qu'il devait faire
en leur demandant leur démission; mais de savoir de
plus que si, en supposant même qu'il se fût laissé tromper par son propre zèle en accordant trop à l'usurpateur
(ce que je ne m'avise point du tout de soutenir), il pouvait néanmoins appartenir à une douzaine d'évêques
français de juger le souverain pontife, et s'il ne valait
pas mieux obéir que résister.

C'était là une grande question préliminaire; mais on
se gardait bien de la traiter. Je ne suis point étonné,
Monseigneur, de l'anecdote que vous m'apprenez sur un
évêque français. Si vous êtes curieux de savoir à quel
point l'esprit moderne avait pénétré dans l'épiscopat
français, lisez, je vous en prie, l'histoire, ou pour mieux

dire, le *Panégyrique de Bossuet*, par M. de Beausset;
le chapitre de la déclaration de 1682 vous semblera
écrit par un parlementaire effréné.

Personne n'est plus pénétré que je ne le suis de tout
ce que la religion et les lettres doivent à l'illustre Bossuet; mais il faut aussi avoir le courage de convenir
qu'il a eu des torts incontestables. Il aurait dû mourir
après avoir prononcé le sermon *sur l'unité*, comme Scipion l'Africain aurait dû mourir après la bataille de
Zama : il y a, dans la vie de *certains* grands hommes,
*certains* moments après lesquels ils n'ont plus rien à
faire dans ce monde.

Pour dire toute la vérité à l'oreille de Votre Excellence,
il me semble que, dans cette *exposition* même si vantée,
l'article du saint-père est d'une maigreur qui tient du
*marasme*. Il serait encore aisé de prouver que la conduite de ce grand homme, pendant les dernières années
de sa vie, a eu des suites très-fàcheuses.

L'Église gallicane me semble avoir été, pendant tout
le dix-huitième siècle, dans un état de véritable schisme
à l'égard du saint-siége. Plus d'une fois le souverain
pontife aurait pu lui dire, comme le préteur romain à la
femme divorcée : *Conditione tua utere; res tuas tibi ha-*
*beto.* La prudence ne le permettait pas, mais le droit y
était.

Cependant, Monseigneur, il ne faut pas se cacher la
vérité. Cette Église, si impatientante parfois, était cependant l'un des instruments les plus puissants de la souveraineté catholique. Il y a dans la puissance des Français,
il y a dans leur caractère, il y a dans leur langue surtout
une certaine force prosélytique qui passe l'imagination.
La nation entière n'est qu'une vaste *propagande*. Dieu

veuille amener bientôt le moment où elle ne *propagera*
que ce que nous aimons.

Comme le dit très-bien Votre Excellence, rien n'est
stable encore, et même l'on voit de tout côté les semen-
ces de nouveaux malheurs. Profitons au moins d'un moment de calme pour éclairer les esprits, et surtout pour
rendre l'éducation au sacerdoce. Mais comment aura-
t-on un sacerdoce sans prêtres (le problème est joli)?
Comment aura-t-on des prêtres sans les nourrir? Comment rendra-t-on à l'Ordre son ancienne dignité, en le
condamnant à la faim et à la soif?

La révolution française est *satanique* dans son principe ; elle ne peut être véritablement finie, tuée, exter-
minée que par le principe contraire, qu'il faut seulement délier (c'est tout ce que l'homme peut faire), ensuite il agira tout seul.

Les parlements de France avaient porté un coup mortel aux deux puissances, en les mettant l'une à l'égard
de l'autre dans une fausse position. Ils en avaient fait
deux ennemies toujours aux aguets, et toujours prêtes à
se précipiter l'une sur l'autre ; tandis que par nature
ce sont deux sœurs qui doivent marcher ensemble vers
le même but, en se donnant la main.

> . .................. *Alterius sic*
> *Altera sentit opem res et conjurat amice.*

On reprochait à la politique romaine je ne sais quel
caractère sournois, timide, tortueux, tergiversateur.
Sans examiner *si* et *jusqu'à quel point* on pouvait avoir
raison, je dis que ce caractère quelconque était notre
ouvrage : c'est en rectifiant notre politique que nous
perfectionnerons la vôtre.

Il faut absolument tuer l'esprit du dix-huitième siècle; mais comment nous y prendrons-nous, Monseigneur? Nous aurions besoin d'apôtres, et nous ne trouvons que des conjurés. L'erreur a pénétré jusque dans les cabinets des souverains, et quelquefois même encore plus haut. Souvent on est tenté de s'écrier: *Ubi sapiens? ubi scriba?* mais surtout, Monseigneur, *ubi conquisitor hujus sæculi?* Bien peu de gens connaissent à fond ce malheureux dix-huitième siècle, dont l'esprit enivre encore les meilleures têtes. Cependant, ne perdons pas courage. L'erreur, en vertu d'une règle divine et invariable, s'égorge toujours elle-même. Voici ce qui arrivera infailliblement, un peu plus tôt ou un peu plus tard.

Les princes, dans le seizième siècle, établirent le protestantisme pour voler l'Église; dans le dix-neuvième, ils rétabliront l'Église pour raffermir leurs trônes mis en l'air par les principes protestants.

Je remercie Votre Excellence de l'excellente brochure dont elle m'a envoyé plusieurs exemplaires. Je sais cet ouvrage par cœur depuis longtemps, mais je suis bien aise de le posséder séparé des œuvres de son illustre auteur. J'en ai fait usage sur-le-champ. Cette lettre de Fénelon est écrite avec une extrême sagesse, et depuis la page 28, elle est d'une vérité qui fait peur. Je me suis reconnu à cette page 28, me rappelant très-bien que les mêmes idées m'avaient jadis fatigué.

Je n'ai pu m'empêcher de sourire à cet endroit de la lettre de Votre Excellence, où elle me parle de la *piété du prince Alexandre Gallitzin,* grand partisan et chef temporel de la société biblique, où je vois figurer avec chagrin l'archevêque catholique. Quant à l'archevêque russe, *ipse viderit*. Le général des jésuites fut invité des premiers à prendre place dans cette société, heureusement il eut l'art de reculer avec prudence et respect.

Je prends la liberté, puisque j'en trouve l'heureuse occasion, de mettre sous les yeux de Votre Excellence un opuscule (1) qui reposait depuis longtemps en manuscrit dans mon portefeuille, avant que je lui permisse de s'échapper en l'année 1814 sous le voile de l'anonyme, dans un accès de colère né de la fièvre constitutionnelle qui travaille l'Europe. Je désire que mes pensées soient du goût de Votre Excellence, et qu'elle prenne nommément quelque plaisir à voir Platon, mon philosophe favori, colleter le protestantisme avec tant de vigueur. On a lu cet écrit avec quelque bonté à Paris, à Londres, et tout nouvellement encore en Allemagne. Ici, il a été moins compris, l'esprit philosophique n'ayant point encore obtenu en Russie le droit de cité, malgré le nombre déjà considérable d'individus éclairés qu'elle possède.

J'ai préparé des choses bien plus importantes; mais toujours je me suis vu contrarié par les circonstances, et je ne vois point jour du tout à la publication. Il ne me reste qu'à remercier Votre Excellence de la déclaration très-solide et véritablement épiscopale qu'elle a bien voulu m'adresser. Il eût été à désirer que ces sortes de protestations eussent été plus hâtives, plus générales et plus connues. Je retiendrai celle de Votre Excellence comme un modèle précieux de sagesse ecclésiastique.

Je me flattais peu, Monseigneur, que ma dépêche au comte de N ..., dont j'avais cru devoir adresser une co-

(1) L'*Essai sur le principe générateur.*

pie à Votre Excellence, pût mériter l'honneur d'être présentée au saint-père; mais puisque Votre Excellence a pris la chose sur elle, je suis charmé qu'il y ait lu mes sentiments. Je me croirai très-heureux, Monseigneur, si vous pouvez encore trouver et saisir l'occasion de mettre et ma personne, et mes écrits, et mon zèle, et tout ce que je possède de forces aux pieds de Sa Sainteté, dont je suis le très-fidèle sujet philosophique, politique et théologique, en ce sens que je crois la raison, la politique et la religion également intéressées à la rappeler au plein et libre exercice de ses sublimes fonctions, et à dégager une bonne fois le sacerdoce des chaînes injustes dont nous l'avions très-imprudemment chargé. Un nouveau champ est ouvert à la politique sage et religieuse du souverain pontife, et peut-être sommes-nous en état, nous autres gens du monde, de lui présenter quelques armes d'autant plus utiles, qu'elles auraient été forgées dans le camp des révoltés. Longtemps j'ai soupiré pour le séjour de Rome, où il me semblait que j'aurais pu m'occuper d'une manière à la fois conforme à mes études, à mes inclinations et à l'intérêt général. *Dis aliter visum.* Je me console en pensant que je n'ai peut-être pas été inutile ici.

Ne parlons point d'excuses, Monseigneur, je vous le demande en grâce : le retard d'une réponse en matière importante peut causer quelques mouvements d'inquiétude dont on ne se souvient plus au premier mot d'explication. Agréez, je vous en prie, les assurances les plus sincères de ma reconnaissance la plus sincère pour toutes les choses aimables que vous daignez m'adresser, et celle des sentiments les plus invariables de vénération et de respect, avec lesquels je suis, etc.

*P. S.* Je connais la belle protestation des évêques de la Belgique, et je suis sur le point d'en écrire à l'un de ces évêques que je connais particulièrement, pour me procurer certaines instructions dont j'ai besoin. Dire en général que *c'est un malheur pour un pays catholique de recevoir chez lui la religion protestante*, c'est dire une vérité si triviale, que ce n'est pas la peine de s'en occuper; mais de savoir si deux pays professant séparément les deux religions, et se trouvant réunis sous le même sceptre, *le pays catholique doit refuser la tolérance que l'autre lui demande, en offrant la réciprocité*, c'est un grand et un très-grand problème, Monseigneur. La raison de douter est que les sectes n'ont de force contagieuse que dans leurs commencements et durant le paroxysme révolutionnaire, passé lequel elles ne font plus de conquêtes. Le catholicisme, au contraire, est *toujours* conquérant, sans *jamais* s'adresser aux passions, et c'est un de ses caractères les plus distinctifs et les plus frappants. Qu'arrivera-t-il donc, Monseigneur, si les deux religions franchissent à la fois leur frontière commune dans le nouveau royaume? Pour une douzaine de misérables que le protestantisme nous prendra dans les Pays-Bas, et dont les motifs honteux déshonoreront le changement, même aux yeux de leurs ridicules apôtres, cent personnes peut-être, distinguées par le rang, le caractère et les vertus, passeront dans notre camp en Hollande. Au reste, je ne décide rien.

Recevez, Monseigneur, etc.

74. — A M. LE COMTE DE B ..., A DORPAT.

Saint-Pétersbourg, 7 (19) décembre 1814.

Vous avez beau jeu, mon très-cher comte, en me présentant l'apologie d'un homme qui n'en a nul besoin auprès de moi. Jamais je n'ai eu le moindre ressentiment contre M. Sontag, et mon indifférence sur la critique contenue dans la feuille de Riga était telle, qu'en écrivant au marquis Paulucci pour avoir la précédente, il ne me vint pas seulement en tête de demander le nom de l'auteur. Je ne l'appris que par la réponse du marquis; et comme je crus voir dans sa lettre un mécontentement assez fort, je répliquai à sa lettre pour le prier de saisir la première occasion d'obliger M. Sontag, et de lui dire que je le lui avais recommandé. J'ai écrit à M. Sontag dans le même sens; tout est dit, je pense. Mais lorsque vous lirez l'opuscule en question, mon cher et aimable collègue, j'ose croire que vous serez persuadé de deux choses : d'abord, que ce n'est point une de ces œuvres légères qu'on puisse juger, ni même examiner sur le revers d'une feuille volante; et de plus, que M. Sontag *a chanté faux*, au pied de la lettre, en répondant sur ce ton à quelques pages écrites avec une politesse recherchée, et même *avec amour* (c'est une de mes expressions). Je suis bien loin cependant de lui en vouloir pour ce défaut de tact; dans tout le reste il en aurait autant, et peut-être plus que moi; mais sur ce point seul il faut qu'il paye l'inévitable tribut. L'erreur n'est jamais calme : à la vérité seule est donnée la *chaleur sans aigreur*, grand phénomène pas assez remarqué. Voilà pourquoi j'ai écrit à M. Sontag que, *pour de fort bonnes raisons, à moi connues, je voudrais qu'il eût pris un ton encore plus différent du mien.*

Au reste, Monsieur le comte, dans l'état de choses et au milieu des flots de lumière répandus sur l'Europe, il n'y a plus que deux systèmes religieux possibles : le catholicisme et le déisme ; entre ces deux extrêmes, il n'y a plus de place tenable. Un protestant, s'il existait, serait un être risible ; mais il n'y a plus de protestant dans le sens primitif du mot, et sous ce point de vue, M. Sontag ne l'est pas plus que moi. Lorsqu'une chose mobile et changeante de sa nature a reçu un nom, ce nom subsiste pendant que la chose change, et long-temps après on conclut sans réflexion du nom à la chose. Un protestant de nos jours est un homme qui dit, comme la Fontaine : J'ai votre Nouveau Testament, c'est un assez bon livre. Il lui reste cette idée vague, qu'*il y a dans le christianisme quelque chose de divin* ; mais lorsqu'on en vient au détail, personne n'est d'accord, excepté *sur les grandes bases*, comme ils disent, c'est-à-dire, *je crois en Dieu et en son Fils quelconque*, et c'est ce que je disais tout à l'heure. Vous me parlez de zèle, mon cher comte ; il n'y a, il n'y aura, il n'y *a eu*, il ne peut y avoir de *zèle* hors de la vérité. Dans toutes les communions séparées, on prend la haine contre nous pour le *zèle* qui est tout amour, au point qu'il cesserait d'être s'il pouvait haïr : c'est la haine masquée en amour.

Il peut se faire que je n'aie pas bien compris M. Sontag, mais ce n'est pas ma faute ; je me suis battu dix fois avec sa syntaxe sans pouvoir en venir à bout. Trois docteurs allemands, après avoir balancé (notez bien ceci), se fixèrent enfin au sens que j'ai cru le vrai. Je suis bien mortifié de ne pouvoir ni comprendre ni même lire parfaitement la lettre qu'il m'a fait l'honneur de m'adresser en réponse. Je regrette fort de ne lui avoir pas écrit en latin, il m'aurait répondu de même, et nous nous serions entendus au moyen de la langue *universelle*. Assurez-le, je vous en prie, de ma parfaite estime et de la vérité de tous les sentiments que je lui ai exprimés dans ma lettre. Si j'avais le bonheur d'être connu de lui, il verrait que, parmi les hommes convaincus, il serait difficile d'en trouver un plus libre de préjugés que moi. J'ai beaucoup d'amis parmi les protestants, et maintenant que leur système croule, ils me deviennent plus chers. Il ne me faut pas d'autre attestation que la vôtre pour me convaincre que, si j'avais l'avantage de connaître M. Sontag, il augmenterait infailliblement le nombre de ces amis. Je viens d'obliger Platon (qui l'eût jamais cru?) à déposer de la manière la plus évidente contre le protestantisme; bientôt nous allons voir un phénomène bien autrement frappant. Le plus grand des protestants, et peut-être, dans un certain sens, le plus grand des hommes va sortir de son tombeau, et confesser à la face de l'univers, par un témoignage autographe, qu'il est mort catholique. Voilà bien de quoi faire rêver les dissidents. Au surplus, Monsieur le comte, *Spiritus ubi vult spirat*.

J'attends avec beaucoup d'empressement le moment de vous revoir. Je pense comme vous sur l'amalgame qu'on prépare; mais il serait inutile de raisonner ici sur ce point; nous en parlerons à l'aise, ainsi que de beaucoup d'autres choses.

A propos, ne me grondez pas de ce que je ne vous envoie pas l'opuscule qui m'a valu une lettre de vous.

On l'a tiré à peu d'exemplaires, et j'ai donné tous ceux que j'avais ; mais il vient d'être réimprimé à Paris, j'espère que bientôt nous l'aurons. Suivant les apparences, je n'imprimerai plus ici. Pluchart m'a appris, à mon grand étonnement, qu'un imprimeur de cette capitale qui publie un ouvrage philosophique, même court, ne peut compter que sur cent cinquante acheteurs environ. J'entends bien que les ouvrages se prêtent ; cependant c'est peu pour une aussi grande ville. Le Russe n'a point encore tourné sa pénétration du côté de notre vieille philosophie européenne. Il ne s'en soucie pas et n'y comprend rien (sauf toujours les exceptions) ; mais l'on ne peut rien savoir encore sur ce peuple dans l'ordre des sciences, l'esprit russe n'ayant point jusqu'ici pris de parti décidé. *Videant posteri.* Dans ce moment, il paraît s'occuper chaudement et sagement de sa langue et de sa littérature.

Mille hommages respectueux, je vous prie, à madame la comtesse ; j'embrasse de tout mon cœur monsieur son époux, en le priant d'agréer l'assurance la plus sincère de la haute considération et de l'invariable attachement que je lui ai voués.

———

**75. — A M. LE COMTE DE B ..., EN LIVONIE.**

16 (28) janvier 1815.

J'écris quand je puis, mon très-cher comte, et non quand je veux ; c'est ce qui fait que je réplique si tard à votre aimable réplique du 4 (nouveau style). Mille et mille grâces à M. Sontag, qui m'a valu cette intéressante cor-

respondance. *Comme ici-bas tout s'enfile!* Cette affaire
n'était point une affaire, pour moi du moins. Je n'avais
pas même pensé à demander le nom de l'auteur de l'article, et certainement il n'y avait en cela de ma part ni
indifférence ni dédain ; et voilà qu'une circonstance
amenant l'autre, le tout est devenu une espèce de négociation. Je suis bien mortifié de ne pouvoir lire M. Sontag et de ne vouloir point m'adresser à un interprète ;
j'aurais rempli un devoir de politesse bien cher à mon
cœur en lui écrivant dé nouveau, mais il n'y a pas
moyen. Je ne puis déchiffrer l'écriture manuscrite allemande, qui fait peur à mes yeux, au pied de la lettre.
Acquittez-moi, je vous prie, auprès de cet homme estimable, et veuillez l'assurer que, si jamais il m'arrive de
voir Riga, j'aurais certainement le plaisir de l'embrasser
de très-bon cœur, et de rire avec lui de toute cette affaire de gazette.

Au reste, mon très-cher et aimable comte, si vous m'a-
vez lu, comme je l'espère, au moment où je vous écris,
vous aurez vu que le protestantisme n'entre qu'inci-
demment dans mon ouvrage, et que je me suis exprimé
sur cet article avec la politesse d'un homme du monde,
et même, je l'ose dire, avec une affection religieuse
qui a touché plusieurs personnes de ce parti.

Mais il faudrait qu'un *surintendant* fût bien maître
de lui, bien affranchi de tout préjugé, pour entendre de
sang-froid Platon opiner contre le protestantisme d'une
manière si originale et si lumineuse. Plus vous médite-
rez ce passage, et plus votre bon esprit en sera frappé.

Vous aurez vu de plus, mon cher comte, je n'en
doute nullement, que M. Sontag s'est beaucoup trop
pressé d'écrire, et que çà et là il ne m'a pas entendu

du tout. Il me fait dire : *Nous chantons nos symboles,*
*donc ils sont vrais;* cela s'appellerait justement une bêtise; mais ce n'est pas ce que j'ai dit; j'ai dit : *Nos*
*symboles sont vrais, et voilà pourquoi nous les chan-*
*tons, car l'amour seul peut chanter, et il y a toujours*
*de l'amour dans la foi. Un symbole n'est point un or-*
*dre à la raison, c'est une confession de l'amour,* etc.
Vous voyez, Monsieur le comte, qu'on peut sans doute
écrire contre tout cela, mais pas du tout *stans pede in*
*uno,* et sans y regarder de près.

Un article tout à fait étranger à la théologie, et sur
lequel M. Sontag ne s'est pas seulement douté de ma
pensée, c'est celui de la vénalité des charges dans l'ancienne France, article sur lequel les *scioli* (1) sont insupportables à entendre. Je dis qu'il ne s'agit point de
*vénalité,* mais d'*hérédité,* et que, l'hérédité étant une
fois admise, la vénalité n'est qu'un avantage pour le
gouvernement, tout à fait étranger au fond de la question. Dites-moi, je vous prie, si une telle question présentée sous ce point de vue doit être rangée par numéro
dans la classe des absurdités qui ne valent pas la peine
d'être réfutées. Mais, encore une fois, tout ceci est dit
sans une ombre de chaleur, et seulement pour vous
convaincre que l'excellent esprit de M. Sontag, un peu
offusqué par une certaine pique de parti infiniment excusable, ne m'avait pas saisi, à beaucoup près, dans une
première lecture rapide.

Il n'y a rien de si vrai et de si frappant que ce que
vous me dites sur le protestantisme. Je lirai certaine-

(1) Mot italien qu'on ne pourrait rendre en français : *Savantin* ou *sa-*
*vanticule.*

ment avec un extrême plaisir l'ouvrage que vous m'annoncez sur ce sujet, et qui, je l'espère, ne sera pas écrit en lettres allemandes.

L'Europe entière est dans une fermentation qui nous conduit à une révolution religieuse à jamais mémorable, et dont la révolution politique dont nous avons été les témoins ne fut que l'épouvantable préface. — Pour nettoyer la place, il fallait des furieux; vous allez maintenant voir arriver l'architecte.

En vous disant que l'illustre mort prêt à ressusciter pour faire sa profession de foi fut jadis le plus grand homme du protestantisme, et peut-être le plus grand des hommes dans l'ordre des sciences, je croyais vous l'avoir nommé. Ce n'est pas Newton. — Au reste, mon cher comte, laissons-le arriver tranquillement. Il y a plus de vingt ans que j'avais connaissance de ce grand et magnifique témoignage, et je connaissais de plus le coin de la terre où il était enfoui. Dans un moment qui semblait rendre la chose extrêmement facile, je tâchai de saisir la pièce, mais sans succès. Un Français, plus heureux que moi, a pu l'atteindre lorsque les circonstances étaient devenues contraires. Maintenant, elle est sous presse, si déjà elle n'est publique : malheureusement, elle sera publiée en français, et non dans l'original latin qu'on aurait dû au moins imprimer en regard. Suivant ce qu'on m'écrit de Paris, c'est l'autographe même du grand et très-grand homme qui est parvenu à Paris.

Je viens aux sociétés secrètes. Laissons - les faire, Monsieur le comte. Tout cela vient à nous, mais par une spirale résultant d'une invincible attraction vers le centre et de l'action continuelle de l'orgueil (très-forte sans être égale) qui les écarte autant qu'elle peut de la ligne droite. Ces sociétés, au reste, sont détestables chez nous, parce qu'elles attaquent notre principe fondamental de l'autorité; mais, chez toutes les nations séparées, je les tiens pour infiniment utiles parce qu'elles maintiennent la fibre religieuse de l'homme dans toute sa fraîcheur, et qu'elles tiennent l'esprit en garde contre le *riénisme* protestant. — J'espère que nous dirons le reste de vive voix.

Il n'y a rien de si joli et de si vrai que ce que vous me dites sur la différence de rassembler et de réunir les gens. L'abbé Girard aurait pu en faire un bel article. C'est encore un point que je réserve pour la conversation.

Vous faites bien de ne pas prendre votre vol devers la capitale avant que le père de famille ne soit de retour. En attendant, *vivez doucement*, comme vous dites; car rien n'est plus *doux* que de *vivre doucement*, et ce bonheur suprême n'est pas accordé à tout le monde. J'espère que, lorsque vous serez de retour, nous reprendrons nos anciennes habitudes et nos conversations philosophiques. En attendant, mon cher comte, je vous embrasse de tout mon cœur, en vous priant d'agréer les assurances les plus sincères de mon attachement et de ma haute considération.

---

#### 76. — A MADAME LA COMTESSE DE....

Saint-Pétersbourg, 19 avril (1er mai) 1815.

Voilà qui est fini, Madame la comtesse; je ne vous laisserai plus aller à Paris, dès que vous souffrez de tels scandales; je ne dis pas à *votre barbe*, cela ne serait pas exact, mais au moins sous vos yeux. Je conçois la tristesse qui a dû vous percer et vous transpercer à cette funeste époque. La mienne est beaucoup moindre, Madame; car je suis bien persuadé que l'arrivée de Buonaparte en France sera, en définitive, très-avantageuse à l'ensemble des choses. Il y aura (peut-être même) de grands maux individuels et préliminaires; et l'immense corruption que vous me peignez si vivement exige encore, suivant les apparences, quelques remèdes violents; mais à la fin tout s'arrangera, au grand étonnement de ces hommes d'État

> De qui le cerveau s'alambique,
> A chercher l'an climatérique
> De l'éternelle fleur de lis.

On s'*alambiquait* du temps de Malherbe tout comme à présent, et avec autant de raison. Les protestants avaient divisé le royaume en départements, tout comme il l'est aujourd'hui. Ils avaient des places de sûreté : la Rochelle surtout, d'où ils communiquaient en pleine liberté avec les *frères* d'Angleterre, etc. Tout alla comme vous savez, Madame. Assurément, je ne veux pas comparer les époques en tout : cependant, tout finira de même, quoique nous ayons le cardinal de Bayonne au lieu de Richelieu.

Je suis aussi beaucoup plus indulgent à l'égard de la nation et de l'armée; aucune nation de l'univers n'a subi une épreuve de corruption égale ni comparable à celle que la France a essuyée. Partez de la régence; reposez-vous sur l'enseignement philosophique d'un demi-siècle, arrivez à l'aimable révolution de vingt-cinq ou

trente ans, et demandez-vous, Madame la comtesse, ce
que serait toute autre nation placée dans la même circonstance. Je m'étonne qu'il y ait une fibre saine dans
tous ces cœurs français. On l'a jugée trop tôt, d'ailleurs,
sous le rapport de la non-résistance. On se représente
une nation comme *une personne*, qui s'assied, qui se
lève, qui marche, qui se bat, etc. Ce n'est pas cela,
Madame; il faut donner à vingt-cinq millions de volontés
le temps de se reconnaître, de se décider, de s'unir, etc.
Qui sait ce qu'elles feront. Quant à l'armée, je vous
ferais la question que j'adresse ici à beaucoup de monde.
Croyez-vous, Madame, que, si un homme s'attachait
jusqu'à la mort à une coureuse, on s'avisât de le traiter
de volage? Il me semble, au contraire, qu'il n'y aurait
qu'une voix pour dire : *Voilà de la constance bien mal
placée.* C'est tout à fait la même chose, Madame : l'armée française est fidèle par essence. Elle ne sait ce que
c'est que ces Bourbons qui nous sont si chers, et si justement chers ;

> Je ne connais que lui, sa gloire, sa puissance:
> Vivre sous Bonaparte est ma seule espérance,
> Le reste est un vain songe!

Elle suit l'homme qui l'a fait vaincre. Ce sentiment est
inné dans l'esprit du soldat : toutes les pages de l'histoire
en font foi. Au lieu de nous étonner de cette fidélité, il
faudrait nous frapper la poitrine pour l'avoir créée en
grande partie. Ce sont nos basses adorations qui ont
produit en partie le prestige qui environne le faux dieu.
Ajoutez, Madame la comtesse, que le traité de Paris ac-
coupla malheureusement dans la tête de tout soldat
français l'idée de ses revers à celle des Bourbons, comme

20.

celle de ses triomphes à celle de Buonaparte. Le traité sera la justice même, tant qu'il vous plaira : ce n'est pas de quoi il s'agit. Maintenant, il s'agit de légitimer cette fausse fidélité; c'est mon libertin de tout à l'heure qu'il faut marier à une honnête femme. — Dieu préserve qu'il changeât de caractère. Il suffit qu'il change de mœurs. — Je crois toujours, Madame, que tout ira bien *à la fin;* mais de savoir ce qui arrivera avant le retour du roi, c'est ce qu'il n'est pas possible de prévoir. — Les Français pourraient fort bien dispenser les alliés d'un nouvel effort : c'est ce qu'ils feront s'ils ont le sens commun. Quant à moi, Madame, il se pourrait fort bien que cette nouvelle secousse rendît ma situation encore plus dure. Je crains d'être frappé de nouveau, mais non d'être défiguré, car la fortune ne peut plus frapper que sur une cicatrice.

Vous êtes attendue, Madame, par toute ma famille, à bras ouverts. Je leur ai parlé de vous et de tout ce qui vous appartient, comme vous pouvez l'imaginer. Venez vite, Madame la comtesse ; à quelque chose malheur est bon. Je vous croyais capable *de tout*, en fait de voyage. Mais l'excellent Corse est arrivé; crac! vous voilà à Chrestowsky. Mille amitiés des plus tendres à Monsieur le comte, et mettez-moi, je vous prie, aux genoux de cette grave Catache, notre maîtresse à tous sur le participe passif. Quant à Madame sa mère, il me semble bien aussi que je l'aime un peu.

77. — AU T. R. P. D'ERVELANGE-VITRI, DE LA C. DE J.,
A ODESSA.

Saint-Pétersbourg, 27 mai (5 juin) 1815.

Mon très-cher et révérend Père,

Très-certainement nous sommes brouillés, et comme
je ne sais pas pourquoi, c'est à vous à me le dire; et je
vous en somme en vertu de la sainte obéissance dont je
me suis fait céder le droit par le Très-Révérend Père
Général. J'écris au R. P. de Vitry; je lui écris de nouveau; je lui envoie même une petite production, précisément dans le genre qu'il désirait; et non-seulement il
ne me répond pas, mais pendant une année entière il
ne me donne pas signe de vie. Certainement, quelqu'un
lui a dit que j'étais jacobin ou janséniste. Parlez, mon
cher Père; dites l'un ou l'autre : *Quidquid dixeris argu-
mentabor.* Si, par hasard, vous me haïssez, je vous
avertis qu'il ne faut pas vous attendre au réciproque;
car je ne cesse de vous désirer ici, ce qui n'est pas un
signe de haine. Depuis que mon ami l'Italien est parti
de Polosk pour la voûte éthérée, il me manque de temps
en temps, entre sept et neuf heures du matin, suivant
la saison, une tasse de café philosophique ou théologique. Je songe souvent que vous pourriez fort bien me
la donner, et la communauté de langue de plus ne gâte-
rait rien. A présent que vous avez planté, d'autres pourraient arroser, pendant que vous viendriez ici jaser
avec vos amis sur l'agriculture. C'est un sujet inépuisable, et que la plume seule traite mal. L'état de la

*vigne* n'a peut-être jamais été si extraordinaire. J'ai continuellement l'œil sur ses ouvriers. L'antique phalange, déjà affaiblie par celui qui affaiblit tout, est sur le point de disparaître entièrement. Où sont les successeurs, et qui recevra le manteau d'Élie ? C'est la grande question. Je vois bien du zèle, de l'assiduité et un esprit de conservation digne de toutes sortes de louanges; mais j'ai beau regarder, je ne vois nulle part la flamme créatrice. Je me console avec mes propres maximes; je me dis : Souviens-toi donc de ce que tu as dit, que *rien de grand n'a de grands commencements*. Il est donc bien vrai que nous ne voyons point de *flamme*; mais qui nous dit qu'une légère fumée, imperceptible à tous les yeux (ou presque tous), n'annonce pas un incendie divin pour la génération qui arrive. Un homme tel que Werner, par exemple, n'est-il pas digne d'une très-grande attention. Il y a bien d'autres signes : *sed de his coram.* Et voilà pourquoi je vous demande cette *tasse de café* que vous ne me refuserez pas, si vous n'êtes plus avare qu'Harpagon.

Vous avez, sans doute, accordé le plus grand intérêt à l'aventure du jeune prince Galitzin, qui a tant occupé les cercles de la capitale. Devant tout homme sans préjugés l'accusation tombait d'elle-même; car comment imaginer que des hommes ayant des têtes sur leurs épaules eussent été capables d'une telle inprudence ? Mais où sont les hommes sans préjugés ? *Rara avis in terris*, même en Russie. C'est la profonde sagesse de l'empereur qui a sauvé vos collègues, et nous tous, d'un très-grand désagrément. Je ne puis assez admirer sa prudence et son équité dans ces sortes de cas. Au reste, mon très-cher Père, je crois savoir à n'en pas douter,

et sans l'avoir cherché, que le jouvenceau est inébranlable. C'est une chose très-extraordinaire. Vous aurez
entendu souvent ce beau raisonnement : *Si on ne lui
avait pas parlé, comment aurait-il changé?* Sans doute
qu'on lui a parlé; mais qui? *Ubi vult spirat.* C'est le
quatre ou cinquième exemple incontestable de ce genre
dont j'ai connaissance.

La politique est un autre sujet inépuisable, et d'autant plus inépuisable qu'il se lie au précédent, et ne
peut plus, à mon avis, en être séparé. La France est
encore sous l'anathème, au point qu'elle m'a fait douter
si elle n'était pas morte. Cependant, je crois toujours
qu'elle est réservée à quelque grand rôle. J'ai dit : *Je
crois;* peut-être j'aurais mieux dit : *J'aime à croire.*
Comme vous voudrez. Il est vrai cependant qu'il y a de
bonnes raisons de croire ainsi; mais, d'une manière ou
d'une autre, il arrivera de grands changements. Les souverainetés mêmes commencent à réfléchir : il en est temps.
J'ai l'œil sur l'Angleterre. Soyez sûr que de ce pays par-
tira, un jour, *quelque fusée à la Congrève* qui nous
donnera une belle illumination. Donnez-moi des nouvelles du petit carré de la grande vigne qui est tombé
sous votre bêche. Le terrain est-il bon, et les broussailles
n'étouffent-elles point les ceps?

Jadis, dans les moments de danger, vous me mettiez
*sur la patène;* mais comment ferez-vous aujourd'hui,
mon cher et révérend Père : je tiendrai beaucoup de
place avec toute ma famille. Si le diamètre de votre
disque sacré ne suffit pas, nous consentons, père, mère,
sœurs, à demeurer à terre, pourvu que vous éleviez
bien haut votre pauvre chevalier-garde, qui est sur le
point de repartir. Vous l'avez gardé, avec vos alliés, de

Smolensk à Montmartre; ne vous lassez pas aujourd'hui, mon révérend Père, dussiez-vous, comme Moïse, vous faire soutenir les bras. Je ne regarde pas, au reste, comme démontré qu'il y ait une guerre; Buonaparte, pour *sa joyeuse entrée*, a débuté par couper le cou à son auguste beau-frère : vous verrez qu'il se perdra lui-même. Les jacobins le saliront en le touchant, et dès qu'il sera ridicule, il ne sera plus. *Quod felix faustumque sit!* Sur cela, mon cher et révérend Père, je prends congé de vous, en vous assurant que vous ne sortirez jamais de mon cœur.

       Votre, etc.

*P. S.* Cette lettre vous sera remise (1) en main propre par un Anglais, M. John Williamson, homme qui m'est fort recommandé ici, et qui me paraît un fort honnête homme.

———————

### 78. — A MADAME DE S..., A STRELNA.

*Fotre Excellence, ch'ai tit un pon mot* (2). Les esprits ont un grand inconvénient : il n'y a pas moyen de les saisir. Pendant votre séjour ici, vous fûtes vue ou entrevue par quelqu'un de ma famille; mais comme vous étiez dans le plâtre et dans les affaires, je pensai que vous pourriez sans miracle avoir envie de ne voir personne, et que si vous aviez eu une demi-douzaine

———

(1) Au moment où j'écrivais ceci, l'excellent homme n'était plus.

(2) *Votre Excellence, j'ai dit un bon mot.* Badinage sur la prononciation allemande d'un maître de langues, qui avait fait précéder de cette phrase le récit d'une platitude.

de quarts d'heure à perdre, vous me l'auriez probablement fait savoir; c'est ce qui m'empêcha de vous chercher chez vous. J'ai su, depuis, que vous aviez beaucoup vécu avec l'aimable sœur à qui j'ai eu l'honneur de faire ma cour avant-hier dans l'île. Elle m'a dit qu'elle se disposait à vous rendre votre visite; c'est fort bien fait à vous. Je vous suis des yeux dans votre solitude, Madame; je vous accompagne dans vos longues promenades. J'espère qu'à votre retour vous nous ferez présent d'un petit traité sur la solitude, dont vous avez examiné le fort et le faible tout à votre aise. *Quand j'étais dans mon jeune âge*, on m'a fait étudier, « jamais moins *seul* que lorsqu'il était *seul*, » ce que dit Cicéron d'un très-grand homme; mais voilà Fénelon qui me dit d'un autre côté : *On n'est jamais moins seul que lorsqu'on est avec soi*; — et c'est pour me dire qu'il faut se défier d'une aussi mauvaise compagnie. On ne sait auquel entendre. Il pourrait se faire qu'ils eussent raison tous deux. *Fotre Excellence, métidez ce suchet au milieu de fos pouleaux*; et vous nous direz deux mots.

J'ai tâché de mener les affaires de France aussi bien qu'il m'a été possible; cependant j'ai bien peur de n'avoir pas réussi parfaitement, et de vous laisser plusieurs choses à désirer : je recommande surtout ceci à vos réflexions. *Ils* déclarent tous solennellement qu'ils ne font la guerre qu'*à lui*; puis, lorsqu'ils sont arrivés à la porte de la capitale, ils traitent sans dire un mot de lui : *Expliquera, ma foi, les princes qui pourra!* N'allez pas croire, Madame, je vous en prie, qu'on puisse mettre *prince* partout où il y a *femme*, sans rien déranger; l'à-propos est ici sans conséquence. Il ne paraît pas douteux, au reste, que les puissances ont

pris des résolutions préliminaires sur le grand homme ;
ainsi il faut attendre le résultat. Mais quand on l'étran-
glerait, lui et les siens, aurions-nous fini ? Bah ! le
pauvre roi de France a de terribles affaires sur les bras,
dont malheureusement la bonté ne peut se tirer. Il y
aurait maintenant une belle chose à faire, mais qui ne
pourrait guère entrer dans un billet..

Hier, Madame, si les oreilles vous ont tinté vers les
neuf heures du soir, c'est que je disais du mal de vous
chez l'ambassadeur de France, qui est venu aussi chercher
la solitude sur les bords de votre belle Néva, vis-à-vis
Kaminiostroff, dans une maison de bois assez bien
arrangée pour qu'on puisse y marcher sans enfoncer.
Nous avons traité plusieurs sujets moins agréables que
vous, Madame.

Je me recommande à votre souvenir ; quant au mien,
il vous est tout à fait dévoué : vingt-deux werstes l'embarrassent bien moins qu'elles ne m'embarrassent moi-
même ; ainsi, lorsqu'il se présente, je vous prie de ne
pas faire dire : *Nie prinimaït* (1).

Agréez, Madame, les hommages tout à fait distingués, etc., etc.

(1) Madame ne reçoit pas.

### 79. — A M. LE COMTE DE ....

Saint-Pétersbourg, 25 août (6 septembre) 1815.

Monsieur le comte,

Voilà deux belles lettres de vous, auxquelles je dois une réponse. Je comptais sur une occasion pour jaser un peu avec vous; mais elle m'a manqué. Écrivons toujours : il faudra bien que ma lettre aille vous chercher de quelque manière.

Je me hâte de vous remercier des deux *Palmaverdes* (1); d'honneur, ils ont été pour moi une véritable apparition. A l'élégance de l'impression, à la correction du style et des épreuves, à la finesse des prédictions, au charme inimitable des vers, et jusqu'à la nature du maroquin qui l'habille, j'ai vu que nous n'avons changé sur rien, et j'en ai conclu l'imperturbable fidélité de notre bon peuple. — Le diable m'emporte si je plaisante ! Certes, on n'est pas si sage en d'autres pays ! La nouvelle jurisprudence que vous me décrivez est unique, et telle que la postérité qui nous jugera nous prendra pour des fous. Le respect pour la personne et les propriétés des brigands en chef et des spoliateurs de l'Europe est déjà fort joli en lui-même; mais il devient encore plus *savoureux*, lorsqu'on le compare *alla poca o nulla attendenza* accordée à tous les malheureux détroussés, peuples ou individus. Il ne manquerait plus qu'une dérogation solennelle à l'ordre de la succession souveraine. On a parlé ici, comme chez vous, de cet énorme solécisme; mais j'espère qu'il n'aura pas lieu.

(1) L'Almanach de Turin.

Bien peu de gens, Monsieur le comte, savent ce que c'est que la monarchie. — Dans votre jeunesse, peut-être vous avez chanté : —*Tous les goûts sont dans la nature.* — *Le meilleur est celui qu'on a.* — La maxime n'est peut-être pas extrêmement édifiante ; mais je l'ai tout à fait régularisée, et presque sanctifiée par le changement d'un seul monosyllabe. — *Tous les rois sont dans la nature.* — *Le meilleur est celui qu'on a.* Tout homme sensé doit défendre (même sans vertu et pour son propre intérêt) le roi *qu'il a* et la famille souveraine *qu'il a.* Je ne sais si je dois rire ou pleurer lorsque j'entends parler d'*un changement de dynastie.* Pour avoir un ange, je serais tenté d'une petite révolution ; mais pour mettre un homme à la place d'un autre, il faut avoir le diable au corps. Coupez-vous la gorge vingt ans, messieurs les fous ; versez des torrents de sang pour avoir Germanicus et Agrippine, dignes de régner ; et, pour vous récompenser, ils vous feront présent de Caligula. Voilà un beau coup vraiment ! En huit ou dix générations, toutes les bonnes et toutes les mauvaises qualités de la nature humaine paraissent et se compensent, en sorte que tout changement forcé de dynastie est non-seulement un crime, mais une bêtise.

Je suis très-porté à croire ce que vous me dites de ce grand personnage *qui croit qu'on prend les vautours, et même les condors, comme les mouches avec du miel.* C'est un des grands phénomènes de notre époque que certaines idées aient pu se loger dans de certaines têtes ; mais l'équité exige aussi d'avouer que les erreurs de la bonté sont plus respectables que les erreurs opposées. Au reste, Monsieur le comte, les affaires sont aujourd'hui dans un tel état, que je ne voudrais répondre de

rien, pas même du retour de Buonaparte. Si vous lisez
les papiers anglais, vous aurez été effrayé de l'intérêt
qu'il inspire dans le pays d'Albion, et des belles dissertations des jurisconsultes anglais pour établir qu'on
n'a pas droit de retenir *ce digne homme* en prison.
On peut être surpris, au premier coup d'œil, du sentiment universel d'admiration que les Anglais ont montré dans cette occasion ; mais, si vous y regardez de
près, vous reconnaîtrez que ce sentiment (dût-il même
avoir de mauvaises suites) honore les Anglais. Les peuples, comme les individus, sont admirateurs à mesure qu'ils sont supérieurs. La médiocrité refuse toujours d'admirer et souvent d'approuver : c'est le caractère distinctif d'un peuple illustre que nous avons
l'un et l'autre beaucoup connu.

Hier, j'ai fait connaissance avec M. le commandeur
Saldanha de Gama et avec madame son épouse. —Je
regrette bien que vous ne soyez pas là pour confronter
*le feu des Alpes avec la glace du Brésil.*

Je crois bien, comme vous le dites, que l'ambassadeur de Perse ne connaît pas *ad unguem* toutes les dy-
nasties de l'Europe. Je crois qu'il s'ennuie passablement. Il parle et écrit l'anglais d'une manière tolérable,
de manière que je me serais fait présenter chez lui si
je parlais cette langue ; malheureusement je la sais
assez joliment *by the eyes*, mais point du tout *by the ear*,
l'ayant apprise dans une petite ville, comme tout le
peu que je sais, de moi-même. On fait un charmant conte
bleu sur le compte de cette Excellence. On dit qu'elle a
reçu une lettre fulminante de S. M. Persane, qui accuse
son ambassadeur de lui faire des histoires à dormir debout, et que ce n'est point à elle qu'on fera croire

qu'un souverain peut vivre hors de chez lui; sur quoi l'ambassadeur a été obligé de prouver à son auguste maître (ce qui n'aura pas été extrêmement difficile) que l'empereur de Russie était cependant très-bien à Paris. La constance de l'ambassadeur à attendre S. M. I. semble montrer qu'il a des choses importantes à dire. Deux beaux éléphants sont arrivés à pied pour être présentés à l'empereur; un troisième, qui était du voyage, est mort dans je ne sais quelle auberge. Il y a d'autres présents magnifiques, à ce qu'on dit.

On voit très-peu cet ambassadeur persan; on ne le cherche point, et il ne se présente (jusqu'à présent) dans aucune assemblée. S'il savait le français, il y aurait foule chez lui; les Anglais seuls le consolent un peu. Sa maison coûte 25,000 roubles par mois à l'empereur.

Que vous dirai-je d'un autre chapitre un peu plus triste, celui de ma malheureuse patrie? Vous m'avez tout dit vous-même : c'est un pays anéanti, et sa perte entraîne la mienne. J'ai été longtemps à savoir la vérité sur ce point; je croyais qu'il s'agissait d'une volonté générale et sans engagement; je pense maintenant, pour me consoler dans mon extrême malheur, que la volonté particulière a mis des choses importantes dans l'autre bassin de la balance; qu'il est naturel que chacun aime son ouvrage; que la raison, la nature, la justice, feront tôt ou tard quelque chose pour nous, et qu'en attendant, il faut remercier du bien sans trop s'irriter du mal. Trois députés de cet infortuné pays sont encore allés à Paris, pour tâcher d'émouvoir les entrailles alliées; mon frère est du nombre des députés : *Dominus det eis intellectum !* mais j'ai bien peur que vous n'ayez raison et que le mal ne soit sans remède. Au reste, tout est en l'air, l'Europe entière branle, un nouvel équilibre se prépare. Combien nous coûtera-t-il encore ? Dieu le sait, ce n'est plus notre affaire, Monsieur le comte ; il faut dire, comme au sénat : — *Soit montré à nos enfants !* Ma famille, mes amis et mes livres suffisent aux jours qui me restent, et je les terminerais gaiement, si cette famille ne me donnait pas d'affreux soucis pour l'avenir. Jeté à sept cents lieues de mon maître, dépouillé deux fois de tout ce que je possédais, privé de tout espoir d'économie, puisque à peine je puis vivre, je m'étourdis sur l'avenir, qui s'approche cependant, et que mes enfants devront subir. Il peut se faire que cette vivacité dont vous me parlez m'ait nui quelquefois, et véritablement je reconnais de bon cœur que j'ai très-peu le talent d'attendre. Cependant, si j'avais le plaisir de vivre quelque temps avec vous sous le même toit, vous ne seriez pas peu surpris de reconnaître en moi le roi des paresseux, ennemi de toute affaire, ami du cabinet, de la chaise longue, et doux même jusqu'à la faiblesse inclusivement ! car je ne fais point de compliments avec moi-même. *Nuper me in littore vidi.*

Vous me surprenez en m'apprenant la suspension de mon beau-frère, le chevalier de Saint-Réal. Après les pendus, je ne vois rien de si malheureux qu'un suspendu. Je me mets fort à sa place : je vois le pour et le contre ; néanmoins je le croyais décidé. Pauvre excellente sœur ! est-il possible que je ne doive plus la voir ? Et que fera-t-elle, dans cette Laponie brûlante, de son aimable petite enfant si bien élevée, si intéressante, à ce qu'on me dit de plus d'un côté. Mais voilà trop de discours. Adieu mille fois, Monsieur le comte : croyez,

je vous en prie, aux sentiments les plus affectueux et
au profond dévouement que vous a voués pour la vie,

Votre, etc.

---

**80. — A MADAME DE S...**

31 juillet (12 août) 1815.

Comment vous peindre, Madame, l'impression que
m'a faite l'état que vous me décrivez! Que je voudrais
être votre voisin! Un ami véritable est, au pied de la
lettre, un conducteur qui *soutire* les peines, — surtout
les peines de ce genre. Si vous saviez comme je vois
clair dans votre pauvre cœur! Vous me rappelez l'arrêt
que j'ai porté contre lui; je ne le rétracte pas. L'entreprise que vous avez formée est un crime: j'espère que
vous m'entendez sur ce mot *crime*. Pauvre excellente
femme! vous voulez donc jeter dans les bassins de votre
balance, d'un côté, Bossuet, Bellarmin et Malebranche, de l'autre, Clarke, Abadie et Scherlock! — et vous
les pèserez sans doute! — mais, pour les peser, il faut
les soulever : belle entreprise pour votre élégante main!
C'est là le *crime*. Jamais, Madame, vous n'arriverez par
le chemin que vous avez pris. Vous vous écraserez de
fatigue : vous gémirez, mais sans onction et consolation : vous serez en proie à je ne sais quelle rage sèche,
qui rongera l'une après l'autre toutes les fibres de votre
cœur, sans pouvoir jamais vous débarrasser ni de votre
conscience ni de votre orgueil. Ce Scherlock, que je
vous nommais tout à l'heure, a prononcé ce mot remar-

quable : *Never a man was reason'd out of his religion.*
Ce que j'ai traduit ainsi, après en avoir à peu près désespéré : *Jamais homme ne fut chassé de sa religion
par des arguments.* De quelque manière qu'on dise,
rien n'est plus vrai. La conversion est une *illumination
soudaine*, comme dit Bossuet. Nous avons une foule
d'exemples de ce genre, même dans les hommes supérieurs les plus capables de raisonner. Le dernier est
celui de Werner, qui se vit frappé d'un *coup de catholicisme* en voyant sortir le saint sacrement de l'église de
Saint-Étienne. Le pendant exact est dans ma mémoire
depuis longtemps; mais, quoi qu'il en puisse être, et
soit que l'heureux changement s'opère subitement ou
par secousse, toujours il commence par le cœur, où le
syllogisme est étranger. *Never a man was reason'd
out of his religion*, et jusqu'à ce que l'orgueil soit
complétement détrôné, il n'y a rien de fait.

En revenant sur cette balance dont je vous parlais
tout à l'heure, vous pourriez fort bien me dire que je
ne parle point à vous en vous citant les protestants;
mais je ne saurais trop vous répéter, Madame, que très-
certainement vous êtes protestante, car le protestantisme
n'est autre chose que l'*orgueil* protestant *contre l'unité.*
Or, quoique les sectes diffèrent entre elles, cependant
par rapport à nous elles sont toutes égales, puisqu'elles
ne sont pas *nous.* Dès qu'une branche est coupée, elle
n'appartient plus à l'arbre; celle qui est verte encore,
celle qui même n'a pas touché terre, diffèrent sans doute
de celle qui a fait du charbon depuis dix ans; mais
pour l'arbre c'est égal : elles ne sont plus *lui*, ni *à lui*,
ni *de lui.*

Votre cœur si bien fait, si doux, si tendre, recèle

I.             21

cependant une haine violente, amère, originelle et presque mécanique contre toute autorité (1). Le raisonnement pourra quelquefois transiger avec vous ; mais le premier mouvement est toujours : *Comment donc !* etc. ; c'est pourquoi je vous ai souvent dit, en badinant sérieusement, que *vous étiez née protestante*. Je me rappelle un moment où il vous échappa un mouvement de véritable indignation à propos de la défense de lire tel ou tel livre. Cependant, pourquoi l'autorité n'aurait-elle pas droit de mettre à la porte des libraires la même sentinelle qu'elle place à celle des pharmaciens ; et pourquoi mademoiselle N... aurait-elle plus de droit de demander *Jeanne* à Rospini, qu'une once de sublimé à Gipsen ? Je m'amusais dans un coin à voir votre colère. Soyez sûre, Madame, que c'est une disposition habituelle qui vous trompe et vous cache à vous-même. Vous croyez n'être pas convaincue ; vous l'êtes depuis longtemps autant que moi. Vous croyez chercher la vérité, cela n'est pas vrai du tout : vous cherchez le doute, et ce que vous prenez pour le doute est le remords ; ou, pour mieux dire, c'est *un* remords. Vous disputez avec votre conscience : elle vous pince, c'est son métier.

Ce doute même qui vous tiraille est seul une grande preuve contre vous. *Le doute n'habite point la cité de Dieu.* C'est un beau mot de saint Augustin ( ou de quelque autre ) ; comment le doute et la vérité pourraient-ils habiter ensemble ? c'est une contradiction dans les termes. Nous ne pouvons, hélas ! que trop avoir le remords du

---

(1) Ceci, qui est écrit à grande course de plume, est trop général. Entendez l'*autorité qui veut dominer les opinions*, etc. (Note mise sur la lettre même.)

crime ; mais le *remords de l'erreur*, qui est le doute,
nous ne l'avons ni ne pouvons l'avoir. *Hors de la cité*,
au contraire, le doute est chez lui, et ce doute est un
don, puisqu'il avertit de rentrer.

Vous lisez maintenant Fleury, condamné par le souverain pontife, pour savoir exactement à quoi vous en
tenir sur le souverain pontife ; c'est fort bien fait, Madame ; mais quand vous aurez achevé, je vous conseille
de lire la réfutation de Fleury par le docteur Marchetti ;
ensuite vous lirez *Fébronius contre le Siége de Rome*, et
d'abord après ( en votre qualité de juge qui entend les
deux parties ) l'*Anti-Fébronius* de l'abbé Zaccharia. Il
n'y a que huit volumes in-8°, ce n'est pas une affaire.
Puis, si vous m'en croyez, Madame, vous apprendrez
le grec, pour savoir précisément ce que signifie cette
fameuse *Égimonie* que saint Irénée attribuait à l'Église
romaine dans le troisième siècle, d'après l'ancienne tradition ; pour savoir enfin si ce mot signifie la *primauté de
l'Église romaine*, ou la *suprématie* de l'Église romaine,
ou la *principauté* de l'Église romaine, ou la *juridiction*
de l'Église romaine, etc. Le célèbre cardinal Orsi, ayant
entrepris une réfutation de Fleury, y trouva tant d'erreurs, qu'il se détermina à écrire une nouvelle histoire
ecclésiastique, croyant que l'unique réfutation d'une
mauvaise histoire était une bonne histoire. Il entreprit
donc une nouvelle histoire, et il mourut au vingtième
volume in-4°, qui n'achève pas le sixième siècle. Croyez-
moi, Madame, lisez encore cela, autrement vous ne
serez jamais tranquille, etc.

Je vous disais, tout à l'heure, *croyez-moi*, en souriant ;
maintenant, Madame, je vous dis très-sérieusement,
*Croyez-moi* ; lisez le sermon de Bourdaloue sur la paix

chrétienne, vous y lirez ce beau passage de saint Thomas : *Raisonner, c'est chercher, et chercher toujours,*
*c'est n'être jamais content*, car le doute sur la première
des questions, c'est la fièvre de l'âme, comme *la foi est*
*la santé de l'âme*, à ce que dit saint Augustin ( cette
fois j'en suis sûr; ci-devant je citais Huet). Philarète a
dit cent pauvretés ; ce n'est pas ce qu'on attendait, et
ce n'est pas, en particulier, ce qu'attendait l'aimable
dame à qui j'écris; mais il ne faut pas en vouloir au
bon archimandrite : quand il serait le premier homme
de l'univers, il aurait pu mieux écrire, mais jamais
mieux raisonner. On dirait de lui : *Vainqueur par son ta-*
*lent, vaincu par son sujet;* il serait *drôle* vraiment qu'on
pût dire la *vérité contre* la vérité.

Si vous persistez dans votre malheureuse et inutile
étude, je vous recommande instamment les réflexions
suivantes :

1° Le pape a cinq caractères : il est, 1° évêque de
Rome, 2° archevêque de sa province métropolitaine,
3° primat d'Italie, 4° patriarche d'Occident, 5° souverain pontife : il n'a donc que la cinquième qualité dans
l'étendue des autres patriarcats, et il n'y a pas plus
affaire qu'un archevêque chez son suffragant. De là la
rareté des actes, la possibilité qu'il n'y en ait aucun
pendant longtemps, etc.

2° Je me flatte d'avoir démontré jusqu'à l'évidence
qu'aucune grande institution ne peut résulter d'aucun
monument écrit. Ainsi, tout se réduit à ce que j'ai appelé *usurpation légitime;* le souverain agit, l'obéissance
est générale, tranquille et constante; l'opposition, s'il y
en a, est particulière, turbulente et passagère; enfin, la
souveraineté s'assied, et sur son trône est écrit : *Je*

*possède parce que je possède* : c'est un mot de la loi romaine.

3° Lorsque vos gens parlent des *premiers siècles* de
l'Église, ils n'ont point d'idée claire. Si nous devions
vivre mille ans, les quatre-vingts ans qui sont aujour-
d'hui le *maximum* commun seraient nos *premières
années*. Qu'est-ce donc qu'on entend par les *premiers
siècles* d'une Église qui doit durer autant que le
monde? etc., etc. Suivez cette idée.

L'opuscule de Philarète est composé de douze feuilles
d'impression. Je n'en possède que sept en français; et
je me serais encore adressé à vous, Madame, pour une
feuille ou deux, *n'étaient* vos occupations, votre mal
d'yeux, et ce nuage qui a passé dans ma tête. Les reproches que vous adressez à ce religieux sont, au fond,
de véritables louanges; ils prouvent qu'il est honnête
homme et bon logicien. *Il ébranle les bases*, dites-
vous; c'est-à-dire, qu'il est protestant dès la seconde
page. En cela, il raisonne juste, car c'est la même chose
de n'être pas catholique ou d'être protestant. *D'autres
prélats*, dites-vous, *l'auraient désavoué*; tant pis pour
eux, car ils seraient de mauvais raisonneurs, sans être
de meilleurs chrétiens. Entre les différentes Églises orien-
tales, il n'y a plus d'unité visible. Tous sont d'accord sur
ce point : l'Église russe, qui s'appelle *grecque*, n'est pas
plus grecque qu'arménienne ou copte. Où est donc l'É-
glise, puisqu'il n'y a point de chef commun? — *Dans
l'Écriture sainte et dans la tradition légitime.* — Voilà
le protestantisme; en un mot, Madame, la question se
réduit entre nous, à savoir, 1° s'il peut y avoir un empire de Russie sans empereur de Russie; 2° si Pougatscheff était révolté contre Catherine II, ou Cathe-

rine II contre Pougatscheff. — Mais il est impossible qu'à la fin vous ne soyez pas conduite par votre excellent esprit à cette grande et *évidentissime* vérité, que *hors de notre système il est impossible de défendre le christianisme.* Votre Église la première n'est-elle pas un objet de pitié? Otez-lui les *catholisants*, les *protestantisants*, les illuminés, qui sont les *rascolnicks* des salons, et les *rascolnicks*, qui sont les illuminés du peuple, que lui reste-t-il ? — Madame la princesse Gollitzin Woldemar.

Ma plume, secouée par la profonde affection que j'ai pour vous, Madame, a laissé tomber ces laconiques pensées. Recevez-les du moins comme une preuve de mes sentiments, qui ne varieront jamais. J'aurais bien pu attendre le moment de vous voir, qui n'est pas loin, à ce que vous me dites ; mais qui sait si je n'aurais pas dit plus mal ? D'ailleurs, puisque vous devez me battre ce jour-là, je suis bien aise de vous quereller un peu par une espèce de vengeance anticipée qui est le comble de la prudence.

———

**81. — A M. LE MARQUIS CLERMONT MONT-SAINT-JEAN, A HERMÉ-CHATEAU, PRÈS DE PARIS.**

Septembre 1815.

Il est temps, Monsieur le marquis, de répondre à votre lettre du 30 janvier. Elle arriva précisément au moment de l'affreuse catastrophe, comme vous l'aurez aisément deviné; il me fut donc impossible de vous répondre. Mais votre commission fut exécutée sur-le-champ, et probablement le séjour de Sa Majesté Impériale en France vous aura fourni les moyens de vous en assurer directement. Depuis la seconde restauration (que Dieu veuille protéger), j'ai balancé quelque temps avant de vous écrire; mais, enfin, je cède à mon inclination, et sous la protection de l'ambassade de France je lance ma feuille.

Comment pourrais-je vous exprimer une très-légère partie du plaisir que me fit votre lettre si aimable et inattendue? Je me crus de nouveau transporté au *Verney*, dans cette maison que vous eûtes à peine le temps de meubler avant l'épouvantable inondation. Sans doute, Monsieur le marquis, *j'ai toujours partagé vos principes et vos sentiments*. En vous lisant, il m'a semblé que je vous rencontrais à l'auberge et que je vous sautais au cou. N'est-ce pas aux rues basses de Genève, l'an de grâce 1794, que j'ai eu l'honneur de vous voir pour la dernière fois? Quatre ou cinq ans après, si je ne me trompe, une de vos lettres est encore venue me chercher à Venise; dès lors pas le moindre signe de vie réciproque. Le tourbillon révolutionnaire nous a fait pirouetter chacun de notre côté, et maintenant nous voilà posés, l'un à Paris, l'autre à Pétersbourg; heureusement nous savons écrire, et je ne saurais trop vous remercier de m'en avoir donné une preuve si agréable pour moi.

Vous me demandez de mes nouvelles, Monsieur le marquis; je suis tenté de vous répondre, comme Zaïre: *Hélas! sais-je ce que je suis?* Certainement mon sort a de fort beaux côtés. Je jouis ici d'une bienveillance qui est pour moi le plus grand des biens. La protection du maître et les égards des sujets m'ont si bien naturalisé, que je n'ai plus d'autre crainte que celle de changer de place. Je n'ai plus de patrie, là où je ne trouverai plus que des biens confisqués et des amis enterrés. D'ailleurs, vous avez trop de tact, trop de connaissance des hommes et des choses, pour ne pas sentir l'effet du traité de Paris, par rapport à moi. Je me défends de jeter les yeux sur le midi de l'Europe, où je n'ai plus rien à faire. Je trouve ici bonne mine de tout côté, grande et excellente compagnie, cour magnifique, livres, loisir, liberté parfaite, et plus de considération que je n'en mérite. — En voilà assez pour redouter un changement de route. — Mais, pour en revenir à Zaïre, vous saurez, Monsieur le marquis, que les embarras immenses du gouvernement influent sur bien des choses et que, malgré la forme très-légitime de mes commissions, je suis constamment tenté de m'écrier : *Hélas! sais-je ce que je suis?* Nous sommes devenus de beaucoup plus grands seigneurs sur la carte; mais cette grandeur ne sera réalisée que dans cinquante ou soixante ans, époque où j'ai bien peur (vous le croirez si vous voulez) de n'avoir plus besoin de rien. En attendant, nos amis nous dévorent, et j'en souffre cruellement.

Je vous remercie bien sincèrement, Monsieur le marquis, des nouvelles que vous me donnez de votre famille. Il me semble voir encore ces trois marmots au coin de votre feu. A présent, vous me parlez de leurs grades et de leurs enfants. Ah! comme nous sommes poussés; mais c'est la règle. — *Ainsi, sur la plaine liquide, les flots sont poussés par les flots.*

Vous me demandez mon histoire, Monsieur le marquis, la voici en deux mots. *J'ai constamment obtenu ce que je ne demandais pas.* Je fus fait régent en Sardaigne en 1799, non-seulement sans l'avoir demandé, mais sans y penser. Trois ans après, autre accident d'apoplexie. *Partez, Monsieur, pour Saint-Pétersbourg.* — Comme il vous plaira, sire. — Voilà, Monsieur le marquis, comment j'ai passé treize ans *sans boire ni manger.* La restauration de mon cher maître étant arrivée au bout de ce temps, j'ai fait venir ma femme et mes deux filles, écoutant un peu plus en cela la tendresse que la prudence glaciale. Notre séparation m'avait coûté plus que le sacrifice de ma fortune; il n'y avait plus moyen d'y tenir. Quant à mon fils unique, je n'ai pu le laisser en Piémont : il allait être en prise à la conscription. Je l'appelai à moi, et Sa Majesté Impériale voulut bien le faire officier d'emblée dans son magnifique régiment de *chevaliers-gardes,* que vous aurez pu voir à Paris. Il a été de toutes les fêtes depuis Borodino jusqu'à Montmartre en passant par Leipsick, et il ne m'en a coûté que la tête d'un cheval qui, à la vérité, est mort. Dans ce moment, le jeune homme attend d'instant à autre son brevet de capitaine, ce qui lui donnera le rang de lieutenant-colonel. Il a vingt-cinq ans, c'est passable. Mon frère, que vous avez pu voir encore officier au régiment de la marine, a épousé ici mademoiselle de Zagriatsky, demoiselle d'honneur de LL. MM. les Impératrices, aimable et excellente personne, appartenant à une famille du premier ordre et qui le rend extrêmement heureux. La fortune est passable dans ce moment, et doit être très-bonne un jour. De toutes les manières, il me semble que je prends racine dans le pays.

Voilà, Monsieur le marquis, l'histoire que vous m'avez

demandée. Je vous remercie de m'avoir raconté la vôtre.
Vous m'avez rendu bonne justice, en croyant qu'elle
m'intéresserait beaucoup.

Ma plume tremble en s'approchant d'un sujet que je
n'ai point encore touché : l'*état actuel de la France*. Il
faudrait être Jérémie, pour pleurer et prophétiser sur
elle. Dites à M. l'abbé Roman, Monsieur le marquis, en
le remerciant de son souvenir, que les nations meurent
comme les individus, et qu'il n'y a point de preuves
que la vôtre ne soit pas morte; mais que, si la *palingénésie* est possible (ce que je crois ou espère encore),
elle ne l'est que par l'Église. La révolution française est
satanique; si la contre-révolution n'est pas divine, elle
est nulle. — Mais où sont les éléments de cette contre-
révolution? Buonaparte est à Sainte-Hélène; c'est dommage que son catéchisme soit dans tous les conseils. Ne
croyez pas d'ailleurs, Monsieur le marquis, que l'ordre
vénérable ait pu respirer pendant quinze ans une atmos-
phère empestée sans en être le plus légèrement incommodé. Sur les échafauds il était sublime et invincible; le
danger s'est trouvé dans les antichambres de *Julien*. —
D'ailleurs, comment recruter, etc. — J'ai reçu, comme une
pure cajolerie de votre part, ce que vous me faisiez
l'honneur de me dire *de la part de vos collègues*. Comment pourrais-je être connu d'eux et les intéresser? Je
n'attache point cette importance à mes petites pensées;
mais je garderai la collection que vous avez bien voulu
m'adresser, comme un monument précieux de votre
amitié. J'avais préparé (vaille que vaille) une œuvre
toute nouvelle et qui aurait fait un peu plus de bruit que
l'autre; mais l'unique théâtre où je pouvais parler est
fermé. Où les Prussiens représentent, je n'ai rien à dire,

*Domine, salvum fac regem.* Conservez-moi votre amitié, Monsieur le marquis. Que n'avais-je point encore à vous dire sur une foule de sujets importants, dont quelques-uns même m'intéressent personnellement ! Mais le temps me manque avec le papier. Croyez, je vous prie, Monsieur le marquis, à l'affectueux dévouement et à la haute considération, etc.

---

### 82. — AU PRINCE KOSLOWSKI, MINISTRE DE S. M. L'EMPEREUR DE RUSSIE, A TURIN.

Saint-Pétersbourg, 12 (24) octobre 1815.

J'ai reçu, mon très-cher prince, votre lettre du 16 (28) juillet dernier ; n'ayez pas peur que *je vous refuse l'absolution,* quand même je pourrais dire, comme feu M. Dacier, *Ma remarque subsiste.* Sur l'article des lettres, c'est fort bien fait de dire de part et d'autre : *Veniam petimus, dabimusque vicissim.* Il est des moments où il est réellement impossible d'écrire, et sans qu'il soit possible de dire pourquoi.

Je crois qu'il est permis de parler maintenant de Buonaparte comme s'il était mort ; mais si je commençais, je ne finirais pas. J'ai dit une fois : *Ses vices nous ont sauvés de ses talents.* Je m'en tiens là.

Malheureusement, en montant sur *le Bellérophon* (qui, pour la seconde fois, a vaincu *la Chimère*) il n'est pas mort tout entier ; son esprit nous reste. Cet esprit est un mixte composé de son propre venin et de celui de ses prédécesseurs ; et ce venin subtil se glisse de tout côté. Mille raisons, trop longues à détailler, me prouvent que nous touchons à une révolution morale et religieuse, sans laquelle le chaos ne peut faire place à la création. La main de la Providence se fait sentir visiblement, comme vous le dites, mon prince; nous ne voyons encore rien, parce que, jusqu'ici, elle n'a fait que nettoyer la place; mais nos enfants s'écrieront avec une respectueuse admiration : *Fecit nobis magna qui potens est.* Il est impossible que vous n'ayez pas ouï nommer un livre ancien intitulé *Gesta Dei per Francos.* C'est une histoire des croisades. Ce livre peut être augmenté, de siècle en siècle, toujours sous le même titre. Rien de grand ne se fait dans notre Europe sans les Français. Ils ont été à cette époque ridicules, fous, atroces, etc., tant qu'il vous plaira; mais ils n'ont pas moins été choisis pour être les instruments de l'une des plus grandes révolutions qui se soient faites dans le monde; et je ne puis douter qu'un jour (qui n'est pas loin peut-être) ils n'indemnisent richement le monde de tout le mal qu'ils lui ont fait; car le prosélytisme est leur élément, leur talent, leur mission même; et toujours ils agiteront l'Europe en bien ou en mal. Il se peut faire sans doute que la France souffre encore de grandes convulsions,

> Qu'elle-même sur soi renverse ses murailles,
> Et de ses propres mains déchire ses entrailles;

mais, à la fin, tout finira comme je vous le dis. Votre grand pays, mêlé à cette énorme secousse, sur le point d'être victime, est devenu rapidement *sauvé* et *sauveur*. Que deviendra-t-il? Dieu le sait. Ce qu'il y a de sûr, c'est qu'il ne saurait demeurer où il en est. Il a eu sa part

de la commotion générale; l'invasion d'abord n'a pas
laissé que de modifier d'une manière assez sensible
l'esprit de vos paysans; mais les soldats *francisés* sont
bien d'autres *inoculateurs*. Dieu vous garde! — Vous
me parlez de la science et des universités? — Quel chapitre, cher prince! On vient de soutenir une thèse à
Wilna où l'on dit que *Dieu est le calorique par excellence
(per perfectionem)*, que l'esprit humain est un calorique
diminué, le soleil un calorique organisant, la plante
un calorique organisé, etc., etc. Un prêtre catholique
apostat, qui a déjà fait mourir deux femmes de chagrin,
et qui est à présent l'heureux possesseur de la troisième,
*est professeur de philosophie morale* dans l'une de vos
universités; l'enseignement est planté chez vous à re-
bours, et il vous mène à la corruption avant de vous
mener à la science. La principale cause de ce mal est
que vos hommes d'État ont les yeux totalement fermés
sur le protestantisme. Ils ne connaissent pas ce serpent,
et le prennent tout au plus pour une anguille. Je ne
crois pas que l'enseignement germanique convienne du
tout à votre tempérament; c'est l'esprit philosophique
moderne *perfectionné* par je ne sais quel amour du bizarre, qui s'approche beaucoup de l'extravagance. Si
l'on s'en tient à la science seule séparée de la morale,
j'entends dire que le gymnase de Saint-Pétersbourg a
produit de fort bons sujets. Une lettre sur ces grands
objets ne vaut jamais rien : *Il faudrait une année, et
je n'ai qu'un moment.* Encore moins pourrais-je vous
parler pertinemment de votre code, sur lequel vous me
demandez mon avis. Le prince Alexandre Soltykoff le
soutient : c'est une autorité très-respectable pour moi.
D'un autre côté, M. Trochinsky, qu'on m'assure être

un excellent Russe, plein de bon sens et de connaissances locales, est entièrement contraire à ce code. Entre deux autorités de ce poids, un étranger (qui d'ailleurs n'a lu ni pu lire le code) aurait mauvaise grâce de prendre parti. Ce que je puis vous assurer, c'est que la masse de la nation ne s'en embarrasse pas plus que de ce qui se fait au Japon; personne ne le désire, personne n'en parle, et cependant il coûte cent mille roubles par an à votre maître, et depuis plusieurs années. — Encore une fois, un étranger ne doit pas être trop décisif sur ce point. En général, cependant, je penche à croire que vous n'avez pas assez préparé le peuple pour le code, avant de faire le code pour le peuple. J'en veux beaucoup à votre Pierre I<sup>er</sup>, qui me paraît avoir commis à votre égard la plus grande des fautes, celle de manquer de respect à sa nation; jamais je n'ai lu que Numa ait fait couper la toge des Romains, qu'il les ait traités de barbares, etc. Les décemvirs allèrent bien chercher des lois en Grèce, mais ils n'amenèrent pas des Grecs à Rome pour leur en faire. Maintenant, l'orgueil national se réveille et s'indigne; mais Pierre vous a mis avec l'étranger dans une fausse position : *Nec tecum possum vivere, nec sine te.* C'est votre devise. Je ne crois pas qu'il y ait dans ce moment, pour un bon observateur, un plus grand et plus beau champ que votre pays, mon cher prince. Ce que vous avez de bon est évident. Vous êtes bons, humains, hospitaliers, spirituels, intrépides, entreprenants, heureux imitateurs, nullement pédants, ennemis de toute gêne, préférant une bataille rangée à un exercice, etc., etc. A ce beau corps sont attachées deux fistules qui l'appauvrissent : l'instabilité et l'infidélité. Tout change chez vous, mon prince : les lois comme les rubans; les opinions comme les gilets; les systèmes de tout genre comme les modes; on vend sa maison comme son cheval : rien n'est constant que l'inconstance, et rien n'est respecté, parce que rien n'est ancien : voilà le premier mal. Le second n'est pas moins grave. Je ne sais quel esprit de mauvaise foi et de tromperie circule dans toutes les veines de l'État. Le vol de brigandage est plus rare chez vous qu'ailleurs, parce que vous n'êtes pas moins doux que vaillants; mais le vol d'infidélité est en permanence. Achetez un diamant, il y a une paille; achetez une allumette, le soufre y manque. — Cet esprit, parcourant du haut en bas les canaux de l'administration, fait des ravages immenses. C'est contre ces deux ennemis que doit se tourner toute la sagesse et la force de vos législateurs. Je parlerais jusqu'à demain sur ce sujet, *sed de his coram*. Ce que je puis vous dire, c'est que je prends à vous et à tout ce qui vous intéresse un intérêt sans bornes; car vos Russes m'ayant traité avec beaucoup de bonté, j'ai laissé prendre mon cœur, et n'ai plus envie de les quitter. *On veut m'avoir*, me dites-vous. Comment s'appelle *on ?* Je me suis toujours défié de ce personnage qui a mille noms et mille masques, et ne s'en sert que pour tromper. Il est trop tard pour changer de carrière. Le malheur, d'ailleurs, semble s'être attaché à mes dernières années, et *sa rage insatiable ne me laisse aucun repos*. L'indifférence, le dégoût, la lassitude, le découragement, suivent les maux aigus; ne tenez donc aucun discours relatif à mon rappel. Le roi sait bien que je suis sujet. En attendant, je ne désire que de pouvoir vivre chez vous.

Combien j'ai approuvé votre idée de jurisprudence !

Vous êtes dans la bonne ville pour cela. Turin a toujours possédé d'excellents jurisconsultes. Mais savez-vous ce que je vous conseille? Quand vous serez bien maître du texte des *Institutes*, prenez-moi un commentateur pratique, par exemple, Schneidwinus (connu en Italie sous le nom d'*Oinotomus*); laissez là l'élégance et l'érudition des Heineccius, des Vinnius, etc. Voyez les formules de tous les contrats, de toutes les requêtes, de tous les testaments; voyez comment nous *introduisons* une action, et ce que c'est qu'une *action*, etc. La jurisprudence est, comme la médecine, toute pratique. Savez-vous que notre procédure criminelle est un chef-d'œuvre, une *moyenne proportionnelle*, très-habilement tirée entre la procédure anglaise (bien moins bonne qu'on ne croit) et l'ancienne française? Voici encore ce que je vous conseille : faites-vous prêter une procédure criminelle, faite par un sénateur dans quelque cas grave et difficile, et lisez-la *da capo a fondo* : il n'y a que cela pour savoir. Adieu, mille fois, cher prince; n'allez pas m'oublier. Gardez-vous-en bien. *Niekhorocho* (1). Croyez, je vous prie, aux sentiments, etc.

(1) Ce n'est pas bien. (Formule usitée de désapprobation.)

## 83. — A S. E. MONSIEUR LE COMTE DE ....

Saint-Pétersbourg, 3 (15) novembre 1815.

Monsieur le comte,

Je reçois dans ce moment la lettre que vous m'avez fait l'honneur de m'adresser le 21 octobre dernier, et je ne saurais trop vous remercier de l'attention obligeante que vous avez eue de m'informer sans délai de la bonne nouvelle que venait de vous donner un personnage officiel. Vous avez, au reste, fort bien deviné, Monsieur le comte, que je devais déjà en être instruit, personne n'ayant pu prévenir mon correspondant de Paris.

Comment vous peindre mes sentiments, Monsieur le comte, lorsque j'ai été instruit de la distinction flatteuse accordée à mon frère (1) par Sa Majesté Impériale. Ce sont de ces traits qui n'appartiennent qu'à lui. J'ai bien senti le *reflet*, comme vous l'imaginez assez. Je vous assure, Monsieur le comte, que je n'ai pas assez d'un cœur pour reconnaître les bontés de ce grand prince. Sans cette protection inestimable, que serais-je devenu pendant les années affreuses qui viennent de s'écouler? La prudence m'aurait conseillé de me jeter dans la Néva. Comme Européen, comme sujet du roi, comme ministre et comme particulier, je lui rendrai sans cesse toutes les actions de grâces que je lui dois.

J'envie à mon frère les sensations qu'il a dû éprouver en rentrant à Chambéry; mais avouez, Monsieur le comte, que nos quatre députés n'ont pas été tout à fait

(1) Le chevalier Nicolas de Maistre, l'un des députés de la Savoie, envoyé à Paris pour demander à l'empereur Alexandre que ce pays fût rendu à ses anciens maîtres.

des poltrons dans cette occasion, et qu'ils ont joué gaiement une terrible carte. S'ils ne l'avaient pas gagnée, ils
n'avaient qu'à vendre leurs biens et à sortir de leur pays,
car la place n'était plus tenable. Enfin, tout est allé à
souhait : n'en parlons plus.

Je vous dois maintenant d'autres remercîments, Monsieur le comte, pour votre précédente lettre, qui m'a été
remise par M. le comte de Rostopchin, avec l'intéressante brochure que vous y avez jointe. L'Europe est
surchargée, oppressée, écrasée dans ce moment par
une bande inconcevable de *philosophastres* sans morale,
sans religion, et même sans raison, déchaînés contre
toute espèce de subordination, et ne demandant qu'à
renverser toute espèce de puissance *pour se mettre à sa
place ;* car, dans le fond, il ne s'agit que de cela. C'est
malheureusement la souveraineté aveugle qui a enfanté
ces messieurs. Mais j'espère qu'à la fin elle verra ce
qu'elle a fait, et qu'elle y mettra ordre. Rien n'est plus
aisé dès qu'on le voudra sérieusement. Il y a, au reste,
Monsieur le comte, dans cette immense révolution, des
choses accidentelles que le raisonnement humain ne peut
saisir parfaitement ; mais il y a aussi une marche générale qui se fait sentir à tous les hommes qui ont été à
même de se procurer certaines connaissances. *Tout à la
fin tournera pour le mieux.* J'ai fait là un vers sans
m'en apercevoir ; mais, en prose ou en vers, la chose me
paraît certaine.

Quant à nous en particulier, nous avons moins à
craindre que d'autres, parce que le Piémontais, par nature, n'aime pas les nouveautés et ne se laisse pas aisément séduire ; il a de plus trop de bon sens pour ne
pas sentir que son indépendance nationale tient à l'ina-

movibilité du trône. De l'autre côté des Alpes, nous sommes peu nombreux, et d'ailleurs, vous venez de voir que l'immense et bonne majorité est pour le roi. Je me garderai bien cependant de répondre de tous les cœurs, ni en deçà ni en delà, et tous ne diront pas leur secret; mais il arrivera à ces messieurs ce qui arrive aux poltrons dans un assaut; il faut bien qu'ils montent avec les autres, ensuite ils disent : « *Nous avons pris la ville. — Diable ! il faisait chaud.* » — Et on leur donne des croix *pro virtute bellica.* Qu'est-ce que cela fait encore? La ville en est-elle moins prise?

Agréez, je vous en prie, Monsieur le comte, l'assurance du sincère dévouement et de la respectueuse considération, etc., etc.

---

### 84. — A M. LE COMTE DE ....

Saint-Pétersbourg, janvier 1816.

Votre Excellence m'a fait tout le plaisir possible en m'apprenant que j'avais rencontré les idées de Sa Majesté sur la fameuse convention chrétienne de Paris; et puisque le roi me fait l'honneur de désirer de plus amples détails sur ce point, voici ce que je dois ajouter. Votre Excellence a beaucoup ouï parler d'illuminés, mais qu'elle prenne bien garde qu'il n'y a pas de mot dont on abuse davantage. On s'est accoutumé à ranger sous ce nom tous les gens qui professent des doctrines secrètes; de sorte qu'on en était venu à donner le même nom aux disciples de Weisshaupt en Bavière, qui avaient pour but de leur association l'extinction générale du christianisme et de la monarchie, et aux disciples de saint Martin, qui sont des chrétiens exaltés.

22.

Pour fixer les idées, il suffit que Votre Excellence sache qu'il existe maintenant en Europe une innombrable quantité d'hommes qui ont imaginé que le christianisme recèle des mystères ineffables, nullement inaccessibles à l'homme; et c'est ce que les Allemands appellent le christianisme trascendantal.

Ils croient que le christianisme était dans son origine une véritable initiation, mais que les prêtres laissèrent bientôt échapper ces divins secrets, de manière qu'il n'y a plus dans ce moment de véritable sacerdoce. La haine ou le mépris de toute hiérarchie est un caractère général de tous ces illuminés, au point que saint Martin, avec toute la piété dont ses livres sont remplis, est cependant mort sans appeler un prêtre.

Ils croient la préexistence des âmes et la fin des peines de l'enfer, deux dogmes fameux d'Origène : je n'en dirai pas davantage à Votre Excellence. Ceci n'étant point une dissertation, je me borne à lui dire que je suis si fort pénétré des livres et des discours de ces hommes-là, qu'il ne leur est pas possible de placer dans un écrit quelconque une syllabe que je ne reconnaisse.

C'est cet illuminisme qui a dicté la convention de Paris, et surtout les phrases extraordinaires de l'article qui ont retenti dans toute l'Europe. Quelqu'un observait l'autre jour, en riant, qu'on avait fait tort au Saint-Esprit en ne l'y nommant pas, et que c'était un passe-droit; mais il ne s'agit pas de rire : les illuminés de ce genre pullulent à Saint-Pétersbourg et à Moscou; j'en connais un nombre infini, et il ne faut pas croire que tout ce qu'ils disent et écrivent soit mauvais; ils ont au contraire plusieurs idées très-saines; et ce qui étonnera peut-être Votre Excellence, ils se rapprochent de nous de deux manières; d'abord, leur propre clergé n'a plus d'influence sur leur esprit, ils le méprisent profondément, et par conséquent ils ne l'écoutent plus; s'ils ne croient pas le nôtre, au moins ils ne le méprisent point, et même ils ont été jusqu'à convenir que nos prêtres avaient mieux retenu l'esprit primitif; en second lieu, les mystiques catholiques ayant beaucoup d'analogie avec les idées que les illuminés se forment du culte intérieur, ceux-ci se sont jetés tête baissée dans cette classe d'auteurs. Ils ne lisent que sainte Thérèse, saint François de Sales, Fénelon, Madame Guyon, etc.; or, il est impossible qu'ils se pénètrent de pareils écrits sans se rapprocher notablement de nous, et j'ai su qu'un grand ennemi de la religion catholique disait, il y a peu de temps: *Ce qui me fâche, c'est que tout cet illuminisme finira par le catholicisme.*

Si, d'un côté, ils nous touchent par les mystiques, de l'autre, ils se rapprochent des chrétiens relâchés, ou pour mieux dire des déistes allemands, qui ont inventé ou ramené la distinction de la religiosité et de la religion. Par la première, ils entendent certains dogmes fondamentaux qui font l'essence de la religion; et par la seconde, les dogmes particuliers de chaque communion qui n'ont rien d'essentiel. La première est l'homme, et la seconde est son habit, dont vous seriez bien le maître de changer, Monsieur le comte, sans cesser d'être vous-même.

Je suis parfaitement informé des machines que ces gens-là ont fait jouer pour s'approcher de l'auguste auteur de la convention, et pour s'emparer de son esprit. Les femmes y sont entrées comme elles entrent partout.

Votre Excellence a observé que la convention n'a

point de titre, j'ajoute qu'elle ne peut point en avoir, et voici pourquoi : parce que les grands et excellents personnages qui l'ont souscrite ne connaissaient pas dans toute leur étendue les vues de ceux qui l'ont dictée, et parce que ceux-ci se gardaient bien de vouloir s'expliquer clairement. Si l'esprit qui a produit cette pièce extraordinaire avait parlé clair, nous lirions en tête : Convention par laquelle tel ou tel prince déclare *que tous les chrétiens ne sont qu'une famille professant la même religion, et que les différentes dénominations qui les distinguent ne signifient rien.*

Méditez bien la pièce, Monsieur le comte, et vous verrez. Si elle n'a pas ce sens-là, elle n'en a point.

Ces idées de dogmes fondamentaux et non fondamentaux, d'Église universelle et de christianisme général, ne sont point nouvelles ; elles ont été inventées il y a bientôt deux siècles par les protestants, qui ne savaient plus comment se défendre contre nous, lorsque nous leur demandions où était l'Église? Elles furent pulvérisées dans le temps par nos grands docteurs du dix-septième siècle, mais les Russes, qui sont parfaitement étrangers à nos controverses, les prennent pour des découvertes.

Je comprends qu'un souverain catholique s'effarouche à l'idée de souscrire à cette pièce, cependant il y avait moyen de tranquilliser de trop justes scrupules.

La pièce est absolument énigmatique dans l'endroit où elle déclare que les rois ne règnent que par l'autorité divine, et j'espère qu'il n'y a pas de difficulté; et quant à ce que les trois monarques se déclarent pères de trois nations qui ne font qu'une famille, c'est encore une chose qui peut s'interpréter en bien. A la vérité,

il y a bien une idée de christianisme universel enveloppée dans ces expressions; mais précisément parce
qu'elle est enveloppée et nullement mise en dehors,
il est permis de ne pas l'apercevoir : et tout au plus, si
un souverain catholique, par la plus juste déférence personnelle ou par une autre raison, croyait devoir souscrire , il me semble qu'il éviterait toute difficulté en
accompagnant sa signature d'une protestation que personne ne pourrait blâmer , comme par exemple, *sans
préjudice de notre parfaite soumission à tout dogme
catholique*, *sans exception ni restriction.*

Une chose piquerait sans doute la curiosité de Votre
Excellence, ce serait de savoir si les dogmes des illuminés, en s'approchant de l'auguste rédacteur de la convention, ont obtenu son assentiment, et s'il a vu ce
qu'on voulait obtenir de lui. Sur cela, je n'ai rien à
dire , je ne dis que ce que je sais. Ce que je crois savoir
par une foule de relations combinées, c'est que jamais
aucun savant catholique ne s'est approché de lui; de
manière que j'ignore si jamais notre système lui a été
exposé dans toute sa plénitude philosophique et religieuse.

Je crois devoir ajouter une chose singulière : c'est
que le décret prononcé contre les jésuites est le meilleur
antidote contre toute conséquence dangereuse qu'on
voudrait tirer de la convention de Paris. En effet, dans
la même semaine où, par la publication de la convention, les Autrichiens, les Prussiens et les Russes sont
déclarés chrétiens d'une même famille, les jésuites n'en
sont pas moins foudroyés pour avoir voulu proposer à
quelques Russes d'embrasser la religion des Autrichiens,
ce qui nous éloigne un peu de l'*Église universelle* et

du *christianisme trascendantal*. Il est dit, dans le décret
du 21 décembre, que depuis plusieurs siècles l'empire
de Russie repose sur la religion grecque comme sur un
roc *inébranlable*. Je ne veux pas demander ce que c'est
qu'une base inébranlable qui peut être ébranlée par
trois ou quatre jésuites qui la touchent du bout du doigt;
je dis seulement que si jamais, en vertu de la souscription d'un prince catholique quelconque, on venait à lui
demander quelque acte de tolérance contraire à ses principes, elle prouverait sur-le-champ, par le décret rendu
contre les jésuites, que tout prince souscripteur de la
convention a tout le droit possible de défendre *sa religion*, n'en déplaise *à la religiosité*.

---

### 85. — A MADAME LA COMTESSE DE P., A VIENNE.

Saint-Pétersbourg, 20 janvier 1816.

Madame,

Vous désirez connaître ma façon de penser sur le fameux ukase du mois dernier, qui a supprimé le collége
des jésuites de Saint-Pétersbourg. Vous êtes bien curieuse, Madame (avec votre permission), et si la poste
par hasard l'était autant que vous?... Cependant, comme
je lui ai déjà fait mes confidences sans restriction, je lui
permets volontiers de me lire deux fois.

Les personnes mêmes qui liront cet ukase avec le
plus de chagrin, trouveront de quoi louer l'empereur.
Il était en colère contre l'ordre : chaque ligne le prouve;
et néanmoins, au lieu de l'expulser de ses États, il s'est

borné à lui interdire les deux capitales; c'est un devoir de rendre justice à cette modération.

Si vous observez, Madame, que Sa Majesté Impériale est peut-être le prince qui a eu les plus terribles préventions contre l'ordre des jésuites, et qu'il a laissé ces pères tranquilles ici pendant quatorze ans, uniquement par défiance de lui-même, et par déférence pour les opinions d'autrui, vous trouverez probablement **tout** comme moi que, même dans cette brusque exécution, on peut découvrir le calme et la bonté. La forme cependant est fort blâmée ici, même par des Russes à qui le fond ne déplaît pas. En effet, on ne voit paraître dans cette affaire ni ministre, ni magistrat d'aucune espèce, ni accusateur, ni défenseur, ni, en un mot, aucune communication quelconque entre l'autorité qui frappe et le sujet frappé. Tout se passe militairement, et ces religieux, après avoir été enfermés, chacun dans leur chambre avec une garde à leur porte, sont partis sans avoir même pu prendre congé d'aucun de leurs amis. D'un autre côté, il faut observer que chaque gouvernement a ses formes. De tous temps les empereurs de Russie ont exercé cette plénitude de pouvoir. Je suis aussi éloigné de condamner cette jurisprudence que de l'envier. Tout peuple a le gouvernement dont il a besoin.

En second lieu, il peut bien se faire que l'empereur, par cet ukase, parti du palais comme la foudre part de la nue, ait voulu calmer une foule de têtes échauffées en leur donnant cette satisfaction sans aucun préjudice sensible pour l'humanité, car ces messieurs n'ont point été maltraités dans leurs personnes. Ils ont été pourvus de pelisses et de bottes chaudes d'une bonne qualité et embarqués dans des kibitkas, voitures couvertes, quoique non fermées, et où l'on peut s'arranger passablement.

Il peut se faire enfin que Sa Majesté Impériale ait voulu éviter une scène qui aurait eu lieu infailliblement si les pères jésuites avaient pu voir leurs amis. Ils sont partis dans la nuit du 22 au 23 décembre, à trois heures du matin, sans avoir vu une seule personne de leur connaissance.

Il est bien vrai qu'après avoir tout pesé équitablement, il reste une certaine opposition entre la forme et le fond; car la forme semble appartenir à un crime de lèse-majesté, et le fond est la conversion présumée *de quelques enfants et de quelques femmelettes;* de sorte qu'on pourra demander : *N'est-ce que cela ?* Mais cet inconvénient était inséparable du système adopté.

L'ukase a été rédigé par M. l'amiral Chichkoff, bon vieillard, simple, pieux, connu par une assez grande érudition et par une connaissance approfondie de sa langue; mais cependant nullement fait pour prêter sa plume à un empereur de Russie. Il manque tout à fait de ce laconisme, de cette *philosophie du style* (si je puis m'exprimer ainsi) et de ce tact délicat qui met chaque chose à sa place. C'est lui qui a transporté dans les actes diplomatiques et ministériels ces textes de l'Écriture qui ont si peu satisfait l'oreille européenne. Le vin de Tokai est excellent sans doute, cependant on n'en met point dans une soupe.

Une disposition très-sage de l'ukase, c'est celle qui appelle un autre ordre religieux à l'administration de l'Église catholique. Des séculiers desservants en auraient fait ce qu'elle était auparavant, un véritable brigandage. Ce sont des dominicains qui viendront remplacer les jé-

suites. J'ai demandé ce que c'étaient que ces dominicains ; on m'a répondu : « *Ce sont des paysans polonais.* »
Mais on est toujours prêt à penser et à parler mal. Ce
qu'il y a de malheureusement sûr, c'est que l'Église catholique (de dix mille âmes au moins) reçoit un coup
mortel. Le soulagement actif des malheureux, *sans distinction de culte*, est surtout un département sacré à
peu près supprimé. Je suis persuadé que l'empereur le
sait et qu'il en gémit ; mais il obéit, comme il est bien
naturel, à la raison d'État. Il a vu dans l'histoire les
guerres de religion ; il a raison de les craindre.— Voici
cependant une grande vérité bien peu aperçue. Les querelles de religion deviennent sanglantes lorsque les
hommes passent du *plus* au *moins*, ce qui est bien juste ;
mais lorsqu'ils remontent du *moins* au *plus*, jamais ce
retour *n'a fait*, *ne fera*, ni *ne peut faire* verser une
seule goutte de sang ; car pour se battre il faut être
deux ; et comment le souverain se battra-t-il avec des
hommes dont le premier dogme est de ne jamais attaquer la souveraineté? Il en fera des martyrs tant qu'il
voudra, jamais des révoltés.

L'Église russe reçoit, à son tour, un coup mortel par
l'ukase du 20 décembre : son clergé n'a point d'existence, point de force, point de considération ; il ne sait
rien, il ne dit rien, et il ne peut rien. Jamais incrédule
ne songea à livrer un combat à l'Église orientale, et
jamais celle-ci n'a rien fait pour défendre ses propres
dogmes. Le protestantisme, le socinianisme, l'illuminisme (qui est venu à bout de se faire entendre très-
haut), attaquent tous ensemble et plus fortement que jamais la foi commune. Nous sommes plantés comme les
grands sapins des Alpes qui arrêtent les lavanges. Si

l'on nous arrache, en un clin d'œil la broussaille sera couverte. Ainsi, les *jésuites gardaient l'Église russe.*

Vous lirez, Madame, dans le décret, que « la compagnie de Jésus fut *abolie* par une bulle ; » cela n'est pas exact. Elle a été *rétablie* par une *bulle;* mais elle fut *abolie* par un *bref* qui ne supposait pas le pape conseillé. Vous lirez ensuite, Madame : *Quelques femmes d'un esprit faible et inconséquent.* Le texte russe dit : *Quelques personnes du sexe le plus faible*, et la Gazette officielle de Saint-Pétersbourg (édition allemande) répète : *Einigen Personen des schwächern weiblichen Geschlechts.* Je ne sais comment on s'est permis une traduction qui servira cependant de texte à toute l'Europe. Ce qu'il y a de bon, c'est que les dames que ce texte frappe, et que tout le monde connaît parfaitement, sont bien ce qu'on peut imaginer de plus distingué en vertu, en esprit et même en connaissances, sans parler du rang, qui est pourtant quelque chose. Mille badauds en Europe croiront cependant, sur la traduction française, qu'il s'agit ici de quelques vendeuses de pommes.

---

### 86. — A M. LE COMTE DE BLACAS, A NAPLES.

Saint-Pétersbourg, 27 janvier (8 février) 1816.

Non, sans doute, mon très-cher comte, je ne puis vous oublier ; mais vous bouder un peu, pourquoi pas? L'amitié est soupçonneuse, et ce *défaut* lui fait honneur. Depuis que vous étiez sur votre piédestal, je croyais voir en vous un certain changement. Je savais assez à quoi vous obligeait votre position, et je ne vous demandais pas des pages; mais le mouvement de la musique n'a rien de commun avec la longueur des pièces. Un *allegro*, un *largo*, un *prestissimo*, peuvent avoir dix mesures ou mille, sans cesser d'être chacun ce qu'ils sont; je sentais je ne sais quoi de gêné qui me peinait. Lorsque vous arrivâtes en France, ce fut une fête dans le milieu de mon cœur; il me semble même que ma première lettre était tout à fait sur le ton triomphal. Ensuite, je me mis en tête, je ne sais comment, que d'une manière ou d'une autre il dépendait de vous de m'amener à Paris. Il me semblait qu'un coup d'œil quelconque, arrivé du côté où vous étiez, n'excédait pas les espérances légitimes d'un cœur élevé sans être présomptueux. Mais chaque homme étant naturellement disposé à s'estimer trop, je ne refuse pas de me faire la leçon sur ce point; ce qui m'étonna, et ce qui m'étonne encore, c'est la réponse à un mot que je vous adressai. Deux lignes entortillées, à la manière de la feue prêtresse de Delphes; et depuis, silence profond. . . . . . . .

. . . . . . . . . . . . . . . . .

Maintenant, je suis bien aise que votre lettre de Naples soit venue donner un coup d'épingle à ce cœur. Cela fait pssst, et puis tout est dit. Au reste, monsieur le comte, sans préjudice de la petite bouderie, je n'ai pas cessé un moment de m'occuper de vous et de rompre des lances pour vous; car le déchaînement d'ici ressemblait à celui de France. La correspondance de M. de C. me fit mal au cœur, et je vous sais gré de n'y avoir pas répondu. Une chose que j'ai vue depuis, et qui m'a fait grand plaisir, c'est la correspondance de M. de F., dont malheureusement je n'ai lu que la première partie. Elle fait honneur à lui et à vous, monsieur le comte. Quant à votre sainte charte, je trouve qu'elle fait aussi beaucoup d'honneur au roi, mais point du tout à la nation. Toutes ces têtes folles étant grosses de chartes et d'idées libérales, le roi a fait ce qu'il a pu. Il a tiré fort bon parti de la constitution anglaise, et il l'a ajustée à votre taille comme les confesseurs donnent l'absolution, *in quantum possum et tu indiges*. En vérité, je ne vois pas qu'il eût été possible de mieux faire. Quant aux Français qui tendent la main aux Anglais et vont *gueuser* une constitution chez eux, comme on demande une soupe lorsqu'il n'y a pas de pain à la maison, ce sont de pauvres gens. Je n'en combattrais pas moins jusqu'à la mort pour la charte, si j'avais l'honneur de siéger dans l'une ou l'autre de vos deux chambres, quoique je sois très-certain qu'elle ne peut durer, parce qu'une chose peut être très-bonne aujourd'hui, quoiqu'elle ne doive plus l'être dans cinquante ans ou demain, et parce qu'il n'y a dans ce moment d'autre loi, d'autre salut, d'autre constitution que de marcher avec le roi, dût-il même se tromper en quelque chose. Si cette doctrine n'est pas la vôtre, Monsieur le comte, j'espère au moins que vous ne me ferez pas brûler pour la mienne. Vous m'apprenez de Naples, le 14 décembre, qu'on a imprimé quelque chose de moi à Paris. Bien obligé, car, pour moi, je n'en sais rien. J'ai donné l'ouvrage à quelqu'un, qui l'a donné à quelqu'un, qui l'a donné à un troisième, qui l'a donné à un imprimeur. Dieu sait ce qui arrivera à mon pauvre opuscule à travers toutes ces cascades. C'est l'ouvrage de Plutarque intitulé : *Sur les délais de la justice divine dans la punition des coupables.* C'est le chef-d'œuvre de la morale et de la philosophie antiques. Vous serez

ravi des belles choses que vous y trouverez. Le tout est
devenu un joli petit livre, par la manière dont j'ai
arrangé tout cela. Je pense que vous commencez à
comprendre, cher comte, pourquoi je ne vous l'ai pas
envoyé. Si, par hasard, il paraît, achetez-en vite un
exemplaire, et recevez-le de ma part, je vous en prie.
Je n'en sais pas davantage.

A moins que vous n'en jugiez tout à fait autrement,
Monsieur le comte, je vous aime mieux à Vienne, au
moins pour quelque temps encore. L'eau n'est pas assez
claire pour un poisson de votre espèce. Tant que la devise latine des monnaies n'est pas rétablie, tant que la
potence n'a pas repris sa place, au préjudice de la guillotine, et tandis que cet honnête homme que vous ne
pouviez supporter à vos côtés ne sera ni jugé, ni honni,
ni chassé, vous êtes toujours en révolution.

Après vous avoir longtemps parlé de vous, Monsieur
le comte, parce que vous êtes véritablement le sujet de
la lettre, je suis fâché de n'avoir pas de fort bonnes
choses à vous dire de moi. Vous savez que, pendant que
j'étais votre voisin, *je ne cessais de mourir de faim;*
ce petit malheur s'est très-peu adouci. J'ai été, comme
tant d'autres fidèles, complétement *pipé* par les événements, et je ne sais, en vérité, ce qui arrivera de moi;
l'âge avance, et je ne vois devant moi qu'un assez
sombre avenir. Parlons d'autres choses. Dites-moi, je
vous prie, par quel hasard, par quelle fortune, par quel
zigzag de circonstances je puis avoir le bonheur d'être
connu de madame la comtesse de Blacas. A-t-elle été
en Écosse? car ceci a l'air d'une seconde vue. Quoi qu'il
en soit, mettez-moi à ses pieds, je vous en prie, Monsieur le comte, et témoignez-lui le grand désir que j'ai

d'être connu d'elle d'une manière moins surnaturelle.

Je ne vous dis rien de la France : *cette image cruelle sera pour moi de pleurs une source éternelle.* — *Éternelle*, c'est-à-dire comme moi ; car, à la fin, il faudra bien que quelque *nouveau miracle* la tire de là. C'est encore un point sur lequel je voudrais bien vous parler. On voit à présent ce qu'on ne voulait pas voir, et comment les badauds sont les victimes. Mais je ne veux pas me lancer, mon très-cher comte ; ne m'oubliez pas, je vous en prie : aimez-moi toujours, faites-moi savoir où vous êtes. Votre dernière lettre m'a fait vomir un peu de fiel sucré que j'avais sur le cœur ; vous ne sauriez croire combien je m'en porte mieux. Mais ne m'en faites plus faire ; ne m'envoyez plus de phrases ministérielles : à quoi cela peut-il servir ? Adieu, Monsieur le comte ; ne doutez jamais ni de ma tendresse, ni du besoin que j'ai de la vôtre.

---

### 87. — AU PRINCE DE ....

Saint-Pétersbourg, 2 (14) février 1816.

J'ai reçu presque à la fois, mon très-cher prince, vos deux lettres des 30 novembre et 7 janvier dernier, et j'y réponds à la hâte sans trop savoir combien je pourrai écrire de lignes, tant j'ai d'ouvrage sur les bras sans un seul Israélite pour les soutenir. Je me réjouis fort que vous persévériez dans vos études de jurisprudence ; mais prenez garde, je vous prie, qu'il y a loin de la loi des Douze Tables aux *Basiliques* du Bas-Empire. La loi que vous me citez n'est pas de Justinien ; si je ne me trompe, elle est des deux *poupons* Arcadius et Honorius, et quoique je ne l'aie pas lue depuis trente ans au moins, je crois me rappeler cette phrase charmante : *Adeo ut sit illis vita supplicium et mors solatium.* Mais ce n'est pas là du tout le droit romain. Cherchez les Pandectes de Pothier (*Pandectæ Justinianæ in ordinem congestæ*, 3 vol. in-fol.), livre unique par l'immensité et la perfection du travail. Les préfaces qui précèdent la partie criminelle vous en apprendront suffisamment. Mais, comme la procédure civile et criminelle des Romains mérite fort une étude particulière, entre plusieurs livres qui pourront vous éclairer sur ce point, vous pouvez choisir *Sigenius de judiciis* et *Julius Pollectus de foro romano*. Vous serez surpris de la grande analogie de la procédure romaine et de l'anglaise. La ressemblance est telle, qu'elle a fourni la matière d'un in-4° intéressant que j'ai feuilleté jadis dans la bibliothèque publique de Lauzanne, mais dont le titre m'a échappé.

Au reste, mon prince, sur la jurisprudence et surtout sur la jurisprudence criminelle, je ne me fie nullement aux philosophes. C'est une science toute pratique qu'on n'apprend que dans les tribunaux. A mon âge, je suis encore à trouver un homme d'esprit, quoique parfaitement raisonnable sur d'autres choses, qui ait pu me parler raison sur ces matières. Je suis bien fâché de différer énormément avec vous sur un objet capital : je veux dire la *peine de mort*. Non-seulement je crois qu'il ne faut pas l'abolir, mais je crois que toute nation qui l'abolit se condamne autant qu'il est en elle à la seconde place. Les nations du premier ordre ont toujours condamné, et, si je ne me trompe, condamneront toujours à mort. Il peut bien se faire qu'un jour ou l'autre, lorsque je ne me promènerai plus sur ce globe, vous disiez, en lisant certaines choses : — Ah! voilà donc ce qu'il voulait me dire le 14 février 1816. Mais, pour aujourd'hui, *basta così*.

Je ne nie pas cependant que l'abolition de la peine de mort ne soit un bien chez vous, sous un point de vue relatif, c'est-à-dire qu'elle s'oppose à un autre grand mal; mais toujours cette abolition sera ou *signe* ou *cause* d'infériorité. Ainsi, mon prince, je ne puis vous adresser un compliment sur ce point.

Vous avez grandement raison! Jamais on n'a écrit sur la Russie avec amour. L'idée que vous me proposez m'a souvent passé dans la tête. Cet ouvrage serait très-intéressant; mais il ne peut être écrit en Russie. Je ne m'aviserai point de vous parler de votre littérature, car je ne sais pas votre langue, ce qui me fâche beaucoup. Je crois voir ou entrevoir que la suppression du Théâtre-Français favorise beaucoup le vôtre, et qu'en général la langue et la poésie se perfectionnent sensiblement. Je n'ai ouï citer avec éloge aucun ouvrage de jurisprudence et de philosophie. Sur ces deux points d'ailleurs, comme encore sur celui de la religion, vous êtes livrés, pieds et poings liés, aux Allemands. Les hommes influents étant à cet égard ou complices ou trompés, je n'y vois pas de remède. La science seule vous mène droit à un changement infaillible. Toute votre noblesse est militaire, elle l'est dans l'enfance; et le service exigeant une grande application des forces physiques et presque tout le temps de l'officier, il s'ensuit que le militaire (sauf les armes spéciales) est ignorant par essence, c'est-à-dire nécessairement. Pendant ce temps, cette même noblesse se ruine et par ses folles dépenses et par la fatale mollesse des lois qui ne savent pas la forcer à payer ses dettes. Le second ordre accourt donc et s'empare *de toutes les richesses et de toutes les lumières*. Ergo, etc..... J'espéré, mon prince, que vous ne me direz pas comme Molière : *Votre ergo n'est qu'un sot*.

Sur le clergé, je suis tout à fait de votre avis. J'ai parlé souvent à de très-bons esprits de votre pays sur ce sujet intéressant. Entre un pope et un tuyau d'orgue, je ne vois pas trop de différence : tous les deux chantent, et voilà tout. Souvent j'ai demandé à vos gens instruits leur avis sur la manière de civiliser le clergé, de l'introduire dans la société, d'effacer cette défaveur qui l'accompagne plus que jamais, et d'en tirer parti pour l'éducation, la morale publique, etc... Tous partagent mon désir, mais sans me donner aucune espérance. Vous voudriez rapprocher votre clergé de Bossuet et de Fénelon ; ainsi soit-il. Mais ce n'est pas à moi à vous apprendre que nous venons de faire un mouvement en sens contraire assez frappant.

Quant à la *Société biblique*, comment n'avez-vous pas encore découvert que c'est une machine protestante, ou pour mieux dire socinienne, qui fait grand'peur à l'Église anglicane même, et dont elle voudrait bien se débarrasser ? Sur ce point, comme sur tant d'autres, vous êtes les dupes des étrangers. On parle de *succès prodigieux de la Société biblique*. Quel enfantillage ! Est-ce donc qu'en multipliant les traductions de la Bible on multiplie les chrétiens ?

> ....... *Non tali auxilio, nec defensoribus istis*
> *Tempus eget*.........................

Si l'on établissait une société pour acheter et brûler

toutes les traductions de la Bible en langues vulgaires, je serais violemment tenté d'en être. — Mais il me semble que je vous contredis sur bien des sujets ; c'est de l'impertinence *mera e preta* : en tout cas, vous me pardonnerez ; j'aime mieux battre un peu la campagne avec vous que de ne vous rien dire.

Vous m'exhortez à n'être pas triste ; le conseil est bon, et vaut bien celui-ci : *N'ayez pas la fièvre.* Dans ce dernier cas, je pourrais vous dire : *Donnez-moi du quinquina ?* Dans le premier, je ne sais que vous dire : Où est le spécifique ?

Agréez, etc.

### 88. — A M. LE MARQUIS HENRI DE COSTA.

Saint-Pétersbourg, 2 (14) avril 1816.

Comment vous peindre, mon très-cher et excellent ami, le plaisir que m'a fait votre délicieuse épître du 26 février dernier, apportée en trente-cinq jours par le comte de Venanson ! Ce plaisir eût été parfait si vous ne m'annonciez pas le projet de *vous en aller planter vos arbres à Beauregard.* Est-il possible, mon cher ami ! Quand j'aurais, comme disent les poëtes, *une langue de fer,* je ne pourrais vous exprimer à quel point ce projet me *désappointe.* J'ai eu deux amis dans ma vie (c'est un nombre prodigieux), le bon Salteur et vous. Quoiqu'il ne vous égalât ni en élévation de tête ni en chaleur d'entrailles, c'était cependant un excellent homme que je ne cesserai de regretter ; mais vous me restiez, et je m'étais arrangé pour radoter auprès de vous, voire même avec vous si nous étions condamnés à cette triste conformité. Depuis que mon retour est au rang des choses probables, je n'ai cessé de nous contempler comme un point fixe devant mes yeux; je n'ai cessé de penser à ce que je vous dirais, à ce que vous me diriez, au plaisir inexprimable de renouer une liaison jadis si douce et si intime, aux réflexions sans fin que nous ferions sur tout ce qui s'est passé dans le monde depuis notre séparation à Châtillon. — Le croiriez-vous! j'ai pensé plus d'une fois à m'enfermer avec vous sous clef pour vous faire encore, de ma propre main ministérielle, du café aussi bon que celui dont sans doute il vous souvient, et que nous prenions dans mon galetas près de la *Madone des anges*, l'an de grâce 1798. Mais vous avez cassé ma cruche, et me voilà plus capot que Perrette. Vous vous en allez à *Beauregard!* quel nerf vous avez pincé dans mon cœur, cher et digne ami, avec ce mot de *Beauregard!* Vous m'avez fait rebrousser de trente ans vers l'âge des jouissances et des enchantements. C'est là que j'ai passé quelques jours de ma vie, si pleins, si heureux. C'est là que je composai, en 1784, ce discours *sénatorial* dont je possède encore une copie écrite de la main de l'infortuné Lavini, et suivie de vos animadversions, très-soigneusement reliées à la fin de l'ouvrage. Savez-vous bien, mon cher ami, que si je m'avisais de passer huit jours à Beau.regard, à moins d'être bien entouré, bien soutenu, bien choyé, j'étoufferais infailliblement. Quelles personnes, bon Dieu! quelles soirées! quelles conversations! Et vous, cher ami, comment ferez-vous? Croyez-moi, n'allez pas, à moins que vous ne soyez aussi bien défendu. Il faut surtout avoir des femmes, à présent qu'il en est entré de si aimables chez vous, qui puissent vous *papoter* et rou.

couler tout le long du jour autour de vos oreilles. J'aurais lu avec un profond chagrin ce que vous me dites sur votre accident, si votre lettre ne vous réfutait pas d'une manière si aimable. Pour moi, j'ai joui jusqu'à présent d'une santé insolente; mais ce sont précisément ces tempéraments qui sont le plus sujets à s'abîmer brusquement. Ils ressemblent à ces terres riveraines, minées en dessous par l'*onde fugitive,* couvertes d'herbes et de fleurs; rien ne les distingue des autres, puis tout à coup, *plouf!*

*Pas n'est besoin, je pense, de vous dire* à quel point j'ai applaudi à votre noble entreprise littéraire. J'attends beaucoup de vous dans ce genre. C'est mon affaire de me procurer le livre dès qu'il paraîtra : la vôtre est de remettre à mademoiselle d'Oncieu un petit carré de beau papier enfermé dans une enveloppe à mon adresse, sur lequel vous écrirez deux lignes témoignant que le livre vient de vous, et que je puisse coller sur le revers de la couverture. J'espère que vous ne me ferez aucune *sotte* difficulté; la chose, à la distance où nous sommes, ne pouvant pas aller autrement. Au reste, Monsieur le marquis, il pourrait bien se faire que j'allasse moi-même chercher votre livre, car, suivant toutes les apparences, je suis sur le point de me *repatrier,* du moins j'en ai fait la demande expresse, et j'insisterai. Mon projet, comme vous l'avez vu sans doute, était de terminer ici ma carrière; mais les choses ont changé, et par mille raisons longues à raconter, la place n'est plus tenable. Je ne vois pas trop même comment je me relèverai du coup que j'ai reçu dans les tristes lambeaux de ma fortune !... Mais, parlons d'autre chose. Je vous remercie d'avoir constamment pensé à moi; ne perdez ja-

mais cette habitude, je vous en prie. — Mon frère, qui
est maintenant à Abo, en Finlande, sera bien joyeux de
votre souvenir. Je suis charmé que vous ayez goûté son
*Lépreux*, dont je suis grand partisan. Je vais sur-le-
champ écrire à ce bon Xavier pour lui faire connaître
votre souvenir et votre approbation. Ma femme, mon
fils, mes filles se lèvent en masse pour vous saluer tendrement. Le second est aujourd'hui capitaine en pied
dans le premier régiment de l'empire (les chevaliers-
gardes); mais, comme je vous disais, l'édifice que je
bâtissais est renversé, et il faut recommencer par la première pierre.

Sans mes deux filles, je prierais ma femme de se
faire religieuse, pour me laisser la liberté de me faire
moine. Vous me recommandez de prier Dieu pour vous.
La règle serait de vous répondre : *C'est bien à vous de
prier pour moi;* mais il me semble que les compliments
ne sont pas de mise en si grave sujet. J'aime donc
mieux vous répondre que je ferai, quoique indigne, tout
ce qui dépendra de moi en vous priant, en style diplomatique, *de m'accorder la réciproque, et même plus
s'il y échoit.* Témoignez mon souvenir à vos chers enfants : je les porte tous dans mon cœur. J'ai pris une
part infinie à leurs succès, et sur l'heureux *Crescite et
multiplicamini* prononcé au milieu de votre famille par
la divine Providence. Il lui a plu d'envoyer une partie
de ma famille à Gênes. *Ce sont là de ses coups!* Qui
sait ce qu'elle fera encore de moi ! Mon fils est lieutenant-colonel : je veux me proposer comme tambour
dans le régiment où il se trouvera. J'ai de l'oreille et
les bras encore très-dispos : c'est le seul emploi pour
lequel je me sente des dispositions décidées. Adieu, mille

fois, cher et digne ami, le compagnon, le consolateur de ma jeunesse, l'*animateur* de mes efforts , et l'objet constant de ma tendresse. J'espère vous voir encore et vous *rabâcher* mille choses peu connues. Voyez-vous le marquis de Barol, l'abbé de Caluso? S'ils sont de votre connaissance, rappelez-moi à eux , je vous en prie. Dites à ce dernier que je me suis senti constamment pauvre depuis qu'il ne m'a plus été possible de le piller.

Tout à vous, excellent ami; je vous serre dans mes bras.

---

**89. — A M. LE VICOMTE DE BONALD, DE L'ACADÉMIE FRAN-ÇAISE, MEMBRE DE LA CHAMBRE DES DÉPUTÉS, A PARIS.**

Saint-Pétersbourg, 8 (20) mai 1816.

Voilà ce que c'est que d'être législateur, on méprise tous les hommes qui n'ont point de constitution; et il n'y a plus moyen de tirer de lui pied ni aile. Si je ne me trompe, Monsieur le vicomte, vous me deviez une réponse au moment de votre dernière hégire : j'avoue qu'il faudrait être bien injuste pour exiger quelque chose de vous à une telle époque; mais à présent que toutes les choses sont à leur place, et que l'homme le plus difficile n'a plus rien à désirer, rien n'empêche, je pense, que je ne vienne vous attaquer de nouveau et continuer, au moins de loin en loin, une correspondance à laquelle j'attache tant de prix. Il m'est impossible, Monsieur, de vous exprimer l'intérêt avec lequel je vous ai suivi dans les comices nationaux, où vous dites de si bonnes choses; je suis fâché seulement que vos anciennes erreurs, prenant de temps en temps le dessus, il vous soit échappé quelques blasphèmes qui ont scandalisé le ci-devant archevêque de Malines. Ceci, Monsieur le vicomte, me paraît très-sérieux ; et si vous m'en croyez, vous recourrez au roi pour être réhabilité.

Quel plaisir je trouverais à jaser avec vous sur l'état actuel des choses. Quel fonds inépuisable de réflexions et d'instructions ! Il y a de quoi trembler, sans doute ; mais, si je ne me trompe aussi, les principes français ne sont pas étouffés, et la vérité conservera sa devise éternelle : *Nubila vincit*. Après la maladie horrible qui vous a travaillés pendant vingt-cinq ans, il ne serait pas raisonnable d'attendre une guérison subite ; c'est assez qu'il y ait des germes de restauration qui se développent graduellement : c'est un spectacle qui m'occupe presque exclusivement que celui d'Oromaze et d'Ahrimane se battant dans votre assemblée. Il n'y a ni prêtre ni évêque, à ce que je vois ; mais, en revanche, il s'y trouve des protestants. Cela me rappelle une facétie digne de Brunet, si elle n'est de lui : « Votre future n'a pas d'es- « prit, mais en revanche elle est très-laide. »

J'ai pris beaucoup de part à votre promotion littéraire ; seulement je voudrais pouvoir vous appeler l'un des Quarante. Je ne puis souffrir le mot d'Institut national à la place de celui d'Académie : c'est Garguille au lieu de Bonald ; mais c'est encore un point sur lequel j'espère avoir un jour pleine satisfaction, car il me semble voir un penchant, un *nisus* caché vers les anciennes formes et les anciennes dénominations : et c'est tout ce qu'on peut souhaiter.

Je me rappelle que vous eûtes la bonté de m'adresser, il y a deux ans, un tableau de la France qui faisait plus d'honneur au peintre qu'au modèle. Reprenez vos pinceaux, je vous en prie, et envoyez-moi de grâce un nouveau cadre qui me fasse voir votre patrie comme vous la voyez; du moins si les couleurs doivent être moins sombres, car si vous n'avez pas des espérances, je ne vous demande rien.

Depuis que je n'ai eu l'honneur de vous écrire, nous avons chassé les jésuites de cette grande capitale; en même temps Sa Majesté l'empereur de la Chine les a redemandés. Recevez-les en France; il y aura un moyen de se consoler de ce qui est arrivé ici. *Savoir, c'est savoir par les causes*, disait la vieille école. Je vous amuserais beaucoup si je pouvais vous développer de vive voix toutes celles qui ont amené une catastrophe si fatale à l'Église catholique : il vous suffira de savoir, Monsieur, que le mouvement des esprits vers notre croyance était devenu si rapide, et les conversions si marquantes par le nombre et la qualité des personnes, que le fanatisme et l'autorité ont été alarmés à la fois. Il faut avouer aussi que, du côté des apôtres, le zèle a été parfois un peu précipité; il a manqué dans cette occasion à la cause de la vérité, ce qui manque si souvent, *une grande tête à la tête des têtes*. Ce que nous avons vu n'est pas moins infiniment intéressant, car il est bien vrai que les jésuites tâchaient de profiter du mouvement des esprits; mais il n'est pas vrai du tout qu'ils l'eussent produit. Le branle est donné de plus haut, et ne s'arrêtera point, quoiqu'il ne soit plus aidé par tant de bras vigoureux.

Dans peu vous verrez à Paris une dame russe, madame de S..., femme d'un ancien gouverneur général, et peut-être encore madame sa sœur. Toutes les deux sont très-bonnes à connaître ; mais la première est une amie que je prends la liberté de vous recommander très-particulièrement. Vous n'aurez jamais vu plus de morale, d'esprit et d'instruction réunis à tant de bonté. Elle vous estime infiniment, car elle vous a beaucoup lu ; et comme elle sait que nous sommes en correspondance, elle m'a demandé une lettre pour vous : je ne manquerai pas de la lui donner ; mais je suis bien aise, puisque j'en trouve l'occasion, de vous prévenir à son sujet ; je ne manquerai pas de vous intéresser en vous disant à l'oreille que cette excellente personne est une de celles qui, sur la plus importante des questions, n'ont point du tout *perdu leur latin.*

Je me recommande de tout mon cœur à votre souvenir dans les interstices de vos grandes occupations. Agréez, je vous en prie, l'assurance de l'estime sans bornes et de la haute considération avec laquelle je suis,

Monsieur le vicomte, etc.

————

90. — A M. LE DUC DE DOUDEAUVILLE, PAIR DE FRANCE, A PARIS.

Saint-Pétersbourg, 26 mai (7 juin) 1816.

Avec quel plaisir j'ai reçu votre lettre, Monsieur le duc ! De quels charmants souvenirs vous avez rempli mon esprit ! Les temps où j'eus le bonheur de faire connaissance avec vous étaient bien durs ! Ceux où je pus cultiver cette connaissance à mon aise ne l'étaient pas moins ; et cependant nous y avons trouvé bien des dou-

ceurs. La vie des exilés ressemble un peu à celle des
guerriers ; on finit par y trouver des charmes. Les ha-
sards, les dangers, les surprises, les aventures amusent
la tête et même le cœur. L'émigration m'a fourni des
tableaux qui ne s'effaceront jamais de ma mémoire tant
que j'en aurai une. Parmi ces tableaux, permettez-moi
de vous rappeler celui de M. le duc de Doudeauville, entrant chez un pauvre fébricitant avec une certaine bouteille à la main. — Bon Dieu ! est-ce hier, Monsieur le
duc ? est-ce avant-hier ? Hélas ! non ; c'est en 1798.
Cependant il m'en souvient comme d'hier. Combien il
m'eût été doux de pouvoir me rapprocher de vous depuis que la scène a changé ! Toutes mes inclinations
m'auraient porté vers les *rives* que vous habitez ; mais
je ne sais quelle main de fer m'a constamment retenu à
mille lieues de vous, dans un pays dont je croyais enfin
être devenu citoyen pour toujours, car je m'y étais
tout à fait accoutumé, acclimaté et *acoquiné ;* mais voilà
cependant quelques signes de retour que j'aperçois dans
ce moment ! Si jamais je me trouve à Turin, je me
croirai à Paris. Ne doutez pas, Monsieur le duc, que je
n'aille un beau matin vous demander à déjeuner, et nous
verrons si vous avez encore une bouteille de vin à mon
service. Mais je vous en prie, Monsieur le duc, point
de miel dedans ni de quinquina. Ensuite nous parlerons
de tout ce que vous voudrez, et surtout de ce *rocher*
dont votre lettre fait une mention très-honorable. Hélas ! Monsieur le duc, il y a danger partout. Quoi qu'il en
soit, Dieu m'ayant refusé le plaisir du choix, je me souviens de l'antique maxime qui nous avertit de suivre la
chaîne qui nous tire, autrement on est meurtri et traîné !
Il vaut mieux marcher. Dieu m'a conservé mon fils au

milieu de cette épouvantable traînée de sang humain qui a mouillé la terre depuis Moscou jusqu'à Paris. — Je l'en remercie. Quant à moi, Monsieur le duc, il m'importe fort peu de terminer ma vie ici ou là.

Je partage de tout mon cœur vos espérances françaises. Ce système, comme vous avez pu le voir, Monsieur le duc, n'est pas neuf chez moi. Il y a mille apparences contre vous; cependant je crois que tout ira bien, et que vous finirez par prêcher le genre humain. Vous lui devez une propagande d'un nouveau genre pour vous absoudre auprès de lui de celle de 1790, et vous êtes de trop honnêtes gens pour ne pas vous acquitter fidèlement. — Comme j'ai ri de ces braves *gens qui prennent à gauche tout en s'asseyant à droite !* On ne saurait mieux dire. Il y aura mille anicroches de ce genre ; cependant il arrivera au roi ce qui arriva à César : *Il viendra, il verra, et il vaincra.* La seule différence (et malheureusement elle n'est pas mince), c'est qu'il fera tout cela en beaucoup de temps ; à cela il n'y a pas de remède. Depuis celui qui disait, *Surge et ambula*, on ne guérit plus subitement des maux affreux de vingt-cinq ans. Pendant que j'ai l'honneur de vous écrire, j'entends encore parler de troubles assez sérieux, de drapeau tricolore, et de villes sommées au nom de l'empereur : c'est tant mieux. Toute insurrection qui ne réussit pas, décourage plus ou moins l'esprit qui l'a produite et renforce le gouvernement. Je traite souvent ces grandes questions avec le *porteur de votre lettre*, qui a mille bontés pour moi. Je retrouve toujours avec plaisir ces échantillons de la vieille France qui aident si fort mes espérances ; vous me fournîtes jadis les mêmes arguments, Monsieur le duc, et si j'avais le bonheur de vous

voir maintenant, vous les renforceriez encore; mais, hélas ! il faut se contenter de vos lettres, qui sont bien tout
aussi concluantes, mais non pas si douces pour moi.
Conservez-moi toujours, Monsieur le duc, des sentiments auxquels vous m'avez accoutumé, et qui sont devenus pour moi une propriété tout à fait chère. Je tour-
nerais la feuille peut-être, si j'avais pu disposer d'une
certaine occasion qui m'a manqué. Je m'en fie donc à
cette vieille commissionnaire qu'on appelle la poste,
pour vous assurer de mon éternel dévouement. Ma femme
est bien sensible à votre souvenir, et me charge de
vous faire mille compliments. Agréez mes hommages,
Monsieur le duc, et ma très-haute considération.

---

### 91. — A MADEMOISELLE DE T...

Saint-Pétersbourg, 24 juin (6 juillet) 1816.

Mademoiselle,

Cette lettre vous sera remise par une dame russe qui
s'en va passer quelque temps à Paris et qui a besoin de
connaissances dans cette grande ville. On la nomme ici
Madame de S..., et il se peut que vous en ayez entendu
parler. En tout cas, Mademoiselle, comme je me flatte
de n'être pas entièrement effacé de votre souvenir, je
puis vous assurer que vous pouvez la recevoir sans
crainte, qu'il n'y a rien ici contre elle qui puisse la rendre suspecte à Paris, et que, dans un moment de conjuration surtout (si par hasard le cas se présentait), il n'y

a pas la moindre chose à craindre d'elle. Une fois tranquille sur son caractère, vous pourrez l'écouter tranquillement, et parmi tous les discours qui auront lieu entre les deux dames, j'espère, Mademoiselle, qu'il y aura une petite place pour moi, et que l'excellente amie voudra bien vous parler de toutes les mentions honorables que nous avons faites de vous. Je passe rarement sur cette grande place que vous n'avez pas oubliée, sans me rappeler certains mercredis et certains dîners où j'avais tant de plaisir de vous entendre parler *aimablement* raison. Hélas ! ce temps est déjà bien loin. Où est ce bon comte de Stedding ? et cette petite Thérèse, qui faisait des poupées et qui en fait encore, mais de plus parfaites ? Toute la scène a changé, et la grande amie vous dira que je pense aussi à lui enlever un acteur. Au reste, Mademoiselle, quelques changements qui s'opèrent dans les décorations, nous sommes toujours devant le monde ; et tandis que nous y serons, je ne pourrai jamais oublier cette réunion si peu commune de grâces, d'esprit et de vertu qui m'ont si fort intéressé ici. De mon chef, je n'aurais point pris la liberté de vous adresser une épître ; mais en la remettant à la grande amie qui a bien voulu m'encourager à l'écrire, je suis persuadé que vous ne me trouverez point trop impertinent.

Auriez-vous par hasard la bonté, Mademoiselle, de vous rappeler un certain billet où je vous donnai ma parole d'honneur que le gouvernement d'alors, si bien assis et si foudroyant, ne durerait cependant pas plus que ceux qui l'avaient précédé ? Pour moi, je me le rappelle comme d'hier. Vous voyez, Mademoiselle, que je suis homme de parole ; c'est avec la même *probité* que je vous prie d'agréer l'assurance de la profonde estime et

de la respectueuse considération qui ne cesseront de vivre dans le cœur de votre très-humble et très-obéissant
serviteur.

## 92. — A S. E. MONSEIGNEUR L'ARCHEVÊQUE DE RAGUSE.

Saint-Pétersbourg, 1816.

Monseigneur,

C'en est fait de l'Église catholique à Saint-Pétersbourg. Cette Église si belle, si bien ordonnée, si flo-
rissante, a disparu en un instant. Le fatal pressentiment
exprimé dans le post-scriptum de ma dernière lettre
n'était que trop bien fondé : la foudre éclata vingt jours
après. Ce qu'il y a de désolant, c'est de voir qu'il eût
été extrêmement aisé de prévenir ce mal : plusieurs
raisons l'ont amené. D'abord l'ordre des jésuites était
devenu polonais. Les Italiens, les Français, les Allemands, ne comptaient plus, ou ne comptaient pas
assez. Or, la nation polonaise est malheureusement dé-
chue, et quoique les jésuites polonais valent infiniment
mieux que leurs concitoyens laïques, cependant il ne
faut pas chercher parmi eux des Berthier, des Neuville,
des Boscowitz, des Bettinelli, etc., etc. En second lieu,
le R. P. général, que je connais et révère beaucoup,
excellent sous le rapport de la sainteté, se trouvait
cependant, sous le rapport de la politique, de la pénétration et de la force d'esprit, au-dessous des circonstances, qui demandaient la tête d'un Grüber ou d'un

Aquaviva. Il y a bien eu aussi quelques imprudences faites dans les conversions, qu'on a menées trop vite et trop publiquement. Enfin, ces messieurs se sont laissé transporter *par le zèle de la maison qui les dévorait*, mais qui, par cette raison même, les a éblouis sur le danger, en leur persuadant que le moment était venu, et que rien ne pouvait arrêter l'impulsion donnée. Véritablement c'était un spectacle admirable que la multiplicité et la rapidité de ces conversions opérées principalement dans le premier ordre de la société, et il était impossible que le gouvernement ne s'alarmât pas ; je crois cependant qu'il n'aurait pas frappé si tôt, s'il n'avait été poussé, animé, exaspéré par un parti puissant irrité jusqu'à la rage ; et cette rage a créé malheureusement une véritable raison d'État contre nos chers jésuites. Moi-même, Monseigneur, je me suis trouvé enveloppé dans l'orage par plusieurs raisons. D'abord, j'étais lié d'amitié avec quelques-unes des personnes les plus marquantes de la nouvelle Église longtemps avant les derniers événements, et lorsque le moment du danger est arrivé, j'aurais trouvé indigne de leur fermer ma porte. En second lieu, le prince Alexandre Golitzin, *ministre des cultes* et prodigieusement irrité contre nous, s'était mis, je ne sais pourquoi, à me regarder comme l'arc-boutant du *fanatisme*. Je ne me suis jamais gêné d'ailleurs pour faire entendre que je ne voyais aucun milieu logique entre le catholicisme et le déisme. Enfin, Monseigneur, l'empereur a cru devoir charger un de ses ministres de me parler des soupçons qui étaient arrivés jusqu'à lui. J'ai prié ce ministre d'assurer S. M. I. *que jamais je n'avais changé la foi d'aucun de ses sujets, mais que si*

I.                                                      24

*quelques-uns d'eux m'avaient fait par hasard quelques confidences, ni l'honneur ni la conscience ne m'auraient permis de leur dire qu'ils avaient tort.* Les circonstances m'ont conduit bientôt après à répéter cette déclaration de vive voix à S. M. I. même. La chose s'est fort bien passée ; cependant, je ne voudrais pas répondre qu'il ne restât, au moins pour quelque temps, encore un peu de rancune dans le cœur impérial. J'ai bien connu qu'on lui a fait des contes, mais je m'en inquiète peu. Il ne faut pas, comme dit une *fable très-vraie*, s'amuser à tuer les cigales : il faut attendre paisiblement l'hiver.

Dans le jugement porté contre les jésuites, Votre Excellence aura aperçu des choses dures ; mais plusieurs choses aussi font honneur à l'empereur. Il n'a point sévi contre les personnes ; il n'a point chassé ces pères de tous ses États : il les a fait soigneusement et à grands frais habiller, nourrir et escorter. Et si vous songez, Monseigneur, que, de tous les souverains du monde, c'est celui qui a été environné des plus terribles ennemis du catholicisme, du christianisme même en général et des jésuites en particulier, vous serez étonné que, dans cette occasion, il ne se soit passé rien de terrible.

Si j'avais l'honneur de voir Votre Excellence, j'aurais celui de lui montrer la racine de tout le mal ; je lui expliquerais ce que c'est que l'*illuminisme*, système que j'ai étudié à fond. Elle verrait comment on se trompe tous les jours et à chaque minute, en rangeant sous ce nom des systèmes diamétralement différents ; elle verrait encore comment l'illuminisme que j'ai en vue a pu s'insinuer auprès d'un souverain devenu très-religieux, et dicter l'inconcevable convention du 26 septembre suivant. Malheureusement le temps et les forces me manquent, surtout le temps. D'ailleurs, à l'égard des jésuites, le mal est fait : cette intéressante colonie est blessée à mort. Je ne doute pas que l'empereur, avec la modération et la délicatesse qui le caractérisent, n'ait fait certaines communications au saint-père sur ce qu'il a fait ou voulait faire. Votre Éminence aura vu dans les papiers publics l'ukase du 21 décembre (2 janvier). Quel style! quelle manière! quel accord entre les prémisses et la conséquence! quelle charmante citation de saint Paul! etc. Tout cela est risible; mais ce que Votre Excellence ne peut voir, si elle n'en est avertie, c'est un véritable *faux* qui se trouve dans la traduction française, qui est cependant officielle. Le texte russe dit : *Quelques personnes du sexe le plus faible;* il a plu au traducteur de dire : *Quelques femmes d'un esprit faible et inconséquent;* et cette belle traduction sera prise pour texte dans toute l'Europe.

Ces *femmelettes*, au reste, sont des dames du premier rang et du plus grand mérite, et toutes à peu près en savent plus que la plupart des hommes de ce pays. Maintenant, Monseigneur, je toucherai rapidement quelques points qui intéressent sensiblement la *sollicitude universelle.*

L'état de la Pologne est déplorable, et les meneurs sont antichrétiens du premier ordre : je crois qu'il serait très-aisé aux ennemis du saint-siége d'en détacher la Pologne. Un évêque polonais, mort seulement l'année dernière, disait, peu de temps avant sa mort, *que, dans certains moments difficiles, il fallait se prêter aux circonstances, et qu'à l'époque où il parlait, il croyait*

24.

*qu'on pouvait se passer de Rome.* Le danger est bien plus grand du côté de l'archevêque de Mohilew Sestrintzewitz. Jadis protestant, puis officier hussard et enfin évêque. C'est lui qui disait un jour à la cour en voyant passer l'empereur : *Voilà mon pape !* Un gentilhomme russe, qui entendit ce discours et qui me le répéta, en était tout scandalisé. Il est maintenant plus qu'octogénaire : mais quel sera son successeur ? Rien n'est plus digne d'occuper d'avance toute la sollicitude de S. S., dont la suprématie n'a pas dans ce moment, je ne dis pas de plus faible défenseur, mais de plus grand ennemi secret que l'archevêque de Mohilew. J'abrége ce chapitre.

L'empereur a ordonné avec beaucoup de sagesse que l'Église catholique de Saint-Pétersbourg serait administrée par un ordre monastique, et le choix est tombé sur les dominicains ; mais ce qui nous est arrivé est de la médiocrité la plus affligeante, et la force cachée qui travaille contre nous sait bien que du mépris des docteurs au mépris de la doctrine il n'y a qu'un pas. En conséquence, elle s'est chargée de nous donner des ministres ou mauvais ou ridicules. Dernièrement on a fait prêcher un Polonais en italien, etc., etc. Il faut saisir cette *anse* qui nous est présentée, et tâcher de tirer parti de l'ordre de Saint-Dominique pour introduire ici de dignes ouvriers. La prédication et la *catachèse* avaient lieu ici en quatre langues, en français, en italien, en allemand et en polonais. Cette instruction doit subsister ; et c'est une raison d'introduire ici des étrangers, sans détour, sans mystère, et avec la permission du gouvernement, en un mot à visage découvert.

L'empereur de Russie a plus de dix millions de sujets

catholiques. Il n'y a pas d'idée plus révoltante que celle de priver une telle masse d'hommes de tout organe de la même religion auprès du souverain. *Au procureur général de l'empereur près le saint synode a succédé un ministre des cultes*, institution de Bonaparte, qui se plaisait à confondre tous les cultes, pour les avilir tous les uns par les autres. Je ne sais comment le sage empereur a conservé cette institution transplantée par le fameux *Speransky*, et qui aurait dû tomber avec lui ; mais, puisqu'elle existe encore, comment ose-t-on parler de *tolérance* à notre égard, tandis que la moindre de nos demandes doit passer par le canal d'un homme étranger à notre langue religieuse, à nos dogmes, à nos sentiments, à nos usages, et qui se déclare d'ailleurs publiquement notre ennemi ? Autant vaudrait dire qu'on *tolère* les juifs, en les obligeant d'entendre la messe et de manger du porc. Il me paraît impossible que, d'une manière ou d'une autre, le saint-père ne puisse faire arriver jusqu'à l'empereur des idées d'une évidence aussi frappante.

J'ai dérobé quelques moments, Monseigneur, à de très-grandes occupations pour adresser à la hâte à Votre Excellence cette relation et ces courtes réflexions, présumant qu'elle ne les trouvera peut-être pas tout à fait inutiles. Je saisis avec empressement cette occasion de me rappeler à son souvenir, et de lui renouveler l'assurance de la haute et respectueuse considération, etc.

93. — AU R. P. BRZOZOWSKY, GÉNÉRAL DES JÉSUITES,
A POLOSK.

Saint-Pétersbourg, 28 juin (10 juillet) 1816.

**Mon très-révérend Père,**

J'ai reçu avec beaucoup de plaisir les essais de votre
académie, qui m'ont été remis de votre part : le sujet
que vous avez choisi sera blâmé par vos ennemis ; cependant ils seront fâchés que vous l'ayez traité, et ce sera
une preuve que vous avez bien fait : c'est un trait de
christianisme élégant d'avoir loué l'empereur dans un
moment où il frappe sur vous un coup si terrible ; et vous
avez le plaisir, d'ailleurs, de louer sans être flatteur, ce
qui ne vous conviendrait pas du tout. Devant tous les
juges du monde, il n'y a rien de si parfaitement beau
que la marche politique et militaire de l'empereur pendant cette mémorable époque qui brillera à jamais dans
l'histoire ; si l'on considère les difficultés de tout genre
qu'il avait à vaincre, la dextérité avec laquelle il a su
manier les esprits, le courage personnel dont il a fait
preuve, ses résolutions militaires dans les moments décisifs, la protection qu'il a accordée aux princes légitimes, enfin (quoique ce ne soit peut-être pas ce qu'on
regarde le plus) la profonde sagesse avec laquelle il a su
arrêter l'exagération et conserver ce qui ne devait pas
périr, c'est ce que la postérité, toujours équitable, ne
cessera de célébrer. Vous avez donc parfaitement bien
fait de donner de l'encens à des actions qui en sont
véritablement dignes ; mais il faudrait bien se garder

d'en faire une coutume et de créer pour ainsi dire un *cycle de louanges*. Dans un moment où ce grand prince vous traite si rudement, il y a de l'esprit et du bon ton à le louer franchement sur ce qu'il a fait de véritablement beau. Tenez-vous-en là. Les éloges périodiques ne valent rien.

La latinité de vos orateurs n'est pas encore celle de Maffei, de Petau, de Nocetti, etc.; mais elle a son prix, et tout se perfectionne.

Il serait inutile, mon très-révérend Père, de vous parler de l'immense chagrin que m'a causé ce qui vient de se passer. *Cor regis in manu Domini*, dit très-bien le texte de l'Écriture, qu'on lit dans l'église de Casan : mais *tantôt il le fait vouloir, et tantôt il le laisse vouloir*. Cette fois le *cœur* n'a point été assisté. Servons les puissances en les respectant, et surtout dans ces sortes de cas. Bossuet a dit merveilleusement : *N'est-ce pas servir l'autorité que d'en souffrir tout sans murmurer ?*

J'ai eu l'honneur de vous expédier, il y a quelques jours, cinq ou six volumes qui me sont devenus inutiles et qui pourront ne pas l'être pour vous; mais je ne crois pas trop que vous les receviez avant la fin du mois. Je les ai mis sous l'adresse alternative des RR. PP. Rozaven et Pietroboni. Saluez de tout mon cœur, je vous en prie, mon très-révérend Père, ces deux excellents amis, et dites-leur que la même pacotille contient une lettre pour chacun d'eux. Le jugement qui vous concerne m'a profondément affligé, comme vous n'en doutez pas; mais la confiscation de vos livres, en particulier, lorsqu'on me l'apprit, m'ôta la parole. *Si impetrai!* (ceci s'adresse au P. Pietroboni), je ne m'attendais pas du tout à une telle décision, qui disparaît cependant devant le reste.

Ma femme et toute ma famille vous font mille amitiés. Souvent nous parlons de vous et de ces deux Pères, et toujours avec le plus vif intérêt. Je ne sais, mon très-révérend Père, *ni si, ni quand, ni où* je vous reverrai. Quoi qu'en ait décidé le grand *Autocrate*, l'absence n'influera jamais sur mes sentiments.

Vale ad multos annos, reverendissime Pater, meique in momento magni momenti, scilicet in missæ *Memento*, memento!

Je suis, avec un respectueux attachement, mon très-révérend Père, etc.

---

### 94. — A M. LE MARQUIS HENRI DE COSTA.

Saint-Pétersbourg, 3 (15) juillet 1816.

Vous avez cacheté votre dernière lettre, mon cher et digne ami, avant de pouvoir me dire votre avis sur mon dernier ouvrage que vous teniez; et moi, je suis obligé de cacheter celle-ci sans avoir pu, malgré mes plus grands efforts, aller au delà de votre premier volume; heureusement il me suffit pour juger parfaitement de l'ouvrage. Juste mesure, simplicité élégante, liberté honnête, choix heureux et sage disposition des matériaux, c'est ce que j'admirerais dans votre œuvre, quand même elle serait partie d'une main indifférente. Vous avez fait un vrai présent à vos compatriotes, qui disent comme tous leurs contemporains : *Les longs ouvrages nous font peur.. . . . . . . . . . . . . . . . . . . . .*
*. . . . . . . . . . . . . . . . . . . . .*

Enfin, mon cher ami, je vous rends grâces de tout mon cœur, *et je sais ce que je vous dois*, au pied de la lettre. Vous aurez dû plaire infiniment à mon docte cousin, le comte Napion, que j'ai vu jadis fort courroucé de l'insolente proposition qu'*on ne pouvait faire lire une histoire de Piémont*. Je ne doute pas qu'après avoir lu vos deux derniers volumes, je n'aie de nouveaux éloges à vous adresser. J'ai pâmé de rire de ce que vous me dites des *magnats*. Quant à son Altesse Sérénissime, Monsieur le public, je suis bien aise qu'il en use bien avec vous, et qu'il vous donne des preuves de son approbation. Il est impossible, au reste, que cet ouvrage ne plaise pas. J'ai particulièrement remarqué, distingué et approuvé l'art avec lequel vous avez su, sans la moindre affectation, encadrer çà et là les meilleurs noms du pays. Au reste, il n'y a que justice. Vous m'avez rappelé par le contraste les platitudes du bon Grillet.

Je n'ai pas trouvé dans l'épître dédicatoire votre perfection et votre élégance ordinaires. Je remarque aussi que vous permettez, çà et là, au marquis Costa l'usage de l'adjectif accolé au pronom, de cette manière, *celles résultant*, au lieu de *celles qui résultent;* ce qui est contraire au dogme français; je ne dis pas que ce soit tout à fait une hérésie, mais c'est un schisme. Je vous dis ceci uniquement pour vous donner, par mes critiques, une pleine confiance à mes éloges; et comme je ne doute pas d'une seconde édition, je me réserve de vous envoyer une liste de mes animadversions, si j'en trouve le sujet en avançant.

A votre tour, mon digne ami, je vous somme de m'envoyer une dissertation *hypercritique sur les Délais de la justice divine*. Je ne me rappelle pas d'avoir jamais rien travaillé avec autant de soin : j'ai écrit trois fois ce beau traité de ma propre main; il a été lu ligne par ligne sur le grec par un habile helléniste qui ne m'a fait qu'une observation dont vous pouvez juger sans savoir la langue. Il s'agit de savoir si la mère carthaginoise, obligée de voir brûler son fils, était exposée à perdre tout à la fois *et ce fils et le prix de ce fils,* ou bien à perdre *et son fils et l'honneur,* en supposant seulement que le même mot grec τιμὴ (timé) signifie *prix* et *honneur.* Vous êtes en état de dire votre avis.

Je n'ai point encore vu mon ouvrage; Dieu sait comment on aura imprimé à huit cents lieues de moi le grec et le latin. Le bourreau de libraire a mis encore mon nom contre ma défense la plus expresse. Les *Considérations sur la France* m'ayant mis à la mode dans ce pays, mon nom peut aider au débit; la bonne foi, la parole d'honneur, ne signifient rien, — *l'Honneur est un vieux saint que l'on ne chôme plus.*— Mes portefeuilles recèlent dans ce moment des ouvrages considérables, — ce qu'on appelle *des ouvrages;* mais qu'est-ce que cela vaut? et comment pourront-ils paraître? c'est ce que j'ignore : la chose dépend en grande partie du sort qui m'attend.

Il vous souvient, mon cher ami, de ma devise si philosophique, *Inimicis juvantibus.* Pour cette fois, je vous l'avoue, je crains que les aquilons ne l'emportent; la balance aujourd'hui penche tout à fait du côté de Bissy, mais peut-être qu'il en sera tout autrement.....

. . . . . . . . . . . . . . . . . . . .

. . . . . . . . . . . . . . . . . . . .

Adieu, mille fois, cher et excellent ami; ma femme et mes enfants vous disent mille tendresses. — Voilà une

lettre pour cette aimable Clémentine, que je chérirai toute
ma vie. Pauvre mère! ah! que de chagrins! je les partage de tout mon cœur : dites-le-lui, je vous en prie.
Ce coup est bien perçant après tant d'autres. — Henri,
je vous remercie encore de votre livre, et je vous serre
dans mes bras.

---

## 95. — A MADAME DE S....

Saint-Pétersbourg, 4 (16) août 1816.

Voilà deux lettres, excellente Sophie, qui m'ont été
remises par le consul d'Angleterre de la part de lord
Walpole. A ces deux lettres étaient jointes un certain livre
sur les prophéties que vous aviez bien voulu demander
pour moi, comme il vous en souvient probablement, et
deux pamphlets assez volumineux comme tels. Ce sont
des poëmes de lord Byron sur les batailles de Talavera
et de Trafalgar. Ceci, Madame, vous appartient particulièrement, ainsi qu'un numéro de je ne sais quel papier
public où l'on dit des vérités assez dures à ce poëte-lord ;
mais comment faire? Vous courez le monde, et chaque
jour vous éloigne de nous : il n'y a pas moyen de vous
faire parvenir cela.

Quant aux livres sur les prophéties, je n'ai pu encore
qu'y jeter un coup d'œil très-rapide, et j'ai pu voir
seulement : 1° qu'il adopte le système des millénaires,
que je n'explique point à une personne aussi instruite
que vous; 2° qu'il adopte un autre système purement
anglais, et que vous avez admiré déjà dans le livre de

M. Buchanan sur les missions asiatiques, savoir, que le pur christianisme a été déshonoré par deux apostasies: celle de Mahomet en Orient et celle du pape en Occident. *The full duration of popery being of 1290 years, and that of mahometan power about 1240.* Or, comme (d'après l'auteur) ces deux apostasies ont commencé ensemble ou à peu près vers le sixième siècle, vous voyez, Madame, que le commencement du règne de mille ans ne saurait être fort éloigné.

L'auteur de ce dernier livre est M. James Hastley Frere; mais on voit, par son livre, que cette opinion est à la mode à Londres parmi les *grands* théologiens. Là-dessus, Madame, il faut dire comme le cordonnier de Paris : *Voilà cependant l'état où je serai dimanche.* — Nous avons tous notre dimanche, mais celui de ces messieurs est terrible.

Depuis votre départ, Madame, nous avons eu deux fois de vos nouvelles par madame la princesse Alexis Gollitzin; nous savons que vous étiez en bonne santé, et c'est beaucoup. Lorsque vous serez assise dans quelque bonne ville, vous nous donnerez d'autres détails. Si madame la princesse ne brûlait pas impitoyablement toutes ses lettres, je la prierais d'en poser une sur un fauteuil vide, dans toutes nos réunions; car après vous, il n'y a rien de plus *vous* que votre pensée. Cependant, ce serait encore *viande creuse.* Votre absence, Madame, laisse un grand vide dans notre société. Il m'en coûtera bien moins de disparaître à mon tour en songeant que vous n'y êtes plus. Ce grand moment, au reste, n'est point fixé. Voilà l'empereur qui part pour trois ou quatre mois; pendant ce temps, je ne pourrais donner mes lettres de récréance, quand même elles seraient sur ma table. Je suis bien loin d'ailleurs d'être encore d'accord avec certaines personnes sur certains articles, de sorte que, *quoique le principe soit décrété*, la rédaction ne l'est pas : le croiriez-vous, Madame, je ne me tiens point encore sûr de ce qui arrivera, tant je connais mon étoile, qui m'a constamment fait atteindre ce que je ne désirais pas, en m'écartant de ce que je demandais; mais je dois dire, *à sa décharge*, qu'elle a toujours agi pour mon bien. En 1803, par exemple, je puis vous assurer sur mon honneur que je n'avais pas la moindre envie de vous connaître (ceci est grossier), et cependant l'*étoile* avait résolu alors de me faire présent d'une amitié faite pour donner à la fois orgueil et bonheur. Conservez-la-moi bien, bonne et respectable amie : savoir tout ce qu'elle vaut, n'est-ce pas un peu la mériter ?

Je griffonne maintenant, et même j'ai fort avancé le second livre de cet ouvrage, dont le premier vous a été lu ; il me semble que *cela vient*, mais un départ rompra tout.

J'ai fait l'effort d'aller à la fête de Peterhoff, pour la faire voir aux dames, qui en ont été frappées. Elles ont été traitées supérieurement par les *deux grandes dames du logis*, ce qui a été fort remarqué. *C'était*, à ce qu'il m'a paru, *un équilibre arrangé d'avance par une habile main*. La fête a fini bien tristement. Un coup de vent furieux a fait chavirer plusieurs barques qui revenaient à Saint-Pétersbourg chargées de monde. On varie sur l'étendue du mal, comme vous le sentez bien, mais il est grand. La police dit *pas cinquante*, et le public dit *quatre cents*. Je ne crois ni la police ni le public; mais en passant au milieu, c'est encore un terrible événement.

La fille cadette de la princesse Lubomirska est morte il y a deux jours, après vingt-huit heures de convulsions produites par la dentition : la maman est enceinte, et le grand-papa fort malade : le bon empereur fait merveilles dans cette maison. Bon Dieu, le vilain monde ! Je ne suis pas étonné qu'on ait envie du règne de mille ans.

Toute ma famille, Madame, du moins la partie coiffée, vous envoie mille tendresses ; Rodolphe vous fait sa profonde révérence. — Et moi, Madame, que vous dirai-je donc à la fin d'une lettre ? *Que j'ai l'honneur d'être*, etc. — Ma foi non.

———

### 96. — A M. DE R..., A GÊNES.

#### SUR LES JÉSUITES.

Saint-Pétersbourg, septembre 1816.

Vous me parlez dans presque toutes vos lettres des jésuites, mon cher ami, et toujours assez ridiculement ; je veux, une fois pour toutes, vous dire ma pensée sur ce point.

Sans doute, j'aime les jésuites, que j'ai toujours regardés comme une des plus puissantes institutions religieuses, un des plus admirables instruments d'instruction et de civilisation qui ait existé dans l'univers. Parlez à un ennemi des jésuites, au premier que vous trouverez sous votre main ; demandez-lui s'il a fréquenté ces messieurs, s'il avait parmi eux des amis, des directeurs, des conseillers, etc., il vous répondra, *Non*, et peut-être, *Dieu m'en préserve !* Et si vous leur citez leurs amis, il ne manquera pas de vous dire qu'ils sont amis, et qu'il ne faut pas les croire parce qu'ils sont suspects : *en sorte que les jésuites ne sont véritablement connus que par ceux qui ne les connaissent pas.* C'est un magnifique théorème qui mérite d'être encadré.

Il n'y a rien de si niais, mon très-spirituel ami, que ce que vous dites après tant d'autres, que, *puisque les jésuites étaient détruits, il ne fallait pas les rétablir ;* c'est-à-dire, par la même raison, que, *puisque le roi était tombé de son trône, il ne fallait pas l'y replacer.* Par quelle raison, par quelle loi, par quelle convenance, une excellente chose, une fois abattue, ne doit-elle plus être relevée? Vous me direz : *C'est une question de savoir si la chose est excellente.* Fort bien, mon cher ami; c'est ce que les jacobins disaient de la royauté, et dès qu'il sera prouvé que les jésuites ne valent rien, il sera prouvé aussi qu'il ne fallait pas les rétablir. Nous attendrons donc la démonstration.

Je vous donnerai une règle sûre et facile pour juger les hommes ainsi que les corps. Cette règle est infaillible. Du côté des jésuites, je vous nommerai tout ce que le monde a produit de plus excellent dans l'ordre de la sainteté, de la science et de la politique. — Et quels sont leurs ennemis ? Tous les ennemis de Dieu, tous les ennemis de l'Église, tous les ennemis de l'État. — Vous me direz : Est-ce qu'il n'y a pas de fort honnêtes gens parmi leurs ennemis ? Hélas ! oui, mon cher ami ; mais ces honnêtes gens se trouvent sur ce point en très-mauvaise compagnie, ce qui n'arrive pas aux amis de cette société. Cependant, malgré la très-juste affection que je leur porte, si j'étais ministre, je n'irais point trop vite. J'aurais toujours devant les yeux deux axiomes. Le premier est de Cicéron : *N'entreprends jamais dans l'État plus que tu ne peux persuader.* L'autre est de moi, indigne : *Quand tu baignes un fou, ne t'embarrasse pas de ses cris.* Il faut prêter l'oreille à ces deux maximes, et les balancer l'une par l'autre. Je crois bien que G... se plaint! J'ignore cette *manière* dont vous me parlez, mais je gagerais qu'il s'agit de quelque fabrique de boutons ou de lacets, supprimée peut-être pour y substituer d'*inutiles moines !!* Tel est le siècle! Un corps enseignant, prêchant, catéchisant, civilisant, instituant, etc., ne vaut pas pour lui une échoppe de quincaillerie ; il donnerait la régénération d'une âme humaine pour une aune de taffetas. Qu'un souverain vienne à jeter quelques gouttes d'eau rose sur cette boue, elle ne manque pas de crier : *Vous me salissez.* Il faut la laisser dire et verser double dose, à moins qu'il n'y ait un très-grand danger.

Enfin, mon cher ami, je n'aime rien tant que les esprits de famille; mon grand-père aimait les jésuites, mon père les aimait, ma sublime mère les aimait, je les aime, mon fils les aime, son fils les aimera si le roi lui permet d'en avoir un.

## 97. — A MONSEIGNEUR DE BEAUSSET, ANCIEN ÉVÊQUE D'ALAIS.

Saint-Pétersbourg, 16 (4) octobre 1816.

Monseigneur,

Je suis tout honteux de commencer la première lettre que j'ai l'honneur de vous écrire par une ennuyeuse narration : cependant, je m'y vois absolument obligé. C'est une apologie dans les formes.

M. l'ambassadeur de France m'ayant fait présent de l'un des premiers exemplaires de l'*Histoire de Bossuet* arrivés dans cette capitale, je me mis tout de suite à le lire avec l'empressement et l'attention qu'on vous doit, Monseigneur. Je lus constamment la plume à la main, comme il faut lire les livres de ce genre et de ce mérite. Un grand siècle après, un ami me dit : *A propos, il m'est arrivé une caisse de livres qui en contient un pour vous. Il y a longtemps qu'il me fut remis à Paris par une personne dont il ne me souvient plus du tout.* Je reçois le livre : c'était le vôtre, Monseigneur, mais sans aucun signe visible (du moins pour moi) qui pût m'apprendre d'où me venait ce beau présent. Je savais l'ouvrage par cœur ; je ne le parcourus donc plus que très-légèrement, et je le plaçai dans ma bibliothèque, où il ne disait mot, quoiqu'il parle fort bien. Un autre ami étant chez moi, je lui dis : *Voilà deux exemplaires d'un excellent livre ; voudriez-vous en accepter un ?* Il ne se fait pas prier ; sa main tombe au hasard sur le nouvel exemplaire, et le voilà perdu pour moi, selon toutes les apparences.

I. 25

Un autre siècle après, c'est-à-dire avant hier, j'étais chez une dame qui me dit : *Je lis un livre qui vous appartient; mais c'est une contrebande, car je ne le tiens pas de vous.* Elle nomme le livre. J'assure qu'il n'est plus à moi depuis longtemps. *Cependant*, me dit-elle, *vous le tenez de l'auteur même, qui vous l'a adressé.* Je nie de nouveau, et la voilà qui cherche et retrouve l'inscription que vous aviez eu la bonté d'écrire de votre main sur la dix-neuvième page du premier volume : cependant, elle ne la retrouva pas tout de suite, car je ne sais quelle disposition ou adhérence de feuillets refuse pendant quelque temps ces lignes, même au doigt qui les cherche. Il n'est pas étonnant qu'elles aient échappé à l'homme qui ne se doutait de rien. Il m'est impossible, Monseigneur, de vous peindre mon étonnement et mon regret en lisant ces deux lignes si précieuses pour l'un des plus justes appréciateurs de vos talents. Qu'aurez-vous donc pensé de moi? Cette idée m'afflige : je voudrais pouvoir confier cette lettre à une hirondelle, pour arracher incessamment de votre esprit toutes mauvaises pensées sur mon compte.

. On ne saurait être plus sensible que je ne le suis, Monseigneur, au témoignage d'estime que vous avez bien voulu me donner en m'adressant votre excellent livre. J'ai retrouvé dans l'*Histoire de Bossuet* le même talent, la même élégance, la même candeur qui m'avaient enchanté dans celle de Fénelon. C'est dommage qu'il y ait dans cette *Histoire de Bossuet* certains endroits qui attristent : mais ce n'est pas votre faute, Monseigneur. J'ai marché au reste constamment à vos côtés tout le long de votre attachante narration , sans vous abandonner d'un pas jusqu'à l'année 1682. Là , il a bien

fallu nous séparer ; mais vous n'aviez nul besoin de moi,
Monseigneur, pour achever votre voyage. Vos lumières,
d'ailleurs, m'assurent de votre indulgence ; et si j'avais
un jour le bonheur de vous entretenir, je ne désespérerais point de me faire pardonner mes petites hérésies.

Vous m'avez fait contracter une grande dette, Monseigneur : je voudrais bien m'acquitter ; mais comment
faire? J'avais cependant préparé une œuvre considérable, qui eût mérité peut-être d'être appuyée dans le
monde par une grande influence française, puisque
l'ouvrage était destiné à vous rendre un sceptre important que la France a si follement cédé dans le siècle dernier ; mais les Français ont bien d'autres choses en tête
dans ce moment, il ne faut pas les interrompre.

Agréez, Monseigneur, l'assurance des sentiments les
plus sincères de reconnaissance et de vénération avec
lesquels je suis, etc., etc.

---

**98. — A S. E. M. L'AMIRAL TCHITCHAGOFF, A FLORENCE.**

Saint-Pétersbourg, 30 (18) novembre 1816.

Mon très-cher amiral,

Dites-moi comment il est possible qu'en songeant continuellement à vous, je ne vous aie pas écrit depuis si
longtemps. Encore une fois, digne ami, si vous le savez, dites-le-moi ; car, pour moi, je n'en sais rien. Je
suis tombé dans une espèce d'apathie qui n'a point de
nom. Je suis devenu à peu près solitaire. J'ai rompu

25.

une foule de liaisons et presque toutes mes correspondances. Seul avec ma famille et mes livres, je vois couler les heures avec cette rapidité accélérée dont l'image se trouve dans le mouvement physique. Quand j'ai appris cependant que mes frères vous avaient vu face à face, que l'un d'eux vous avait vu à *Caramagne*, et vous avait proposé d'acheter cette campagne, je ne puis vous dire ce que j'ai éprouvé, combien j'ai envié à mon cher abbé le plaisir qu'il a eu de vous voir et de vous parler. Comment avez-vous trouvé ce prélat ruiné, triste reste de la Saint-Barthélemi sacerdotale, mais à qui, cependant, on n'a pu ôter ni sa tête ni son cœur? Et que dire encore de cet étrange coup du sort qui vous amène à Turin, précisément dans l'auberge où mon autre frère venait d'arriver? En vérité, tout cela tient du roman. Combien vous aurez parlé du chef de la famille, pour qui vous êtes si bon! Ils vous auront sans doute beaucoup entretenu de la tempête qui a soufflé ici sur moi; mais ils n'auront pu vous présenter que de faux aperçus. Si votre auguste maître a pu croire pendant quelque temps que j'en voulais à son Église, il a pu se convaincre aisément, et dans très-peu de temps, que je n'avais rien entrepris contre elle. On s'est expliqué à cet égard, et je puis vous assurer, Monsieur l'amiral, que si j'avais été garçon, j'aurais fini mes jours ici; mais je suis père de famille, et j'ai vu clairement que je devais à mes enfants de les ramener chez eux. J'ai donc demandé mon rappel, et Sa Majesté a bien voulu me rappeler d'abord au mois de septembre, et ensuite, à cause du voyage de l'empereur, au mois de mai prochain. Quoiqu'il ne soit pas *absolument impossible* de trouver quelques abus en Russie et certaines choses pénibles,

cependant je m'étais attaché à ce pays. Je tiens à mes
livres, à ma table, à mon fauteuil, à mille objets qui
n'ont point de nom. Je n'aime pas déménager et dire à
tout ce que je vois tous les jours depuis quinze ans :
*Adieu, pour toujours.*

Il m'arrivera, au reste, pour en revenir encore à la
physique, ce qui arriverait à un corps qui, d'une planète,
serait lancé dans une autre : d'abord il y *monterait*, ensuite
il y *tomberait*. Il n'y aura de véritablement douloureux
pour moi que le moment du *détachement*; bientôt l'attraction contraire exercera sa puissance suivant la loi commune
des carrés. — Mais combien cette force serait augmentée,
très-cher ami, si mon retour devait me procurer le plaisir de vous voir encore! J'ignore vos projets ; mais si
nous sommes l'un et l'autre synchroniquement en Italie,
d'une manière ou d'une autre, il faut que je vous saute
au cou. Il faut que nous rappelions ensemble ces soirées du grand quai, ces promenades de Péterhoff, tant
d'heures délicieuses, tant de souvenirs lugubres. En revenant sur ce temps passé pour toujours, il me semble
que mon cœur est serré entre deux planches et qu'il est
près d'éclater. Ces idées noires, et cependant douces, me
ramènent à votre dernière lettre, qui m'est aussi présente
que si je l'avais reçue hier. Vous ne sauriez croire de
quel poids elle déchargea mon cœur. Je n'aimais pas
cette relique que vous transportiez çà et là, ou plutôt je
l'aimais trop pour ne pas souffrir de lui voir ainsi courir la poste; je ne savais pas vous expliquer à moi-
même; votre lettre m'a tranquillisé, et même édifié : ce
que vous avez fait est un chef-d'œuvre de délicatesse.
— UBI SE DEDIT QUIESCIT. — C'est ce que j'aurais écrit sur
le marbre, si j'avais été à vos côtés ; mais j'ai été fort

content de ce que vous m'avez envoyé. Je vous dirai le reste lorsque je vous verrai ; aussi bien je me sens oppressé, et je dois finir cette lettre ; mais je ne dois pas vous laisser ignorer que le roi a bien voulu me nommer *premier président dans ses cours suprémes*. Mais je ne sais point encore où je siégerai, et je n'ignore pas moins si ce titre me prépare à quelque titre encore supérieur. Mon Rodolphe ( qui est aussi le vôtre ) est lieutenant-colonel dans l'état-major. A cet égard, je ne puis me plaindre. Il me charge de mille tendres et respectueux compliments pour vous, et n'est pas moins empressé que moi de vous rencontrer encore. Il emporte l'épée *pour la valeur* et la langue russe, dont vous pourrez vous servir pour dire du mal de moi et devant moi sans inconvénient ; car je ne sais, au bout de quinze ans, que le seul mot *khorocho*, indispensable à chaque instant pour louer tout ce qui se fait. — Adieu mille fois, Monsieur l'amiral ; je vous embrasse de tout mon cœur, avec je ne sais quelle délicieuse tristesse, que je ne sais pas définir autrement qu'en la nommant.

———

### 99. — A S. E. LE CARDINAL SEVEROLI.

Saint-Pétersbourg, 3 (15) décembre 1816.

Monseigneur,

Je me suis chargé de faire passer à Votre Éminence la lettre ci-jointe. Je profite, pour l'acheminer sûrement, d'un courrier napolitain dépêché par M. le duc de Serra-

Capriola, ministre de Naples près cette cour, aucune occasion ne pouvant être plus sûre.

J'ai lu les pièces intéressantes annoncées par le billet de Votre Éminence, du 17 octobre. Sa Sainteté a fait bonne justice, rien n'étant plus inexcusable que le mandement de l'archevêque de Mohileff et toute sa conduite dans l'affaire de la Société biblique. Au fond, c'est un protestant, et tout est dit. Jusqu'à présent, il n'a pas jugé à propos de dire un mot, et je doute fort qu'il s'exécute de bonne grâce. Ce n'est pas tout à fait un Fénelon sous aucun rapport. S'il venait à s'obstiner, et si le gouvernement le soutenait, les suites seraient inquiétantes. Je ne puis guère douter du projet arrêté de soustraire la Pologne à l'obédience du saint-siége par des moyens qui pourraient même échapper, dans le principe, à l'œil juste et attentif du souverain. Les plus terribles ennemis de la religion sont à la tête des choses dans ce malheureux pays; jamais nous n'eûmes plus besoin de toute la sollicitude de Sa Sainteté.

Une société de juifs caraïtes vient d'envoyer ici à la Société biblique une Bible traduite en tartare et écrite en caractères hébreux ( rabbiniques). C'est un monument très-curieux. J'ai vu le manuscrit, qui est en quatre volumes in-octavo, et même je m'en suis procuré un *fac-simile*. Ces juifs disent qu'*ils possèdent cette traduction de temps immémorial, et qu'ils en ignorent l'auteur.* J'ignore, de mon côté, si elle est faite sur les Septante ou sur l'hébreu, et si cette traduction est connue à Rome.

Il paraît que la Société biblique enflamme les têtes mêmes qui lui sont étrangères; du moins j'entends dire que les libraires ne peuvent suffire à la quantité de

Bibles qu'on leur demande. *Sacy* et *Carrière* sont les plus répandues, car il ne s'agit en Russie que de langue française. En attendant l'effet de tout ceci, c'est un spectacle assez curieux que celui de voir des sociniens, des déistes, des indifférents, ou des ennemis même de toute religion séant dans la Société biblique. Un spectacle non moins curieux, mais d'un tout autre genre, c'est celui de l'embarras où se trouve aujourd'hui l'Église anglicane. Poussée à bout par la Société biblique, elle en est venue à soutenir qu'*un fidèle ne peut entendre la Bible autrement que son Église ;* sur quoi, tous les dissidents en chœur lui crient : *Ah ! Madame, vous êtes donc catholique !* J'ai fait venir de Londres un livre tout à fait curieux, publié par un ecclésiastique anglais (M. Norris), *sur la tendance et les procédés de la Société biblique ;* Londres, 1813. Ce livre m'a beaucoup intéressé par les faits qu'il révèle. Il n'y a pas de mal, au reste, que l'Église anglicane soit fouettée par ses enfants. C'est le meilleur moyen de la faire convenir qu'elle les a mal élevés.

Au mois de mai prochain, Monseigneur, je me rapprocherai de Votre Éminence. Sur mes instances réitérées, Sa Majesté a bien voulu me rappeler. S'il y a quelque moyen, lorsque je serai en Italie, de revoir la capitale de la chrétienté, je le saisirai avec empressement, car j'ai conservé un tendre souvenir de Rome.

Je serais infiniment obligé à Votre Éminence, si elle avait la bonté de mettre aux pieds du saint-père mon profond respect et mon dévouement filial. Que n'avons-nous pas vu depuis que j'eus l'honneur de lui être présenté à mon passage à Rome en 1803 ! A travers tant d'horreurs, il y a des points lumineux et de grandes espérances. Si Virgile était au monde, il pourrait nous refaire une quatrième églogue.

Daignez, Monseigneur, agréer les assurances de la respectueuse vénération, et si elle veut bien me le permettre, du véritable attachement avec lequel je suis, etc.

---

### 100. — A M. LE COMTE DE BLACAS.

Saint-Pétersbourg, 3 (15) décembre 1816.

Monsieur le comte,

Il me semble que je serais coupable si je vous laissais ignorer mon sort. Les intérêts les plus évidents de ma famille ne s'accordant plus avec mon séjour prolongé dans ce pays, le roi a bien voulu me rappeler, sur mes demandes réitérées. Je ne partirai cependant qu'au mois de mai prochain, Sa Majesté m'ayant refusé avec bonté la permission d'exposer trois dames sur les grandes routes dans cette saison et sous ce climat. Cependant, pour que mon état ne demeure pas douteux, le roi a daigné me créer *premier président dans ses cours suprêmes.* C'est une forme usitée chez lui, et qui ne décide nullement si je serai réellement placé à tête d'un sénat, ou si mon titre ne me servira que de marchepied pour me placer ailleurs. Il en sera tout ce qui plaira à Dieu et au roi; mais à vous dire la vérité, Monsieur le comte, quoique le poste qui m'est annoncé ou montré soit au rang des places qu'on appelle éminentes à Turin, cependant, je ne me sens pas de goût pour l'occuper. Mes idées ont pris un cours étranger à l'administration pratique de la justice. Il y a dans tous les états un certain mécanisme qu'il n'est pas permis de suspendre pendant vingt ans, et j'ai peur qu'on n'écrive sous mon portrait :

Il prit, quitta, reprit la simarre et l'épée.

Quoi qu'il en soit de cette grande affaire, dont je ne doute pas que la Providence ne se tire fort bien, ce qu'il y a de très-sûr, c'est qu'au mois de juin prochain je serai très-près de vous, soit que vous résidiez encore à Rome, soit que vous ayez été alors rappelé dans votre capitale. Quand je compare ces deux distances à celle que je dois parcourir pour aller à Turin, je les vois disparaître, et il me semble que je vous toucherai.

J'ai été ravi, Monsieur le comte, de vous voir au poste où vous êtes. Par une foule de raisons inutiles à détailler, le *concordat*, et surtout la *concorde* entre la France et le saint-siége, étaient une œuvre laïque. J'espère que vous aurez attaché votre nom à un grand et glorieux résultat, qui marquera dans l'histoire, et dont l'Église et l'État s'applaudiront également. J'ai lu avec une joie que je ne saurais exprimer différents écrits français, et surtout ceux de M. Fiévée, où l'on vous rend bonne et pleine justice. J'ai toujours pensé et parlé comme ces livres.

Les papiers publics m'ont appris que madame la comtesse de Blacas vous avait fait présent d'un joli petit Romain qui a été baptisé avec toute la magnificence pontificale. Il ne manquait que moi à cette fête, à laquelle j'ai pris une part infinie. Puisque la maman de cet aimable Romain a bien voulu me nommer une fois, il me semble

que je suis en droit de lui présenter mes hommages.
Chargez-vous de l'offrande, Monsieur le comte, elle sera
bien reçue.

Mon très-cher comte, descendez, je vous prie, un
instant de votre piédestal, afin que j'aie le plaisir de vous
embrasser à mon aise avec une tendresse de 1807, et
croyez bien qu'il m'est impossible de me surpasser à
votre égard en attachement, en estime, et surtout dans
le désir en permanence de tout ce qui peut vous apporter gloire et bonheur.

C'est avec tous ces sentiments réunis que je suis pour
la vie, etc.

---

### 101. — A S. E. LE CARDINAL ....

Saint-Pétersbourg, 1846.

Monseigneur,

Par une phrase de la dernière lettre de Votre Éminence, je vois qu'elle n'a pas à beaucoup près une idée
juste de l'état de la religion catholique dans ce vaste
empire. C'est un point de la plus haute importance, que
vous ne me saurez pas mauvais gré sans doute d'éclaircir parfaitement.

Votre Éminence aura lu, dans plusieurs pièces officielles publiées à l'occasion du renvoi des jésuites, que
*la Russie s'était toujours distinguée par son esprit de
tolérance.* Cela, sans doute, est fort bon à dire, et je vous
dirai bien plus, Monseigneur : *je crois fermement* que

Sa Majesté Impériale le *croit fermement*, car il n'y a pas de prince au monde qui respecte autant la conscience des hommes. Dans le fait néanmoins il n'en est rien, et l'on ne peut dire que la religion catholique soit tolérée en Russie, du moins si l'on veut parler exactement.

Votre Éminence voudra bien observer d'abord que, si l'on veut parler avec l'exactitude requise dans ces sortes de mâtières, la religion catholique n'est point du tout ici une religion *tolérée*, mais *religion de l'État*; privilége qu'elle partage avec la protestante, quoique ni l'une ni l'autre ne soient *dominantes*, ce qui est bien différent. On appelle *religion tolérée* celle qui s'introduit par force ou par finesse, et qui ensuite force la main au gouvernement : c'était le cas des protestants en France; c'est celui des Rascolniks en Russie. Mais lorsqu'un prince acquiert de nouveaux pays par cession ou conquête, et qu'il les acquiert, comme de raison, avec leur religion, il ne s'agit plus de *tolérance*, mais de justice. J'ai communiqué cette observation à plusieurs bons esprits de ce pays; tous en ont été frappés, et je me rappelle même que l'ayant fait lire, il y a trois ans, au prince Alexandre Gallitzin, *ministre des cultes*, auquel nous avons dans ce moment tant d'obligations, il me dit loyalement : *En effet, c'est vrai ; je n'y avais pas pensé.*

Mais je veux encore admettre que la religion catholique soit *tolérée* dans le sens ordinaire de ce mot, je dis que cette religion *tolérée* n'est point du tout *tolérée*.

Une religion n'est point tolérée lorsqu'elle ne l'est point suivant son esprit, ses dogmes et ses maximes. Sa Majesté, mon auguste souverain, ne croirait pas certainement *tolérer* les juifs dans ses États, s'il les forçait de manger du porc ou de travailler le jour du sabbat; or, voilà ce qui nous arrive.

On peut dire, dans la synagogue, que *Jésus-Christ était fils d'un soldat*. On peut dire dans la mosquée : *Comment Dieu aurait-il un fils, puisqu'il n'a point de femme?* parce que ces deux blasphèmes se trouvent, le premier dans le Talmud, le second dans l'Alcoran. Personne ne s'en mêle ni ne se plaint. Mais si le prédicateur catholique prononce, *Hors de l'Église point de salut*, il est mandé par l'autorité civile, on lui ordonne de communiquer son sermon, il est grondé, etc. « Il manque de respect, dit-on, à la religion du pays. » — Comme si l'on ne lui manquait pas un peu plus en traitant notre Sauveur de *bâtard adultérin?* Si quelqu'un ne veut pas entendre dans une église *tolérée* quelque chose qui lui déplaise, il n'a qu'à n'y pas venir.

Sa Majesté Impériale ayant ordonné, dans le temps, que la mémoire du général Moreau serait honorée d'une oraison funèbre, le prêtre qui en fut chargé se vit obligé de comparaître devant le gouverneur militaire, et de lui lire sa pièce avant de la prononcer. Un sermon censuré par un militaire ou l'exercice commandé par un évêque serait pour nous la même chose; ici on n'en est point choqué, parce que l'on transporte, même sans y prendre garde, les maximes d'une Église dans l'autre.

Le dogme capital du catholicisme étant le souverain pontife, sans lui, dans notre manière de voir, point de véritable christianisme. Cette religion est une monarchie. L'idée de la religion *universelle* (catholique), sans un chef unique, est tout aussi raisonnable pour nous que celle de l'empire de Russie sans empereur. Si l'on nous

dit : *Les synodes suffisent*, nous répondrons : *Comme
les sénats*. Nous ne pouvons supporter aucune idée qui
altère d'aucune manière l'unité monarchique ; je ne dis
pas que nous ayons raison, ce n'est pas de quoi il s'agit
ici, je dis seulement que nous pensons ainsi, et que nous
ne serons jamais *tolérés* partout où ce dogme ne sera
pas *toléré*.

Le chef de l'Église catholique dans ce pays, monseigneur l'archevêque de Mohilew, qui a été protestant et
officier houssard avant d'être évêque, est assez publiquement ennemi de la suprématie papale, et ne demande qu'à la gêner. Un jour en voyant passer Sa Majesté Impériale à la cour, il dit à un groupe de personnes :
*Voilà mon pape à moi*. Je le tiens d'un témoin russe
qui en fut très-scandalisé. Déjà du temps des jésuites, il
leur faisait tourner la tête sur des affaires de mariages,
où il introduisait ou laissait introduire toute la licence
polonaise. Maintenant, Dieu sait comment les choses
iront ! Pour notre Église c'est un point capital.

Je pourrais dire à Votre Éminence des choses extrêmement curieuses ; mais il faut se borner dans une lettre
aux idées générales. Défalquez, des trente-huit millions
d'hommes qui peuplent ce vaste empire, onze millions
de catholiques, deux millions et demi de protestants, les
rascolniks qu'on n'ose plus compter, et toutes les peu-
plades non civilisées, on trouvera que la religion dominante ne l'emporte pas sur nous numériquement, ou ne
l'emporte que très-peu. Cette masse énorme de onze millions d'hommes ne peut aborder le souverain (j'entends
dans l'ordre religieux) que par l'organe d'un *ministre
des cultes*, Russe de croyance, que j'honore infiniment
comme gentilhomme, comme honnête homme, comme

homme d'esprit, comme homme du monde, comme bon
sujet de l'empereur; mais qui en sait autant qu'un enfant de dix ans sur tout ce qu'il faudrait savoir pour nous
comprendre, nous juger et nous conduire. Après ce
qui s'est passé d'ailleurs, il n'a ni ne peut avoir notre
confiance.

Ainsi donc, Monseigneur, lorsque Votre Éminence entendra parler, même avec une certaine pompe, de la tolérance dont on jouit en Russie, elle pourra se rappeler ce
que j'ai l'honneur de lui dire ici. On tolère le protestantisme, le socinianisme, le rascolnisme, l'illuminisme, le
judaïsme, le mahométisme, le lamaïsme, le paganisme,
le *riénisme* même, si l'on veut; mais le catholicisme, c'est
tout autre chose, comme Votre Éminence vient de le voir.
Jamais nous ne serons tolérés comme nous devons l'être
jusqu'à ce que nous ayons un organe de notre système
auprès de l'empereur, et que Sa Sainteté, libre dans ses
relations avec nous, puisse déployer librement son autorité sur les évêques, et les retenir dans l'ordre, c'est
d'ailleurs le très-grand intérêt de l'empire.

Si Votre Éminence me fait l'honneur de me demander ce que je pense de la possibilité d'un meilleur ordre
de choses, je lui répondrai, puisqu'il s'agit de religion,
par une phrase de l'Évangile : « *Comment entendront*
*ils si on ne leur parle pas ?* » Quel homme ici a le droit et
la volonté de porter ces considérations au maître ? Mais
si Dieu et le temps amenaient dans l'esprit de Sa Majesté
Impériale la bonne pensée de nous entendre par l'organe
de quelques-uns de ces hommes que la voix publique
désigne toujours au souverain, j'attendrais tout d'une
pareille inspiration. Un nonce de confiance arrangerait

bien des choses, et c'est encore un grand motif d'espoir; mais sur cela je ne puis rien savoir.

Daignez agréer, Monseigneur, etc.

---

### 102. — AU R. P. GÉNÉRAL DE LA COMPAGNIE DE JÉSUS, A POLOTSCK.

Saint-Pétersbourg, 1816.

Mon très-cher et très-révérend Père,

Je n'ai point d'expressions pour vous témoigner toute la part que j'ai prise à votre malheur, qui est en même temps celui de vos amis et de toute notre Église. Au moment même où les ordres de Sa Majesté Impériale à votre égard me furent connus, le 21 décembre dernier, je fis toutes les démarches nécessaires pour découvrir s'il y avait quelque moyen possible, c'est-à-dire permis, de vous approcher et de vous apporter les consolations qui auraient dépendu de moi. M'étant assuré du contraire, je me tins parfaitement tranquille, comme il convenait à toute personne sage, surtout à un ministre étranger. Vous me rendrez, au reste, je n'en doute nullement, la justice de croire que je n'ai cessé de m'occuper de vous *et de votre famille*, et de partager vos angoisses communes. Maintenant que le coup est porté, il ne vous reste qu'à vous consoler, en considérant que votre société a toujours été distinguée par un grand caractère, qu'elle partage honorablement avec la religion même, que vous servez avec tant de zèle et d'in-

telligence. *Toujours combattue, elle avance toujours.*
Il faut encore vous consoler, en songeant que le décret
même qui vous interdit les deux capitales est la pièce la
plus honorable que vous puissiez présenter à vos contemporains*et à la postérité. Tout prince défend sa religion contre toute attaque étrangère ; rien n'est plus naturel. L'empereur de Russie a craint votre prosélytisme ;
mais, quoique irrité contre vous, il n'exprime rien de
plus que cette crainte : d'où il résulte à l'évidence que,
pendant quarante ans, vous n'avez pas commis une seule
faute, ni comme sujets, ni comme prêtres, ni comme
instituteurs ; car cette faute vous eût été certainement
reprochée dans cette occasion. L'honneur de votre ordre
sort donc intact de cette affaire ; car, pour ce qui est de
votre prosélytisme, amis et ennemis diront en Europe :
*C'est un bataillon renvoyé pour cause de valeur ;* et
toujours vous aurez pour vous la plus grande des consolations,

*Nil conscire sibi, nulla pallescere culpa.*

Il ne vous reste, mon très-révérend Père, qu'à prier
pour l'empereur, même pour ceux qui l'ont conseillé,
et à faire ailleurs le bien que vous ne pouvez plus faire
ici. Le moindre mot amer, même dans les pays étrangers, serait infiniment au-dessous de votre caractère.
J'ai toujours présente l'éloquente lettre de votre Père la
Neuville, après la grande catastrophe de 1762. *Prenez
garde,* disait-il à ses collègues ; *pas un mot de reproche
ou d'aigreur, respect profond pour toutes les autorités,* etc., etc. Il avait grandement raison, et je suis
persuadé que vous pensez comme eux. J'ai demandé à

I.                                                                      26

quelques Russes sages et instruits comment ils pouvaient
s'expliquer à eux-mêmes que, pendant quarante ans,
on ne vous eût pas seulement soupçonnés d'avoir converti une seule servante russe, et par quelle étonnante
merveille il arrive aujourd'hui qu'une foule de personnes
également distinguées par l'esprit et par la moralité
aient fait tout à coup ce mouvement de *conversion* vers
la grande unité? Tous ont reconnu le phénomène; mais
quant à l'explication, elle ne peut être comprise universellement. Tous les esprits religieux, à quelque société
chrétienne qu'ils appartiennent, sentent dans ce moment
le besoin de l'unité, sans laquelle toute religion s'en va
en fumée. C'est déjà un grand pas; mais que cette unité
ne puisse s'opérer que par nous, c'est une vérité qui,
tout incontestable qu'elle est, ne peut cependant être
admise sans une longue et terrible résistance, puisqu'elle
choque tous les genres d'orgueil et tous les préjugés
imaginables. Pendant cette lutte, quelques personnes, et
même quelques familles, pourront prendre les devants,
et si le char de la Vérité, avançant au milieu des obstacles, vient à passer près de quelque révérend Père
jésuite, je crois bien qu'il ne se dispensera guère de se
mettre à la suite et de pousser. Voilà, je crois, tout
le mystère, mon très-révérend Père; du moins, c'est
ainsi que je le conçois. L'opinion s'est trompée, en vous
regardant comme cause première.

Témoignez, je vous en prie, à tous vos collègues la
part extrême que j'ai prise à leur affliction. On m'assure
que vous avez été fort bien gardés et traités sur la route.
A cela j'ai reconnu la main de l'empereur, qui sait, par
un art de sa propre invention, s'appuyer sur les hommes
sans les blesser. Mille compliments particuliers aux

RR. PP. Pietroboni, Rozaven et Jourdan. Mon fils me charge de vous présenter ses hommages, et toute ma famille se joint à moi pour vous assurer que nos vœux, notre estime et notre attachement vous suivront, de quelque côté que la Providence dirige vos pas. Agréez en particulier l'assurance la plus sincère de l'affectueux dévouement et de la respectueuse considération avec laquelle je suis,

Mon très-révérend Père,

Votre très-humble et très-obéissant serviteur.

*P. S.* Vous trouverez ci-joints les titres de quelques livres que je tenais de vous ou du P. Jourdan, etc.

---

### 103. — A M. LE CHEVALIER DE SAINT-RÉAL.

Saint-Pétersbourg, 22 décembre 1816 (3 janvier 1817).

Comment pourrais-je t'exprimer, mon très-cher ami, le plaisir que m'a fait ton aimable épître du 9 novembre dernier ? Il y avait plus d'un siècle que je n'avais vu *tes caractères*, grâce à ta despotique femme qui te refuse le papier mal et *méchamment*. Que je te sais gré, cher frère, d'avoir su t'emparer d'une belle feuille blanche que tu as noircie à mon profit ! Bientôt, mon cher ami, le commerce épistolaire cessera, ou du moins il deviendra si aisé, que nous croirons nous parler. Je ne changerai point de place sans alarmes ; mais il ne faudrait pas se tromper sur le motif. Je ne suis retenu que par la crainte de changer de carrière à mon âge, et d'aller

26.

affronter de nouvelles difficultés à l'époque où l'on ne demande que le repos. Les liens d'habitude et de reconnaissance que j'ai formés ici ne peuvent tenir contre le devoir, contre le sang, contre l'amitié qui me rappellent; cependant, si tu balances le tout bien exactement, tu verras que je ne puis partir sans crainte, ni même sans chagrin. Je n'ai rien à te dire sur ma destinée. Jusqu'à présent, tout se réduit à des titres; non-seulement je n'en suis pas fâché, mais tu ne saurais croire combien cette suspension me convient. Le roi ne me connaît que par mes lettres; c'est une très-mauvaise et imparfaite manière de connaître les gens. Je suis bien aise qu'il me voie, et qu'il me tâte, pour ainsi dire, avant de m'employer.

Je me suis fort amusé de notre controverse jésuitique; sur ce point, comme sur d'autres, je tâche, autant que je puis, de me tenir éloigné de toute espèce de fanatisme et d'idées exagérées. Je te répète en latin ce que j'ai dit en français à notre ami X... : *Tantum contende in republica quantum probari tuis civibus possis.* Platon l'a dit, et Cicéron l'approuve. Je marche bien volontiers à leur suite; et si j'étais ministre au milieu d'une nation qui ne voudrait pas des jésuites, je ne conseillerais point au souverain de les rappeler, malgré mon opinion qui leur est favorable. Mais qu'est-ce qu'*une nation?* mon cher ami. C'est le souverain et l'aristocratie. Il faut peser les voix, et non les compter. Je ne sais combien tu as de domestiques, mais quand tu en aurais cinquante, je prendrais la liberté d'estimer leurs voix réunies un peu moins que la tienne. Tu me dis un grand mot en me disant : *Je sais qu'ils ont des amis dans la haute classe;* mais c'est précisément dans les hautes classes que rési-

dent les principes conservateurs et les véritables maximes d'État. Cent boutiquiers de Gênes me feraient
moins d'impression sur ce qui convient ou ne convient
pas à leur patrie, que la seule maison Brignole. Je n'ai
jamais dit que les jésuites sont nécessaires ; je crois seulement qu'ils seraient immensément utiles, politiquement et théologiquement. Si quelque autre ordre peut les
égaler et les surpasser, je ne demande pas mieux ; mais
il ne se présente à ma connaissance rien de comparable.
*Tu voudrais*, me dis-tu, *une société simple dans ses
mœurs, modeste dans ses desseins, nullement ambi-
tieuse*, etc., etc. Y penses-tu, mon cher ami? Tu demandes des anges. La première qualité d'une politique,
c'est de savoir mépriser les inconvénients qui résultent
de la nature des choses. Veux-tu un ordre qui fasse de
grandes choses sans avoir l'ambition et même l'orgueil
des grandes choses? Tu veux et tu ne veux pas ; mais
je t'accorde ta société angélique. Elle accaparerait à
plus forte raison les consciences, et alors on crierait de
nouveau : *Elle s'insinue, elle domine les consciences,
elle entrave les gouvernements*, etc., etc. — Si des anges s'incarnaient et venaient ici, sous l'habit de jésuites,
régir notre Église, comme ils auraient une action divine sur les esprits, tout de suite ils seraient chassés
comme ennemis de la religion nationale, et le gouvernement aurait raison *politiquement*. Alors, on écrirait
dans les papiers étrangers : *Ces gens-là ne peuvent vivre nulle part, ils se sont fait chasser de Russie*, etc.

J'ai vu avec plaisir que tu es très-légèrement instruit
de ce qui s'est passé dans les deux Indes, à la Chine, et
surtout au Japon ; mais je ne fais point un livre, je touche seulement quelques articles principaux. Je ne te

passe pas ce que tu me dis : *De grands hommes sor-*
*tirent de leurs colléges, parce qu'ils étaient nés grands*
*hommes.* Avec ce beau raisonnement, tu prouverais que
l'éducation est inutile. Ce que tu me dis sur le mot *tout,*
employé dans mon dernier ouvrage, me semble aussi
tenir un peu de la chicane. Je te cite ces deux vers qui
se trouvent dans ma plume :

> En vain contre le Cid un ministre se ligue,
> Tout Paris pour Chimène a les yeux de Rodrigue.

Que dirais-tu d'un critique qui eût dit : *La pensée est*
*fausse, puisque, Richelieu et même l'Académie étant*
*contre le Cid, il est impossible que tout Paris pense*
*comme Rodrigue!* Si tous les mots devaient être pris
dans un sens rigoureux comme les noms de nombre, il
deviendrait impossible d'écrire. Malgré ces raisons
et tant d'autres, je te répète que je me crois parfaitement calme sur ce sujet. Le jugement de l'empereur de
Russie contre les jésuites n'a eu, parmi les gens de mon
parti, aucun appréciateur plus équitable que moi. Mais
je ne cesserai de soutenir avec la même équité que, pour
tout homme qui a le sens commun, et qui veut s'en servir, ce jugement doit paraître ce qu'il est en effet, la
plus belle attestation que jamais aucun corps ait obtenue
d'aucun souverain.

Tu me trouveras beaucoup moins disputeur, mon
très-cher et bon frère, sur mes ouvrages. Le doyen m'a-
vait déjà dit un mot sur certaines tournures épigramma-
tiques qui tiennent de la recherche. Je suis fâché de n'a-
voir point d'avertisseur à côté de moi, car je suis d'une
extrême docilité pour les corrections. Si tu m'indiquais

quelques-uns de ces *concetti*, je les condamnerais bien
vite, car je ne les aime pas; et si tu les as vus dans
mes écrits, c'est que je ne les y ai pas vus moi-même.
Au reste, mon cher ami, tu n'as vu de moi que des opuscules; il me sera bien doux de te montrer des ouvrages
qui sont tout prêts. Il n'y a pas d'approbation que je
préfère à la tienne; mais je trouve que tu me traites
trop *fraternellement*. — Je m'entends.

J'ai ri de bon cœur en lisant dans ta lettre tout ce que
tu aurais voulu faire de moi. Tu me parles d'un certain
*père*, je t'expliquerai ce qu'a fait un certain fils. Sur cet
article, je suis parfaitement philosophe; je te répète que,
sans mes enfants, nulle considération imaginable ne
pourrait me déterminer à suivre les affaires. Voici l'âge
où il faudrait se reposer et penser à cette *lessive* dont tu
me parles fort à propos. Je ne sais ce qu'est la vie d'un
coquin, je ne l'ai jamais été; mais celle d'un honnête
homme est abominable. Qu'il y a peu d'hommes dont le
passage sur cette sotte planète ait été marqué par des
actes véritablement bons et utiles! Je me prosterne devant celui dont on peut dire : *Pertransivit benefaciendo;*
celui qui a pu instruire, consoler, soulager ses semblables; celui qui a fait de grands sacrifices à la bienfai-
sance; ces héros de la charité silencieuse, qui se cachent et n'attendent rien dans ce monde. — Mais qu'est-ce
que le commun des hommes, et combien y en a-t-il sur
mille qui puissent se demander sans terreur : Qu'est-ce
que j'ai fait dans ce monde? *En quoi ai-je avancé l'œuvre générale*, et que reste-t-il de moi en bien et en mal?
— Tu vois, mon cher Alexis, que je m'entends en *linge
sale* tout aussi bien que toi. — Quant à la lessive, je
ne sais lequel de nous deux est le plus savant; tout ce

que je crois pouvoir affirmer sans impertinence, c'est que, dans ce genre, on ne saurait mieux faire que de s'éloigner des coutumes vulgaires, et de n'employer jamais les blanchisseuses.

Adieu, mon cher ami. Toute ma famille te saute au cou ; j'embrasse tendrement toi, ta femme et ton Élisa. Adieu, et vive le mois de juin.

---

104. — AU T. R. P. GÉNÉRAL DE LA COMPAGNIE DE JÉSUS, A POLOTSK.

Saint-Pétersbourg, 22 janvier (3 février) 1817.

### Mon très-révérend Père,

J'ai reçu, mais je ne puis ajouter *avec plaisir*, la lettre que vous m'avez fait l'honneur de m'écrire le 6 (18) janvier passé, puisque vous m'y donnez de mauvaises nouvelles de votre santé. Je savais déjà qu'elle était dérangée, ce qui m'avait beaucoup fâché, mais nullement surpris. Vous avez été mis à des épreuves qui passent de beaucoup les forces de la prudence humaine. Hélas, non ! mon très-révérend Père, *nous ne nous reverrons plus dans ce monde*, comme vous le dites avec trop de vérité. J'ai beaucoup rêvé pour savoir s'il n'y aurait pas moyen de vous placer sur ma route lorsque je m'acheminerai vers l'Italie ; mais il n'y a pas moyen. Je vais mettre huit cents lieues entre vous et moi. Il paraît qu'on veut vous retenir où vous êtes : à notre âge, pouvons-nous espérer raisonnablement de nous revoir ? Laissons faire Celui qui fait tout. Qui m'eût dit, il y a vingt-cinq ans, que je devais faire connaissance avec vous, mon très-révérend Père, et même passer un mois à Polotsk? Cependant, ces événements si peu probables se sont réalisés. Tout est possible, surtout à l'époque des miracles.

Je sens bien vivement, mon très-révérend Père, les épines de votre situation; l'espèce de suspension où vous vivez est désespérante; cependant, si vous y regardez bien, vous verrez qu'elle a un côté consolant. La même loi mécanique a lieu dans le monde moral et dans le monde physique : *deux forces opposées produisent le repos*. L'état de suspension où vous êtes retenu est le résultat évident de deux forces qui se balancent : *le ressentiment et la justice*. A toute autre époque de cet empire, il n'y aurait point eu de balancement. . . . . . . . Quant à moi, mon très-révérend Père, je n'ai pas dit un mot contraire au respect et à la prudence; mais jamais je ne désavouerai mes amis dans les moments difficiles. Il me paraît que je me suis fait une idée parfaitement nette de toutes ces choses: du moins, je les envisage avec un calme parfait, et je ne vois pas dans mon cœur une seule pensée que je craignisse de dévoiler à l'empereur de Russie, comme au pape.

Au reste, mon très-révérend Père, il faut se préparer à une grande révolution, dont celle qui vient de finir (à ce qu'on dit) n'était que la préface. Le monde fermente, et l'on verra d'étranges choses : le spectacle, à la vérité, ne sera ni pour vous ni pour moi; mais nous pourrons bien dire l'un et l'autre, en prenant congé de cette folle planète si toutefois il est permis de se rappeler Horace dans ce moment) :

*Spem bonam certamque domum reporto.*

· Puissions-nous, mon très-révérend Père, nous revoir dans cette *maison*. Pour vous, il n'y a pas de doute, n'en déplaise à votre humilité : vous avez passé une vie entière dans la retraite, dans l'abstinence, dans l'étude, dans l'exercice des vertus apostoliques. — Votre logement est prêt. Quant à nous, pauvres gens du monde, continuellement balancés entre le mal et le bien, nous n'avons d'autre espérance que dans Celui qui est, heureusement pour nous, *non estimator meriti, sed veniæ largitor.*

Mille et mille grâces, mon très-révérend Père, pour vos vœux et vos prières. Recevez ici les compliments affectueux de toute ma famille, avec laquelle je fais souvent une douce commémoraison de vous et de vos compagnons les révérends Pères Rozaven et Pietroboni, que nous chérissons particulièrement.

Je compte partir au mois de mai, et je ne partirai point sans prendre congé et sans vous demander votre bénédiction. Agréez en attendant, mon très-révérend Père l'assurance la plus sincère de l'invariable et respectueux attachement, etc.

---

**105. — A S. E. LE CARDINAL N. N., A ROME.**

Saint-Pétersbourg, 11 (23) février 1817.

Monseigneur,

J'espère que Votre Éminence a reçu ma lettre du 8 (20) décembre dernier, et j'apprendrai avec plaisir que la précédente, du 10 (22) août, écrite en langue italienne et remise ici à M. le général de Saint....., est aussi parvenue à son adresse.

Excepté Votre Éminence, je ne saurais à qui adresser des notions qui me paraissent de la plus haute importance. Notre admirable archevêque vient de présenter à Sa Majesté Impériale, en qualité de coadjuteurs des évêques de Polotsk et de Lusk, MM. Lipsky et Ladunsky que je ne connais pas personnellement; mais sur ce qui m'est assuré par une autorité de poids, j'ose dire à Votre Éminence qu'il est peu d'occasions où Sa Sainteté soit plus dans le cas de se tenir sur ses gardes. L'ukase porte formellement que la nomination est faite sur la présentation de M. Siestrentzewich. Je n'aime point à appuyer sur certains détails, dans les choses qui ne me regardent pas directement; mais l'excellent évêque de Lusk ne manquera pas, j'espère, de faire parvenir les instructions nécessaires.

Le marquis B. me communiqua dans le temps les pièces que Votre Éminence lui avait remises, et que je lus avec beaucoup d'intérêt. Le *ministère des cultes*, comme on dit ici, niant formellement que l'archevêque de Mohileff ait reçu du saint-siége aucun bref désapprobateur, je me suis gardé d'en parler publiquement ou de le faire circuler. Cependant, il est connu dans le monde.

On m'assure que l'empereur a très-mal pris ce bref, et qu'il le regarde comme une atteinte à ses droits. Toujours, il voudra transporter sa suprématie dans notre système, rien n'est plus naturel. Au reste, Monseigneur, comme les actes de la cour de Rome étaient et sont encore soumis, dans les pays catholiques, au *vidimus, à l'exequatur*, etc., en un mot à certaines formes préliminaires propres à calmer des autorités ombrageuses, je n'entre point dans la question de savoir ce qui peut ou doit être établi ici; c'est votre affaire à Rome. Je me borne à faire connaître à Votre Éminence ce qui se passe ici. Il est tacitement défendu de parler du bref, et l'archevêque n'en tient aucun compte, puisqu'il a paru depuis à la Société biblique.

Que Sa Sainteté daigne s'informer de la qualité de certains personnages qui tant ici qu'à Varsovie doivent beaucoup influer sur les affaires religieuses de Pologne et de Russie; elle verra ce que nous avons à craindre.

Un chambellan de Sa Majesté Impériale, nommé M. Stourdza, est sur le point de publier un ouvrage des plus violents, à ce qu'on assure, en faveur de l'Église grecque, contre la nôtre (question nouvelle, comme voit Votre Éminence). Le but de l'ouvrage est de prouver que c'est nous qui sommes schismatiques, l'Église romaine s'étant séparée sans raison de l'Église grecque. C'est la thèse favorite des savants de Pétersbourg, qui savent lire couramment en français et un peu en russe.

M. Stourdza est un jeune homme de beaucoup d'esprit et d'instruction. Il appartient à une famille moldave qui s'est donnée à la Russie. Je ne sais s'il est né à Bucharest ou à Constantinople, c'est l'un des deux. Son ouvrage est écrit en français, et l'empereur lui donne vingt mille roubles pour l'impression, ce qui a paru très-significatif. Mais quel œil peut pénétrer dans le cœur de l'empereur et démêler ce qui s'y passe, distinguer ce qu'il accorde à la politique de ce qu'il fait pour la religion, prévoir enfin ce qu'il veut faire d'après ce qu'il fait? Il a dans ce moment un ministre à Rome, et sûrement les communications directes sont en plein mouvement.

Cependant, je crois savoir sûrement que l'empereur est sur le point d'expédier un homme à Rome *extra ordinem*, pour y traiter les affaires catholiques; c'est le jeune comte Léon Potosky, chambellan de Sa Majesté Impériale, fils du comte Séverin Potosky, sénateur que je connais particulièrement. Ce jeune homme, qui porte un des noms les plus distingués de Pologne, est plein de bonnes intentions; mais il manque d'instruction sur le fond des plus grandes questions. Il me paraît heureusement impossible qu'il n'en reçoive pas de quelque côté. Si l'empereur a cru devoir choisir pour son organe auprès du saint-siége un catholique et un homme distingué sous tous les rapports, c'est un grand trait de délicatesse; mais tous les catholiques craignent beaucoup.

Le devoir de tout homme prudent dans ces circonstances (j'entends dans notre cercle) est de ne hasarder aucune démarche, ni même aucun mot qui pût faire soupçonner qu'on veut se mêler de ces grandes affaires : ce serait le comble de l'imprudence, et il pourrait en résulter les plus grands inconvénients. C'est l'avis que je donne aux autres, et que je prends pour moi, sachant que toutes mes dépêches non chiffrées sont présentées à Sa Majesté Impériale. J'écris quelquefois de ces choses, *quæ ad pacem sunt Jerusalem*, en évitant soigneusement tout ce qui pourrait choquer.

Combien j'aurais encore de choses à dire à Votre Éminence; mais le temps me presse, et d'ailleurs il arrive souvent au zèle d'être indiscret. Je me borne donc à la simple narration des faits, qui est toujours utile, et ne saurait avoir d'inconvénients.

Votre Éminence apprendra peut-être avec quelque

intérêt une circonstance bizarre. Pendant que M. Stourdza s'apprête à publier un ouvrage contre le pape, j'en achève un moi-même sur le même sujet, où j'ai réuni tout ce que je sais et tout ce que je puis. Le titre n'est pas long : *Du Pape*, avec cette épigraphe grecque tirée d'Homère : ΕΙΣ ΚΟΙΡΑΝΟΣ ΕΣΤΩ. Ce serait un singulier spectacle, Monseigneur, que celui qui montrerait deux athlètes laïques, l'un ministre et l'autre chambellan, l'un Moldave et l'autre Allobroge, luttant à la face de l'Europe, *en français*, sur cette grande question. Je ne puis dire si j'imprimerai ; je suis mal placé, trop loin des grands foyers de lumières, nullement soutenu, etc., etc. Au mois de mai, je pars pour me rapprocher de Votre Éminence. Avant le solstice je serai à Turin ; là, je verrai ce que me conseilleront ou m'ordonneront les circonstances.

Je me recommande de nouveau à la bienveillance de Votre Éminence, en la priant d'agréer la vénération et le respect sans bornes, etc.

---

### 106. — A M. LE COMTE DE ....

Saint-Pétersbourg, 15 mars 1817.

Monsieur le comte,

Je n'ai point été surpris de toutes les chicanes que nous font nos bons voisins les Génevois : de tout temps ils nous ont impatientés. D'anciens droits et d'anciennes querelles ont perpétué une certaine antipathie qui n'a pas de remède, et qui est d'autant plus bizarre, que nous ne pouvons nous passer les uns des autres; car Genève est un coffre-fort ouvert à la Savoie, qui est à son tour un grenier ouvert à Genève. De là vient que les lois prohibitives n'ont jamais réussi entre Genève et nous. L'intérêt réciproque s'en jouera toujours.

Il n'y a pas, je crois, de ville au monde dont on ait dit autant de mal que de Genève : tous les partis se sont réunis pour en penser et en parler désavantageusement. Le célèbre duc de Choiseul disait très-plaisamment : *Si vous voyez un Génevois se jeter par la fenêtre, jetez-vous hardiment après lui, et soyez sûr qu'il y a quinze pour cent à gagner.*

Dans la *Décade philosophique* (1798, n° 22), on appelle Genève *un foyer de discordes civiles, une arène dans laquelle ses propres habitants se dévorent les uns les autres.*

Un révolutionnaire de 1795 lui reprochait l'*insatiable avidité de ses infatigables citoyens.* (*Courrier français du 9 novembre 1795.*)

Un magistrat français, aujourd'hui ministre, M. le comte Ferrand, l'appelle avec une épouvantable énergie *une pustule politique* (dans le livre *du Rétablissement de la monarchie*).

Mais rien n'égale la perspicacité d'un pape du seizième siècle, qui écrivait aux rois de France et d'Espagne : *Prenez garde à vous : Genève est un foyer éternel de révolution ; si vous voulez être tranquilles, éteignez son gouvernement.* Une jalousie entre les deux monarques rendit le conseil inutile. Cette anecdote, dont ma mémoire ne peut me rappeler dans ce moment tous les détails, est contée dans l'histoire du concile de Trente par le *digne* Sarpi.

Assurément, Monsieur le comte, ce pape y voyait loin. Toute la théorie de la révolution française est contenue dans la protestation des conseils de 1782. Les instruments les plus actifs de cette révolution, depuis Necker jusqu'à Marat, naquirent dans les murs de Genève. En 1796, au milieu des horreurs de cette révolution, et à côté des cadavres encore chauds de Fatio et de Naville, les auteurs génevois de la *Bibliothèque britannique* vantaient, dans le prospectus de cet ouvrage, la *période républicaine*, et tout ce qu'elle promettait au monde, etc., etc.

Genève est la métropole du système qui soutient la souveraineté du peuple et son droit de juger les rois : ceci n'a plus besoin de preuve ; on pourrait donc s'étonner à juste titre que cette ville ait trouvé tant de faveur de nos jours. Mais d'abord, soit qu'on juge des nations ou des particuliers, il faut être de sang-froid ; les torts et les ridicules des Génevois n'empêchent pas qu'on ne doive leur reconnaître beaucoup de talent, de connaissances et d'humanité. J'ai dans leur ville des amis que j'estime autant que d'autres.

D'ailleurs, Monsieur le comte, il y a maintenant un grand secret européen à mettre dans tout son jour : c'est l'art avec lequel les novateurs ont su se servir de la souveraineté contre la souveraineté, présenter les choses sous le point de vue le plus décevant, mettre la gloire et l'honneur du côté des idées nouvelles, et le ridicule du côté des vieilles maximes. J'ai trop étudié la révolution, ses apôtres, ses livres, etc., pour que ses secrets ne me soient pas connus ; mais une lettre n'est pas une dissertation. J'espère avoir une fois l'honneur d'exposer de vive voix le véritable état des choses.

Quoique l'almanach de Genève me coûte un peu cher, je n'en remercie pas moins Votre Excellence ; il m'a fort amusé ; on y voit l'esprit public de Genève, qui possède éminemment le plus éminent des ridicules, la morgue et la petitesse réunies.

J'ai eu connaissance d'une lettre de Suisse, dans laquelle on se plaignait beaucoup de la manière dont nous avons cédé Carouge ; mais il me semble qu'un roi ne peut céder en riant des sujets qui pleurent. Il n'y a rien de si juste sans doute qu'une cession demandée par des traités qui ont d'ailleurs si fort favorisé Sa Majesté. Cependant, la tristesse des sujets cédés honore également le souverain et les sujets : il est assez naturel que le maître donne quelques signes extérieurs de la sienne. Puisque le commandant de Carouge avait fait un pas de trop, il a fort bien fait, si je ne me trompe, de se tirer d'affaire en disparaissant. Une gaucherie vaut mieux qu'une faute.

### 107. — AU R. P. ROZAVEN, DE LA COMPAGNIE DE JÉSUS, A POLOTSK.

Saint-Pétersbourg, 6 (18) avril 1817.

Mon très-révérend Père,

Après bien des recherches, je suis parvenu à me procurer une des brochures dont j'avais eu l'honneur de vous parler, et presque en même temps on m'assure que vous partez ; de sorte que je ne sais pas trop s'il faut vous envoyer ce bel ouvrage. Il est intitulé : *Du Pape*

I.                        27

*et des Jésuites.* Vous ne sauriez croire, mon très-révérend Père, combien je suis fâché de voir arriver ces
libelles ici, car messieurs les Russes, étant totalement
étrangers à nos anciennes controverses, sont fort sujets
à prendre pour évangile tout ce qu'ils lisent dans ces
sortes d'ouvrages. Au reste, mon très-révérend Père,
vous connaissez l'emblème de la vérité : un soleil derrière un nuage, avec la devise *Nubila vincet.* Si vous
êtes curieux de connaître cette œuvre de ténèbres, vous
pouvez la faire demander chez moi par quelque correspondant; elle est à votre service. Rien n'est plus méprisable, comme vous verrez; mais on n'aura pas moins
dit : *Il n'y a rien à répliquer.*

  Le R. P. Pietroboni pourra-t-il me satisfaire sur la petite narration que je lui ai demandée? Je vous prie, mon
révérend Père, de lui faire mille compliments de ma
part. Je vous recommande de nouveau le livre anglais
de Dallas, où vous trouverez quelque chose de curieux,
si je ne me trompe, sur le prétendu édit de Henri IV.
Ce n'est plus qu'un nuage dans ma tête. Vous y lirez
aussi une fort belle réponse de ce grand prince au premier président de Harlay, dont je me repens fort de
n'avoir pas retenu une notice, au moins quant aux
sources. Cette pièce mériterait fort d'être imprimée à
part, et répandue comme la lettre de Fénelon sur la lecture de l'Écriture sainte.

  A travers les injures qu'on vous adresse dans cet
aimable livre, vous y trouverez des choses qui vous feront grand plaisir : par exemple, *que le vent de la cour
est pour vous; que tout le clergé de France, et nommément les évêques, vous appellent à grands cris;
que l'esprit jésuitique souffle de toutes parts sur la*

*France*, etc., etc. Vous voyez, mon révérend Père, que vous êtes des scélérats assez bien protégés. Si vous me demandez ce livre, je vous recommande les pages 90 et 91, où vous êtes formellement accusés de faire Dieu *beaucoup meilleur qu'il n'est*. Prenez garde, mon révérend Père ; il ne faut rien exagérer.

Mardi dernier, nous avons perdu notre bon abbé de Pindilli. Il était malade depuis quelques jours, mais sans apparence de danger. Le vendredi précédent, il avait encore prêché la passion. Lundi, jour de l'Annonciation, je quittai un moment l'église avant la messe pour aller le voir. Il était au lit ; mais on en parlait comme d'un homme *incommodé* : cependant je lui trouvai la *face hippocratique*, et, de retour à l'église, je dis à ma famille que j'étais fort peu content des apparences. Dans la nuit, il cessa de vivre. Qui n'envierait sa mort ? Il n'a fait que du bien ; il n'a cessé de faire le bien et de le conseiller jusqu'au dernier moment de sa vie, qui a terminé ses bonnes œuvres et commencé sa récompense. Je ne vois jamais mourir nos véritables prêtres sans être tenté de désespérer de la *canaille mondaine, et quorum pars magna fui*. Ainsi, mon révérend Père, je me recommande fortement à vos bonnes prières, pour cette bienheureuse fin. Mais voilà que vous me dites : *Il n'y a qu'un seul moyen de bien mourir, c'est de bien vivre*. A cela je n'ai rien à répondre ; vous parlez comme un ange, quoique vous soyez jésuite.

Mille compliments respectueux à notre digne Père général. *Je vous ordonne de vous bien porter*, mon très-révérend Père (j'espère que ceci est bon latin). Recevez l'assurance la plus sincère de l'invariable et res-

27.

pectueux attachement avec lequel j'ai l'honneur d'être,

Mon très-révérend Père,

Votre très-humble, etc.

*P. S.* Ma femme et toute ma famille vous font mille compliments. Nous ne cesserons jamais de faire ensemble une honorable commémoraison de notre cher P. Rozaven.

---

### 108. — A M. LE COMTE DE BLACAS.

Saint-Pétersbourg, 27 avril (8 mai) 1817.

Monsieur le comte,

Auriez-vous pu le croire? dans deux mois environ, je serai à Paris. Une flotte russe de sept à huit vaisseaux de ligne s'en va en France prendre et ramener les soldats, au nombre de cinq ou six mille (je crois), dont leur puissant maître veut bien vous débarrasser. Il a bien voulu aussi permettre que je monte un de ces vaisseaux de 74, avec toute ma famille. Nous prendrons terre au Havre ou à Cherbourg, et vous pensez bien, mon très-cher et excellent comte, que je ne reverrai point le beau pays *ch' Appennin parte e' l mar circonda et l'Alpi,* sans avoir vu la grande Lutèce. J'avais tout à fait renoncé à faire connaissance avec cette sage, folle, élégante, grossière, sublime, abominable cité; et voilà qu'un événement unique m'y conduit de la manière la plus naturelle. Vous avez le temps, Monsieur le comte, de me recommander dans la grande capitale ; et si je trouve, en arrivant, un mot de vous, *poste restante*, j'avalerai votre prose comme une limonade. Nous ne mettrons guère à la voile que dans les premiers jours de juin. Dès que je serai à Paris, je me hâterai de vous écrire. C'est tout ce que je puis dire aujourd'hui, au milieu des visites, des emballages, des *impedimenti* et des *disturbamenti* qui me suffoquent.

Aimez-moi toujours un peu, Monsieur le comte, si vous avez le temps. Pour moi, je vous aime, comme disait madame de Sévigné, *à bride abattue*. Je suis, pour la vie, Monsieur le comte, par terre et par eau, avec les profonds sentiments que vous connaissez, etc., etc.

Rodolphe veut que je vous le nomme, et il me querellera si je l'oublie. Mais je vous prie en grâce de me mettre aux pieds de madame la comtesse.

———

### 109. — A M. LE MARQUIS DE LA MAISONFORT.

Saint-Pétersbourg, 27 avril (9 mai) 1817.

Votre charmante lettre du 14 février, mon très-cher et aimable marquis, m'a transporté de joie, quoiqu'elle m'ait donné quelques remords, en me rappelant ce que je me suis dit mille fois : *Mais, bourreau que tu es, pourquoi donc n'écris-tu pas au marquis de la Maisonfort ?* Sur mon honneur, je ne saurais pas répondre, ne pouvant comprendre moi-même comment on peut, pendant un siècle, ne pas faire ce qu'on a continuellement envie de faire. Enfin, votre douce épître est venue fort à propos flageller ma paresse et me remettre dans la benne voie. Cependant, quoique chaque ligne de votre lettre m'ait fait grand plaisir, je n'y répondrai que très-légèrement, n'ayant, pour ainsi dire, pas le temps de m'asseoir. Après une longue résidence, qui m'avait à peu près naturalisé, je pars, je fais mes paquets : *j'enfile, tout pensif, le chemin de Mycène, et quitte le séjour de l'aimable Trézène.* Mais avant de m'en aller boire les ondes du Pô, ou, comme on le dirait en prose, l'eau des mauvais puits de Turin, je m'en vais faire un petit tour à Paris. — *Allons donc, vous me faites un conte!* — Doucement, Monsieur le marquis, ce n'est point ainsi qu'on répond à un homme comme il faut, qui affirme une chose dont il est sûr. Écoutez mes preuves, je vous en prie ; ensuite vous me direz ce que vous en pensez. S. M. l'empereur de toutes les Russies envoyant une flotte en France pour en ramener le nombre d'inspecteurs dont elle vous a fait grâce, elle veut bien me *confier* un vaisseau de 74, que je mènerai parfaitement, avec les conseils du capitaine ; et voilà comment, Monsieur le marquis, Paris se trouvera pour moi sur la route de Turin ; et voilà encore qui vous apprendra à ne pas vous presser si fort de dire : *C'est impossible! à d'autres! Vous me faites des contes*, etc., etc., parce qu'encore une fois, cela ne se dit pas. Quand je pense au plaisir que j'aurai de sauter dans vos bras, il me semble que j'y suis déjà. J'aurai soin de ne pas toucher vos jambes, de crainte qu'elles vous fassent encore un peu mal ; mais si par hasard vous aviez mal aux flancs, aux épaules, et surtout aux joues, croyez-moi, demandez main-forte au moment où j'entrerai, car vous courrez grand risque.

Toute la famille, mon cher marquis, est en train de

vous brutaliser aujourd'hui. Mon frère dit que *vous mentez par la gorge* en le traitant d'ingrat, et il jure *par la sienne* qu'il n'est point en arrière avec vous. Il me charge de mille tendresses pour vous, et vous prie de croire que jamais il ne pourra vous oublier. Je vous dis, de mon chef, que plus d'une fois sa distraction a été prise pour de l'indifférence. *Toutefois,* rien n'est plus différent. Ah! que vous m'avez diverti avec votre anecdote du lépreux. En vérité! il faut bien avoir ce que nous appelons à Turin *facia de Tola* pour se permettre de telles impudences; mais votre question à l'aimable lecteur est délicieuse. A propos de voyage autour de ma chambre, avez-vous lu la préface de la dernière édition? Elle est de ma façon, et je serais curieux de savoir si vous trouvez cette bagatelle écrite en style *comme nous!* Puisque vous m'avez fait rire, mon cher marquis, je ne veux pas demeurer en reste avec vous: sachez donc qu'un censeur de cette capitale, en examinant pour l'impression le *Lépreux de la cité d'Aoste,* dit en jetant les yeux sur le titre : *Hein! on a déjà beaucoup écrit sur cette maladie!* Ce qui signifiait que mon frère aurait bien pu se dispenser de se mettre sur les rangs. Cela ne vous paraît-il pas joli? Malgré un avertissement aussi sage, je serais tenté d'écrire encore sur la lèpre, quand je pense à la France, qui est aussi lépreuse, et qui le sera jusqu'à ce qu'elle ait obéi à la loi. Il a été dit aux lépreux en général : *Allez, montrez-vous aux prêtres.* Il n'y a pas moyen de se tirer de là. Ce que vous me dites sur les *curés* est exquis; mais je ne puis allonger mon discours, il faut faire des coffres et des visites.

Vos jambes sont dans ma tête; jugez si elles me font

mal! J'en ai beaucoup parlé avec le comte de Modène, qui m'a donné tous les détails. Que je vous ai plaint! On est moins malheureux quand on est malade par la tête : alors au moins on ne sait pas qu'on l'est, et c'est beaucoup. J'espère que votre pressentiment se réalisera, et que j'aurai le plaisir de vous embrasser debout. Mon fils (lieutenant-colonel dans l'état général) est bien sensible à votre souvenir et à celui de monsieur votre fils, auquel je vous prie de présenter les tendres compliments du père et du fils. Sans doute, mon cher marquis, ces enfants sont devenus des hommes, à mesure que nous devenions des vieillards. Ils nous poussent, et rien n'est plus juste, puisque nous avons culbuté nos pères. — *Ainsi sur la plaine liquide,* — *les flots sont poussés par les flots.* — Sur cela, Monsieur le marquis, je prie Dieu qu'il vous ait en sa sainte et digne garde; et dans la douce attente de vous voir face à face vers les derniers jours de juin, je vous prie de croire, comme au Symbole des apôtres, aux sentiments éternels d'attachement et de haute considération avec lesquels je suis, Monsieur le marquis, etc., etc.

110. — A M. LE VICOMTE DE BONALD, A PARIS.

Saint-Pétersbourg, 1 (13) mai 1817.

J'ai reçu, Monsieur le vicomte, votre dernière lettre, à laquelle je pardonne de s'être fait un peu attendre. Les lettres sont comme les dames : quand elles sont extrêmement aimables, on leur pardonne volontiers d'arriver un peu tard. Je dois répliquer à cette épître par un mot très-court et qui vous surprendra beaucoup : *A la fin de juin, je serai à Paris.* Vous me dites, Monsieur, que *vous irez rejoindre vos rochers.* Sera-ce avant cette époque? J'en serais désolé. Quel chagrin pour moi de manquer cette occasion de nous connaître *face à face!* Si je dois avoir ce malheur, n'oubliez pas au moins de laisser votre adresse chez mon ambassadeur (le marquis Alfieri de Sostègne), afin que j'aie le plaisir au moins de vous écrire de Babylone, ville qui tire son nom de Babyl, comme l'observait très-bien le profond Voltaire. — A propos de Voltaire, je vous remercie de la brochure qui le concerne et des autres. Je vous y ai retrouvé tout entier, comme dans tout ce que vous écrivez (1). — Ah! que vous avez bien raison. Mais il faut finir. Au milieu des embarras immenses qui accompagnent mon déplacement, je n'ai que le temps d'insérer ce billet dans une lettre très-sûre pour vous faire connaître ma destinée, et l'extrême envie que j'aurais de vous exprimer de vive voix les profonds sentiments d'estime et de considération que vous m'avez inspirés pour la vie. Votre, etc.

(1) Nous ignorons à quelle brochure de M. de Bonald fait allusion M. de Maistre.

111. — AU R. P. ROZAVEN DE LA COMPAGNIE DE JÉSUS.

Saint-Pétersbourg, 4 (16) mai 1817.

Mon très-révérend Père,

J'ai reçu votre lettre du 22 avril (4 mai) dernier et la précédente, qui est déjà enfouie dans le fond d'un portefeuille. Je vous remercie infiniment de l'une et de l'autre. Il me paraît impossible de rien ajouter à la démonstration négative dont vous m'avez envoyé le *supplément*, ou, pour mieux dire, le *complément*. Il faut cependant en convenir; c'est une bien atroce scélératesse que la supposition de cet édit! En vérité, mon révérend Père, la nature humaine fait peur; dès que la passion s'en mêle, la probité court grand risque, c'est pourquoi il est nécessaire de donner à celle-ci un tuteur de meilleure condition qu'elle.

Vous faites très-bien, mon très-révérend Père, d'écrire quelque chose pour vous défendre. *Cura de bono nomine*, c'est un précepte de saint Paul. Vous remplirez d'ailleurs ce devoir avec une modération qui ne permettra aucune critique sage. Si toutes mes paperasses n'étaient pas encaissées, clouées, liées, etc., j'aurais voulu vous envoyer ce qui m'aurait paru pouvoir vous être utile. Les chapitres xxxv et xxxvi de mon avant-dernier ouvrage (*Essai sur le principe générateur des institutions humaines*) sont assez chauds sur votre compte: le morceau de Plutarque, surtout, tourné en inscription pour le buste de saint Ignace, a semblé heureux. Si vous pouvez tirer parti de quelques lignes, *per me licet*,

et j'en serai très-aise. Je ne suis plus maître d'un morceau de papier, et cette lettre, mon cher et révérend
Père, est la dernière que vous recevez de moi, datée
de cette grande capitale. Je dois m'embarquer sur la
flotte que Sa Majesté Impériale envoie en France. L'empereur a daigné m'arranger parfaitement bien avec toute
ma famille. C'est *le Hambourg*, de 74, qui m'est destiné;
mais ne voyant point encore paraître mon successeur,
je commence à craindre que la fortune (comme on dit)
ne s'apprête à me jouer quelque mauvais tour. Les probabilités cependant sont toutes pour le départ.

Vous m'avez fait grand plaisir de me faire connaître
le fabricateur du libelle que j'ai eu l'honneur de vous
adresser. J'aurais bien voulu atteindre les autres pamphlets dont je vous ai parlé; mais il n'y a pas eu moyen:
vous en avez les titres, c'est assez pour qu'enfin ils vous
arrivent. J'aurais bien voulu aussi vous adresser le livre tant attendu de M. Stourdza; mais la chose m'a
été de même impossible, quoiqu'il y en ait quelques
exemplaires dans la société de Pétersbourg; cependant,
on ne le vend point encore. L'animosité qui dure toujours, et d'autres circonstances encore, doivent donner
beaucoup de vogue à ce livre. L'auteur s'y montre sous
le triple aspect de chrétien, d'illuminé et de Grec. Sur le
premier point, nous sommes d'accord; sur le second, on
n'en finirait pas. Le jeune homme soutient ouvertement
le système d'Origène sur l'éternité des peines : je ne
sais pas trop comment il s'accordera avec le saint synode; mais on m'assure, pendant que j'écris ceci, qu'a-
près avoir un peu balancé, l'aréopage ecclésiastique
avait permis l'impression à Saint-Pétersbourg, ce qui
me paraît très-digne de remarque (la première édition

n'a pu se faire qu'à Weymar). Par le côté de l'illuminisme ou du martinisme, M. Stourdza plaira beaucoup
dans une ville où ce système gagne tous les jours;
comme je l'ai jadis étudié à fond, je m'amuse beaucoup
de tout ce qui s'y rapporte. La conscience de l'auteur,
qui est certainement très-bonne, lui a dit assez que son
livre n'avait été nullement provoqué; il prend donc ses
précautions dans la préface, où il dit, que *quelques hé-
térodoxes* (mille pardons, mon R. P.) *ayant outragé la
religion de son pays, la défense était de droit naturel;*
mais, avec sa permission, c'est un sophisme. Quelques
personnes s'étaient présentées à la porte de l'église *hété-
rodoxe* : on l'ouvrit; c'était mal fait, à la bonne heure;
mais cela ne s'appelle point *attaque*. Jamais on n'a manqué de respect ni d'égard envers les *orthodoxes* : jamais on ne s'est permis de discours, ni, à plus forte raison,
des écrits offensants; ainsi, il n'y a point de parité.
Une vengeance juste et noble eût été de compter à peu
près le nombre des orthodoxes pervertis il y a deux
ans, et de convertir cette année un nombre égal de catholiques. Vous trouverez le style de l'ouvrage bon,
ferme et pur, excepté dans les endroits où il est un peu
déparé par le pathos mystique. Dans tout ce qui concerne
nos querelles particulières, l'auteur est d'une ignorance
ou d'une mauvaise foi sans égale, et prêterait le flanc
à une critique terrible. Ce qui vous étonnera, mon
révérend Père, lorsque vous lirez le livre, c'est le ton
général, qui n'est point celui d'un homme du monde,
mais plutôt celui d'un régent de mauvaise humeur.
M. Stourdza est cependant un homme de beaucoup
d'esprit et de talent, et quand on pense qu'il est en état
d'écrire en allemand et en russe aussi bien qu'en fran-

çais, on doit convenir que bien peu de jeunes gens pourraient lui être comparés. Je suis fâché qu'il ait employé ses talents à cette diatribe, et qu'un livre de pure colère soit sorti d'une main que j'aime. Il parle dans un endroit de l'*ignorance de l'Église latine*, ce qui m'a fait dire que je voulais composer un livre sur la *poltronnerie de l'armée russe* : l'un vaudra bien l'autre, en vérité. Bel exemple, mon révérend Père, entre un million d'autres, que, lorsque la passion se montre, le bon sens disparaît.

Je sais bon gré à M. Stourdza de ne vous avoir pas nommés dans son écrit : à cet égard, il a retenu sa plume ; je ne sais pourquoi, mais il a bien et noblement fait.

Je ne saurais trop vous remercier du discours de Henri IV. Ne feriez-vous pas bien de l'imprimer à la suite de l'ouvrage que vous méditez ? Nous nous sommes parfaitement rencontrés dans le grand argument tiré *des amis et des ennemis*. Je l'ai beaucoup fait valoir moi-même ; et, dans ce genre, mes portefeuilles étaient riches. Dites, je vous prie, à mon cher Père Pietroboni que, si j'avais encore besoin de sa relation, je lui aurais rappelé un discours d'Ovide que nous avons tous les deux récité au collége : — *Cum subit illius tristissima noctis imago*, — *Labitur ex oculis nunc quoque gutta meis*. Mais, en remuant mes papiers, j'ai trouvé la lettre qu'il avait écrite, qui me fut communiquée dans le temps et que j'avais égarée ; je ne lui demande donc plus rien. Je lui envoie mille tendres compliments, espérant toujours que tôt ou tard il viendra nous voir en Italie. Mille hommages respectueux au T. R. P. général. J'espère que vos prières accompagneront la famille voyageuse. Il

est douteux que je passe encore ici quinze jours ; si
donc je puis vous être utile à Paris, écrivez plutôt ici à
quelque correspondant qu'à moi, afin qu'au moins il n'y
ait point de lettre perdue. Arrivé à Turin, je m'em-
presserai de vous donner de mes nouvelles. Ce que
vous m'écrirez vous-même *poste restante* m'arrivera
toujours.

Mon très-révérend Père, nous ne vous oublierons jamais, bien sûrs d'un retour parfait. Recevez en particulier l'assurance de l'inviolable attachement et de la
haute considération avec laquelle *je demeure*, comme
disaient nos aïeux, mon très-révérend Père,

Votre très-humble et très-obéissant serviteur.

--------

### 112. — A MADEMOISELLE CONSTANCE DE MAISTRE.

Turin, 6 septembre 1817.

A la bonne heure ! quand ta lettre est dans la poche
d'un ami, on peut bien passer à la tendresse d'une fille
quelques bouffées de ressentiment contre les *petits-maî-
tres* : mais, par la voie ordinaire, je te renouvelle toutes mes défenses, et plus sévèrement encore que jamais.
J'ai donc reçu hier la lettre que tu as remise au bon
marquis, et je te réponds, quoique je n'ai pas le temps
de te répondre. C'est pire qu'à Paris ; la tête me tourne.
Hier matin, neuf lettres, bien comptées, tombèrent sur
ma table, et toutes lettres à prétention qu'il n'est pas
permis de négliger. Les visites, les devoirs de tout genre

vont leur train. Je me tuerais, si je ne craignais de te fâcher.

Il n'y a rien de si beau, ma chère Constance, il n'y a rien de si tendre ni rien de mieux exprimé que tout ce que tu me dis; mais, hélas! tout cela est inutile : le dégoût, la défiance, le découragement sont entrés dans mon cœur. Une voix intérieure me dit une foule de choses que je ne veux pas écrire. Cependant, je ne dis pas que je me refuse à rien de ce qui se présentera naturellement; mais je suis sans passion, sans désir, sans inspiration, sans espérance. Je ne vois d'ailleurs, depuis que je suis ici, aucune éclaircie dans le lointain, aucun signe de faveur quelconque; enfin, rien de ce qui peut encourager un grand cœur à se jeter dans le torrent des affaires. Je n'ai pas encore fait une seule demande; et si j'en fais, elles seront d'un genre qui ne gênera personne. En réfléchissant sur mon inconcevable étoile, je crois toujours qu'il m'arrivera tout ce que je n'attends pas.

Tu ne me dis pas moins d'excellentes choses, toutes étrangères à cette étoile et à mon caractère. Le *capital* et l'établissement dont tu me parles sont des rêves de ton cœur; je les vénère à cause du pays dont ils partent; néanmoins, ils sont ce qu'ils sont.

Je te répète ce que je t'ai dit si souvent sur ce grand chapitre : Je n'ai ni ne puis avoir aucune idée qui ne se rapporte exclusivement à vous, mes pauvres enfants!

Que m'importe à moi! qui ne suis plus qu'un *minutiste* (comme dit Homère); et quand je verrais un siècle devant moi, que m'importerait encore? Je n'aime pas *moi*, je ne crois pas *moi*, je me moque de *moi*. Il n'y a de vie, de jouissance, d'espérance que dans *toi*. Il y a longtemps que j'ai écrit dans mon livre de maximes : *L'unique antidote contre l'égoïsme, c'est le tuisme.* — C'est toi surtout, ma chère Constance, qui me verses cet antidote à rasades ; j'en boirai donc de ta main, et de celles d'un petit nombre d'autres *tois* jusqu'à ce que je m'endorme sans avoir jamais pleinement vécu. Avec de certaines dispositions, un certain élan trompeur vers la renommée et tout ce qui peut l'obtenir légitimement, un bras de fer invisible a toujours été sur moi comme un effroyable cauchemar qui m'empêchait de courir, et même de respirer. Regarde bien la masse qui est sur ma poitrine, et tu cesseras d'espérer. Je ne te cache pas cependant que nombre de personnes pensent bien autrement : nous verrons. En attendant, je m'en tiens à mon éternelle maxime de supposer toujours le mal, et de me laisser toujours étonner par le bien.

Adieu, petite follette ; jamais je ne t'aurai assez dit combien je t'aime !

---

### 113. — A LA MÊME.

Turin, 16 septembre 1817.

Tiens, follette, voilà une lettre de Saint-Pétersbourg, que je crois de ton oncle. J'ai reçu la tienne du 10. Continue toujours à m'envoyer tes admonitions tendres et éloquentes : elles m'amusent infiniment, pas davantage, ma chère enfant, mais c'est beaucoup. J'aime ton esprit, lors même qu'il ne me persuade pas du tout. Je serais un grand sot si, à mon âge, je ne me connaissais pas du tout; ou, pour mieux dire, si je ne me connaissais pas parfaitement. Or, l'unique chose qui me distingue d'un sot, c'est de savoir en quoi je suis sot. Je sais bien servir les hommes, mais je ne sais pas m'en servir: l'action me manque. La troisième personne de la trinité humaine que je n'ai pas tant mal déchiffrée, ce me semble, est blessée dans moi. *Je voudrais vouloir*, mais je finis toujours par penser, et je m'en tiens là. Tout ce que tu pourrais dire, ma bonne Constance, est parfaitement inutile; tu ne me feras pas remuer! Comment pourrais-je agir sans vouloir? C'est cependant l'état où je suis, car je suis fort éloigné d'avoir une volonté déterminée! Un certain mouvement me rappelle encore où tu es; je m'y figure un état fantastique et patriarcal qui aurait ses douceurs: bientôt, je me moque de moi-même, et...................

.............................................

.............................................

.............................................

## 114. — A M. LE VICOMTE DE BONALD.

Turin, 15 novembre 1817.

Monsieur le vicomte,

Ce qu'on appelle un homme parfaitement *désappointé*, ce fut moi lorsque je ne vous trouvai point à Paris, au mois d'août dernier. Comme on croit toujours ce qu'on désire, je m'étais persuadé que je vous ren-

contrerais encore ; mais il était écrit que je n'aurais pas
le plaisir de connaître personnellement l'homme du monde
dont j'estime le plus la personne et les écrits. Pour me
consoler, autant que la chose était possible, ma bonne
fortune me présente deux de vos ouvrages : votre fils
et vos pensées, rendues plus intéressantes encore, parce
que le second ouvrage était présenté par le premier. Il m'eût
été bien agréable, Monsieur le vicomte, de pouvoir jouir
à mon aise de la société de M. l'abbé de Bonald ; mais il
m'est arrivé à Paris ce qui arrive à tous les étrangers :
le tourbillon m'a saisi, et ne m'a abandonné que lorsque,
tout étourdi et tout haletant, je suis monté dans ma voiture pour me rendre à Turin. La cour, la ville, les Tuileries, les Variétés, le Musée, les Montagnes, les ministres, les marchands, les choses et les hommes se sont
si fort disputé ma pauvre personne, qu'il me semble aujourd'hui n'avoir rien fait et n'avoir rien vu, et que je
ne suis pas même bien sûr d'avoir été à Paris. Je crois
néanmoins, en y pensant mûrement, que réellement j'y
ai été, et que j'ai pu même y faire quelques observations. J'ai bien senti, par exemple, *ce je ne sais quoi*
qui fait de Paris la capitale de l'Europe. Il est certain
qu'il y a dans cette ville quelque chose qui n'est pas
dans les autres ; il n'en est pas, je crois, où l'étranger
soit plus à son aise, *plus chez lui*, si je puis m'exprimer ainsi ; sans doute je n'ai pu y séjourner assez pour...
Mais je ne veux pas faire un *essai sur Paris*. Je cours à
vos *pensées*, dont j'ai été enchanté : elles sont tour à
tour jolies, belles, fines, consolantes, profondes, poin-
tues, etc., etc., etc. Il en est aussi qui sont des *thèses*,
des sujets de discours ; mais, en choisissant celles qui
appartiennent plus particulièrement à la classe des maxi-

mes ou qui s'en approchent, on en ferait encore un
excellent volume qui vous mettrait à côté des plus excellents *pensiers* français. Après vous avoir exprimé
ainsi mon jugement avec une parfaite franchise, je ne
sais comment faire pour vous exprimer aussi le plaisir
que m'a fait éprouver une coïncidence d'idées telle que
peut-être il n'en a jamais existé : j'ai peur qu'il n'y ait
de l'impertinence à faire cette observation. Mais, bon
Dieu ! je ne sais qu'y faire. La chose est ainsi ; et si j'a-
vais l'inexprimable plaisir de vous voir au milieu de
tous mes papiers, je vous amuserais vous-même, Monsieur le vicomte, en vous montrant dans mes griffon-
nages ce que les théologiens appellent *loca parallela*.
Dites-moi, je vous prie, si vous n'avez point senti que
je vous sautais au cou après avoir lu ce que vous dites
en deux ou trois endroits de ce détestable Condillac,
l'idole fatale de la France, et l'instituteur de votre jeunesse. Vous faites aussi bonne justice de monsieur son
frère, et même de Buffon. Mais Buffon me rappelle une
anecdote que je veux vous conter. Je m'entretenais un
jour (il y a bien longtemps que ce jour est passé) avec
un terrible répétiteur piémontais, sans goût, ni grâce,
ni linge blanc ; mais, du reste, profondément instruit.
Buffon m'ayant passé dans la tête, je ne sais comment,
je dis à mon savantasse : *Abbate mio, cosa pensate del
nostro gran Buffon ?* Alors, avec un ricanement à faire
peur, il me répondit, en haussant les épaules, et jouant
sur le mot : *Gran Buffone !*

Je vous ai trouvé excessivement Français dans quelques-unes de vos pensées. On vous en blâmera ; mais
pour moi, je vous pardonne. *Je le suis bien, moi qui
ne le suis pas.* Pourquoi n'auriez-vous pas le même droit ?

Buffon, dont nous parlions tout à l'heure, et qui était
au moins un très-grand écrivain, a dit, dans son discours
à l'Académie, que *le style est tout l'homme*. On pourrait
dire aussi qu'*une nation n'est qu'une langue*. Voilà pourquoi la nature a naturalisé ma famille chez vous, en faisant entrer la langue française jusque dans la moelle de
nos os. Savez-vous bien, Monsieur le vicomte, qu'en fait
de préjugé sur ce point, je ne le céderais pas à vous-
même. — Riez, si vous voulez ; mais il ne me vient pas
seulement en tête qu'on puisse être éloquent dans une
autre langue autant qu'en français. Si vous me chicanez
à cet égard, je vous ferai à mon tour mauvais parti sur
vos pensées françaises.

Je ne vous ai rien dit encore sur votre second volume;
mais c'est un ouvrage d'un autre ordre et déjà jugé.
Qui n'a pas admiré les opinions que vous avez émises
dans la Chambre ? Je m'attends à vous admirer encore
incessamment sur le même théâtre ; hâtez-vous, je vous
prie, et surtout défendez bien le Concordat.

Il y a un temps infini, Monsieur le vicomte, que je
voulais vous demander des nouvelles de ce fameux ouvrage posthume de Leibnitz, qu'une dame protestante,
tournant au catholicisme, m'avait fait connaître déjà
en 1796. Vous me fîtes l'honneur de m'écrire à Saint-
Pétersbourg, il y a bien deux ans je crois, que *l'ouvrage
s'imprimait*, et dès lors il ne m'a plus été possible d'en
savoir davantage. Au nom de Dieu, Monsieur le vicomte,
lorsque les *Chambres*, les cabinets, et tous les autres
ennemis de votre loisir, vous accorderont trente ou quarante minutes disponibles, profitez-en pour m'apprendre
ce qu'il en est de ce livre, et que Dieu vous le rende!

Je ne connais point encore les intentions du roi à mon

égard. — Je suis fort bien traité à la cour, mais sans prévoir encore ce que tout cela signifie ; il est vrai que je n'y tâche pas. Je n'ai pas fait une demande ni une visite *intentionnelle*. Ma philosophie fait rire le roi, qui me dira son secret quand il voudra. En attendant, le public, dans sa bonté, me donne tous les jours un emploi auquel il ne manque que des *lettres patentes*. Voilà six lignes à prétention bien comptées, car j'ai celle de croire que je ne vous suis pas totalement indifférent.

Agréez, etc., etc.

---

**115. — A M. LE COMTE DE STOLBERG, A MUNSTER.**

Turin, décembre 1817.

Monsieur le comte,

Il s'est établi à Turin, depuis quelques années, sous le nom modeste d'*Amis catholiques*, une société dont le but principal est de propager la lecture des bons livres, en les tenant à un prix très-bas, et souvent même en les donnant, autant que ses moyens le lui permettent, afin de faire circuler la bonne doctrine jusque dans les dernières veines de l'État. Vous voyez, Monsieur le comte, que notre but est précisément la contre-partie de la funeste propagande du siècle dernier, et que nous sommes parfaitement sûrs de ne pas nous tromper en faisant précisément pour le bien ce qu'elle a fait pour le mal, avec un si déplorable succès. Parmi les livres, nous choisissons surtout ce qu'il y a de plus court et de plus à la portée de tout le monde; mais nous tâchons de nous proportionner, autant qu'il est possible, aux âges, aux caractères et aux capacités différentes. Le genre polémique, l'historique et l'ascétique occupent alternativement notre pensée, et nous varions nos armes suivant les circonstances. Les petits traités qui nous occupent principalement n'écartent cependant pas nos yeux des ouvrages capitaux, et bientôt nous aurons le plaisir d'écrire dans la liste de nos livres une traduction italienne de votre précieuse Histoire ecclésiastique. Cette traduction part de la plume élégante de M. le chevalier de Rossi, et tout nous porte à croire qu'elle sera digne de l'original.

Notre correspondance s'étend déjà à Rome et dans les principales villes d'Italie, à Paris, à Vienne, à Genève, etc...

Nous avons pensé, Monsieur le comte, que vous associeriez volontiers votre respectable nom à ceux dont vous trouverez la liste ci-jointe. Car il faut bien que vous connaissiez, au moins de cette manière, les *amis* qui se présentent à vous. Je suis enchanté, Monsieur le comte, d'avoir été choisi par eux pour être auprès de vous l'organe de leur profonde estime : il faudrait ne pas habiter l'Europe pour ignorer votre caractère, vos travaux et vos saintes résolutions.

Je ne sais pourquoi, Monsieur le comte, je n'ai pas commencé par vous dire que nous avons mis notre société sous l'inspection et la présidence immédiate de l'archevêque de Turin. Ennemis mortels de l'*esprit particulier*, notre premier devoir était de le chasser absolument de chez nous.

Permettez-moi, maintenant, Monsieur le comte, d'ajouter quelques lignes en mon nom. Pendant mon séjour à Pétersbourg, où j'ai résidé très-longtemps en qualité d'envoyé extraordinaire et ministre plénipotentiaire de S. M., je cédai au plaisir de vous adresser un opuscule qui venait de tomber de ma plume, et qui n'est plus sous ma main dans ce moment : je l'accompagnai d'une lettre du 10 (22) juillet 1814, et le tout fut remis à un homme qui prit auprès de moi l'engagement de vous faire parvenir mon paquet; j'ai eu dès lors, indépendamment même de votre silence, les plus fortes présomptions que mon paquet avait été supprimé, par la plus inexcusable curiosité : cependant, il est possible que vous m'ayez fait l'honneur de me répondre, et que votre lettre se soit égarée; je ne voulus point, dans le temps, vous ennuyer de cette misère; mais, puisque je trouve l'heureuse occasion de vous écrire, je vous prie de me faire savoir si, en effet, ma lettre ne parvint pas. Elle ne contenait, au reste, que l'expression de mes sentiments pour votre personne, et par conséquent ce que tout homme pensant comme moi vous aurait écrit comme moi.

Agréez, Monsieur le comte, les assurances de la haute considération, etc.

116. — A M. DUMONT, BACHELIER EN DROIT, A CLUSES,
PROVINCE DE FAUCIGNY, EN SAVOIE.

Turin, 3 janvier 1818.

Monsieur,

Rien ne pouvait m'être plus agréable, sous tous les rapports, que votre lettre du 22 décembre. D'abord, j'ai été enchanté de n'être point tout à fait oublié de M. le chevalier de Maimieux, après vingt ans d'un silence ordonné par des circonstances déplorables qui se sont jetées entre lui et moi, et qui ont fait disparaître surtout le lien si respectable, du moins pour moi, de notre ancienne correspondance, l'excellente chanoinesse de Pollier. Quels efforts n'ai-je pas faits pour savoir si elle existait, et pour découvrir le lien où elle s'était cachée! Mais tous ces efforts ont été vains, et quand je vis que notre amie commune, la digne baronne de Pont, qui a disparu de cette malheureuse planète, n'avait pas été plus heureuse que moi, je pensai bien que je devais renoncer à tout espoir; et jamais, en effet, je n'ai pu découvrir aucune trace de cette excellente chanoinesse. Vous ne me dites pas, Monsieur, si elle existe encore? — Je n'ose pas vous faire une question.

Si je n'en croyais que les mouvements de mon cœur, je m'empresserais d'écrire à M. le chevalier de Maimieux; mais je crains d'ouvrir de nouvelles correspondances sans pouvoir y satisfaire, tant je suis oppressé et presque étouffé dans ce moment. Chargez-vous, Monsieur, je vous en prie, de lui faire passer les témoignages les plus sensibles de ma reconnaissance; c'est un véritable bonheur pour moi d'avoir pu intéresser un personnage de ce mérite, et s'il a donné son approbation à quelques lignes tombées de ma plume, je veux qu'il sache qu'elle est pour moi au-dessus de mille autres.

Passant de l'inventeur à l'invention, je ne puis vous exprimer, Monsieur, l'immense intérêt que m'inspire cette *pasigraphie*; en admettant la certitude de cette méthode et son usage général, elle éclipse celle de l'imprimerie, de la boussole, des pendules, de la pompe à feu, en un mot tout ce qu'il y a de plus grand dans le domaine du génie. —Je dis, du fond de mon cœur : *Quod felix faustumque sit !*

Il y a vingt ans que je disais, au moins quant au sens général, dans un mémoire remis à la chanoinesse de Pollier : « Je désirerais savoir en quoi la pasigraphie « diffère de l'écriture chinoise; car l'homme , de quel- « que manière qu'on s'y prenne, ne peut peindre que « des idées ou des sons. Dans le premier cas, il parle « chinois; car tout le monde sait qu'un Chinois, un Ja- « ponais, un Coréen, un Cochinchinois ( et d'autres « peut-être ) qui lisent un livre chinois, lisent chacun « dans sa langue sans se comprendre mutuellement : ce « qui constitue bien précisément une pasigraphie. »

Je demandais, en second lieu, « *si*, et *par quel moyen*, la pasigraphie peut éviter la synonymie? » Vous me pasigraphez, par exemple, cette phrase française, *Il est tombé dans le gouffre*; qui m'empêchera de lire : *Il a roulé dans l'abîme ?*

La difficulté est la même à l'égard de la langue chinoise, lorsqu'il s'agit de traduire la langue écrite dans

la langue parlée. Je la proposai donc à Saint-Pétersbourg aux interprètes de l'empereur; mais, comme ils
savaient très-mal le latin, unique langue commune entre
nous, ils ne surent pas me satisfaire.

Je me rappelle que M. le chevalier de Maimieux,
dans une lettre à la chanoinesse, lui disait en passant,
et sans aucun détail, que *la pasigraphie n'était point
la langue chinoise.*

Dans ce moment, la foudre éclata : je partis; le
tourbillon m'emporta en Piémont, à Venise, en Toscane, en Sardaigne, et enfin en Russie, d'où je rapporte la même ignorance et la même curiosité. Je ne
pourrais, Monsieur, vous exposer mes idées sur ce
point, sans sortir tout à fait des bornes d'une lettre.
Je me borne donc à vous féliciter d'être devenu l'un
des organes d'une invention qui doit les passer toutes
dès qu'elle sera adoptée, et qui fait dès à présent le
plus grand honneur à l'éminente sagacité de l'inventeur.

En vous choisissant, Monsieur, pour son disciple,
son ami et son collaborateur, il a fait de vous un éloge
qui vous recommande suffisamment à tous les amis des
sciences. Recevez, Monsieur, l'assurance la plus sincère de toute ma reconnaissance, de ma profonde estime et de la considération la plus distinguée, avec
laquelle j'ai l'honneur d'être, etc.

### 117. — AU MÊME.

Turin, 27 février 1818.

Monsieur,

Si je n'ai pas répliqué plus tôt à votre intéressante lettre du 16 janvier, c'est que je suis très-peu maître de mon temps, et que, d'ailleurs, je désirais connaître le sentiment de l'Académie des sciences, juge naturel de ces sortes de choses. Je vous le dis avec un véritable regret, Monsieur, mais je ne crois pas que vous obteniez ici aucune protection, et je doute surtout que l'Académie vous soit favorable. Vos lectures auront pu vous convaincre, Monsieur, qu'il y a une opinion générale contraire à la pasigraphie ; dernièrement encore, en feuilletant un ouvrage immense et singulier de M. Anquetil ( *Oupnek'hat*, ou philosophie indienne ), j'ai rencontré un trait assez violent contre le nouvel *arcane*. Je suis en mon particulier, ainsi que j'ai eu l'honneur de vous le dire, au nombre des hommes les plus désireux d'être détrompés et instruits ; mais, en attendant, mes doutes subsistent de toute leur force, et j'en reviens toujours à l'écriture chinoise. Vous êtes surpris, Monsieur, que je compare une langue *qui compte quatre-vingt mille caractères*, avec la pasigraphie, qui n'en présente que douze ; mais je suis surpris, à mon tour, de votre manière de concevoir cette prodigieuse langue chinoise : « Elle n'a que trois carac-
« tères (je cite un auteur sûr), la ligne droite, la ligne
« courbe et le point. Chacun d'eux est différemment

« placé et répété plus ou moins de fois, mais toujours
« sans faire aucune confusion à la vue. Les diverses
« combinaisons de ces trois sortes de traits forment
« les deux cent quatorze caractères radicaux, ou élé-
« ments de la langue chinoise. Chacun de ces éléments
« répond à une idée simple ou générale et plus com-
« mune; et ces éléments combinés les uns avec les
« autres forment les soixante ou quatre-vingt mille ca-
« ractères dont l'écriture chinoise est composée. On
« nomme ces deux cent quatorze caractères *clefs* ou
« *racines*, et ils forment dans les dictionnaires les deux
« cent quatorze classes ou genres différents, sous les-
« quels on range les caractères dont ils font la partie
« principale, etc., etc. »

Et que peuvent être vos *tableaux*, Monsieur, sinon
les *classes* ou *genres* chinois? La langue de la Chine
n'a que quinze cents mots, tous monosyllabes, de sorte
que chacun de ces mots doit avoir de quarante à cinquante significations; mais celui qui en connaît quinze
ou vingt peut déjà lire un très-grand nombre de
livres.

Le Chinois veut-il exprimer un son et non une idée
(par exemple, un nom propre), il cherche dans sa langue les sons dont il a besoin, et il trace à côté une
ligne qui avertit de les prendre *comme sons*. Supposons, par exemple, que le monosyllabe *du*, dans sa
langue, signifie *poudre*, et que l'autre monosyllabe
*mont* signifie *canon*, s'il écrit $\left|\begin{smallmatrix} du \\ mont \end{smallmatrix}\right.$, on lira *Dumont*,
et non point *poudre à canon*, et l'on sait qu'il s'agit d'un
nom propre; que s'il ne trouve point dans ses quinze cents
monosyllabes de sons propres à rendre ceux du nom

qu'on lui propose, le Chinois ne peut plus l'écrire, ou il faut qu'il le défigure de la manière la plus étrange. C'est ainsi que mon nom, sous la plume des Chinois, est devenu MASSITELI.

J'ai sous les yeux, dans ce moment, une ode chinoise, traduite en français par le P. Amiot, et en anglais par le chevalier Jones. Elles renferment des différences qui tiennent à la langue, parce que, dans toute langue qui représente les idées, l'exactitude est impossible. Vous me parlez de *langage humain oculaire :* je vous demande pardon, Monsieur, mais je ne puis vous comprendre. Si vos caractères ont des noms, et si ces noms réunis en forment d'autres, comme dans la langue chinoise, c'est autre chose. Je comprends, par exemple, que vous pouvez écrire *abîme*, et m'empêcher de lire *précipice ;* différemment, la chose me paraît métaphysiquement impossible. Je ne vois, ni dans votre prospectus, ni dans votre lettre, si vos caractères ont des noms. Les prononcez-vous, ou ne sont-ils faits que pour les yeux? Pouvez-vous dire, comme le Chinois, le signe *pi*, le signe *fo*, le signe etc. ? Une expérience décisive serait fort de mon goût : je voudrais dicter quarante ou cinquante mots à un pasigraphe, puis les mêmes à un autre, et *à part ;* ensuite je les prierais d'échanger les deux écritures pasigraphiées, et de m'en faire lecture, l'un après l'autre, et *à part :* s'ils me lisent les mêmes mots, la question est décidée quant à la réalité de l'invention. — Mais prenez garde, Monsieur, qu'elle ne le serait point encore sous le rapport de l'utilité : ce qu'il me serait aisé de prouver si je n'étais pas forcé de ménager le temps. — Toutes ces difficultés, au reste, partent d'un homme qui prend le plus vif intérêt à la chose, et qui voudrait de tout son cœur se tromper. Je fais le plus grand cas des lumières, de la sagacité de M. le chevalier de Maimieux et de l'intrépide persévérance (mère unique des grands succès) avec laquelle il s'est appliqué, depuis tant d'années, à la découverte et au perfectionnement de son grand œuvre. A tous les sentiments que m'inspirent ses talents, j'ajoute celui de la reconnaissance que je dois à l'intérêt qu'il veut bien accorder à quelques opuscules que j'ai lancés dans le monde.

Rien n'égale, Monsieur, l'intérêt que je prends à vos succès, et vous me trouverez toujours disposé à vous donner des preuves de l'estime particulière et de la considération la plus distinguée avec laquelle j'ai l'honneur d'être, votre très-humble,          Le comte de M.

*P. S.* Si vous écrivez à M. le chevalier de Maimieux, faites-lui sentir l'extrême importance d'une dissertation métaphysique qui fasse connaître l'essence de sa découverte. Je ne sais pas le chinois, et cependant je sais ce que c'est, comme je connais l'essence de l'algèbre quoique je ne sois pas algébriste. Entendez-vous donc avec M. le chevalier de Maimieux, et mettez-moi en état de célébrer sa découverte : personne ne parlera plus haut que moi, dès que je saurai de quoi il s'agit.

118. — A M. DE TCHITCHAGOFF.

Turin, 4 mars 1818.

Monsieur,

Votre lettre du 11 février m'a fait tout le plaisir imaginable en m'apprenant que vous êtes enfin sous notre
beau ciel, et que vous étiez venu cueillir les premières
violettes de l'Étrurie. Soyez donc le bien-arrivé, Monsieur; je vous remercie de votre aimable épître et du
paquet qu'elle accompagnait. Que vous avez bien fait
de venir joindre votre excellent frère : *Il ne lui est pas
bon d'être seul.* Plût à Dieu que je fusse libre! je cour-
rais sur vos pas, et j'espère que vous me recevriez en
tiers. Il me serait bien doux de me trouver encore à table
avec vous sur les bords du Tibre, pour dire à l'amiral :
*Ah ! le vilain petit ruisseau fangeux en comparaison
de la profonde et belle Néva !* Je serais curieux de voir
comment il me prouverait le contraire; malheureusement je ne puis me procurer ce plaisir. Toujours chargé
de chaînes, il faut que je me contente du Pô sans savoir
encore sur quel autre bord j'irai végéter : mon sort est
toujours douteux, l'oracle n'a pas parlé; il est probable cependant que je finirai par ce pays avec lequel
M. l'amiral a fait connaissance, où il a été embrassé
avec tant de plaisir par mon frère *le pope*, et où j'espère toujours le revoir tôt ou tard. Priez-le de vous
expliquer la partie d'échecs que nous jouons depuis plus
d'une année, et qui est très-curieuse. Dans ma dernière lettre, je lui avais donné *échec au roi par la
dame;* il a paré le coup, mais je médite une autre at-

taque *par les fous*, qui font tant de belles choses dans ce monde. Si les siens sont aussi instruits que les miens, je perds l'espérance de vaincre. La partie sera *pat*, et nous recommencerons. — Qu'il m'en croie cependant, tôt ou tard la reine fera une des siennes.

Il me paraît absolument ridicule que vous soyez en Italie, et que nous ne vivions pas ensemble. Embrassez bien ce cher amiral pour moi. Dites-lui bien qu'aucun temps, aucune distance, aucune affaire, ne peut le chasser ni l'éloigner de mon souvenir. Hélas! tout passe, — excepté ce qui ne passe pas.

Comment s'est-il amusé dans la *Ville éternelle?* Comment a-t-il été frappé de tant de grands souvenirs et de tant d'oppositions brillantes? Qu'a-t-il dit de cette lutte unique dans l'univers du génie antique et du génie moderne, qui semblent s'être donné rendez-vous sur le Capitole, pour se *colleter* en face de l'univers? Que lui ont dit ces murs qui ont vu l'enlèvement des Sabines, le tribunal de Brutus, l'invasion des Gaulois, le camp d'Annibal, le triomphe de Scipion, la croix de saint Pierre, les bacchanales de Néron, le couronnement de Charlemagne, le trône de Grégoire VII et de Léon X, la république française, et le retour de Pie VII! — En vérité, il y a bien de quoi parler; — mais, pour terminer le chapitre des *antiquités*, je vous prie en grâce de parler quelquefois de moi ensemble, et d'être bien persuadé que je vous *entends* puisque je vous *écoute*.

Je vous embrasse tendrement, Monsieur, en vous assurant des sentiments éternels d'estime et d'attachement avec lesquels je suis plus que je ne puis vous l'exprimer,

Votre très-humble serviteur et bon ami.

Mon fils est à Novarre; bientôt il aura connaissance

de votre souvenir obligeant. Ma femme et mes filles, qui
se portent à merveille, me chargent de mille compliments pour vous. Le *frère pope*, qui est depuis quelque
temps *évéque d'Aoste* et qui est venu à Turin pour être
sacré, a de grandes prétentions sur le souvenir de
M. l'amiral. Il veut que je lui parle du nouvel évêque
comme d'une vieille connaissance.

---

### 119. — A M. L'AMIRAL TCHITCHAGOFF.

27 mai 1818 (anniversaire de mon départ de Saint-Pétersbourg).

Excellent ami! j'ai pensé qu'aujourd'hui je vous devais une lettre. C'est le jour où j'ai quitté la Russie.
Jugez de ma tristesse. Hélas! oui, Monsieur l'amiral, ce
fut le 27 mai 1817, à onze heures du matin (je vous
écris à la même heure), qu'un cutter du plus libéral
des monarques m'emporta de ces bords que je ne devais
plus revoir. J'espère que vous partagez ma douleur, et
que vous ne dédaignerez pas de m'en assurer.

Le 4 du mois de mars dernier, j'ai eu l'honneur d'a-
dresser à votre excellent frère une lettre qui sans doute
lui sera parvenue, car je l'avais mise très-exactement
sous l'adresse que vous m'avez donnée. J'entendais bien
que mon épître serait commune aux deux frères. Aujourd'hui, il faut, s'il vous plaît, Monsieur l'amiral, que
vous me donniez des nouvelles de Paul et de Basile, ces
deux hommes chéris qui ne sortiront jamais de ma mémoire. Comment vous trouvez-vous à Rome l'un et l'autre? Je ne parle pas des choses qui ont dû nécessaire-

I.                                                    29

ment vous frapper; je voudrais savoir si vous êtes
content des hommes, et s'ils ont été à votre égard hospitaliers et courtois comme on doit l'être? Que ne donnerais-je pas pour avoir parcouru Rome avec vous! J'espère que le spectacle principal qu'elle présente ne vous
aura pas échappé; c'est celui du génie antique et du génie moderne qui se rencontrent dans cette ville unique,
et qui se prennent pour ainsi dire *au collet*, sous l'œil
de l'observateur. Rien ne m'a plus frappé, rien ne m'a
plus intéressé que ce contraste. Le gouvernement, que
vous aurez trouvé, j'espère, *libéral*, et même *libre*, est
encore infiniment digne d'observation, parce qu'il est
aussi unique dans l'univers. On n'a jamais vu, et l'on ne
verra jamais dans l'univers (Rome exceptée), *une mo-*
*narchie élective, où le souverain toujours vieux et tou-*
*jours célibataire, est élu par des électeurs de même*
*toujours célibataires, élus à leur tour par le souverain,*
*sans distinction de patrie ni de condition.* Trouvez, si
vous pouvez, quelque chose de semblable. Le monde
antique vous était nécessairement absolument inconnu :
il sera sorti de terre pour vous depuis que vous habitez
l'Italie. *I take for granted* que vous avez fait une ex-
cursion à Naples, et que vous avez vu Herculanum et
Pompeïa. Voilà encore des lieux que je voudrais parcourir avec vous. — A propos! n'avez-vous point vu trembler l'église de Saint-Pierre? Si elle n'a pas peur, cependant, elle a bien tort, puisqu'elle est menacée du plus
grand malheur : celui de n'être plus le premier temple
du monde, et même d'être totalement effacée par une
autre église devant laquelle le temple de saint Pierre
ne sera plus qu'une chapelle de village. — Sur la *mon-*
*tagne des Moineaux* s'élève un temple construit par un

jeune homme qui à la vérité n'est pas architecte, et n'a jamais rien construit, mais qui a reçu en songe le plan de la nouvelle basilique, par une révélation immédiate. — Riez! riez! Monsieur le rieur; l'Église du *Sauveur* n'en sera pas moins bâtie, et je ne doute pas qu'un jour il ne soit plus aisé de l'admirer que de l'échauffer.— Mais parlons d'autre chose.

Mon frère l'abbé, qui a eu le bonheur de faire connaissance avec vous à Chambéry, a été fait évêque (de la val d'Aoste). Il est ici depuis quelque temps, en attendant le sacre et le rétablissement des revenus dilapidés, et il me charge très-expressément de le rappeler à votre souvenir, et de vous assurer du sien dans les siècles des siècles. Hier, nous parlions de vous en famille, en présence d'un de nos bons amis, qui s'écria, après nous avoir entendus quelque temps : *Ah! que je voudrais connaître cet amiral T...* Nous eûmes beau l'assurer qu'il serait totalement *désappointé*, que cet amiral n'avait point d'esprit, etc., etc.; jamais il n'en voulut démordre.

Toujours vous me manquez, Monsieur l'amiral, mais surtout lorsque je lis les gazettes. Hélas! je n'ai pas eu le plaisir de lire avec vous le *Discours d'ouverture* et le *Discours de clôture.* Si vous aviez été là, mon digne ami, vous auriez pleuré d'admiration et d'attendrissement. Quelle grandeur! quelle générosité! quelle fermeté dans les principes, et quelle brillante perspective pour votre *patrie,* qui voit dans un avenir très-proche son affranchissement et ses lois fondamentales établies sur la parole d'honneur d'un souverain! je ne doute ni de votre admiration, ni de votre reconnaissance; cepen-

29.

dant, je serais bien aise d'en être assuré par vous. De ce moment, Monsieur l'amiral, le sujet éternel de nos disputes disparaît pour toujours, puisqu'il est *certain* que, dans peu de temps, toute la Russie sera constituée et plus libre que l'orgueilleuse Angleterre. — Mandez-moi, je vous en prie, si vous voulez être pair ou député, et si vous intriguez déjà pour l'une ou pour l'autre de ces deux places; car du moment où la constitution pointera, je ne doute pas que vous n'accouriez pour prendre votre poste. — Et comme je puis me trouver sur le chemin de la constitution suivant la manière dont vous l'aborderez, je ne désespère point de vous voir encore.

En attendant, votre prophétie n'est point encore accomplie à mon égard. Je me promène toujours sur le pavé de Turin sans savoir ce que je deviendrai; mais peut-être que je touche au moment qui changera *Monsieur de sans affaires* en *Monsieur de cent affaires.* Aux appointements près, le premier emploi vaut infiniment mieux que le second; et je suis bien fâché que la révolution ne m'ait pas laissé le choix. Il arrivera donc tout ce qu'il plaira à Dieu et au roi de Sardaigne.

Pour aucune raison, Monsieur l'amiral, ne vous permettez pas de m'oublier; ce serait un crime qui crierait vengeance. Pour moi, je vous retrouve toujours peint en première ligne sur cette *toile légère* que mon frère a décrite dans le *Voyage autour de ma chambre,* et qu'on appelle *Mémoire.* Je pourrais vivre mille ans sans rencontrer jamais rien qui vaille nos soupers. La foudre les a frappés. — Ils n'en restent pas moins gra-

vés au rang de ces souvenirs adorables qui nous déchirent, et qu'on chérit. — Heureusement, le papier me
manque. Mille tendresses à Basile Basiliévitch.'

Votre éternel ami.

———

#### 120. — A M. LE VICOMTE DE BONALD.

Turin, 10 juillet 1818.

Monsieur le vicomte,

Je l'ai lu avec délices, votre excellent livre (1); mais,
voyez le malheur! je suis peut-être le seul homme en
Europe qui n'ait pas le droit de le louer. Est-il possible,
Monsieur, que la nature se soit amusée à tendre deux
cordes aussi parfaitement d'accord que votre esprit et le
mien! c'est l'unisson le plus rigoureux; c'est un phénomène unique. Si jamais on imprime certaines choses,
vous retrouverez jusqu'aux expressions que vous avez
employées, et certainement je n'y aurai rien changé!

Votre dernier livre, Monsieur le vicomte, est une belle
démonstration d'une thèse que j'ai souvent soutenue,
que *celui qui ne sait pas écrire n'est pas métaphysicien.*
Vous avez réellement droit de parler du *verbe*, parce
que vous savez *verber.* Je vous sais un gré infini d'a-
voir commencé une noble attaque contre les faux dieux
de notre siècle. Il faudra bien qu'ils tombent; il faudra
bien que nous revenions au spiritualisme, et que nous
n'accordions pas tout à l'*organe sécréteur des pensées.*

(1) Les *Recherches philosophiques.*

Le plus coupable de tous les conjurés modernes, c'est Condillac. Vous en avez fait justice, cependant avec quelque bonté. Pour moi, je vous l'avoue, je ne serais pas si patient. Je ne puis penser à cet homme sans colère.

Sur Bacon, je vois que nous sommes à peu près d'accord. J'ai fait un ouvrage assez considérable, intitulé : *Examen de la philosophie de Bacon*. Je suis persuadé qu'il vous intéresserait, et même qu'il vous étonnerait; car, à moins de s'être livré à une étude particulière et minutieuse de cette étrange philosophie, il est impossible de connaître tout le mal et tout le ridicule qu'elle renferme.

Dans tout ce que vous dites des philosophes anciens et modernes, je ne vois pas qu'il soit possible de vous chicaner, excepté peut-être sur Aristote, auquel il me semble que vous faites un peu tort en le rangeant parmi les *sensibilistes*. Il n'a point dit du tout que toutes nos idées nous viennent par les sens. Il a dit des choses admirables sur l'essence de l'âme : on a besoin d'un grand effort pour les comprendre, et d'un autre effort pour les traduire.

Vous parlez comme un ange, Monsieur le vicomte, sur les langues qui sont à peu près toute la métaphysique. Il faut être possédé de quatre ou cinq diables pour croire à l'invention des langues. Il est dit dans un vieux cantique que j'appris jadis de ma nourrice :

> Le diable pour punitiiiion
> Les prit en sa possessiiiion.

Or, c'est ce qui est arrivé, n'en doutez pas, aux idéologues de notre siècle. Tous furent *possédés*, ou bien ils demeurent inexplicables.

Je ne vous ai pas trouvé moins juste et moins disert sur l'écriture (*mansura vox*) que sur la parole. Vous êtes de l'avis de Pline l'ancien : *Apparet æternum litterarum usum.* Jamais cet art n'a pu être inventé ! Bryant soutient qu'il est né sur le Sinaï ; mais cette idée n'est pas soutenable.

Vous avez parfaitement bien attaqué ou, pour mieux dire, réduit à sa juste valeur ce terrain mouvant, nommé en général *philosophie*, et sur lequel jamais aucun pied humain n'a pu se tranquilliser.

Vous avez parfaitement exposé nos deux titres principaux de noblesse : l'empire sur les animaux et l'usage exclusif du feu. L'orang-outang aime le feu comme nous ; il s'assied comme nous devant le feu ; il présente les mains comme nous ; mais dans les siècles des siècles, il n'avancera pas un tison. Le monde serait visiblement inhabitable pour l'homme si l'animal pouvait disposer du feu. *C'est une heureuse chance pour nous*, diraient certains philosophes que j'admire de tout mon cœur autant que j'admire cet homme d'esprit qui disait à Lyon : — *C'est cependant un grand bonheur que le Rhône et la Saône passent dans cette ville.*

Je passe sur une infinité de détails qui me conduiraient trop loin ; mais je vous le dirai en général et sans la moindre flatterie, vous avez fait un excellent livre qui ajoutera grandement à votre grande réputation ; il est gravement, purement et éloquemment écrit. La profondeur n'y fait point tort à la clarté ; — au contraire, elle en résulte. C'est un livre d'ailleurs pratique et fait pour obtenir sur les esprits une influence préservative, rassainissante. *Le père en prescrira la lecture à son fils.* Vous l'avez dit : *Le plus grand crime qu'on puisse com-*

mettre, *c'est la composition d'un mauvais livre, puisqu'on ne peut cesser de le commettre.* Vous avez parfaitement raison ; mais la proposition inverse n'est pas
moins incontestable, et je vous en félicite.

Il ne manque pour moi qu'une seule chose à votre
livre : c'est votre nom écrit sur la première page. Si
vous voulez y suppléer dans la première lettre que vous
aurez la bonté de m'écrire, *je vous collerai* avec un
très-grand plaisir.

Je ne suis pas consolé du tout, Monsieur le vicomte,
de vous avoir manqué à Paris l'année dernière. Maintenant où êtes-vous, et que faites-vous ? Une nouvelle
élection vous a-t-elle reporté dans la représentation nationale ? ou bien êtes-vous allé *planter vos choux* après
avoir *planté* tant de bonnes maximes ?

Je ne vous donne aucune nouvelle de moi, Monsieur
le vicomte, excepté le *bene valeo*, qui se soutient toujours. Mon courage pour toute entreprise littéraire et
philosophique s'est extrêmement refroidi. Quelques ouvrages importants dorment dans mes portefeuilles ; mais
après les tours qu'on m'a joués à Paris , et dont vous
avez été témoin, je tremble d'être imprimé *à distance.*
Travaillez donc , Monsieur, vous qui êtes à l'aise , et qui
disposez de cette grande tribune où l'on parle au monde!
Comptez-moi toujours au nombre de vos auditeurs les
plus attentifs et les plus justes. J'embrasse M. votre
fils s'il est à côté de vous, et je lui souhaite toute
sorte de succès dans sa noble, sainte et importante carrière. Mon frère, qui vient d'être fait évêque, appartient encore à l'Église gallicane. Il est évêque d'Aoste.
Les Jésuites viennent d'être rétablis à Novarre et à Turin,
où on leur a rendu l'enseignement. Mais l'ordre est-il ré-

tabli? Pour répondre à cette question, un préliminaire indispensable serait de savoir s'il a été détruit.

Je suis pour la vie, Monsieur le vicomte, avec tous les sentiments que vous me connaissez, votre, etc.

---

### 121. — AU PRINCE KOLOWSKI.

Turin, 20 août 1818.

J'espère, mon cher prince, que vous n'attendez pas de moi un sentiment détaillé sur votre lettre à Monsieur le comte de C., dans laquelle vous lui rendez compte de l'ouvrage de Madame de Staël. Je serais conduit à vous parler, non pas de la lettre, mais de tous les sujets que vous effleurez dans cette pièce; c'est-à-dire que je vous ferais un livre sur un livre. Je n'ai plus assez de temps pour le dépenser ainsi. J'en serais empêché d'ailleurs par une foule d'occupations qui ne me permettent pas ces parties de plaisir. — Voici donc, mon prince, tout ce que j'ai à vous dire d'une manière très-générale. Si vous croyez que l'ouvrage d'une impertinente femmelette, qui ne comprend pas une des questions qu'elle traite, mérite un rapport officiel, à la bonne heure; mais, dans ce cas, je pense que votre lettre est précisément une de vos conversations écrites, et qu'elle pèche par une abondance qui vous nuira. Quel que soit le mérite de cette dissertation, ni roi, ni ministres, ne la liront. Il faut absolument vous restreindre, diviser votre sujet dans votre pensée en certains points : par exemple, ce que dit Madame de Staël sur son père — sur la révolu-

tion en général — sur tel ou tel homme marquant, etc.
Traitez ces différents points d'une manière concise et
*pointue* qui reste dans l'esprit, et vous réussirez même
au département des affaires étrangères : si vous laissez
votre dépêche telle qu'elle est, soyez sûr que vous ne
serez pas lu, et que, si on vous lit, on ne vous rendra
pas la justice que je vous rends, quoique je pense autrement que vous sur plusieurs points.

Vous êtes, par exemple, évidemment dans l'erreur,
lorsque vous croyez que la théorie de la non-résistance
dépend du pays auquel on l'applique. Point du tout, mon
cher prince, la question est la même dans tous les pays,
ce que j'aurai le plaisir de vous démontrer, si vous le
voulez, la première fois que j'aurai l'honneur de vous
voir ; le temps me manque pour verser de semblables
dissertations sur le papier.

Je ne crois pas trop non plus à votre formule universelle du *devoir*; c'est une abstraction qui s'évapore dès
qu'on en vient à l'application. Personne n'a jamais douté
ni surtout soutenu qu'*il ne faille pas faire son devoir*; la
question est de savoir *ce que c'est que le devoir*, dans
telle ou telle occasion ? Et, dans ce cas, que signifie la
règle universelle ? Rien — c'était le cas de M. Necker.
Ses amis vous diront et vous embarrasseront peut-être
en vous prouvant, à leur manière, qu'il faisait *son devoir* lorsqu'il proposait la constitution anglaise à la
France.

Le premier malheur de madame sa fille fut de n'être
pas née catholique. Si cette loi réprimante eût pénétré
son cœur, d'ailleurs assez bien fait, elle eût été adorable
au lieu d'être fameuse.

Le second malheur pour elle fut de naître dans un

siècle assez léger et assez corrompu pour lui prodiguer une admiration qui acheva de la gâter. S'il lui avait plu d'accoucher en public dans la chapelle de Versailles, on aurait battu des mains. Un siècle plus sage aurait bien su la rendre estimable en la menaçant du mépris.

Quant à ses ouvrages, on peut dire, sans faire un jeu de mots, que le meilleur est le plus mauvais : il n'y a rien de si médiocre que tout ce qu'elle a publié jusqu'à l'ouvrage sur l'Allemagne. Dans celui-ci elle s'est un peu élevée, mais nulle part elle n'a déployé un talent plus distingué que dans ses *Considérations sur la révolution française*. Par malheur, c'est le talent du mal. Toutes les erreurs de la révolution y sont concentrées et sublimées. Tout homme qui peut lire cet ouvrage sans colère peut être né en France, mais il n'est pas Français.

Quant aux autres hommes, je n'ai rien à dire. Une de mes dernières conversations avec le frère que je ne cesserai de pleurer, roula sur le dernier ouvrage de Madame de Staël. Il ne voyait rien de si contraire à nos principes, et certes il avait bien raison. Boive qui voudra l'élixir du protestantisme, du philosophisme, et de toute autre drogue en *isme*. Pour moi, je n'en veux point. Je le mettrai dans ma bouche cependant, car il faut tout connaître ; mais je le rejetterai bientôt en disant, devant qui voudra m'entendre : *Je n'aime pas cela.*

Quand on méprisera ces sortes d'ouvrages autant qu'ils le méritent, la révolution sera finie.

Une femme protestante prenant publiquement un archevêque catholique à partie, et le réfutant sur l'origine divine de la souveraineté, peut amuser sans doute certains spectateurs ; chacun a son goût, mais, pour moi,

je préfère infiniment Polichinelle de la place Château :
il est plus décent et non moins raisonnable.

Tout ceci, mon prince, ne déroge nullement au talent qui a rendu compte des *Considérations* ; mais si
vous jugez cette brillante guenille digne d'un rapport
officiel, j'insiste pour que vous lui donniez une forme
plus concise et plus pénétrante. J'aurais été moi-même
moins concis, si j'avais pu garder le manuscrit plus longtemps; mais c'en est assez pour vous faire connaître ma
manière de voir en général, et vous me pardonnerez
sûrement ma franchise. Voulez-vous laisser partir votre
lettre telle qu'elle est, je vous loue sur ce qu'elle est et ne
pense plus à ce qu'elle pourrait être. Elle est pleine
d'esprit et de traits raisonnables, qui étincellent sur le
fond de la question. Adieu, mille fois, mon prince; je
vous prie d'agréer l'assurance des sentiments que vous
connaissez et qui ne finiront jamais.

------

### 122. — A MADEMOISELLE DE ....

Turin, 2 septembre 1818.

Mademoiselle,

Si j'avais l'honneur d'être connu de madame la marquise de Murinais, et si j'étais à Marlieu, je me jette-
rais à ses genoux; je lui dirais : Madame, je vous en
supplie, consentez à me prêter, pour très-peu de jours,
le portrait de mon frère; vous procurerez une consolation immense à toute une famille désolée; un artiste cé-

lèbre, prêt à attaquer le marbre pour représenter cette
figure d'après le masque pris sur de tristes restes, demande à grands cris un portrait, s'il existe, et nous assure que l'ouvrage sera mille fois plus parfait. Que ris-
quez-vous, Madame la marquise? On emballe tout, et
les choses même les plus fragiles, sans la moindre
crainte de leur nuire. Vous avez ma parole d'honneur
pour une prompte restitution, et pour toutes les précautions imaginables; ne me refusez pas cette grâce, je
vous en conjure...

J'ajouterais beaucoup d'autres choses; et qui sait
même si je ne me mettrais pas à pleurer comme une petite fille.—Mais, hélas! je suis à soixante lieues de Marlieu, et je n'ai point du tout l'honneur d'être connu de
Madame la marquise : j'ai peur d'être éconduit, je ne
veux point faire de fausse démarche; c'est donc à vous,
Mademoiselle, que j'adresse mes tristes supplications.
Je vous prie, je vous supplie, je vous conjure de vouloir bien employer quelques instants de ce grand et facile talent que vous a donné la nature pour nous procurer au moins un trait de ce bel ouvrage de madame de
Murinais : allons, Mademoiselle, quand on est si riche,
ce serait un grand crime d'être avare. — *S'il vous
platt, Mademoiselle! pour l'amour de Dieu!* Mais je
n'ajouterai pas : *Que Dieu vous le rende.* Ah! n'ayez
jamais de pareilles consolations à demander, jouissez
de ce que vous possédez, et ne soyez jamais écrasée
comme je viens de l'être. Jamais je ne me consolerai de
cette perte : tout ce que le temps peut sur une telle douleur, c'est de la changer en mélancolie. Aucun mort
ne m'a jamais été présent autant que ce cher *André :*
à chaque minute je l'entends rire ou raisonner. Quel

cas il faisait de vous, Mademoiselle, et quel prix il attachait à votre estime! J'espère qu'il ne pourra sortir de votre mémoire : il s'y trouvera en bonne compagnie avec tout ce qu'il y a de bon et de beau dans le monde.

Je suis, avec une profonde estime et un respectueux dévouement,

Mademoiselle,

DE MAISTRE.

---

123. — A M. LE VICOMTE DE BONALD, A PARIS.

Turin, 22 mars 1819.

Je ne sais, Monsieur le vicomte, si votre dernière lettre m'a causé plus ou moins de chagrin que de plaisir. Certainement, une lettre de vous est toujours un événement agréable pour moi, et le présent qu'elle accompagnait me la rendait encore plus précieuse ; mais, bon Dieu! quel accès d'impatience j'ai éprouvé, en voyant que ma dernière lettre du 10 juillet dernier ne vous était pas parvenue! Un négociant de Lyon, qui était ici pour affaires, s'en était chargé, *et en avait fait son affaire.* — *Dt vestram fidem!* Je suis furieux, et d'autant plus qu'il ne m'est plus possible de remplacer cette lettre. Je vous faisais le rapport de votre livre : je vous en rendais un compte détaillé : aujourd'hui, me voilà obligé de vous dire bêtement que j'en ai été enchanté. — Quel homme de bon sens ne vous en dirait pas autant? J'ai écrit à Lyon avec de l'encre fulminante pour me plaindre de ce péché mortel contre la confiance et la

bonne foi. Autant en emporte le vent. Je n'ai pu encore
obtenir une réponse. Aujourd'hui, que je n'écris plus
que des billets, comment vous exprimer fidèlement tout
ce que la lecture de votre livre m'a fait éprouver de
plaisir et d'instruction? Soyez bien sûr, Monsieur le vicomte, que vous avez écrit l'un des meilleurs livres
de philosophie rationnelle qui existe dans notre langue.
Courage, Monsieur le vicomte! ne vous laissez atteindre
par aucune espèce de dégoût, et continuez toujours à
défendre les grands et inébranlables principes. Il faut
toujours jeter le bon grain même sur les terres les plus
desséchées, sur la foi de *Jupiter pluvieux.*

Votre réfutation de madame de Staël (ou de son livre)
est excellente, et surtout d'un ton exquis. Vous ne voulez pas même attrister les cendres d'une dame, et vous
les touchez comme une relique. Je ne sais si j'aurais été
aussi sage, car peu de livres m'impatientent autant que
ceux de madame de Staël; et, parmi ses livres, peu m'impatientent autant que le dernier. Quel dommage que
cette femme n'ait pas été sujette spirituelle de la souveraineté légitime! Je le disais un jour à l'un de vos plus
grands personnages: *Ah! si madame de Staël avait
été catholique, elle eût été adorable au lieu d'être
fameuse.*

Il serait inutile, Monsieur, de vous dire combien je
prends d'intérêt à vos affaires publiques. Je suis sans
contredit l'étranger le plus français et le plus attaché à
la légitimité française. Je crois l'avoir bien prouvé!
L'ange gardien de la France ne sommeille point; mais
comment le phénix renaîtra-t-il, s'il ne commence par
mourir?

Vous voulez bien sans doute que je vous dise un petit

mot de moi. Ma place ( de *régent de la grande chancellerie* ) revient à peu près à *vice-chancelier*, et me met
à la tête de la magistrature, au-dessus des premiers pré-
sidents. Quant au titre de *ministre d'État*, joint à la
dignité de *régent*, il ne suppose pas des fonctions particulières, ni la direction d'un département. Il m'élève
seulement assez considérablement dans la hiérarchie
générale, et donne de plus à ma femme une fort belle
attitude à la cour hors de la ligne générale. Voilà, Monsieur le vicomte, le résultat de mon *exaltation ;* une
demi-heure avant la décision de Sa Majesté, je ne m'en
doutais pas plus que d'être fait mufti ; mais telle est ma
destinée ! J'obtiens toujours ce que je n'attends pas, et
jamais je n'obtiens ce que j'attends. Ayant parfaitement
découvert et jugé cette sorte d'*étoile*, je me suis mis depuis longtemps à ne rien demander, et à ne plus me
mêler de moi-même. Souvent mon apathie sur ce point
a fait rire mes amis. Vous sentez bien, au reste, qu'à
mon âge, on ne change pas de système.

Je ne vous perds pas de vue un instant, Monsieur le
vicomte, et je vous prie de vouloir bien lire dans ma lettre tout ce qu'elle ne contient pas ; car mes grandes occupations ne me permettent pas de jaser ; et à chaque
ligne, je rencontre la formule latine *Sed de his coram.*

*Accordez-moi le réciproque*, comme on dit en langage
diplomatique. Il importe beaucoup à mon cœur de savoir que je ne puis être chassé de votre souvenir.

Adieu mille fois, Monsieur le vicomte, je vous écris à
bâtons rompus, au bon fin milieu de ma chancellerie.
On me casse, on me brise la tête, je ne sais plus ce que
je dis. Je me sens cependant en possession pleine et entière de ce vieil organe, lorsque je vous renouvelle l'as-

surance des sentiments d'attachement et de respect avec lesquels je suis, pour la vie, Monsieur le vicomte, etc.

*P. S.* Qui sait pourquoi vous avez constamment refusé de me répondre sur le livre posthume de Leibnitz?

---

### 124. — A MADAME LA DUCHESSE DE ....

Turin, 28 mai 1819.

Madame la duchesse,

C'est répondre un peu tard à votre charmante lettre du 22 avril; mais comme je n'écris pas à beaucoup près quand je veux, même les lettres que j'ai le plus envie d'écrire, je vous avoue, Madame la duchesse, que je suis tout à fait dégoûté de la poste, à moins qu'il ne s'agisse uniquement de dire, *J'ai reçu la vôtre.* J'attendais donc une occasion bénévole qui se présente dans ce moment; je la saisis aux cheveux pour vous dire d'abord, Madame la duchesse, que j'ai bien peu profité de celle qui avait bien voulu se charger de votre lettre. M. le prince de Laval-Montmorency n'a fait que toucher barre ici, et je ne dois qu'à un simple bonheur le plaisir de l'avoir rencontré dans une maison où il ne fit même que passer. Je lui envie le bonheur de parcourir encore l'Italie. Jadis j'ai dit, comme tous les autres voyageurs: « J'y reviendrai. » Mais c'était un rêve de l'espérance; je n'y reviendrai plus. A Paris, encore, j'ai répété ce mot, « J'y reviendrai, » mais tout aussi inutilement. Ma carrière *mobile*, si vous voulez me passer cette expres-

sion, est finie. Désormais, je ne serai plus qu'un vieux
prisonnier, qui a tout au plus la permission de regarder
par la fenêtre. — Au moins, si je vous voyais passer;
mais je n'aurai pas ce bonheur. Le reste de ma vie doit
être fade; je m'y soumets, en vous confessant néanmoins que je croirais allonger ce reste si je pouvais jouir
encore de quelques-unes de ces soirées que vous m'ac-
cordiez aux Tuileries. Nulle part il n'y a plus *de vie* que
chez vous, et je ne voudrais pas d'autre fontaine de
Jouvence. Je ne puis parler de vous ici, Madame la duchesse, et tout à mon aise, qu'avec M. le marquis
Alfiéri; je me donne de temps en temps ce plaisir. Il me
comprend fort bien quand je lui parle de cette force aimable et de cette grâce entraînante qui ont fait tant d'impression sur mon jeune esprit. C'est dommage que vous
me gâtiez beaucoup et beaucoup trop en me faisant
l'honneur de me citer. Ceci me rappelle un certain dîner
où je me trouvai un si joli nigaud, lorsqu'il vous plut de
réciter de mémoire, avec une délicieuse emphase, je ne
sais quel passage que j'avais à peu près oublié moi-même.
*Il me semble cependant*, disais-je dans le premier moment, et de la meilleure foi du monde, *que cela ne
m'est pas nouveau*. Un gentil éclat de rire me remit dans
la voie.

Je comprends et je partage de tout mon cœur, Madame
la duchesse, vos angoisses sur ce malheureux 17 avril
et sur tout ce qui s'ensuit. Je sens comme vous tout ce
que cette séance présente de révoltant. Laissez-les faire,
cependant, et gardez-vous de prendre pour des signes
de vie les grimaces de l'agonie. Soyez bien sûre que le
parti *satanique* succombe, qu'il touche à sa fin, et qu'il
joue de son reste. L'impatience nous est bien naturelle,

puisque nous souffrons ; cependant il faut avoir assez de philosophie pour dompter les premiers mouvements ; les minutes des empires sont des années de l'homme ; nous donc, qui ne vivons tout au plus que quatre-vingts minutes, dont il faut donner encore dix à l'enfantillage et dix au radotage, dès qu'une grande calamité dure vingt minutes, par exemple, nous disons, *C'est fini!* Les esprits célestes qui entendent ces belles exclamations rient *comme des fous*. Or, vous, Madame, qui êtes aussi un esprit, malgré votre enveloppe grossière qui n'a jamais déplu à personne, vous permettrez bien, je pense, que je vous propose une petite expérience : faites-vous prêter le volume du *Moniteur* où se trouve le discours de Robespierre, prononcé par ce digne homme le jour où fut prononcée la renonciation au culte. Reportez-vous, par la pensée, dans ce moment et dans ce lieu où l'on croit entendre parler l'enfer, et supposez qu'un véritable esprit vienne vous dire à l'oreille : Ma cousine, sachez que, dans huit ou neuf minutes, un cardinal fera son entrée publique à Paris, comme nonce *a latere*. — Si vous ne lui aviez pas ri au nez, ç'eût été uniquement par respect pour les anges ; et cependant, Madame la duchesse, rien n'était plus vrai. Un esprit qui viendrait vous dire aujourd'hui ce qui se passera dans vingt minutes, vous étonnerait encore davantage ; je ne le verrai pas, mais vous le verrez, et vous aurez la bonté de vous rappeler alors le prophète allobroge. Pour revenir à nos moutons, la France se rétablira parfaitement ; elle sera *refaite* comme elle a *été faite* par le clergé et par la noblesse ; il faut que les grands principes tombent sur le peuple de haut en bas comme la pluie. Vos biens vous reviendront de plusieurs manières ; mais surtout parce

30.

que les nouveaux venus, par une tendance uniforme et invariable, n'oublieront rien pour vous donner leurs filles, et vous ne serez, en les acceptant, pas plus répréhensible que vos devanciers, qui, tous, ou presque tous, avaient consenti d'épouser la richesse sans lui demander son nom. Un certain recrutement de votre ordre est devenu inévitable, et jusqu'à un certain point, bien par votre faute, Messieurs et Mesdames (pardon, je vous en prie), le temps *fauchera* plusieurs difficultés, et le tout s'arrangera. Il est possible, Madame la duchesse, que vous connaissiez un jour mes pensées sur le clergé français : alors, vous m'en direz votre avis. Vous m'avez fait penser en me disant : *Tous les talents passent au clergé*. Il n'en aura jamais assez pour les travaux immenses qu'il a sur les bras. Au surplus, l'intérêt de la France est que le talent habite chez elle ; mais peu lui importe qu'il soit habillé de noir ou de blanc, il y a même de l'économie à l'habiller de noir : ainsi, que cette caste nous fasse présent de beaucoup de livres semblables à celui de M. l'abbé de Lamennais, nous n'en serons pas jaloux. Il ne tiendrait qu'à moi, après l'avoir lu avec transport, d'en tirer un peu de vanité, car il y a dans l'ouvrage plus d'une preuve que l'auteur m'a fait l'honneur de me lire très-attentivement.

Dites-moi donc de finir, Madame la duchesse ; il y a deux occasions où je n'ai pas ce talent : c'est quand je parle à vous, ou de vous ; cependant, madame de Sévigné ayant décidé expressément que *toute lettre doit finir*, je ne puis contredire une décision aussi respectable. Daignez, Madame la duchesse, m'apprendre de loin en loin que vous me conservez toujours les mêmes bontés. Je prie Monsieur le duc d'agréer mes hommages.

Sait-il que je suis bien le maître d'aller dîner chez lui
quand je voudrai, car il m'a formellement invité la veille
de mon départ, lorsqu'il me rencontra chez... chez...
en vérité, je ne sais plus chez qui !

Agréez, Madame la duchesse, l'assurance de mon
éternel souvenir et des sentiments les plus respectueux
avec lesquels je suis, etc.

———

### 125. — A M. LE VICOMTE DE BONALD.

Turin, 29 mai 1819.

Monsieur le vicomte,

J'ai pâmé de rire en voyant la rare exactitude de ces
négociants, qui n'oublient une lettre qu'une année au
fond de leur portefeuille avant de penser à la remettre.
On voit bien qu'il n'y avait rien à gagner. C'est une
caste que je n'ai jamais aimée. Savez-vous ou vous rappelez-vous ce qu'en dit Cicéron? *Si le commerce se fait
en grand, il n'est pas tout à fait condamnable.* Mais,
pour revenir à ma lettre *antique*, je suis ravi qu'elle
vous soit enfin parvenue et qu'elle vous ait porté ma
profession de foi sur le bel ouvrage dont vous m'aviez
fait présent. Vos ouvrages sont faits pour les lecteurs de
mon espèce. On les ouvre où l'on veut; on les lit, on
pense, on vous aime. Arrive un suppliant avec ses papiers, il faut bien l'écouter; mais il s'en va enfin. Où
en étais-je donc? Ma foi je n'en sais rien. Ouvrons ail-

leurs; on lit, on pense, et on vous aime. Vous êtes bien
aimable, Monsieur le vicomte, de vouloir être *tout en-*
*tier* dans mon cabinet; vous y êtes placé avec toute
sorte de révérence et d'attachement. Combien je sais gré
à cet *excellent Savoyard* qui s'est employé avec zèle
pour vous faire arriver chez moi dans toute votre inté-
grité. Vous ne me dites pas son nom, et je m'étonne de
ne l'avoir pas vu à Paris chez madame la comtesse
de Viry, où j'allais cependant quelquefois. Je suis très-
content de ma Savoie; elle présente de grandes espérances dans tous les genres, et surtout une *volée* de
jeunes gens parfaits en principes et en talents : ils se font
remarquer ici dans les colléges, à l'Académie, à l'Université, partout enfin. Plusieurs relations m'apprennent
qu'il en est de même chez vous. Certainement, Monsieur le vicomte, le mauvais principe fait bien ce qu'il
peut pour nous étrangler, il n'oublie rien, *il est en rè-*
*gle.* Cependant son divin antagoniste l'emportera. Il nous
faudra du temps et des combats. Mais enfin, nous vain-
crons suivant toutes les apparences; je ne le verrai pas,
mais je dirai en mourant : *Spem bonam certamque do-*
*mum reporto.* Je vois que vous êtes assez de mon avis
sur ce point. Je m'en réjouis : vous savez, je l'espère, et
depuis longtemps, combien cette consonnance me plaît.
Que vous dirai-je sur votre état actuel? Vous avez raison, *il est unique dans l'histoire.* J'observe cependant
que, parmi les innombrables folies du moment et de
tous les moments, il y en a une qui est la mère de toutes :
c'est ce qu'on appelait dans l'École le *protopseudos,* le
sophisme primitif, capital, originaire, et surtout original : c'est de croire que la liberté est quelque chose
d'absolu et de circonscrit qu'on a ou qu'on n'a pas,

et qui n'est susceptible ni de plus ni de moins. A cette belle extravagance vos *légisfaiseurs* (comme disait cette dame) en ont ajouté une autre qui est fille de la première, savoir, que cette liberté imaginaire appartient à toutes les nations et ne peut exister que par le gouvernement anglais, de manière que tout l'univers est obligé en conscience de se laisser gouverner comme les Anglais : jamais on n'a rien vu d'aussi fou. Vous ne m'avez jamais dit, Monsieur le vicomte, si vous croyez à la charte ; pour moi, je n'y crois pas plus qu'à l'hippogriffe et au poisson rémora. Non-seulement elle ne durera pas, mais elle n'existera jamais, car il n'est pas vrai qu'elle existe. Dieu n'y est pour rien d'abord ; c'est le grand anathème. D'ailleurs, elle est fondée uniquement sur la plus grande des spoliations. Les brigands vous ont pris vos biens ; ils ont fait leur métier ; mais de quel droit le gouvernement qui se pare avec tant de raison du titre de *légitime*, croit-il pouvoir vous enlever avec vos biens (puisqu'il approuve) vos distinctions personnelles mêmes et celle du clergé? Ce bien vous appartenait comme vos terres, voilà donc la noblesse et le sacerdoce réduits à l'état de simple bourgeoisie ; il n'y a plus que des pairs, qui seront bientôt résignés à cette grande injustice, et les *Citizens*, dont les titres deviendront bientôt ridicules, étant séparés de la pairie! Êtes-vous résignés, Messieurs? Vous croyez peut-être l'être, mais le temps aura bientôt prouvé que cet état de choses ne peut durer. On dit : Il n'y a plus moyen de rétablir l'ancien ordre de choses ; les éléments même n'existent plus.

Mais les éléments de toutes les constitutions sont les hommes, et n'y aurait-il point d'hommes en France par hasard? Pour moi, si je n'ai pas la berlue, j'en ai vu

beaucoup en traversant ce pays de sapience. Je veux
même me prêter aux idées du moment : qui me prou-
vera que votre liberté doit être celle des autres, et que
vous ne pouvez pas asseoir celle qui vous convient
sur des bases françaises? On n'a pas encore, ce me semble, assez fait honte aux Français. Les voilà donc réduits
au rôle de singes ridicules, de mendiants abjects qui
vont gueuser une constitution comme s'ils n'avaient rien
chez eux ! Pour moi, Monsieur le vicomte, si j'étais
Français, je veux que le diable m'emporte et me croque
tout en vie, si jamais je pouvais me résoudre à prononcer le mot de *budget*. Est-ce que Sully et Colbert ne
savaient pas dresser leur compte sans parler anglais?
Mais que dire à des gens qui effacent sur leur monnaie
*Christus regnat, vincit, imperat*, pour y substituer *Cinq
francs ?* Le goût, le tact, les talents manquent avec la
vertu. Tout reviendra ensemble. Je suis tout à fait *libéral,* comme vous venez de le voir; il est inutile de parler
du roi. Il est avant tout, il est à la tête de tout ; rien sans
lui, *a Jove principium*. Si l'état actuel pouvait durer, je
ne voudrais point me battre contre ce qui existe. Mais
je n'en crois pas le mot, et c'est ce qui occupe toute ma
pensée. Feu Démosthène disait : « Il n'y a rien de si
« aisé que de montrer les vices du gouvernement;
« mais savoir indiquer ce qu'il faut faire, voilà la science
« de l'homme d'État. » C'est précisément sur ce point
que je voudrais jaser avec vous, Monsieur le vicomte;
mais il n'y a pas moyen. Il faut en finir, et c'est même
par une espèce de miracle que je puis vous parler aujourd'hui à cœur ouvert; ceci s'éloigne déjà trop du billet.—Je veux vous parler encore de tout le chagrin que
m'a fait votre détail sur la manière dont vous avez été

traité, j'en suis pénétré; si j'étais à Paris, j'irais souvent vous voir, non pour vous lire Sénèque, *de Consolatione*, mais pour vous parler de l'intérêt que vous m'inspirez, et tâcher d'émousser, d'épointer quelques-unes de ces épines qui semblent vous chercher.

Je vous remercie de ce que vous me dites de l'abominable affaire *Fualdès*, elle me rappelle une de mes grandes maximes: *L'univers est rempli de supplices très-justes dont les exécuteurs sont très-coupables.* Du reste, je suis parfaitement d'accord avec vous sur la franc-maçonnerie. Voilà encore un beau chapitre! Mais Dieu me préserve de commencer! Je vous remercie du mot que vous dites sur mon excellent frère. Il a emporté avec lui la moitié de ma vie. Cette plaie est incurable. Il faut encore se taire. Rappelez-moi, je vous prie, au souvenir de votre jeune apôtre; je vous vis un moment sans lui, mais ce fut un éclair. Je le prie d'agréer mes compliments. — Il faut cependant terminer ce billet. D'autres vous arriveront de loin en loin. Traitez-moi de même, vous serez toujours reçu avec un tendre empressement, dussiez-vous encore *avoir l'honneur d'être avee*, etc. Vous croyez peut-être que je vais me venger; point du tout, Monsieur le vicomte (quand même il me resterait assez de papier): je vous serre dans mes bras comme un vieil ami.

126. — A M. LE COMTE DE BLACAS, A ROME.

Turin, 29 mai 1819.

Comment pourrais-je vous exprimer, rare et excellent homme, inestimable ami, ce que m'a fait éprouver la lecture de votre lettre du 26 septembre ; elle est venue se placer sur mon pauvre cœur oppressé et froissé comme une espèce de fomentation qui l'a tout à fait ranimé. Lorsqu'au milieu de la triste indifférence, de l'égoïsme glacé et de quelque chose de pire encore, on vient à rencontrer une âme comme la vôtre, on respire, on se console ; on est comme le voyageur qui traverse les déserts de l'Arabie et qui trouve tout à coup un bosquet et une fontaine : il s'assied à l'ombre et il boit. Ce qu'il sent alors, c'est à peu près ce que j'ai senti en lisant votre lettre. Croyez bien qu'il ne manque rien à cette comparaison qui tombe d'elle-même sur ce papier. Sûrement, Monsieur le comte, vous n'aurez pas de peine à me croire sur le *désert ;* croyez-moi de même sur la *fontaine*, c'est l'amitié la plus pure, c'est la plus tendre reconnaissance qui vous en assure. — Vous me dites, *Finissez donc ;* d'accord, puisque vous le voulez ; jugez si je voudrais contredire un ami tel que vous. Venons donc au fait. Si je devais tout à coup faire face à une dépense imprévue, s'il s'agissait d'un voyage nécessaire, d'une fille à marier, d'une terre à acheter, et que la somme que vous m'offrez avec tant de grâce me manquât dans le moment, en vérité, mon très-cher comte, je m'en prévaudrais sans compliment, bien sûr que, dans certaines occasions et avec certains hommes, *on ne peut remercier dignement qu'en acceptant* (ceci est une maxime). Mais, dans la position où je me trouve, que ferais-je de votre argent? Vous ne pensez pas sans doute que je veuille l'éparpiller en petites dépenses d'agrément et de commodité, la somme passerait donc sans fruit de votre cassette dans la mienne. J'aime bien mieux qu'elle demeure dans la vôtre, car si jamais j'en ai besoin, elle sera toujours à ma disposition; et si vous ne pouviez pas me la prêter alors, ce serait une preuve que j'aurais mal fait de l'accepter aujourd'hui.

Vous avez la bonté de me gronder sur ce que je n'ai pas fait le voyage de Rome avec le marquis d'A. Soyez bien persuadé que j'en avais une envie mortelle. Mais je n'en ferai pas plus la petite bouche avec vous qu'avec lui. Je n'ai pas droit, dans l'état où je suis réduit, d'ôter à mes enfants le prix d'un voyage de plaisir, voilà tout le mystère. Je ne dois plus me faire illusion : il n'y a plus d'espérance pour moi; la Fortune est femme, elle n'aime que les jeunes gens. Pendant longtemps j'ai pu me flatter de deux influences qui m'auraient sauvé : par des raisons bien différentes, l'une et l'autre m'ont manqué. Seul et sans appui, je ne peux vaincre l'opposition sourde qui redoute mes opinions et qui est bien plus forte que le roi. Sa main vient enfin de signer notre spoliation définitive en Savoie et à Nice; le parti qui désirait cette signature avec une ardeur toute-puissante, l'a obtenue enfin sous le voile d'une indemnisation partielle, et que je crois tout à fait illusoire; le père commun a cru bien faire, c'en est assez pour justifier ses intentions. Après lui avoir sacrifié nos biens et nos personnes, notre devoir est de lui sacrifier encore les ré-

voltes du cœur et de le servir avec un redoublement de
zèle digne de nous, car le roi trompé n'est pas moins
notre roi. Ce grand procès perdu me rend cependant ma
chère patrie insupportable; je resterai donc ici si je le
puis : heureux père et heureux époux, je suis toujours
bien chez moi, et c'est un grand article; ajoutez les
livres, vous trouverez que c'est assez pour m'acheminer
tout doucement *vers le diocèse de mon pauvre frère.* En
vivant comme vous l'avez vu, c'est-à-dire en capucin
bien élevé, j'ai fait quelques économies : je compte m'en
servir pour acheter un jardin avec une maison au milieu, où je puisse enfin vivre et mourir même, si je veux,
sous un toit qui m'appartienne; voilà toute mon ambition, mon très-cher comte, et j'espère que vous ne la
trouverez pas monstrueuse.

Dans la seconde page de votre précieuse lettre vous
me dites : « *Je voudrais bien savoir si ce sera en deçà
ou au delà,* etc. » Vous supposez donc ne savoir rien du
tout, et cependant quelques lignes plus bas vous ajoutez:
« J'en prévois cependant un, etc. » Bon Dieu! qu'est-ce
que vous voulez dire? Je ne craindrais rien davantage;
mais, en y regardant de bien près, j'ai cru voir que vous
étiez trompé par un personnage trompé; car l'idée que
vous m'indiquez a bien quatre ou cinq mois d'antiquité;
et ce fut, je crois, une idée passagère qui ne tint pas
devant les premières réflexions; je vois ici combien le
personnage en question est retardé dans ses notions. Si
vous voulez dire autre chose que ce que j'imagine, tant
pis pour moi; mais j'ose me rassurer. Je décachetai ma
dernière lettre du 25 août, pour y insérer un billet destiné à vous apprendre une chose que je croyais certaine.

Aujourd'hui, le contraire me paraît certain. Que faire donc? Se croiser les bras, et attendre paisiblement la décision.

Je suis bien aise que vous ayez acquis le voisin que vous me nommez. C'est un véritablement digne homme chez qui j'ai trouvé ce que je n'ai rencontré dans nulle autre maison de ce pays : il connaît assez ma situation ; ainsi j'espère qu'il vous aura mis au fait de tout. A mon tour, j'ai profité de lui pour vous faire connaître certains détails. Je conçois de reste que vous n'y pouvez répondre que par votre silence ; mais je serais bien sourd si je n'entendais pas votre silence.

Puisque vous voulez que *je tire sur vous*, voici ma prétention, Monsieur le comte. Vous rappelez-vous qu'en partant de Saint-P., vous me laissâtes un Virgile Baskerville? J'avais écrit sur ce livre : *Souvenir de M. le comte de Blacas*. On me l'a inhumainement volé ; envoyez-moi, je vous prie, un autre volume latin, français, *italien* ou anglais, sur lequel vous écrirez votre nom. Je mets à ce don deux conditions : je ne veux qu'un volume ; il ne vaudra pas plus d'un louis. Si Votre Excellence passe les conditions, elle ne se courroucera point si je prends la liberté de lui renvoyer brutalement la pacotille. Agréez, je vous prie, cette proposition qui me tenait au cœur depuis longtemps.

J'envoie ma vieille bénédiction au nouveau-né ; car, suivant ce que vous me dites, il sera dans son berceau lorsque cette lettre arrivera. Je mets mes vœux et mes hommages aux pieds de Madame l'ambassadrice. Je croyais avoir l'honneur de la connaître ; mais sur ce point comme sur tant d'autres, le ciel m'a dit, Non. Je me jette au cou de Monsieur son époux ; je le remercie de nouveau d'une lettre qui m'a comblé de joie autant que de reconnaissance; car rien ne me réjouit, dans cette *vallée de larmes*, comme de trouver une nouvelle occasion d'estimer la nature humaine.

---

### 127. — A M. DE KARAOULOFF, OFFICIER DE LA MARINE RUSSE.

Turin, 20 juillet 1819.

Monsieur,

Je ne sais par quelle étrange fatalité votre lettre du 29 janvier (10 février) ne m'est parvenue que vers le milieu de ce mois. Où donc a-t-elle séjourné? Je n'en sais rien; mais, enfin, je la tiens, et je ne puis vous exprimer, Monsieur, toute la joie qu'elle m'a causée.

Nous sommes, hélas! suivant les apparences, destinés à ne jamais nous revoir; mais il n'y a point de distance pour les esprits, et depuis notre charmante navigation ils ne cessent de se faire visite. Croyez bien, Monsieur, que cette navigation sera pour moi, et pour toujours, une des plus douces époques de ma vie. Je ne cesserai de me rappeler votre politesse de cœur, vos soins recherchés et votre constante obligeance envers nous. J'assiste encore à votre étonnement lorsque je vous communiquais mes longues observations sur un certain grand peuple, et que vous me disiez : *Ah! que vous le connaissez bien!* Si nous avions pu continuer notre liaison et la transporter à terre, nous aurions encore dit beaucoup de bonnes choses; mais la Providence ne nous réunit pendant quelques jours que pour nous séparer à jamais. Ce que je puis vous assurer, Monsieur, c'est que vous ne sortirez jamais de ma mémoire et de mon cœur. Souvent, et très-souvent, vous avez été le sujet de nos conversations de famille. Nous aimons à raconter à nos amis notre joli ménage maritime, et nous ne cessons de leur vanter la courtoisie des marins russes. J'ai été bien souvent tenté de vous écrire, car il m'en coûtait réellement de ne pas savoir ce que vous faisiez; mais comment et où écrire à un officier de marine? Il est peut-être à la Jamaïque et peut-être au Japon. Votre lettre m'a réjoui et m'a consolé, car j'étais en peine de vous. Mais maintenant que vous avez ouvert cette correspondauce, je vous prie très-instamment de la continuer de loin en loin, sans vous fatiguer, et de ne point laisser passer des années sans m'apprendre où vous êtes et ce que vous faites. Je n'ai pas été peu intéressé par tout ce que vous m'apprenez de vos idées et de vos projets. Il faut que vous sachiez, Monsieur, que je n'ai jamais pu souffrir d'entendre parler contre les croisades. Ce sont des propos de vilains; nos pères avaient raison. Si ces grandes entreprises se renouvelaient, votre épée, mon cher Argonaute, en vaudrait bien une autre; mais il est vrai aussi que le temps n'est pas encore arrivé, et que pendant que le monde sera plein comme il l'est dans ce moment de misérables sans foi et sans loi, le petit nombre d'hommes qui pensent comme vous et moi n'y peut rien absolument. Ainsi, croyez-moi, modérez-vous sur les idées extraordinaires dont l'exécution ne dépend pas de nous. Je ne saurais trop vous remercier de vos bonnes

prières : je prierai de mon côté notre Dieu *très-grand* et
*très-bon* pour qu'il daigne vous éclairer dans les voies
ténébreuses de la pauvre humanité aveugle et fourvoyée,
afin que nous arrivions tous ensemble au port, et que
nous puissions nous embrasser dans l'unité. De toutes
vos prières pour le temporel, aucune ne m'est plus agréable que celle que vous faites pour nous revoir. Venez,
Monsieur, venez ! vous serez reçu à bras ouverts. Quand
je pense aux chances de votre état, je suis tenté de ré-
tracter les sinistres présages que j'exprimais tout à
l'heure ; pourquoi ne verriez-vous pas la Méditerranée
et l'Italie, comme tant d'autres marins russes? Dans ce
cas, j'espérerais beaucoup qu'avec le mépris des distances qui appartient à votre nation, vous viendriez
nous voir, ce qui serait une fête pour toute ma maison.

Ma femme, ma fille cadette et mon fils sont en Savoie
dans ce moment. Je suis seul, mais pour peu de temps,
avec ma fille aînée, qui me charge de mille compliments
pour vous.

Demain j'enverrai votre lettre à ma femme, qui sera
enchantée, ainsi que Constance, de recevoir de vos nouvelles ; car elles partagent bien sincèrement mes sentiments pour vous.

Adieu, mille fois, cher et très-cher Karaouloff ! Soyez
bien sûr que jamais vous ne serez oublié chez moi, et
recevez l'assurance la plus sincère de l'invariable attachement et de la haute considération avec laquelle j'ai
l'honneur d'être, etc.

*P. S.* Ne dites point de mal de votre français, je vous
en prie. Nous en sommes très-contents ; nous l'entendons
à merveille ; et pour mon compte, je voudrais fort écrire

le russe aussi bien. — A propos , voilà Biribi (1) qui entre dans ma chambre en criant, et se plaint de ce que je ne vous ai pas fait ses compliments. Il a l'honneur de vous lécher les mains.

———

### 128. — A M. LE COMTE DE MARCELLUS.

9 août 1819.

Monsieur le comte,

On ne saurait être plus sensible que je ne l'ai été au présent que vous m'avez fait. Défenseur de tous les bons principes, en donnant ce que vous avez dit, vous réjouissez la pensée et vous ranimez l'espérance. Les hommes ressemblent aux lames de l'aimant artificiel : c'est de l'union que résulte la force ; brisez le lien , ils ne s'attirent ni n'attirent. Mais je ne sais comment, Monsieur le comte, nous n'avons pas pour l'agrégation le même talent que les brigands : ils sont toujours ensemble, et nous, toujours disséminés ; cependant, après la *communion des saints*, je ne vois rien de meilleur que la *communion des bons*. Toutes les fois donc qu'il vous arrivera de soutenir quelque grande thèse publique, faites-moi l'honneur de penser que je suis *en communion avec vous*, et que je bats des mains.

Je suis désolé, Monsieur le comte, de ne pouvoir vous offrir les faibles opuscules qui sont tombés de ma

___

(1) Petit chien favori, compagnon de voyage.

plume à différentes époques. Le croirez-vous? mais rien
n'est plus vrai, je ne les ai plus moi-même, c'est-à-dire
cependant que j'en ai *un* exemplaire ( ce n'est pas trop),
que je garde pour mes enfants *ad futuram rei memo-
riam*. On me demande bien une préface pour une seconde édition des *Considérations sur la France* ; mais
jusqu'à présent je n'en ai pas trouvé le temps ; je suis
accablé, et de plus dégoûté de la vie. Depuis que j'ai
perdu l'évêque d'Aoste, mon frère, qui me parlait
souvent de vous, Monsieur le comte, car il avait eu
l'honneur de vous connaître lorsqu'il n'était encore
qu'un pigeon fuyard, je ne vis plus qu'à demi. D'autres épines encore s'enfoncent dans mon cœur, mon
esprit s'en ressent : de petit, il est devenu nul : *hìc
jacet*; mais je meurs avec l'Europe, je suis en bonne
compagnie.

Est-il vrai, Monsieur le comte, que vous me faites
l'honneur de conserver ma première lettre? Dans ce cas,
il est bon que vous sachiez qu'elle contient un faux
(ce n'est pas bagatelle, comme vous voyez) : en vous
citant une très-jolie devise anglo-latine, j'écrivis *maneat*,
au lieu de *lateat*. Le sens est le même, le vers est ré-
gulier ; mais quelle différence de finesse et d'élégance!
Vous voyez ici, Monsieur le comte, une grande bizarrerie
de mémoire : j'écris un mot pour l'autre, je le relis
vingt fois sans m'en apercevoir ; longtemps après, et
la nuit surtout, je vois tout à coup la faute comme si
elle était sous mes yeux.

Je n'oublierai jamais, Monsieur le comté, que vous
êtes le premier Français qui m'ait fait l'honneur de me
citer publiquement. D'autres, bien moins généreux,
m'ont copié en silence. Il peut se faire que bientôt je

me présente encore dans le monde : permettez, dans ce cas, que je vous choisisse pour mon patron :

*Tu Marcellus eris !*

Pour cette fois au moins, je vous promets que vous ne me demanderez pas le nom de mon libraire.

Je suis, etc.

---

**129. — A MADAME LA DUCHESSE D'ESCARS.**

Turin, 18 août 1819.

Madame la duchesse,

Vous me gâtez tout à fait. Quand je reçois une lettre de vous, je suis joyeux comme un écolier qui a gagné le premier prix. J'ai donc eu le bonheur, Madame la duchesse, de parler encore dans votre cabinet! Auriez-vous, par hasard, la bonté de vous rappeler le dernier mot : *Un ange ou une dame.* Vous ne sauriez croire combien cette finale me rappelle votre excellente personne : vous seriez faite, Madame la duchesse, pour une ambassade de cette espèce, si d'ailleurs vous connaissiez l'homme un peu de longue main. Ah! quel homme! quelle tête! quelle réunion terrible de principes discordants! et par malheur aussi, quelle puissance! Quand je songe au bien qu'*il* aurait pu nous faire et au beau résultat que nous voyons, bien parce qu'il l'a voulu, je ne sais vous exprimer ce que j'éprouve. Mais c'est bien ici le cas de dire en style évangélique : *Comment enten-*

31.

*dra-t-il, si on ne lui parle pas ?* — Et qui lui parlera ?
Malheur à qui le contredit ! J'en reviens donc toujours à
ces deux chefs-d'œuvre de la création, l'*ange* ou la
*dame ;* mais je ne crois pas qu'il y ait moyen de lui
faire supporter ce que vous avez entendu : du moins il
faudrait de grands préliminaires que je ne vois pas : ce
ne sera donc qu'une pièce historique, bonne pour apprendre tout le mal qu'il nous a fait. Je voudrais bien
qu'il trouvât cette pièce sur son chemin, bien écrite par
quelque habile calligraphe ! Je suis bien fâché, au reste,
Madame la duchesse, que nous ayons à nous reprocher
ses préjugés contre nous. Ce qu'il a vu, surtout à Vienne,
l'a entièrement tourné contre nous.

J'espère que notre vénérable curé de Genève vous
aura beaucoup plu, Madame la duchesse. C'est un inconcevable personnage en activité, en zèle, en persévérance. Quand je le vois agir, il me donne l'idée des
succès apostoliques ; mais le nombre de ces hommes di-
minue tous les jours, et ce sont mes héros. A quoi servent tous nos beaux discours, qui se réduisent à oui et
non ? A quoi sert le *beau parlage ?* comme quelqu'un disait chez vous. Parlez-moi des hommes qui opèrent et
qui persuadent. Il en paraîtra sûrement d'un genre que
nous n'attendons pas ; mais où ? mais quand ? C'est ce
qu'il n'est pas possible de deviner : ce qu'il y a de sûr,
c'est que le monde ne saurait demeurer où il en est. —
Nous marchons à grands pas vers... Ah ! mon Dieu !
quel trou ! la tête me tourne. Je ne saurais trop vous
remercier, Madame la duchesse, de votre aimable invitation, qui est bien séduisante.—*Mais à revoir Paris je
ne dois plus prétendre.* Il ne tiendrait qu'à moi de rimer
si je voulais écrire des choses de mauvais augure : le fait

est que Paris est la ville des jeunes gens : je n'y réporte-
rai plus mes cheveux blancs.

S'il m'arrive de griffonner encore quelque chose, mes
chiffons ne feront qu'un saut chez vous, Madame la duchesse; soyez, je vous prie, leur protectrice. Je voudrais bien aussi obéir à la sommation de madame la marquise de Prié à l'égard d'une certaine préface. Sans doute,
il y aurait dans ce moment de fort jolies choses à dire sur
votre situation; mais voilà encore le danger qui se présente : d'ailleurs, j'ai trop d'affaires sur les bras. Mes
dernières années s'éteignent dans le papier timbré. J'ai
bien là quelques guenilles en magasin : ce qui est fait
est fait. Du reste, qui sait si tout cela vaut quelque
chose. L'*homme se pipe*, disait Montaigne; je tâche de
me tenir en garde autant que je puis, du moins contre
moi; mais si vous veniez à conter fleurettes à monsieur
mon orgueil, alors, madame la duchesse, c'est vous
qui *me piperiez* : je le mettrais sur votre conscience.

M. le marquis Alfiéri est extrêmement sensible à votre
souvenir, Madame la duchesse, et à la manière dont vous
l'exprimez. Je crois bien qu'il pense à vous dire deux
mots, et qu'à la fin vous le reverrez dans la ville de
Lutèce, dont tout le monde dit du mal, et où tout le
monde court. —*Siete pur curiosi!* Je m'en fie à madame
la marquise de Prié, dont je baise très-humblement les
deux mains, pour vous expliquer cet italien, qui est très-
difficile.

Je prie instamment M. le duc d'Escars de vouloir bien
agréer mes hommages. Je fais mille vœux sincères et
pour lui et pour vous, Madame la duchesse. Tout n'ira
pas parfaitement mal, tant que vous serez bien tranquilles dans votre *hôtel*, et que vous y recevrez vos

amis. Vous m'avez appris, Madame la duchesse, à ne jamais l'oublier. Je vous prie de me regarder comme un homme qui vous est particulièrement dévoué.

Je suis, avec respect, etc.

———

180. — A M. L'ABBÉ REY, VICAIRE GÉNÉRAL DE CHAMBÉRY.

Turin, 26 janvier 1820.

Il n'y a rien de si aimable que ce que vous me dites dans votre lettre du 24. Je passe sur les exagérations; c'est un vice de l'amitié; on ne l'en corrigera jamais. Il me paraît cependant, toute humilité et toute vanité à part, que l'ouvrage fera quelque bien. Vous me parlez de mon talent *pour faire rire en raisonnant*. En effet, je me sens appelé à mettre les questions les plus ardues au niveau de toutes les intelligences, et je puis dire, comme Boileau : *C'est par là que je vaux, si je vaux quelque chose*. Enfin, Monsieur l'abbé, nous verrons. Ne manquez pas de m'instruire de tout. Qu'est-ce que vos prêtres ont dit de l'article d'*Honorius* et de ma note sur la procession *Ex Filio?* Cette idée me vint tout à coup en lisant je ne sais quel vieux livre, et je la crois décisive. On m'écrit de France que *personne n'a poussé plus loin la justification d'Honorius*, ce qui m'encourage beaucoup. Je crois bien qu'il y aura des tempêtes; mais la plus forte viendra du Nord, et je me résigne d'avance à tout le mal qu'elle pourra me faire. Croyez que le chapitre sur la Russie tombera à Saint-Pétersbourg comme une bombe. Ame au monde ne s'y doute des

*témoignages* russes. Quand ils verront ce tableau, ils
demeureront frappés de stupeur, et ensuite de colère. Mais qu'arrivera - t- il à l'auteur? Je *l'ignore*. Qui
sait si celui qui a dépensé 20,000 roubles pour nous
faire insulter par un enfant ( en science ) voudra supporter les représailles? C'est ce que nous verrons encore. En attendant, mon très-cher abbé, je suis très-
aise que mon livre repose dans votre bibliothèque, et
qu'il y ait été placé, de ma part, par la main de ma repré-
sentante.

Votre *Oraison funèbre* a été fort goûtée ici et déclarée
la meilleure de toutes sans difficulté. Je ne serais pas
étonné, en vérité, que vous en eussiez quelque preuve
ostensible. En tout cas, vous aurez toujours maintenu,
de votre côté, l'honneur de la langue. — Hélas! elle
expire chez moi. Bientôt on dira dans ma famille:
« *Mon grand-papa, il s'appelait Zoseph : il était tout le
zour dans sa sambre.* » — A cela point de remède. —
*Sine me, liber, ibis in* URBEM.

Au reste, mon cher abbé, le *Pape* et tout ce que vous
connaissez ne sont que des (bluettes) en comparaison de
tout ce que recèle mon portefeuille. Je ne sais si je me
déciderai; mais j'ai deux grands ennemis : mes affaires
et ma paresse.

Votre très-humble serviteur et bon ami.

### 131. — AU MÊME.

Turin, 9 février 1820.

Je suis fort en arrière avec vous, Monsieur l'abbé; mais la ponctualité, comme vous le savez assez, n'est plus à mon usage depuis que je suis *attelé* au char de la justice. Tous les jours je vois mieux que je suis déplacé : on me jette dans les emplois au moment où il en faudrait sortir. Je pourrais servir encore la bonne cause et jeter dans le monde quelques pages utiles, au lieu que tout mon temps est employé à signer mon nom, ce qui n'est pas cependant une brillante affaire. Malheureusement je ne puis détacher ces chaînes, qui sont si précieuses pour ma famille. Hélas! Dieu veuille qu'au prix de toutes les meurtrissures imaginables, je puisse les porter encore longtemps pour me donner un successeur! L'année 1819 m'a nourri d'absinthe; tout s'éteint autour de moi. Que m'importe un peu de bruit que je fais! On écrira sur ma triste pierre : *Periit cum sonitu;* voilà tout. On jalouse mes titres, mon rang et ceux de mon fils, sans savoir ce qu'ils coûtent à mon cœur. Je les céderais tous pour un bon ménage allobroge, tel que je l'imagine. Les Alpes me séparent du bonheur; cependant, le croiriez-vous? j'ai plus à me louer de ce pays que de ma propre patrie. Il paraît qu'ici on m'a tout à fait pardonné ma langue et ma naissance; mais il y a tant d'autres malédictions attachées à ce séjour, qu'il est impossible d'en faire le catalogue. Je ne puis les reprocher à personne; elles n'appartiennent qu'aux circonstances, et rien ne peut les écarter. J'aurais perdu l'es-

prit, si je songeais à perdre des revenus considérables,
que je ne puis trouver ailleurs, et qui peuvent encore
enfanter quelque chose.

Les gens qui jalousent mes emplois, mon rang et mon
attitude à la cour, ne connaissent pas toutes mes digni-
tés ; ils ne savent pas que je suis pénitent noir à Chambéry. Voilà, cher abbé, ce qui me reste de ma patrie.
Mon grand-papa me donna mon livre et mon habit en
1768 ; mais Dieu sait s'ils ne sont pas égarés! Quoi
qu'il en soit, je pourrais être *recteur*, et c'est l'unique
emploi à ma portée dans ma chère patrie.

Il faut que vous me fassiez un plaisir. On veut savoir, dans un pays étranger, si les Visitandines sont
rétablies dans leur maison primitive, ou s'il y a quelque espérance de ce rétablissement ? Faites-moi, je vous
prie, un petit historique sur ce point, et, s'il vous est
possible, par le premier courrier, car l'on me presse,
et je suis en coulpe. Je me vois obligé à faire des ex-
traits en fait de lettres, de réponses, etc. Je me tue, et
je suis toujours en arrière.

J'ai été extrêmement approuvé à Rome. Par une
délicatesse que vous comprenez de reste, je n'avais pas
voulu envoyer mon livre directement au S. P.; j'ai
laissé faire au ministre : je n'y ai rien perdu. Le pape
a dit : *Laissez-moi ce livre, je veux le lire moi-même.*
De toutes les personnes à qui j'ai fait remettre l'ouvrage à Paris, M. de Chateaubriant seul m'a répondu.
Le silence de MM. de Bonald et de Marcellus m'étonne
fort ; probablement ils craignent l'influence du jour.
Vous verrez qu'incessamment les libéraux me feront
déchirer officiellement. Ce livre me donnera peu de
contentement dans les premiers temps; peut-être me

donnera-t-il beaucoup de désagréments; mais il est
écrit, et il fera son chemin en silence. Rodolphe peut-
être recevra les compliments. La grande explosion des
*Considérations sur la France* s'est faite plus de vingt
ans après la date du livre. Une figure que j'aurais voulu
voir, c'est celle de notre cher abbé de Th.... Comment
sa modestie a-t-elle supporté l'audace d'un laïque qui
ose traiter ces sortes de matières ? Ne m'a-t-il point
trouvé ignorant ? On m'a déjà transmis une de ses critiques sur les conciles, auxquels il attribue le pouvoir
de déclarer le pape hérétique, *s'il y échoit*. Le hardi
pénitent noir a de grands doutes sur cette proposition.
Qui sait si M. l'abbé de Th.... n'est point pénitent blanc ?
Jadis nous eûmes déjà une petite prise au sujet de la
rétractation de ce pauvre hère de Panisset (1), qu'il avait
faite, et que je lui refis d'un bout à l'autre, ce qui
n'empêcha pas la pièce d'être insérée avec de grands
éloges dans les *Annales ecclésiastiques*. Aujourd'hui,
voilà encore un dissentiment. Soutenez-moi de toutes
vos forces, mon très-cher abbé, car il faut que j'aie au
moins un grand vicaire pour moi. Pour ce qui est des
*vacherins* (2) (exemple de transition !), jamais je n'en ai
mangé de meilleurs. Ma femme m'en donne quand je
suis sage, ou quand elle me croit tel. Mais je la séduis,
et presque tous les jours j'en tire quelque chose. Grand
merci donc, Monsieur l'abbé, et mille fois grand merci.
Il n'y manque que vous pour les ravager avec nous.
Encore une fois, je n'en ai pas mangé de meilleurs; et
*quant* à la lettre imprimée de l'archevêque de Chambéry, c'est encore un chef-d'œuvre de bonté, d'atta-

(1) Évêque constitutionnel du *Mont-Blanc*.
(2) Fromage de Faucigny.

chement et de douleur étouffée. Est-ce vous qui me
l'avez envoyée, ou l'abbé calviniste de Genève? Parmi
les lettres qui pleuvent à flots sur ma table, celle-là s'est
trouvée sous ma main, et je ne sais qui je dois remercier. Ce qu'il y a de sûr, c'est qu'elle sent le vacherin.
— Les dames vous saluent; et moi, je suis pour la vie,
avec tous les sentiments que vous me connaissez,

Votre très-humble et très-obéissant serviteur.

*Nota manus.*

---

### 132. — A M. LE COMTE DE MARCELLUS.

Turin, 13 mars 1820.

Monsieur le comte,

Comment dites-vous? *Il a fait un livre en* 1817, *donc
il est vivant en* 1820. Belle logique, vraiment, et qui
ne manquera pas de vous faire beaucoup d'honneur à la
tribune! Le fait est que vous n'avez rien prouvé, *et
que mon épitaphe subsiste* comme la remarque de Dacier. Je suis ravi, Monsieur le comte, que ce livre posthume ne vous ait pas déplu, et que vous consentiez à
lui donner une place honorable dans votre bibliothèque.
L'approbation des hommes tels que vous doit être toute
la récompense de mes travaux, qui n'ont pas été légers.
Je ne me plains pas du silence de vos journaux, ils sont
distraits par un grand crime, et d'ailleurs, ils manquent
de courage; mais j'ai vu avec chagrin que des hommes
de bon sens sont aveugles au point de me reprocher mes
attaques contre l'Église gallicane; certes, il faut avoir

sur les yeux ce *quadruple bandeau* dont je parle quelque
part pour déraisonner à ce point. J'ai dit *que l'Église
gallicane était l'un des foyers de la grande ellipse;
qu'elle avait été pendant la révolution l'honneur du sacerdoce catholique; qu'on ne pouvait rien sans elle*, et
*que l'œuvre de la restauration commencerait par elle
quand elle voudrait.* Que veut-elle de plus? que j'adopte
ses insupportables préjugés, et que je lui dise : *Vous
avez raison, Madame*, quand ses erreurs arrêtent tout.
— Oh! pour cela non. Il faudra bien qu'elle avale le
calice de la vérité. Si elle veut ensuite le vomir au lieu
de le laisser passer *in succum et sanguinem*, tant pis
pour elle. Cette obstination la priverait d'une gloire immortelle. Je ne sais au reste, Monsieur le comte, si j'ai
raison ou tort; personne n'a droit de se juger lui-même;
mais je sais bien que nul homme peut-être n'a été placé
dans des circonstances plus favorables que moi pour juger la question sans préjugés. Né dans une maison de
haute magistrature, élevé dans toute la sévérité antique,
abîmé dès le berceau dans les études sérieuses, membre
d'un sénat gallican pendant vingt ans, président d'un
tribunal suprême *en pays d'obédience* (comme on dit)
pendant trois ans; habitant pendant quatre ans d'une
contrée protestante très-instruite, et livré sans relâche
à l'examen de ses doctrines; puis transporté dans une
région gréco-russe, où, pendant quatorze ans de suite,
je n'ai cessé d'entendre agiter les prétentions de Photius
et de sa postérité religieuse; en possession des langues
nécessaires pour consulter les originaux; profondément
et systématiquement dévoué à la religion catholique,
grand ami de votre nation, que je touche par tant de
points et surtout par la langue, très-humble et très-

obéissant serviteur de l'auguste maison qui vous gouverne, je vous le demande, Monsieur le comte, qu'est-
ce donc qui me manque pour juger en connaissance et
en conscience? On me dira *peut-être*, ou pour mieux
dire *sûrement* : — *Avec toutes ces données vous pouvez
vous tromper.* Sans doute; mais si j'étais mis dans la
balance avec le plus habile gallican, je l'emporterais
au jugement d'un Juif, d'un Turc ou d'un Chinois. —
Je ne sais comment cette petite apologie est tombée de
ma plume; je la confie à votre justice personnelle, car
votre nation est trop occupée pour être juste.

J'ai lu avec une satisfaction toute particulière les discours que vous avez prononcés, ou que vous vouliez
prononcer *pro Rostris.* J'y ai retrouvé votre bon sens,
votre force et votre talent ordinaire; mais ce qui m'a
surpris par-dessus tout, c'est la collection de vos idylles:
elle m'a fait violer mon vœu, assez bien gardé depuis un
grand nombre d'années, *de ne plus lire de vers.*

*Nunc itaque et versus et cætera ludicra pono, etc.*

Je ne reçois plus chez moi de bacchantes, encore
moins de nymphes; mais quant à vos bergères, j'ai dit
tout de suite : *Faites entrer.* Je les ai trouvées très-sages
et très-aimables; je ne vous connaissais pas ce talent,
Monsieur le comte : il est digne de vous, et l'on vous voit
dans vos idylles. J'oserais bien assurer, sans autre témoignage, que vous n'avez jamais tué personne; j'ajoute
très-sérieusement que ce livre suffit pour inspirer au
lecteur le désir d'être votre ami. Votre talent poétique a
d'ailleurs je ne sais quelle grâce de Sicile qui nomme
votre précepteur : ἁδὺ δὲ καὶ τὺ συρίσδες.

Je suis ravi, Monsieur le comte, que le *Lépreux de la vallée d'Aoste* soit tombé dans vos mains. Cherchez donc, je vous en prie, le *Voyage autour de ma chambre*, afin que tous nos opuscules vous soient connus. Je ne vous dis rien de tout ce qui vient de se passer : *animus meminisse horret!* Ce n'est pas qu'il n'y eût beaucoup à dire, et dans un sens fort éloigné des lamentations ordinaires.

Conservez-moi votre bienveillance, je vous en prie, et croyez aux sentiments les plus sincères d'estime, d'attachement, de haute et respectueuse considération avec lesquels je suis, etc.

---

### 133. — A M. LE VICOMTE DE BONALD.

Turin, 25 mars 1820.

Monsieur le vicomte,

Je profite d'une occasion russe parfaitement sûre pour répliquer tout à mon aise à vos deux lettres du 15 décembre et du 14 février. Je copie ces dates sans rire, puisque nous sommes convenus de ne jamais nous gêner, et d'attendre l'inspiration pour prendre la plume. Je dirai d'abord, en vous copiant, Monsieur le vicomte, *je l'ai lue cette aimable lettre.* Il n'y a rien qui me plaise, qui me réjouisse, qui me console autant que vos lettres; mais celle que vous m'avez écrite le lendemain du jour affreux, a pour moi un titre particulier. J'aime à voir votre cœur se répandre et vos idées se précipiter immédiatement après cet attentat qui écrase la pensée avant de la faire renaître, qui vous stupéfie d'abord pour vous entraîner ensuite dans le champ immense des profondes réflexions et des sublimes espérances. Nous chantons bien à l'église, *Felix culpa !* pour le plus grand de tous les crimes, puisqu'il a perdu le genre humain. Pourquoi ne nous permettrions-nous pas la même exclamation en voyant dans l'avenir tout ce que doit produire cette grande mort toute vitale et vivifiante! Notre exclamation dérogerait-elle au respect sans bornes,. à la tendre et profonde compassion que nous devons aux augustes affligés? J'imagine que non. N'en doutez pas, Monsieur le vicomte, nous venons de voir la fin des expiations. Le régent même et Louis XV ne doivent plus rien, et la maison de Bourbon a reçu l'absolution...

Comment descendre de là jusqu'à mon livre? J'aurais tort cependant, et je serais formellement ingrat, si je ne vous en parlais; car comment passer sous silence tout ce que vous m'adressez d'obligeant et d'encourageant à propos de cette production? Le jugement de M. de Fontanes m'a surtout excessivement flatté. Les lettres s'accumulent sur mon bureau; je voudrais bien vous les faire lire : celles des protestants sont curieuses. Le croiriez-vous, Monsieur le vicomte! j'ai particulièrement spéculé sur eux. J'appuie beaucoup plus d'espérance sur l'Angleterre que sur l'Autriche, par exemple, ou sur tout autre pays qui a laissé pour ainsi dire *pourrir* la vérité chez elle. Le catholicisme me fait honte. Si le flambeau *n'est pas remué*, suivant les saintes menaces, il nous brûlera au moins pour nous avertir qu'il est encore là, et nous l'aurons bien mérité.

Aucun de vos journaux n'a osé prendre la parole en France sur mon ouvrage. Si l'horrible forfait du 13 a paralysé toutes les plumes et distrait les yeux de tout autre objet, je n'ai rien à dire; mais si le silence de ces journaux tient à d'autres causes, je m'attendais, je vous l'avoue, à plus de courage et de générosité. Quel étranger vous a jamais et plus connus et plus aimés? Quel écrivain vous a rendu plus de justice? J'ai surtout porté votre clergé aux nues; et parce que j'ai frappé sur quelques préjugés dont il convient qu'il se défasse pour servir avec plus de succès la grande cause, le voilà qui demeure étourdi du coup, comme si j'avais nié l'existence de Dieu! Il vaut donc mieux lui faire entendre la vérité tout entière, et c'est ce que je ferai. — Mais peut-être que tout ceci n'est qu'un rêve, et que votre clergé sait déjà à quoi s'en tenir.

Il me semble, Monsieur le vicomte, qu'il y a dans mon livre assez de matériaux pour fournir à la discussion sans toucher le moins du monde au gallicisme. — Mais, encore une fois, tout est petit dans ce moment devant les grands événements qui agitent l'Europe. — O Espagne, Espagne! que vas-tu donc nous faire voir? — Toute autre chose que ce que nous attendions; mais, en attendant, il faut rougir pour elle. *Comment en un plomb vil l'or pur s'est-il changé?* Comment la noble Espagne s'est-elle laissé acheter, chez elle, par l'or des facteurs américains? — C'est qu'elle n'a plus de *grands*.

Je me suis informé de l'œuvre des petits Savoyards : il m'a été répondu que le roi l'a constamment soutenue, et que dernièrement encore l'œuvre a reçu 600 francs de la part de notre gouvernement. J'ai peu d'espoir d'obtenir des libéralités extraordinaires. Nous sortons du naufrage, tout est réglé, tout est mesuré. Il faudra se contenter du présent, et espérer un meilleur avenir.

Adieu mille fois, Monsieur le vicomte ; n'ayez pas peur qu'aujourd'hui je vous cite Catulle. Je pense plutôt à Jérémie. Ne m'oubliez point ; aimez-moi même toujours un peu, si vous en avez le temps. Faites tête à l'orage, et pour qu'il ne se moque pas de vous, moquez-vous de lui.

Je suis, pour la vie, avec tous les sentiments que je vous ai voués, etc.

---

## 134. — A MADEMOISELLE CONSTANCE DE MAISTRE.

Turin, 21 février 1820.

Mon très-cher enfant! je n'ai qu'à signer tout ce que tu me dis dans ton inestimable lettre du 19. Il n'y a rien de plus vrai, rien de plus éloquent; j'en ai été enchanté, je t'assure. Mais, sais-tu ce que c'est que ce crime affreux? je viens de l'écrire à ton oncle : *c'est l'épouvantable assurance de la restauration française.* Tout ce que tu dis sur le roi est vrai, cependant il y a encore dans le fond de ce cœur je ne sais quels atomes qui viennent de saint Louis. Il a dit à quelqu'un, en confidence : « Vous êtes surpris des concessions que je fais « aux libéraux; il y en a quatre qu'ils n'obtiendront « jamais de moi : les frères de la doctrine chrétienne, « les Jésuites et les Suisses. » ( J'oublie l'autre. ) Au reste, tout me porte à croire que les affaires de la France se lient à des événements généraux et immenses qui se préparent, et dont les éléments sont visibles à qui regarde bien ; mais ce majestueux abîme fait tourner la tête : j'aime mieux regarder ma poupée, qui me fait du bien au cœur et point de mal à la tête. Viens donc, ma chère enfant, viens te réunir à moi ; nous reprendrons notre ménage comme nous pourrons. Je t'ai dit une des grandes raisons qui s'opposent à mon voyage en Savoie : si je ne puis les surmonter, je te verrai quatre jours plus tard.

Le grand crime du 13 éclipse *le Pape*, déjà repoussé dans l'ombre par le gouvernement. Tu as dû observer que tous les journaux se sont tus, même ceux qui avaient promis de parler ; j'entends bien qu'en mettant la main sur l'issue d'une fontaine, on ne réussit qu'à la faire jaillir plus loin un instant après, mais, en attendant, elle cesse de couler. Rusand m'écrit par ce courrier qu'après un mouvement assez vif, l'écoulement s'est tout de suite arrêté et que la vente va très-lentement. Qui pourrait penser à mon livre après ce qui s'est passé? Dans vingt ans peut-être il en sera question. Au reste, je pense comme toi sur mon caractère, et je passe volontiers condamnation sur le côté faible. *Dieu le fit pour penser, et non pas pour vouloir.* Je ne sais pas agir, je passe mon temps à contempler. *Ipse fecit nos, et non ipsi nos.*

Adieu, ma chère Constance, ma poupée, ma folentine, *aut si quid est dulcius.*

135. — A MADEMOISELLE DE ....

Chambéry, juillet 1820.

Ma chère Azélie,

Quoique votre galant me donne régulièrement de vos nouvelles, cependant je suis enchanté d'en recevoir de votre main. Mon imagination paternelle ne vous abandonne pas un moment ; elle s'amuse à côté de vous, et ne s'amuse guère ailleurs. Comment vous exprimer, chère Azélie, tout ce que vous faites éprouver à mon cœur ! Je ne suis point en peine du bonheur de Rodolphe : parlez-moi du vôtre. Êtes-vous contente de votre époux ? Ne pensez-vous point encore à divorcer ? Expliquez-moi bien cela, je vous en prie : c'est sur vous que se réunissent toutes les affections de la famille. Nous vous avons tous épousée, et votre bonheur est notre grande affaire. Je grimpe à Lémens quand je le puis, pour parler de vous avec la bonne tante. Demain, nous faisons ensemble la course d'Aix : jugez, jugez, ma très-chère fille, s'il y sera question de vous. Je vous recommande mon Rodolphe ; aimez - le de tout votre cœur, et soyez publiquement sa *maîtresse ;* une fois qu'on est bien affichée, on ne s'embarrasse plus de rien. Ce mot de *maîtresse* me plaît infiniment. Je veux que vous commandiez à votre ami, que vous soyez despote chez lui (quoique ce mot n'ait point de féminin), et que votre suprême sagesse y mène tout. Comme j'ai une maîtresse aussi, j'ai employé toute mon éloquence à lui vanter sa nouvelle fille ; mais le

32.

plus grand éloge que je puisse faire de vous, chère
Azélie, c'est la tendresse que vous m'avez inspirée.
Constance vous fait ses tendres compliments. Adieu mille
fois, mes chers et bons enfants, que je ne sais plus
séparer ; je vous serre, avec mes vieux bras, sur mon
jeune cœur.

### 136. — A M. L'ABBÉ DE LAMENNAIS.

Turin, 6 septembre 1820.

Monsieur l'abbé,

Je commence par vous remercier de votre livre
(deuxième volume) comme si je l'avais reçu, puisque
vous avez eu la bonté de m'apprendre que vous aviez
donné ordre qu'il me fût adressé ; cependant je ne l'ai pas
reçu : heureusement, j'ai trouvé un ami qui me l'a prêté ;
presque en même temps, j'ai reçu votre lettre du 28 août,
qui m'a fait toute la peine possible en m'apprenant tous
les chagrins que vous donne ce second volume. J'y ai
trouvé, je puis vous l'assurer sans flatterie, d'aussi
bonnes intentions et le même talent que dans le précédent. Pensées fortes et profondes, grandes vues, style
pur, élégant, grave en même temps, et très-fort adapté
au sujet ; souvent enfin la *pointe* de Sénèque et la *ron-
deur* de Cicéron.

Je ne suis point étonné, au reste, de la guerre qu'on
vous fait. L'homme d'esprit qui vous défia, à l'apparition
de votre premier volume, de faire le second, n'avait pas
tant tort ; le sujet de l'indifférence religieuse expose

continuellement l'auteur à en sortir, parce qu'il est continuellement tenté de démontrer par de nouveaux arguments la vérité de cette religion sur laquelle on se permet la plus téméraire indifférence. C'est autre chose encore dans votre second volume, où vous examinez les sources de la vérité : nouvelles tentations de sortir de votre sujet, qui, à prendre la chose rigoureusement, est renfermé dans les quatre derniers chapitres de votre premier volume. A Dieu ne plaise, cependant, que je veuille vous disputer les heureux préparatifs et les superbes vérités *concomitantes* dont vous avez flanqué ce bel édifice; mais je dis que vous gagnerez à ne pas sortir de ce cadre. Dans le premier volume vous étiez constamment poussé dans le royaume d'Abbadie; dans le second, vous entrez sans le vouloir sur les terres de Malebranche. — Qu'est-ce que la vérité, monsieur l'abbé? Le seul qui pouvait répondre ne le voulut pas. Vous savez sans doute que le traité du docte Huet *sur la faiblesse de l'esprit humain* alarma plusieurs lecteurs, et Voltaire ne manqua pas de dire qu'*il réfutait la démonstration évangélique.* Il vous arrive quelque chose de semblable. La première partie de votre second volume alarmera de fort honnêtes gens, et d'autres hommes, beaucoup plus nombreux, feront semblant d'être alarmés, il faut vous y attendre : *Humani a te nil alienum putes.* Je le dis dans un sens nouveau; mais très-vrai. J'ai bien compris la raison par laquelle vous échappez aux attaques qu'on vous porte, celle de la *raison universelle.* Le temps me manque, Monsieur l'abbé, pour me jeter dans cet océan. Je vois bien quelques véritables difficultés, mais je ne cesserai de vous dire, *Courage!* Votre idée à l'égard de Rome est excellente; j'y ai des amis importantes, ou, pour mieux dire, *amis d'amis ;* mais c'est égal : je vais écrire sur-le-champ, et je ne doute pas que votre soumission ne soit fort agréée. Quant à la France, autant que je puis juger de loin, je vous conseille de laisser tomber l'affaire. Ne répondez rien ; allez votre chemin sans faire attention aux cigales : l'hiver viendra bien après l'automne. Si j'avais un conseil à vous donner, ce serait celui-ci, avec votre permission : *Ne laissez pas dissiper votre talent.* Vous avez reçu de la nature un *boulet*, n'en faites pas de la *dragée*, qui ne pourrait tuer que des moineaux, tandis que nous avons des tigres en tête. On s'empresse d'attacher votre nom à une foule de sujets, ce qui est bien naturel ; mais, croyez-moi, n'en faites rien. Recueillez vos forces et votre talent, et donnez-nous quelque chose de grand.

Après tout, Monsieur l'abbé, nous avons tous un grand défaut, dont il n'y a pas moyen de nous défaire : c'est d'être fils d'un homme et d'une femme ; y a-t-il rien d'aussi mauvais sur la terre ? Nous avons beau faire, vous et moi, et tous nos confrères les humains, je dis les mieux intentionnés, dans tout ce que nous faisons, il y aura toujours des taches humaines : *Et documenta damus quâ simus origine nati.* C'est cependant une assez belle consolation pour vous de savoir, sur la parole d'honneur de tous les gens de goût, qu'après vous avoir soumis à la critique la plus sévère, vous ne serez *plus* que l'un des plus grands écrivains du siècle. — Pauvre homme ! prenez patience.

Il ne me reste qu'à m'acquitter à votre égard d'un devoir bien précieux pour moi : celui de vous remercier des beaux et intéressants articles que vous avez bien voulu me consacrer dans *le Défenseur.* J'en ai lu trois,

et je ne sais si j'ai lu le dernier. Je souhaiterais, mais
bien en vain, qu'ils fussent aussi dignes de moi qu'ils
sont dignes de vous.

Je suis, avec la plus haute considération, etc.

—•—

137. — A M. LE VICOMTE DE BONALD, A PARIS.

Turin, 4 décembre 1820.

Monsieur le vicomte,

Comment pourrais-je reconnaître assez la manière excessivement honorable pour moi avec laquelle vous avez
bien voulu vous exprimer sur mon dernier ouvrage dans
le numéro du *Défenseur,* où vous défendez avec tant de
logique et d'éloquence le second volume de M. l'abbé
de Lamennais, l'un des premiers *complices* de notre
bande. Est-il possible, Monsieur le vicomte, que j'aie si
bien réussi auprès de vous, et que dans cette page si
précieuse pour moi, l'amitié n'ait point *fourré* de ses
exagérations ordinaires? Enfin, je mets tout au pire ; il
me restera toujours votre illusion, qui sera infiniment
précieuse pour moi, puisqu'elle ne peut être que l'ouvrage de ce sentiment que je mets au rang de mes propriétés les plus chères. Je trouve aussi M. l'abbé de Lamennais bien heureux d'avoir eu un patron tel que vous.
Je viens de lui écrire longuement, et je lui donne quelques explications sur un article de mon livre qui l'avait
fort intrigué ; c'est celui de la vie commune des souverains et des familles royales *naturelles.* Je vous en con-

jure, **Monsieur le vicomte**, examinez cet article de bien près avec vos excellents yeux. Si, en général, les rois ont plus de vie que nous ; si les règnes s'allongent à mesure que la religion se purifie ; si les règnes catholiques sont les plus longs, n'est-ce pas une mine bien digne d'être creusée? — Mais si les règnes catholiques sont de vingt-cinq ans, comme en France, en Piémont et ailleurs, et si la vie commune des hommes n'est que de vingt-sept ans, comment n'y aurait-il pas plus de vie dans la maison royale? Il faudrait alors que tous les souverains fussent montés sur le trône en tombant dans le berceau. Examinez bien, je vous prie.

Quant au célibat, j'ai l'intime conviction d'avoir poussé la question à bout ; j'espère que le fameux argument tiré de la population est détruit par la racine, et nous pouvons dire, *Salutem ex inimicis nostris ;* puisque c'est le protestant Malthus qui en a fait les plus grands frais.

Je ne doute pas, Monsieur, qu'à la fin nous ne l'emportions, et que la victoire ne demeure à la langue française. Mais il arrivera des choses extraordinaires qu'il est impossible d'apercevoir distinctement. Dans une de mes Soirées de Saint-Pétersbourg, j'ai rassemblé tous les signes (j'entends ceux qui sont à ma connaissance) qui annoncent quelque grand événement dans le cercle religieux. Si l'ouvrage s'imprime, vous m'en direz votre avis, et j'espère, en vertu de l'étonnante correspondance qui se trouve entre nos deux têtes, que mes raisons ne vous paraîtront pas *toutes*, et *absolument*, mauvaises. Souvent, en vous lisant, Monsieur le vicomte, il m'arrive d'éclater de rire en retrouvant les mêmes pensées et jusqu'aux mêmes mots qui reposent dans mes porte-feuilles. Cette conformité est bien flatteuse pour moi. Il n'y a rien de si consolant qu'un tel accord. Il faudrait que cet accord fût général, car le malheur du bon parti est l'isolement. Les loups savent se réunir; mais le chien de garde est toujours seul. Enfin, Monsieur, quand nous aurons fait ce que nous pouvons, nous mourrons tranquilles; mais, autant que nous le pourrons, soyons d'accord et travaillons ensemble. L'homme qui a pu en persuader deux ou trois autres et les faire marcher dans le même sens, est très-heureux à mon avis. C'est une conquête formelle. Voilà pourquoi j'ai tant travaillé à détruire toutes les petites pointilleries qui séparaient nos Églises au grand détriment de la religion. Vous verrez bientôt mon dernier effort sur ce grand sujet. Quand j'aurai vidé mes portefeuilles russes, je m'arrêterai tout à coup, car je n'ai plus le temps d'écrire; je n'ai pas même celui de corriger. *Salut et attachement, frère et ami.* Souvenez-vous toujours de moi, je vous en prie, et croyez-moi plus que jamais, et pour toujours, votre dévoué serviteur et ami.

# LETTRES DIVERSES

### ADRESSÉES A

## M. LE COMTE JOSEPH DE MAISTRE.

# LETTRES

ADRESSÉES A

## M. LE COMTE JOSEPH DE MAISTRE.

---

LETTRE DE M. LE BARON D'ERLACH DE SPIETZ, ANCIEN
BAILLI DE LAUSANNE, A M. LE COMTE DE MAISTRE.

Berne, 22 août 1797.

La très-intéressante lettre que vous avez eu la bonté
de m'écrire, Monsieur le comte, le 2 août, a fait un
assez long circuit; elle a d'abord été me chercher à
Frauenfeld, et m'a enfin trouvé à Bade, d'où je suis de
retour depuis avant-hier. Elle m'a fait, malgré ce retard,
le plus grand plaisir; elle m'a prouvé que vous aviez la
bonté de penser encore à moi, et les détails ont été
pour nous aussi neufs que si je l'avais reçue plus tôt,
vu qu'on était très-mal informé de ce qui s'était passé.
Cet événement singulier que vous avez si bien dépeint,
est je crois unique dans l'histoire; je n'en connais du
moins aucun qui lui ressemble; mais je ne puis m'empêcher de regretter que le gouvernement ait pris ce moment pour faire un décret pareil contre la noblesse :
il me paraît injuste, inutile, et peut-être même dangereux. Quoi qu'il en soit, je souhaite que cette secousse soit la dernière que vous ayez à essuyer, et que

vous puissiez demeurer spectateurs tranquilles des convulsions qui vont agiter l'Italie encore longtemps, et qui
ramèneront peut-être les temps des Condottieri, des Guel-
fes et des Gibelins; alors il vous faudra un monarque
d'un caractère fort et vigoureux, qui puisse délivrer ce
beau pays du fléau des républiques. C'était bien le comble du délire des philosophes modernes, que la manie
d'établir partout des républiques, et, qui pis est, des
démocraties. Le gouvernement républicain en général,
mais surtout le démocratique, est le plus mauvais de
tous; il ne convient qu'à de très-petits États pauvres;
encore la corruption, et surtout la vénalité, ne tardent-
elles pas à s'y établir : il n'y a qu'à venir voir nos républiques en Suisse. Dans les aristocraties on trouvera
partout moins de liberté personnelle que dans les monarchies, et dans les démocraties on ne trouvera que
désordre et anarchie. Nous avons eu un moment critique en juin et juillet. Bonaparte, à l'instigation du brouil-
lon Coineyras, a tout à coup demandé à la république
du Valais passage sur son territoire pour les armées françaises et cisalpines, pour avoir une communication facile entre ces deux républiques; il a même envoyé Coineyras à Saint-Maurice pour solliciter une prompte
réponse. Le Valais a répondu qu'il ne pouvait consentir
à rien sans l'aveu du corps helvétique, dont la diète
allait commencer le 3 juillet. Les députés valaisans y
sont venus; le corps helvétique a pris sur-le-champ et
à l'unanimité la résolution de dire à la république du
Valais qu'elle devait refuser le passage; 2° de faire des
représentations sur cette demande au directoire exécutif, au nom duquel Bonaparte avait parlé, et de lui déclarer qu'on n'y consentirait jamais. Le directoire a ré-

pondu d'une manière très-satisfaisante, et l'affaire en est restée là. On prétend que Bonaparte a dit en recevant la lettre négative du Valais : Voilà la première nation qui ose me dire, Non. J'ignore si cette anecdote est vraie. Depuis lors nous sommes fort tranquilles ; mais nous avons aussi le poison dans l'intérieur, et ce poison tôt ou tard nous consumera s'il n'arrive pas un autre ordre de choses en France. Il existe une société de vrais propagandistes dans les cantons protestants de Glaris et d'Appenzell, dont le but est de révolutionner toute la Suisse ; ce sont eux qui ont fomenté les troubles de Zurich, et puis ceux du pays de Saint-Gall, dans lequel ils ont jeté beaucoup d'argent, qui leur a vraisemblablement été fourni par Coineyras et Bonaparte. Ces derniers troubles viennent d'être apaisés pour le moment par les cantons protecteurs de Saint-Gall ; mais cette paix plâtrée ne durera pas longtemps. Le peuple, à qui on a accordé tout ce qu'il a demandé, n'est pas content, et veut encore davantage. L'abbé a ratifié les concessions, mais il s'est enfui très-mécontent en Allemagne, et le couvent est partagé en deux factions, dont l'une soutient l'abbé, et l'autre le peuple.

Ma correspondance avec le baron a eu des malheurs : deux de ses lettres ont été perdues, les miennes retardées. Les siennes ne m'apprennent pas grand'chose ; il n'est ni clair ni concis ; soit que ce soit son goût ou soit nécessité, son style est souvent énigmatique, et il substitue souvent aux noms propres des épithètes très-difficiles à deviner ; mais son cœur est toujours excellent.

J'ai fait communiquer votre lettre, Monsieur le comte, par ma femme, à M. Mallet ; je ne l'ai point vu encore depuis mon retour ; je le crois sur le point de partir, car vous savez l'injustice basse, lâche, et vraiment républicaine qu'on exerce vis-à-vis de lui : il a toujours employé sa plume à la défense des gouvernements, il a écrit nommément pour le nôtre dans une époque critique ; et, pour récompense, on le chasse ; la reconnaissance est une vertu non-seulement inconnue aux républiques, mais elle est même incompatible, et plus un homme a de mérite, moins il doit s'y attendre : il n'y a que les sots qui ne font ombrage à personne, et qui sont chéris.

Adieu, Monsieur le comte ; ma femme me charge de mille choses pour vous ; vous me feriez bien plaisir si vous vouliez me donner de vos nouvelles dans vos moments perdus. Ne doutez surtout jamais, je vous prie, des sentiments bien sincères d'amitié, de dévouement et de considération distinguée que je vous ai voués, et avec lesquels j'ai l'honneur d'être, Monsieur le comte,

Votre très-humble et obéissant serviteur,

D'ERLACH DE SPIETZ.

---

## LETTRE DE MON FRÈRE A MADAME LA COMTESSE PONTE, NÉE DE RUFFIA.

Vigevano, 17 mai 1798.

Vous me reprochez, ma chère comtesse, de ne vous avoir pas instruit moi-même de nos succès : je vous assure qu'on m'a bien ôté l'envie d'écrire. Depuis le 17 avril que j'ai quitté Novare, je n'ai pas passé deux nuits au même endroit. On m'a encore chargé de conduire les prisonniers à Casal; et depuis quatre jours que je suis à Vigevano je passe quinze heures au lit pour me restaurer un peu, car je suis de la nature des chevaux anglais, qui galopent jusqu'au moment où ils crèvent. Vraiment, je n'en puis plus; mais notre victoire a été complète, et il la fallait telle, car je vous assure que l'État était en grand danger. Surtout, il n'y avait pas de temps à perdre : le temps est court à la guerre. Je n'ai rien à me reprocher sur cet article : à peine m'eût-on permis de marcher que je pris la course. Après quatre heures de marche forcée, j'arrivai au plus fort du combat, au moment où Alciati, avec quatre cents hommes seulement, faisait face à un ennemi deux fois plus nombreux et qui avait de l'artillerie. Il avait été forcé de se placer derrière la rivière de Strona, et défendait le pont et le village de Gravelone. Si j'avais perdu dix minutes, peut-être tout était perdu : aussi je fus le bienvenu. Je ne me fis point annoncer; on ne me fit point faire antichambre, et à peine je parus qu'on me pria à danser. Alciati vint à moi, et me dit qu'on allait se tuer toute la journée d'un bord de la rivière à l'autre; qu'il fallait quelque chose de décisif; qu'il pensait que l'on pouvait passer la rivière et voler sur les canons à armes blanches. Je ne balançai pas; je me jetai dedans... *Savoie! Savoie! en avant!...* Ce vieux mot, tout écrasé qu'il est, nous fait toujours battre le cœur. Mes chers grenadiers dans l'instant sont autour de moi. L'enthousiasme se communique; bientôt tous les braves sont sur l'autre bord. J'avais à peu près trois cents hommes, dont cent du régiment de la marine. L'ennemi, qui ne s'attendait pas à ce renfort et qui comptait sur la rivière, avait réuni ses forces sur la droite, pour forcer le pont de Gravelone, et il était faible sur la gauche, où je fis mon attaque. Le général français qui commandait le vit d'abord, et il prit deux compagnies sur la droite pour les amener sur la gauche; mais il n'y fut pas à temps: nous avions déjà culbuté ce qui était devant nous, nous avions déjà fait taire le canon de la gauche, mais surtout nous avions déjà frappé le coup sur l'opinion. L'épouvante fut générale, et bientôt la déroute complète. Tout fut écrasé ou dispersé; il n'en resta pas dix ensemble. Nous poursuivîmes l'ennemi sans relâche, jusqu'au village d'Ornavazzo, à trois milles du champ de bataille, où nous nous arrêtâmes enfin, vaincus par la fatigue; car depuis douze heures (sans boire ni manger) nous n'avions pas cessé de marcher et de nous battre. Voilà, ma chère comtesse, une petite idée de ce qui me regarde dans cette affaire. Vous voyez que j'ai été heureux. Je me suis trouvé dans un moment décisif, important pour tout le monde, et où ce que j'ai fait a pu m'appartenir; car, dans le fond, je n'ai pas servi autrement ce jour-là que pendant toute la guerre. Lorsque Colli se faisait chanter, le vieux Savoie était toujours à la tête de sa colonne; mes chasseurs étaient ses gardes du corps. Ma plus grande jouissance a été de secourir mon régiment même, mes propres camarades; car, des quatre cents hommes qu'avait Alciati, deux cents étaient de Savoie. Je suis fâché qu'une simple lettre ne me permette pas de vous écrire les détails; de vous parler surtout du brave d'Oncieu, qui, sur le bruit public, avait pris la poste; qui arriva la veille de la bataille; qui, au moment de son arrivée, marcha pour reconnaître l'ennemi; qui donna dans le gros de l'armée, n'ayant que quarante hommes; qui trompa l'ennemi, en l'attaquant avec audace ; qui perdit quinze hommes sur quarante, sans perdre son terrain ; qui se retira quand il le voulut, sans être poursuivi. Le lendemain, quand les deux colonnes de Savoie se joignirent, le premier que je vis fut d'Oncieu. Je le croyais à Turin, dans les bras de sa femme, et je le trouve sur le champ de bataille! Nous ne nous quittâmes plus.

Je puis vous assurer, ma chère comtesse, que, s'il vous était possible de sentir un instant ces grandes agitations de l'âme, vous en seriez enchantée. On n'est heureux que lorsqu'on est fortement ému ; et si les batailles étaient quelque chose de fort commun, que l'on pût voir très-souvent, je suis persuadé que les vieux soldats finiraient par ne pouvoir plus s'en passer, et qu'ils en prendraient une tous les matins, comme ils prennent l'eau-de-vie.

(Copié sur l'original, à Turin, le 25 mai 1798.)

---

## LETTRE DU ROI LOUIS XVIII AU COMTE DE MAISTRE.

A Varsovie, ce 25 juin 1804.

Reçue à Morzinka, près Pétersbourg, le 27 juin (9 juillet).

Votre excellent ouvrage m'a donné, Monsieur, presque autant de droits sur vous, qu'il vous en a donné sur moi. Je ne chercherais cependant pas à vous dérober quelques-uns de ces moments qui sont tous dus à mon frère, à mon ami, à mon compagnon d'infortune, si je n'avais d'autres titres à faire valoir auprès de vous. Mais

33.

l'amitié promise de votre part au comte d'Avaray en est
un plus puissant ; c'est à ce sentiment, qui est aussi ma
propriété, puisqu'il appartient à mon ami, que j'ai recours
aujourd'hui avec une pleine confiance. Je laisse à celui
qui forme entre nous un lien qui m'est précieux à vous
développer ma pensée ; mais je me suis réservé à moi-
même le plaisir de vous assurer, Monsieur, de tous les
sentiments que vous m'avez inspirés et qui ne finiront
qu'avec ma vie.

Louis.

### RÉPONSE DU COMTE DE MAISTRE.

Saint-Pétersbourg, 28 juin (10 juillet) 1804.

Sire,

L'inestimable conquête que j'ai faite à Rome, en de-
venant l'ami de l'ami de Votre Majesté, me procure aujourd'hui un honneur auquel je n'avais nul droit de m'attendre. Quoiqu'il me soit impossible de répondre par ce
courrier à la lettre qui m'a transmis celle de Votre Majesté, je ne puis néanmoins tarder un instant de mettre
à ses pieds ma vive et respectueuse reconnaissance. Oui,
sans doute, Sire, l'ami, le frère, le compagnon d'infortune du roi, mon maître, a toute sorte de droits sur ma
personne ; mais l'honorable tâche que Votre Majesté veut
bien m'imposer présente, du moins dans la forme qui
me semble prescrite, des difficultés que je soumettrai
incessamment à son coup d'œil pénétrant. Aujourd'hui,
je ne puis exprimer que des actions de grâces.

Je croyais, Sire, n'avoir plus rien à laisser à mon fils : je me trompais. Je lui léguerai la lettre de Votre Majesté.

Je suis, etc.

---

## LETTRE DU COMTE DE MAISTRE A L'EMPEREUR ALEXANDRE

Saint-Pétersbourg, 6 (18) avril 1805.

Sire,

Son Excellence Monsieur le ministre de la marine vient de me faire connaître que Votre Majesté avait daigné attacher mon frère à son service, en lui confiant la place de directeur de la bibliothèque et du musée de l'Amirauté. Votre Majesté Impériale, en me le rendant, me rend la vie bien moins amère. C'est un bienfait accordé à moi autant qu'à lui. J'espère donc qu'elle me permettra de mettre à ses pieds les sentiments dont cette faveur m'a pénétré. Si je pouvais oublier les fonctions que j'ai l'honneur d'exercer auprès de Votre Majesté Impériale, j'envierais à mon frère le bonheur qu'il aura de lui consacrer toutes ses facultés. Jamais, au moins, il ne me surpassera dans la reconnaissance, le dévouement sans bornes, et le très-profond respect avec lequel, etc.

*Signé*, DE MAISTRE.

RÉPONSE DE SA MAJESTÉ IMPÉRIALE.

Saint-Pétersbourg, ce 19 avril 1805.

Monsieur le comte de Maistre,

J'ai lu avec plaisir la lettre que vous m'avez écrite à la suite de l'emploi que j'ai confié à votre frère. Il m'a été agréable d'avoir pu, par ce que j'ai fait pour lui, vous donner aussi une preuve de mes dispositions à votre égard. Le dévouement sans bornes avec lequel vous servez Sa Majesté Sarde est un titre à mon estime particulière, dont j'aime à vous réitérer ici le témoignage certain.

Signé, ALEXANDRE.

———————

LETTRE DU VICOMTE DE BONALD AU COMTE DE MAISTRE.

Paris, 8 octobre 1814.
Reçue le 28 décembre.

Monsieur,

Je n'ai reçu que hier (4) la lettre que vous m'avez fait l'honneur de m'écrire en date du 1er (13) juillet. Elle a mis trois mois en route. Je pense qu'elle est venue à cause de la brochure qui y était jointe, par une occasion qui est sûre sans doute, mais qui est bien lente.

J'ai vu, avec un plaisir difficile à exprimer, que vous aviez reçu, dans le temps, une réponse que j'avais hasardée à travers les flots et les armées. Je n'osais pas

m'en flatter, j'aurais eu l'honneur de vous écrire par
plusieurs officiers russes, que j'ai vus à Paris, si l'on
ne m'eût donné l'espoir de vous voir ici, et même pro-
chainement : votre lettre ne m'en dit rien, et je crains
bien que tout ce qui se passe dans notre Europe ne vous
retienne encore dans la vôtre.

Je n'ai pas pu lire encore ce que vous avez eu la
bonté de m'envoyer. Un de vos zélés admirateurs, M. de
Fontanes, grand maître de l'Université, me l'a arraché.
Très-sûrement, je le ferai imprimer, mais je le réunirai
avec vos *Considérations*, dont toutes les éditions sont
épuisées et que l'on demande inutilement. Le volume
sera d'une grosseur raisonnable, et je pense que je
trouverai quelque imprimeur plus traitable que M. Pluchart.

Depuis le 1er juillet, il se passe ici bien des choses
qui ne vous feront pas changer d'avis, pas plus qu'à moi,
sur la folie des constitutions écrites : nous y sommes
tout à fait. A qui le devons-nous? Est-ce à des volontés
armées ou à de secrètes insinuations? A l'un et à l'autre, sans doute. Mais jamais la philosophie irréligieuse et
impolitique n'a remporté un triomphe plus complet :
c'est sous l'égide des noms les plus respectables, et à
la faveur des circonstances les plus miraculeuses, qu'elle
a introduit en France, qu'elle y a établi ce que l'homme
de l'île d'Elbe lui-même aurait toujours repoussé, et dont
il avait même déjà culbuté les premiers essais. Si l'Europe est destinée à périr, elle périra par là, et le pro-
dige de la restauration dont elle abuse sera cette dernière grâce, que le pécheur méconnaît, et après laquelle
il tombe dans un irrémédiable endurcissement. Religion,
royauté, noblesse, tout est dépouillé, tout est réduit à

vivre de salaires et de pensions, tout est en viager, et à fonds perdus... Le presbytérianisme de la religion suivra le popularisme de la constitution politique, à moins que la religion, plus forte, ne ramène le gouvernement à la monarchie : j'avais écrit quelque chose sur ce sujet, à l'instant que le sénat fit paraître son projet; j'y annonçais, pour la révolution française, une issue semblable à celle de la révolution d'Angleterre en 1688, si l'on s'obstinait à vouloir nous constituer. Des considérations puissantes, des autorités respectables, me firent supprimer cet écrit; le coup d'ailleurs était porté, et rien ne pouvait nous sauver. Peut-être manquait-il à l'Europe cette dernière expérience, et toujours aux dépens de la France.

Vous aurez pu voir que les mêmes choses ramènent dans le gouvernement les mêmes personnes. On n'a exclu que les régicides, et ils se plaignent hautement de cette exclusion comme d'un tort; et ils osent imprimer, publier, avec noms et adresse d'auteur, leurs réclamations, et justifier leur régicide ou le rejeter sur le parti opposé : cela fait horreur, et flétrit l'âme à un point qu'on ne saurait dire. Avec une autre conduite, on aurait tout rétabli, on aurait rebâti sur les fondements, au lieu qu'on bâtit à côté des fondements.

Les puissances étrangères, si elles ont influé sur la constitution de la France, sont bien aveugles de ne pas voir que la France ne peut leur servir qu'étant monarchie, et qu'avec toute autre forme de gouvernement, elle ne peut être pour eux qu'un sujet d'inquiétude, d'alarmes, de dépense et de dangers, fatale aux forts, inutile aux faibles, importune à tous. La politique guerrière est grande et noble, la politique législative incertaine, étroite et faible. Il y avait tant d'enthousiasme en France, tant de dispositions à rentrer dans les voies de la justice, que tout eût été possible, et même la résurrection des morts. Mais dans un siècle de peu de foi, on doute, et on est perdu; et au lieu de cette foi qui transporte les montagnes, on agit par de petites considérations qui échouent devant un fétu.

Je n'ai rien demandé que la croix de Saint-Louis, que j'ai obtenue. Le roi m'a traité avec une bonté particulière. Les ministres voulaient me faire conseiller d'État; je ne suis rien, je n'ai même été consulté sur rien. Je ne me présente jamais pour quoi que ce soit. Ici comme ailleurs, sans doute, et plus qu'ailleurs, il faut payer d'effronterie; tous les autres titres sont inutiles sans celui-là. Au fond, où que l'on soit, il faut coopérer à quelque chose qui répugne à la justice ou à la charité, et dans la législation, ou dans l'exécution, ordonner ou mettre en pratique des lois spoliatrices; et en vérité, quelque imposante et légitime que soit l'autorité dont elles émanent, je ne brigue pas la faveur d'un regret, si ce n'est d'un remords : mais il faut vivre, et je n'ai que ma place de l'Université, que j'ai acceptée par force, que je quitterai sans regret, et qui est menacée au moins de réduction; et j'ai beaucoup d'enfants et de petits-enfants; et à soixante ans, et après la restauration, et après avoir obstinément refusé du tyran la fortune la plus brillante, et après quarante ans de travaux, je ne sais ce que je deviendrai. Je vois qu'en général on redoute certains noms et certaines opinions, rien de trop prononcé ne convient.

Cependant, je crois que nous serons tranquilles; nous tomberons peut-être petit à petit, sans écroulement bruyant et total. Je ne parle toutefois que d'après les apparences ; car, au fond, je ne puis renoncer à l'idée que la France est appelée à une sorte de magistrature religieuse et politique. Soit par l'exemple de ses malheurs, soit par celui de ses vertus, elle doit toujours instruire : dans ce moment, ma pauvre patrie est abaissée, deshonorée à un point qui m'arrache, en vous écrivant, des larmes amères. Tous les jours elle s'enfonce davantage, et ce désolant spectacle du crime triomphant y détruit toute la morale, et jette dans les âmes une indifférence mortelle pour tout ce qui est grand, noble et élevé.

### 16 novembre.

Vous vous étonnerez peut-être, Monsieur, du long intervalle de temps qui sépare cette seconde partie de ma lettre de la première. Votre ouvrage, que j'avais prêté au Grand Maître avant de le lire moi-même, parce qu'il m'a surpris au moment que je venais de le recevoir, fut par lui prêté à d'autres. J'en avais parlé à mon imprimeur, qui, se trouvant chez moi en mon absence, au moment que l'on venait de me le rapporter, s'en empara pour l'imprimer, ce qui a été fait avec la petite note que vous aviez indiquée, à propos de la déclaration du clergé de France (*On s'apercevra, à la lecture de cet article, que l'auteur n'est pas né en France*). L'ouvrage est imprimé ; il l'a même été avant la promulgation de la loi sur la liberté de la presse. Il a fallu cependant le montrer à la censure. En attendant, il circule à la grande satisfaction de tous les bons esprits ; j'en ai fait à votre intention présent à bien du monde. C'est un livre excellent; ce sont vos belles *Considérations*, c'est vous, Monsieur, et vous tout entier; je dirai même, C'est moi, car j'y retrouve tous mes sentiments et toutes mes opinions : je le répète, c'est un livre d'or. *Opus aureum !* Je me sers des mêmes expressions que Leibnitz en parlant de l'*Exposition de la foi* par Bossuet, dans un écrit *autographe* que j'ai vérifié moi-même. Trouvé à la bibliothèque de Hanovre, porté ici, on le traduit dans ce moment (il est en latin). Leibnitz y discute tous les dogmes controversés entre les deux communions, et se range toujours du parti catholique, au point que ce qu'il dit sur l'autorité du pape n'aurait pas pu paraître sous le règne de l'homme au cœur et même au masque de fer. Je vous apprends l'existence de cet ouvrage peu connu pour votre satisfaction; nous n'avons pas besoin, nous, de cette autorité, ni d'aucune autorité humaine; mais celle-là fait plaisir; et quoiqu'on sache marcher seul, on est bien aise de se trouver en si bonne compagnie. Connaissez-vous un ouvrage très-original, d'un homme plus original encore que son ouvrage, et que j'ai vu ici : *De l'Angleterre*, par M. *Rubichon*, fait et imprimé à Londres, où l'auteur (négociant français, né à Grenoble) réside depuis vingt-cinq ans ? Lisez cela, je vous prie : il y a plus que de l'esprit. Je vous trouve un peu anglican dans les éloges que vous donnez, non à la constitution, je crois, de l'Angleterre, mais à son esprit public, qui ne me paraît être, comme celui des anciens, que la haine des autres peuples, la jalousie des autres commerces, l'envie contre toutes les autres supériorités, etc. Je vois qu'ils nous font bien du mal : nous le leur rendons par une belle haine dans ce moment. Les uns par crainte de ce que les Anglais veulent faire, les autres par ressentiment de ce qu'ils ont fait, quelques-uns par esprit national et dépit de voir la France abaissée devant sa rivale, s'accordent assez dans le même sentiment d'humeur contre elle. Cette triste et haineuse disposition fait trembler, surtout avec le peu d'accord qui règne au congrès. J'ai vu des lettres de ce pays-là, qui ne donnent pas grande espérance de paix et de modération. Il serait mal et odieux de faire regretter l'homme qu'on a détrôné. On veut affaiblir la France : il ne fallait que l'*apaiser*, calmer sa fièvre. Malheureusement on a fait tout le contraire, en laissant des espérances même aux désirs les plus chimériques : les grands pénitenciers de l'Europe auraient dû opérer notre conversion, en *éloignant* les occasions et les tentations de rechute. On a beau faire, on sentira que la France ne joue pas un assez grand rôle dans cette réunion de souverains ; elle seule avait, comme aînée de la grande famille, la clef des affaires communes.

Sans elle, on n'aurait rien fini à la paix de Westphalie ; sans elle encore on ne fera rien à Vienne. Mais si l'on n'y fait rien, on se séparera prêt à faire quelque chose, et quoique l'extrême lassitude éloigne pour le moment le danger, le feu couvera sous la cendre et l'incendie éclatera. Nous croyons ici qu'il y a près de votre empereur un homme bien dangereux, Suisse de nation, grand partisan de constitutions écrites et des choses qui ne s'écrivent pas. C'est un affreux déchaînement d'athéisme dans toute l'Europe, et une rage de détruire le catholicisme portée à son dernier excès. Heureusement on aperçoit, au centre, un grain de sénevé, qui peut devenir un grand arbre : les Jésuites rétablis à Rome. Un de mes enfants, prêtre, est auprès de notre ambassadeur ; il me marque qu'ils reçoivent beaucoup de novices, et même des seigneurs romains. Ils avaient, sous un autre nom, recommencé ici il y a plusieurs années. Ils furent persécutés ; ils reparaissent aujourd'hui, et les évêques leur confient les petits séminaires. Mais il faudra avoir la truelle dans une main et l'épée de l'autre : *bella, horrida bella!*...

Vous lisez nos journaux, et vous y voyez nos misères ; vous avez lu la discussion sur les malheureux dépouillés. On ne rend qu'à ceux qui avaient déjà : aux princes ou aux grandes familles propriétaires des bois, qui composent à elles seules la masse des biens non vendus. Cette restitution ne passe pas la Loire. Pour nous, possesseurs de biens féodaux, nous ne retrouvons rien, pas même un acquéreur avec qui l'on puisse traiter. Cependant ces discussions ont jeté un grand discrédit sur les biens d'émigrés, et on ne trouve plus à les vendre ni à les engager. Mais, dans tout cela, la grande émigrée, la religion, ne compte pour rien ; elle a encore quelques millions de bois non vendus et qu'on veut vendre à toute force, pour assurer le succès du grand plan de finances de notre ministère, qui ne rêve que le système anglais du crédit illimité. Pour moi, sans trop savoir pourquoi, je pense que ce système *transmarin* de finances ne nous convient pas plus que leur système politique, leur système littéraire, leur accent, leurs coutumes. *Prudens Oceano dissociabili*, etc. Oserai-je vous le dire, à vous, Monsieur, qui regardez cet événement comme très-éloigné, l'Europe ne sera guérie de cette maladie de constitutions écrites et de pouvoir partagé, et de crédit, et de commerce, etc., que lorsqu'elle aura vu, par l'exemple de l'Angleterre, que tout cela ne saurait empêcher une grande catastrophe, et ne fait que la hâter... Et cet exemple, que cette île orgueilleuse doit à la chrétienté, en expiation de tant d'autres qu'elle lui a donnés, et qui ont été si déplorablement suivis; cet exemple, elle le lui donnera... peut-être avant peu.

Quant à notre pauvre France, éternel objet de mes douleurs, de mes regrets, de mes vœux, de mes pensées, excellente au midi, faible au milieu, mauvaise au nord, qui s'est trop ressenti des calamités de la guerre, elle se traîne comme elle peut sous sa nouvelle constitution, sous des impôts énormes que sa fidélité à des engagements méprisés par celui-là même qui les avait formés a forcée de continuer ou même d'accroître; en sorte qu'il vaudrait beaucoup mieux, sous le simple rapport d'intérêt, avoir été fournisseur qu'émigré.

Je vois, Monsieur, par certains passages de votre dernier *essai*, que je me suis rencontré avec l'ouvrage dont vous me parliez dans votre première lettre, sur la philosophie, dans un ouvrage que je vais publier. Rien ne prouve mieux que la vérité n'est pas de l'homme, et que tous puisent à une source commune, quand ils la cherchent. J'y traite de grandes questions de morale et de philosophie bien oubliées aujourd'hui. Il va paraître une belle vie de Mʳ Bossuet, par l'ancien évêque d'Alais, auteur de la vie de Fénelon. C'est un des grands admirateurs de votre essai, et mon ami particulier. A cela près, toute notre littérature est en brochures à dix sous ou en articles de journaux.

Je finis, Monsieur, cette longue épître, qui aurait dû vous parvenir plus tôt. J'ai voulu vous donner des nouvelles de votre ouvrage. Il n'est pas encore répandu; mais, avec les suffrages que je lui connais, il a obtenu tous ceux que vous pouvez désirer dans la capitale. C'est avec un extrême plaisir, c'est avec orgueil que je m'en déclare l'éditeur : c'est vous prouver à la fois ma haute considération pour vos talents et mon profond et respectueux attachement pour votre personne. C'est avec ces sentiments que je suis, Monsieur, votre très-humble et très-obéissant serviteur.

Le vicomte DE BONALD.

Je vois souvent le bon évêque de Chambéry, je lui remettrai quelques exemplaires pour les faire passer à Monsieur votre frère.

---

**LETTRE DU VICOMTE DE BONALD AU COMTE DE MAISTRE.**

Paris, le 22 mars 1817.<br>Reçue le 22 avril N. S.

Que je serais coupable envers vous, Monsieur le comte, si j'avais pu me défaire d'une mauvaise habitude qui m'a dominé toute la vie : celle de ne pouvoir écrire, aux hommes que j'aime et que j'estime, que dans une entière liberté d'esprit, autant au moins que ma position privée et publique le comporte. Je ne pourrais vous dire à quel point, depuis le commencement de cette pénible session, j'ai été absorbé par un courant d'affaires et de devoirs qui m'ont laissé à peine le temps de prendre du sommeil ou mes repas ; si ce n'était mon inaltérable santé, je ne crois pas que j'eusse pu y résister. D'ailleurs ces fonctions, si nouvelles pour moi, de législateur, ont bouleversé entièrement ma manière libre et indépendante de travail; et ce travail obligé, à jour et à heure fixes, est ce qui m'a le plus coûté et a le plus dérangé ma vie d'écrivain. Mais, avant de vous parler, ou de vous, Monsieur le comte, ou de moi, il faut bien que je vous parle de l'adorable comtesse, et que je vous remercie de me l'avoir fait connaître. Si j'avais à vous peindre son esprit, son âme, ses principes, je serais fort embarrassé de pouvoir vous en donner une juste idée; heureusement, vous la connaissez mieux que moi, parce que vous l'avez vue plus tôt et plus longtemps, et vous suppléeriez, s'il le fallait, à l'insuffisance du portrait et à la faiblesse du peintre. Il me suffira de vous dire, Monsieur, que, quand je vous aurai connu vous-même et en personne, comme je connais aujourd'hui votre franco-russe, il ne me restera, je crois, plus personne à voir sur la terre, et j'aurai le type dans les deux sexes de la perfection, de l'intelligence et de la raison. Je n'ai pas pu, autant que je l'aurais voulu, cultiver la connaissance de Madame de S... D'abord, parce que la Chambre m'occupe jusqu'à l'heure du dîner, et qu'après cette heure, j'ai rarement trouvé madame de S. chez elle : tout le monde se la dispute; elle veut avec raison connaître les salons de Paris, et certes elle y est justement admirée, et j'ai eu occasion d'entendre souvent parler de son extrême amabilité. J'aurais moi-même pu la voir dans ces brillantes réunions; mais elles conviennent mieux aujourd'hui à un étranger qu'à un Français. Ce sont souvent des arènes politiques. J'aime peu les disputes de société, et comme je l'ai dit quelquefois, j'ai écrit dix volumes sur ces objets-là, pour être dispensé d'en parler; aussi je suis très-peu répandu et n'ai vu que des *ultras*, si toutefois ce mot, tout latin qu'il est, n'est pas pour vous de l'iroquois ou du *mantchou*. Vous savez comme nous où nous en sommes. A prendre les choses de plus haut, notre Chambre infortunée de 1815, qui donnait si belles espérances, et avait montré que la révolution n'avait rien détruit en France de tout ce qu'elle y avait étouffé ; notre Chambre fut irrévocablement condamnée le jour qu'elle rejeta la vente des biens publics, des communes, de l'État et de la religion : sa dissolution fut jurée lorsque ceux de qui cette mesure paraissait dépendre n'en avaient encore ni la volonté ni peut-être la pensée. On travailla donc à l'obtenir, malgré les assurances formelles de satisfaction données par le maître. Les uns tremblèrent pour leurs places, les autres pour le retour des Jésuites, d'autres pour les biens nationaux, etc., et de toutes ces craintes sans fondement se grossit l'orage du 5 septembre. Je n'y avais pas été trompé, et dès la séparation de la Chambre j'avais prévu et prédit sa dissolution. Vous avez vu, dans les journaux, les manœuvres employées pour obtenir d'autres choix dans beaucoup de départements, surtout dans ceux du midi; elles ont été sans succès, et nous nous sommes trouvés plus de la moitié de la dernière Chambre et quatre-vingt-dix de sa majorité. — Tous les moyens employés pour nous désunir ont été inutiles. Le découragement même qui suit une lutte pénible et toujours malheureuse n'a pu nous rebuter, et à la question de la vente des bois, qui a terminé notre discussion et notre session, nous nous sommes trouvés le même nombre. C'est faire sa retraite sans perdre un seul homme. Cette minorité a paru encore trop forte et surtout trop indépendante, et pour obtenir à l'avenir une majorité plus décidée, on a pro-

posé une loi d'élection non populaire, car le peuple en
est exclu, mais révolutionnaire, dans ce sens qu'elle
met l'élection dans les mains de cette classe intermédiaire, besogneuse, jalouse, suffisante, qui a fait la révolution et qui en entretient l'esprit. Notre opposition a
été très-forte, mais il a fallu céder au nombre, et dans cette
belle manière de faire des lois, la voix d'un sot, plus d'un
côté que d'autre, est l'*ultima ratio populi*.Cette loi a donc
passé, comme toutes les autres, comme la vente des
bois, inutile aux finances de cette année, insuffisante
pour nos besoins, mais qui renouvelait le scandale de
l'expropriation de la religion et y associait le roi et les
Chambres. Voilà la vraie raison de cette mesure, je veux
dire la raison publique, car il y en a de privées qui sont
infâmes et honteuses : nous sommes retombés dans les
mains des agioteurs, des spéculateurs de la bande noire,
des acquéreurs, des Juifs et des Arabes; ils nous gouvernent, ils gouvernent tout; et nous pourrions dire avec
Mahomet :

Le temps de l'Arabie est à la fin venu.

Nous avons heureusement défendu le ministre de
la guerre, violemment attaqué parce qu'il a formé et
qu'il conserve comme il peut une armée fidèle, notre
unique et dernière ressource, et qu'on attaque dans son
chef et dans ses membres de toutes les manières. Que
veut-on? Je l'ignore, et ne sais trop s'ils le savent eux-
mêmes. Ils veulent faire peur au successeur, s'ils ne peuvent faire mieux. 1688 les tente, comme leur a dit M. de
Châteaubriand; et, fermant les yeux sur les différences
entre l'Angleterre et la France, surtout sur les différences

religieuses, qui ne sont rien aux yeux des ignorants athées, ils voudraient pouvoir terminer de même notre révolution. — Tout ce qu'il y a d'impur les seconde; ils disposent de tout le civil, de toutes les plumes, car ils ont enchaîné la presse; ils disposent de plus encore; mais ici... *approuvez le respect qui me ferme la bouche.*

Les premières élections qui vont se faire décideront de beaucoup de choses. Les deux partis extrêmes s'agitent. Le parti mitoyen, ouvertement favorisé par les ministres, qui voudraient toujours marcher sur une lame de couteau, pourra-t-il en triompher? C'est assez incertain. Ce parti est peu connu dans les provinces, et ses opinions mitoyennes, qui s'assortissent naturellement à des esprits médiocres et à des caractères sans énergie, sont peu propres à attirer les regards d'une assemblée d'électeurs. Soixante-six (à peu près) membres nouveaux entreront dans notre Chambre. Cette forte dose doit changer les proportions et la nuance. S'il vient des ultrà-jacobins, plusieurs du ventre se réuniront à nous : si ce sont des royalistes, les choses resteront à peu près sur le même pied. Nous avons perdu treize des nôtres par la sortie du cinquième, peut-être en regagnerons-nous davantage. A Paris, il paraît que les choix seront mauvais, si toutefois on peut faire quelque conjecture plausible sur les résultats de ces hordes tumultueuses, et qui donneront peut-être des produits fort inattendus. On a changé, pour en obtenir de meilleurs, presque tous les préfets des seize départements où l'élection va se faire, et successivement on changera tout ce qui ne sera pas en harmonie avec le système dominant. Peut-être prend-on beaucoup de peine pour se perdre; car, s'il est vrai que la peine poursuit le coupable, il est vrai aussi que le coupable poursuit la peine, et j'ai connu des coquins qui n'ont été tranquilles que lorsqu'ils ont été pendus. Ou la France, ce premier-né de la civilisation, périra la première, ou elle renaîtra la première à l'ordre. Cette réflexion me soutient contre les inexprimables douleurs que me cause une conduite telle que celle que je vois tenir. Ce qu'il y a de déplorable, c'est qu'elle a commencé avec la Restauration, et que la faute n'en est pas tant à nos princes qu'à d'autres. La grande erreur de l'Europe est d'avoir regardé Bonaparte comme toute la révolution, et d'avoir cru qu'en le chassant tout était fini : c'était le contraire. Il comprimait la révolution, tout en s'en servant, et dès que cette main de fer n'a plus pesé sur elle, elle s'est relevée plus forte que jamais. Je le disais à M. Canning, et il ne me parut pas éloigné de le penser. Personne n'a connu ni la France, ni la société, ni Dieu, ni l'homme. Avec un grain de foi on aurait transporté des montagnes, et on a échoué contre des grains de sable.

Je vous prie d'accepter tous les discours importants que j'ai prononcés dans cette session. Je les ferai imprimer avec ceux de la session dernière, à la suite des *Pensées* que je me propose de donner au public. Elles rouleront toutes sur le sujet de vos méditations et des miennes. Mais les laissera-t-on circuler librement; je l'ignore, et ne serais pas étonné que les éditions de Voltaire, qui se publient avec un incroyable fanatisme, et sont tolérées avec une déplorable faiblesse, n'eussent plus de faveur auprès du gouvernement que mes pensées politiques, morales et religieuses. Cet ouvrage publié, je me propose de regagner mes rochers, pour en revenir

au mois d'octobre ou de novembre, s'il y a, à cette époque, une France, un gouvernement, des chambres, etc...

Adieu, Monsieur le comte; j'ai éprouvé une inexprimable douceur à m'entretenir avec vous : nous parlons
la même langue, hélas! trop peu entendue. L'ignorance
des hommes d'État fait pitié, plus encore que leur corruption ne fait horreur, si même leur ignorance n'est pas
leur seule corruption. Croyez-moi, *les hommes qui, par
leurs sentiments, appartiennent au passé, et par leurs
pensées à l'avenir, trouvent difficilement leur place dans
le présent.* C'est une de mes pensées, elle s'applique à
vous et un peu à moi. Si vous quittez Pétersbourg, je
saurai votre marche; et puissé-je être assez rapproché
de vous pour avoir le bonheur de vous voir et de vous
entendre, et de vous porter moi-même l'hommage de la
plus haute estime et de la plus tendre amitié.

Le vicomte DE BONALD.

---

## LETTRE DU VICOMTE DE BONALD AU COMTE DE MAISTRE.

Au Monna, près Millon (Aveyron), le 11 juillet 1817.

La nouvelle de votre arrivée à Paris, Monsieur le
comte, que j'ai lue dans les journaux, m'a inspiré de
vifs regrets de l'avoir sitôt quitté. J'avais prolongé mon
séjour loin de ma famille beaucoup plus que je ne l'aurais voulu : les devoirs et les affections me rappellent
auprès de tout ce qui m'est cher; mais, malgré de si justes
motifs, j'aurais différé encore mon départ, si j'avais pu
me flatter de voir une fois un des hommes de l'Europe

pour lequel j'ai conçu les plus profonds sentiments
d'estime, de respect et d'attachement. Sans doute, Monsieur, vous ne ferez à Paris qu'un séjour assez court,
et vos affections pour le sol natal, dont vous avez été
si longtemps absent, vous ramèneront en Piémont, où
vous trouverez, je l'espère, des traces moins profondes
de l'orage qui a bouleversé l'Europe, et dont les derniers éclats retentissent encore aux lieux où il s'est
formé. Cette considération et le juste désir de revoir
au plus tôt le lieu et les personnes qui vous sont chères
peuvent seuls contre-balancer dans votre cœur la satisfaction de vivre dans un pays assez heureux pour
avoir enfin une constitution écrite, un pouvoir divisé
en deux Chambres, des Chambres divisées en parti mi-
nistériel et en parti d'opposition, et tout l'accessoire
de ces divisions constitutionnelles, au milieu desquelles
et au moyen desquelles doit s'élever et s'affermir la
paix du dedans et du dehors, le retour à la religion,
l'affection pour ses maîtres légitimes, la justice, l'ordre
et la sécurité publique. Comment a-t-on pu jusqu'à présent, dans votre patrie, fermer les yeux à de si grands
bienfaits? et comment le peuple piémontais et savoyard
a-t-il préféré le bonheur routinier dont il jouissait autrefois, à l'avenir brillant et bruyant que les nouvelles
institutions promettent aux États qui les adoptent?
J'imagine, Monsieur le comte, que vous allez le faire
rougir de sa léthargie, et lui porter l'évangile des idées
libérales, de ces idées que la cour que vous quittez
propage et garantit avec tant de persévérance et de
conviction. Je regrette vivement de ne pouvoir m'en
entretenir avec vous et puiser à la source, dont le grand
réservoir est au Nord, où vous avez fait sans doute une

ample provision de cette eau salutaire. J'ai eu occasion de voir, chez madame la comtesse de S..., de fervents adeptes, et même dans une classe qui devrait être moins pressée d'accueillir ces nouvelles doctrines; et j'ai félicité un pays qui compte des hommes élevés en dignité, si parfaitement désabusés des grandeurs de ce monde et si désintéressés sur le bonheur.

J'attendrai dans mes rochers la prochaine convocation des Chambres, où, bien malgré moi, j'ai été appelé à figurer. Un moment je m'étais flatté d'une seconde dissolution; il paraît qu'il n'y faut plus compter, et que la roue de fortune, qui fait sortir de cette loterie le cinquième des billets tous les ans, tournera encore. Je n'ai jamais été heureux au jeu, et mon billet ne doit sortir que dans quatre ans, si, dans quatre ans, il n'y a pas du nouveau.

Je désire, Monsieur, que vous retrouviez dans tout ce que je publie, soit comme député, soit comme écrivain, les mêmes principes pour lesquels nous avons l'un et l'autre combattu avec si peu de succès. Nous en serions découragés sans doute, si nous n'attendions pas un avenir pour le triomphe de la vérité, comme pour la justification de ses défenseurs. Ne pas retenir la vérité captive, la publier sur les toits, voilà le devoir de l'homme de bien; souffrir persécution pour elle, voilà peut-être sa récompense.

Aucun autre sentiment, aucun autre espoir ne m'a mis la plume à la main, et je n'éprouve, je vous l'assure, qu'un mécontentement très-vif de l'importunité de la petite célébrité qui me poursuit. Je ne suis vraiment heureux que dans ma triste et sauvage solitude, où je jouis des miens et de moi-même, au milieu de travaux champêtres et d'hommes bons et simples, qui ont encore conservé le souvenir du bien qu'on leur a fait et la reconnaissance de celui qu'on voudrait leur faire.

J'adresse cette lettre à madame de S..., que votre arrivée à Paris a comblée de joie. C'est une amie digne de vous, et un des meilleurs esprits que j'ai rencontrés, effet ou cause des qualités du cœur les plus excellentes dont une mortelle puisse être douée.

Agréez, Monsieur le comte, ce nouveau témoignage d'un éternel et respectueux attachement.

Le vicomte DE BONALD.

*P. S.* Je relis, Monsieur, votre dernière datée de Saint-Pétersbourg, et j'y remarque que vous me donnez votre adresse chez M. le comte Alfiéri, votre ambassadeur, que j'ai eu l'avantage de rencontrer quelquefois dans le monde.

---

### LETTRE DU VICOMTE DE BONALD AU COMTE DE MAISTRE.

2 décembre 1817.

Monsieur le comte,

Suis-je assez malheureux? Quand je suis en Allemagne, vous êtes je ne sais où; je viens en France, vous êtes en Russie; je retourne dans mes montagnes, vous arrivez à Paris; je reviens à Paris, vous voilà à Turin, et nous semblons nous chercher et nous fuir tour à tour. J'avais eu l'honneur de vous écrire à ma campagne,

quand je vous sus à Paris, et ne sachant pas bien votre
adresse, je mis ma lettre sous le couvert de madame
de Sw..... Je ne sais si elle vous est parvenue, mais je
n'ai plus trouvé ici cette excellente et spirituelle femme,
qui n'a de russe que son nom, et qui d'ailleurs est toute
française pour nous, et des bonnes et anciennes Françaises d'opinions, de sentiments, de goûts, de grâces,
de bontés et de politesse... Ne la reverrons-nous plus ici,
et ne vous y verrai-je jamais vous-même ?

Mais, Monsieur le comte, s'il ne vous est pas donné
de nous voir au moins par la partie matérielle de notre
être, il nous est permis de nous connaître, et surtout
de nous entendre d'une manière intime et complète dont
j'avais fait depuis longtemps la remarque avec orgueil
pour moi et avec une bien grande satisfaction comme
écrivain, parce que cette coïncidence a été pour moi
comme une démonstration rigoureuse de la vérité de
mes pensées. J'ai éprouvé l'impression de plaisir et de
consolation qu'un homme égaré dans un désert éprou-
verait en entendant la voix d'un homme qui vient à
son secours.

Je sais qu'à parler en général, il y a dans la vérité
une force d'impression qui se fait sentir vivement, et
qui ne permet quelquefois pas même le doute ou la
crainte; mais après tout, comme les faibles humains
sont trop souvent égarés par des lueurs trompeuses qui
paraissent de la lumière à des yeux malades, il est consolant et rassurant, plus que je ne peux vous le dire, de
se trouver, sans communication préalable, en concert
de pensée et d'opinions avec quelque bon esprit, qui,
sous l'influence d'autres impressions et par d'autres méthodes, est parvenu aux mêmes résultats. C'est ce sen-

timent réel et profond que me fait éprouver ce que
vous me dites, Monsieur le comte, de la coïncidence
de mes pensées avec les vôtres, et moi, qui jamais n'ai su
me juger moi-même, et à qui surtout manque cette grâce
d'état, qui met l'écrivain dans une béatitude anticipée
et lui fait regarder ses ouvrages comme des chefs-d'œuvre; j'avais besoin, pour croire à moi-même, d'un témoignage tel que le vôtre, et tel que celui de quelques
amis qui connaissent, aiment et admirent vos écrits;
j'en avais d'autant plus besoin, que mes pensées, atta-
quées avec fureur dans plusieurs journaux, n'ont pu être
défendues que par mes amis, car je ne descends jamais
dans l'arène pour me défendre moi-même. Au reste, je
crois que vous verrez cet ouvrage, et peut-être d'autres
du même auteur, traduits en Italie par les ordres de
l'archiduc Maximilien de Modène, et j'ai reçu plusieurs
lettres à ce sujet de son bibliothécaire. On m'a dit aussi
que les *Pensées* avaient été traduites en allemand. Ces
ouvrages doivent perdre aux traductions, parce que ce
qu'on appelle le trait et qui est essentiel dans la pensée, n'est pas le même dans les diverses langues. On
imprime à présent des Considérations morales et philosophiques sur les plus importants objets de la morale et
de la philosophie. — Certes, il faut avoir de la foi à sa
doctrine pour oser écrire dans l'état où nous nous trouvons, au milieu de ces tempêtes délirantes qui vont devenir plus violentes encore par la nouvelle composition
de notre assemblée. Aussi, je n'y entre pas sans éprouver un sentiment inexprimable de douleur et de dégoût... Nous allons délibérer ou plutôt nous battre sur la
liberté de la presse, le concordat, la loi du recrutement
et l'instruction publique... Concevez-vous une nation

qui se recommence ainsi comme si elle sortait de ses
forêts, et chez qui tant d'hommes sans éducation littéraire et scientifique, sans études sérieuses, sans connaissances préalables, viennent disserter sur ces grands objets qui rempliraient des bibliothèques, et ont occupé
tant de grands esprits?—Concevez, Monsieur le comte,
s'il vous est possible, la patience qu'il faut avoir pour
écouter, pendant quatre ou cinq heures tous les jours,
des déraisonnements passionnés; et encore s'il n'y avait
au fond que cela! Les assemblées parlantes me deviennent insupportables. Je n'ai pu même prendre sur moi
d'aller, quoique j'en sois, à l'Académie, autre assemblée, et où l'on déraisonne tout aussi bien qu'ailleurs.
Je ne vous donne point de nouvelles, vous êtes en mesure de juger ce que nous sommes et où nous allons.
D'ailleurs, il y a pour moi des choses absolument inexplicables, et dont l'issue ne me paraît pas au pouvoir
des hommes, en tant qu'ils agissent par leurs propres
lumières, et sous la seule influence de leurs volontés, et
en vérité, ce que je vois de plus clair dans tout ceci...
est l'Apocalypse.

Vous êtes, ce me semble, plus que nous dans votre
ancien état en Piémont. Vous ne faites pas parler de
vous, et rien n'est plus heureux pour un État comme
pour une femme. Je voudrais bien apprendre par vous
que, là où vous êtes, vous êtes apprécié autant que vous
êtes connu, et que l'on donne quelque exercice à vos
talents et quelque influence à vos vertus! Je suis tenté
de vous dire : « *Souvenez-vous de moi quand vous se-*
« *rez dans votre royaume,* » et si vous connaissez (et
sans doute il y en a plus d'un) quelque Piémontais qui
ait de bonnes raisons pour désirer de quitter son

pays et de vivre en France sous la douce influence des idées libérales, dans l'aimable compagnie de nos *libéraux*, qui veuille me donner dans vos fertiles plaines à peu près le même bien qui reste à ma femme et à mes enfants (car, pour moi, je suis complétement hors d'intérêt dans les questions de propriété), en vérité, je serais bien tenté de changer mon domicile, si je pouvais vivre auprès de vous, et trouver dans quelque coin de la terre ce repos qui me fuit !

Donnez-moi, Monsieur le comte, de temps en temps de vos nouvelles ; instruisez-moi surtout de ce qui vous sera personnel, à quoi je prends un vif intérêt. L'élévation d'un homme de bien me rafraîchit le sang, et il me semble que je suis élevé avec lui. Instruisez, éclairez, vous êtes sur un plus petit théâtre, mais vous y avez la liberté de vos mouvements, et votre voix s'entend de loin.

Recevez, Monsieur le comte, l'assurance de la plus tendre, de la plus sincère estime, et de l'attachement respectueux avec lequel je suis votre très-humble et très-obéissant serviteur,

Le vicomte DE BONALD.

*P. S.* Je ne connais pas l'ouvrage de M. de Montlosier dont vous me parlez. Je le chercherai. Il a bien voulu parler souvent de moi, et pas toujours dans des écrits imprimés.

---

LETTRE DU VICOMTE DE BONALD AU COMTE DE MAISTRE.

Paris, 15 décembre 1817.

. Monsieur le comte,

Je profite, pour répondre à la lettre que vous m'avez fait l'honneur de m'écrire le 15 du mois dernier, du départ pour Naples, où il va comme attaché à l'ambassade, du fils de mon collègue, M. Benoît, conseiller d'État *destitué*, excellent jeune homme, dont notre abbé Lamennais a fait un disciple, ou plutôt un frère ou un fils. Il doit passer par Turin, et m'a promis de vous remettre ce paquet : j'y joins quelques détails sur une œuvre à laquelle j'appartiens moi-même, dirigée, sous l'autorité des ecclésiastiques les plus recommandables, par un nombre considérable de jeunes gens ou autres de toute condition, depuis la pairie jusqu'à l'humble place de commis, qui se dévouent à cet acte sublime et touchant d'humanité avec une ferveur, un zèle, une tendresse véritablement admirables. Quand on est trop aigri par tout ce qu'on voit, ce qu'on entend, quand on est prêt à désespérer de la France, il faut, pour *rasséréner* son âme, aller voir les différentes œuvres entreprises par ces jeunes gens, dont mon ami et parent M. de Roussy, que je vous ai recommandé, était un des plus fervents instruments. Ce sont ici les petits Savoyards qu'on catéchise, dont on soigne et la conduite et l'existence; là, ce sont de petits malheureux condamnés à plusieurs années de prison presque avant l'âge de raison, en qui la malice a devancé l'âge, et qui dans les prisons, confon-

dus avec de grands scélérats, sans travail, sans instruction, livrés à la corruption la plus profonde, et à de détestables et trop certaines leçons de crime, sous des
hommes qui, *à la lettre*, le professaient; des malheureux,
dis-je, recueillis à l'expiration de leur peine dans une
maison gouvernée par de bons Frères de la doctrine
chrétienne, et toujours par les soins et sous la surveillance de la société des jeunes gens, instruits des devoirs
de leur religion avant d'être rendus à la société, et même
élevés dans une profession quelconque pour leur donner les moyens de gagner leur vie. Ailleurs, ce sont les
hôpitaux et les malades visités dans tout Paris par ces
mêmes jeunes gens, qui suppléent au petit nombre d'ecclésiastiques dans tout ce que peuvent faire des laïques
pour instruire, consoler, ramener, servir cette immense
multitude d'infirmes que cette ville immense et corrom-
pue vomit dans les hospices, où presque tout le bas peuple va terminer sa misérable existence. L'œuvre des
petits Savoyards vous intéressera particulièrement, Monsieur le comte, et nous continuons ici envers eux les
soins de votre administration paternelle; on leur ferait
beaucoup plus de bien si on avait plus de ressources,
mais il y a ici tant d'objets d'un intérêt majeur qui ne
sont entretenus que par les aumônes des fidèles, et même
on peut dire *des royalistes*; grands et petits séminaires,
hospices pour les enfants de tous les âges, secours pour
tous les âges, etc., etc., qu'on visite au milieu de toutes les pertes qu'ont éprouvées les familles les plus opu-
lentes, et du peu de ressource qu'on trouve généralement dans celles qui se sont enrichies : l'abondance des
ressources rappelle tout à fait la cruche inépuisable de
la veuve de Sarepta. Si votre gouvernement, Monsieur

le comte, voulait nous envoyer quelque secours, et coopérer à une bonne œuvre, dont tous les fruits ne sont pas perdus pour lui lorsque ces braves enfants reviennent dans leur pays, nous les recevrions avec reconnaissance; je sais qu'une autre fois M. le marquis de Sostegno, votre ambassadeur ici, a fait parvenir quelque secours à la société.

Nous voici, Monsieur le comte, en pleine eau; notre session a commencé, et tout annonce qu'elle sera orageuse; le changement inévitable à faire à la loi des élections a exaspéré au dernier point tous ceux qui avaient compté sur son résultat nécessaire, la destruction de la monarchie et de la religion : jusqu'à présent, il est difficile de prévoir de quel côté se jetteront les ministériels qui peuvent faire pencher la balance. Leur parti est réduit depuis que les uns ont pris à droite, et les autres à gauche; mais, tel qu'il est, il se trouve encore assez fort pour décider une délibération; il se jettera sans doute du côté où les ministres inclineront eux-mêmes, et les ministres paraissent divisés. C'est un chaos à n'y rien comprendre. Jamais société n'a été gouvernée ainsi et ne s'est trouvée dans un pareil état.

J'ai lu à M. de Marcellus et à M. O'Mahony l'article de votre lettre qui les concernait. Ce jeune O'Mahony, fils d'un brave maréchal de camp destitué du commandement de Rennes, plein d'esprit et d'amabilité, en a été singulièrement flatté, et a voulu prendre copie de ce qui le regardait.

J'ai mis, Monsieur le comte, trop de prix à apprendre à l'Europe que j'avais l'honneur de vous compter au nombre des personnes qui m'honoraient de leur suffrage et de leur amitié pour avoir laissé échapper l'occasion de le dire dans un article du *Conservateur*, où cette révélation venait tout naturellement. Faut-il que l'Europe périsse avec tant de lumières, de connaissances, et même de vertus? Quelques misérables sophistes sans talent, sans pudeur, la plupart diffamés, en deviendront-ils les régulateurs et les oracles? Cette idée est accablante; c'est la fin des sociétés, si ce n'est pas la fin du monde. Faites venir de Paris, je vous prie, *les Missionnaires de* 93, ouvrage en 1 vol., qui se vend chez Lenormant : vous n'y apprendrez peut-être rien que vous n'ayez su, et *tout vous y paraîtra nouveau.*

Vous ne faites pas parler de vous, Monsieur; on ne dit rien des libéraux du Piémont. Les nôtres portent toute leur attention sur l'Angleterre et l'Allemagne, où ils cherchent à occuper les souverains, pour qu'à leur tour ils les laissent faire ici leurs folies. Il est temps cependant de s'y opposer. Plus tard, il ne sera plus temps, leur audace croît tous les jours, et jamais l'enfer n'a vomi plus de blasphèmes, plus de calomnies, plus d'appels à la licence et à la révolte.

Adieu, Monsieur le comte. Me voilà au combat ; encouragez-moi de la voix et du geste, et si je suis forcé de quitter encore ma patrie, que je trouve sous vos auspices, dans les grottes les plus reculées de vos montagnes, un lieu où je puisse finir en paix une vie si agitée.

Ah! que je serais heureux, si vous pouviez m'envoyer, pour le *Conservateur*, quelques miettes de votre table opulente. Vous pouvez croire, et je vous en donne ma foi de chrétien et de gentilhomme, que l'anonyme

que votre position vous commande serait religieusement
gardé, et que hors Dieu, vous et moi, personne ne le
saurait.

BONALD.

———

## LETTRE DU VICOMTE DE BONALD AU COMTE DE MAISTRE.

1818.

Je crains, Monsieur le comte, qu'une lettre que j'ai
eu l'honneur de vous écrire il y a quelque temps, ne
vous soit pas parvenue. Je l'avais tout simplement mise
à la poste, en prenant la précaution de l'affranchir jusqu'à la frontière ; mais nous sommes curieux dans ce
pays, et je fais passer celle-ci par la voie de votre ambassadeur. J'y joins un exemplaire d'un nouvel ouvrage
sur ma philosophie, qui est aussi la vôtre et celle, j'espère, de tous les bons esprits : il est vrai qu'elle est encore celle du petit nombre ; car aujourd'hui qu'il n'y a
plus de doctrine générale, au moins de fait, et que cependant chacun veut prendre sa part du progrès des
lumières, il n'y a que des doctrines individuelles, et
c'est à qui aura la plus folle. Mon ouvrage a obtenu ici
des suffrages recommandables, et c'est ce qui me donne
plus de confiance pour vous l'envoyer. Les journaux
n'en ont pas encore parlé ; il y a peu de jours qu'il est
en circulation, et les journalistes veulent prendre du
temps. Mon premier dessein avait été seulement de ré-
futer *Cabanis*. A mesure que j'avançais, l'étoffe s'éten-
dait, et je cherchais alors à lui ôter un caractère trop

I. 35

polémique envers un seul livre , et à lui donner celui
d'une réfutation plus générale : vous verrez si j'ai réussi.
On l'a trouvé parfaitement clair ; cette qualité est presque de trop pour un lecteur tel que vous , qui devine
même ce que l'auteur aurait dû mettre dans son ouvrage,
et à plus forte raison ce qu'il y a mis ou voulu y mettre.
Mais, enfin, vous l'aurez lu plus tôt, et vous pourrez me
faire l'amitié de m'en parler plus tôt aussi , et de m'en
parler avec une entière sincérité, et comme d'un ouvrage
qui me serait tout à fait étranger, et que j'aurais lu comme
vous.

Je joins à cet envoi celui de mes opinions pendant
cette triste session; elle est à la veille de finir. Nous y
aurons parlé littérature dans la liberté de la presse, et
militaire par la loi du recrutement. Nous espérions, après
ou avant de parler finance, faire de la théologie dans la
question du Concordat; mais vous savez qu'après qu'il
nous a été envoyé et après un mois de discussion dans
la commission, tout étant à peu près arrangé, les ministres n'en ont plus voulu , au moins tel qu'il avait été
réglé avec le Saint-Père , et ont proposé de réduire à
soixante-dix-huit le nombre des évêchés fixés à quatre-
vingt-douze par le Concordat, et de le décréter ainsi,
sauf l'éventualité d'un arrangement nouveau avec Sa
Sainteté. M. de Marcellus a écrit au pape, de son chef,
et il en a reçu un bref désapprobateur de toutes ces mesures; ce qui, joint à la résistance mesurée des évêques
consultés, a tout arrêté. Les ministres ont été ou paru
furieux, et la chose en est là. Assurément ils auraient
fait passer la circonscription après avoir fait passer la
conscription : voilà où nous en sommes.

L'affaire de Lyon est un grave incident d'un grand

procès. Nous demandons des explications, nous attendons des réponses annoncées. Rien ne paraît, que les démentis donnés par le préfet, le commandant, le maire, le grand prévôt; tous parfaitement d'accord sur les faits, sur les intentions, sur l'opinion qu'ils ont eue de l'esprit des conspirateurs.

Que dites-vous du congrès? On devrait vous y envoyer. Je n'en attends rien de vrai, rien de fort; des demi-vérités, des demi-mesures, et la fausse honte de revenir sur ses erreurs; peut-être quelque autre illusion comme celle de la sainte-alliance, dont on n'avait pas assez jugé les suites politiques quand elle a été proposée par un peuple qui n'a pas la lumière, mais qui est habile à tromper et fort pour asservir.

Donnez-moi, je vous prie, de vos nouvelles, de votre santé, de votre situation. Je m'intéresse infiniment à tout ce qui vous est personnel, et je désirerais vous savoir heureux, s'il y a pour les bons quelque autre bonheur ici-bas que de souffrir persécution pour la justice.

Vous connaissez, Monsieur le comte, mon tendre et respectueux attachement pour vous et pour tout ce qui me vient de vous.

**BONALD.**

---

LETTRE DU VICOMTE DE BONALD AU COMTE DE MAISTRE.

Paris, 3 janvier 1819.

J'eus l'honneur, Monsieur le comte, de faire passer l'année dernière, à votre adresse à Turin, par la voie

35.

de votre ambassade à Paris, un exemplaire de mes *Réflexions philosophiques sur les premiers objets des connaissances morales*, qui venaient de paraître. J'y joignis une lettre, et je n'ai pu savoir encore si cet envoi vous avait été fait, ou plutôt si vous l'aviez reçu. Je vous devais l'hommage de cet écrit, qui a eu quelque succès, et je saisis avec joie l'occasion qu'il m'offrit de vous renouveler l'expression de mes sentiments. Je partis peu après de Paris pour mes rochers, d'où je ne suis revenu que depuis quelques jours, pour la triste et pénible mission dont je me suis chargé pour la quatrième fois. J'espère que cette lettre sera plus heureuse. J'y joins un exemplaire de ma réponse à l'ouvrage de madame de Staël, réponse abrégée, dans laquelle j'ai repoussé ses doctrines beaucoup plus que je n'ai répondu à l'auteur. Il aurait fallu pour cela un écrit aussi volumineux que le sien, et je n'en avais ni le temps ni la force : tel qu'est celui-ci, on en a été content ici; on y a trouvé de la raison et de la politesse. Il ne fallait pas oublier que je répondais à une femme, à une grande dame qui avait des amis même dans nos rangs : vous en jugerez.

J'ai appris par quelqu'un de vos compatriotes que vous avez été mis par votre digne souverain à la tête de la chancellerie de justice, à ce que je crois, car j'ignore s'il y a dans cette division de votre administration quelque chose de relatif à la politique; quoi qu'il en soit, plus le cercle sera étendu, mieux vous y êtes placé. Cette nomination m'a rafraîchi le sang. Il y a donc encore un pays en Europe où la vertu et le talent sont bons à quelque chose! Vos journaux n'en ont pas parlé, pas plus que de votre ordonnance en faveur des *spoliés*:

ils n'en parleront pas crainte de scandale. L'annonce
d'actes de justice envers les choses ou envers les personnes pourrait tirer à conséquence; elle ne pourrait
pas en faire naître l'idée, mais elle risquerait d'exciter
quelques regrets : c'est là que nous en sommes.

Vous aurez été instruit, et peut-être mieux que moi,
du désordre et de l'*imbroglio* politique où nous nous
sommes trouvés pendant dix à douze jours avec un
gouvernement sans ministre aucun. De ce chaos est sorti
une création toute nouvelle et tout à fait différente de
celle qui devait naturellement en résulter, s'il n'y avait pas
eu une inconcevable absence de sang-froid et de jugement. Vous savez, Monsieur, avec quels éléments commence notre Chambre; et les élections qui restent à faire
dans quelques départements non représentés, à cause de
doubles nominations ou de démissions, ne nous en promettent pas d'une autre espèce. Si vous me demandez
où l'on va et ce qu'on veut, je croirai vous en donner
une idée assez juste en vous disant, comme je le pense,
qu'on veut creuser une mine sous la monarchie, la
charger, et puis se tenir prêt à y mettre le feu sans avoir
dans le moment, je crois, l'intention de la faire sauter.
Vous concevrez notre position en vous disant qu'on
peut faire tout en France, bien et mal, avec le roi, et
qu'on ne peut rien faire sans lui. Ainsi, nous parlerons
encore à des sourds. Notre minorité sera renforcée
par des ministériels effrayés un peu trop tard sur les
suites d'un système qu'ils ont trop fidèlement servi;
mais je doute, malgré leurs promesses, qu'ils puissent
nous donner la majorité, et l'autorité a de trop puissants
moyens de séduction. La Chambre des pairs est mieux
organisée, et tout annonce que sa majorité sera bonne;

mais elle ne peut rien faire, et ne peut qu'empêcher;
et puis, si nous étions trop forts ou que nous allassions
trop vite, on aurait recours à la dissolution, qui, for-
çant de rouvrir les élections dans toute la France sous
l'empire de la détestable loi que nous avons portée,
serait sans doute la *consommation* : au reste, nous ne
sommes pas seuls menacés, et les petites puissances,
en attendant les grandes, seraient ébranlées et entraî-
nées dans notre chute.

Aujourd'hui que le favori a culbuté ses rivaux, qui
ont fait d'énormes fautes, qu'il les a culbutés à l'aide
des *indépendants*, sentira-t-il que ces instruments, bons
pour détruire, sont impuissants à rien fonder? Aura-t-il
assez de force de caractère et de génie pour leur faire
*front* et les combattre avec une majorité qu'il aurait si
facilement? Sentira-t-il que, s'il les ménage ou s'il s'en
sert, il sera leur première victime, et qu'il ne peut les
abattre qu'en s'en séparant avec éclat, et même avec
scandale? C'est la seule ressource qui nous reste aujourd'hui; mais des choix faits ou annoncés pour des
places subalternes éloignent ce dernier espoir, et la
France sans doute ne sera pas sauvée, si elle doit l'être
par des hommes.

Qu'est devenue madame de S. ? Où qu'elle soit, faites-
lui, je vous prie, parvenir mes respects.

Adieu, Monsieur le comte; croyez que je voudrais
être dans le pays que vous habitez; on nous dégoûte
de notre propre patrie; nous y sommes, comme les premiers chrétiens, livrés aux bêtes et déchirés par des
monstres. Une haine invincible de la noblesse, du
clergé, de toutes institutions bonnes et utiles, perce de
toutes parts : tout est couvert d'un nom révéré et des

formes les plus légales. Nous périssons aux cris de *Vive
le roi et la charte!* — Lisez-vous *le Conservateur?* Nous
nous y défendons de notre mieux. Cette session sera
longue, si elle n'est pas abrégée par une nouvelle dissolution. Je cède, en venant ici, au devoir le plus im-
périeux. On m'a retiré, par des lois ou des ordonnances,
la plus grande partie de ce qu'on m'avait donné; ce qui
fait à peu près tous mes moyens d'existence, et mon
séjour ici est très-onéreux à ma famille : encore s'il
était utile à l'État!

, Recevez, Monsieur le comte, l'expression bien sincère de mes vœux, de mon attachement et de mon respect.

Le vicomte DE BONALD.

————————

LETTRE DU VICOMTE DE BONALD AU COMTE DE MAISTRE.

Paris, 30 mars 1819.

Hier 29 mars, Monsieur le comte, j'ai reçu le matin
votre lettre du 10 juillet de l'année dernière 1818, et
le soir la dernière que vous m'avez fait l'honneur de
m'écrire en date du 22 présent mois. La première m'a
été remise par M. Rusand, libraire de Lyon, que le hasard me fit rencontrer, et qui, l'ayant depuis longtemps
envoyée ici à sa maison de librairie, de l'ordre sans
doute de M. Frèrejean, à qui vous l'aviez confiée, n'é-
tant pas venu lui-même à Paris, n'avait pu éveiller la
négligence de ses commis, qui avaient laissé cette lettre
dormir au fond d'un portefeuille, où ils n'auraient sûrement

pas laissé si tranquille une traite sur moi s'ils en avaient
eu une. La seconde lettre m'est parvenue par la voie
ordinaire, et je n'y ai trouvé d'extraordinaire que la
singulière rencontre du même jour. C'étaient deux amis
qui m'arrivaient, l'un de la Chine, l'autre du Piémont,
et qui m'arrivaient au même instant; car ici l'éloignement des temps compense la distance des lieux, et
depuis le 10 juillet on aurait fait la moitié du tour du
globe.

Enfin je les tiens, et je suis convaincu que vous avez
reçu les petits présents de l'amitié que j'avais en vérité
crus, ainsi que ma lettre, oubliés pour toujours au fond
de quelque magasin de douanes. J'aurai bientôt quelque
chose à y joindre, car je veux être tout entier dans votre
cabinet de livres, et qu'à ce *moi*, si je peux ainsi parler, il ne manque que moi-même. J'ai donné des *Mé-
langes*, c'est-à-dire des dissertations insérées presque
toutes dans des journaux du temps, et d'un temps où il
y avait et plus de liberté pour les auteurs et plus de respect pour la vérité, et même plus de surveillance sur les
mauvaises doctrines qu'aujourd'hui; des dissertations sur
différents points de politique, de morale, de littérature,
toujours appliquées à ma manière, qui heureusement est
la vôtre, de considérer la religion dans la politique et la
politique dans la religion. On en avait été content dans
ce temps, et la publication ne leur a rien fait perdre de
l'estime qu'on leur avait accordée. J'aurai l'honneur de
vous les faire passer. Je loge sous le même toit qu'un
excellent Savoyard, employé ici, le *factotum* de votre
comtesse de Viry, et c'est lui qui a bien voulu vous faire
l'envoi de mon opuscule sur ou contre la fameuse baronne. Je vous avais fait passer les *Réflexions* par la

voie de votre ambassade. De tout ce que vous voulez
bien me dire à propos de ce dernier ouvrage, ce qui m'a
le plus flatté est la conformité que vous avez remarquée
entre mes opinions et les vôtres et cet unisson de pensées
et de sentiments qui me donne à moi-même la plus sûre
garantie de la vérité de mes opinions, garantie dont
tout auteur a besoin, et moi plus qu'un autre.

(Pour ne pas oublier de vous parler de l'ouvrage de
Leibnitz, ce qui déjà m'est arrivé en vous écrivant, je
place ici, en parenthèse, que l'ouvrage n'a pas encore
paru, mais qu'il est incessamment attendu.)

Depuis le 10 juillet 1818 notre politique a fait bien
du chemin. Triste reste de la majorité de 1815, nous
défendons sur la décisive brèche la place si vivement attaquée, et dont les dehors ont été emportés. Vous avez
vu nos dernières élections de remplacement. Benjamin
Constant est un des plus sages : jugez du reste. Nous
avons, suivant l'expression du général la Fayette, perdu
la bataille des élections, et ce nouveau convoi est entré
pour ravitailler la place. Les destitutions continuent leur
train, et tombent toutes sur une seule couleur. La Chambre des pairs, si considérablement renforcée, peut à
peine contenir ses membres; nous, nous serons, ou dis-
sous après la session, ou doublés. La majorité dans les
deux Chambres est fixe et systématique : que pourrions-
nous faire? Nous ne parlerons plus. Il n'est plus question
du Concordat, mais beaucoup de changements dans les
cadres de l'armée faits par le duc de Feltre, beaucoup
d'alarmes, beaucoup d'inquiétudes... d'étranges espérances, de grandes craintes. Nous n'y pouvons plus rien,
la question est hors des Chambres... Le gouvernement
n'est plus... j'ai bien fait de ne pas l'approuver; on

finira, par être de nos avis. Je ne vous parle pas de la
licence des écrits, elle passe tout. Un jeune homme,
nommé ...., publie un pamphlet où il menace de la *mort
à domicile*, au cas que les étrangers rentrent, car il est
évident que nous les aurons rappelés... Il est fait maître
des requêtes : voilà où nous en sommes. Où y a-t-il sûreté? je l'ignore; sécurité, aucune; luxe , plaisirs, dépenses, tant qu'on en veut; esprit, très-peu , et il baisse
sensiblement... Des colléges, de bons principes, des
œuvres de charité excellentes , de l'attachement à la
religion, des jeunes gens parfaits... il y a de tout cela,
surtout à Paris. Que faut-il craindre, que faut-il espérer ?... Nous ne ressemblons pas mal à un homme en
profonde léthargie qui , les yeux et les oreilles ouverts,
verrait faire les apprêts de son enterrement sans pouvoir
bouger. Notre position est unique dans l'histoire, et vous
en voyez la cause première. Il y a des choses surnaturelles
contre lesquelles nous nous débattons en vain. Les moments sont marqués, et sans doute il faut les attendre.
Notre session sera fort longue. On fera passer avec cette
majorité tout ce qu'on voudra , et sans doute on voudra
en profiter. Si on ne dissout pas cette année, j'en ai encore pour deux ans : c'est trop; et la place n'est pas tenable. Je ne me décourage cependant pas. Si je croyais à
la ruine totale de la France , je croirais à la fin de la civilisation et de l'Europe. Plus je vois, plus je crois que
son salut viendra de nous ou ne viendra pas.

Je vais voir la comtesse de S... et lui parler de vous.
Elle loge rue de Grenelle Saint-Germain ; toujours bonne,
toujours aimable , toujours spirituelle : si nous n'avions
que de ces étrangers-là ! A propos d'étrangers , je ne
connais plus rien à leur politique, et quelquefois je crois

trop la connaître. *Aura-t-elle toujours des yeux pour ne point voir!*

Quel plaisir m'ont fait les détails que vous me donnez sur votre position! La vertu et le mérite servent donc à quelque chose, et du moins en les apprécie dans un coin de terre! Ils sont ailleurs titre de réprobation et caution de haine et d'outrages. Après les *Réflexions* philosophiques, on m'a ôté une pension qui m'était nécessaire : celle qui me reste n'est pas payée depuis huit mois, et je crois fort qu'elle ne le sera plus : il me reste heureusement la moitié, sur le trésor royal, de ce que Bonaparte m'avait forcé d'accepter; sans cela, je demanderais mon pain. Je ne vis, sous les Bourbons, que des bienfaits de Bonaparte, que je n'ai jamais voulu servir! Je n'ai écrit que pour les rois, et je n'ai reçu de marques d'estime que du peuple, qui a toujours voulu me députer pour défendre ses intérêts. D'autres n'écrivent que pour les peuples et en sont amplement récompensés par les rois. Heureusement, je puise mes consolations à une autre source, et à la même où je puise mes devoirs.

Je m'avise un peu tard que si vous ne pouvez écrire que des billets, vous ne pourrez lire que des mémoires : cette lettre en a la longueur, et elle vous prendra le temps de lire plusieurs suppliques. Vous la pardonnerez au besoin que j'avais de vous écrire. C'est un entretien avec un ami (permettez-moi ce mot si doux, Monsieur le comte), avec un ami absent depuis longtemps, et qu'on retrouve enfin, et, j'espère, pour ne plus le perdre.

Agréez, Monsieur le comte, l'assurance la plus vraie de tout l'attachement et le respect que vous inspirez, et

avec lesquels je suis votre très-humble et très-obéissant
serviteur,

Le vicomte **DE** **BONALD**,
rue Palatine, n° 5.

C'est un peu tard vous parler de l'horrible affaire
Fualdès ; mais votre lettre du 10 juillet et l'affaire Kotzebue me la rappellent. Je refusai d'être du jury. Je n'aime
pas le jury, dont je n'ai jamais fait partie, et je ne voulais pas commencer par cette affaire horrible mon ap-
prentissage. Je n'ai jamais cru que la cupidité fût la cause
de cet assassinat. Fualdès était ruiné, et même sa fortune n'aurait pu tenter la cupidité de tant de gens,
même avant qu'il l'eût perdue. La cupidité tue et ne
torture pas, et il y a eu des détails dans cette affaire,
un luxe d'atrocité, d'audace et d'impudence inexplicable. J'y ai toujours vu de la franc-maçonnerie : ils
l'étaient tous, et lui plus qu'un autre. Les francs-maçons,
dans ce moment, veulent acheter la maison Bancal, la
raser et élever un monument à Fualdès sur le sol : ce
qui n'empêche pas ma conjecture. Tous, du reste,
étaient républicains, patriotes, fédérés, et tout ce que
vous voudrez, et Fualdès plus que tous. Mais ce n'est
qu'entre complices qu'on se punit, et cet assassinat avait
l'air d'une *sentence*. Avec cela, un secret impénétrable
a resté sur le fond, s'il y en a un, et les coupables ont
emporté leur secret avec eux et sont morts en renégats.
La seconde affaire est aussi inexplicable que la première.
Un *alibi* a été attesté par des hommes très-dignes de foi,
et je les connais ; les assertions de madame Manson n'é-
taient pas moins positives. En général, on les croit coupables. Cette madame Manson était un mince sujet,
comme vous voyez, que personne ne voyait. Je connais

son père, à qui j'ai vendu une terre, et ne la connais pas elle. Il n'y a pas dans tout cela une personne estimable. La bonne société ne les voyait pas, quoiqu'ils appartinssent tous à la bonne bourgeoisie. Je vous remercie de votre intérêt pour mes enfants. Le plus jeune, ecclésiastique, est ici attendant, en travaillant beaucoup, que son évêque l'appelle, et son évêque de Chartres attend lui-même son église, qui attend elle-même le Concordat. Depuis votre lettre, Monsieur le comte, du 10 juillet, vous avez eu le malheur de perdre Monsieur votre frère, évêque d'Aoste : c'était un homme d'un vrai mérite, et digne du nom qu'il portait. Mon Dieu! que de pertes nous faisons dans ce genre, et combien il y en a d'irréparables !

---

## LETTRE DU VICOMTE DE BONALD AU COMTE DE MAISTRE.

Paris, 10 juillet 1819.

J'ai vu, Monsieur le comte, le jeune M. de Gabriac, qui m'a donné de vos nouvelles comme je n'en ai pu jamais avoir moi-même, je veux dire *de visu*, et il m'a appris en même temps qu'il avait porté la lettre qui m'avait été envoyée par madame la duchesse d'Escars. Je vous en remercie doublement, car vous avez à peine le temps de penser à vos amis, et pour mon compte, je suis loin de demander que vous preniez sur vos grandes occupations celui de leur écrire.

Notre session rend le dernier soupir, et je me dispose à aller me remettre dans mes montagnes; car ma santé est un peu altérée et autant par les inquiétudes de notre position que par excès de travail. Nous en reviendrons, si nous en revenons, je ne sais quand. La longueur démesurée de cette session retardera sans doute les suivantes, et plût à Dieu qu'elle pût les éloigner tout à fait !

Vous me demandez ce que je pense de la charte... Il me semble, Monsieur, que mon opinion sur le compte de cette aventurière n'est pas plus équivoque que la vôtre : c'est une œuvre de folie et de ténèbres : je m'en suis toujours expliqué sur ce ton, même à la tribune, et cette opinion bien connue m'est peut-être plutôt pardonnée que les hommages hypocrites de quelques autres. Cependant elle a des partisans sincères , surtout parmi les pairs, qu'elle a assez bien traités, et qui se croient dans le meilleur des mondes possibles. Heureusement, la dernière atteinte portée à leur Chambre et l'avilissement de leur haute dignité les ont un peu dégrisés ; même tous les bons esprits ne sont pas loin de convenir qu'elle ne nous convient pas ; mais on ne sait comment en sortir ni revenir à de meilleures idées, et peut-être est-ce de toute autre manière que par des combinaisons humaines et des projets médités que nous y reviendrons.

J'ai vu ici votre bon curé de Genève. Il m'a communiqué bien des choses, une, entre autres, excellente, faite pour être lue à un grand personnage près de qui vous avez longtemps été, qui nous fait tant de mal , et qui aurait pu faire tant de bien. Il y a des vérités fortes et presques dures ; mais comment réveiller autrement les esprits engourdis ? Dieu veuille bénir cette œuvre, et dessiller les yeux à ceux qui ont la puissance, ou la donner à ceux qui ne l'ont pas ! car je pense quelquefois

qu'il faudrait à l'Europe un homme aussi fort pour le
bien que nous en avons vu un puissant et fort pour la
destruction. Mais *virum non cognosco*, pouvons-nous
dire, et il faudrait d'étranges combinaisons pour une
seconde réaction de ce genre. En attendant, avez-vous
vu, Monsieur, de conduite plus étrange que celle de
notre ministère, qui tâche péniblement à donner la force
aux révolutionnaires et à l'ôter aux royalistes par tous
les moyens qui sont en son pouvoir, tantôt en excluant
les royalistes des élections, tantôt en les destituant des
places; et tandis qu'on empoisonne le civil, je veux dire
la justice et l'administration, on corrompt le militaire
en faisant à la sourdine rentrer dans les rangs des officiers de Waterloo, à la place des royalistes qu'on met à
la retraite? Tout cela se fait de par le roi de France, le
roi *très-chrétien*, qui se croit monarchique, qui se croit
catholique et qui veut être sacré; et tout cela se fait encore en dépit des réclamations les plus vives et les plus
courageuses de tout ce que la France compte d'hommes
forts et éloquents, et n'est appuyé et défendu que par
un tas d'écrivassiers sans génie, sans lumières et sans
vertu : voilà où nous en sommes. O heureux et trois
fois heureux ceux qui, comme vous, Monsieur, habi-
tent un pays où la raison, la religion, la vertu sont comptées pour quelque chose, et si elles n'appellent pas toujours aux places, du moins n'en excluent pas.

Notre session de huit mois, dont trois sans rien faire
et cinq d'un travail excessif, tire à sa fin. Nous rega-
gnons tous nos foyers, et ceux qu'on accuse d'ambition
retournent à leurs charrues avec un plaisir indicible, et
laissent ici les intrigants de la capitale se disputer les
lambeaux de notre pauvre monarchie... et cependant,

faut-il désespérer de la France?... Non, sans doute, si l'Europe n'est pas condamnée à périr tout entière, et si la comète ne doit pas encore s'approcher de notre planète assez pour la réduire en cendre; car si le monde doit périr par le feu, suivant une tradition si ancienne et même si respectable, ce sera sans doute quelqu'un de ces astres errants qui, libre des lois ordinaires de conservation qui régissent et maintiennent à leur place les autres corps célestes, vient comme un voleur, et sans être attendu, nous menacer de sa flamboyante chevelure *et diri toties arsere cometæ*. Mon cher comte, l'aveuglement des rois est un phénomène cent fois plus effrayant, et avec leurs courses continuelles, au lieu d'être fixes, autrefois, comme le soleil, au centre de leurs États, pour tout éclairer et tout vivifier, ils ne sont plus aussi que des astres vagabonds qui troublent le système des sociétés, et n'y portent avec leurs faiblesses ou leurs erreurs que le désordre et le ravage.

Que pensez-vous de l'ouvrage de votre semi-compatriote, M. de Haller de Berne? J'en ai vu l'analyse, et il me paraît sur une bonne voie politique autant que protestant peut y être. Le bon comte de Salis m'en avait parlé avantageusement. J'ai écrit à M. de Haller en signe de confraternité de principes. Le connaissez-vous? Je vais partir, et si vous voulez me gratifier d'une de vos lettres, elle me trouvera à Millau (Aveyron). Je suis tout auprès de cette ville. Vous ne voulez plus de cérémonie; mais vous permettez l'amitié et la vénération : je vous les ai vouées depuis longtemps.

*P. S.* Le bon Savoyard s'appelle M. Duclos, ami de la comtesse de Viry.

1819.

Monsieur le comte,

J'ai eu indirectement de vos nouvelles par mon respectable ami, le comte de Marcellus, à qui vous avez
écrit une lettre qu'il m'a promis de me faire lire à notre
prochaine entrevue à Paris. J'y ai vu avec peine, dans
le peu qu'il m'en cite, que vous vous plaigniez de votre
santé, et qu'à tous les sujets de peine dont ce malheureux temps afflige les hommes de bien, il se
joint d'*autres épines*, que votre prévoyance et le rang
où vous êtes placé vous font encore mieux sentir, et
qui s'enfoncent cruellement dans votre cœur. « *Votre
esprit*, dites-vous, *s'en ressent ; de petit il est devenu
nul : hic jacet ; mais je meurs avec l'Europe.* » Oh !
pour le coup, Monsieur le comte, vous me permettrez
de n'en rien croire, et je ne crois pas même à la mort
de l'Europe ; je croirais plutôt, si vous voulez, à la fin
du monde, mais alors, comme dit Ériphile :

Nous ne mourrons pas seuls, et quelqu'un nous suivra.

Non, Monsieur le comte, votre esprit ne se ressent de
ces terribles événements que pour s'élever encore plus
haut, pour en mieux voir les causes et les effets, et pour
déplorer plus vivement qu'avec tous les moyens de salut on ait pu se perdre si bêtement, si gratuitement ;
mais du moins, s'il faut périr, vous périrez avec honneur au milieu d'un État *restauré* autant qu'on lui a

I.                                                    36

permis de l'être, aussi monarchique et aussi catholique
que la force prépondérante des maîtres de l'Europe, ou
de ses tyrans, comme vous voudrez, ont voulu qu'il
le fût, et plus peut-être qu'ils n'ont voulu ; mais nous,
nous qui devions aspirer à l'honneur de rendre à la
France la noble magistrature qu'elle a exercée en Europe, nous finissons, si nous devons finir, la honte et la
risée des autres nations, entre des jacobins et des ban-
quiers, avec des députations de régicides, un ministère
aveugle ou corrompu, pas un homme fort à la tête des
affaires ; nous finissons dans une abnégation entière de
raison, de vertu, de religion, de bon sens, d'esprit
même ; nous finissons sans gloire et sans éclat ; nous
tombons de pourriture, de gangrène ; et cependant
voilà un noble exemple que l'Allemagne vient de nous
donner, si toutefois elle ne se borne pas à des paroles
et à des notes diplomatiques : car si sa forme complexe
lui permet de mettre dans ses actions autant de vigueur
que dans ses propositions, quel en sera l'effet sur notre gouvernement ? S'apercevra-t-il que, par cela seul
que les jacobins en sont furieux, il doit s'en réjouir
et se hâter d'imiter un si bel exemple ? Quoi qu'il en
soit, on ne peut aller plus avant, dans le système que
l'on suit depuis quatre ans, sans tomber franchement
dans 93. Tous les systèmes de conduite ont leur plus
haut période, leur *nec-plus-ultrà*, après lequel il faut
changer de direction ; et cet apogée révolutionnaire,
nous venons de l'atteindre par la nomination de Grégoire à la Chambre des députés. Mon premier dessein
avait été, s'il paraissait à la Chambre, de me démettre
avec éclat, car mes sens se révoltaient à l'idée d'échanger des paroles avec un tel collègue, et de me trouver

assis dans la même enceinte, respirant le même air,
prenant part aux mêmes délibérations. Mais lorsque
l'on combat avec ses amis, il faut savoir subordonner son
avis au leur dans les choses qui ne sont pas ouvertement
criminelles. J'attends donc d'être à Paris, et peut-être
d'ici là, y aura-t-il quelque révolution de système. Les
journaux l'annoncent. et le retard même de notre convocation, qui ordinairement suivait immédiatement la
fin des élections, me fait croire qu'il y a de l'agitation
et de l'embarras dans les conseils.

Il me semble, Monsieur, que le nuage se dissipe, et
les *Mémoires de Jacques II*, écrits par lui-même, et
dont je n'ai vu encore que ce que les journaux en
ont cité, me paraissent jeter un grand jour sur les
événements, au moins pour les yeux obstinés à demeurer fermés. Ce malheureux prince, qui ne manquait ni d'esprit ni de courage, se disculpe des calomnies dont il a été l'objet, et attribue la révolution qui
le fit descendre du trône à une conjuration qui s'était
formée, contre la dynastie des Stuarts, au moment
même de sa restauration sous Charles II. Elle n'avait
pas eu assez d'espace pour éclater pendant la vie de
ce roi, et avait même employé le temps de son règne
à user la monarchie et à accroître ses propres forces.
Elle fit éruption à l'avénement de son infortuné frère, et
la famille des Stuarts, au moins la branche légitime, fut
à jamais exilée. (Si la France n'eût pas fait la faute de
la laisser éteindre dans le célibat ecclésiastique, il est
possible que notre révolution n'eût pas eu lieu.) Cette déplorable histoire est la nôtre de point en point, et jusque-
là les deux révolutions ont été calquées l'une sur l'autre.
Je ne serais pas embarrassé de prouver que tout ce qui

36.

s'est fait en France, depuis 1814, a été conduit et cal-
culé sur ce plan, même dans les actes du gouvernement,
et peut-être déchirerai-je le voile dans le *Conservateur*.
Il y a cependant des différences à notre avantage : la
première est que l'Angleterre était protestante, et que
la France est catholique. Or, c'est le protestantisme et son
esprit, et ses principes et son fanatisme et ses prétentions qui ont le plus poussé aux deux révolutions et y
poussent encore ; et la haine furieuse contre notre religion et ses ministres a plutôt pour objet leur attachement à la monarchie que leurs fonctions mêmes religieuses. La seconde différence est que les grands d'Angleterre, et même la noblesse du second ordre, avaient
acquis ou reçu les biens du clergé, sous Henri VIII et ses
successeurs ; au lieu que les acquéreurs, en France, sont
presque tous de la classe commerçante ou même infé-
rieure ; différence très-grande, car je ne doute pas que
le changement de famille régnante, en Angleterre, n'ait
eu pour cause les alarmes des possesseurs de biens religieux, qui voulaient mettre l'illégitimité de leurs posses-
sions sous la garde de l'illégitimité du trône ; et je ne
doute pas davantage que cette cause, en France, ne soit
le mobile de la conjuration contre la maison de Bourbon. Mais nos acquéreurs n'ont ni la même influence ni
le même crédit, et aussi ils cherchent une force dans le
gouvernement, et malheureusement l'y ont trouvée.

J'ai osé faire, à la vive sollicitation de mes amis, l'article *Louis XVI* dans la grande *Biographie* de M. Mi-
chaud. J'ai longtemps résisté, et je sentais la difficulté de
traiter ce sujet dans un petit nombre de pages, et de le
traiter en présence du temps et des hommes contemporains, même de ses proches. Mais j'ai craint que cet

article, confié à un autre, ne fût un texte à des flatteries envers le pouvoir actuel et ne l'égarassent encore davantage. Je l'ai fait servir, et j'y ai mis toute ma politique telle que vous la connaissez. Je ne sais, au reste, s'il sera approuvé. Je vous ferai passer la feuille, si elle est imprimée.

Vous avez, Monsieur le comte, dans votre pays un de mes parents, excellent homme de tout point, et destitué de la préfecture de la Vendée pour son royalisme et son esprit religieux. C'est M. de Roussy, mari de mademoiselle de Sales, dernière d'une des branches de la famille de votre saint évêque de Genève. La famille de mademoiselle de Sales, petite-fille de la marquise de Gralier, a perdu des biens dans la révolution, situés, je crois, près d'Annecy; il est à la poursuite de l'indemnité que votre souverain a promise. J'ose vous recommander ses intérêts. Il est digne de votre bienveillance, et quoiqu'il ait été sous-préfet à Annecy sous Bonaparte, je crois qu'on lui rend justice et qu'il y a toujours fait tout le bien qui dépendait de lui et donné les meilleurs exemples.

Au nom de Dieu, Monsieur le comte, ne vous découragez pas! Comptez un peu sur l'étoile de la France. Je le dis en homme religieux, et je sais à qui je parle. Comment désespérer d'une nation qui a été sauvée, il y a à peine trois siècles, par une bergère? Dans des temps de simplicité, son salut lui vint d'une simple fille; dans des siècles de lumière, il viendra peut-être par des gens d'esprit. Il y a beaucoup de bon esprit en France, et plus qu'on ne pense, et si la France peut secouer le joug des révolutionnaires, vous êtes tous sauvés.

Il me tarde d'apprendre par vous-même des nouvelles de votre santé: c'est pour vous la seule chose qui m'inquiète. Les journaux vous apprendront notre convocation ; elle sera suivie de près de mon départ, et alors, si vous me faites l'honneur de me répondre, je pourrai recevoir votre lettre à Paris, à mon adresse ordinaire. Agréez mes plus tendres hommages.

DE B.

----

## LETTRE DU VICOMTE DE BONALD AU COMTE DE MAISTRE.

14 février 1820.<br>Reçue le 29 février.

Je ne peux, Monsieur le comte, commencer ma lettre sans vous parler du terrible événement qui a plongé tous les gens de bien, les vrais Français, dans la plus profonde douleur ; vous l'aurez appris par les courriers, et aucun détail encore n'est venu jusqu'à vous. Quel coup et quel avenir! L'esprit se confond, le cœur se serre en pensant à tout ce que cet événement peut recéler d'événements. On dit la duchesse enceinte; mais quel espoir, et surtout après la terrible secousse qu'elle a éprouvée! Les Chambres ont été assemblées sur-le-champ pour voter de stériles compliments au roi. Que lui dire avec espoir d'être écouté? Que lui inspirer avec certitude d'en être entendu? Nos détestables écrits, nos pardons scandaleux, nos jugements plus scandaleux encore... les régicides rappelés, nommés, excusés, devaient en enfanter d'autres, et la cause produit son effet.

Je voulais d'abord vous parler de votre ouvrage, et ma lettre, remise à aujourd'hui, a rencontré un déplorable

sujet qu'il a fallu répandre dans votre sein avant toute
autre chose. Je l'ai lu ce bel ouvrage, et ceux-mêmes
qui y trouvent ce que vous avez voulu y mettre, et qui
s'en alarment pour des opinions sucées, pour ainsi dire,
avec le lait dans leur éducation cléricale ou magistrale,
ceux-là sont les premiers à admirer, le mot n'est pas
assez fort, à se confondre d'admiration devant le beau
génie qui leur a fait ce beau présent. Je vous nommerais
MM. de Fontanes, Marcellus, le cardinal de Beausset, le
duc de Richelieu, *e tutti quanti*. J'en parlai à un évêque
un peu récalcitrant. « Après l'avoir lu, me dit-il, je serai
« peut-être moins gallican que je n'étais; mais si j'étais
« mécréant j'en serais plus chrétien, et si j'étais dissident
« j'en serais plus catholique. » Pour moi, Monsieur, qui
vous remercie bien sincèrement de la place que vous
avez quelquefois donnée à mon nom et à mes écrits, je
ne peux assez vous dire combien j'y ai trouvé de raison,
d'esprit, d'élévation, d'érudition, de choses neuves et
originales; mais comme je l'ai dit, les rois, pour le goûter, .
ne sont peut-être pas assez chrétiens, et les évêques ne
sont pas assez politiques. Il faut avoir considéré la religion dans ses grands rapports avec la société pour en
sentir toute l'importance et en goûter toute la vérité.
Un effet général qu'il a produit, est qu'une fois commencé on ne peut plus le quitter : il faut bon gré mal gré
aller jusqu'au bout, et M. de Fontanes, entre autres, l'a
tout lu dans un jour. Je puis en dire autant, quoique j'aie
été forcé d'y mettre un peu plus de temps. Je voudrais
bien en parler dans le *Conservateur*. J'ignore si Messieurs
du comité directeur de cet écrit me le permettront, à cause
de l'ultramontanisme, dont quelques gens ont peur, quoi-

que depuis la restauration ce sentiment de répulsion se soit bien affaibli en France.

Je vous ai écrit il y a deux mois; je vous envoyais quelques pièces relatives à une bonne œuvre qui intéresse votre gouvernement. Le fils de mon bon collègue M. Benoît, jeune homme excellent, ami et disciple de M. l'abbé de Lamennais, était nommé à la suite de l'ambassade de Naples, et devait partir de jour en jour. Il voulait passer par Turin, et le moyen à un Français instruit d'y passer sans vous voir! Je lui avais donc remis ce paquet; son départ est retardé, je le retire, et vous l'envoie avec cette lettre par l'entremise d'un bon Savoyard qui la fera passer par votre ambassade; vous en ferez, Monsieur, tel usage que vous voudrez. Vous m'avez fait dire les plus jolies choses par Catulle, et si je n'en avais pas vu le nom au bas, ayant un peu oublié ce grave auteur, j'aurais cru les vers de vous, tant ils sont faciles et agréables. Vous avez voulu m'épargner la méprise; c'est pure charité à vous, pour m'épargner un aveu d'ignorance ou un défaut de mémoire.

Je finis, comme j'ai commencé, par vous parler de notre douleur : elle est même populaire; mais combien de cœurs riants sous des dehors tristes! Que de profondes hypocrisies! quelle conduite! et qu'on fait de mal à l'Europe par celle de notre gouvernement depuis le 5 septembre 1816, jour de funeste mémoire! — Je ne forme pas de conjectures sur tout ceci; — un parti infernal s'agite, complote, exécute sous les yeux des autorités; et, enlacés par nos lois, par nos formes, garrottés par la charte, nous nous laissons tout doucement conduire dans l'abîme où toute l'Europe, si elle n'écoute pas vos leçons, et je peux y joindre les miennes, descendra avec nous.

Je finis, Monsieur le comte, par vous renouveler tous mes remercîments, toute ma gratitude, toute mon admiration, et l'assurance du tendre et respectueux attachement que je vous ai voué.

De Bonald.

—————

LETTRE DU VICOMTE DE BONALD AU COMTE DE MAISTRE.

3 de l'an 1821.

Reçue le 10.

Monsieur le comte,

Je suis trop heureux d'avoir pu trouver une occasion favorable de dire au public tout le bien que je pense de votre bel ouvrage. Ce n'est pas une illusion de l'amitié; c'est une conviction de la raison, une certitude du bien qu'il peut faire, et de celui qu'il a déjà fait; c'est surtout une satisfaction inexprimable de me retrouver toujours, Monsieur, sur la même ligne de pensées, de sentiments, d'affection. En vérité, lorsqu'on n'est pas dominé par l'orgueil satanique qui est le partage de nos ennemis, à la vue de l'épouvantable confusion qui règne en Europe, dans les esprits mêmes de ceux de qui dépendent nos destinées, on a besoin que l'approbation de quelques hommes supérieurs vienne vous donner la confiance qu'on ne s'est pas tout à fait trompé, et qu'on n'a pas sacrifié à des illusions ou à des erreurs

santé, fortune, loisirs, faveur, et tout ce qu'on aurait
trouvé sous d'autres drapeaux. Vous voyez, Monsieur,
ce qui se passe en France, et vous n'en serez que plus
attaché à cette pensée dominante de l'influence que
nous pouvons prendre en Europe; et du bien que de
meilleurs exemples peuvent lui faire; c'est ce que j'ai
tâché d'exprimer dans l'Adresse au roi, dont j'ai été un
des rédacteurs. Il a bien fallu y nommer la charte,
quoique je la regarde comme la boîte de Pandore, au
fond de laquelle il ne reste pas même l'espérance, je puis
le dire hautement dans le salon des ministres comme
dans le cabinet de mes amis; le roi y a répondu mieux et
plus positivement qu'il n'avait jamais fait. Nous avons
une Chambre excellente, meilleure peut-être qu'en 1815,
décidée à tout pour conserver l'union entre les bons,
malgré quelques dissidences d'opinion. Nos adversaires
sont peu nombreux, mais décidés à suppléer au nombre
par l'audace et l'opiniâtreté. Tout assure la victoire au
bon parti, mais une victoire achetée par tous les dé-
goûts et tous les orages que les méchants sont capables
d'exciter. Ce qui me confond, ce qui me plonge dans la
stupeur, est que des gens d'esprit appellent cela un gouvernement! Depuis longtemps on ne gouverne plus la
France, on la dispute. Nous avons donc remporté une
pleine victoire à la bataille des élections, victoire due
uniquement au zèle et au bon esprit des royalistes, aidés
jusqu'à certain point par le gouvernement, qui a peut-
être mieux réussi qu'il ne croyait, et trouve peut-être la
dose trop forte. Une autre victoire a été l'introduction
de Villèle et de Corbière dans le ministère. Je suis
arrivé tard, et n'ai point assisté aux négociations ou aux
intrigues qui ont amené ce résultat. Châteaubriand, rentré

en faveur, y a beaucoup travaillé ; c'est le grand champion du système constitutionnel : il va le prêcher en Prusse et n'y dira pas de bien de moi, qu'il regarde comme un homme suranné, qui rêve des choses de l'autre siècle. J'aurais bien des choses à vous dire là-dessus : cette raison, autant que toute autre, a fait cesser malgré moi le *Conservateur*, et a comprimé la vogue du *Défenseur*, au point que je doute qu'il puisse se soutenir. Villèle et Corbière aideront un jour à porter Châteaubriand au ministère des affaires étrangères, qui se trouve assez naturellement sur le chemin des ambassades ; c'est un très-grand coloriste, et surtout un très-habile homme pour soigner ses succès. Pour moi, mon cher comte, sans fortune, mais sans ambition, trop heureux si, n'ayant pas une si nombreuse et si pauvre famille, je pouvais vivre à un écu par jour, indépendant de tout le monde, et ne relevant que de Dieu et du roi ; j'attends que l'expérience, qui se déroule tous les jours, vienne justifier la vérité de ce qu'on appelle mes *systèmes* et ces vues politiques et religieuses qu'on me fait l'honneur, l'insigne honneur de croire que je partage avec l'abbé de Lamennais, M. Haller, etc... Je reviens à notre Chambre : j'ai demandé aux ministres, j'ai dit à tout le monde, si l'on ne se servirait pas d'un instrument si fort et si sûr, pour autre chose que pour obtenir quelques douzièmes en avance sur les contributions et un budget. N'y a-t-il pas d'autres leçons à donner à l'Europe, et ne pourrions-nous pas relever l'étendard de la religion et de la royauté, et y rallier, de vœux et d'espérances, tous les honnêtes gens d'Espagne, de Portugal, de Naples, qui gémissent sous l'absurde et féroce tyrannie de leurs *carbonari* et de leurs *libéraux?* Ne pourrions-nous pas seconder la diplomatie européenne, ou même en faire davantage, supposé encore qu'elle veuille ou qu'elle puisse faire quelque chose. Car il me semble que le *vent du nord* a soufflé sur les projets de l'Autriche, et les a desséchés ou refroidis dans leurs germes. Aujourd'hui le bruit court que le roi d'Espagne est déposé. Le roi de Naples laisse de précieux otages entre les mains de ses révolutionnaires : sa famille, et ses serments... Qu'espérer de tout ceci, quand on considère l'éloignement de Naples, l'isolement de l'Espagne, et le peu de temps qu'il faut aux libéraux pour tout détruire et tout renverser ? Il ne vous échappe pas plus qu'à moi que ce sont les couronnes les plus catholiques, les différentes branches de la maison de Bourbon, celles qui ont détruit il y a soixante ans l'ordre célèbre qu'elles auraient dû défendre, qui sont presque exclusivement les victimes de cette terrible vengeance, la France, l'Espagne, Naples, Lisbonne, et qui expient si cruellement les crimes des Choiseul, des Pombal, de d'Aranda, et de l'autre dont j'ai oublié le nom. Je crois, et ne puis le dire qu'à un petit nombre de sages, que c'est la ruine de cet ordre si nécessaire à la chrétienté qui entraîne l'Europe dans l'abîme, et qu'elle n'en peut sortir qu'avec lui; mais qui lèvera la pierre qui couvre le sépulcre où il est enseveli ? La *Compagnie du Diable* ne peut reculer que devant la *Compagnie de Jésus*, et nous avons des hommes très-nobles et très-influents, qui aimeraient mieux revoir les Cosaques dans Paris que les Jésuites. A tout ce qu'on propose de bon et de fort, on répond que la France n'est pas encore mûre, que ce qu'on demande est intempestif, comme s'il y avait rien d'intempestif que le mal, pour lequel les méchants trouvent toujours les

choses assez mûres, et les mûriraient en serre chaude si
elles ne l'étaient pas. Comme les bonnes doctrines sont
vivantes en France, et ne sont peut-être que là, rien en
France ne se fait, ne se fera jamais que par élan, et cet
élan, dont on a eu une nouvelle preuve aux élections,
hâte plus le bien, dans une heure, que toute l'expectative
de nos *Fabius* législateurs ne le ferait dans un siècle.

Mes pensées, comme mes affections, se sont souvent
reportées vers votre pays : on ne peut pas douter qu'on
ne le travaille ; le fourneau est chauffé à la fois de trois
côtés, par la France, la Suisse et l'Italie, et j'admire
comment vous vous soutenez malgré les annonces tous
les jours répétées de révolution. Dieu vous conserve cette
tranquillité si précieuse, et puissiez-vous ne trouver
chez vous ni de *Quiroga* ni de *Pepe*. Vous me disiez,
dans une de vos lettres, qu'il n'y avait plus de grands
en Europe. J'en vois assez pour être tout à fait de votre
avis : c'est la noblesse qui manque partout, et les
grands seigneurs en ont détruit l'esprit, comme ils en
ont et peut-être parce qu'ils en ont englouti les fortunes.
La mollesse, le plaisir, la vanité, la fureur des jouissances et du luxe ont abâtardi ces antiques races, mon
cher comte ; le pouvoir défaillit parce qu'il n'a plus de
*ministres*, et jamais la famille ne périt que par la faute
de ceux qui sont chargés de la conserver.

Je relirai avec attention les endroits de votre grand
ouvrage dont vous me parlez, et j'aurai l'honneur de
vous en entretenir ; en attendant, je vous dirai que je
trouvai bien beau, bien vrai, et passablement hardi
à vous, homme de cour et ministre d'État, ce que vous
dites sur le *mariage* des princes. Que de fois, avant
d'avoir eu de si belles preuves du courage et de l'esprit

de notre auguste veuve, n'ai-je pas dit que le mariage le plus *politique*, pour notre malheureux prince, eût été un mariage avec la *Vendée*, avec quelque belle et bonne fille d'un *Vendéen*; mais même dans ce pays de l'honneur et de la fidélité, on n'aurait pas pu trouver mieux que ce que nous avons. Il ne me reste, Monsieur le comte, qu'à vous remercier de votre bon souvenir, et à vous renouveler l'assurance de tous les sentiments d'admiration et de véritable et éternel attachement que je vous ai voué à la vie et à la mort.

De Bonald.

---

LETTRE DE M. L'ABBÉ REY, VICAIRE GÉNÉRAL DE L'ARCHEVÊQUE DE CHAMBÉRY, DEPUIS ÉVÊQUE D'ANNECY.

Chambéry, 5 février 1820.

Monsieur le comte,

Votre Excellence aura lu sans doute ce qui advint un beau dimanche, l'an 94 de notre ère, au plus jeune des apôtres; le voici : « *Et accepi librum de manu angeli, et devoravi illum : et erat in ore meo tanquam mel dulce : et cum devorassem eum, amaricatus est venter meus*. » Eh bien! Monsieur le comte, les Français, voire même les Savoyards, ont reçu bien incontestablement de la main d'un ange, dont on fait la fête le 19 mars, certain livre doux comme du miel à la lecture : tous l'ont dévoré, mais dans plusieurs *amaricatus est venter*; et rien ne prouve mieux l'excellence du livre, et la bonté du remède qu'il donne à certains estomacs qui ont la maladie des parlements. Je connais des estomacs pour qui la douceur du livre n'a pas fini dans l'œsophage, et qui l'ont trouvé infiniment plus doux encore en le savourant, en le ruminant; mais les estomacs où ce remède angélique a trouvé des *humeurs peccantes*, en latin *peccatrices*, ont éprouvé et éprouvent encore de rudes tranchées. Ah! comme c'est drôle de voir certains gros ventres tout *amariqués* par l'effet de cette lecture! Rien ne m'étonne, rien ne m'afflige en tout cela; c'est l'effet naturel d'un remède divin contre une maladie humaine. Mais ils auront beau faire, la potion est avalée, et la pharmacie angélique où elle a été préparée a si bien proportionné, arrangé, conditionné la dose, qu'elle aura infailliblement son effet, mais *tempore suo*.

En attendant, les Français n'ont pas voulu relever le gant et se venger en écrivant *mieux que vous, contre vous*. Ils ont trouvé plus expédient de saisir l'ouvrage que d'y répondre : il est certain que l'un est plus facile que l'autre; mais malheureusement la main friponne ne s'est appesantie sur le nid que lorsque les oiseaux en étaient presque tous sortis, et je sautais de joie hier en apprenant que deux ballots étaient arrivés à la douane.

Je sais que, parmi les motifs de l'humeur gallicane, *Bossuet* et le *temporel des rois* jouent un grand rôle : attaquer notre *dogme national!*

Que dites-vous, Monsieur le comte, d'un *dogme national?* Pour moi, je n'en connais que de *catholiques*, et dès qu'il est national, il n'est plus dogme.

Agréez, etc.

Rey, vicaire général.

### LETTRE DE M. ALPHONSE DE LAMARTINE A M. LE COMTE DE MAISTRE.

Paris, 17 mars 1820.

Monsieur le comte,

J'étais à toute extrémité quand j'ai reçu la charmante lettre que vous avez bien voulu m'écrire en m'adressant votre bel ouvrage. Je profite des premières forces de ma convalescence pour y répondre, et vous remercier à la fois et du livre et de la lettre, et surtout du titre flatteur de neveu, dont je m'honore ici auprès de tout ce qui vous connaît : ce titre seul vaut une réputation, tant la vôtre est établie à un haut degré parmi tout ce qui apprécie encore un génie vrai et profond dans un siècle d'erreurs et de petitesses. Le nombre en est encore assez grand : il semble même s'accroître tous les jours. M. de Bonald et vous, Monsieur le comte, et quelques hommes qui suivent de loin vos traces, vous avez fondé une école impérissable de haute philosophie et de politique chrétiennes qui jette des racines, surtout parmi la génération qui s'élève : elle portera ses fruits, et ils sont jugés d'avance. Je puis vous dire, avec la sincérité d'un neveu d'adoption, que votre dernier ouvrage a produit ici une sensation fort supérieure à tout ce que vous pouviez paternellement en espérer. Vous aurez été surpris que les journaux, surtout ceux qui devaient principalement adopter vos idées, soient restés presque dans le silence à votre égard ; mais cela tient à quelques préjugés du pays, dont vous sapez si

admirablement les ridicules prétentions gallicanes, et
à un *mot d'ordre* qu'on a cru devoir religieusement observer, et dont j'ai donné l'explication pour vous à
Louis. Cela n'a, du reste, arrêté en rien la rapide circulation de l'ouvrage; au contraire, il est partout, et
partout jugé avec toute l'admiration et l'étonnement
qu'il mérite : c'est assez vous dire que de vous assurer
que vous êtes à votre place à la tête de nos premiers
écrivains. Si un neveu avait le droit de représentation,
je vous donnerais un conseil, d'après l'opinion que j'ai
entendu exprimer universellement : ce serait de publier
sur-le-champ votre grand ouvrage en portefeuille, et,
aussitôt après, une édition complète de vos œuvres : je
ne doute nullement que cela ne mît le sceau à votre
solide gloire. En attendant, je suis chargé, par des
hommes dignes d'être entendus de vous, de vous faire
une requête respectueuse en leur nom et au mien. Voici
ce dont il s'agit : *Le Conservateur* finit; un journal dans
le même sens, mais dépouillé des rêveries constitutionnelles le plus possible, lui succède; il se nomme *le Défenseur;* il est rédigé par MM. de Bonald, l'abbé de
Lamennais, Saint-Victor, Genoude, plusieurs autres
hommes distingués et quelques autres inconnus, au
nombre desquels ils ont bien voulu m'admettre; ces
Messieurs, tous de votre école et selon votre cœur,
osent vous prier de détacher, de temps en temps, de
votre portefeuille quelques pages de politique ou de métaphysique, dont ils honoreront leur journal, avec ou
sans nom, selon vos convenances et vos ordres. J'ai déjà
chargé Louis, avec qui je partage mon *action*, de vous
adresser cette prière au nom de tout ce que la France
possède d'hommes dignes de vous; je l'ai chargé en

I.                                                            37

même temps de vous faire passer, de ma part, un petit volume intitulé *Méditations poétiques*, comme un faible hommage de mon admiration et de tous mes sentiments pour vous. Ces sentiments mêmes vous demandent quelque indulgence pour ma pauvre poésie.

Je vous demande pardon, Monsieur, de prolonger si longtemps cette conversation avec vous ; mais on n'écrit pas souvent à M. de Maistre. J'espère être incessamment plus heureux encore, et avoir l'honneur de vous voir à Turin, où je vais passer bientôt en allant à Naples. Daignez me rappeler, Monsieur, à mes cousines, à qui vous me donnez le droit de donner ce nom, et agréez l'hommage invariable de mon profond respect et de ma haute admiration, avec lesquels j'ai l'honneur d'être, Monsieur le comte,

Votre très-humble et obéissant serviteur,

Alphonse DE LAMARTINE.

---

## LETTRE DE M. L'ABBÉ F. DE LAMENNAIS A M. LE COMTE DE MAISTRE.

Saint-Malo, le 5 février 1820.

Monsieur le comte,

J'apprends que vous avez eu l'extrême bonté de me destiner un exemplaire de votre dernier ouvrage. M. de Lamartine veut bien prendre le soin de me le faire parvenir dans ma solitude, où je l'attends avec l'impatience que doit avoir de connaître une nouvelle production de

votre génie, tout homme qui s'intéresse à la religion et
à la société. En défendant l'autorité du saint-siége, vous
défendez celle de l'Église, et l'autorité même des souverains, et toute vérité, et tout ordre. Vous devez donc
compter sur de nombreuses contradictions ; mais il est
beau de les supporter pour une telle cause. L'opposition
des méchants console le cœur de l'homme de bien. Il
se sent plus séparé d'eux, et dès lors plus près de celui
à qui le jugement appartient, et à qui restera la victoire.

Daignez agréer l'hommage de mon admiration, ainsi
que le profond respect avec lequel j'ai l'honneur d'être,
Monsieur le comte,

Votre très-humble et très-obéissant serviteur;
L'abbé F. DE LAMENNAIS.

———

LETTRE DE M. L'ABBÉ F. DE LAMENNAIS A M. LE COMTE
DE MAISTRE.

Paris, 18 mai 1820.

Monsieur le comte,

Vos lettres ne sont pas seulement une instruction pour
moi, elles sont encore un encouragement ; ainsi, chaque fois que vous voulez bien me faire l'honneur de
m'écrire, je vous dois une double reconnaissance. La
vive impression que votre bel ouvrage avait faite sur
certaines personnes commence à s'affaiblir. Il n'avait
d'abord été question de rien moins que d'une censure.

37.

Je ne sais pas comment on s'y serait pris pour éviter, en la rédigeant, le scandale et le ridicule. Il y avait, disait-on, dans votre livre, trois ou quatre hérésies au moins. On nommait des gens qui les avaient vues; mais l'embarras était de les retrouver : on n'en a pu venir à bout, et ce grand bruit a fini par un silence profond. Le bien que vous avez fait est immense, il restera. On ne guérit pas certains préjugés dans certaines têtes; mais on empêche qu'ils passent dans d'autres têtes, et le temps, que rien ne supplée, rend à la vérité tous ses droits. Une des choses que j'admire le plus dans la conduite du saint-siége, c'est la patience avec laquelle il attend : *Patiens quia œternus*.

Ne doutez pas, Monsieur, que je ne rende compte de votre ouvrage; je ne manquerai certainement pas cette occasion d'être utile et de m'honorer. Il y aura bien quelque difficulté de la part de la censure; mais je m'en tirerai de manière ou d'autre. Ce qui me contrarie le plus, c'est qu'il faut que j'achève auparavant la préface de mon deuxième volume, dont il y aurait de l'inconvénient à retarder la publication. Cette préface doit être assez longue, et ma très-mauvaise santé me force quelquefois de cesser tout travail pendant des semaines entières. J'espère cependant être libre dans un mois ou un mois et demi. Je commencerai, comme vous le désiriez, par citer les éloges que vous faites du clergé français. Quant aux passages que je croirai susceptibles d'être modifiés pour l'expression, je les noterai à une seconde lecture, et j'userai de la permission que vous me donnez, avec tant d'indulgence, de vous soumettre mes observations. Elles seront, au reste, fort peu nombreuses. Je ne me rappelle en ce moment que d'un mot;

vous dites, je crois, quelque part. *Le concile déraisonna;* cela peut être, mais il ne faudrait pas, ce me semble, le dire si crûment.

Je suis extrêmement touché de la peine que vous a causée l'insertion dans *le Défenseur* de deux lettres excellentes écrites par vous à une dame russe, et destinées à rester secrètes. Vous avez assurément raison de vous plaindre. On ne dispose pas d'un nom tel que le vôtre sans y être auparavant bien autorisé. J'en ai parlé dans ce sens à Messieurs du *Défenseur*, gens aussi honorables par leur caractère que distingués par le talent. Ils ont été singulièrement peinés d'avoir paru manquer d'égards, en cette occasion, pour un des hommes qu'ils respectent et qu'ils vénèrent le plus. La vérité est qu'ils n'ont eu que l'apparence d'un tort; et je suis chargé, par eux, de vous offrir, avec l'expression de leurs regrets, toutes les excuses possibles. Un ecclésiastique estimable leur remit un petit recueil imprimé à Rome, et où se trouvent vos deux lettres. Ils ignoraient absolument qu'elles y fussent sans votre consentement. Cet ecclésiastique insista sur l'utilité de les répandre davantage, surtout en France, et les lettres elles-mêmes parlaient encore beaucoup plus haut dans le même sens. Voilà les faits, Monsieur; s'ils justifient les personnes qui dirigent *le Défenseur*, ils ne diminuent point le regret qu'elles éprouvent de vous avoir, bien contre leur gré, causé un moment d'ennui.

Vous connaissez sûrement les lettres du cardinal Litta sur les quatre articles. Il serait très-bon de les faire réimprimer avec des notes dans ce pays-ci. Si vos occupations vous permettaient de consacrer quelques instants à la rédaction de ces notes, vous rendriez un grand

service à notre pauvre Église de France. Je me charge-
rais volontiers des soins de l'impression, et l'auteur des
notes resterait aussi inconnu qu'il voudrait l'être. Je
vous supplie d'y penser. L'ouvrage du cardinal Litta a
fait un bien réel. J'ai vu, depuis deux ans, beaucoup
de prêtres en chercher des exemplaires; mais il n'y en
a plus. Il serait aisé de le répandre dans les séminaires,
où on le lirait avec fruit. C'est des jeunes gens qu'il faut
s'occuper. Il y a partout une tendance marquée vers les
bonnes doctrines. Quel dommage si, faute de soins, cet
heureux germe ne se développait pas! Il y a aujour-
d'hui quelque chose de très-favorable au bien. Les méchants n'ont plus de doctrines proprement dites; ils s'a-
gitent, ils crient, mais ils n'enseignent pas; ils ont tout
détruit, tout perdu, jusqu'à l'erreur même.

Quiconque, maintenant, veut avoir un principe, une
idée, est contraint de venir la demander à la religion.
Cela est admirable, et on le sentira bien mieux encore
dans quelque temps.

Pardon, Monsieur, de mon bavardage. J'abuse de
votre temps en vrai Breton; mais il y a un peu de votre
faute, et vous portez la peine de votre indulgence.

J'ai l'honneur d'être, avec respect, Monsieur le comte,
    Votre très-humble et très-obéissant serviteur,
        L'abbé F. DE LAMENNAIS.

## LETTRE DE M. L'ABBÉ F. DE LAMENNAIS A M. LE COMTE DE MAISTRE.

Saint-Brieuc, 2 janvier 1821.

Monsieur le comte,

J'ai fait part à M. Genoude de ce que vous m'avez fait l'honneur de me marquer relativement à votre grand ouvrage, et je ne doute pas qu'il ne se fasse un véritable plaisir d'en surveiller l'impression. Je voudrais qu'il pût paraître à peu de distance de celui qui s'imprime à Lyon; car les livres sont comme les hommes, ils s'entr'aident, et il est avantageux d'agir sur beaucoup d'esprits à la fois. Je suis étonné que Rome ait eu tant de peine à comprendre vos magnifiques idées sur le pouvoir pontifical. J'ai vu en France des gens du monde, très-étrangers assurément à la théologie, les saisir parfaitement à une première lecture. Notre nation a, je l'oserai dire, cet avantage, que tout ce qui est naturel et vrai entre avec une facilité extrême dans les têtes. S'il m'était permis de juger les Romains par les livres qui nous viennent de leur pays, j'aurais quelque penchant à croire qu'ils sont un peu en arrière de la société. On dirait, à les lire, que rien n'a changé dans le monde depuis un demi-siècle. Ils défendent la religion, comme ils l'auraient défendue il y a quarante ans. Ils semblent toujours parler à des gens qui admettraient certaines bases générales, des principes et des faits, qui malheureusement sont bien loin aujourd'hui d'être admis. Aussi ce genre de preuves ne fait-il maintenant aucune im-

pression sur les esprits, comme je suis tous les jours à
même de le remarquer. Je connais même plusieurs personnes qui, de chrétiennes qu'elles étaient, sont devenues incrédules en lisant les apologies de la religion.
Ce n'est pas que ces apologies ne soient certainement
très-solides : elles étaient excellentes pour le temps où
elles ont paru, lorsque tout était stable, et qu'il existait
des idées universellement reçues; mais elles ne répondent pas, ou elles répondent mal à la raison qui les
interroge dans un autre état de société. Il ne faut pas
qu'on s'y trompe à Rome : leur méthode traditionnelle,
où tout se prouve par des faits et des autorités, est sans
doute parfaite en soi, et l'on ne peut ni l'on ne doit l'a-
bandonner; mais elle ne suffit plus, parce qu'on ne la
comprend plus, et depuis que la raison s'est déclarée
souveraine, il faut aller droit à elle, la saisir sur son
trône, et la forcer, sous peine de mort, de se proster-
ner devant la raison de Dieu.

Je désirerais de tout mon cœur partager vos espérances sur l'avenir; mais je vous avoue que ma faible vue
ne saurait apercevoir, dans ce monde qui se dissout, le
germe d'une restauration complète et durable. Je cherche
vainement à concevoir par quel moyen le genre humain
pourrait guérir de la maladie dont il est atteint. Puissé-
je me tromper ! mais je la crois mortelle. Remonter du
fond de l'erreur au sommet de la vérité, malgré les
passions, malgré la science, malgré l'imprimerie, cela
me paraît contraire à tout ce que nous connaissons des
lois qui régissent le monde moral. Le dirai-je? Il me
semble que tout se prépare pour la grande et dernière
catastrophe, et peut-être est-ce aux nations que s'applique le mot terrible de saint Paul : *Impossibile est eos*

*qui semel sunt illuminati, etc. Rursus renovari ad pœnitentiam.* Cependant, plus les ténèbres iront s'épaississant, plus la véritable lumière jettera d'éclat au milieu d'elles, *in tenebris lucebit.* L'état extérieur de l'Église deviendra chaque jour plus parfait, parce qu'il n'y aura plus de milieu entre la foi et le néant, de croyance entre la vertu et le crime, entre le bien et le mal, entre le ciel et l'enfer, et déjà nous voyons commencer cette séparation tranchante. Tout est extrême aujourd'hui ; il n'y a plus de demeure mitoyenne, il n'y a plus de terre. Oh ! Monsieur, que le spectacle que nous avons sous les yeux est grand !

Je me propose d'aller à Paris vers la fin de ce mois. J'y verrai M. de Bonald, et nous nous consolerons de bien des choses en parlant de vous. Si vous me faites l'honneur de m'écrire, veuillez m'adresser vos lettres chez M. de Saint-Victor, rue du Cherche-Midi, n° 15.

J'ai l'honneur d'être, avec le plus tendre respect, Monsieur le comte,

Votre très-humble et obéissant serviteur,

F. DE LAMENNAIS.

FIN DU PREMIER VOLUME.

# TABLE.

LETTRES DIVERSES ADRESSÉES A M. LE COMTE DE MAISTRE.

FIN DE LA TABLE.